AF550095

ANNA SAVAS

Hold Me

New England School of Ballet

© Nina Paas

Anna Savas wurde 1993 geboren und wusste von klein auf, dass sie ihr Leben dem Schreiben widmen möchte. Nach einem kleinen Umweg über ein Literatur- und Geschichtsstudium, bei dem sie festgestellt hat, dass sie doch lieber ihre eigenen Geschichten schreibt, als die anderer zu analysieren, verbringt sie nun den Großteil ihrer Tage damit, ihren Figuren zu einem Happy End zu verhelfen. Sie liebt Liebesgeschichten, Serienabende mit ihren Freund:innen und den Austausch mit ihren Leser:innen.

Website: annasavas.de
Instagram: annasavass
TikTok: annasavass

Verrat mir deine Wahrheiten, dann erfährst du meine

Als Zoe die Zusage für die renommierte New England School of Ballet erhält, erfüllt sich ihr größter Traum – auch wenn das bedeutet, dass sie dort Jase wiedersieht. Den Jungen, dem all ihre Wahrheiten gehören. Alle außer einer: warum sie vor einem Jahr den Kontakt zu ihm abbrach. Deswegen ist Jase auch überhaupt nicht begeistert, ihr plötzlich jeden Tag an der Schule zu begegnen. Denn neben seinen Eltern, die seinen Traum vom Tanzen nicht akzeptieren, braucht er nicht auch noch Zoe, die ihn an alles erinnert, was er verloren hat. Doch als Zoe Jase als Tanzpartnerin zugeteilt wird, kommen sie sich unweigerlich näher – genauso wie ihrer gemeinsamen Vergangenheit, die sie beide bis heute nicht vergessen konnten …

ANNA SAVAS

hold me

NEW ENGLAND SCHOOL OF BALLET

Roman

LYX

LYX in der Bastei Lübbe AG

Die Bastei Lübbe AG verfolgt eine nachhaltige Buchproduktion. Wir verwenden Papiere aus nachhaltiger Forstwirtschaft und verzichten darauf, Bücher einzeln in Folie zu verpacken. Wir stellen unsere Bücher in Deutschland und Europa (EU) her und arbeiten mit den Druckereien kontinuierlich an einer positiven Ökobilanz.

Die Originalausgabe ist 2023 als Paperback erschienen.
Copyright © 2026 Bastei Lübbe AG, Schanzenstraße 6–20, 51063 Köln
Bei Fragen zur Produktsicherheit wende dich bitte an:
Produktsicherheit@bastei-luebbe.de
Dieses Werk wurde vermittelt durch die
Literarische Agentur Thomas Schlück GmbH, 30161 Hannover.

Vervielfältigungen dieses Werkes für das Text- und Data-Mining bleiben vorbehalten. Die Verwendung des Werkes oder Teilen davon zum Training künstlicher Intelligenz-Technologien oder -Systeme ist untersagt.

Textredaktion: Stephanie Janek
Illustrationen: © heytheredevana
Buchdeckelgestaltung: Vivien Summer unter Verwendung von Motiven von © Maria Hamaniuk; T-Shirt Empire; MHD NUR AZIS; SarraMagdalina; EVKA; Kaimen / shutterstock; SongSpeckels / iStock
Satz: Greiner & Reichel, Köln
Gesetzt aus der Adobe Caslon
Druck und Verarbeitung: GGP Media GmbH, Pößneck

Printed in Germany
ISBN 978-3-7363-2733-7

1 3 5 7 6 4 2

Weitere Informationen unter:
lyx-verlag.de
luebbe.de | lesejury.de

Ihr Lieben,

ich freue mich so sehr euch an der New England School of Ballet willkommen heißen zu dürfen.

Manche von euch besuchen die Schule zum ersten Mal, andere vielleicht schon zum zweiten oder dritten Mal. So oder so hoffe ich, dass ihr alle auf eure Weise ein Zuhause in der New England School of Ballet finden werdet. Ich habe das schon vor langer Zeit getan und es nie wieder so richtig verlassen.

Die Ballettreihe wird aus vielen Gründen für immer einen ganz besonderen Platz in meinem Herzen haben, vielleicht weil ich einen Teil meines Herzens unwiderruflich an diesen Ort und seine Bewohnenden verloren habe.

Zu lesen, zu sehen und zu hören wie viele von euch das ebenfalls getan haben, bedeutet mir die Welt.

Danke für eure Unterstützung und eure Liebe, und vergesst nie:

Es beginnt mit einem Wort.

Alles Liebe

A Savas

Liebe Leser:innen,

dieses Buch enthält potenziell triggernde Inhalte.
Deshalb findet ihr auf der letzten Seite eine Triggerwarnung.

Achtung: Diese enthält Spoiler für das gesamte Buch!

Wir wünschen uns für euch alle
das bestmögliche Leseerlebnis.

Eure Anna und euer LYX-Verlag

Für Katharina
Danke für alles

PLAYLIST

i didn't ask for this – beth crowley
ghost of you – 5 seconds of summer
in threes – as it is, set it off, jordypurp
without you – promoting sounds, 7ru7h
i need you to hate me (piano version) – jc stewart
safe & sound – hayd
trauma – nf
wrecked – imagine dragons
chaos – stateside
pieces of you – nothing, nowhere.
@ my worst – blackbear
i guess i'm in love – clinton kane
don't fall – 44phantom
half hearted – we three
like that – bea miller
let it go – chandler leighton
when you say my name – chandler leighton
you and i – pvris
dying on the inside (stripped) – nessa barrett
twin flame – machine gun kelly
take my hand – 5 seconds of summer
brother (acoustic) – kodaline
the last time – taylor swift, gary lightbody

PROLOG
Zoe

Es beginnt mit einem Spiel. Ich bin mit meinen Freundinnen auf dem Frühlingsball unserer Highschool, und bis zu einem gewissen Punkt ist es der perfekte Abend.

Bis meine beste Freundin Charlotte zwei Stunden zu spät in den Ballsaal schwebt, ein strahlendes Lächeln auf dem hübschen Gesicht. Sie ist wunderschön, aber das ist sie immer. Absolut perfekt.

»Mädels, ich muss euch was erzählen!«, quietscht sie, greift erst nach meiner, dann nach Ambers Hand und zieht uns von der Tanzfläche. Ich bin zu überrumpelt, um mich ihr zu entziehen, und lasse es einfach geschehen, obwohl sich mein Magen jetzt schon nervös zusammenzieht.

Scarlett folgt uns mit einem genervten Augenrollen. Sie ist die Ruhigste von uns. Nicht unbedingt, weil sie schüchtern ist, sie hält von den meisten Leuten nur nicht besonders viel. Manchmal glaube ich, dass sie nur wegen Amber mit uns rumhängt. Die beiden sind seit dem Kindergarten beste Freundinnen. Sie kennen sich genauso lange wie Charlotte und ich. Ein ganzes Leben lang.

»Was ist passiert?«, frage ich und gebe mir alle Mühe, das mulmige Gefühl zu ignorieren, das in mir aufsteigt. Aber es nützt nichts. Die Nervosität ist da, und sie lässt sich auch nicht vertreiben. Charlotte kommt nie zu spät. Nicht ohne Grund.

Und sie erzählt uns immer alles. Sofort. Dass sie erst jetzt aufkreuzt und keine Nachricht geschrieben hat, kann eigentlich nichts Gutes bedeuten.

Ihr Lächeln wird noch breiter, als sie schwungvoll die blauschwarzen Haare, die ihr an diesem Abend wie ein seidig glatter Vorhang über die Schultern fallen, zurückwirft. »Meine Mom war heute mit Monsieur Duval zum Abendessen verabredet und ratet mal: Ich darf die Aurora in Dornröschen tanzen.« Wieder quietscht sie, das Geräusch ist so schrill, dass sie mühelos die Musik im Saal übertönt.

Ich will mir die Ohren zuhalten, aber ich kann mich nicht bewegen. Und deswegen kann ich auch ihre Worte nicht aussperren, obwohl ich nichts lieber will als das.

Ich darf die Aurora tanzen.

Mir dreht sich der Magen um. Das kann nicht wahr sein.

Darf es nicht.

Ist es aber.

»Oh mein Gott, Charlotte! Das ist mega!« Amber reißt die Augen auf und fällt Charlotte stürmisch um den Hals.

Ich dagegen stehe da wie erstarrt und beobachte fassungslos, wie auch Scarlett Charlotte lächelnd umarmt. Ich kann sehen, wie sich ihre Lippen bewegen, verstehe aber nicht, was sie sagen. Krampfhaft versuche ich die Tränen zurückzudrängen, die mir in den Augen brennen wie Säure.

Wie konnte das passieren?

Das ist meine Rolle. Die Rolle, auf die ich die letzten Wochen und Monate – nein, ganze *Jahre* hingearbeitet habe. Seit ich Ballett tanze, träume ich von dieser Rolle.

Und ich hatte sie. Aurora hat mir gehört. Noch vor ein paar Stunden war ich die Aurora. Monsieur Duval hat sie mir gegeben. Letzte Woche schon. Er hat mir gesagt, dass ich die Hauptrolle in Dornröschen tanzen würde. Vor sechs Tagen.

Wie zum Teufel konnte das also passiert sein?

Die Antwort ist leider denkbar einfach: Charlottes Mutter hatte ihre Finger im Spiel. Sie würde sonst nie mit unserem Ballettmeister zu Abend essen. Nicht, wenn dabei nicht irgendwas für Charlotte rausspringen würde, und seit ihr Dad Bürgermeister von Boston ist, bekommen Charlotte und ihre ältere Schwester Adaline immer, was sie wollen.

Bittere Enttäuschung steigt in mir auf. Ich hätte nie gedacht, dass Monsieur Duval derartig manipulierbar ist. Nicht, nachdem er uns tausendmal eingebläut hat, wie wichtig Talent, Disziplin und Aufopferungsbereitschaft für unsere Karrieren sind.

»Zoe?« Charlotte greift nach meiner Hand, und erst als ihre Finger meine umschließen, warm und eine Spur zu fest, merke ich, dass mir eiskalt ist.

Ich hebe den Kopf und begegne ihrem Lächeln. In ihren blauen Augen liegt Mitgefühl.

Nicht echt.

Nichts an Charlotte ist echt. Nicht das Mitgefühl, nicht das Lächeln, nicht ihre Freundschaft. Es ist das erste Mal, dass mir das richtig bewusst wird, obwohl die Zeichen früher schon da waren. Viele, viele Zeichen. Ich habe sie nur ignoriert, hartnäckig verdrängt. Ich wollte sie nicht erkennen. Aber jetzt geht es nicht mehr anders. Ich sehe alles, und ich will die Augen schließen und so tun, als wäre nichts davon wahr.

»Du bist mir nicht böse, oder? Ich weiß, dass du die Rolle auch haben wolltest, aber wir wissen beide, dass du noch nicht so weit bist, oder?« Unschuldig blinzelt sie mich an, und ich will ihr diesen Ausdruck aus dem Gesicht schlagen, ihr das blassblaue Kleid zerreißen, das abartig perfekt zu ihren Augen passt.

Ich will die Rolle nicht nur haben. Ich *hatte* sie. Ich wurde gewählt.

Ich.

Nicht sie.

Und sie hat sie mir gestohlen.

Weil sie es nicht erträgt, nicht im Mittelpunkt zu stehen. Weil sie es nicht erträgt, wenn jemand besser ist als sie.

Ihr Verrat tut weh. So weh, dass mir das Atmen schwerfällt. Dass ich für einen Moment keine Luft bekomme und das Gefühl habe, jeden Augenblick die Fassung zu verlieren und einfach loszuschreien. Vielleicht sollte ich das tun. Alles rauslassen.

»Zoe, komm schon, sag mir, dass du nicht böse auf mich bist«, bettelt Charlotte und schiebt schmollend die Unterlippe vor.

Ich weiß, was ich tun und sagen sollte. Dass sie sich die Rolle sonst wohin stecken kann. Und unsere Freundschaft genauso. Ich weiß, dass ich endlich mal Rückgrat zeigen und ihr sagen sollte, was ich von ihr halte.

Ich weiß es, und ich tue es trotzdem nicht. Weil ich Charlotte schon mein ganzes Leben lang kenne und weil ich außer ihr, Amber und Scarlett keine Freundinnen habe. Und mir ist vollkommen klar, was passieren wird, wenn ich jetzt nicht das sage, was sie von mir hören will.

Ich werde zur Aussätzigen, würde ohne Freundinnen das Schuljahr beenden und mein letztes beginnen. Neue Freundinnen zu finden, würde ein Ding der Unmöglichkeit werden, und Charlotte würde mir das Leben zur Hölle machen. Anders als jetzt, wo sie zumindest noch so tut, als wären wir Freundinnen. In ihren Augen sind wir das vielleicht sogar. Solange sie bekommt, was sie will, und ich schön da bleibe, wo ich hingehöre. In ihrem Schatten.

»Ich bin nicht böse«, würge ich hervor und ersticke fast an der Lüge. In mir zerbricht etwas. Vielleicht mein Herz. Oder mein Traum, es jemals auf die große Bühne zu schaffen. Ich kann es nicht klar benennen. Aber ich spüre es, höre das Geräusch so deutlich, dass ich mich unwillkürlich frage, wie es sein kann, dass es niemand sonst tut.

»Du hast es verdient.«

Wenn du dir nicht anders zu helfen weißt, als deine Mutter die Rolle für dich kaufen zu lassen, hast du sie tatsächlich verdient.

»Habe ich wirklich, oder?« Charlotte strahlt mich an, und jetzt schießen mir doch Tränen in die Augen. Sie spricht weiter, erzählt etwas, das ich nicht verstehe, weil es in meinen Ohren unangenehm zu fiepen beginnt. Mein Herz rast, und mein Atem geht auf einmal zu schnell, zu flach.

Ich muss hier raus. Ich murmle eine Entschuldigung, irgendwas davon, dass ich zur Toilette muss, aber meine Freundinnen reagieren überhaupt nicht. Amber und Scarlett sind voll und ganz auf Charlotte konzentriert. Der Mittelpunkt unser aller Welt. Es ist zum Kotzen.

Mit wackeligen Beinen entferne ich mich von ihnen, stolpere auf meinen High Heels durch den Ballsaal und sehe mich hektisch nach meinem Bruder um. Ich muss meinen Bruder finden. Und dann muss ich hier raus. Nach Hause. Wo niemand meinen Nervenzusammenbruch mitbekommt.

Aber Caleb ist nirgendwo zu entdecken, obwohl ich weiß, dass er noch hier ist. Er würde nie gehen, ohne mir Bescheid zu sagen und dafür zu sorgen, dass ich auch ohne ihn sicher nach Hause komme.

Irgendwann ist es mir egal, ob ich ihn finde oder nicht. Tränen laufen mir übers Gesicht, als ich aus dem Ballsaal stürze und nach draußen renne. Der Regen trifft mich wie ein Schlag, aber das Letzte, was ich jetzt tun will, ist umzudrehen und meinen Mantel zu holen. Bei meinem Glück würde ich Charlotte direkt wieder in die Arme laufen.

Danke, nein, darauf kann ich wirklich verzichten.

Zornig wische ich mir die Tränen von den Wangen, die sich auf meiner kalten Haut viel zu heiß anfühlen und sich mit den dicken Regentropfen vermischen, die vom nachtschwarzen Himmel fallen, während ich nach Hause haste.

Es ist nicht weit, ich brauche nur fünfzehn Minuten, trotzdem bin ich nass bis auf die Haut, als ich endlich das schmiedeeiserne Tor zu unserem Garten öffne, das mit einem leisen Quietschen aufschwingt. Egal, wie groß die Häuser in Beacon Hill sind, die Gärten sind winzig. Praktisch nicht existent.

Unserer ist gerade groß genug für Moms geliebte Terrasse und eine kleine Rasenfläche, auf der die beiden Rotbuchen stehen, die das Baumhaus stützen, das Dad vor Jahren für Caleb und mich gebaut hat. Ich liebe dieses Baumhaus, habe es schon immer geliebt und tue es noch mehr, seit Caleb eines Tages beschlossen hat, dass er zu cool dafür ist.

Seitdem gehört das Baumhaus nur mir, es ist mein ganz persönlicher Rückzugsort. Mein Versteck.

Im Wohnzimmer brennt noch Licht, als ich aus den hohen Schuhen schlüpfe und auf nackten Füßen so leise wie möglich durch den Garten husche. Es ist unwahrscheinlich, dass meine Eltern mich hören, aber nicht unmöglich, und ich kann darauf verzichten, dass sie mich dabei erwischen, wie ich die Leiter zum Baumhaus hochklettere, anstatt reinzugehen und mich in meinem Bett zu verkriechen. Dann würden sie wissen wollen, was passiert ist, und ich will nicht darüber reden.

Ich zittere am ganzen Körper, als ich endlich oben ankomme. In meinem klatschnassen Kleid friere ich erbärmlich, was – angesichts der Tatsache, dass ich im März ohne Mantel durch den Regen gerannt bin wie ein wandelndes Klischee – kein Wunder ist.

Leise fluchend suche ich nach dem Schalter für die batteriebetriebene Lichterkette, und einen Augenblick später durchflutet das warme Licht unzähliger kleiner Lampen das Baumhaus. Ich zerre mir den klebrigen Stoff von der kalten Haut und taste nach dem Harvard-Hoodie, den ich hier oben aufbewahre. Er gehört meinem Dad, ich habe ihn vor Monaten aus der Kiste für die Altkleidersammlung gerettet. Mom neigt dazu, alles auszusortieren, was wir nicht rechtzeitig in Sicherheit bringen.

Mir entfährt ein erleichtertes Seufzen, als ich mich in den Hoodie kuschle. Er ist so groß, dass er mir bis zur Mitte der Oberschenkel reicht. Der Stoff ist weich, die Nähte sind teilweise aufgegangen, aber das stört mich nicht. Ich lasse mich auf die unzähligen Kissen fallen, die den Boden fast vollständig bedecken, ziehe mir gleich beide Wolldecken über die Beine und taste nach meinem Notizbuch.

Mein rasender Puls kommt zur Ruhe, sobald ich es aufschlage und die noch leeren Seiten mir entgegenblicken. Leere Seiten, die nur darauf warten, dass ich sie mit meinen Gedanken und meinem Schmerz fülle. Ich setze gerade den Stift auf das Papier, als ich eine vertraute Stimme höre und erschrocken zusammenzucke.

»Was machst du hier, Pixie? Solltest du nicht auf einem Ball sein?« Jase steht lässig in der Tür des Baumhauses und scheint sich kein bisschen dafür zu interessieren, dass er genauso nass ist wie ich. Regentropfen fallen aus seinen zerzausten blonden Haaren auf seine Schultern, und zum tausendsten Mal fällt mir auf, wie schön er ist.

Zu schön für einen Achtzehnjährigen. Das Adjektiv ist sowieso völlig falsch. Er dürfte maximal süß sein. Vielleicht heiß. Nicht schön. Das ändert aber trotzdem nichts an der Tatsache, dass er es ist.

»Wie oft muss ich dir eigentlich noch sagen, dass du mich

nicht so nennen sollst?«, gebe ich spitz zurück, ohne seine Frage zu beantworten, und hoffe, dass er nicht merkt, wie mir das Blut in die Wangen schießt. Und dass ich ziemlich sicher immer noch völlig verheult aussehe.

Ein Grinsen huscht über sein Gesicht. »Bis ich von deinen ständigen Beschwerden irgendwann tot umfalle.« Er schlägt die Beine übereinander und lehnt sich mit der Schulter an den Türrahmen. Die Tür ist nicht richtig hinter ihm zugefallen, ich kann den Regen hören, aber ich bitte ihn nicht, die Tür zu schließen. Das Geräusch ist beruhigend. Anders beruhigend als die Tropfen, die einer nach dem anderen auf das Dach des Baumhauses prasseln.

»Dann sollte ich mir wohl ein bisschen mehr Mühe geben«, erwidere ich spöttisch, verkneife mir aber nur mit Mühe ein Lächeln. Er glaubt, dass ich den Spitznamen hasse, und am Anfang habe ich das vielleicht auch. Aber während der letzten vier Jahre, in denen Jase und Caleb beste Freunde geworden sind und so viel Zeit miteinander verbracht haben, dass es sich manchmal so anfühlt, als wäre er bei uns eingezogen, habe ich angefangen, den Namen zu mögen. Nicht, dass ich das jemals zugeben würde.

Er lacht leise, und mein Herz macht einen Satz. Jase lacht nicht oft, und dass er es jetzt tut, ist irgendwie … schön. Und ziemlich beängstigend.

»Vielleicht«, schmunzelt er und macht einen ersten Schritt in das Baumhaus hinein. Die Tür fällt mit einem kaum hörbaren Klicken hinter ihm ins Schloss, und der Raum fühlt sich plötzlich viel zu klein an. Noch ein Schritt, dann kniet er sich vor mich auf den Holzboden und mustert mich aus viel zu grünen Augen. »Also, was machst du hier?«

»Ist doch völlig egal.« Ich seufze und streiche mir eine nasse Haarsträhne aus der Stirn, als meine Gedanken zurück zu

Charlotte wandern. Für ein paar Sekunden habe ich beinahe vergessen, dass ich nur ihretwegen weggelaufen bin.

Jase legt den Kopf schief, sieht mich einfach nur an. So intensiv, dass meine Haut zu kribbeln beginnt. Dann nimmt er mir erst das Notizbuch und den Stift aus der Hand, reißt eine Seite heraus und setzt sich auf den Boden, ein Bein lang ausgestreckt, das andere angewinkelt. »Was soll das werden?«, frage ich misstrauisch, als der Stift über das Papier kratzt.

Ohne ein Wort reicht er mir den Zettel.

Was ist passiert?

Meine Augenbrauen wandern nach oben. »Was soll das werden?«, wiederhole ich, obwohl ich genau weiß, dass Jase mich auch beim ersten Mal verstanden hat.

Seine Mundwinkel heben sich, er zuckt mit den Schultern und hält mir den Stift hin. »Beantworte einfach die Frage.«

Ein Teil von mir will ihn aus dem Baumhaus werfen, den Zettel zerknüllen und hinterherschmeißen. Doch da ist noch ein anderer Teil, der viel zu neugierig ist, wohin das alles führen wird.

Also nehme ich ihm den Stift aus der Hand und tue, was er verlangt. Ich beantworte die Frage.

Charlotte hat mir die Hauptrolle in Dornröschen geklaut, und ich hasse sie dafür. Ich hasse sie wirklich. Und trotzdem weiß ich, dass ich morgen so tun werde, als wäre es mir egal, dass sie mir die Rolle weggenommen hat. Und dafür hasse ich mich noch ein bisschen mehr.

Ich weiß bis heute nicht, warum ich ihm in jener Nacht die Wahrheit anvertraut habe. Vielleicht wollte ich testen, ob er mich auslacht. Was er nicht tut. Vielleicht wollte ich mich selbst testen. Keine Ahnung. Vielleicht ist es auch egal.

Er liest die wenigen Sätze, faltet den Zettel dann zusammen und steckt ihn in die Innentasche seiner Anzugjacke. Doch bevor ich ihn fragen kann, was das jetzt wieder zu bedeuten hat, zeigt er auf das Notizbuch. »Du bist dran.«

Ich zögere kurz und schiebe dann alle Zweifel, die in mir aufsteigen wollen, beiseite. Das Papier raschelt leise, als ich ebenfalls eine Seite aus dem Notizbuch reiße, meine Frage aufschreibe und ihm den Zettel reiche. Seine Augen huschen über die Frage, dann kritzelt er eine knappe Antwort auf das Papier und gibt mir den Zettel zurück.

Warum bist du hier?
Langeweile.

Ungläubig starre ich auf das eine Wort. Er ist hier, weil ihm *langweilig* ist? Die Frage liegt mir auf der Zunge, aber ich schlucke sie hinunter und mache es wie er. Ich falte den Zettel, schiebe ihn unter das Kissen, auf dem ich sitze, und reiche ihm dann eine meiner Decken.

»Hier. Damit du dir nicht den Tod holst.«

»Du weißt aber schon, dass du mir dadurch die Chance gibst, dich noch jahrelang Pixie zu nennen, oder?«

Ich verdrehe die Augen, muss aber grinsen. »Wenn du sie nicht willst …« Ich mache Anstalten, die Decke wieder wegzuziehen, aber Jase ist schneller.

Er schließt seine Finger um den dicken Wollstoff, schlüpft aus seinem nassen Jackett und schlingt sich die Decke um die Schultern. Dann streckt er mir auffordernd eine Hand entgegen. Ich zögere keine Sekunde und reiche ihm das Notizbuch.

Frage folgt auf Frage und Antwort auf Antwort. Wir sprechen kein Wort mehr in jener Nacht, schließen stumm einen Pakt, dass eine Antwort keine tiefergehende Frage nach sich ziehen darf.

Zwei Tage später finde ich einen zerknüllten Zettel im Baumhaus. Die Schrift ist unordentlich und jetzt schon viel zu vertraut.

Verrat mir deine Wahrheiten, dann erfährst du meine.
-J

Und so beginnt unser Spiel.

Wir spielen nach Regeln, die keiner von uns je festgelegt hat, und wir spielen beide auf unterschiedliche Weise.

Ich hinterlasse Zettel im Baumhaus, wann immer mich etwas beschäftigt. Es spielt keine Rolle, worum es geht. Wenn ich etwas loswerden muss, schreibe ich es auf. Jase dagegen braucht Fragen. Ich weiß nicht, warum, und ich bohre nie nach. Aber er braucht die Fragen, die ich ihm stelle. Andernfalls ist da nichts. Kein Zettel, keine Wahrheit. Gar nichts.

Es ist, als wollte er mir seine Wahrheiten zwar anvertrauen, doch gleichzeitig hält ihn etwas davon ab. Als könnte er diese Wahrheiten nur preisgeben, wenn ich ihn gezielt nach etwas frage. Als würde er sie sonst in sich einsperren.

Wir vertrauen uns Wahrheiten an, die wir nie im Leben laut ausgesprochen hätten. Es ist wie ein Rausch, ein Warten darauf, wer den anderen zuerst verrät.

Aber Jase bewahrt meine Wahrheiten und ich seine.

Bis ich drei Monate später die Regeln ändere.

Küss mich. Heute Nacht.
- P

1. TEIL

Entrée

Erste Phase des
Pas de deux

1. KAPITEL
Zoe

Warum verstehst du dich so gut mit deinen Eltern?

Weil sie mich sein lassen, wer ich bin.
Es ist nicht so, dass sie mir alles durchgehen lassen,
aber sie erlauben mir, meine eigenen Fehler zu machen.
Und ich weiß, dass sie immer für mich da sind,
egal, welche Fehler ich mache.
- P

»Zoe! Wo zum Teufel bleibst du?«, brüllt Caleb durchs Haus. Ich kann beinahe vor mir sehen, wie er mit genervter Miene unten am Treppenabsatz steht und alle zwei Sekunden einen Blick auf sein Handy wirft, um die Uhrzeit zu checken.

»Ich komme!«

»Dir ist schon klar, dass das dein erster Tag am College ist, oder?«

»Richtig«, murmle ich augenrollend. Es ist *mein* erster Tag – nicht am College, sondern an der New England School of Ballet, aber das sind Details, die Caleb gerade offensichtlich nicht interessieren. So oder so ist es kein Grund, so einen Stress zu machen.

»Du kommst zu spät!«

»Caleb, hör auf, so rumzuschreien!«, brülle ich zurück und streiche mir eine rostrote Haarsträhne aus der Stirn. Mich zu hetzen hat noch nie dazu geführt, dass wir früher loskommen. Meistens brauche ich dann noch länger. »Ich komme sofort.«

Sein tiefes Aufstöhnen lässt mich grinsen. Ich lasse meinen Blick ein letztes Mal durch mein Zimmer schweifen, über die weißen Möbel, die cremefarbene Bettwäsche und den weichen Teppich. Der Schreibtisch ist in den Ferien verschwunden, genauso wie meine Schulbücher. Alles andere – meine Klamotten, die Ballettsachen und den Kleinkram, den ich für mein neues Zimmer mitnehmen will – ist vor ein paar Tagen in vier riesige Koffer gewandert.

Ich habe schon vor einer Woche mit dem Packen begonnen, ständig mit dem Gedanken im Hinterkopf, dass ich bestimmt irgendwas vergesse, wenn ich nicht früh genug damit anfange. Heute weiß ich, dass ich mir darüber nicht den Kopf hätte zerbrechen müssen. Ich habe fast alles eingepackt, das ich besitze.

Ein ganzes Leben in vier Koffern.

Ich greife nach meinem Rucksack, wende mich ab und verlasse mein Zimmer. Am Türrahmen bleibe ich jedoch schon wieder stehen und streiche mit der Hand über die Zahlen, die Mom Jahr für Jahr in das Holz geritzt hat, wenn ich wieder ein Stück gewachsen war. Wehmut steigt in mir auf. Es fühlt sich wie ein Abschied an, obwohl es keiner ist. Ich kann immer nach Hause kommen, schließlich verlasse ich nicht einmal die Stadt. Ich bleibe in Boston. Ich ziehe nur ein Viertel weiter. Das ist eine Autofahrt von gerade mal zwanzig Minuten. Mehr nicht. Trotzdem habe ich auf einmal einen Kloß im Hals, und meine Augen beginnen zu brennen.

Doch bevor ich richtig sentimental werden kann, ruft Caleb erneut meinen Namen.

»Ich komme«, erwidere ich zum dritten Mal, löse die Hand vom Türrahmen und laufe den Flur entlang und die Treppe hinunter.

Meine Eltern und mein Bruder warten unten vor der Haustür auf mich. Caleb hockt auf einem meiner Koffer, wie erwartet das Handy in der Hand. Die dunklen Haare, die er von Dad geerbt hat, fallen ihm in zerzausten Locken in die Stirn. Er hebt den Kopf, als er meine Schritte hört und stößt ein theatralisches Seufzen aus.

»Na endlich!«

»Caleb, lass sie in Ruhe«, mahnt Mom, aber ihr Lächeln verrät, dass sie es nicht wirklich ernst meint.

»Genau, Caleb, lass mich in Ruhe«, stichle ich grinsend. »Du musst ja nicht mitkommen, wenn dir das alles zu lange dauert.«

Caleb steht auf, und der Koffer, auf dem er gerade noch gesessen hat, kippt zur Seite und landet mit einem dumpfen Geräusch auf dem Boden. Ich zucke zusammen und beiße mir auf die Lippe, um mir einen gequälten Laut zu verkneifen. In einem der Koffer liegen nämlich obenauf die Lichterketten. Hoffentlich war es nicht dieser.

»Aber dann würde ich die Chance verpassen, dich zu blamieren, und die kann ich mir nicht entgehen lassen.« Er tritt auf mich zu und zerzaust mir die Haare. Ich versuche ihm auszuweichen, bin allerdings zu langsam, und meine Frisur löst sich in Wohlgefallen auf.

»Gott, Caleb, wie alt bist du?« Ich löse das Haargummi aus meinen Locken und fasse sie erneut zu einem Zopf zusammen.

»Jedenfalls älter als du«, gibt er lachend zurück. »Und jetzt los.« Er greift nach dem ersten Koffer, Dad, der die ganze Szene schmunzelnd beobachtet hat, nimmt Koffer Nummer zwei und drei und folgt meinem Bruder zur Tür.

Mom legt mir eine Hand auf den Rücken und schiebt mich ebenfalls zur Tür, während sie gleichzeitig den Griff vom letzten Koffer umfasst.

Ein paar Minuten später ist alles im Kofferraum von Dads überdimensionalem SUV verstaut, und Caleb und ich schieben uns auf die Rückbank, während Mom und Dad vorne einsteigen.

»Ihr müsst wirklich nicht alle mitkommen«, versichere ich in dem ziemlich vergeblichen Versuch, sie genau davon abzuhalten. Wahrscheinlich bin ich die einzige Studentin, die von ihrer gesamten Familie hergebracht wird.

»Doch, müssen wir«, widersprechen Mom und Dad im Chor.

Mom dreht sich auf dem Beifahrersitz zu mir um, ihre grünen Augen glitzern verdächtig. »Wir sind einfach so stolz auf dich.«

Ich spüre, wie mir Hitze in die Wangen steigt, öffne den Mund, um etwas zu erwidern, aber Caleb greift nach meiner Hand und drückt sie fest. »Lass sie«, flüstert er leise. »Ihr Baby zieht heute aus.«

Ich will widersprechen, weil das Quatsch ist, aber ich weiß, was er damit meint, und dann sehe ich das stolze Funkeln in Moms Blick und klappe den Mund geräuschvoll wieder zu.

»Wer hätte gedacht, dass du es so weit schaffen würdest.« Ihre vollen Lippen verziehen sich zu einem breiten Lächeln, das die Sommersprossen auf ihren Wangen tanzen lässt.

»Ich«, mischt Dad sich ein, ohne den Blick von der Straße zu nehmen.

»Danke, Dad.«

Er zwinkert mir im Rückspiegel verschwörerisch zu. Seine Augen sind genauso warm und braun wie Calebs.

»So habe ich das nicht gemeint«, protestiert Mom. »Ich habe

auch immer an dich geglaubt, Schätzchen, das weißt du. Aber ich muss immer daran zurückdenken, wie wir dich damals zu deiner ersten Ballettstunde gebracht haben. Du warst so klein und unbeholfen, und heute bist du … Du bist so schön und talentiert, und jetzt gehst du auf eine der besten Ballettschulen des Landes. Das ist einfach so …« Mom bricht ab und wischt sich eine Träne von der Wange. So gerührt habe ich sie das letzte Mal gesehen, als Caleb und ich unsere Schulabschlüsse gemacht haben.

»Ach, Mom. Nicht weinen.« Ich lehne mich nach vorne und lege ihr eine Hand auf die Schulter.

»Genau, Mom, du hast heute keine wasserfeste Wimperntusche benutzt«, wirft Caleb von der Seite ein, und ich funkle ihn böse an.

»Nicht hilfreich«, zische ich in seine Richtung, doch Mom stößt ein ersticktes Lachen aus, und Caleb grinst triumphierend.

»Ich bin immer hilfreich.«

»Du bist vor allem immer nervig«, schieße ich zurück, allerdings wissen wir beide, dass ich es nicht ernst meine. Caleb ist mein großer Bruder, und manchmal ist er tatsächlich nervig, aber vor allem ist er mein bester Freund.

»Hab dich auch lieb, Schwesterherz.« Caleb zieht sanft an meinem Zopf, und ich ergebe mich meinem Schicksal, weil ein Pferdeschwanz heute offensichtlich keine Option ist.

Seufzend löse ich das Haargummi aus meinen Locken, verzichte auf einen dritten Versuch und greife nach meinem Rucksack, um mich zu vergewissern, dass ich wirklich alles eingepackt habe. Sicher ist sicher.

Doch noch bevor ich einen Blick reinwerfen kann, nimmt Caleb mir den Rucksack ab, stopft ihn vor sich in den Fußraum und ignoriert meinen Protest. »Du hast alles eingepackt«, sagt er bestimmt. »Du brauchst nicht zum tausendsten Mal nachzugucken. Das hast du heute Morgen nach dem Frühstück schon gemacht.«

»Lass es mich trotzdem noch mal kontrollieren«, bitte ich, weil ich mich wirklich dringend selbst vergewissern muss, dass alles da ist. Ich strecke eine Hand nach dem Rucksack aus, aber Caleb schiebt ihn mit dem Fuß aus meiner Reichweite. »Komm schon, Caleb. Bitte. Was ist, wenn ich was vergessen habe?«

»Du bist der perfektionistischste Mensch, den ich kenne. Du hast nichts vergessen.«

Wahrscheinlich hat er recht, aber was, wenn doch?

»Ganz abgesehen davon – selbst wenn du was vergessen hättest, könnte einer von uns dir das noch schnell vorbeibringen oder du holst es dir selbst zu Hause ab«, fährt er ungerührt fort, als hätte er meine Gedanken gelesen.

»Schau wenigstens nach, ob ich den Ordner eingepackt habe. Da sind alle Unterlagen abgeheftet, die ich brauche.«

Seufzend gibt Caleb nach, öffnet den Rucksack und klappt ihn eine Sekunde später wieder zu. Aber das hat gereicht, um den grauen Ordner zu entdecken, den ich zusammen mit meiner Zusage vor ein paar Wochen bekommen habe. Erleichtert atme ich auf und lasse mich in die weichen Polster zurücksinken.

Es fühlt sich noch immer seltsam an, dass ich tatsächlich genommen wurde. Unwirklich. Wie ein Traum.

Wie *mein* Traum.

Und er ist wahr geworden.

Ich habe davon geträumt, die New England School of Ballet zu besuchen, seit mir zum ersten Mal der Gedanke gekommen ist, dass das Ballett mehr ist als nur ein Hobby.

Ballett ist alles für mich. Ich will ganz nach oben. Auf die große Bühne. Und mit der Zusage bin ich meinem Ziel einen großen Schritt näher gekommen.

* * *

Caleb stößt einen beeindruckten Pfiff aus, nachdem Dad den Wagen auf dem Parkplatz direkt vor dem Campus geparkt hat.

»Sicher, dass wir hier richtig sind? Das sieht nicht unbedingt aus wie eine Ballettschule.«

»Abgefahren, oder?« Mein Herz macht einen aufgeregten Satz. Ich brauche Calebs Antwort nicht zu hören. Es *ist* abgefahren.

Caleb und Dad heben meine Koffer aus dem Kofferraum, dann überqueren wir den Parkplatz und nähern uns dem schmiedeeisernen Tor, das in die hohe Sandsteinmauer eingelassen ist, die den Campus umgibt.

Ein strahlendes Lächeln breitet sich auf meinem Gesicht aus, als wir unter dem hohen Tor hindurchtreten, auf dessen Torbogen in schnörkellosen Buchstaben der Name der Schule prangt.

Es ist wirklich wunderschön hier. Direkt vor uns, in der Mitte des Campus, befindet sich ihr Herzstück – das Theater mit der breiten, einladenden Treppe, die an die Treppe des Metropolitan Museums of Art in New York erinnert, weniger groß, aber nicht weniger eindrucksvoll. Die anderen Gebäude sind um das Theater herumgebaut worden. Das kleine Verwaltungsgebäude befindet sich hinter dem Theater, zwischen dem Unterrichtsgebäude, in dem die Theoriekurse stattfinden, und dem Trainingsgebäude, wo es nicht nur mehr als ein Dutzend Ballettsäle gibt, sondern auch ein Gym, ein Schwimmbad und eine Sauna. Die beiden Wohnheime – eins für die jüngeren Schüler, die hier auch ihren Highschool-Abschluss machen können, und eins für die Älteren, die Tanz studieren – umschließen das Theater rechts und links. Sämtliche Bauten sind aus Sandstein und greifen den viktorianischen Stil auf, für den Back Bay – das Viertel der Reichen und Mächtigen in Boston – berühmt ist. Hinter den Gebäuden erstrecken sich bis zur Mauer grüne Rasenflächen.

Überall auf dem Campus begrüßen Scharen an Studierenden einander fröhlich, nachdem sich die meisten von ihnen während des Sommers wahrscheinlich nicht gesehen haben. Einige werden von ihren Eltern begleitet, vor allem die Jüngeren, die meisten sind aber allein unterwegs.

»Wo müssen wir hin?« Dad wirft mir über die Schulter hinweg einen fragenden Blick zu, und ich deute auf das Verwaltungsgebäude.

»Ich muss noch den Schlüssel für mein Zimmer abholen«, erkläre ich und rufe mir kurz in Erinnerung, ab wann ich mein Zimmer beziehen kann, und wo ich den Schlüssel herbekomme.

Mit der Zusage der New England School of Ballet kam auch ein Paket, in dem sich, neben einem grauen Hoodie mit Schulwappen, auch der hellgraue Ordner befand, der sämtliche Informationen enthält, die ich für die erste Zeit brauche. Meinen Stundenplan, die Agenda für die erste Woche, inklusive den Terminen beim Physiotherapeuten und der Ernährungsberaterin, ein Lageplan und das Regelwerk mit allen Vorschriften zu Drogen und Alkohol. Es gibt einen kurzen Absatz zur Kleiderordnung im Unterricht und einen deutlich längeren zum Umgang mit Essstörungen.

Alles ist durchgeplant, nicht nur die erste Woche, sondern auch der erste Tag. Zwischen zehn und fünfzehn Uhr können die neuen Schülerinnen und Schüler sich anmelden, ihre Schlüssel abholen und ihre Zimmer beziehen. Um sechzehn

Uhr hält der Direktor die Willkommensrede im Theater, und danach steht ein gemeinsames Kennenlernabendessen auf dem Programm.

»Zoe? Wir warten draußen auf dich, in Ordnung?« Dads sanfte Stimme reißt mich aus meinen Gedanken und lässt mich innehalten. Mom, Caleb und er sind vor dem Verwaltungsgebäude stehen geblieben, während ich schon einen Fuß auf die unterste Steinstufe gesetzt habe.

»Klar. Bis gleich.« Ich warte seine Antwort nicht ab, steige die Treppe hinauf und schlüpfe durch die Eingangstür.

Drinnen ist es überraschend kühl und still. Die einzigen Geräusche, die den großen Raum mit den hohen Decken füllen, sind das gedämpfte Murmeln vereinzelter Stimmen. Man läuft geradewegs auf eine Art Rezeption zu, und vor den großen Fenstern, die einen perfekten Blick auf die Rückseite des Theaters freigeben, befindet sich eine gemütliche Sitzecke mit zwei Sofas, runden Tischen und ein paar Sesseln. Warmes Sonnenlicht malt Schatten auf den dunklen Parkettboden und auf die meterhohen Wände, an denen überall Bilder verschiedener Tänzerinnen und Tänzer in den unterschiedlichsten Figuren hängen.

Vereinzelt stehen Jungen und Mädchen in Grüppchen zusammen mit ihren Eltern. Die meisten von ihnen scheinen in meinem Alter zu sein, ein paar von ihnen hängen an ihren Handys, andere unterhalten sich.

Ich reihe mich hinter zwei Mädchen in die kurze Schlange vor der Rezeption ein, und zehn Minuten später verlasse ich das Gebäude mit meinem Zimmerschlüssel.

»Hat alles geklappt?«, erkundigt Mom sich, als ich zu ihnen trete, und schirmt ihre Augen mit einer Hand vor dem Sonnenlicht ab.

»Völlig problemlos. Wir müssen da rüber.« Ich deute auf das

Wohnheim, bevor ich mich neben Caleb schiebe, der wie immer mit seinem Smartphone beschäftigt ist.

Ich warte, bis Mom und Dad ein paar Schritte vorausgegangen sind, bevor ich mit einem vielsagenden Grinsen auf sein Handy tippe. »Weißt du, irgendwie glaube ich dir nicht, dass du mitgekommen bist, um mich vor irgendwem zu blamieren. Du versuchst dich abzulenken. Auf wessen Nachricht wartest du so sehnsüchtig, hm?«

Calebs Gesicht läuft knallrot an, es ist beinahe niedlich, wie er sich vor Verlegenheit windet. »Parkers.«

Mir entfährt ein begeistertes Quietschen. »Nicht dein Ernst! Seit wann schreibt ihr?«

»Seit ein paar Wochen.« Die Röte auf seinen Wangen vertieft sich.

»Und das sagst du mir jetzt erst?« In gespielter Empörung funkle ich ihn an.

»Es gibt nichts zu erzählen. Wir schreiben uns, das war's.«

»Aber du stehst seit Monaten auf ihn! Dass ihr jetzt schreibt, ist eine wirklich große Sache.«

»Ich weiß, aber …« Er bricht ab, ein unsicherer Ausdruck erscheint auf seinem Gesicht. Eine Unsicherheit, die nicht zu ihm passt.

Mein Bruder ist der selbstbewussteste Mensch, den ich kenne. Er ist zwei Köpfe größer als ich und hat die Statur des Quarterbacks, der er nun mal ist. Er spielt im Footballteam von Harvard, ist jetzt im zweiten Jahr und hat große Pläne. Die Highschool hat er mit eins Komma null abgeschlossen, nach seinem Collegeabschluss will er an die Harvard Business School gehen, seinen Master machen und dann ins Kosmetikunternehmen unserer Mom einsteigen. Er ist ein beeindruckender Kerl, und er weiß es. Nur wenn es um Parker geht, verliert er seine Selbstsicherheit. Und jedes Mal, wenn ich dieses verunsicherte Flackern in seinen Augen sehe, blutet mir das Herz.

»Wovor hast du Angst?«, will ich wissen und stupse ihn sanft an.

»Dass er mich nicht mag?«

»Das klingt wie eine Frage.«

»Zoe – «

»Er wird dich mögen«, unterbreche ich ihn. »Auf jeden Fall. Man kann dich gar nicht nicht mögen.«

»Kann man schon«, murmelt Caleb und fährt sich mit beiden Händen durch die dunklen Locken.

»Wird er aber nicht!« Ich mustere ihn streng. Caleb zieht eine Grimasse, wirkt aber nicht wirklich überzeugt. Daran muss ich wohl noch arbeiten.

»Mhm«, macht er nur.

»Vertrau mir einfach!«

»Dir vertraue ich. Nur mir selbst nicht.«

»Dann wird es Zeit!«

»Schon klar. Aber heute geht es um dich, also konzentrieren wir uns darauf, okay?«

Ich will protestieren, aber wir sind inzwischen beim Wohnheim angekommen. Dad hält uns die Tür auf, und Caleb schiebt mich bestimmt hinein.

Ein aufgeregtes Kribbeln breitet sich in mir aus, als ich das Gebäude betrete, in dem ich die nächsten vier Jahre wohnen werde, und in diesem Moment begreife ich so wirklich *wirklich*, dass es tatsächlich passiert. Dass ich tatsächlich hier bin. In diesem langgezogenen Sandsteinbau mit den hellen Wänden und dunklen, abgenutzten Dielen. Es gibt vier Stockwerke, aber keinen Aufzug. Im Erdgeschoss befindet sich der Speisesaal, in allen anderen Stockwerken sind die Schlafzimmer und Aufenthaltsräume – einer auf jeder Etage – untergebracht.

Mein Zimmer ist im vierten Stock, direkt unterm Dach, das vorletzte am Ende des Flurs. Als ich vor der Tür ankomme und den Schlüssel aus der Tasche ziehe, erhasche ich einen Blick auf den angrenzenden Aufenthaltsraum.

Ich muss lächeln. Im nächsten Moment wird mein Lächeln noch breiter, als ich in *mein* Zimmer eintrete. Der dunkle Holzboden steht im starken Kontrast zu den weißen, mit Stuckleisten verzierten Wänden. Ein kleiner Eingangsbereich, der gerade für eine Garderobe reicht, führt in ein geräumiges Zimmer mit hohen Fenstern und einer breiten Fensterbank. Das Bett ist kleiner als meins zu Hause, genauso wie der Kleiderschrank, trotzdem habe ich mehr Platz als erwartet. Es gibt einen Schreibtisch samt Stuhl und direkt neben der Zimmertür führt eine weitere ins Badezimmer. Es ist winzig, aber ich habe hier eine Dusche, ein Waschbecken und eine Toilette nur für mich. Dank der weißen Wände und den hohen Fenstern wirkt das Zimmer, trotz des dunklen Parketts, sehr hell und freundlich, und, obwohl es, abgesehen von den wenigen, ebenfalls weißen Möbeln, praktisch leer ist, versprüht es mit seinen Stuckleisten unheimlich viel Charme.

»Also eure Zimmer sind definitiv besser als die Zimmer in Harvard.« Geräuschvoll lässt Caleb den Koffer auf den Boden fallen, und ich muss lachen.

»Du wohnst nicht mal auf dem Campus.«

Caleb geht seit einem Jahr nach Harvard, aber das Wohnheim hat er nur ein einziges Mal betreten und danach nie wieder. Die Alternative ist auch deutlich schöner. Er wohnt zusammen mit seinen besten Freunden in einer Penthousewohnung im Westend. Dagegen kommt kein Wohnheimzimmer der Welt an.

»Ich hab die Wohnheime aber gesehen. Und das hier ist viel besser.«

»Stimmt, ist es«, gebe ich ihm vergnügt recht.

»Brauchst du Hilfe beim Auspacken?«, will Mom wissen, doch ich schüttle schnell den Kopf.

»Danke, aber das schaffe ich allein.«

»Du willst nur nicht, dass jemand deine heilige Ordnung durcheinanderbringt«, neckt Caleb mich.

»Na und?« Pikiert rümpfe ich die Nase.

Ich mag meine Ordnung. Sie ist das Einzige, was ich von Dad geerbt habe. Mom und Caleb leben im Chaos, und ich habe nicht den blassesten Schimmer, wie sie jemals irgendwas finden, wenn sie was suchen. Bei mir hat jedes noch so kleine Teil seinen angestammten Platz. Und deswegen muss ich meine Taschen auch selbst auspacken.

»Wie es aussieht, ist es dann wohl Zeit, Abschied zu nehmen«, sagt Dad und breitet beide Arme aus, um mich in eine feste Umarmung zu ziehen. »Viel Spaß, Kleines.«

»Danke, Dad«, wispere ich und habe plötzlich einen dicken Kloß im Hals. *Oh Gott, nicht heulen, nicht jetzt.* Wenn ich jetzt anfange zu heulen, geht Mom nie.

»Ruf mich an, wenn etwas ist. Oder wenn nichts ist. Du kannst mich immer anrufen.« Mom drückt mir einen Kuss auf die Stirn, nachdem ich mich von Dad gelöst habe. In ihren Augen glitzern schon wieder Tränen. Sie räuspert sich und streicht mir übers Haar. »Ich bin stolz auf dich.«

»Mach sie fertig.« Caleb schlingt von hinten beide Arme um mich und hebt mich hoch, bis meine Füße den Boden nicht mehr berühren.

»Es geht hier um Ballett, nicht um Football«, erinnere ich ihn und strample mit den Beinen, damit er mich wieder runterlässt. Caleb hat mich früher immer wie eine Puppe rumgetragen, bis ich alt genug war, um mich zu wehren.

»Ist doch egal. Mach sie trotzdem fertig. Und vergiss nie,

wie gut du bist. Und wie stark.« Er setzt mich wieder auf dem Boden ab, dreht mich zu sich herum und hält mir seinen kleinen Finger hin. Sein Blick ist ernst, und ich weiß genau, woran er denkt.

In mir wird alles ruhig, für einen Moment höre ich nur noch das Rauschen des Bluts in meinen Ohren.

Ich hake meinen Finger ein und nicke. »Versprochen.«

DAVOR
Zoe

Ein Jahr zuvor
25. Juni 6:32 AM

So leise wie möglich schleiche ich die Treppe nach unten und an der Küche vorbei ins Wohnzimmer zur Hintertür. Aus der Küche höre ich Dad ziemlich schief irgendein Lied aus den Achtzigern mitsingen und bete, dass er mich nicht bemerkt. Wie so oft in den letzten Monaten.

Seit Jase und ich angefangen haben, uns Zettel in meinem Baumhaus zu hinterlassen, schleiche ich mich Morgen für Morgen aus dem Haus, um nachzuschauen, ob wieder eine Wahrheit für mich da ist.

Meine Familie weiß nichts davon, nicht einmal – oder vor allem nicht – Caleb. Mehr als einmal habe ich überlegt, ihm alles zu erzählen, immerhin ist Jase sein bester Freund. Aber ich habe die Worte nie über die Lippen gebracht. Wahrscheinlich aus genau diesem Grund.

Jase ist sein bester Freund.

Und ich habe mich in ihn verliebt. Nicht Hals über Kopf, sondern langsam und schleichend. In ihn und seine Wahrheiten. Seine Verletzlichkeit. Seine Offenheit.

Er hat mir eine Seite von sich gezeigt, die er sonst vor allen versteckt. Ich weiß das, schließlich kenne ich ihn seit Jahren.

Und der Jase, der er vor allen anderen vorgibt zu sein, ist nicht derselbe, der mir seine Wahrheiten anvertraut.

Im Gegenzug hat er mir mein Herz gestohlen.

Die Hintertür quietscht kaum hörbar, als ich sie aufziehe und auf die Terrasse trete. Die Sonne hat es noch nicht über die Hausdächer geschafft, es ist noch zu früh, aber der Himmel ist strahlend blau und verspricht einen heißen Sommertag.

Der perfekte letzte Schultag. Ab morgen zählt für ein paar Wochen nur noch das Ballett. Vor mir liegt ein ganzer Sommer voller Extra-Stunden, damit ich mich auf die Bewerbung für das Tanzstudium vorbereiten kann.

Heute dagegen ist Calebs Tag. Für ihn ist es wirklich der allerletzte Schultag. Seine Zeit an der Highschool ist heute Mittag offiziell vorbei.

Wehmut steigt in mir auf. Es wird seltsam sein, im Herbst ohne meinen Bruder an die Schule zurückzukehren. Ohne seine Freunde. Ohne Jase.

Ich schüttle den Gedanken ab, denn heute sind sie alle noch da. Sie bekommen vormittags ihre Zeugnisse, und später feiern wir ihren Abschluss. Alle zusammen.

Und danach ... Wer weiß schon, was der Sommer bringt. Was passieren kann.

Alles ist möglich.

Barfuß laufe ich über den trockenen Rasen in unserem kleinen Garten. Das Gras kitzelt unter meinen Füßen, und die Sprossen der Leiter fühlen sich rau an, als ich nach oben klettere und schließlich die Tür des Baumhauses aufstoße, in dem ich in den letzten Monaten noch mehr Zeit verbracht habe als sowieso schon.

Aber ich kann meine Wahrheiten nicht einfach nur hier oben für Jase verstecken. Ich muss sie auch hier aufschreiben.

Alles andere fühlt sich falsch an. Unvollständig. Einfach nicht richtig.

Ich entdecke den Zettel sofort. Er liegt auf der Holzkiste, die ich vor einigen Wochen hier oben hingestellt habe, um die Wolldecken zu verstauen, für die es im Sommer viel zu heiß ist. Stattdessen liegen jetzt leichte Leinendecken ordentlich zusammengefaltet auf den unzähligen Kissen, die ich überall verteilt habe.

Der Zettel ist das Einzige, was in meinem kleinen Reich nicht ordentlich aussieht, obwohl ich ihn fein säuberlich gefaltet habe, bevor ich ihn vor zwei Tagen hier für ihn hinterlassen habe. Er hat das Papier zu einer kleinen Kugel zerknüllt, und ich muss unwillkürlich lächeln, weil ich genau weiß, dass er das extra macht. Nur weil ich die Zettel, die ich von ihm bekomme, jedes Mal ganz penibel glattstreiche und Kante auf Kante aufeinanderlege, bevor er sie zurückbekommt.

Er bringt meine Ordnung durcheinander, und ich ordne sein Chaos. Darin liegt irgendwie eine verdrehte Poesie.

Mein Herz gerät ins Stolpern, als ich nach dem Papierball greife. Mit zitternden Händen halte ich mitten in der Bewegung inne, bin einen Moment lang fast versucht, den Zettel einfach zu ignorieren. Seine Antwort nicht zu lesen, die Nachricht wegzuwerfen und nie wieder einen Gedanken an ihn und seine Wahrheiten zu verschwenden.

Wie konnte ich ihm nur diese Frage stellen? Was zum Teufel ist in mich gefahren?

Dabei kenne ich die Antwort. Zumindest auf diese Frage. Ich habe nicht nachgedacht und gleichzeitig viel zu viel. Er hat mir mein Herz gestohlen, und ich will wissen, ob mir wenigstens ein kleines Stück von seinem gehört. Nur ein winzig kleines.

Jetzt reiß dich zusammen und lies den Zettel!

Die Stimme in meinem Kopf ist hartnäckig und laut, und sie hat recht. Ich muss den Zettel lesen. Ich kann ihn nicht ignorieren. Und eigentlich will ich das auch gar nicht.

Mein Puls rast, als ich das Papier glattstreiche und mein Blick sich direkt auf Jase' unordentliche Handschrift heftet. Sie ist viel zu vertraut.

Mir stockt der Atem, als ich die wenigen Worte lese.

Was siehst du, wenn du mich anschaust?
Sommersprossen. Sieben auf der Nase.
Elf auf der rechten Wange, fünfzehn auf der linken.
-J

2. KAPITEL
Zoe

Manchmal wünsche ich mir, ich wäre mehr wie Caleb. Dann würde ich mir keine Gedanken darüber machen, was andere über mich denken. Ich würde Entscheidungen für mich treffen und nicht ständig darüber nachdenken, ob ich es anderen recht mache. Warum kann ich nicht mehr wie er und weniger wie ich sein?
– P

Drei Stunden nach meiner Ankunft sind meine Koffer leer, und ich mache mir eine gedankliche Notiz, Dad zu bitten, sie so schnell wie möglich abzuholen, weil mein Zimmer für vier große Koffer definitiv zu klein ist. Meine Klamotten sind im Kleiderschrank verschwunden, meine Trikots, Strumpfhosen, Ballettröcke in der oberen Schublade der Kommode, die Schläppchen, Kappen für die Spitzenschuhe und die Spitzenschuhe selbst in der untersten Schublade. Die Thera-Bänder zum Dehnen, meine Matten und Blackrolls liegen jetzt in einer großen Holzkiste neben meinem Schreibtisch, und meine Haarutensilien stehen in kleinen Boxen auf der Kommode unter dem Spiegel.

Die Bücher, die ich für die Theoriestunden brauche, reihen

sich der Größe nach sortiert auf der Kommode. Auf meinem Schreibtisch liegen mein Notizbuch und das iPad. Der Laptop hat mit Maus und Tastatur ebenfalls seinen Platz gefunden, und der graue Ordner liegt aufgeschlagen in der Mitte der Tischplatte und zeigt mir die Termine, die ich für heute markiert habe.

Jedes Teil ist genau da, wo ich es haben will. Abgesehen von der Lichterkette, die ich gerade in der Hand halte und die ich über dem Bett aufhängen will, weil ich nicht nur ein Faible für Ordnung, sondern auch für gedämpftes Licht habe.

Dummerweise habe ich doch etwas zu Hause vergessen. Ich habe nichts dabei, um die Lichterkette an der Wand zu befestigen.

Seufzend lasse ich sie in der Schublade meines Nachttischs verschwinden und will gerade nach meinem Handy greifen, um Dad eine Nachricht zu schicken, als ich draußen auf dem Flur ein lautes Poltern höre. Jemand flucht. Das klingt nicht gut.

Ich lasse die Schublade offen stehen, reiße die Tür mit Schwung auf und stoße einen überraschten Laut aus, als ich sehe, was passiert ist.

Ein Mädchen hockt vor meinem Zimmer auf dem Boden, einer ihrer Koffer ist aufgeplatzt und ihre Klamotten liegen überall verstreut.

»Hab ich Mom gesagt, dass der Koffer die Reise nicht überleben wird? Ja. Hat sie auf mich gehört? Offensichtlich nicht«, schimpft sie, lässt ihren Rucksack achtlos auf die Holzdielen plumpsen und fängt an, ihren Kram aufzusammeln.

Ich mache mich mit einem Räuspern bemerkbar. »Brauchst du Hilfe?«

Sie wirbelt zu mir herum, eine Hand auf die Brust gelegt. Ihre dunkelgrünen Augen sind vor Schreck geweitet. »Himmel, erschreck mich doch nicht so«, platzt es aus ihr heraus.

»Tut mir leid, ich wollte nicht …«

Sie winkt ab und lächelt mich an. »Schon gut. Du kannst nichts dafür. Mein Tag hat scheiße angefangen, und es war so klar, dass es genau so weitergeht.« Sie pustet sich eine Strähne ihrer roten Haare aus der Stirn. Sie sind dunkler als meine, kein Kupfer, sondern Beere, mit einem violetten Unterton, der perfekt zu dem olivfarbenen Ton ihrer Haut passt.

»So schlimm?« Mit verschränkten Armen lehne ich mich an meine Zimmertür und kann nicht verhindern, dass sich ein amüsiertes Grinsen auf meinem Gesicht ausbreitet.

»Meine Schwester hat eine Lebensmittelvergiftung und heute Morgen die halbe Wohnung vollgekotzt. Deswegen konnte Mom mich nicht zum Flughafen bringen, ich hätte fast den Flieger verpasst und jetzt – auf den letzten Metern – geht dieser dämliche Koffer kaputt, anstatt zu warten, bis ich in meinem Zimmer bin«, zählt sie an den Fingern ab und klaubt anschließend zwei BHs vom Boden auf.

»Also wirklich schlimm«, bestätige ich und bücke mich, um ihr dabei zu helfen, ihre Sachen einzusammeln.

Sie schenkt mir ein dankbares Lächeln. »Danke, das ist lieb von dir. Ich bin übrigens Mae.«

»Zoe«, stelle ich mich vor. »Wo ist dein Zimmer?«

Sie deutet auf das Zimmer links neben meinem. »So wie's aussieht, sind wir Nachbarinnen.«

* * *

»Glaubst du an Schicksal?« Mae dreht ihre beerenroten Haare zu einem unordentlichen Knoten und sieht mich mit blitzenden Augen an. Sie sitzt im Schneidersitz auf dem Boden, greift jetzt nach den letzten Trikots und Balletträcken und stopft sie achtlos in die untere Schublade der Kommode, die neben ihrem Bett steht. Nur mit Mühe kann ich mir ein gequältes Seufzen verkneifen. Es juckt mir in den Fingern, ihre Sachen zu ordnen.

»Nicht unbedingt«, erwidere ich gedehnt. Worauf will sie hinaus?

Mae lacht fröhlich auf. »Ich schon. Es muss Schicksal sein, dass ich ausgerechnet das Zimmer neben dir erwischt habe. Immerhin kenne ich mich null aus in Boston, und du bist hier geboren und aufgewachsen und kannst mir alles zeigen.«

»Das könnte auch Zufall gewesen sein«, gebe ich zu bedenken, muss aber trotzdem lächeln.

Wir hocken seit zwei Stunden in ihrem Zimmer und haben in der Zeit über alles und nichts geredet. Ich mag Mae. Es ist leicht, sich mit ihr zu unterhalten. Sie ist offen und freundlich, und sie lächelt die ganze Zeit. Sie ist so anders als meine früheren Freundinnen, dass ein Teil von mir fast verunsichert ist, weil das alles erschreckend neu für mich ist. Der andere ist einfach nur erleichtert.

»Nein.« Mae schüttelt entschieden den Kopf. »Der Zufall hätte nur dafür gesorgt, dass ich eine Zimmernachbarin bekomme, die sich in Boston auskennt. Aber es ist Schicksal, dass du dich nicht nur in Boston auskennst, sondern auch noch nett bist. Der Zufall hätte mir nur jemanden geschickt, den ich nicht mag. Das Schicksal hat dafür gesorgt, dass wir uns finden.«

»Du kennst mich seit zwei Stunden. Du kannst noch gar nicht wissen, ob du mich magst.«

Mae winkt ab. »Doch, kann ich. Die ersten Minuten sind bei mir immer entscheidend. Und ich wusste nach ziemlich genau sieben Minuten, dass ich dich mag.«

Meine Mundwinkel zucken. »Hast du die Zeit gestoppt?«

»Klar, ich hab eine eingebaute Stoppuhr in meinem Hirn.«

»Apropos Uhr, ich glaube, wir sollten langsam mal los.«

Vielsagend deute ich auf den Wecker, der auf Maes Nachttisch steht. Es ist Viertel vor vier.

»Sollten wir. Wir wollen bei Pearsons Rede ja nicht ganz hinten sitzen.« Mae springt auf und streckt ihre Hand aus, um mich vom Bett zu ziehen.

Dutzende Schülerinnen und Schüler strömen aus dem Wohnheim und gehen lachend und quatschend über das weitläufige Gelände. Die Sonne steht bereits tiefer, und die Gebäude um uns herum werfen lange Schatten auf die breiten Wege, aber es ist immer noch angenehm warm.

Neugierig schaue ich mich um. Im Vergleich zu Harvard, dem Boston College oder dem MIT ist die Ballettschule winzig. Es gibt vier Jahrgänge für diejenigen, die ihren Highschool-Abschluss machen, und vier Jahrgänge für diejenigen, die Tanz studieren und ihren Bachelor of Fine Arts absolvieren wollen. Kein Jahrgang hat mehr als zwanzig Schülerinnen und Schüler. Trotzdem kommt es mir jetzt gerade, wo wir alle gleichzeitig zum Theater gehen, vor, als wären wir viel mehr.

Eine Gruppe kichernder Mädchen überholt uns mit schnellen Schritten, sie können nicht älter als fünfzehn sein. Vielleicht ist es auch ihr erster Tag.

»Bist du aufgeregt?«, fragt Mae leise, während wir die breiten Stufen nach oben hochsteigen. Eindrucksvoll erhebt sich das Theater vor uns, der helle Sandstein scheint im Licht der Sonne zu leuchten. Zwei Säulen flankieren die breite Tür und tragen das Vordach, an dem ein Schild mit dem Namen des Theaters hängt.

New England Theatre.

Hier haben Karrieren der besten Tänzerinnen und Tänzer des Landes angefangen. Hier sind Träume wahr geworden.

Ein Kribbeln durchläuft meinen Körper. Und jetzt bin ich hier. Mit meinem Traum.

Ich nicke und halte für ein paar Sekunden die Luft an, als wir durch die weit geöffneten Türflügel ins Theater treten. »Ich glaube, ich sterbe vor Aufregung.«

»Dann sind wir schon zu zweit.« Mae lacht atemlos und dreht sich mit großen Augen einmal um sich selbst, versucht, den Innenraum des Theaters in seiner Gesamtheit zu erfassen, und scheitert, genau wie ich.

Es ist wunderschön, und wir sind noch nicht mal im Saal, sondern nur im Eingangsbereich. Der dunkelrote Teppich verschluckt jedes Geräusch, das unsere Schritte verursachen. Mein Blick bleibt an den weißen Wänden hängen. Die Stuckleisten verwandeln sich in flüssiges Gold, als Sonnenstrahlen durch die bodentiefen Sprossenfenster fallen. In einer Ecke verbirgt sich die Garderobe, ganz diskret, sodass sie zuerst gar nicht auffällt. An der gegenüberliegenden Seite befindet sich eine Bar, vor der kleine Sitzgruppen im Eingangsbereich verteilt stehen. Goldene Tische und rote, samtbezogene Stühle. Das Herzstück des Eingangsbereichs ist jedoch die große Flügeltür zum Saal. Rechts und links führen zwei breite Wendeltreppen hoch zu den oberen Rängen.

Die Gespräche um uns herum sind leiser geworden, sobald wir das Theater betreten, als würde niemand die ehrfurchtgebietende Ruhe stören wollen, die in diesen heiligen Hallen herrscht.

Ich lasse mich von dem Strom der anderen Schülerinnen und Schüler treiben, folge Mae in den Saal, und meine Haut beginnt zu kribbeln, als ich die Bühne sehe. Die dunkelroten Vorhänge sind hochgezogen, und obwohl es im Grunde natürlich eine ganz normale Bühne ist, ist sie es gleichzeitig eben auch wieder nicht.

Es ist die Bühne, auf der sich unser aller Schicksal entscheiden wird.

»Komm schon. Da vorne sind noch zwei Plätze frei.« Mae berührt mich am Arm und lenkt meine Aufmerksamkeit von der Bühne auf sich. Sie deutet auf zwei Plätze am Rand.

Ich folge ihr die schmale Treppe zwischen dem linken Parkett und dem Mittelparkett hinunter und weiß schon wieder nicht, wohin ich zuerst gucken soll.

Der Saal ist in drei Teile aufgeteilt und größer als erwartet. Acht Plätze rechts an der Seite, acht links, in der Mitte sind es sechzehn. Ich komme nicht dazu, die Reihen durchzuzählen, aber zusammen mit den oberen Rängen gibt es auf jeden Fall genug Sitze, dass nicht nur die zweihundert Schülerinnen und Schüler hier Platz finden, sondern bei Aufführungen auch ein Großteil ihrer Familien. Die Sitze sind mit dem gleichen dunkelroten Samt bezogen wie die Stühle draußen im Eingangsbereich, die Wände im Saal genauso weiß und mit goldenen Stuckleisten verziert.

»Du siehst aus, als wärst du in deinem ganz persönlichen Wunderland gelandet«, stellt Mae belustigt fest und lässt sich auf einen der weich gepolsterten Sitze fallen.

Erleichtert darüber, dass sie den Platz am Gang freigelassen hat und ich mich so nicht an jemandem vorbeiquetschen muss, setze ich mich neben sie. Ich will ihr gerade antworten, als alle Gespräche im Saal schlagartig verstummen und sämtliche Blicke sich nach vorne richten.

Direktor Pearson tritt auf die Bühne. Er ist ein groß gewachsener, schlanker Mann in den Vierzigern und bewegt sich mit einer Geschmeidigkeit, die seine Jahre als Tänzer deutlich erkennen lassen. Seine dunklen, von silbergrauen Strähnen durchzogenen Haare sind nach hinten gestylt, er trägt ein graues Sakko zu einer dunkelblauen Stoffhose und das Lächeln, das sich jetzt auf seinem Gesicht ausbreitet, ist freundlich und Respekt einflößend zugleich. Er ist einer dieser Menschen, die einen Raum, egal wie groß er ist, sofort für sich einnehmen.

Jetzt tritt er an den Rand der Bühne, die Hände lässig in die Taschen seiner Hose geschoben, und öffnet gerade den Mund, um mit seiner Rede zu beginnen, als hinter uns schnelle Schritte erklingen, gefolgt von einem atemlosen Lachen.

In einer synchronen Bewegung drehen sich alle Anwesenden um. Ein Junge und ein Mädchen versuchen gerade, in gebückter Haltung so unauffällig wie möglich in einer der hinteren Reihen zu verschwinden, bleiben jedoch abrupt stehen, als sie merken, wie alle sie anstarren.

Das Mädchen dreht sich als Erste Richtung Bühne, ein unschuldiger Ausdruck liegt auf ihrem Gesicht. Die dunklen, langen Haare fallen weich über ihre Schultern. Sie ist groß, größer als ich, aber genauso zierlich, und sie ist wunderschön. Ihre Bewegungen haben etwas Feenhaftes an sich.

Mein Blick wandert genau in dem Moment zu ihrem Begleiter, in dem Direktor Pearson seinen Namen ausspricht.

»Jase! Skye! Wollt ihr euch nicht hier vorne hinsetzen, wenn ihr schon zu spät kommt?« Es ist eine rhetorische Frage, und ein schadenfrohes Murmeln rauscht durch den Saal.

Ich verstehe kein Wort, kann ihn nur anstarren, als er sich jetzt ebenfalls umdreht, einen kurzen, nicht deutbaren Blick mit Skye wechselt und sich dann in Bewegung setzt.

Jase.

3. KAPITEL
Zoe

Warst du schon mal verliebt?

~~Ich bin mir nicht sicher. Ich meine, wie fühlt es sich an, verliebt zu sein? Woher weiß man überhaupt, ob man verliebt ist?~~

Ja.

- P

Es fühlt sich an, als hätte mir jemand einen heftigen Schlag mitten auf die Brust verpasst, der sämtliche Luft aus mir herauspresst. Ich kann nicht atmen. Mein Herz überschlägt sich, rast dann weiter. Viel zu schnell. Ich spüre, wie mir das Blut aus dem Gesicht weicht. In meinem Nacken bildet sich kalter Schweiß, und meine Hände zittern plötzlich. *Neinneinnein.*

Ich wusste, dass er hier sein würde. Ich wusste es, habe es allerdings sehr erfolgreich verdrängt. Jetzt stelle ich fest, dass es was völlig anderes ist, etwas zu wissen oder mit dieser Tatsache konfrontiert zu werden.

Es war vorbei. Das alles. Mit ihm und mir. Ich habe damit abgeschlossen. Es war nicht mehr wichtig. Nichts davon. Weil alles andere zu viel war.

Ich habe das alles hinter mir gelassen. Ich habe *ihn* hinter mir gelassen, weil ich es tun musste. Ich hatte keine andere Wahl.

Danach habe ich ihn nie wiedergesehen. Nicht nach dieser Nacht. Kein einziges Mal. Ich habe mich geweigert, über ihn nachzudenken, weil alles wehgetan hat. Ich habe ihn ausgesperrt.

Aber jetzt ist alles wieder da. Die Zettel, die Wahrheiten, das Kribbeln, das ein einziger, kurzer Blick in meine Richtung in mir ausgelöst hat.

Alles in mir drängt danach, mich abzuwenden, den Kopf einzuziehen und zu beten, dass er mich nicht bemerkt, doch ich kann nicht. Ich kann nicht wegsehen, und in diesem Moment nehme ich nichts wahr außer ihm. Gleichzeitig ist mein Hirn nicht in der Lage, ihn in seiner Gesamtheit zu fassen zu kriegen.

Ich blinzle.

Moosgrüne Augen unter dichten Brauen. Viel zu lange schwarze Wimpern.

Noch ein Blinzeln.

Hohe Wangenknochen. Gerade Nase. Eine wie aus Stein gemeißelte Kieferlinie.

Ich blinzle ein drittes Mal.

Volle Lippen. Viel zu volle Lippen, die sich zu einem arroganten Lächeln verziehen.

Er ist anbetungswürdig.

War er schon immer, aber jetzt irgendwie noch mehr.

Ich spüre, wie Hitze in mir aufsteigt. Das Blut rauscht in meinen Ohren, und vor meinen Augen tanzen silbrige Sterne, bis ich mich wieder daran erinnere, wie man atmet.

Atme, Zoe, atme.

Jase geht an mir vorbei, ohne mich auch nur eines Blickes

zu würdigen. Er lässt sich auf einen freien Platz fallen, schräg vor mir. Skye setzt sich neben ihn. Er legt einen Arm um die Lehne hinter ihr, beugt sich zu ihr rüber und flüstert ihr etwas ins Ohr.

Mein Magen krampft sich zusammen, mir wird schlecht.

»Wunderbar, vielen Dank«, sagt Pearson ironisch und ruft mir ins Gedächtnis, wo ich bin und warum.

Der Saal im Theater auf dem Campus. Die Willkommensrede von unserem Direktor.

Jase ist hier, aber er ist nicht wichtig. Nicht mehr.

Ich zwinge mich, den Blick von seinem Hinterkopf zu lösen und nach vorne zur Bühne zu schauen.

Er ist nicht wichtig.

Es ist vorbei.

Du kannst die Vergangenheit nicht ändern.

Es geht nur noch nach vorne.

Weiter, weiter, weiter. Immer weiter.

»Da wir nun vollzählig sind: Herzlich willkommen zu einem neuen Schuljahr an der New England School of Ballet.« Pearson öffnet in einer Begrüßungsgeste die Arme und fährt fort, seine tiefe, volltönende Stimme erfüllt den ganzen Saal. »Ich halte jedes Jahr die gleiche Rede, und einige von euch können meine Worte inzwischen bestimmt auswendig, aber ich glaube, es schadet nicht, sie immer wieder zu hören.« Ein leises Lachen springt von einer Reihe auf die nächste über, bevor er weiterspricht: »Ihr alle seid aus einem bestimmten Grund hier. Ihr liebt das Ballett, und ihr habt Talent. Aber ihr alle besitzt auch Weitsicht. An vielen staatlichen und privaten Ballettinstituten liegt der Fokus voll und ganz auf dem Tanz, darauf, die Körper der Schülerinnen und Schüler bühnenreif zu formen. Wir haben das gleiche Ziel und erwarten doch noch einiges mehr. Erfahrungsgemäß wird es nur ein Bruchteil aller ausgebildeten Tänzerinnen und Tänzer auf die Bühne schaffen.« Das Lächeln, das sich jetzt auf Pearsons Gesicht ausbreitet, nimmt seinen Worten einiges von ihrem Pessimismus. »Aber die Welt des Tanzes beinhaltet so viel mehr als nur die Bühne. Und deswegen seid ihr hier. Um euch darauf vorzubereiten und herauszufinden, wofür ihr geboren wurdet. Ihr seid hier, um zu lernen. Aber ihr sollt auch Spaß haben, Freundschaften schließen und …«

Eine Bewegung vor mir lenkt meine Aufmerksamkeit von der Bühne zurück zu einem vertrauten blonden Haarschopf. Natürlich. Ich kann nichts dagegen tun. Es ist wie ein innerer Zwang, gegen den ich nicht ankomme. Ich muss wegsehen, weiter zuhören, aber der Rest von Pearsons Rede kommt nur noch gedämpft bei mir an, obwohl ich krampfhaft versuche, mich auf seine Worte zu konzentrieren.

Warum musste Jase sich auch ausgerechnet vor mich setzen?

Vielleicht spürt er, dass ich ihn anstarre, vielleicht auch nicht. Er dreht sich trotzdem um, während Direktor Pearson weiterspricht, und sein Blick trifft meinen.

Zielsicher. Hart. Kalt.

Mein Puls beschleunigt sich, Adrenalin schießt durch meine Adern wie Gift. Er mustert mich, so intensiv, dass es sich ein paar Sekunden lang so anfühlt, als wären wir vollkommen allein in diesem Saal. Alles andere verschwimmt, die Geräusche werden zu einem undeutlichen Rauschen.

Ich kann den Ausdruck in seinen Augen nicht deuten, bin mir nicht sicher, ob es Zorn oder Gleichgültigkeit ist, oder etwas ganz anderes. Eigentlich will ich es auch gar nicht wissen. Denn egal, was es ist, es tut höllisch weh.

Meine Kehle fühlt sich plötzlich an wie zugeschnürt, ich blinzle und blinzle, weil sich hinter meinen Augen ein gefährlicher Druck aufbaut.

Nicht weinen. Du fängst jetzt auf gar keinen Fall an zu heulen, verstanden? Es gibt absolut keinen verdammten Grund dafür!

Krampfhaft dränge ich die Tränen zurück und atme auf, weil Jase sich nun wieder abwendet, den Blickkontakt abbricht, als würde er ein Band durchtrennen.

Dabei bin ich doch diejenige, die genau das getan hat.

***

Nach Pearsons Rede, von der ich – wenn überhaupt – nur die Hälfte mitbekommen habe, ist die gesamte Schülerschaft in den Eingangsbereich des Theaters gezogen. Denn während Pearson von Disziplin, Leidenschaft und Herzblut gesprochen hat, wurde dort ein Buffet aufgebaut. Für ein »gemeinsames Miteinander«, damit wir uns kennenlernen können.

An einem der Stehtische, die im Foyer aufgestellt wurden, trete ich unruhig von einem Fuß auf den anderen und versuche, dem Gespräch zu folgen, das Mae mit zwei Mädchen führt, die genau wie wir ihren ersten Tag hier haben. Kaya und Jessica. Sie sind nett, aber ich kann mich kaum auf die Unterhaltung konzentrieren, egal wie sehr ich mich bemühe.

Schon wieder klebt mein Blick an Jase – es ist furchtbar, aber ich schaffe es nicht, ihn *nicht* anzuschauen. Er steht neben Skye auf der anderen Seite des Raums an einem Tisch und wirkt so gleichgültig, dass ich mich frage, ob er überhaupt hier wäre, wenn es sich nicht um eine Pflichtveranstaltung handeln würde. Wahrscheinlich nicht.

Es ist lächerlich, dass es mich dermaßen aus der Fassung bringt, ihm zu begegnen. Wir haben uns vor über einem Jahr das letzte Mal gesehen. Nach allem, was geschehen ist, so auf ihn zu reagieren, ist absolut unlogisch und irrational.

Und seit wann bitte sind Gefühle rational?

Ich ignoriere die Stimme in meinem Kopf. Sie hat nichts zu melden. Nicht, wenn es um ihn geht.

»Willst du auch noch was trinken?« Maes Frage reißt mich aus meinen Gedanken.

Ich schüttle überrumpelt den Kopf. »Nein, danke.«

»Okay, bin gleich wieder da.« Sie stößt sich vom Tisch ab, und erst als sie Richtung Bar verschwindet, bemerke ich, dass Kaya und Jessica ebenfalls verschwunden sind.

Wieder blicke ich zu Jase. Ich kann einfach nicht anders.

Er ist weg.

Erleichterung durchflutet mich.

Gut. Das ist gut. Wirklich gut.

Wir gehen zwar wieder auf dieselbe Schule, allerdings bedeutet das ja noch lange nicht, dass wir uns andauernd über den Weg laufen. Er ist ein Jahr weiter als ich. Wir würden uns maximal auf dem Flur begegnen, und das war es auch schon.

Wir müssen nicht miteinander reden.

Wir können einfach aneinander vorbeileben.

So einfach ist das.

Keine große Sache.

Tief durchatmend streiche ich mir die Haare zurück, schiebe jeden Gedanken an Jase bestimmt in den hintersten Winkel meines Kopfes und greife nach der noch immer vollen Wasserflasche, die vor mir auf dem Tisch steht und die ich noch kein einziges Mal angerührt habe.

»Hey.« Jemand tritt neben mich, und ich fahre so heftig zusammen, dass ich beinahe die kleine Glasflasche fallen lasse. Wegen meiner hektischen Bewegung schwappt Wasser heraus und hinterlässt einen deutlich sichtbaren nassen Fleck auf der Tischdecke. Hitze schießt mir ins Gesicht. *Shit*.

»Tut mir leid, ich wollte dich nicht erschrecken. Alles okay?« Die Stimme, weich und melodisch, klingt besorgt.

Ich hebe den Kopf und blicke in ein Paar irritierend grüne Augen, die mir seltsam bekannt vorkommen. Mit den goldblonden Haaren, die ihr in Wellen weit über den Rücken fallen, der kleinen Stupsnase und den fein geschnittenen Gesichtszügen sieht das Mädchen aus wie eine Disney-Prinzessin. Sie ist mehr als nur hübsch.

»Alles okay. Nichts passiert. Ist ja nur Wasser«, erwidere ich mit einiger Verspätung.

»Dann ist ja gut.« Sie lächelt mich fröhlich an. »Ich bin Lia.«

»Zoe«, stelle ich mich vor und wische meine feuchte Hand unauffällig an meinem Kleid ab.

»Freut mich, dich kennenzulernen, Zoe. Du bist eine der Neuen.«

Eine Feststellung, keine Frage. Das ist nicht weiter überraschend. Es gibt insgesamt nur achtzig Studierende auf dem Campus. Als Neuling kann man sich hier nicht verstecken. Wir fallen auf.

»Stimmt.«

Ihr Lächeln wird breiter, und auch das wirkt seltsam vertraut, aber ich habe keine Idee, warum. »Dann komm mal mit.«

»Wohin?« Ich runzle die Stirn, komme nicht gegen das plötzliche Misstrauen an, das in mir aufsteigt.

Lia lässt sich davon allerdings nicht beirren. »Lass dich überraschen. Wir sammeln gerade alle Neuen ein. Aber keine Sorge, es geht nicht um irgendwelche Rituale wie bei Studentenverbindungen«, fügt sie hinzu, als sie meinen alarmierten Gesichtsausdruck bemerkt. »Es wird toll, versprochen.«

Sie legt mir eine Hand auf die Schulter und dreht mich sanft, aber bestimmt Richtung Ausgang, wo sich allmählich eine kleine Menschentraube bildet. Ich bin zu überrumpelt, um zu protestieren, und lasse mich von Lia zu den anderen schieben. Ich entdecke Mae, zusammen mit Kaya und Jessica.

Bei ihnen stehen zwei weitere Mädchen. Sie sehen älter aus als wir, genau wie Lia.

»Haben wir alle?«, fragt Lia, als wir sie erreichen.

Eins der Mädchen, das seine dunklen Haare zu zwei dicken Zöpfen geflochten hat und das Lia mir als Katie vorstellt, nickt. »Susannah holt gerade die Letzten. Dann können wir los.«

»Und ihr sagt uns wirklich nicht, was ihr vorhabt?«, fragt Mae und macht neugierig einen Schritt nach vorne.

»Dann wäre es ja keine Überraschung mehr«, antwortet Lia feierlich.

»Los geht's«, erklingt eine aufgeregte Stimme hinter uns. Wir drehen uns alle gleichzeitig zu einem Mädchen um, dessen Haare so hell sind, dass sie fast weiß wirken. Ihre blauen Augen sind genauso hell. Alles an ihr scheint zu leuchten. »Mit Pearson habe ich auch gesprochen. Wir sind offiziell entlassen.«

Lia nickt zufrieden. »Danke, dass du das geklärt hast, Suzie.«

»Klar. Pearson lieeeeebt mich«, flötet sie so übertrieben, dass wir alle lachen müssen.

Katie stöhnt auf. »Echt jetzt, muss das sein? Das klingt, als hättest du was mit ihm. Bitte sag, dass sie das lassen soll, Lia. Vor allem vor den Neuen.«

»So ein Quatsch. Außerdem ist mir Pearson eh zu alt«, winkt Susannah ab. »Und jetzt los, bewegt eure süßen Hintern. Mir nach!«

Katie macht den Eindruck, als würde sie noch etwas hinzufügen wollen, gibt sich dann aber mit einem tiefen Seufzer geschlagen und scheucht uns aus dem Theater.

Die Sonne steht inzwischen so tief, dass sie jede Minute untergeht. Kleine Wolken ziehen über den sich verdunkelnden Himmel, die Luft ist klar und frisch, und ich fröstle in meinem dünnen Kleid. Ich hätte eine Jacke mitnehmen sollen.

Lia und die anderen führen uns zurück zum Wohnheim. Wir gehen die Treppen nach oben in den vierten Stock, erst an Maes, dann an meinem Zimmer vorbei, und steigen die drei Stufen hinauf, die zum Aufenthaltsraum führen.

Vier Sofas und drei Sessel sind in dem großzügigen, offenen Raum um einen runden, flachen Tisch gruppiert worden. Vor den Fenstern hängen hellgraue Vorhänge, an den Wänden Bilder verschiedener Tänzerinnen und Tänzer. Vereinzelt finden sich zwischen den Möbeln kleine Beistelltische, auf denen schmale Vasen mit frischen Blumen stehen.

Über eine breite Fensterbank klettern wir schließlich durch eine niedrige Tür auf eine Dachterrasse.

»Wow«, haucht Mae mit großen Augen. »Abgefahren.«

Ich kann nur zustimmend nicken, während ich mich staunend umschaue. Sofas aus Paletten mit dicken, bunten Kissen sind auf der Terrasse aufgestellt worden, die dazu einladen, warme Sommernächte hier oben zu verbringen. Über der Terrasse hängt ein Netz aus Lichterketten, um das Geländer schlingt sich grüner Efeu.

»Überraschung!«, verkündet Lia mit einem breiten Lächeln, und ich erstarre. Ihr Lächeln ist vertraut, alles an ihr ist vertraut, und plötzlich erinnere ich mich auch daran, wo ich ihren Namen schon mal gehört habe. Oder vielmehr gelesen.

Jase' Wahrheiten. Seine Zettel. Seine blonden Haare. Sein Lächeln. Lia ist seine ältere Schwester.

Ich weiß nicht viel über sie. Eigentlich gar nichts. Nur dass sie und Jase sich nicht besonders gut verstehen. Und das, obwohl sie sich so ähnlich zu sein scheinen. Obwohl sie beide hier sind, um zu tanzen.

»Es ist Tradition, dass wir uns am ersten Abend alle hier oben treffen und besser kennenlernen, ohne die ganze Zeit von Pearson und den anderen Lehrerinnen und Lehrern beobachtet zu werden«, fährt Lia fort und holt mich ins Hier und Jetzt zurück.

»Und weil es hier Alkohol gibt«, ergänzt Susannah und wirft schwungvoll die blonden Haare über ihre Schultern.

Lia verdreht die Augen. »Streng genommen darf es nirgendwo welchen geben, weil die meisten von uns noch keine einundzwanzig sind, aber am ersten Abend drückt Pearson immer ein Auge zu, solange wir nicht übertreiben. Und solange die Jüngeren nichts mitbekommen.« Sie nickt in Richtung des anderen Wohnheims, das auf der gegenüberliegenden Seite des Geländes liegt, in dem die Schülerinnen und Schüler wohnen, die ihren Highschool-Abschluss noch vor sich haben.

»Ach, er soll sich mal nicht so anstellen. Meistens sind wir doch ziemlich brav. Im Sommer hängen wir manchmal eine Leinwand auf und veranstalten hier oben Filmabende«, meint Katie mit einem stolzen Lächeln und lotst uns zu einer Gruppe Mädchen, die bereits mit eingezogenen Beinen auf einer der Paletten hocken und sich lachend unterhalten. Wir setzen uns zu ihnen, und obwohl sich jede von ihnen vorstellt, vergesse ich ihre Namen beinahe sofort wieder.

Eine Gruppe Jungs bringt Bier und eine Kiste Wein mit, und langsam füllt sich die Terrasse.

»Ich hol mir mal eben einen Pulli«, sage ich leise zu Mae, weil es in den letzten Minuten nicht nur dunkel, sondern auch ziemlich kalt geworden ist.

»Gute Idee, ich auch.« Sie erhebt sich, und gemeinsam schlängeln wir uns zwischen den Leuten hindurch zurück zu der niedrigen Tür, durch die wir wieder in den Aufenthaltsraum klettern.

Wir kommen gerade in den Flur, als die Tür des letzten Zimmers – dem Zimmer rechts neben meinem – aufgeht. Skye tritt auf den Gang, und ich setze schon zu einer Begrüßung an, als ich hinter ihr Jase entdecke und wie angewurzelt stehen bleibe.

Er lehnt sich mit der Schulter gegen den Türrahmen und würdigt mich keines Blickes.

Großartig.

Mein Nacken beginnt unangenehm zu kribbeln, alles in mir drängt danach, mich umzudrehen und zu flüchten, aber ich kann mich nicht bewegen.

Entweder bemerkt Mae die seltsame Stimmung nicht, die sich im Flur ausbreitet, oder sie ignoriert sie. Sie macht einen Schritt nach vorn, auf Jase und Skye zu und lächelt sie freundlich an. »Hi, ich bin Mae. So wie's aussieht, sind wir Nachbarn. Mein Zimmer ist gleich da vorne, und Zoes ist direkt neben deinem.«

»Hi, schön euch … Hey, Jase, jetzt warte doch mal!« Skye stößt ein fassungsloses Lachen aus, als Jase sich einfach an ihr vorbeischiebt und ohne ein Wort verschwindet. Skye wirft uns einen entschuldigenden Blick zu, dann folgt sie ihm.

»Was war das denn?«, fragt Mae empört und starrt ihnen ungläubig hinterher.

Ich antworte, bevor ich mich selbst aufhalten kann. »Das war Jase.«

Und er wohnt offensichtlich direkt neben mir.

Scheiße.

4. KAPITEL
Jase

Warum schreibst du mir immer noch
all deine Wahrheiten?

Weil du irgendwie echt bist.
Und weil du mich irgendwie etwas fühlen lässt.
-J

Fuck. My. Life.

Zoe zu sehen, hat sich angefühlt wie ein Bulldozer, der langsam über meine Brust fährt, um jede Rippe einzeln zu brechen. Wie Knochensplitter, die sich einer nach dem anderen in mein Herz bohren, das für ein paar wenige Sekunden vergessen hat, dass es mehr ist als ein Muskel, der mich am Leben halten soll.

Was zur Hölle hat sie hier zu suchen?

Warum ist sie ausgerechnet hierhergekommen? Sie wusste, dass ich hier sein würde. Ich habe es ihr geschrieben. Der einzige Zettel, der keine ihrer Fragen gebraucht hat, um ihr eine meiner fucking Wahrheiten zu verraten.

Sie hätte überall hingehen können. Zoe steht praktisch die ganze Welt offen. Sie hätte hingehen können, wohin sie will. Stattdessen ist sie in Boston geblieben. Warum nur konnte sie sich keine andere Ballettakademie aussuchen?

Die Antwort auf die Frage ist denkbar einfach: Weil es keinen Grund dafür gibt.

Sie wollte auf eine der besten Schulen des Landes gehen, und ob ich hier bin oder nicht, interessiert sie einen Scheiß. Es ist nicht wichtig. Nicht für sie.

Bei mir hingegen sieht die ganze Sache etwas anders aus. Ich will sie nicht in meiner Nähe haben. Jetzt nicht und niemals wieder. Fuck, sie soll einfach wieder verschwinden.

»Jase.« Skye stupst mich an und reißt mich aus meinen Gedanken.

Ich hebe den Kopf und begegne ihrem besorgten Blick. Skye hat die dunkelsten Augen, die ich je gesehen habe. Braun, fast schwarz. Abgründe, aus denen man nicht gerettet werden kann, wenn man einmal fällt.

Ich bin schon gefallen. Nicht bei ihr. Aber sie hat mich aus meinem ganz persönlichen Abgrund rausgezogen, und ich verstehe immer noch nicht, warum. Sie hat einfach beschlossen, dass ich eine Freundin brauche und dass sie diesen Job übernimmt. Dabei ignoriert sie konsequent die Tatsache, dass ich nicht darum gebeten habe, sie in meinem Leben zu haben.

Sie ist der Meinung, dass jeder jemanden braucht, und grundsätzlich hat sie mit Sicherheit recht. Ich bin mit meinen Versuchen, andere Menschen an mich ranzulassen, allerdings schon zu oft auf die Schnauze geflogen. Doch auch das interessiert sie herzlich wenig.

Sie ist da, und sie bleibt. Und wenn ich ganz, ganz, ganz tief in mich hineinhorche, ist da ein winzig kleiner Teil, der vielleicht sogar froh darüber ist.

»Hm?«, brumme ich und setze die Flasche an meine Lippen. Das Bier schmeckt schal, und ich verziehe angewidert das Gesicht. Wer auch immer sich dieses Jahr um die Getränke gekümmert hat, hat einen absolut beschissenen Job gemacht.

»Redest du irgendwann mit mir darüber?«, fragt sie sanft, und ich verkrampfe mich schlagartig.

Ich habe diesen Tonfall noch nie gehört, wenn sie mit jemand anderem spricht. Nur bei mir. Dabei habe ich ihn am wenigsten verdient. Sie hat vielleicht entschieden, dass sie meine Freundin sein will, aber ich bin ein beschissener Freund und absolut unfähig, etwas zurückzugeben.

Das Konzept der Freundschaft hat im letzten Jahr einiges von seinem Reiz verloren, nachdem sämtliche meiner Freunde mich ohne ein einziges Wort aus ihrem Leben gestrichen haben.

Bei dem Gedanken an Caleb, Reed, Tristan und Nick beginnt es in meiner Brust dumpf zu pochen, und mein Nacken wird heiß. Der Schmerz ist immer noch da, genau wie die Wut. Auf sie und auf mich selbst.

Eine einzige beschissene Nacht hat ausgereicht, um jeden einzelnen Menschen zu verlieren, der mir in den letzten Jahren das Gefühl gegeben hat, doch nicht vollkommen allein auf dieser Welt zu sein. Weil ich einen Fehler gemacht habe. Nur einen einzigen verfickten Fehler. Doch das war offensichtlich genug.

»Komm schon, Jase, rede mit mir«, bittet Skye, dieses Mal mit mehr Nachdruck in der Stimme, und die Erinnerungen, die in mir aufsteigen wollen, verschwinden wieder in dem Loch, in das sie reingehören.

»Worüber?« Ich trinke noch einen Schluck, weil auch das mieseste Bier besser ist, als reden zu müssen.

»Über die kleine Rothaarige, die offensichtlich das Zimmer neben dir bezogen hat. Ihr kennt euch.« Sie fragt nicht einmal nach, sie sagt es so entschieden, als wüsste sie es. Als wäre es eine unumstößliche Tatsache, dass ich Zoe kennen muss.

»Wen meinst du?« Ich stelle mich dumm, aber Skye verdreht

nur die Augen und lässt sich nicht beirren. Sie hat von Anfang an viel zu viel gesehen, mich durchschaut, obwohl ich mich geweigert habe, mit ihr über meine Probleme zu reden. Aber sie weiß, ich habe welche. Ist auch nicht wirklich zu übersehen.

Sie deutet auf jemanden hinter mir. »Sie.«

Ich weiß, wer da steht, noch bevor ich mich umdrehe. Ich will das nicht, ich will sie nicht sehen, aber ich komme nicht dagegen an, weil Zoe nun mal Zoe ist, und das schon immer gereicht hat.

Im Theater habe ich es exakt sieben Sekunden lang ertragen, ihren Blick zu erwidern, als ich mich zu ihr umgedreht habe, weil es sich die ganze Zeit so angefühlt hat, als würde mir jemand Löcher in den Hinterkopf starren.

Nur sieben Sekunden, mehr brauchte es nicht, um zu erkennen, dass sie immer noch das Mädchen von damals ist.

Das Mädchen mit den kupferroten Haaren, die sie sich mit Vorliebe zu zwei dicken Zöpfen flechtet, und diesen großen braungrünen Augen, die je nach Lichteinfall wie Bernstein leuchten. Sie ist immer noch schön, immer noch klein, fast zu klein für eine Tänzerin, und immer noch zierlich, mit langen schlanken Muskeln und niedlichen Sommersprossen auf Nase und Wangen, die so hell sind, dass man sie nur sehen kann, wenn man direkt vor ihr steht.

Nur sieben Sekunden und sie ist immer noch dieselbe.

Jetzt steht Zoe mit vier anderen Mädchen zusammen in einem kleinen Kreis. Sie trägt den grauen Schul-Hoodie, den jeder zu Beginn des ersten Jahres bekommt, über einem kurzen Blümchenkleid, und mein Blick bleibt eine Sekunde zu lange an ihren langen Beinen hängen.

Das warme Leuchten der Lichterketten lässt ihre nackte Haut golden schimmern, und ich verdammter Idiot kann einfach nicht wegsehen. Mein Blick wandert an ihren Beinen hoch, über das Kleid und den Hoodie, über die Spitzen ihrer roten Haare, die heute in weichen Wellen über ihren Rücken fallen.

Sie lacht, und obwohl Musik über die Dachterrasse hallt und sich in meiner Nähe ein paar Typen lautstark über irgendwas unterhalten, was mich einen Scheiß interessiert, kann ich ihr Lachen hören. Hell und melodisch und viel zu sehr Zoe.

»Siehst du, genau das meine ich.« Skye lehnt sich in meine Richtung, bis sie mich beinahe berührt. »Du kennst sie, oder? Sonst würdest du sie nicht so anschauen.«

Ich schweige, weil ich zwar niemandem die Wahrheit sage, aber ich bin auch kein Lügner.

Sie seufzt ergeben. »Okay, von mir aus. Du musst nicht mit mir reden. Aber du weißt, dass du es kannst, wenn du willst, oder?« Ihre Augen verengen sich zu schmalen Schlitzen.

»Wenn ich irgendwann mal mit irgendjemandem reden will, dann mit dir«, verspreche ich und meine es vollkommen ernst. Wenn ich jemals mit jemandem reden wollen würde, wäre es Skye.

Allerdings ist mir, im Gegensatz zu ihr, klar, dass dieser Fall niemals eintreten wird. Ich habe mich einmal geöffnet, und danach ist mir alles gnadenlos um die Ohren geflogen. Noch mal mache ich den Fehler nicht.

Skye nickt zufrieden. »Das wollte ich hören.«

»Ich weiß.« Ich zwinge mich zu einem Lächeln und bete, dass sie es endlich gut sein lässt.

Sie setzt gerade zu einer Erwiderung an, als die Musik schlagartig verstummt. Emily, Chris und Ruby, alle aus dem Abschlussjahr, treten in die Mitte der Dachterrasse, und ich stöhne auf.

Scheiße, das habe ich komplett vergessen.

»Diese Party ist nicht die einzige Tradition«, verkündet

Chris mit einem breiten Grinsen, und jemand jubelt. Jemand, der weiß, was jetzt kommt. »Pearson und das Auswahlkomitee haben jeden Einzelnen von uns schon mal tanzen sehen. Ich würde sagen, es wird Zeit, dass wir uns auch anschauen, wer in unsere Fußstapfen treten wird, oder?«

Wieder jubeln Leute, mehr dieses Mal. Sie ziehen dieses bescheuerte Spiel jedes Jahr ab. Die Neuen werden in die Mitte gescheucht und müssen improvisieren, wie in dem klischeehaftesten Teenie-Tanzfilm, den man sich vorstellen kann.

Ich bin noch nicht dahintergekommen, ob es ein Versuch ist, sie zu verunsichern oder zu demütigen, oder ob sie wirklich einfach nur neugierig sind. Wahrscheinlich ein bisschen von allem.

»Wer traut sich zuerst?« Emily, der strahlende Stern des Abschlussjahres, setzt ein ermutigendes Lächeln auf.

Sie wird die Hauptrolle in der diesjährigen Weihnachtsaufführung tanzen, das ist so sicher wie das Amen in der Kirche, obwohl uns noch nicht einmal mitgeteilt wurde, welches Stück geplant ist. Sie hat jetzt schon ein Angebot des New York City Ballets bekommen, und wenn sie nächstes Jahr ihren Abschluss hat, ist sie eine der wenigen, die sich nicht von Vortanzen zu Vortanzen quälen müssen. Sie hat es geschafft, und bei ihr wirkt es beinahe einfach, selbst wenn es das nicht war.

»Kommt schon, Leute, traut euch. Wir beißen nicht. Jeder ist heute Abend dran«, ruft Ruby und streicht sich eine der rotblonden Haarsträhnen hinters Ohr, denen sie wohl ihren Namen zu verdanken hat.

Jemand schiebt sich nach vorne. Ein Mädchen mit kupferroten Haaren und Sommersprossen, die ich alle mal gezählt habe. Fuck, war ja klar.

»Sehr schön, da haben wir doch die erste Freiwillige. Wie heißt du?«, will Ruby wissen.

»Zoe.« Ihre Stimme jagt einen unangenehmen Schauer über meinen Rücken. Selbst nach einem Jahr ist sie noch viel zu vertraut. Wie zur Hölle kann das sein?

Sie bleibt ein Stück von Emily entfernt stehen, ihr Blick huscht hin und her und trifft dann einen Sekundenbruchteil lang meinen. Ihre Augen weiten sich, und jede Faser meines Körpers kribbelt, als sie sich unsicher auf die Unterlippe beißt und meine Aufmerksamkeit auf ihren Mund lenkt.

In meinem Inneren kollidiert heiße Wut mit stechendem Schmerz. Erinnerungen steigen in mir auf. Der Geschmack von Pfirsich schleicht sich auf meine Zunge, und mir dreht sich der Magen um.

Ich dränge die Erinnerungen zurück, genau wie die Wut, den Schmerz, alles, was mit ihr zu tun hat, weil es keine Rolle mehr spielt.

Es ist vorbei.

Es hatte nicht mal richtig angefangen.

»Ich verschwinde«, sage ich zu Skye, warte ihre Antwort nicht ab, sondern drehe mich einfach um und gehe.

Ich sehe Zoe nicht beim Tanzen zu. Keine Chance.

5. KAPITEL
Zoe

Was ist Freundschaft für dich?

Ich weiß nicht … Füreinander da zu sein?
Sich alle Geheimnisse anvertrauen zu können, ohne Angst davor haben zu müssen, verraten zu werden?
Ehrlich sein zu können, ohne Angst davor haben zu müssen, dass ich fallen gelassen werde?
Ich glaube, es ist Freundschaft, wenn man einen Menschen an seiner Seite hat, der einem dabei hilft, weniger Angst zu haben.
- P

Gähnend rühre ich meinen Kaffee um und beobachte, wie die dunkle Flüssigkeit sich mit dem Milchschaum vermischt. Mein Avocado-Sandwich liegt unangetastet vor mir auf dem Teller. Seit zehn Minuten starre ich es an. Ich weiß, dass ich was essen muss, aber es geht nicht.

»Hast du keinen Hunger?«, fragt Mae, die neben mir hockt und sich gerade einen Löffel voll Joghurt in den Mund schiebt.

Wir sitzen im Speisesaal unten im Erdgeschoss des Wohnheims, der dem Ausdruck, ehrlich gesagt, überhaupt nicht gerecht wird, weil auch bei der Inneneinrichtung der viktorianische Stil der Gebäude aufgegriffen wurde.

Durch hohe, gebogene Fenster fallen die ersten Sonnenstrahlen in den Saal und tauchen alles in weiches, helles Licht, malen Schatten auf den dunklen Holzboden. Sechzehn runde Tische stehen im Saal verteilt und bieten jeweils fünf Schülerinnen und Schülern Platz. Die dunkelgrünen, samtbezogenen Stühle erinnern optisch eher an Sessel und sind viel zu bequem, wenn man vollkommen übermüdet ist.

»Ich bin einfach total müde.«

»Schlechte Nacht gehabt?« Mitfühlend verzieht sie das Gesicht.

»Ich konnte nicht einschlafen.«

Das ist nicht mal gelogen. Ich habe mich von einer Seite auf die andere gewälzt, weil ich nicht aufhören konnte, an Jase zu denken. An den Ausdruck in seinen Augen, den bitteren Zug um seinen Mund, den ich von ihm überhaupt nicht kenne. Daran, dass er nur ein paar Meter von mir entfernt in seinem Bett geschlafen und uns nicht mehr als eine Wand voneinander getrennt hat.

Gleichzeitig hat es sich so angefühlt, als würde ein ganzes Universum zwischen uns liegen.

Was gut ist.

Weil das mit Jase ein Teil meiner Vergangenheit ist und ich nach vorne blicken muss. Ich muss mich auf meinen Traum konzentrieren. Meine Zukunft. Und er ist kein Teil mehr davon. War er vielleicht nie.

Trotzdem bin ich seinetwegen nicht nur elendig müde, ich kriege auch keinen Bissen runter. Mein Magen wird flau, sobald ich auch nur daran denke, etwas zu essen. Kein guter Start für den ersten Tag, aber was soll ich machen? Mich dazu zwingen, würde nichts bringen. Davon würde mir erst recht kotzübel werden.

»Tut mir leid. Ich hab geschlafen wie ein Stein. Ehrlich, wenn es heute Morgen auf dem Flur nicht so laut gewesen wäre, hätte ich glatt verpennt. Vielleicht hätten wir gestern doch nicht so lange auf dem Dach bleiben sollen. Ich habe nicht mal meinen Wecker gehört. Aber auf alle Fälle war es das wert.« Mae lacht unbeschwert. Sie lacht ziemlich viel, das ist mir gestern Abend schon aufgefallen, und ein Teil von mir beneidet sie um diese Leichtigkeit, mit der sie ihren Neuanfang begonnen hat, während mein eigener ... Na ja, Jase ist hier, und das macht alles viel zu kompliziert.

»War es.« Wir haben fast bis Mitternacht mit den anderen auf der Terrasse getanzt. Ohne Choreo, ohne Druck. Einfach nur, weil es Spaß macht.

Ich habe auch nur jede halbe Stunde darüber nachgedacht, dass Jase verschwunden ist, bevor ich auch nur mit meiner Improvisation angefangen hatte. Und nicht jede Minute. Jedenfalls hab ich es versucht.

»Ich hätte dich auf jeden Fall geweckt, wenn du nicht von alleine aufgetaucht wärst«, füge ich etwas verspätet hinzu.

»Dafür hätte dir erst mal auffallen müssen, dass ich fehle.«

»Das wäre mir schon aufgefallen. Wir sind nur neunzehn, wenn einer von uns fehlt, fällt das auf.«

»Wahrscheinlich. Apropos: Welche Kurse hast du eigentlich?« Sie greift in ihre Tasche und breitet einen Moment später einen sehr verknitterten Stundenplan vor sich auf dem Tisch aus. Der Anblick des malträtierten Papiers bricht mir ein bisschen das Herz.

Ich folge ihrem Beispiel, ziehe mein Bullet-Journal aus der Tasche und schlage das rosafarbene Notizbuch auf – und ja, mir ist komplett egal, wie klischeehaft das ist, ich liebe Rosa.

Ich habe meinen Stundenplan fein säuberlich auf eine der ersten Seiten geschrieben. Ein Neuanfang hat auch ein neues Bullet-Journal gefordert.

Als Mae leise seufzt, blicke ich auf. Ein wehmütiger Ausdruck liegt auf ihrem Gesicht.

»Was?«

Sie seufzt. »Du bist eine von denen.«

»Eine von denen?« Meine Augenbrauen wandern fragend nach oben.

»Ich hab da so eine Theorie, was uns Tänzerinnen betrifft: Entweder sind wir die absoluten Perfektionistinnen oder das totale Chaos.«

»Kann das nicht auf jeden Menschen zutreffen?«, will ich schmunzelnd wissen.

»Grundsätzlich ja, aber beim Ballett neigt man ohnehin so krass zum Perfektionismus. Das überträgt man auch auf alles andere oder eben nicht. Wetten, dass du in der Highschool auch immer gute Noten hattest?«

Ich spüre, wie mir das Blut in die Wangen schießt und fühle mich ziemlich ertappt. »Okay, stimmt. Ich neige wirklich zu Perfektionismus. In allen Bereichen.«

Triumphierend deutet Mae mit dem Löffel auf mich. »Sag ich ja. Na dann, zeig mal her.« Sie streckt die freie Hand nach meinem Bullet-Journal aus. Ich reiche es ihr, sie wirft einen kurzen Blick auf meinen Stundenplan, und ein breites Lächeln erscheint auf ihrem Gesicht. »Wie's aussieht, haben wir alle Kurse zusammen.«

»Echt?« Ich greife nach ihrem Stundenplan, überfliege ihn und muss ebenfalls lächeln. Sie hat recht.

Jeder Morgen beginnt mit Klassischem Ballett, danach folgt Spitzentanz. Montags, mittwochs und freitags haben wir anschließend Pas de deux, dienstags und donnerstags Contemporary beziehungsweise Lyrical Jazz. Nach der Mittagspause stehen die Theoriekurse auf dem Plan, die für das erste Jahr vorgesehen sind – Musiktheorie, Arts of Performing, Tanzkomposition und zwei weitere Fächer.

»Sieht so aus, als hättest du mich am Hals«, grinst Mae.

»Oder du mich«, korrigiere ich sie und bin auf einmal sehr froh, dass Maes Koffer gestern das Zeitliche gesegnet hat.

»Ich glaube, das wird ziemlich cool. Katie hat gestern erzählt, dass wir alle praktischen Kurse, abgesehen von Klassischem Ballett und Spitzentanz, jahrgangsübergreifend haben. Vielleicht sind wir ja auch mit ihr, Susannah und Lia zusammen in einem Kurs.«

»Ja, vielleicht. Das wäre …« Ich breche ab, als mir ein Gedanke kommt. Wenn die praktischen Kurse fast alle jahrgangsübergreifend stattfinden, dann … Dann besteht die nicht ganz unwahrscheinliche Chance, in einem Kurs mit Jase zu landen. Meine Handflächen werden feucht. Nein. Das wird nicht passieren. Wird es nicht.

Bitte.

»Jaaaa?«, fragt Mae gedehnt und mustert mich prüfend.

Ich schüttle den Kopf und schiebe jeden Gedanken an Jase energisch beiseite. Ich habe in den letzten vierundzwanzig Stunden entschieden zu viel Zeit damit verbracht, über ihn nachzudenken, und das ist absolut überflüssig. »Schon gut. Ich glaube, wir sollten langsam aufbrechen, oder? Wir müssen uns vor der ersten Stunde noch aufwärmen.«

»Ganz genau. Aber vorher: Beiß wenigstens einmal von deinem Sandwich ab.« Bestimmt schiebt sie den Teller in meine Richtung. »Du kannst nicht mit leerem Magen tanzen.«

Seufzend tue ich ihr den Gefallen. Sie hat recht. Ich muss was essen. Also würge ich zwei, drei Bissen runter, bevor ich aufgebe und wir unser Geschirr wegbringen.

Wir haben unsere Taschen eben direkt mit runtergenommen, deshalb müssen wir nicht zurück in unsere Zimmer, sondern können uns direkt auf den Weg zum Trainingsgebäude machen. Dutzende Schülerinnen und Schüler sind, genau wie wir, auf dem Weg zu den Ballettsälen, die Jüngeren dagegen gehen Richtung Schulgebäude. Sie fangen offenbar mit dem Theorieunterricht an. Ein hochgewachsener Junge mit dichten, dunklen Locken hält uns lächelnd die Tür auf, als wir das Trainingsgebäude erreichen.

Auf drei Stockwerken reiht sich ein Ballettsaal an den nächsten. Die Wände zum Gang bestehen allesamt aus Glas. Es gibt zwar Vorhänge, die man zuziehen könnte, die meisten sind an diesem Morgen jedoch offen. Wir gehen in den zweiten Stock zum letzten Ballettsaal auf der rechten Seite, in dem die meisten anderen Erstsemester bereits an den Stangen stehen oder auf dem Boden sitzen und sich aufwärmen.

Unser Jahrgang ist vergleichsweise klein, neun Mädchen, zehn Jungen, keiner von uns älter als neunzehn. Fünf von ihnen – Raffael, Lucien, Georgia, Kelly und Julie – kennen sich bereits. Sie sind seit vier Jahren hier und haben alle im Sommer ihren Highschool-Abschluss gemacht. Die anderen sind genauso neu wie wir. Kaya ist vor Kurzem erst von Japan in die USA gezogen, Anthony und Jessica stammen aus Boston, so wie ich. Die übrigen zehn hat es von überall aus dem Land her verschlagen, um sich hier ausbilden zu lassen.

Auf dem Flur streifen wir unsere Sneaker ab, weil man den Boden in Ballettsälen nicht mit Straßenschuhen betreten darf, bevor wir unsere Taschen in eine Ecke werfen und anfangen, uns auf die erste Stunde vorzubereiten. Meine Hüften knacken protestierend, als ich mit meinen Aufwärmübungen beginne, während Mae auf dem Boden sitzen bleibt und ihre Spitzenschuhe präpariert.

Um kurz vor neun betritt Mr Conrad, zusammen mit einer schlanken Frau mittleren Alters, den Saal. Sie heißt Deborah und wird unsere Stunden musikalisch begleiten – zumindest stand das auf dem Stundenplan. Nach einem knappen Nicken in unsere Richtung setzt sie sich an den Flügel direkt neben der Tür, während Mr Conrad vor dem großen Spiegel stehen bleibt. Er ist groß, gutaussehend und überraschend jung, vielleicht Ende zwanzig.

»Guten Morgen.« Sein Mund verzieht sich zu einem freundlichen Lächeln. »Mein Name ist Mr Conrad, und ihr werdet dieses Jahr das Vergnügen mit mir als Lehrer haben. Da die meisten von euch während der Ferien keinen Unterricht hatten, fangen wir heute mit den Grundlagen an, damit ich mir einen Überblick darüber verschaffen kann, woran wir während eures ersten Jahres besonders arbeiten müssen. Also los, wir beginnen ganz von vorne: Pliés in den fünf Positionen.«

Ich trete an eine der Stangen vor dem Fenster, von dem aus man auf den Campus hinausblicken kann. Ein aufgeregtes Kribbeln breitet sich in mir aus. Ich habe es wirklich geschafft. Ich stehe in einem Studio der New England School of Ballet. Ich darf hier tanzen und lernen, besser werden.

Ich darf hier sein, um nach den Sternen zu greifen. Dabei ist es noch gar nicht so lange her, dass ich fest davon überzeugt war, es niemals hierher zu schaffen.

Aber ich *bin* hier. Alles andere zählt nicht. Jetzt nicht mehr.

»Erste Position. Konzentriert euch. Es geht um Präzision. Ich will keine schlampigen Ausführungen sehen.« Mr Conrads Stimme hallt durch die Stille, wir folgen seiner Aufforderung in einer synchronen Bewegung.

Sobald meine Hand locker auf der Stange liegt, meine Fersen sich berühren und die Füße in einer geraden Linie nach außen zeigen, tritt alles andere in den Hintergrund.

Ich atme tief durch, beuge die Beine, langsam und kontrolliert im Takt der Musik, und strecke sie wieder. Beugen und Strecken mit geradem Rücken, die Knie nach außen gedreht. Jeder Muskel in meinem Körper arbeitet.

Beim dritten Mal heben sich meine Fersen zum Grand Plié, ich lasse meinen Arm in einer geschmeidigen Bewegung sinken, bewege ihn nach vorne und zurück zur Seite.

»Haltet die Arme ruhig. Schultern zurück«, mahnt Mr Conrad, während er zwischen den Ballettstangen im Raum auf und ab schreitet und unsere Haltung überprüft. Aus dem Augenwinkel sehe ich, wie er hier und da jemanden korrigiert. Unterdessen wechseln wir von den Pliés zu den Battements tendus.

Das rechte Bein in der Diagonalen nach vorne bewegen, den Fuß strecken, halbe Spitze, Spitze, den Fuß rechts in einer fließenden Bewegung über den Boden ziehen. Pause. Die Hüfte gerade halten, nach hinten durchziehen, halbe Spitze, Fersen schließen, die Knie dabei die ganze Zeit durchgedrückt.

Ich atme auf, als er erst mir, dann Mae ein anerkennendes Nicken schenkt und ohne einen Kommentar an uns vorbeigeht. Mae wirft mir über die Schulter einen verschwörerischen Blick zu, und ich muss lächeln.

Mr Conrad konzentriert sich während dieser ersten Stunde tatsächlich nur auf die Grundlagen, selbst dann, als wir von der Stange in die Mitte wechseln. Mit jeder Minute, die verstreicht, fühle ich mich mehr wie ich selbst.

Ich mache diese Übungen schon fast mein ganzes Leben lang beinahe jeden Tag. Sie sind mir in Fleisch und Blut übergegangen, sind ein Teil von mir, und im letzten Jahr waren sie meine Rettung.

Mein Anker, etwas, das immer gleich bleibt, egal wie viel sich sonst verändert.

6. KAPITEL

Jase

Ich wurde von der New England School of Ballet genommen. Dad wird mich allein dafür, dass ich zum Vortanzen gegangen bin, umbringen, aber das ist mir gerade so was von egal. Ich wurde genommen, wie abgefahren ist das bitte?

-J

Meine Muskeln brennen, mir tut alles weh. Die fehlenden Unterrichtsstunden in den Ferien machen sich auf ziemlich unangenehme Weise bemerkbar. Alle, die wie Skye und ich in den Ferien hiergeblieben sind, hatten zwar die Möglichkeit, die Studios zu nutzen, und auch das Gym stand uns ständig zur Verfügung. Allerdings ist es etwas völlig anderes, selbst für seinen Trainingsplan verantwortlich zu sein, als angeleitet und korrigiert zu werden.

»Jase, beweg dich. Francesca bringt uns um, wenn wir zu spät kommen.« Ches, der einzige Typ aus unserem Jahrgang, der halbwegs erträglich ist, tritt gegen meine Tasche und wendet sich Richtung Flur, während ich mich mit einem gequälten Stöhnen vom Boden hochhieve, meine Sachen schnappe und ihm dann folge. Ich bin müde, und zum ersten Mal wünsche ich mir, dass unsere Lehrer es am ersten Tag nach den Ferien etwas langsamer angehen würden. Tun sie natürlich nicht. Warum auch? Es ist nicht ihre Schuld, dass ich heute Nacht kaum ein Auge zugetan habe. Das hab ich nur mir selbst zuzuschreiben.

Der Kurs im Pas de deux findet ein Stockwerk höher statt, im selben Studio wie letztes Jahr. Skye und einige andere Mädchen sind schon da, als wir den Saal betreten. Sie hocken in kleinen Gruppen auf dem Boden und unterhalten sich leise.

Ich werfe meine Tasche zu den anderen in eine Ecke und will gerade zu Skye rüber, da höre ich schon wieder dieses vertraute Lachen, und einen Moment später kommt Zoe herein, mit zwei anderen Neuen im Schlepptau, die ich noch nicht kenne.

Der Muskel in meiner Brust reagiert auf ihr Erscheinen mit einem warnenden Zucken, meine Hände ballen sich ganz von selbst zu Fäusten.

Fuck.

Ich zwinge meinen Puls zur Ruhe, strecke bewusst jeden einzelnen Finger, während ich beobachte, wie sie sich auf den Boden sinken lässt und die Schläppchen aus ihrer Tasche zieht.

Ich wusste, dass wir diesen Kurs zusammen haben würden, weil die Schülerinnen und Schüler der ersten beiden Jahrgänge immer gemeinsam im Pas de deux unterrichtet werden. Von daher war klar, dass ich Zoe nicht komplett aus dem Weg gehen kann. Ich habe mich aber geweigert, auch nur eine Sekunde lang darüber nachzudenken, was das bedeutet. Weil die Konsequenz daraus wäre, dass es mich interessiert. Und das tut es nicht.

Sie ist hier. Ich bin hier. Das war's. Wir haben einen lächerlichen Kurs zusammen. Das heißt noch lange nicht, dass wir miteinander reden müssen. Ganz abgesehen davon, dass ich das nicht will. Und sie auch nicht, sonst hätte sie im letzten Jahr auf irgendeine meiner verdammten Nachrichten reagiert.

Hat sie aber nicht.

Und damit hat sich das Thema erledigt.

Irgendwie gelingt es mir, mich abzuwenden, bevor Zoe mich entdeckt. Ich gehe zu Ches und den anderen, tue so, als würde ich mich an ihrem Gespräch beteiligen, höre allerdings kaum zu und gebe auch keinen Ton von mir, während ich darauf warte, dass Francesca sich endlich blicken lässt, damit wir diesen Bullshit hinter uns bringen können.

Sie kommt pünktlich wie immer, keine Minute zu spät. Ich kenne nur einen anderen Menschen, dem Pünktlichkeit so wichtig ist wie ihr. Francesca hat uns letztes Jahr schon unterrichtet. Sie ist eine kleine, schlanke Frau mit einem kantigen Gesicht und einer tiefen, rauen Stimme, in der ein kaum hörbarer italienischer Akzent mitschwingt. Alles an ihr ist streng, bis auf ein paar dunkle Locken, die ihr Gesicht umspielen, als wollten sie ihr etwas von ihrer Härte nehmen.

»Guten Morgen«, begrüßt sie uns und bedeutet uns mit einer Handbewegung aufzurücken. Sie stellt sich kurz vor und kommt dann gleich zum Punkt. »Ich habe dieses Jahr viel mit euch vor, und ich erwarte von euch allen Bestleistungen, verstanden?« Francesca ist keine Freundin unnötiger Worte. Ihre Erklärungen sind genauso knapp wie ihr Lob und ihre Kritik. Präzise und hart, aber immer ehrlich. »Im Pas de deux geht es vor allem um Vertrauen und Zusammenarbeit. Es geht darum, eine Verbindung zueinander aufzubauen. Deshalb werdet ihr am Ende der Woche in feste Paare eingeteilt. Danach wird für den Rest des Semesters nicht mehr getauscht«, erklärt sie. »In den nächsten Stunden werde ich prüfen, wer sich als Paar eignet und anschließend eine Entscheidung treffen. So weit klar?« Mit hochgezogenen Augenbrauen blickt sie fragend in die Runde. Zustimmendes Gemurmel erhebt sich im Raum, und sie nickt zufrieden.

»Skye, du tanzt mit Raffael, Julie mit Ben.« Francesca geht einen Namen nach dem anderen durch, und je weniger von uns noch übrig sind, desto mehr verkrampft sich jeder einzelne Muskel in meinem Körper. Ich weiß, wen Francesca mir zuteilt, noch bevor sie es ausspricht.

»Zoe und Jase.«

Mein Puls schießt in die Höhe, und ich merke erst, dass ich meine Hände schon wieder zu Fäusten geballt habe, als meine Fingernägel sich schmerzhaft in meine Handflächen bohren. *Großartig*. Als hätte ich nicht schon genug Scheiß, mit dem ich fertigwerden muss, habe ich jetzt auch noch Zoe am Hals. Selbst wenn es nur für eine Stunde ist. Das ist eine fucking Stunde zu viel.

Du bist ein Feigling.

Die Stimme in meinem Kopf ist vertraut, viel zu vertraut, und sie tut immer noch weh.

Schnauze, Sam.

Ich wende mich Zoe zu, um seiner Stimme zu entkommen, was ein Witz ist, weil er nicht da ist und nicht mit mir spricht. Das alles ist nur in meinem Kopf, und mir selbst kann ich nicht entkommen. Ich habe es versucht.

Zoe ist blass geworden, ihr Blick so entsetzt, als könnte sie sich nichts Schlimmeres vorstellen, als ausgerechnet mit mir zu tanzen.

Meine Nägel bohren sich noch tiefer in meine Hand.

Sie rührt sich nicht, bewegt sich keinen verdammten Zentimeter in meine Richtung, während Francesca die letzten Paare zuteilt. Sie starrt mich nur aus weit aufgerissenen Augen an. Ich erwidere ihren Blick ungerührt, und ein schmerzlicher Ausdruck huscht über ihr Gesicht.

Ihr ist anzusehen, was in ihr vorgeht. Dass ich nicht mehr der Junge von damals bin, nicht mehr derjenige, der ihre Wahrheiten bewahrt hat. Dass ich *anders* bin.

Dann rate doch mal, wer dafür verantwortlich ist, Pixie.

Mein Mund verzieht sich zu einem herablassenden Lächeln, ich kann nicht anders, es ist reiner Selbstschutz.

Ihre Augen flackern, Hitze steigt ihr ins Gesicht. Die Röte wandert dank ihrer hellen Haut gut sichtbar über ihren Hals nach oben in ihre Wangen.

Weil ich mich nicht von der Stelle rühre, knickt sie als Erste ein, kommt mit hochgezogenen Schultern auf mich zu. Ihre Verunsicherung ist beinahe greifbar, und früher hätte ich sie vielleicht gefragt, was ihr Problem ist – heute spielt es keine Rolle mehr.

»Jase«, sagt sie leise, kaum dass sie vor mir stehen bleibt, und der Klang meines Namens auf ihren Lippen sorgt dafür, dass meine Schultermuskeln sich verhärten. Bei ihr klingt mein Name anders als bei allen anderen, und das allein ist schon Grund genug, dass sie ihn einfach nicht in den Mund nehmen soll.

»Sehr schön, dann haben ja alle ihren Partner oder ihre Partnerin gefunden.« Francesca bewahrt mich davor, Zoe antworten zu müssen. Allerdings ist die Alternative nicht viel besser. Auffordernd klatscht sie in die Hände. »Dann lasst uns loslegen.«

In knappen Worten erläutert Francesca die Abfolge unserer ersten Übungen, aber ich höre kaum zu. Es sind die gleichen wie letztes Jahr. Ich weiß, was ich zu tun habe.

Ich stelle mich hinter Zoe, so wie Ches und die anderen hinter ihre Partnerinnen treten. Wir sind uns jetzt so nah, dass mir der vertraute Duft ihres Shampoos in die Nase steigt. Sie riecht genau wie früher. Nach Lavendel und etwas Undefinierbarem, das einfach Zoe ist. Mein Herz setzt einen Schlag aus, meine Hände finden den Weg zu ihrer Taille ganz von selbst. Sie zuckt zusammen, als ich sie berühre und meine Finger auf ihren flachen Bauch lege.

Glaub mir, mir gefällt das auch nicht.

Im Spiegel begegnet ihr Blick meinem, und ihre Pupillen sind so geweitet, dass sie ihre Iriden fast vollständig verschlucken. Mein Griff um ihre Taille wird instinktiv etwas fester, ihre Augen als Reaktion darauf noch größer. Ich kann die Wärme spüren, die von ihrer Haut abstrahlt, obwohl ich sie nicht direkt berühre. Ich fühle nur den dünnen Stoff ihres schwarzen Trikots unter meinen Fingern.

Wir setzen uns gleichzeitig in Bewegung, in absolutem Einklang. Immer und immer wieder trifft ihr Blick im Spiegel meinen, und da ist etwas in ihren Augen, das ich nicht deuten kann. Es dauert zu lange, bis ich mich daran erinnere, dass ich das auch nicht will.

Aber gerade ist es schwierig, das im Kopf zu behalten, weil meine Finger sich um ihre schließen und mein Körper sich an andere Dinge erinnert. An ihre Finger auf meinem Gesicht, meine Hände in ihren Haaren.

Ich beiße die Zähne so fest aufeinander, dass es wehtut, und dränge die Erinnerungen zurück, konzentriere mich auf die Schritte und nichts sonst. Nichts anderes zählt, verdammt noch mal.

Wir folgen Francescas Anweisungen, gehen in Drehungen und Vorbeugen. Und es ist einfach, viel zu einfach, mit ihr zu tanzen. Es sollte nicht so fucking einfach sein. Nicht nach allem, was geschehen ist.

Mit aller Macht versuche ich auszublenden, dass das Mädchen, mit dem ich tanze, Zoe ist. Sie ist nur irgendjemand. Scheißegal, wer. Und irgendwie funktioniert es. Ich ignoriere ihre Blicke, die immer wieder auf meinem Gesicht landen, ignoriere, dass ihre Haut unter meinen Händen immer wärmer wird. Ich ignoriere den Lavendelduft ihrer Haare. Sie existiert nicht mehr.

Und dann ist auf einmal gar nichts mehr einfach.

Ich führe Zoe in eine Pirouette, halte sie genau wie zuvor, aber dieses Mal verliert sie das Gleichgewicht, stolpert und findet es nicht wieder. Selbst dann nicht, als sie sich mit hochrotem Kopf wieder aufrichtet und ihre Hand in meine legt.

»Entschuldige«, murmelt sie, ihre Stimme klingt dünn und zittrig. Die Härchen in meinem Nacken stellen sich auf.

»Lass uns einfach weitermachen. Bringen wir den Scheiß hinter uns«, gebe ich schroff zurück, und wieder zuckt sie zusammen. Ich ignoriere es.

Wir machen weiter, aber es ist, als wäre in ihrem Inneren ein Schalter umgelegt worden. Zoes Bewegungen sind auf einmal abgehackt und nicht im Takt. Nicht fließend, so wie gerade eben noch. Sie ist steif und lässt sich nicht führen. Entweder ist sie zu schnell oder zu langsam. Nichts funktioniert mehr, und ich kann Francescas prüfenden Blick mehr als einmal auf uns spüren.

Und dann reißt Zoe sich plötzlich einfach von mir los und weicht zurück. Ihre Brust hebt und senkt sich hektisch, in ihren Augen schimmern Tränen. Ist das ihr Scheißernst? Fängt sie jetzt etwa an zu heulen?

Du benimmst dich ja auch wie ein absoluter Wichser.

Ich verdrehe die Augen, öffne schon den Mund, um etwas zu sagen, komme aber nicht dazu. Sie wirbelt herum und stürzt aus dem Raum, als wäre der Teufel höchstpersönlich hinter ihr her.

Fassungslos starre ich ihr hinterher.

Echt jetzt? Sie läuft einfach weg?

Fuck, ja. Sie läuft einfach weg. Lässt mich einfach stehen. Schon wieder.

7. KAPITEL

Zoe

Ich habe heute Nacht von dir geträumt.
Und nein, nicht das, was du jetzt denkst!
Wir haben zusammen getanzt,
und das war irgendwie seltsam und … schön.
Keine Ahnung, warum ich dir das erzähle.
Aber manchmal habe ich das Gefühl, als müsstest
du wissen, dass es jemanden gibt, der an dich denkt …
- P

Mein Herz rast. Mir ist schwindelig. Mein Magen rebelliert.

Scheiße. Scheiße. Scheiße.

Ich bekomme keine Luft. Meine Brust fühlt sich viel zu eng an für meine Rippen und Lunge. Viel zu eng, um zu atmen.

Noch immer kann ich Jase' Hände auf meiner Taille spüren. An meinen Fingern. Meinem Bein. Die Berührungen haben sich in meine Haut gebrannt, und sie brennen und brennen und brennen.

Tränen verschleiern mir die Sicht. Ich laufe weg. Ich renne davon, und ich weiß, dass es ein Fehler ist. Ich hätte bleiben müssen. Aber alles fühlt sich eng an, und mein Herz ist kurz davor zu platzen, und zwar nicht auf eine positive Art.

Es schlägt zu schnell, überschlägt sich, stolpert in meiner Brust herum. Mir ist so heiß. Ich verglühe innerlich.

Ein Teil von mir will stehen bleiben, sich zusammenkrampfen und weinen, bis es vorbei ist. Aber ich kann nicht. Nicht hier. Wenn mich jemand sieht, dann …

Ich rutsche aus, schaffe es aber gerade so, mich wieder zu fangen. Ich muss weg, raus. Irgendwohin, wo mich niemand findet. Mir ist so schlecht, dass ich fürchte, mich jeden Moment übergeben zu müssen.

Ich breche auseinander, ich kann es fühlen. Den ersten Riss, dann den zweiten.

Ich kenne dieses Gefühl. Es ist vertraut. Ich hasse es. Es darf nicht da sein. Es war vorbei. Ich war stärker als die Panik.

Ich stoße die Tür zur Toilette in der Nähe des Treppenhauses so heftig auf, dass sie lautstark gegen die Wand knallt, aber das kümmert mich nicht. Deutlich leiser fällt sie hinter mir ins Schloss, während ich ans Waschbecken stürze, den Wasserhahn aufdrehe und kaltes Wasser in meine Handflächen laufen lasse. Ich spritze es mir ins Gesicht, über die Haare. Ich muss duschen, ich muss das alles abwaschen.

Den Schmutz. Die Scham. Die Panik.

Ich merke erst, dass ich weine, als ich mich an meinem eigenen Schluchzen verschlucke.

Mehr Wasser. Mehr. Immer mehr. Bis ich vollkommen durchnässt und am ganzen Körper zitternd vor dem Waschbecken stehe. Mein Spiegelbild starrt zurück, aus panisch geweiteten Augen, mit leichenblassen Wangen und blutleeren Lippen.

Jetzt ist mir kalt. Aber mein Puls kommt langsam wieder zur Ruhe. Die Panik ebbt ab. Meine Beine geben unter mir nach, und ich sacke zu Boden. Ziehe die Knie an und umarme mich selbst.

Es ist alles gut.
Alles gut.
Alles gut.
Alles gut.

Aber es ist gar nichts gut. Nichts. Ich hatte es im Griff. Das alles. Die Panik. Die Berührungen. Es war erträglich. Sonst hätte ich es niemals bis hierhin geschafft.

Berührungen zu ertragen, war die Grundvoraussetzung, die meine Eltern und Dr. Somers an mich gestellt haben, damit ich mich überhaupt hier bewerben durfte. Und ich habe sie ertragen. Nein, nicht nur ertragen. Es war okay. Nicht gut. Nicht schlecht. Es waren einfach Berührungen. Ganz normale Berührungen.

Aber das gerade war anders. Es waren Jase' Hände auf meinem Körper, seine Finger auf meiner Haut. Sein Blick, der im Spiegel meinem begegnet ist, so hart und kalt und hasserfüllt, dass etwas in mir zerbrochen ist. Er stand hinter mir, und er war da. Damals in dieser Nacht. Und dann war er nicht mehr da, und alles ist kaputtgegangen, und ich weiß nicht, was ich tun soll, weil alles zu viel und nichts richtig ist.

Genauso hat es sich angefühlt. Zu viel und nicht richtig.

Aber unter der Panik war noch etwas anderes. Ein warmes, sehnsüchtiges Ziehen, direkt in seine Richtung. Worte auf meiner Zunge, eine Entschuldigung, die nichts bedeutet, wenn ich ihm keine Erklärung gebe. Ein Kribbeln auf der Haut, ein einziger, kräftiger Schlag, den mein Herz ausgesetzt hat. Ein kurzer Moment, und ich habe die Kontrolle verloren.

Über meine Gefühle und mich selbst, und die Panik ist über mir zusammengebrochen, wie eine Welle, bereit, mich nach unten zu zerren, zu ertränken, mir den Atem zu rauben, bis nichts mehr übrig ist.

Und ich habe vergessen, wie es ist, dagegen anzukämpfen.

Ich habe mich zu sicher gefühlt. Ich war mir zu sicher, dass ich es überwunden habe. Ich habe mich gnadenlos überschätzt.

Am ganzen Körper zitternd schließe ich die Augen, versuche, mich zu sammeln, weil ich das tun muss. Ich habe keine andere Wahl. Ich muss mich zusammenreißen. Ich darf nicht versagen. Nicht direkt am ersten Tag.

Das hier ist mein Traum. Diese Schule. Das Ballett. Wenn ich das verliere … Dann war alles, alles, alles umsonst.

* * *

Irgendwie gelingt es mir, unbemerkt zurück in mein Zimmer zu schleichen. Meine Schläppchen kann ich nach dem Weg über den Campus wegschmeißen, aber das kümmert mich nicht. Ich muss duschen und mich umziehen. Und dann muss ich mir was einfallen lassen.

Ich muss mit Francesca reden. Ihr eine Erklärung geben, die nichts mit der Wahrheit zu tun hat. Ich muss retten, was noch zu retten ist.

Ich laufe wie auf Autopilot, hake einen Punkt nach dem anderen auf meiner imaginären To-do-Liste ab.

Duschen.

Nicht die Nerven verlieren.

Anziehen.

Nicht an Jase denken.

Haare föhnen.

Nicht wieder in Panik geraten.

Ein energisches Klopfen an meiner Zimmertür lässt mich erschrocken zusammenfahren. *Mistmistmist.* Wenn das Jase ist, kann ich mich gleich begraben.

Ich will ihn nicht sehen. Er darf mich nicht wieder so anschauen wie im Ballettsaal. Ich habe es verdient, schon klar, aber die Vergangenheit lässt sich nun mal nicht ungeschehen machen.

Ich öffne trotzdem die Tür, weil ich nicht anders kann. Aber es ist nicht Jase, der auf dem Flur vor meinem Zimmer steht. Es ist Mae. Natürlich ist sie es. Und nicht Jase. Es hätte jeder sein können, abgesehen von ihm.

Warum sollte er auch kommen? Es gibt keinen Grund dafür. Ich habe ihm jeden einzelnen genommen.

Dennoch legt sich der Geschmack bitterer Enttäuschung auf meine Zunge. Ich schlucke sie runter, weil sie vollkommen sinnlos ist. Wie viele Stunden sind vergangen, seit ich mir gesagt habe, dass Jase ein Teil meiner Vergangenheit, aber nicht meiner Zukunft ist? Noch gar nicht so viele.

Aber da war er auch noch kein unwiderruflicher Teil meiner Gegenwart. Und es spielt keine Rolle, ob Francesca ihn letzten Endes zu meinem Partner macht oder jemand anderen. Ich werde ihm begegnen. Dreimal die Woche. Stundenlang. Er wird da sein, und ich kann mich ihm nicht entziehen. Kann ihn nicht ignorieren und einfach so tun, als wäre nichts gewesen.

Weil ich das bei Jase noch nie konnte.

»Zoe? Hey!« Mae schnippt mit ihren Fingern vor meinem Gesicht herum und reißt mich aus meinen Gedanken.

Ich zucke zurück und spüre, wie mir das Blut ins Gesicht steigt. Die Sorge in ihren Augen vertieft sich.

»Alles in Ordnung? Geht's dir gut?«

»Ja, ich … Mir ist schlecht geworden«, erwidere ich, und das ist nicht mal gelogen. Nicht so richtig jedenfalls. »Ich glaube, ich hätte heute Morgen mehr essen sollen.« Erleichterung durchflutet mich. Das ist eine gute Ausrede. Glaubhaft.

»Das hättest du wirklich.« Der leichte Vorwurf in Maes Stimme bestätigt es. Sie glaubt mir. »Du solltest mit Francesca reden. Sie macht sich Sorgen. Wir konnten dich nirgendwo finden, nachdem du weggelaufen bist.« Jetzt kommt der Vorwurf auch in ihren Augen an, aber sie wirkt immer noch eher besorgt, und ich begreife, dass sie es nicht böse meint.

»Tut mir leid. Das war dumm. Ich bin nur …« Ich ringe mir ein schwaches Lächeln ab. »Ich hab's nicht darauf angelegt, mich direkt am ersten Tag vor allen zu übergeben.«

»Versteh ich.« Maes Mundwinkel heben sich ein Stück, doch sie wird sofort wieder ernst. »Hast du denn jetzt was gegessen?«

Ich nicke. »Ich hatte noch einen Proteinriegel«, lüge ich. Allein der Gedanke, etwas zu essen, beschert mir ein flaues Gefühl im Bauch.

»Das ist gut. Dann … soll ich mitkommen, wenn du zu Francesca gehst?« Abwartend sieht Mae mich an. Im ersten Moment bin ich versucht, ihr Angebot anzunehmen, aber dann schüttle ich doch den Kopf. Ich weiß nicht, wie Francesca auf mein absolut unprofessionelles Verhalten reagieren wird, und dabei will ich kein Publikum haben.

»Das ist lieb, aber das musst du nicht. Jetzt ist doch Mittagspause. Ich gehe allein rüber. Und dann komme ich nach.«

»Alles klar. Geht's dir wirklich gut?«

»Ja. Alles okay.« Ich zwinge mich zu einem weiteren Lächeln, aber mein Herz gerät schon wieder ins Stolpern.

Nichts ist gut. Absolut gar nichts.

8. KAPITEL
Jase

Hast du dich jemals allein gefühlt?

Immer.

-J

»Also nach der Nummer musst du mir jetzt wirklich dringend erzählen, was da zwischen dir und Zoe gelaufen ist«, fordert Skye in einem Ton, der keinen Widerspruch duldet.

Ich tue es trotzdem. »Zwischen uns ist gar nichts gelaufen.«

Skye schnaubt ungehalten. »Komm schon, Jase, verarschen kann ich mich alleine. Niemand haut am ersten Tag einfach aus dem Unterricht ab, wenn nichts absolut Tragisches passiert ist. Wie und wann hast du ihr das Herz gebrochen?« Sie stößt ein theatralisches Seufzen aus und schlägt sich die Hände vor die Brust.

Wütend knirsche ich mit den Zähnen. »Warum gehst du eigentlich automatisch davon aus, dass *ich ihr* das Herz gebrochen habe?«

Was auch immer Zoe dazu gebracht hat, ohne ein Wort abzuhauen, es lag definitiv nicht daran, dass ich ihre verdammten Gefühle verletzt habe. Weder heute noch damals.

Skyes Augen weiten sich überrascht, und ich würde meine

Worte am liebsten gleich wieder zurücknehmen. »Soll das etwa heißen, sie hat *dir* das Herz gebrochen?«

Fuck.

»Ich hab keins«, erinnere ich sie tonlos, obwohl der Muskel in meiner Brust protestierend zuckt, um mich darauf aufmerksam zu machen, dass er sehr wohl existiert.

»Natürlich nicht. Du bist der einzige Mensch, der kein Herz hat. Selbstbetrug ist gefährlich, Jase.« Sie erhebt sich und zerzaust mir die Haare.

Unwillig verziehe ich das Gesicht, spare mir aber eine Antwort, weil ich keine habe.

»Sehen wir uns gleich beim Mittagessen? Ich will noch kurz mit Francesca reden.« Fragend zieht Skye die Augenbrauen hoch, während sie sich rückwärts in die Richtung unserer Lehrerin bewegt.

Francesca hat den Unterricht erst vor ein paar Minuten beendet. Die meisten sind noch da, nur das Mädchen mit den lilafarbenen Haaren, das in dem Zimmer neben Zoe wohnt, ist schon verschwunden, wahrscheinlich, um nach ihr zu sehen.

»Klar.«

»Okay, bis gleich. Und dann musst du mir alles erzählen.« Sie grinst zufrieden und wirbelt herum.

»Es gibt nichts zu erzählen«, brumme ich ungehalten, aber entweder hört sie mich nicht mehr oder sie ignoriert es. Tendenziell eher Letzteres.

Ich stehe auf, packe meine Sachen zusammen und verlasse eilig den Saal, weil ich noch kurz einen Abstecher zu meinem Zimmer machen und mich vor dem Essen umziehen will, doch ich komme nicht weit. Ich bin schon fast an der Treppe, als ich aus dem Augenwinkel eine Bewegung wahrnehme.

Ein Mädchen steht allein in einem der Ballettsäle vor dem Spiegel und übt ihre Pirouetten. Jede Bewegung ist kontrollierte Perfektion. Sie ist brillant und weiß das mit jeder Faser ihres angespannten, bis in die Fingerspitzen beherrschten Körpers.

Little Miss Perfect.

Ophelia Winslow.

Meine Schwester.

Mein Magen zieht sich zusammen, ich sollte weitergehen, aber ich kann mich auf einmal nicht mehr rühren. Gestern auf der Dachterrasse habe ich sie gar nicht gesehen, was vermutlich daran lag, dass, abgesehen von uns, noch fast achtzig andere Leute da oben waren und ich sie für gewöhnlich meide wie die Pest. Genau das Gleiche sollte ich jetzt auch tun. Die letzten Stunden waren absolut beschissen, und Lia beim Tanzen zu beobachten, macht alles sehr verlässlich noch viel schlimmer. Allerdings bin ich nicht nur gut darin, mich selbst zu belügen, sondern auch darin, mich zu quälen.

Als hätte sie meinen Blick gespürt, hält Lia mitten in der Drehung inne und wendet sich mir zu. Ihre Miene ist ausdruckslos, die grünen Augen so vertraut wie meine eigenen. Wir haben uns schon als Kinder ähnlich gesehen, mit den blonden Haaren, den grünen Augen und den vollen Lippen. Das Gesicht meiner Schwester ist feiner geschnitten als meins, die Ähnlichkeit ist aber trotzdem unverkennbar.

Lia zieht die Augenbrauen hoch, eine stumme Frage. *Ist was?*

Ich spiegle ihren Gesichtsausdruck, weil ich weiß, dass sie das hasst. Überflüssig zu erwähnen, dass wir keine besonders liebevolle Geschwisterbeziehung haben, oder?

Sie rollt mit den Augen und dreht sich weg. Ich mache endlich das Gleiche.

Es ist nicht immer so gewesen zwischen uns. Nie einfach, aber auch nicht *so*. Kalt. Wütend. Voller Eifersucht und Hass.

Ihretwegen habe ich mit dem Tanzen angefangen.

Ein kleiner Junge, der sich in das Ballett verliebt hat, während er seiner großen Schwester beim Tanzen zusah. Dabei ist es nicht mal ihre Anmut gewesen, die mich beeindruckt hat, sondern die Kontrolle über ihren Körper, über jede noch so kleine Bewegung, gemischt mit der brennenden Leidenschaft, die es braucht, um das Publikum in ihren Bann zu ziehen.

Genau das wollte ich auch. Diese Kraft, die absolute Beherrschung, die Leidenschaft – *einen Traum.*

Es hat eine Zeit gegeben, da habe ich gehofft, das Tanzen würde Lia und mich näher zueinander bringen.

Diese Zeit ist lange vorbei.

Der Muskel in meiner Brust zuckt warnend, und ich schiebe jeden Gedanken an Lia in den hintersten Winkel meines Kopfes, weil ich jedes Mal, wenn ich sie ansehe – wenn ich nur an sie denke –, unweigerlich auch an Sam denken muss.

Und wenn ich an Sam denke, bekommt die Gleichgültigkeit, mit der ich jedes andere Gefühl verdränge, einen Riss, und das ist das Letzte, was ich gerade gebrauchen kann. Oder jemals.

Ich habe gerade mein Zimmer erreicht, als jemand meinen Namen ruft.

»Jase!« Beim Klang der strengen Stimme drehe ich den Kopf und entdecke Camille, Direktor Pearsons Assistentin, die mir mit schnellen Schritten entgegenkommt. Wie immer liegt ein außergewöhnlich verkniffener Ausdruck auf ihrem Gesicht. Sie sieht immer so aus, als würde ihr irgendwas absolut gar nicht passen.

»Direktor Pearson würde gerne etwas mit dir besprechen.« Ihr Blick ist viel zu ernst, und mein Magen sackt nach unten.

»Wissen Sie, worum es geht?«, frage ich gepresst.

Sie schüttelt den Kopf. »Nur, dass es dringend ist. Komm mit.«

Ich zögere, aber eigentlich habe ich keine andere Wahl. Also folge ich ihr. Schweigend führt Camille mich zum Verwaltungsgebäude und hoch zu Pearsons Büro. Mit jeder Minute, die verstreicht und während der sie keinen Ton von sich gibt, werde ich unruhiger. Meine Handflächen sind unangenehm feucht, ein flaues Gefühl breitet sich in meinem Bauch aus.

Was zur Hölle will Pearson von mir?

Schülerinnen und Schüler kommen uns entgegen, alle auf dem Weg zur Cafeteria. Neugierige Blicke streifen mich, und wieder verkrampfen sich meine Schultern. Alle wissen, dass es in der Regel nichts Gutes zu bedeuten hat, mit Camille zusammen gesehen zu werden. Normalerweise steckt man ziemlich in Schwierigkeiten, wenn man von ihr eskortiert wird.

Aber ich habe nichts angestellt. Fuck, es ist erst der erste Tag, gerade mal Mittag. Ich hatte überhaupt keine Zeit, etwas anzustellen, was Pearson nicht passen könnte.

Das Verwaltungsgebäude ist unheimlich still, als wir eintreten und durch die Flure laufen, bevor wir schließlich Pearsons Büro erreichen.

Camille klopft an die Tür, das Geräusch hallt laut durch den leeren Flur. Laut und unerwartet endgültig. Sie wartet nicht auf eine Antwort, sondern öffnet die Tür und bedeutet mir mit einer Handbewegung reinzugehen.

Ich betrete sein Büro, ohne Camille noch einmal anzugucken, und lasse die Tür achtlos hinter mir ins Schloss fallen.

Pearson hebt den Blick von seinem Laptop und deutet auf einen der beiden Sessel, die vor seinem Schreibtisch stehen und in denen für gewöhnlich entweder Eltern Platz nehmen, die sich mit besorgten Mienen nach ihren kostbaren Kindern erkundigen, oder Schülerinnen und Schüler, die sich in irgendeine Scheiße geritten haben.

»Setz dich«, fordert er mich mit Nachdruck in der Stimme auf.

Trotz der silbergrauen Strähnen in seinen dunklen Haaren wirkt er jünger, als er tatsächlich ist. Ich kenne seinen Geburtstag. Nicht, weil es jedes Jahr an seinem Geburtstag für alle ausnahmsweise Kuchen gibt – wir sind an einer Ballettakademie, industrieller Zucker ist praktisch Gift –, sondern weil ich ihn schon kannte, lange bevor ich hier angenommen wurde.

»Jase. Setz dich«, wiederholt er, als ich keine Anstalten mache, seiner Aufforderung Folge zu leisten, weil ich plötzlich vergessen zu haben scheine, wie man sich bewegt. Mein Körper fühlt sich auf einmal seltsam taub an. »Wir haben was zu besprechen.« Der Blick aus seinen dunklen Augen ist ernst.

Ich unterdrücke den Drang, mich einfach umzudrehen und wegzulaufen, weil ich nicht hören will, was er zu sagen hat, und lasse mich dann doch auf den Stuhl fallen. Es hat keinen Sinn, das Unvermeidliche hinauszuzögern.

»Was gibt's?« Ich tue gelangweilt, als würde es mich kein bisschen kümmern, warum er mich hierher zitiert hat. Dabei rast mein Herz, und mein Magen rebelliert.

Mein Körper kann nicht mit ihnen umgehen, diesen verdammten Gefühlen. Der Unsicherheit und Angst. Er wehrt sich gegen sie, und ich kann nichts dagegen tun. Sie lassen sich nicht abstellen. Nicht jetzt. Nicht in Pearsons Gegenwart.

»Ich habe sowohl heute als auch gestern versucht, deine Eltern zu erreichen, allerdings ohne Erfolg. Deswegen bist du heute hier«, beginnt er.

Schon allein von der Erwähnung meiner Eltern wird mir kotzübel. Fuck. Das kann alles nichts Gutes bedeuten.

»Und?«

»Die Zahlung für das laufende Schuljahr wurde zurückgezogen. Weißt du was darüber?«

Der Satz trifft mich wie ein Schlag in die Magengrube.

Hart und unerbittlich, presst mir jeden noch verbliebenen Rest Sauerstoff aus den Lungen.

»Was?«, bringe ich angestrengt hervor. Fassungslos starre ich ihn an. Blinzle. Versuche zu kapieren, was genau Pearson da gerade gesagt hat.

»Dein Schulgeld wurde zurückgezogen«, wiederholt er, als hätte ich ihn akustisch nicht verstanden. Habe ich aber. Ich habe ihn viel zu gut verstanden.

Ich kapiere nur nicht, was das zu bedeuten hat.

Obwohl auch das nicht stimmt. Die Sache ist ziemlich eindeutig.

Ich bin am Arsch.

DAVOR
Jase

Ein Jahr zuvor
25. Juni 12:43 PM

Meine Eltern sind nicht zu meiner Abschlussfeier gekommen. Genauso wenig wie meine Schwester oder meine Großeltern. Niemand aus meiner Familie hat sich blicken lassen, und obwohl ein Teil von mir nicht mal überrascht ist, brennt die Enttäuschung wie Säure in meinem Mund.

Ich beobachte, wie Caleb und meine Freunde von ihren Familien umarmt werden, während ich ein wenig abseits danebenstehe. Mir schnürt sich die Kehle zu, als ich sehe, wie Calebs Dad ihm mit einem stolzen Lächeln die Haare zerzaust, und ich wende hastig den Blick ab.

Er landet ganz von selbst auf Zoe, die zwischen Tristan und Reed steht. Reed hat einen Arm um ihre Schultern gelegt und zupft an einer Strähne ihrer roten Haare. Zoe lacht, und etwas in mir zieht sich bei dem hellen Laut zusammen.

»Jase, wo sind deine Eltern?« Cearas Stimme lässt mich ertappt zusammenzucken. Ein kaum zu deutender Ausdruck liegt auf ihrem Gesicht. Eine Mischung aus Missbilligung, Mitgefühl und Ärger.

Ich zucke mit den Schultern und bemühe mich um eine gleichgültige Miene. »Sie hatten eine Patientin. Risikoschwangerschaft oder so. Es gab Komplikationen bei der Geburt.« Das ist wahrscheinlich nicht mal gelogen. Meine Eltern werden oft zu Notfällen gerufen, so ist das wohl, wenn man eine der renommiertesten Geburtskliniken des Landes führt. Nur dass mir niemand Bescheid gesagt hat. Und es erklärt auch nicht, warum Lia und meine Großeltern nicht gekommen sind.

Die Wahrheit kratzt an der Oberfläche, aber ich dränge sie entschieden zurück. Ich will nicht über die Gründe nachdenken, denn viele gibt es nicht, und jeder einzelne davon tut scheißweh.

Zwischen Cearas Augenbrauen bildet sich eine steile Falte, sie presst die Lippen so fest aufeinander, dass ich ihre Gedanken selbst dann erraten könnte, wenn ich sie nicht seit fast vier Jahren praktisch jeden Tag sehen würde. In gewisser Hinsicht benimmt sie sich mir gegenüber mehr wie eine Mutter als meine eigene.

»Wir wollten gleich mit Caleb essen gehen, möchtest du mit?« Sie meint es nur gut, trotzdem verspannen sich bei dem sanften Klang ihrer Stimme meine Schultern. Ich will ihr Mitleid nicht.

»Nein, schon gut. Meine Großeltern wollten kommen, wahrscheinlich hatte der Flieger Verspätung. Ich sollte zu Hause sein, wenn sie ankommen.« Noch eine Lüge. Ich zwinge mich zu einem Lächeln. »Aber danke.«

Ceara nimmt mich in den Arm, und ich versteife mich, bevor ich ihre Umarmung für einen kurzen, schwachen Moment erwidere. »Du musst dich nicht bedanken, Jase. Du gehörst zur Familie.« Sie löst sich von mir und zerzaust mir lächelnd die Haare, wie Ethan es gerade noch bei Caleb getan hat.

Du gehörst zur Familie.

Unwillkürlich schaue ich zu Zoe rüber und frage mich, ob sie das genauso sieht. Sie dreht sich um, als hätte sie meinen

Blick gespürt. Reeds Arm rutscht von ihrer Schulter, er sagt etwas, das ich nicht verstehe, und Zoe antwortet ihm, sieht dabei aber immer noch mich an. Auch dann noch, als sie erst ihn, dann Tristan und Nick zum Abschied umarmt und schließlich mit leichtfüßigen Schritten zu ihrer Mom und mir herüberkommt.

Dicht neben mir bleibt sie stehen, so dicht, dass mir der Lavendelduft ihres Shampoos in die Nase steigt, aber nicht so nah, dass sie mich berührt. Sie macht keine Anstalten, mich in den Arm zu nehmen, wie sie es bei den anderen getan hat. Stattdessen erscheint auf ihrem Gesicht ein strahlendes Lächeln.

»Herzlichen Glückwunsch zum Abschluss«, sagt sie.

»Danke«, erwidere ich und weiß dann nicht mehr weiter. Seit Zoe und ich angefangen haben, uns unsere Wahrheiten auf kleinen Zetteln anzuvertrauen, ist es schwierig geworden, mit ihr zu reden. Oder in ihrer Nähe zu sein. Weil ich auf einmal zu viele Dinge will, die ich von der kleinen Schwester meines besten Freundes nicht wollen sollte.

»Ich habe Jase gerade gefragt, ob er mit uns essen gehen möchte. Seine Eltern stecken in der Klinik fest. Aber er lässt sich nicht überreden. Versuch du es mal. Vielleicht hört er ja auf dich.« Ceara wirft Zoe einen Blick zu, den ich nicht deuten kann, doch sie hat die Lüge über meine Großeltern ganz offensichtlich durchschaut. Sie drückt ihrer Tochter einen Kuss auf die Schläfe und lässt uns allein.

»Du willst nicht mitkommen?« Fragend neigt Zoe den Kopf, sodass ihre langen Haare wie ein Vorhang über ihre Schulter fallen. Sie fragt nicht nach dem Warum, und ich verkneife mir ein erleichtertes Seufzen.

»Nein, ich muss nach Hause. Ich sollte jetzt auch los. Wir sehen uns später bei Adalines Party, oder?«

»Klar. Jase –«

»Bis später, Pixie«, schneide ich ihr das Wort ab und muss grinsen, als sie empört die Nase rümpft. Sie tut immer so, als würde sie den Spitznamen hassen, aber ich weiß es besser. Insgeheim mag sie ihn.

Ich gebe ihr keine Chance, etwas zu erwidern, sondern mache mich auf den Weg nach Hause. Auch ohne mich von meinen Freunden zu verabschieden. Wir sehen uns ohnehin in ein paar Stunden wieder.

Im Haus empfängt mich vollkommene Stille, als die Tür hinter mir ins Schloss fällt, und der kleine Funken Hoffnung, der es wie auch immer geschafft hat zu überleben, erstirbt. Sie sind wirklich nicht hier. Keiner von ihnen. Als Lia letztes Jahr ihren Abschluss gemacht hat, waren Mom und Dad beide zu Hause. Grandma und Grandpa sind extra aus Los Angeles angereist. Grandma hat gekocht. Der Abschluss meiner Schwester wurde groß gefeiert. Meiner wird ignoriert.

Ich stoße ein bitteres Lachen aus, werfe Talar und Kappe achtlos im Flur auf den Boden und gehe nach oben in mein Zimmer. Vielleicht erinnern sie sich so ja daran, dass heute ein wichtiger Tag ist. Aber wem will ich eigentlich was vormachen?

Mir selbst. Schon klar.

Mein Zimmer ist aufgeräumt, wie immer, und das, obwohl ich nur drei Sekunden brauche, bis hier absolutes Chaos herrscht. Aber Margaret, unsere Haushälterin, räumt ständig auf, egal, wie oft ich ihr sage, dass sie das nicht tun muss.

Aber weil Margaret mein Chaos wieder in Ordnung gebracht hat, fällt mein Blick schon in der Sekunde auf den Brief, der auf meinem Schreibtisch liegt, in der ich das Zimmer betrete. Ich erkenne das Wappen von Harvard auf dem Umschlag sofort und erstarre.

Fuck, nein.

Es ist mehr als eine Mahnung daran, was ich zu tun habe. Es ist ein Befehl. Und ich weiß schon, was in dem Brief steht, bevor ich den großen Umschlag überhaupt geöffnet habe. Meine Finger sind eiskalt, als ich den Brief herausziehe.

Angenommen.

Es ist eine verdammte Zusage für die Harvard University. Jeder andere würde über die Möglichkeit, dort studieren zu können, wahrscheinlich ausflippen. Ich nicht. Weil ich mich nicht mal an dem verdammten College beworben habe.

Ich lasse das Blatt Papier fallen, als hätte ich mich daran verbrannt. Er hat das nicht wirklich getan. Kann er nicht. Doch im Grunde weiß ich es besser. Es ist echt zum Kotzen.

Unten geht die Haustür auf, und ich höre Moms Stimme, verstehe aber nicht, was sie sagt. Dann eine tiefere Stimme – Dad. Sie sind doch nach Hause gekommen.

Meine Beine bewegen sich ganz von selbst, als Hoffnung sich in mir breitmacht, dumme irrationale Hoffnung. Aber als ich das Esszimmer betrete, sehe ich die beiden Boxen von dem kleinen Italiener, bei dem sie oft was holen, wenn Mom keine Lust zu kochen hat. Zwei, nicht drei.

Sie sind für die Mittagspause extra nach Hause gekommen und haben mir nichts mitgebracht. Sie haben mich nicht mal gefragt, ob ich zu Hause bin und auch was essen möchte.

Die beiden bemerken mich nicht, unterhalten sich über irgendeinen Bullshit aus der Praxis, der mich wahrscheinlich genauso sehr interessiert, wie sie sich für mich interessieren.

Herzlichen Glückwunsch zum Abschluss, Jase.

Wut kocht in mir hoch. Sie hätten wenigstens einen beschissenen Tag lang versuchen können, so zu tun, als wären wir eine normale Familie und als würde ich ihnen irgendwas bedeuten. Ein paar Stunden hätten gereicht.

Wortlos drehe ich mich um und gehe zurück in mein Zimmer. Ich pflücke den Brief vom Boden und kehre ins Esszimmer zurück. Dad bemerkt mich erst, als ich den Brief auf seine Lasagne fallen lasse.

»Was soll der Scheiß?« Ich gebe mir keine Mühe zu verbergen, wie angepisst ich bin.

Dad fischt den Brief mit solch einer Seelenruhe aus seinem Essen, dass ich schreien will. »Das ist deine Zusage für Harvard, wie es scheint«, gibt er kühl zurück.

»Was du nicht sagst.« Mir entfährt ein ungläubiges Lachen. »Ich hab mich aber nicht beworben.«

»Natürlich hast du das.« Dad widmet sich seinem Essen, ohne mich auch nur anzusehen. »Du hast deine Bewerbung geschrieben, erinnerst du dich?«

Ja, ich erinnere mich daran, dass ich diesen beschissenen Aufsatz geschrieben habe, den sie bei der Bewerbung verlangen. Ich erinnere mich aber auch daran, dass ich die Bewerbung nie abgeschickt habe. Welchen Schluss lässt das zu? Richtig, nur einen.

»Willst du mich verarschen?! Du hast dafür gesorgt, dass ich genommen werde. Keine Ahnung, welchen deiner beschissenen Kontakte du dafür hast spielen lassen, aber ich hab mich ganz sicher nicht in Harvard beworben«, blaffe ich, und Mom seufzt schwer.

»Jase, achte auf deine Ausdrucksweise.«

»Meine Ausdrucksweise ist mir gerade echt so was von scheißegal! Dad, du weißt, dass ich nicht nach Harvard gehen will. Ich hab eine Zusage für die New England School of Ballet, und da werde ich auch hingehen.« Ist ja nicht so, als würde das nicht schon seit Wochen feststehen.

»Wirst du nicht.«

»Dad!« Frustriert fahre ich mir mit beiden Händen durch

die Haare. Wir haben die Diskussion schon unzählige Male geführt. »Ich will nicht nach Harvard. Ich will tanzen. Warum kannst du das nicht endlich akzeptieren?«

»Weil du deinen Highschool-Abschluss nicht an eine lächerliche Tanzschule verschwenden wirst. Du bist ein Winslow, also benimm dich auch so.«

Ich schnaube. Als würde es irgendwas bedeuten, dass ich ein Winslow bin. In seiner Welt steht der Name für etwas. Vor allem für Reichtum und diverse medizinische Erfolgsgeschichten. Mir dagegen bedeutet der Name gar nichts mehr.

»Wenn Sam hier wäre –«

»Sam ist aber nicht hier!«, unterbreche ich ihn scharf. Mein Herz rast, und ich zittere am ganzen Körper. Meine Stimme bebt. »Wenn er hier wäre, wärt ihr zu meiner Abschlussfeier gekommen. Die übrigens heute war.«

Aus dem Augenwinkel erkenne ich, wie Mom blass wird, ein schuldbewusster Ausdruck erscheint in ihren Augen. Sie hat es tatsächlich vergessen.

»*Ich* bin hier. Tut mir leid, da –«

»Schluss jetzt«, fällt Dad mir ins Wort und hebt endlich den Kopf. Der Blick aus seinen grünen Augen – den gleichen verdammten Augen, die auch ich habe – ist kalt und unbarmherzig. »Du wirst nach Harvard gehen. Andernfalls kannst du dir schon mal überlegen, wie du deine Ausbildung finanzierst. Und wo du währenddessen wohnst.«

Ich erstarre. »Schmeißt du mich jetzt ernsthaft raus?«

»Du willst offensichtlich deine eigenen Entscheidungen treffen, also kannst du auch die Konsequenzen dieser Entscheidungen tragen. Ich werde dir garantiert keine absolut sinnlose Tanzausbildung finanzieren.«

»Aber Lia darf auch machen, was sie will. Warum darf sie tanzen und ich nicht?« Ich werfe Mom einen hilfesuchenden

Blick zu, aber sie weicht mir aus und starrt mit ausdrucksloser Miene auf ihren Salat.

Ich will ihr sagen, warum mir das Ballett so viel bedeutet, warum ich tanzen will. Dass es das Einzige ist, was ich gut kann, so richtig gut kann. Dass es das Einzige in meinem Leben ist, das mir das Gefühl gibt, irgendwas erreichen zu können. Dass es mir dabei hilft, nicht durchzudrehen, sondern meine beschissenen Gefühle rauszulassen. Ich will ihr sagen, dass ich mich beim Tanzen lebendiger fühle als jemals sonst, und vor allem, dass es mich glücklich macht. Aber ich habe schon mehr als einmal versucht, Mom und Dad das zu sagen, ihnen zu vermitteln, wie wichtig mir das Tanzen ist. Es interessiert sie nicht. Sie hören nicht zu. Also brauche ich es gar nicht erst zu versuchen.

»Du bist aber nicht Lia. Und ich werde darüber auch nicht länger diskutieren. Triff deine Entscheidung und lebe mit den Konsequenzen.« Dad wendet sich wieder seiner Lasagne zu.

Fassungslos starre ich ihn an.

Fick dich. Die Worte liegen mir auf der Zunge, aber ich bringe sie nicht über die Lippen.

Stattdessen wende ich mich wortlos ab und verlasse das Haus.

9. KAPITEL
Jase

Wen hasst du am meisten?

Sammy. Meinen Dad. ~~Manchmal~~ mich.
-J

»In spätestens vier Wochen muss das Geld bei uns eingegangen sein, sonst musst du die Schule leider verlassen, Jase.«

Pearsons Worte wirbeln noch immer durch meinen Kopf, ich schaffe es einfach nicht, sie loszuwerden. Sie wiederholen sich in einer ätzenden Dauerschleife. Wieder und wieder und wieder, während ich zum Parkplatz haste und mir noch im Gehen ein Uber rufe.

Wie konnte das passieren? Wie konnte die ganze Sache so dermaßen schiefgehen?

Fuckfuckfuck!

Es dauert zu lange, viel zu lange, bis das verdammte Uber endlich auf dem Parkplatz hält. Ich schiebe mich auf die Rückbank, um jedes mögliche Gespräch im Keim zu ersticken.

Meine Gedanken rasen, während der Wagen sich quälend langsam durch den Bostoner Verkehr schlängelt. Einmal quer durch Back Bay und zum West End. Es vergeht eine halbe Ewigkeit, bis das Uber schließlich vor dem gläsernen Gebäudekomplex stoppt, in dem sich die Klinik meiner Eltern befindet.

Meine Eltern sind Fertilitätsspezialisten und Fachärzte in Gynäkologie, und wenn sie so viel Energie in ihre eigenen Kinder stecken würden, wie in die ungeborenen Kinder ihrer Patientinnen, würde es uns allen vermutlich besser gehen.

Die Klinik erstreckt sich über drei Stockwerke mit einem eigenen Labor und mehreren Entbindungsräumen. Meine Eltern verbringen mehr oder weniger jede Minute ihres Lebens hier, wenn sie nicht gerade in eins der umliegenden Krankenhäuser gerufen werden, um dort bei einem Kaiserschnitt zu helfen. Meine Eltern sind brillant, und die Medizin ist ihr ganzer Lebensinhalt.

Früher war es anders, früher, als wir noch eine Familie waren. Aber früher ist lange vorbei.

Das Büro meiner Mom ist im Erdgeschoss. Ich mache mir keine Mühe, einen Zwischenstopp am Empfang zu machen, um mich anzukündigen. Die Arzthelferin, die hinter der Rezeption sitzt und sich mit einer sehr schwangeren Frau unterhält, bemerkt mich nicht einmal.

Dunkler Holzboden, helle Wände, warme Farben. Die Klinik ist freundlich und einladend, ein Ort, an dem man sich wohlfühlen kann, sicher.

Heuchler.

Die Praxis ist vollkommen anders als das Haus, in das wir nach dem Umzug gezogen sind. An einer Wand in der Eingangshalle hängen Fotos von Familien, denen Mom und Dad geholfen haben. Strahlende Kinder mit großen Kulleraugen. Von ihrer eigenen Familie gibt es in dem ganzen Gebäude kein einziges beschissenes Foto, das weiß ich. Und selbst wenn, hätten sie es nicht aus emotionalen Gründen aufgehängt. Vor allem Dad nicht.

Niemand beachtet mich, während ich durch den breiten Flur laufe und auf Moms Büro zusteuere. Die Tür steht offen, ich höre ihre Stimme, leise und warm. Beruhigend. Ein Ton, den sie nur in der Klinik anschlägt, niemals zu Hause. Ein Stich durchfährt mich. Auch das war früher anders.

Im Türrahmen halte ich inne. Mom ist allein und telefoniert, wahrscheinlich mit einer Patientin. Blonde Haarsträhnen umrahmen ihr schmales Gesicht, fallen in perfekten Locken bis zu ihren Schlüsselbeinen. Victoria Winslow ist eine schöne Frau, und der Meinung bin ich nicht, weil sie meine Mutter und meine einzige Verbündete ist. Oder vielmehr war.

Ich räuspere mich, und Moms Blick zuckt zu mir. Zwischen ihren fein geschwungenen Augenbrauen bildet sich eine steile Falte, sie wirkt nicht besonders erfreut darüber, mich zu sehen.

Ich wäre auch lieber nicht hergekommen, Mom.

»Jase«, begrüßt sie mich kühl, nachdem sie das Gespräch eilig beendet hat. »Was machst du hier?«

Ich mache einen Schritt in ihr Büro und schließe die Tür. »Wir müssen reden.«

Sie erhebt sich und streicht den Rock ihres absolut faltenfreien Kleides glatt. »Du kannst nicht einfach herkommen, ohne vorher Bescheid zu sagen. Ich habe Termine.«

Ich verkneife mir ein abfälliges Schnauben und lasse mich auf einen der Stühle vor ihrem Schreibtisch fallen, ohne auf ihre Aufforderung zu warten. »Ich habe nicht vor, lange zu bleiben. Die Zahlungen für mein Schulgeld wurden zurückgezogen. Weißt du was darüber?«

Besser wär's, denn wenn nicht, gibt es nur eine Person, die dafür gesorgt haben kann, und das will sie genauso wenig wie ich.

Mom wird blass. »Was soll das heißen?«

Also nicht. *Fuck.*

»Ich schätze, das heißt, Dad hat rausbekommen, dass du mein Schuldgeld bezahlt hast«, stelle ich gepresst fest und kann nicht verhindern, dass sich jeder Muskel in meinem Körper anspannt. Wie zum Teufel hat er es gemerkt? Mom hat letztes Jahr auch die Gebühren überwiesen, und er hatte absolut keine Ahnung davon.

Stumm starrt Mom mich an, öffnet den Mund und schließt ihn wieder, wie ein Fisch auf dem Trockenen. Ich warte darauf, dass sie etwas sagt, die Sache in Ordnung bringt.

Hilf mir, Mom.

Aber Mom hilft mir nicht. Sie sagt nichts, starrt mich nur an und wird von Sekunde zu Sekunde blasser.

»Was machen wir jetzt?«, frage ich, weil Pragmatismus wohl das Einzige ist, was in dieser verfickten Situation noch irgendeinen Sinn ergibt.

»Ich … Ich …« Mom verstummt und wird noch eine Spur bleicher, als die Tür auffliegt und Dad in ihr Büro rauscht.

Er würdigt sie kaum eines Blickes, seine stechend grünen Augen richten sich sofort auf mich. »Ich habe mich schon gefragt, wann du hier auftauchst.«

Ich grinse ihn an, ein dummer Reflex und mein ganz persönlicher Schutzschild, weil ich genau weiß, wie sehr ihn das auf die Palme bringt. »Freut mich auch, dich zu sehen, Dad.«

»Lass die Spielchen, Jase. Was willst du hier?« Er tritt hinter Moms Schreibtisch, baut sich direkt neben ihrem Stuhl auf und macht ihr Büro damit zu seinem Schlachtfeld.

»Ich dachte, du hast mich erwartet. Dann müsstest du wissen, warum ich hier bin.« Ich zupfe an einem Faden an der Naht meiner Jeans herum und verfluche Dad dafür, dass er wahrscheinlich zum ersten Mal an diesem Tag nicht damit beschäftigt ist, sich um eine Patientin zu kümmern. Wenn ich es darauf angelegt hätte, mit ihm zu reden, wäre ich direkt zu ihm gegangen.

Dads Nasenflügel blähen sich auf, aber er wird nicht die Kontrolle verlieren. Nicht hier. Niemals hier in der Praxis. »Ich nehme an, du bist hier, weil ich dahintergekommen bin, dass deine Mutter das Schulgeld für deine alberne Tanzschule bezahlt.«

Der Faden an meiner Hose reißt mit einem kaum hörbaren Geräusch.

»Jep, sieht ganz so aus«, gebe ich zurück und frage mich noch in derselben Sekunde, was ich hier eigentlich mache. Was verspreche ich mir davon? Ich hätte mir den Weg auch sparen können, schließlich weiß ich, worauf dieses Gespräch hinauslaufen wird.

»Und was versprichst du dir davon, hergekommen zu sein?«, fragt er, als hätte er meine Gedanken gelesen. Ungeduldig tippt er mit der Fußspitze auf den Boden. Er will mich loswerden.

Ich schlage die Beine übereinander und mache es mir bequem, während mein Herz seinen gewohnten Rhythmus verliert. Auf einmal schlägt es viel zu schnell, fleht mich mit jedem Schlag an, einfach zu verschwinden und mir das zu ersparen, was unweigerlich auf mich zukommen wird. Aber ich kann nicht gehen. Nicht ohne es wenigstens versucht zu haben.

»Eigentlich wollte ich Mom bitten, die Überweisung erneut auszulösen.«

Ich ignoriere Dads Blick und sehe stattdessen Mom fest in die Augen, will sie daran erinnern, dass ich noch da bin, dass ich ihr Sohn bin. Ihr Sohn, den sie mal geliebt hat.

»Das kannst du vergessen«, antwortet Dad an Moms Stelle. Die Worte verlassen seine Lippen schnell und hart wie Pistolenschüsse. Sie treffen mich gezielt da, wo es wehtut. Ich weigere mich zusammenzuzucken. Wenn ich Schwäche zeige, habe ich verloren.

»Dad, darf ich dich kurz daran erinnern, dass Mom mit ihrem Geld machen kann, was sie möchte?« Mein Lächeln gleicht eher einem Zähnefletschen.

»Nicht, wenn es von unserem gemeinsamen Konto kommt.« Die Maske beherrschter Kontrolle bekommt langsam, aber sicher Risse. Er hält länger durch als gedacht.

Mein Blick zuckt zu Mom. *Ernsthaft?* Sie hat mein Schulgeld von ihrem gemeinsamen Konto überwiesen? Dann ist es eigentlich kein Wunder, dass Dad das bemerkt hat.

»Du hast jetzt genau zwei Optionen, Jase«, fährt Dad fort. Er hat nur ein paar Sekunden gebraucht, um sich wieder zu fangen. »Entweder du kommst nach Hause und gehst nach Harvard – dann bekommst du unsere volle finanzielle Unterstützung – oder du entscheidest dich gegen Harvard und deine Familie und trägst die Konsequenzen.«

»Rufus …«, versucht Mom sich einzumischen, aber Dad bringt sie mit einer Handbewegung zum Schweigen.

»Wir reden später, Victoria.«

Ich stehe auf und schiebe die Hände in die Hosentaschen, als Mom mit einem entschuldigenden Blick in meine Richtung nachgibt. Ungerührt sehe ich Dad an, obwohl mir kotzübel ist. »Dann lebe ich wohl mit den Konsequenzen.«

Dads Maske zerspringt wie Glas. Sein Gesicht läuft knallrot an. »Mach dich nicht lächerlich!«

Mir entgleitet ein harsches Lachen, aber meine Augen brennen. »Ich bin hier nicht derjenige, der sich lächerlich macht, Dad! Du willst unbedingt deinen Willen durchsetzen? Von mir aus. Dann streich mir das Geld, wenn du dich dadurch besser fühlst! Ich komme schon klar.«

Das ist gelogen, und wir wissen es beide, aber ich werde jetzt keinen Rückzieher machen. Ich kann nicht. Es geht nicht um Harvard, im Grunde ging es nie um dieses verfluchte College. Es geht um mich. Darum, dass ich nicht so bin, wie er mich haben will. Und ja, ich bin wegen Geld hergekommen, aber tief in mir weiß ich, dass es noch einen anderen Grund gibt.

Mit wackeligen Beinen wende ich mich Richtung Tür.

»Jason Alexander Winslow, du wirst jetzt nicht einfach gehen.« Dads Stimme ist bedrohlich leise geworden, aber ich bleibe nicht stehen.

Ich habe keine Angst vor ihm. Denn egal, wie wütend er werden kann, er würde mir nie etwas tun. Mom auch nicht, oder Lia. Mein Dad ist Arzt mit Leib und Seele. Er verletzt Menschen nicht, er rettet sie.

Er konnte nur den einen nicht retten, der ihm mehr als alles andere auf der Welt bedeutet hat.

Mein Herz rast, als ich erst Moms Büro und dann die Klinik verlasse. Habe ich wirklich geglaubt, ich könnte die ganze Sache so einfach in Ordnung bringen? Mommy nach dem Geld fragen und alles wäre wieder gut? Offensichtlich.

Und genauso offensichtlich habe ich mich geirrt. Ich werde das Geld nicht bekommen, und das bedeutet, ich bin absolut gefickt.

10. KAPITEL

Zoe

Welchen Ort willst du unbedingt mal sehen?

London. Verona. Edinburgh. Paris. Rom. Barcelona. Lissabon. Am liebsten würde ich nach meinem Abschluss den ganzen Sommer durch Europa reisen und mir jedes Theater anschauen.

- P

Ich verbringe den Rest dieses ersten Tages damit, mich hinter einem falschen Lächeln zu verstecken, obwohl mir durchgehend übel ist und ich die ganze Zeit das Gefühl habe, jeden Moment durchzudrehen.

Das Gespräch mit Francesca war schwierig, was vor allem daran lag, dass ich mir eine Lüge nach der anderen aus den Fingern saugen musste und ich noch nie eine gute Lügnerin war. Sie war nicht begeistert von meinem Verhalten, aber weil es mein erster Tag und Aufregung am Anfang ganz normal ist – ihre Worte, nicht meine –, ließ sie es mir durchgehen. Allerdings hat sie auch sehr deutlich gemacht, dass sie mehr solcher Szenen nicht tolerieren würde. Was das bedeutet, ist wohl ziemlich eindeutig. Es darf nicht noch mal passieren. Ich muss mich in den Griff bekommen.

Irgendwie schaffe ich es, die Mittagspause mit Mae hinter mich zu bringen. Kaya, Jessica und zwei weitere Mädchen aus unserem Jahrgang setzen sich zu uns, aber ich bekomme nur einen Bruchteil von ihrem Gespräch mit. Der Nachmittag läuft nur unwesentlich besser. Ich mache mir Notizen zu dem, was uns die Lehrer und Lehrerinnen im Theorieunterricht erzählen, schreibe mir die Daten der Klausuren auf, wann wir welches Thema behandeln, und welche Bücher wir uns noch anschaffen müssen, obwohl ein Großteil davon schon auf meinem Schreibtisch liegt. Ich bin anwesend, und ich funktioniere, aber ich bin nicht wirklich *da*. Jeder meiner Gedanken dreht sich um Jase und die verdammte Pas de deux-Stunde. Um das Gefühl von seinen Händen auf meiner Haut und die Panik, die mich viel zu unerwartet getroffen hat.

Ich verstehe es nicht. Wo sie jetzt auf einmal hergekommen ist. Die letzte Panikattacke liegt Monate zurück. Ich hatte Dates, ich habe mit anderen Jungen getanzt, um mich auf die Aufnahmeprüfung vorzubereiten. Ich hatte mich wirklich im Griff. Offensichtlich habe ich mich geirrt.

Wahrscheinlich sollte ich mit jemandem reden. Meinen Eltern. Caleb. Dr. Somers. Aber wenn ich das tue, würden sie eine größere Sache daraus machen als nötig. Sie würden Konsequenzen ziehen, und im schlimmsten Fall würden sie mich dazu drängen, die Schule wieder zu verlassen, weil sie sich Sorgen machen. Sie machen sich immer Sorgen.

Und ich bin es so leid.

Ich bin die Sorgen leid und die Panik.

Es war vorbei.

Und so soll es bleiben.

Das heute war ein Ausrutscher. Ein winzig kleiner unbedeutender Kontrollverlust, weil ich ausgerechnet mit Jase tanzen musste. Mehr nicht. Es kommt nicht wieder vor.

Zwei Tage lang schaffe ich es, mir das einzureden. Zwei Tage lang schaffe ich es, nicht durchzudrehen, auch wenn Mr Conrad und unsere anderen Lehrerinnen und Lehrer mich mehrmals anfassen, um meine Haltung zu korrigieren. Bis am Mittwoch die nächste Pas de deux-Stunde ansteht. Bis Francesca mir einen neuen Partner zuteilt. Ches ist nett. Er ist größer als Jase, dünner, aber sein Lächeln ist freundlich, der Blick aus seinen braunen Augen warm.

Aber schon in der Sekunde, in der er seine Hände an meine Taille legt – Hände, die sich so anders anfühlen als Jase' –, wird klar, wie sehr ich mich während der letzten achtundvierzig Stunden selbst belogen habe.

Es lag nicht an Jase, dass ich Panik bekommen habe. Es lag nicht daran, dass er mir als Partner zugeteilt wurde und wir miteinander tanzen mussten. Etwas, das wir noch nie getan haben, obwohl ich mir genau das jahrelang gewünscht habe.

Es lag daran, dass die Hände auf meinem Körper groß und männlich waren, der Griff fest und selbstbewusst.

Wieder wird meine Brust eng. Ich spüre, wie mein Herz aus dem Takt gerät, höre Francescas Erklärungen nur wie durch Watte, aber ich schaffe das. Ich muss das schaffen. Ich darf nicht versagen. Wenn ich versage, platzt mein Traum, und das kann ich nicht zulassen.

Reiß dich zusammen, Zoe.

Reiß dich verdammt noch mal einfach zusammen.

So schlimm ist das nicht.

Du hast es im Griff.

Du bist stärker.

Aber ich bin nicht stärker, und das, was Ches und ich da in der nächsten halben Stunde versuchen, ist alles, aber kein Ballett. Es ist eine Katastrophe epischen Ausmaßes, und ich will weinen und schreien, doch die Panik schnürt mir die Kehle zu, und alles, einfach alles ist absolut furchtbar.

Nach einer Dreiviertelstunde teilt Francesca mir einen neuen Partner zu, aber auch mit Theo läuft es nicht besser.

Die Angst ist da, die ganze Zeit, und ich hasse, hasse, hasse es, dass ich sie nicht einfach abschütteln kann. Mir wird schon wieder schlecht, aber ich kann jetzt nicht zusammenbrechen, nicht schon wieder.

Behalte dein Ziel im Blick.

Das ist alles, was zählt.

Zwei Sätze, die ich mir erneut ins Gedächtnis rufe, weil sie das sind, was mich in den vergangenen Monaten gerettet hat. Ich hatte ein Ziel, und ich habe alles dafür getan, es auch zu erreichen. Das Ziel war der Platz an dieser Schule, und jetzt bin ich hier, und ich verliere den Halt, weil jedes andere Ziel viel zu weit weg ist. Da ist nichts mehr in greifbarer Nähe, nichts, an das ich mich klammern und für das ich kämpfen kann, und deswegen versage ich.

Wieder und wieder und wieder.

Francesca beendet die Stunde mit einer tiefen Falte zwischen den Augenbrauen, ihr Blick bleibt ein paar Momente zu lange an mir hängen. Ich haste aus dem Raum, bevor sie mich zurückrufen und fragen kann, was mein verdammtes Problem ist. Denn es ist ziemlich offensichtlich, dass mein seltsames Verhalten dieses Mal nicht an der Aufregung lag, oder daran, dass ich zu wenig gegessen habe.

Vor Mae kann ich mich allerdings nicht verstecken, sie fragt, was los ist. Sie tut es auf eine liebe, sorgenvolle Weise, aber ich kann ihr nicht die Wahrheit sagen. Wir kennen uns gerade mal drei Tage. Stattdessen weiche ich ihr aus, und sie ist verständnisvoll, doch ihr ist anzumerken, dass sie sich Gedanken macht. Würde ich an ihrer Stelle auch, aber das ändert gar nichts.

Und dann ist Freitag. Meine erste Woche an der Ballettakademie neigt sich dem Ende zu, schneller als ich erwartet habe, und eigentlich sollte ich mich auf das Wochenende freuen, so wie alle anderen auch. Zwei freie Tage, die der Großteil von uns wahrscheinlich trotzdem im Ballettsaal verbringen wird, aber es sind zwei Tage, an denen wir dann tun und lassen können, was wir wollen, an denen wir nicht kontrolliert werden, sondern allein, ganz für uns, trainieren.

Leider fehlen noch ein paar Stunden bis zum Wochenende, und zwei davon muss ich mit einem Partner tanzen. Oder vielmehr, es versuchen. Und ich darf nicht schon wieder in Panik geraten.

Aber ich kann sie spüren. Die ganze Zeit. Sie lauert unter der Oberfläche, lange bevor ich auch nur das Studio betrete. Mir ist flau, meine Handflächen feucht. Ich schwitze, obwohl es nicht warm ist. Ich bin nervös, und ein Teil von mir will weglaufen, aber ich muss mich dem Unvermeidlichen stellen. Einem Tanzpartner. Und, irgendwie werde ich das durchstehen. Ich habe es schon einmal geschafft, ich werde es wieder schaffen. Ich muss.

Ich dehne gerade meine Beinrückseiten, den Blick starr auf meine Füße gerichtet, als Francesca in den Saal rauscht wie eine Naturgewalt. Sie hält sich nicht mit einer Begrüßung auf, sondern deutet erst auf Mae, dann auf Jase und teilt nach und nach jedem Mädchen einen Partner zu. Bevor sie meinen Namen sagt, zögert sie für einen Sekundenbruchteil, dann macht sie Devon zu meinem Partner.

Ihm entfährt ein genervtes Aufstöhnen, und ich werde rot. Natürlich hat er mitbekommen, wie schlecht es mit Ches und Theo gelaufen ist. Meine Beine zittern, als ich neben ihm stehen bleibe.

»Kannst du heute versuchen, nicht wieder die Allerschlechteste zu sein?«, fragt er nicht besonders leise und verschränkt die Arme vor der Brust.

Kelly, die zusammen mit Ches nur ein paar Schritte von uns entfernt steht, kichert leise, während Ches Devon einen bösen Blick zuwirft.

Sprachlos starre ich ihn an, zu überrascht, um etwas zu erwidern. Er verzieht seinen Mund zu etwas, das wohl ein herablassendes Lächeln sein soll, und lässt es sich trotz seines Widerwillens nicht nehmen, seine Augen einmal über meinen Körper gleiten zu lassen.

Über die helle Strumpfhose und das eng anliegende Trikot mit den schmalen Trägern. Seine Augen bleiben etwas zu lange an meinen Brüsten hängen, und die Panik frisst sich durch die Oberfläche, und ich will einfach nur weg.

»Konzentration«, befiehlt Francesca und dreht sich zu uns um. Sie hat nicht mitbekommen, was Devon zu mir gesagt oder wie er mich betrachtet hat, und ich wünschte, es wäre anders. Aber ich sage nichts, weil ich nicht petzen kann, und eigentlich war ja auch nichts. Nicht wirklich. »Wir beginnen mit der letzten Abfolge von Mittwoch. Chester, Kelly, ihr fangt an. Wir gehen der Reihe nach weiter. Zoe, Devon, ihr seid die Nächsten.«

* * *

»Nein, nein! So wird das nichts!« Francesca reibt sich die Schläfe, und sieht mich mit einem so verzweifelten Ausdruck in den Augen an, als würde ich ihr körperliche Schmerzen bereiten.

Ich kann es ihr nicht verdenken. Mir tut auch alles weh. Mit Devon läuft es noch schlechter als mit Ches und Theo zusammen. Mein Körper sträubt sich mit aller Macht dagegen, von ihm angefasst zu werden. Jeder Muskel ist steif und verkrampft, da ist keine Anmut, keine Grazie, keine Kontrolle. Ich verliere sie, sobald er seine Hände auf meinen Körper legt, auf den dünnen Stoff meines Trikots. Ich fühle mich nackt, und alles ist einfach nur falsch. Inzwischen bin ich kurz davor, in Tränen auszubrechen.

»Zoe, ich weiß wirklich nicht, warum du dich so schwer damit tust, mit einem Partner zu tanzen, aber was auch immer es ist – du musst es in den Griff bekommen, sonst …« Francesca seufzt und macht eine wedelnde Handbewegung, als würde das alles sagen. Und irgendwie tut es das auch.

Mein Herz setzt einen Schlag aus. *Neinneinnein.* Wenn ich mich nicht in den Griff bekomme, fliege ich von der Schule. Weil ich in einem Kurs versage. In der allerersten Woche des ersten Semesters. Ich bin so eine Versagerin. Tränen brennen in meinen Augen. Ich blinzle sie weg. Ich versuche mit aller Macht, den dicken Kloß herunterzuschlucken, der sich in meiner Kehle bildet, und ersticke fast daran.

»Wäre für uns alle wahrscheinlich besser, wenn sie einfach wieder verschwindet«, höre ich Devon leise murmeln.

Eine Woche. Ich habe nicht einmal eine Woche geschafft, und es sieht jetzt schon so aus, als könnte ich meinen Traum begraben, weil mein Körper nicht mitspielt. Weil er nicht tut, was ich von ihm verlange. Weil er gegen mich kämpft.

»In Ordnung. Versuchen wir etwas anderes.« Prüfend schaut Francesca von einem Jungen zum nächsten. »Jase, ich möchte dich noch mal mit Zoe sehen.«

Nein. Bitte nicht. Bitte, bitte nicht.

Die Worte liegen mir auf der Zunge, heiser und flehentlich, aber ich bringe sie nicht über die Lippen. Ich kann mich nicht bewegen, dieses Mal wirklich nicht. Ich schaffe es nicht, auf ihn zuzugehen. Das ist unmöglich. Wieso sieht sie das nicht?

»Zoe?«, fragt Francesca, aber mein Körper ist taub, und auf einmal ist mir entsetzlich kalt.

Jase sieht mich an, schon wieder mit diesem ausdruckslosen Blick in den Augen, der so wenig zu dem Jungen passt, den ich mal kannte, dass mein Herz sich dieses Mal nicht aus Angst zusammenkrampft.

»Jase, los, wir haben nicht den ganzen Tag Zeit«, fordert Francesca ihn auf. Ihm ist anzusehen, dass er protestieren will, aber dann setzt er sich doch gehorsam in Bewegung und kommt mit geschmeidigen Schritten auf mich zu. Er sieht mich dabei nicht an, sondern an mir vorbei, fixiert einen Punkt hinter mir, sein Gesicht ist eine Maske absoluter Gleichgültigkeit. Als würde es ihn kein bisschen interessieren, dass er jetzt mit mir tanzen muss.

Sämtliche Härchen an meinem Körper stellen sich auf, während Jase hinter mir stehen bleibt, nicht so dicht, dass er mich berührt, aber doch nah genug, dass mir sein unverwechselbarer Duft in die Nase steigt. Süß und herb zugleich. Ein Kribbeln läuft über meine Haut, und mir stockt der Atem. Nicht gut. Gar nicht gut.

»Noch mal zur Erinnerung: Beim Pas de deux geht es um Leidenschaft. Um Liebe und Schmerz. Denkt an Florine und den Blauen Vogel. Denkt an Odile und ihren Prinzen. An Giselle. Ihr müsst euren Partner oder eure Partnerin nicht mögen, damit das Tanzen funktioniert. Aber je besser ihr miteinander harmoniert, je mehr ihr *fühlt*, desto besser werdet ihr«, sagt Francesca, und ich werde das Gefühl nicht los, dass ihre Worte direkt an mich gerichtet sind. »Und jetzt versucht es bitte noch mal und behaltet dabei meine Worte im Hinterkopf!«

Jase und ich sprechen keinen Ton miteinander, auch dann nicht, als er vor mich tritt und mir eine Hand entgegenstreckt. Noch immer weigert er sich, mich anzusehen, und ich will etwas sagen, irgendwas, egal was, aber mein Mund ist vollkommen ausgetrocknet und mein Kopf auf einmal völlig leer, weil es nichts zu sagen gibt, weil es zu spät für eine Erklärung ist und erst recht für eine Entschuldigung.

Meine Finger zittern, trotzdem zwinge ich mich, den Arm zu heben und meine Hand in seine zu legen. Als ich seine Haut unter meinen Fingerspitzen fühle, setzt mein verdammtes Herz einen verräterischen Schlag aus. Weiche, warme Haut.

Die Zeit dehnt sich aus, wird langsamer, immer langsamer, bis sie rückwärtszulaufen scheint, während es in meinem Bauch hektisch zu flattern beginnt. Mein Atem geht plötzlich viel zu schnell, viel zu flach, mein Körper glüht.

Und die Panik ist wieder da.

Ich zucke zurück, aber Jase hält mich fest, gibt mir keine Chance, mich von ihm zu lösen.

»Vergiss es, du läufst nicht schon wieder vor mir weg«, sagt er, und der scharfe Klang seiner Stimme jagt einen Schauer über meinen Rücken.

Ich bin nicht deinetwegen weggelaufen, will ich sagen, aber meine Stimmbänder haben andere Pläne, und ich kann ihn nur aus großen Augen anstarren, während es in meinem Nacken zu kribbeln beginnt.

»Ich …«, setze ich an, aber er unterbricht mich.

»Interessiert mich nicht. Konzentrier dich einfach.« Er wirft mir einen vernichtenden Blick zu und bringt uns in zweiter Reihe in Position.

Ich öffne den Mund, klappe ihn wieder zu, weil ich nicht weiß, was ich sagen soll. Stattdessen tue ich, was er von mir verlangt, weil ich ohnehin keine andere Wahl habe, obwohl alles in mir sich dagegen sträubt. Ich konzentriere mich auf Francescas Worte, auf meine Füße, die ihren Anweisungen folgen – fünfte Position. Ich konzentriere mich auf den Schmerz in jedem Muskel, in den Beinen, den Armen, unter meinen Rippen und im Rücken. Auf den Schmerz, der mich seit Jahren begleitet, ein permanentes Ziehen in meinem ganzen Körper, das ich dem stundenlangen Training jeden einzelnen Tag verdanke.

Trotzdem kann ich nicht verhindern, dass sich schon wieder alle Muskeln in meinem Körper verkrampfen, und dass mein Herz mir aus der Brust zu springen droht. Ich hasse es, aber ich kann es nicht ändern. Wenn ich es könnte, hätte ich es längst getan.

Zitternd atme ich aus und hebe den Kopf, schaue in den Spiegel. Ein grünes Augenpaar schaut unbewegt zurück. Ich blinzle. Ich hasse es, dass er mich so ansieht.

Francesca spricht weiter, erklärt, welche Positionen wir als Nächstes üben, aber ich bekomme nur die Hälfte mit, verstehe was von Pirouette, Attitude und Arabesque. Der Rest vermischt sich zu einem undeutlichen Rauschen, das zwar bei mir ankommt, jedoch nicht bis zu meinem Hirn vordringt.

Meine Hand liegt in Jase' und der Drang wegzulaufen ist übermächtig, und gleichzeitig ist da ein Teil von mir, der sich wünscht, sein Griff um meine Hand würde etwas fester werden. Das Verlangen, mich an seine Brust zu werfen und von ihm in den Arm nehmen zu lassen, ihm all die schrecklichen Wahrheiten, die ich ihm verschwiegen habe, anzuvertrauen, kommt wie aus dem Nichts.

Beinahe muss ich lachen. Ein trauriges, verzweifeltes Lachen. Es macht keinen Sinn. Jase ist der Letzte, dem ich sagen will, was mir passiert ist, und ich bin mir sicher, dass er auch der Letzte ist, der es hören will.

Jase reißt mich aus meinen Gedanken, indem er unsanft an meiner Hand zieht. Ich stolpere und beinahe stürze ich, doch er fängt mich auf und stellt mich wieder sicher auf meine Füße. Die Muskeln in meinem Rücken spannen sich an, als er seine Hände an meine Taille legt, und auf einmal brennt seine Berührung wie Feuer, und schon wieder ist alles einfach nur furchtbar. Das Zittern kriecht in mir hoch. Es beginnt in meinen Händen, ein unwillkürliches Anspannen und Entspannen Dutzender Muskeln.

Nicht jetzt. Nicht. Schon. Wieder.

Francesca gibt uns ein Zeichen, und meine Knie beugen sich ganz von selbst zum Plié, ich folge ihrem Kommando, weil es gerade das Einzige ist, wozu ich in der Lage bin, stoße mich vom Boden ab, relevé auf die Spitze, strecke das rechte Bein nach vorne aus, führe es zur Seite, beuge es zurück zum Knie und drehe mich, den Blick so lange wie möglich auf Jase' viel zu perfektes Gesicht im Spiegel gerichtet.

In diesem Moment ist er mein Fixpunkt, sein Blick dafür verantwortlich, dass ich weder das Gleichgewicht verliere noch, dass mir schwindelig wird. Und diesen einen Moment lang ist alles ganz einfach. Einen Moment lang ebbt das beißende Gefühl der Angst ab, das sich in mein Innerstes krallt, mit scharfen Klauen, die mich zu zerreißen drohen.

Er steht hinter mir, stark und unerschütterlich, und meine Drehung ist … nicht perfekt, aber zum ersten Mal auch keine absolute Katastrophe.

Ich breche vor Erleichterung beinahe in Tränen aus, aber das Gefühl erlischt schnell wieder, als Jase mich aus dem Spiegel heraus mit gerunzelter Stirn mustert.

»Das war ja gar nicht komplett scheiße.«

Die Scham treibt mir Hitze in die Wangen. Ist das sein beschissener Ernst? Fassungslos starre ich ihn an, suche nach einer schlagfertigen Erwiderung und finde keine. Mir sind alle Worte abhandengekommen.

Francesca taucht neben uns auf. »Das war besser, aber noch nicht gut genug. Noch mal von vorn!«

Wir gehen wieder in Position, und ich will im Erdboden versinken, weil ich mich so gedemütigt fühle.

Jase pustet mir in den Nacken, und ich schnappe unwillkürlich nach Luft. »Na, was ist, Pixie? Hat es dir die Sprache verschlagen?«, flüstert er mir ins Ohr, so leise, dass Francesca, die immer noch bei uns steht und uns beobachtet, ihn nicht hören kann.

Mein Gesicht brennt, und jetzt will ich ihm erst recht beweisen, dass ich es besser kann. So viel besser.

Also machen wir weiter.

Aber ich kann es nicht besser.

* * *

»Raffael und Skye, Mae und Ches, Kaya und Ben. Zoe und Jase«, verkündet Francesca am Ende der Stunde. Die übrigen Paarungen bekomme ich nicht mehr mit, mir bricht aus allen Poren kalter Schweiß aus.

Jase ist mein Partner. Wir sind ein Paar. Ein *Tanz*paar. Ein Teil von mir ist erleichtert, der andere so panisch, dass mir eiskalt ist und meine Zähne klappernd aufeinanderschlagen. Galle steigt in mir auf, doch ich schlucke sie runter. Ich darf mich nicht übergeben. Nicht jetzt. Nicht hier.

Noch ein paar Minuten. Halte noch ein paar Minuten durch.

Mir entfährt ein erleichtertes Seufzen, als Francesca uns schließlich entlässt. Doch ich schaffe es noch nicht einmal bis zu meiner Tasche, bevor sie mich zurückruft. Mich und Jase. Natürlich. Wen auch sonst?

Mit wackeligen Beinen gehe ich zu Francesca und Jase rüber und bete, dass das, was auch immer sie will, nicht viel Zeit in Anspruch nimmt. Ich muss wirklich dringend hier raus.

»Zoe, ich habe mit deinen anderen Lehrerinnen und Lehrern gesprochen«, beginnt Francesca, als ich zwei Schritte von ihr entfernt stehen bleibe, und mein Magen sackt mit einem

Ruck nach unten. »Du scheinst in deinen anderen Kursen deutlich besser zurechtzukommen als mit dem Pas de deux. Andernfalls hätte ich empfohlen, deinen Platz einer anderen Schülerin zu geben. Das, was ich bisher von dir gesehen habe, entspricht nicht einmal ansatzweise dem Leistungsniveau der anderen Mädchen hier.«

Ihre Worte treffen mich wie ein Schlag. Hart und unerbittlich. Mein Hals fühlt sich plötzlich an wie zugeschnürt, und ich beginne hektisch zu blinzeln, um die Tränen zurückzudrängen, die mir in die Augen steigen. Sie brennen wie Säure.

»Ich bin nicht glücklich damit, dir Jase als Partner zuzuteilen, aber ihr habt von allen Paarungen, die wir mit dir ausprobiert haben, am besten funktioniert«, fährt sie fort, und entweder merkt sie nicht, wie sehr ihre Worte mir zusetzen, oder sie ignoriert es.

Jase stößt einen Laut aus, der alles und nichts bedeuten kann, aber zum ersten Mal schaffe ich es nicht, ihn anzuschauen.

»Es tut mir leid. Ich …«, stammle ich, doch Francesca bringt mich mit einer Handbewegung zum Schweigen.

»Ich bin noch nicht fertig. Ich bin nicht glücklich mit der Entscheidung, die ich getroffen habe, aber ihr könnt mir in den nächsten Monaten beweisen, dass ich falschliege. Beim Pas de deux geht es um Zusammenarbeit. Um Verbindung und Vertrauen. Sorgt dafür, dass ihr einander vertrauen könnt, und lernt zusammenzuarbeiten. Wie, ist mir egal, aber sorgt dafür, dass ihr als Paar funktioniert. Sonst muss ich meine Entscheidung vielleicht noch mal überdenken. Verstanden?« Prüfend mustert sie uns, wartet, bis wir beide nicken. »In Ordnung. Ihr könnt jetzt gehen.«

Sie scheucht uns aus dem Raum, und ich stürze zu meiner Tasche, packe mit fliegenden Fingern meine Sachen zusammen, und dann laufe ich doch wieder weg. Francescas Worte verfolgen mich, sie verschwimmen, vermischen sich zu einem undeutlichen Rauschen, bis nur noch zwei übrig bleiben.

Zoe und Jase.

Jase und ich. Jase und ich. Jase und ich.

2. TEIL

Adagio

Zweite Phase des Pas de deux

11. KAPITEL

Jase

Welchen Menschen würdest du in diesem Moment
am liebsten in den Arm nehmen?

Sammy.

- J

Hinter meiner Stirn hat es schon vor Stunden gefährlich zu pochen begonnen. Genau genommen seit dem Moment, in dem Francesca mir Zoe als Partnerin zugeteilt hat.

Zoe und ich.

Ich und Zoe.

Fuck.

Es war so klar, dass das passiert. Ich wusste es schon, als Zoe Mittwoch erst mit Ches und dann mit Theo getanzt hat und heute mit Devon.

Sie ist am Montag nicht meinetwegen so ausgeflippt. Sie ist nicht vor mir weggelaufen. Irgendwas stimmt nicht mit ihr, und das hat nichts mit mir zu tun. Sie ist in Panik geraten, blanke Panik. Und ich hab nicht den blassesten Schimmer, warum.

Ich habe Zoe schon mit Partnern tanzen sehen. Sie war gut, richtig gut. Das, was wir diese Woche von ihr zu Gesicht bekommen haben, das ist nicht sie.

Was zur Hölle ist im letzten Jahr nur mit ihr passiert?

Ich reibe mir über die Stirn und unterdrücke ein frustriertes Stöhnen. Zoes Probleme gehen mich nichts mehr an. Sie können mir egal sein. Scheiße, vor ein paar Stunden waren sie mir auch noch vollkommen egal.

Aber da hat sie auch noch nicht so ausgesehen, als würde sie jeden verdammten Moment einfach zusammenbrechen. Da habe ich noch nicht das Zittern gespürt, das in Wellen durch ihren zierlichen Körper läuft, sobald ich sie berühre. Da habe ich noch nicht gefühlt, wie schnell ihr Puls rast.

Ich biege um die nächste Ecke und sperre jeden Gedanken an Zoe weg. Ich kann mich jetzt nicht mit ihr befassen. Zuerst muss ich mein eigenes Problem lösen. Und dann ... Keine Ahnung, das werden wir dann sehen.

Camille sitzt nicht an ihrem Schreibtisch vor Pearsons Büro. Ich blicke mich um, doch von ihr fehlt jede Spur, und ich habe weder die Zeit noch die Nerven, mich damit aufzuhalten, auf sie zu warten, damit sie mir die Erlaubnis erteilen kann, in Pearsons Büro zu gehen. Wir haben einen Termin, das sollte reichen.

Trotzdem fühlt es sich seltsam an, selbst an Pearsons Tür zu klopfen. Seine Antwort dringt nur ein paar Sekunden später gedämpft durch das dicke Holz.

Es wird alles gut. Ich kriege das hin.

Ich atme tief durch und lockere die Schultern, bevor ich die Tür öffne, ins Büro trete und wie angewurzelt stehen bleibe, als ich eine vertraute Gestalt in dem Stuhl sitzen sehe, in dem ich Anfang der Woche noch gesessen habe.

Reed dreht sich mit einem genervten Ausdruck auf dem Gesicht zu mir um, und seine Miene verdüstert sich, sobald er bemerkt, dass nicht irgendein Schüler einfach in die Unterhaltung mit seinem Onkel geplatzt ist, sondern ich.

In dem Jahr, das ich jetzt schon hier bin, habe ich Reed hier noch kein einziges Mal gesehen, obwohl er Pearsons Neffe ist. Aber er ist kein Tänzer, und soweit ich weiß, stehen er und Pearson sich nicht besonders nahe. Dass er ausgerechnet heute hier ist, ist die Kirsche auf dem Sahnehäubchen eines ohnehin schon absolut beschissenen Tages.

Wir waren nie wirklich Freunde, nicht so, wie er und Caleb oder wie Caleb und ich. Zoes Bruder war unser Mittelpunkt, unsere Brücke, und nachdem Caleb mich aus seinem Leben gestrichen hat, haben weder Reed noch Tristan oder Nick versucht, die Freundschaft mit mir aufrechtzuerhalten. Sie haben mich akzeptiert, weil ich Caleb wichtig war. Bis ich es eben nicht mehr war.

»Jase, komm rein. Setz dich. Reed wollte gerade gehen.« Pearson winkt mich näher heran.

Reed schnaubt. Er macht nicht unbedingt den Eindruck, als wollte er wirklich gerade gehen, aber er erhebt sich widerspruchslos und streicht sich eine Strähne seiner perfekt gestylten dunklen Haare zurück. »Danke für deine Zeit. Ich schätze, wir sehen uns dann Sonntag bei Mom und Dad«, sagt er, und Pearson nickt.

»Reed«, begrüße ich ihn knapp, weil wir erwachsen sind und es lächerlich ist, ihn zu ignorieren. Immerhin haben wir vier Jahre lang jeden Tag miteinander abgehangen.

Reed macht einen Schritt auf mich zu, hebt eine Hand, als wollte er mir den Mittelfinger zeigen, besinnt sich dann aber darauf, dass wir uns in der Gesellschaft seines Onkels befinden, und richtet stattdessen den Kragen seines ordentlich gebügelten weißen Hemdes. Er sagt nichts, sondern drängt sich ohne ein Wort an mir vorbei. *Wichser.*

Einen Moment später fällt die Tür hinter ihm ins Schloss, und Pearsons Aufmerksamkeit liegt voll und ganz auf mir.

»Was kann ich für dich tun?«, will er wissen.

Ich lasse mich auf einen der Stühle vor seinem Schreibtisch fallen und zögere. Alles in mir sträubt sich dagegen, ihm zu sagen, warum ich hergekommen bin, allen voran mein Stolz. Aber mein Stolz hilft mir nicht dabei, die Schulgebühren zu bezahlen, also muss er gefälligst die Schnauze halten.

»Mein Dad will nicht, dass ich mein Studium hier absolviere«, beginne ich gedehnt. »Deshalb wurde die Zahlung für das Schulgeld zurückgezogen. Meine Mom hat das erste Jahr bezahlt, aber ich schätze, dass sie das nicht noch mal macht. Ich habe in den Ferien immer gearbeitet und das Geld gespart, allerdings bin ich mir sicher, dass es niemals für die kompletten Gebühren reicht, also werde ich entweder gehen müssen, oder Sie geben mir die Chance, mich für ein Stipendium zu bewerben, damit ich mein Leben nicht damit verbringen muss, als Arzt oder Anwalt Menschen zu helfen, denen ich nicht helfen will, anstatt das zu tun, wofür ich lebe. Tanzen.« Das sind die Fakten. Kalte, harte Fakten. Ziemlich beschissene Fakten, wenn wir ehrlich sind.

Pearsons Augenbrauen sind während meiner kleinen Rede nach oben gewandert und verschwinden jetzt beinahe in seinem Haaransatz. Für ein paar Sekunden ist es vollkommen still im Raum, so still, dass ich zum ersten Mal das Ticken der Uhr höre, die hinter mir an der Wand hängen muss.

»Stipendien werden immer zu Beginn eines neuen Semesters vergeben«, sagt er dann, seine Stimme ist ganz ruhig, beherrscht, frei von jeglicher Emotion.

»Und das heißt jetzt was?« Ich weiß genau, was das bedeutet, aber ich muss es von ihm hören, weil ich die schlichte Tatsache, dass ich möglicherweise ein ganzes Semester verliere, nicht akzeptieren will. Ich kann sie nicht akzeptieren. Es geht einfach nicht.

»Du bist ein talentierter Tänzer, Jase.« Pearson übergeht meine Frage. »Aber ich kann kein Stipendium für dich aus dem Hut zaubern.«

Ich warte, denn auch wenn es wie ein Nein klingt, fühlt es sich nicht so an. Hoffnung pumpt durch meine Adern, Hoffnung, die ich mir nicht leisten kann, aber sie lässt sich nicht verdrängen.

»Du kannst dich, wie alle anderen auch, nächstes Semester für ein Stipendium bewerben. Ich werde Camille bitten, dir die notwendigen Unterlagen zur Verfügung zu stellen.«

Jeder Muskel in meinem Körper verspannt sich. Das reicht nicht. Wo zur Hölle soll ich hin, wenn ich ein Semester pausieren muss? Ich kann unmöglich zu meinen Eltern, ganz abgesehen davon, dass sie das auch nicht zulassen würden, aber ich habe auch kein Geld für eine eigene Wohnung. Das, was ich mit dem Ballettunterricht, den ich seit Jahren jeden Sommer in den Ferien gebe, verdient habe, kann mich ein paar Monate über Wasser halten, aber mehr auch nicht. Ich könnte East fragen, ob ich noch mal bei ihm wohnen kann, aber er hat mich einmal gerettet, ich will ihn unter keinen Umständen noch mal darum bitten.

»Und dieses Semester …« Ich breche ab, als meine Stimme zu versagen droht, und ich hasse mich für diese Schwäche. Aber es fühlt sich gerade an, als würde ich am Rand einer Klippe stehen. Es fehlt nicht mehr viel, dann falle ich, und ich kann rein gar nichts tun, um es aufzuhalten.

Pearson seufzt und schürzt die Lippen. »Dieses Semester …« Er macht eine Pause, für die ich ihn am liebsten anschreien würde. Meine Nerven liegen blank. »Ich werde mit der Finanzabteilung und dem Vorstand sprechen müssen, ob wir für dieses Semester eine Ausnahmeregelung treffen können, damit du die Gebühren in Raten zahlen kannst. Ohne Zinsen.« Ein gutmütiges Funkeln tritt in seine Augen, und ich begreife erst einen Moment später, was er da eigentlich gesagt hat.

Würde ich stehen, würden mir vor Erleichterung vermutlich die Beine wegknicken. »Danke«, bringe ich gepresst hervor, meine Kehle fühlt sich plötzlich an wie zugeschnürt. »Das würde mir wirklich helfen.«

Pearsons Lippen verziehen sich zu einem verständnisvollen Lächeln. »Es tut mir leid, dass deine Eltern deinen Traum nicht unterstützen.«

Ich antworte nicht, weil es dazu nichts zu sagen gibt.

»Eine Sache wäre da noch: Damit du dich für ein Stipendium qualifizierst, erwarte ich Bestleistungen in all deinen Kursen. Vor allem in den praktischen, verstanden?«

»Natürlich.«

Sein Lächeln wird breiter. »Sehr gut. Dann kümmere ich mich um alles Weitere, und Camille wird sich bei dir melden.«

Er entlässt mich mit einem kräftigen Händedruck, und erst als ich sein Büro verlasse, werden mir zwei Dinge klar.

Erstens: Ich bekomme eine Chance, meinen Traum doch noch zu leben.

Zweitens: Ich kann keine Bestleistungen in allen Kursen erbringen, wenn ich eine Partnerin habe, die die einfachsten Figuren im Pas de deux nicht hinbekommt.

Und das bedeutet, dass meine Zukunft nicht ganz unwesentlich von Zoe abhängt.

Fuck.

Jetzt muss ich mich mit ihrem Problem beschäftigen. Weil unser beider Probleme gerade unwiderruflich miteinander verbunden wurden.

12. KAPITEL
Zoe

Der Gedanke an das nächste Schuljahr macht
mir Angst. Wenn Caleb nicht mehr da ist und
Tristan, Nick und Reed. Und du.
Wenn ihr nicht mehr da seid, zu wem soll ich gehen, wenn mir
mit Charlotte wieder alles zu viel wird?
Ich will nicht ohne euch zurück zur Schule.
- P

Caleb: Ich bin am Arsch. Ich glaube, ich habe mich hardcore in Parker verknallt. Das ist nicht normal. Echt nicht!

Ich muss lächeln, als ich Calebs Nachricht lese. Er klingt so glücklich, wie ich ihn ewig nicht gehört habe. Oder na ja, vielmehr gelesen. Er hat die letzte halbe Stunde damit verbracht, mir sein erstes Date mit Parker in aller Ausführlichkeit zu schildern. Es ist fast ein bisschen zu süß. Aber auch nur fast. Ich würde lieber mit ihm telefonieren, aber er steckt noch in der Uni fest. Was auch immer er da an einem Freitagabend noch zu tun hat. Ich habe ihn gefragt, aber er hat die Frage nicht beantwortet. Wahrscheinlich hat er sie vor Aufregung einfach überlesen.

Zoe: Doch, das ist normal! Und es ist gut! Wirklich! Ich freue mich so für dich. Aber sag ihm, wenn er dir das Herz bricht, muss ich ihm leider wehtun.
Caleb: Hahaha, klar. Ich sage ihm, dass im Fall der Fälle meine kleine Schwester meine Ehre verteidigt.
Zoe: Auch kleine Fäuste können wehtun.
Caleb: Ich weiß, vor allem deine.
Caleb: Wie geht's dir? Wie ist die erste Woche?

Mein Lächeln erlischt, meine Finger schweben über dem Display, aber ich schaffe es nicht, ihm zu antworten. Ich kann ihm unmöglich die Wahrheit sagen. Nicht jetzt. Caleb ist endlich mal wieder richtig glücklich.

Ich kann ihm auf keinen Fall erzählen, dass Jase mein Tanzpartner ist. Noch weniger kann ich ihm was von der zurückgekehrten Panik sagen. Oder davon, dass sie meinen Platz gefährdet, mein Studium, meinen Traum und einfach alles. Er würde sich Sorgen machen, und das will ich nicht. Er soll diesen Abend genießen, das Wochenende.

Er soll die rosarote Brille der Verknalltheit noch etwas länger tragen dürfen. Im letzten Jahr hat sich alles nur um mich und meine Probleme gedreht. Er hat es verdient, dass es endlich mal wieder um ihn geht.

Caleb: Zoe? Bist du noch daaaaaa?
Zoe: Ja, sorry, meine Zimmernachbarin hat gerade angeklopft. Mir geht's gut. Die Woche ist anstrengend, aber alles in Ordnung.
Caleb: Haben die Ferien dich weich gemacht?
Zoe: Vielleicht ein bisschen. Ich muss jetzt los. Wir wollen uns einen Film anschauen. Hab einen schönen Abend und denk an die Warnung für Parker.
Caleb: Hab ich schon weitergegeben. Viel Spaß!

Ich werfe das Handy auf die Matratze, rolle mich auf den Bauch und vergrabe das Gesicht in meinem Kissen. Der Stoff ist weich und vertraut, er riecht noch nach Moms Waschmittel, und plötzlich brennen schon wieder Tränen in meinen Augen, weil ich mich entsetzlich alleine fühle. Aber ich will nicht reden, mit niemandem.

Es ist ein Ding der Unmöglichkeit. Wenn ich anfange zu reden, wird alles nur noch schlimmer, das kann ich spüren. Aber ich sehne mich nach Nähe und einer Umarmung, geflüsterten Worten, dass alles gut wird. Moms Versicherung, dass schon einmal alles wieder gut geworden ist und dass ich es wieder schaffen kann. Aber gerade fühlt es sich nicht so an, als würde ich irgendwas schaffen. Gerade fühlt sich alles einfach nur sehr hoffnungslos an.

Tränen schießen mir in die Augen, ich kann sie nicht zurückhalten. Ein Schrei steigt in mir auf, und ich versuche ihn runterzuschlucken. Alles runterzuschlucken. Zu verdrängen. Unter Kontrolle zu haben.

Aber die Kontrolle entgleitet mir. Unaufhaltsam. Verdrängung funktioniert nicht mehr. Und der Schrei bricht aus mir heraus, wild und roh und unendlich verletzt. Ich schreie und schreie in das Kissen, weil das Leben unfair ist, und ich diese Schwäche hasse. Ich hasse, hasse, hasse sie.

Ich schreie, und dann weine ich, schluchze auf. Heiße Tränen laufen mir über die Wangen und werden direkt von dem weichen Kissenbezug aufgesogen. Ich kralle die Finger in den Stoff und weine, bis mein Hals kratzt und mir alles wehtut.

In mir ist nur noch Wut und Schmerz. Da ist kein Platz mehr für irgendwas anderes. Ich bin so wütend, es frisst mich auf. Jeden noch so kleinen Teil, der von mir übrig ist.

Und irgendwann reicht es nicht mehr zu weinen, meine Stimme versagt, und ich kann nicht mehr schreien. Ich fahre hoch, schlage mit geballten Fäusten auf das Kissen ein. Mir entfährt ein gequälter Laut, und ich zerbreche, weil nichts reicht. Weil ich versage, versage, versage.

Ich habe mich schon einmal selbst verloren, und jetzt tue ich es wieder.

Scheißescheißescheiße.

Das Kissen landet auf meinem Schreibtisch, ich habe nicht mal darüber nachgedacht, es zu werfen, es passiert einfach. Es prallt gegen die Vase mit den Trockenblumen und reißt sie um. Ein lautes Klirren, tausend Scherben. Ich schluchze auf, weil es sich auf einmal so anfühlt, als würde ich da unten auf dem Boden liegen.

Ich bestehe auch nur noch aus Scherben. Scherben, die ich zusammengeklebt und mir dabei offensichtlich nicht genug Mühe gegeben habe. Sonst würde es halten. Sonst würde ich nicht so leicht wieder zerbrechen.

Meine Nachttischlampe landet als Nächstes auf dem Boden. Noch ein Klirren, noch mehr Scherben. Ich warte auf das Gefühl der Befriedigung, das sich einstellt, wenn man etwas kaputt macht. So ist das doch, oder? In Filmen und Büchern werden ständig Dinge zerstört, Leute prügeln sich, und dann fühlen sie sich besser, weil sie das Chaos in ihrem Inneren rausgelassen haben.

Aber ich fühle gar nichts mehr. In mir ist nur noch Leere, und das ist noch schlimmer als alles andere.

Die Tür zu meinem Zimmer fliegt auf, ich muss vergessen haben sie abzuschließen, und auf einmal steht Jase vor mir, einen wilden Ausdruck in den Augen. Seine Lippen bewegen sich, er redet auf mich ein, aber ich verstehe kein Wort. In meinen Ohren rauscht es, und das ist alles, was ich hören kann.

Unvermittelt packt er mich an den Oberarmen, ein Ruck

geht durch meinen Körper, und dann höre ich seine Stimme, laut und wütend und … besorgt.

»Scheiße, Zoe! Was soll das? Hast du den Verstand verloren?«

Ein hysterisches Lachen steigt in mir auf. Ja, so wird es wohl sein. Ich verliere wirklich den Verstand.

Sein Griff um meine Arme wird fester, und mir wird schlagartig eiskalt.

»Lass mich los«, bringe ich würgend hervor, weil mir schon wieder übel ist. Gott, das muss aufhören.

Seine Finger lösen sich sofort von meinen Armen, trotzdem kann ich die Berührung noch immer spüren, und einen Moment lang will ich die Worte zurücknehmen, weil ich seine Haut auf meiner fühlen will. Aber das ist nicht richtig, und es ist komplett verdreht. Alles ist verdreht. *Ich* bin verdreht.

Jase weicht zurück, nur ein Stück, aber er sieht mich die ganze Zeit an. Sein Blick ist hart, so wie immer, seit wir uns wieder begegnet sind, und ich hasse das, weil das nicht *mein* Jase ist.

Er war nie dein Jase, erinnert mich die Stimme in meinem Kopf, und ich will ihr befehlen, dass sie gefälligst still sein soll, aber sie hat ja recht. Er hat mir nie gehört.

»Zoe.« Mein Name klingt falsch, wenn er ihn ausspricht. Er hat mich früher nie Zoe genannt. Immer nur Pixie.

Mit vor der Brust verschränkten Armen steht er da, lehnt sich an meinen Kleiderschrank, und ich kann seine Sorge spüren. Sie strömt aus jeder Faser seines Körpers direkt auf mich zu, obwohl ich sie nicht verdient habe.

Mit bebenden Fingern wische ich mir die Tränen vom Gesicht und weiche seinem Blick aus, weil ja, weil ich ihn nicht anschauen kann. Er hätte mich nie so sehen dürfen. Nicht er. Niemals er. Ich schäme mich, und er muss gehen. Jetzt sofort.

Aber ich bringe keinen Ton heraus, und vielleicht will ein kleiner, dummer Teil von mir auch gar nicht, dass er geht.

»Was ist los?«, fragt er, und seine Stimme klingt wie damals, in dieser ersten Nacht, als er mir nach dem Frühjahrsball ins Baumhaus gefolgt ist.

So wie es aussieht, wiederholt sich die Geschichte. Ich verliere die Nerven, und Jase ist da, um mit mir zu reden. Nur dass ich nicht mehr das Mädchen von damals bin und er nicht mehr der Junge, der mir gefolgt ist.

Ich könnte lügen, aber was würde das nützen? Natürlich stimmt etwas nicht. Es ist verdammt offensichtlich.

Ein Muskel an seinem Kiefer zuckt. Er schweigt. Drei, vier, fünf Sekunden. »Was ist passiert?«, presst er schließlich angestrengt hervor. Er will die Frage nicht stellen, es ist ihm anzumerken. Er will nicht hier sein. Das kann ich genauso sehen, wie er sieht, dass es mir ziemlich beschissen geht. Aber er ist hier, er bleibt. Und er stellt mir die gleiche Frage, die er auf den allerersten Zettel geschrieben hat.

Es hat nichts zu bedeuten, wahrscheinlich erinnert er sich gar nicht daran. Aber ich erinnere mich. An jede Frage und jede Antwort.

»Warum bist du hier?«, frage ich zurück, weil ich das damals auch gefragt habe, meine Stimme ist rau wie Schmirgelpapier vom Weinen und Schreien.

Seine Augen flackern, kurz, nur für einen Moment, aber das reicht, damit ich weiß, dass er sich auch daran erinnert. Dann ist die Kälte wieder da. »Es hat sich angehört, als würdest du dein Zimmer auseinandernehmen.«

»Und? Was interessiert's dich?« Die Frage platzt schärfer aus mir heraus als beabsichtigt.

»Weißt du was? Vergiss es.« Ihm entfährt ein frustrierter Laut. Er wendet sich zur Tür, und ich will, dass er geht, aber er soll auch bleiben, und ich kann es nicht sagen. Nichts kann ich sagen.

Die Tür fällt mit einem leisen Klicken hinter ihm ins Schloss. Ich sinke zurück in meine Kissen, auf einmal bin ich unfassbar erschöpft. Ich will mir die Decke über den Kopf ziehen und mein Leben verschlafen, weil ich nicht weiß, wie ich noch mal die Kurve kriegen, wie ich mich selbst in Ordnung bringen soll. Ich weiß nicht mal, ob das überhaupt geht. Bei meinem letzten Versuch habe ich offensichtlich was falsch gemacht.

Ich reibe mir übers Gesicht, es fühlt sich heiß und verquollen an. Jetzt bin ich nicht mal mehr hübsch. Der Gedanke ist so albern, dass mir ein Lachen entfährt. Und dann sind da doch wieder Tränen.

Gott, das ist zu anstrengend. Weinen sollte einen nicht so fertigmachen. Aber anscheinend soll es das doch.

Wieder geht meine Tür auf, ich hebe nicht mal den Kopf, weil es mir gerade total egal ist, wer reinkommt, aber es ist Jase. Natürlich ist er es, und wieder entgleitet mir ein Lachen, ich höre allerdings selbst, wie traurig es klingt.

Ich bleibe liegen, weil ich keine Kraft mehr habe, mich aufzusetzen, beobachte, wie Jase näher kommt. Er hat eine Gewittermiene aufgesetzt, seine Augen sind dunkel, die Augenbrauen zusammengezogen. Er presst die Lippen aufeinander, und seine Kiefermuskeln treten deutlich hervor. Ich kenne diesen Gesichtsausdruck, und früher wusste ich, wie ich ihn dazu bringen konnte, mich anzulächeln. Heute weiß ich nicht mal mehr, wer ich bin.

Er streckt eine Hand nach mir aus, und ich will schon zurückzucken, weil er mich jetzt nicht anfassen kann, nicht ohne alles noch schlimmer zu machen, aber dann sehe ich den Zettel in seiner Hand, und ein tonnenschweres Gewicht legt sich auf meine Brust.

Ich nehme den Zettel, weil ich nicht anders kann. Er hat ihn nachlässig gefaltet, und mein Herz macht einen Satz. Ich habe ihn noch nicht mal auseinandergefaltet, als Jase sich umdreht und verschwindet. Dieses Mal kommt er nicht zurück, das weiß ich. Aber das muss er auch nicht.

Er hat mir einen Zettel geschrieben.

Ich falte das Papier auseinander, und es ist die gleiche Frage, schon wieder. Seine Schrift ist immer noch unordentlich und immer noch vertraut.

Was ist passiert?

Und einfach so beginnt unser Spiel von vorne.

13. KAPITEL

Jase

Was ist dein liebster Ort auf der Welt?

~~Ich hab keinen mehr.~~

Dein Baumhaus.

-J.

Ihre Augen verfolgen mich, ich wünschte, es wäre anders, aber ich bin ja selbst schuld. Schließlich hat mich niemand gezwungen, in ihr Zimmer zu gehen. Erst recht nicht zweimal.

Fuck.

Ich bin so was von am Arsch. Aber Zoe ist es offensichtlich auch. Sie war fix und fertig, als ich in ihr Zimmer geplatzt bin. Ohne Sinn und Verstand, weil ich diesen Lärm gehört habe und dachte … ja, was hab ich eigentlich gedacht?

Gar nichts.

Ich hab einfach ihre Tür aufgerissen, und da war sie, mit zerzausten Haaren und verquollenen Augen. Sie war blass, rote Flecken sind ihre Wangen hochgekrochen.

Ich habe nicht nachgedacht, sondern einfach reagiert. Deshalb bin ich auch ein zweites Mal zu ihr gegangen. Deshalb habe ich ihr den Zettel gegeben.

Fuck.

Der Zettel.

Was genau habe ich mir dabei eigentlich gedacht?

Große Überraschung, wieder nicht besonders viel. Ich weiß nicht mal, was ich mir davon verspreche. Dass sie mir die Wahrheit sagt? Tatsächlich erzählt, was passiert ist? Ganz sicher nicht. Sie hat keinen Grund, mir irgendwas anzuvertrauen, und das wissen wir beide.

Aber als ich in mein Zimmer zurückgegangen bin und den Notizblock auf meinem Schreibtisch gesehen habe, haben meine Hände sich verselbstständigt. Ich habe ein Blatt rausgerissen und ihr dieselbe Frage gestellt wie damals im Baumhaus. Es war ganz einfach. Viel zu einfach.

Einfacher, als es sein sollte.

»Jase! Hörst du mir überhaupt zu?« Skye wirft mir etwas an den Kopf, das sich bei näherem Hinsehen als T-Shirt entpuppt.

Ich hebe den Kopf und begegne ihrem vorwurfsvollen Blick. »Sorry, was hast du gesagt?«

»Ich habe gesagt, dass du mit Zoe reden musst. Wenn sie weiß, dass es für dich um ein Stipendium geht, strengt sie sich vielleicht mehr an«, sagt sie und zieht in einer fließenden Bewegung das Glätteisen durch ihre Haare. Zufrieden betrachtet sie die Locke, die dabei entsteht.

»Soll das Ding die Haare nicht glatt machen?« Ich ignoriere ihren Vorschlag, weil ich das Gefühl nicht loswerde, dass Druck gerade das Letzte ist, was Zoe braucht.

Wirst du etwa weich?

»Grundsätzlich ja, aber in diesem Fall nein.« Skye fasst nach der nächsten Strähne. »Lenk nicht ab. Du musst dieses Stipendium bekommen. Ich will dich nächstes Jahr als Partner. Und es wäre wirklich ungünstig, wenn du vorher von der Schule fliegst.«

Ich stöhne auf, werfe das T-Shirt zurück in ihre Richtung, treffe aber nicht. »Was du nicht sagst.«

»Eben. Deswegen rede mit ihr. Vielleicht könnt ihr noch ein paar Extratrainingseinheiten einschieben.«

»Brauchst du noch lange?«, frage ich, anstatt zu antworten. Ich kann jetzt nicht über Zoe nachdenken. Ich *will* nicht über sie nachdenken. Das alles ist viel zu kompliziert geworden, obwohl es ganz leicht hätte sein können. Ich ziehe mein Handy aus der Hosentasche und checke meine Nachrichten. Es ist nur eine neue, weil es nur zwei Menschen gibt, die mir schreiben, und eine der beiden steht direkt vor mir.

Easton ist der andere. Wir haben uns letzten Sommer durch einen dummen Zufall kennengelernt, und er war es, der mich davor bewahrt hat, vor Semesterbeginn auf der Straße zu landen, weil Dad seine Drohung, mich vor die Tür zu setzen, wenn ich nicht nach Harvard gehe, tatsächlich ernst meinte. East hat mir den Arsch gerettet, und ich schulde ihm praktisch mein Leben.

»Du hättest ja auch schon vorgehen können.« Skye wirft mir aus dem Spiegel einen genervten Blick zu.

»Das hatten wir schon mal. Ich lass dich nicht alleine fahren«, gebe ich zurück und antworte East, der wissen will, wann wir uns endlich blicken lassen, dass es wohl noch eine Weile dauert, wenn Skye sich nicht etwas beeilt.

Skye stößt ein theatralisches Seufzen aus und dreht sich zu mir um. »Jase Winslow, mein Ritter in glänzender Rüstung.«

Ich ziehe eine Augenbraue hoch, verkneife mir aber nur mit Mühe ein Lächeln. »Wenn du meinst. Und jetzt sieh zu, dass du fertig wirst, sonst können wir uns den Weg sparen.«

»Okay, pass auf: Ich beeile mich, und du redest mit Zoe darüber, dass sie dringend besser werden muss, damit du hierbleiben kannst.« Sie strahlt mich an.

Ich erwidere ihren Blick ungerührt. Keine Chance.

»Gott, warum bist du eigentlich immer so?« Augenrollend wendet sie sich wieder dem Spiegel zu, als ich keine Anstalten mache zu antworten.

»Alles eine Sache der Übung.«

»Gibt es Kurse? Wie werde ich das größte Arschloch unter der Sonne?«

»Ja, aber die Kursgebühren kannst du dir nicht leisten.«

»Du auch nicht«, schießt sie zurück, und ich muss grinsen.

Nach einer Weile legt sie das Glätteisen zur Seite, trägt Wimperntusche und Lippenstift auf und ist endlich fertig.

»Wir können los«, flötet sie, greift nach ihrer Jacke und einer kleinen Tasche, in die gerade so eben ihr Handy reinpasst, und streckt mir eine Hand entgegen, um mich von ihrem Bett hochzuziehen.

Draußen ist es stockdunkel, die ordentlich gepflasterten Wege werden nur vereinzelt von denselben altmodischen Gaslaternen erhellt, die es in Beacon Hill und Back Bay beinahe überall gibt. Im Notfall hätte ich mich hier allerdings auch blind zurechtgefunden. Ich kenne praktisch jeden Zentimeter des weitläufigen Platzes und der umliegenden Wiesen, auf denen ich den halben Sommer rumgelegen, gelesen und Zeit totgeschlagen habe, wenn ich nicht gerade gearbeitet habe.

Im Gegensatz zu den jüngeren Schülerinnen und Schülern, die in dem gegenüberliegenden Wohnheim wohnen, brauchen wir jetzt nicht mal darauf achten, dass uns niemand vom Aufsichtspersonal erwischt. Sobald man von dem kleinen ins große Wohnheim umzieht, ändert sich eine Menge – zumindest hat Skye das erzählt. Vor allem, was die Sperrstunde angeht. Wir haben nämlich keine.

Unser Uber biegt gerade auf den Parkplatz, als wir durch das Haupttor treten. Die Fahrt dauert nicht lange, und ich bin froh, dass Skye dabei ist, um sich mit der jungen Frau hinter dem Steuer zu unterhalten, weil ich mit Small-Talk heute noch weniger umgehen kann als sonst.

Die Straßen werden voller, je länger wir fahren, obwohl es schon spät ist. Zumindest für die gediegene Bürgerschaft von Back Bay. Das West End dagegen sprüht vor Leben, und die Schlange vor dem Lighthouse ist schon von Weitem zu erkennen.

Ich bedanke mich mit einem Nicken bei der Fahrerin und steige aus, sobald der Wagen zum Stehen kommt. Skye folgt mir, dann gehen wir an sämtlichen Leuten vorbei – größtenteils Studierende von den umliegenden Colleges – und verschwinden in einer schmalen Gasse.

Das Lighthouse entwickelt sich langsam, aber sicher zu einem der angesagtesten Clubs der Stadt. Eigentlich haben Skye und ich hier nichts verloren. Denn während man in den meisten Ländern der Welt in jeden Club darf, sobald man volljährig ist, sind wir in den USA mit unseren neunzehn Jahren zu jung. Allerdings spielt das Alter – genau wie die Warteschlange vor dem Haupteingang – keine Rolle, wenn man die richtigen Leute kennt.

Zielstrebig laufen wir durch die Straße hinter dem Lighthouse, quetschen uns an einem Pärchen vorbei, das an eine Hauswand gelehnt rummacht und eine Show abzieht, die eher in einen Porno als die Öffentlichkeit gehört.

Schließlich bleiben wir vor einer abgenutzten Tür stehen, die definitiv schon bessere Tage gesehen hat.

Jase: Sind da

Wir müssen keine zwei Minuten warten, bis die Tür gerade so weit geöffnet wird, dass wir ohne Probleme in den dunklen

Flur schlüpfen können. Wummernde Bässe lassen den Boden beben.

Der Typ, der uns reingelassen hat, verschwindet sofort wieder, ohne einen Ton zu sagen. Seine breiten Schultern verschmelzen mit der Dunkelheit des Backstagebereichs. Skye und ich folgen ihm, treten durch den Vorhang, der den Backstagebereich vom Hauptraum des Clubs trennt und finden uns auf einer kleinen Galerie wieder, mit perfektem Blick über die Menge.

Es ist brechend voll, schwitzende Leiber drängen sich aneinander, bewegen sich in wellenartigen Bewegungen im Takt des Beats wie ein einziger Körper. Der Saal pulsiert wie ein schlagendes Herz. Die Luft ist stickig, geschwängert von Schweiß, Deo und dem nicht zu leugnenden Duft von Sex. Aber das interessiert hier niemanden. Das hier ist nicht die Bostoner Oberschicht. Alle, die herkommen, wollen im Grunde nur eins: für ein paar Stunden loslassen und alles vergessen.

Es hat seine Gründe, warum auch ich herkomme, obwohl ich nicht nur mich, sondern auch East und seine Kumpels in ziemliche Schwierigkeiten bringe, wenn jemand vom Personal herausfindet, dass ich noch keine einundzwanzig bin. Von Skye ganz zu schweigen. Aber solange hier keine Razzia der Polizei stattfindet, ist die Chance minimal. Die Ausweise werden am Eingang so gründlich kontrolliert, dass ein Großteil der Studierenden gleich wieder abziehen kann, wenn die Security merkt, dass sie gefälschte IDs dabeihaben.

Ich entdecke East und seine Jungs am anderen Ende der Galerie, wo East am Mischpult steht und dafür sorgt, dass die Menge unten auf der Tanzfläche alle Hemmungen verliert.

Ich schiebe mich an einer Gruppe Mädchen vorbei, die hier oben auf dem Boden hockt – eine heult, zwei versuchen sie zu trösten und eine wirkt, als würde sie sich jeden Moment übergeben –, und trete zu East.

»Da seid ihr ja«, begrüßt er mich mit einem breiten Grinsen, reicht mir eine Hand und zieht mich zu einer kurzen Umarmung an sich. Er klopft mir die Schulter, bevor er mich wieder loslässt und Skye fest in den Arm nimmt. »Hab mich schon gefragt, ob ihr euch doch umentschieden habt.«

»Nee.« Ich zucke mit den Schultern, und East reicht mir eine Flasche Bier. Er ist drei Jahre älter als ich, und weil er sich fast jeden Abend um die Musik im Lighthouse kümmert, wird ihm alles, was er will, hier hochgebracht. Ich habe noch nie mitbekommen, dass er oder einer der anderen Jungs sich unten an der Bar für Getränke angestellt haben.

»Sorry, das war meine Schuld. Ich hab ein bisschen länger gebraucht als geplant.« Skye pustet sich eine dunkle Locke aus der Stirn und schaut sich suchend um.

East wirft mir einen vielsagenden Blick zu und deutet dann auf seine Kumpels, die in der hinteren Ecke der Galerie auf Sitzsäcken abhängen und über etwas zu diskutieren scheinen, das von uns aus unmöglich zu verstehen ist.

»Jax ist da hinten bei den anderen«, sagt er zu Skye. Sie wird nicht mal rot. Ich bin nicht der Einzige, der hier vergessen will. Sie tut es auch.

Sie zwinkert East zu, drückt ihm einen Kuss auf die Wange, der einen roten Lippenstiftabdruck auf seiner Haut hinterlässt, und schreitet mit wiegenden Hüften zu den Jungs rüber.

Colin, Jax und Beck sind so gut wie immer hier, wenn East auflegt. Die vier kennen sich seit dem Kindergarten, haben zusammen ihre Liebe für die Musik entdeckt und irgendwann ihre eigene Band gegründet.

Sie dürfen manchmal hier auftreten, wenn der Besitzer des Lighthouse sich daran erinnert, dass er es vor allem East zu verdanken hat, dass sein Club so gut läuft. Den großen Durchbruch hat die Band zwar noch nicht geschafft, aber sie sind inzwischen bekannt genug, dass nicht gerade wenig Mädchen und junge Frauen sich Abend für Abend auf die Galerie schleichen, um sich wenigstens der Illusion hinzugeben, eine Nacht mit einem Beinahe-Rockstar verbracht zu haben.

»Geht's dir gut? Du siehst so aus, als wäre was.« Mit vor der Brust verschränkten Armen mustert East mich etwas zu prüfend.

»Zoe ist an der Schule«, platzt es aus mir heraus, ohne dass ich auch nur eine Sekunde darüber nachdenke, was für eine grandios beschissene Idee es ist, ausgerechnet East davon zu erzählen. Er ist der Einzige, der alles weiß. Was wohl nicht ausbleibt, wenn man bedenkt, dass er mir den Arsch gerettet hat, indem er mich vergangenen Sommer bei sich aufgenommen hat. Ich habe in den wenigen Wochen, die ich bei ihm gewohnt habe, viel geredet. Ich verstehe bis heute nicht, warum ich ausgerechnet ihm so viel erzählt habe, aber ich habe es getan.

»Oh Shit.« East flucht, sein Gesicht verzieht sich mitfühlend. »Und wie ist das für dich?«

Ich zucke mit den Schultern. »Interessiert mich nicht«, lüge ich, und Easts Augenbrauen wandern skeptisch nach oben. Er glaubt mir kein Wort. Würde ich an seiner Stelle vermutlich auch nicht. Denn wenn es mich nicht interessiert, hätte ich es wohl kaum erwähnt, oder?

»Jase –«

»Musst du eigentlich nicht arbeiten?«, unterbreche ich ihn und deute auf das Mischpult.

East zögert einen Moment, dann gibt er nach und lässt mich in Ruhe. »Wir sehen uns später, okay?«

Ich nicke nur unverbindlich, kippe mein Bier auf ex runter und gehe dann nach unten, quetsche mich zwischen den tanzenden Leuten hindurch, bis die Menge mich verschluckt.

Ich schließe die Augen, mein Körper bewegt sich ganz von selbst im Takt der Musik, folgt den hämmernden Bässen und ich lasse mich fallen. In die Musik, die Nacht, das Vergessen.

Erst als ein Mädchen ihren Hintern gegen meinen Schritt presst, öffne ich die Augen. Sie wirft mir über die Schulter hinweg einen trägen Blick zu, der mir alles verspricht, und als ich keine Anstalten mache zurückzuweichen, dreht sie sich um und schlingt mir beide Arme um den Hals.

Ich lasse zu, dass sie ihre Lippen auf meine drückt und hoffe, dass es dieses Mal funktioniert.

Seit über einem Jahr versuche ich ihn auszulöschen, ungeschehen zu machen, diesen einen Kuss, den ich nicht vergessen kann. Es funktioniert nicht. Nie. Er hat sich in mein System gebrannt. Unwiderruflich.

Ich merke sofort, dass es auch heute nicht funktioniert. Alles fühlt sich falsch an, und ich weiche zurück. Das Mädchen runzelt irritiert die Stirn, sieht mich fragend an, aber ich sage kein Wort, ziehe mich einfach nur zurück und verfluche mich selbst, weil es lächerlich ist, dass ich diesen beschissenen Kuss nicht vergessen kann.

Aber Zoe verfolgt mich immer noch, und ich muss daran denken, wie sie mir den Zettel abgenommen hat.

Ich bin mir sicher, wenn ich nachher zurückkomme, wird der Zettel wieder in meinem Zimmer liegen, durchgeschoben unter der Tür. Mit einer Antwort. Und vielleicht auch mit einer Wahrheit.

Ich mache mich auf den Rückweg zum Campus, weil es ein Fehler war, heute überhaupt herzukommen. Es war klar, dass es mir nichts bringen würde.

DAVOR
Zoe

Ein Jahr zuvor
25. Juni 3:09 PM

Routiniert schiebe ich ein Kleid nach dem anderen beiseite, bin aber nicht ganz bei der Sache. Meine Gedanken sind immer noch bei Calebs Abschlussfeier. Bei Caleb, meinen Eltern und Jase. Jase, dessen Eltern nicht zur Abschlussfeier gekommen sind.

»Zoeeeee, hast du endlich was gefunden?« Charlotte holt mich unsanft ins Hier und Jetzt zurück.

Ich unterdrücke ein Seufzen, nehme wahllos ein Kleid von der Kleiderstange und drehe mich zu Charlotte um, die mit einem genervten Ausdruck auf dem hübschen Gesicht hinter mir steht und ungeduldig mit dem Fuß auf den Boden tippt.

»Ja, hab ich«, erwidere ich und kleistere ein strahlendes Lächeln auf mein Gesicht, das sich abgrundtief falsch anfühlt.

»Super.« Ihr Gesicht hellt sich auf, sie wirbelt herum, eine anmutige Pirouette, weil sie nicht anders kann, als immer die Ballerina heraushängen zu lassen, und tänzelt zu Amber und Scarlett hinüber.

Ich folge ihr, obwohl ich eigentlich nur noch nach Hause möchte. Diese Shoppingtour war eine ganz miese Idee.

»Also, seid ihr so weit?« Charlotte streicht sich eine ihrer blauschwarzen Locken hinters Ohr und nickt mit dem Kinn in Richtung der Umkleiden.

»Sind wir«, erwidert Amber, Scarlett nickt nur stumm.

»Dann mal los.« Charlotte kichert begeistert und verschwindet einen Moment später in einer der Umkleiden. Amber und Scarlett nehmen Umkleide zwei und drei in Beschlag, und ich betrete seufzend die vierte.

Das Kleid, das ich mir ausgesucht habe, stellt sich als überraschend gute Wahl heraus. Das zarte Rosa unterstreicht das Rot meiner Haare, der Rock schwingt sanft um meine Beine und endet ein gutes Stück über den Knien.

Ein Lächeln breitet sich auf meinem Gesicht aus. *Wirklich nicht übel.*

»Na los, Ladys, zeigt euch«, trällert Charlotte, und wenn ich nicht genau wüsste, dass sie mich eigenhändig aus der Umkleide zerren würde, wenn ich mich weigere, würde ich einfach hier drinbleiben.

Also verlasse ich die Umkleide und verschlucke mich im nächsten Moment fast an meiner eigenen Spucke. Sie sieht umwerfend aus. Das dunkelrote, enge Kleid schmiegt sich an ihren zierlichen Körper wie eine zweite Haut.

»Du siehst wunderschön aus«, sage ich ehrlich, und Charlotte strahlt mich an.

»Ja, oder? Es ist toll!« Ehrfürchtig streicht sie mit beiden Händen über den Satinstoff. Dann gleitet ihr Blick über meinen Körper und das Kleid, das ich trage, und ein mitleidiger Ausdruck erscheint in ihren Augen. »Süße, das Kleid ist ja ganz niedlich, aber bist du dir sicher, dass du das nehmen willst? Darin siehst du ganz schön blass aus.«

»Meinst du?« Verunsichert mache ich einen Schritt Richtung Spiegel. Ja, ich sehe blass aus. Weil ich nun mal blass bin.

Das irische Erbe meiner Mom ist auch bei mir ziemlich durchgeschlagen.

»Ja. Also … du kannst es natürlich trotzdem nehmen, aber …« Sie lässt das Ende des Satzes offen, aber ich weiß, was sie eigentlich sagen will. *Ich würde das nicht machen.*

»Oh. Zoe. Das Kleid ist toll!« Amber verlässt ihre Umkleide und schenkt mir ein warmes Lächeln. »Du siehst aus wie eine Fee.« Offensichtlich hat sie Charlottes und meinen Wortwechsel nicht mitbekommen, sonst hätte sie das nicht gesagt. Sie widerspricht ihr nie.

Deren Lächeln kühlt merklich ab. »Ich meinte gerade, dass Zoe ein bisschen blass aussieht in dem Rosa.« Sie zuckt mit den schmalen Schultern und schiebt sich vor mich vor den Spiegel.

Sie mustert ihr Spiegelbild auf eine Weise, die Neid in mir aufsteigen lässt. Charlotte ist sich ihrer Schönheit vollkommen bewusst. Sie hat keine Komplexe. Nicht so wie wir anderen.

»Ich glaube, es wird Zeit, dass ich mir Jase schnappe, meint ihr nicht auch?«, meint sie und tippt mit dem Zeigefinger nachdenklich an ihre vollen Lippen.

»Was?«, platzt es aus mir heraus, bevor ich mich aufhalten kann. Mein Herz schlägt auf einmal viel zu schnell, ich spüre, wie mir das Blut aus dem Gesicht weicht.

Nein. Neinneinnein. Bitte nicht. Nicht schon wieder.

Entweder bemerkt Charlotte das Entsetzen in meiner Stimme nicht, oder sie ignoriert es.

»Ja.« Sie dreht sich um und betrachtet ihren Hintern im Spiegel. »Ich habe gehört, er geht nach dem Sommer auf die New England School of Ballet und … na ja, wenn ich nächstes Jahr auch hingehe, wären wir doch das perfekte Paar, oder nicht?«

»Das ist deine Definition von einem perfekten Paar?«, will

Scarlett spöttisch wissen, die gerade in einem engen schwarzen Kleid aus der Umkleide tritt.

Charlottes Antwort bekomme ich nicht mit. In meinen Ohren rauscht es, und ich will nur noch weg.

Es ist albern, ich weiß, aber wenn sie ihn will, wird sie ihn bekommen, weil Charlotte alles bekommt, was sie will. Allein bei dem Gedanken, dass seine Wahrheiten in Zukunft vielleicht ihr gehören könnten, wird mir kotzübel.

Mein Herz tut weh, mir tut alles weh, und ich begreife, dass ich etwas unternehmen muss.

Es geht nicht mehr um ein Spiel oder um Wahrheiten. Jetzt geht es um mein Herz. Und vielleicht geht es auch um seins.

14. KAPITEL

Zoe

Ich habe Angst davor, dass ich auf ewig in Charlottes Schatten stehe. Ich weiß, dass das albern ist, weil wir irgendwann nicht mehr auf dieselbe Schule gehen, aber ich werde den Gedanken trotzdem nicht los.
- P

Gähnend und mit schweren Gliedern sitze ich auf dem Boden im Ballettsaal. Ich bin fix und fertig. Ich habe das ganze Wochenende schlecht geschlafen, was kein Wunder, aber trotzdem ziemlich ätzend ist. Man sollte meinen, es ist nicht anstrengend, zwei Tage lang im Bett zu liegen und eine Serie nach der anderen zu gucken, so lange bis Folge in Folge verschwimmt und man gar nicht mehr weiß, worum es eigentlich geht, weil die Gedanken die ganze Zeit abschweifen und überall sind, nur nicht in der Gegenwart. Mae hat zweimal versucht, mich aus meinem Zimmer zu locken, aber ich habe Kopfschmerzen vorgeschoben und mich verkrochen. Gestern Abend ist sie einfach reingeplatzt, mit Eiscreme und Schokolade, einer Kanne Tee und hat sich zu mir aufs Bett gekuschelt. Dann haben wir eine neue Serie angefangen, und ich weiß jetzt schon nicht mehr, worum es eigentlich ging. Sie hat mich nicht gefragt, was los ist, vielleicht wusste sie, dass ich ihr sowieso keine Antwort gebe. Aber sie ist trotzdem bei mir geblieben und war mir damit an einem Tag eine bessere Freundin, als Charlotte es fast fünfzehn Jahre lang war.

»Oh mein Gott! Ist das Charlotte Hammond?«, fragt Jessica atemlos. Sie sitzt direkt neben mir, ihre Worte sind unnatürlich laut.

Hat sie meine Gedanken gelesen, oder warum redet sie auf einmal von Charlotte?

Jessica stupst mich an. »Zoe, guck mal! Da ist Charlotte Hammond, in unserem Kurs. Oh mein Gott!«

Und auf einmal ist da diese Stimme, und mir bleibt fast das Herz stehen. Diese viel zu vertraute, viel zu schrille Stimme, die mir in den Ohren klingelt und nicht in diesen Ballettsaal gehört.

»Aaaaah, Zoe, da bist du ja!«

Irgendwie komme ich auf die Beine und schaffe es, mich umzudrehen, gerade rechtzeitig, um Charlotte zu entdecken, die mit einem strahlenden Lächeln auf mich zu stolziert. Ihre Bewegungen sind so fließend, ihre Schritte so leichtfüßig, es sieht fast aus, als würde sie schweben. Sie fällt mir um den Hals, und ich bin zu schockiert, um ihr auszuweichen, zu schockiert, um überhaupt irgendeine Reaktion zu zeigen.

Charlotte ist hier. Sie ist hier. Warum ist sie hier?

Mein Herz rast, es will sich aus dem Käfig meiner Rippen befreien und fliehen. Aber es sitzt fest, es kann nicht weg, genauso wenig wie ich. In meinen Ohren rauscht es, während Charlotte sich so weit von mir löst, dass sie mich ansehen kann, ihre Hände haben sich um meine Arme geschlossen. Es ist furchtbar, das alles ist völlig falsch. Ich will mich losreißen, aber ich kann mich nicht bewegen. Keinen verdammten Millimeter.

Mein Körper ist vollkommen erstarrt. Es ist der Schock, da

bin ich mir sicher. Charlottes Auftauchen hat mich eiskalt erwischt. Sie sollte nicht hier sein. Nicht in diesem Kurs, nicht mal in Boston. Sie sollte in Paris sein, da wo sie das ganze letzte Jahr verbracht hat. In Frankreich. Europa. Nicht nur Tausende Meilen, sondern ein ganzer Ozean sollte zwischen uns liegen.

Charlottes Lippen bewegen sich, aber ich kann nicht verstehen, was sie sagt. Über ihre Schulter hinweg sehe ich, dass uns ausnahmslos alle anstarren. Warum starren uns alle so an? Und warum ist sie hier?

»Überraschung!«, flötet sie, und ich frage mich, wen sie überraschen wollte, obwohl das ziemlich eindeutig ist. Aber ich will nicht von ihr überrascht werden, nie wieder. Ihre Überraschungen tun immer weh.

»Das war also die Neuigkeit, über die sie in ihrem letzten Video gesprochen hat«, höre ich jemanden flüstern, ich glaube, es ist Kaya. Ihre Stimme klingt erschreckend ehrfürchtig. Neuigkeit? Video? Was zum Teufel geht hier vor?

»Na? Hast du mich vermisst?«, fragt Charlotte, als ich nicht antworte. Sie hält mich immer noch fest. Ich will ihre Hände wegschlagen, aber ich kann mich nach wie vor nicht bewegen, und die faszinierten Gesichter der anderen sind dabei überhaupt nicht hilfreich. Woher kennen sie Charlotte? Warum wissen sie, wer sie ist? Ich habe das ungute Gefühl, etwas sehr Wichtiges verpasst zu haben.

»Ich …«, setze ich an, um keine Ahnung was zu sagen, doch Charlotte winkt ab.

»Du brauchst dich nicht zu entschuldigen«, sagt sie, und ich verstehe gar nichts mehr. »Ich nehme dir nicht mehr übel, dass du gelogen hast. Ist doch alles Schnee von gestern. Vergeben und vergessen, oder?« Charlotte schenkt mir ihr schönstes Lächeln, und mir wird eiskalt, als es Klick macht und ich verstehe, wovon sie redet.

Sie nimmt es *mir* nicht übel?

Vergeben und vergessen?

Mir ist so schlecht, dass ich glaube, mich dieses Mal wirklich vor allen übergeben zu müssen.

»Was machst du hier?«, bringe ich schließlich hervor. Meine Stimme klingt erstickt, rau und viel zu leise.

Charlotte überhört meinen Tonfall, ihr Lächeln wird noch etwas breiter, ihre eisblauen Augen leuchten auf. »Was schon? Tanzen, du Dummerchen. Ich weiß, ich hab die erste Woche verpasst, aber ich hatte noch einen Auftritt in New York, und Direktor Pearson hat gesagt, es sei in Ordnung, wenn ich ein paar Tage später anfange. Bei meinem Talent ist die eine Woche kein Verlust.« Sie zuckt mit den zarten Schultern, und erst jetzt fällt mir auf, dass sie im letzten Jahr abgenommen hat. Ihre Schlüsselbeine stechen deutlich hervor, ihre Wangenknochen und die Kieferlinie sind schärfer. Sie sieht älter aus. Erwachsener. Und sie ist hier.

Mir wird schwindelig. Das kann echt nicht wahr sein. Das muss ein Albtraum sein. Habe ich nicht schon genug Probleme? Muss ausgerechnet Charlotte hier auftauchen?

»Wie schön für dich«, springt Mae mir bei, weil ich plötzlich die Fähigkeit zu sprechen verloren zu haben scheine.

»Ja, oder?« Charlotte dreht sich in Maes Richtung, sie behält das Lächeln bei, doch den Ausdruck in ihren Augen kenne ich. Sie ist nicht begeistert, dass Mae sich einmischt.

»Total! Aber ich glaube …« Mae bricht ab, als Mr Conrad den Ballettsaal betritt und sein Blick sofort auf Charlotte fällt.

»Charlotte Hammond?« Er sieht Charlotte auf eine Weise an, wie er noch kein anderes Mädchen aus unserem Jahrgang angesehen hat. Als wäre sie was Besonderes. Außergewöhnlich.

»Ja, hi, das bin ich.« Sie macht einen Schritt auf ihn zu, und im nächsten Moment existiere ich nicht mehr für sie. Augenklimpernd verwickelt sie Mr Conrad in ein Gespräch.

Wie betäubt lasse ich mich auf den Boden sinken. Der Tag hat gerade erst angefangen, und ich will jetzt schon einfach nur, dass er vorbei ist.

»Du kennst Charlotte Hammond?«, fragt Kaya, und ich blicke auf. Seit wann steht sie direkt neben mir? Und sie ist nicht die Einzige. Vor ein paar Minuten noch habe ich mit Mae und Jessica auf dem Boden gesessen, jetzt steht eine Traube Mädchen um uns herum, die mich mit großen Augen neugierig anstarren.

»Wir sind zusammen zur Schule gegangen«, erkläre ich mit rauer Stimme. Mein Mund ist ausgetrocknet, ich muss was trinken. Aber dafür muss ich aufstehen und zu meiner Tasche gehen, und ich weiß gerade nicht, ob meine Beine mich tragen.

»Das ist echt Wahnsinn.« Kayas Augen werden immer größer.

»Entschuldigt, dass ich euren Enthusiasmus nicht teile, aber kann mir irgendjemand erklären, warum ihr offensichtlich alle dieses Mädchen kennt?«, mischt Mae sich ein und schaut fragend in die Runde.

Ich werfe ihr einen dankbaren Blick zu, weil ich die Frage jetzt nicht stellen muss. Maes Lippen verziehen sich kurz zu einem aufmunternden Lächeln. Sie hat gemerkt, wie sehr Charlottes Auftauchen mich aus der Bahn geworfen hat.

Kaya stöhnt auf. »Hast du kein TikTok?«

Mae und ich wechseln einen kurzen Blick und schütteln dann beide den Kopf. Social Media habe ich in den letzten Monaten gemieden wie die Pest.

»Okay, wartet kurz.« Kaya springt auf und kommt einen Moment später mit ihrem iPhone in der Hand zurück. Sie öffnet die App, und einen Moment später zeigt sie uns Charlottes Profil @charlottehammond.ballerina.

Mir läuft ein Schauer über den Rücken, als ich sehe, wie viele Follower sie hat. Fast siebenhunderttausend.

»Sie ist großartig!« Jessica seufzt, ein beinahe verträumter Ausdruck huscht über ihr Gesicht. »Ich meine, dass sie wunderschön ist, sieht man ja, aber sie ist *so* gut, und sie wirkt auch einfach so supernett.«

Ich zucke zusammen. Charlotte ist einiges, aber ganz sicher nicht nett. Sie ist einfach nur eine verdammt gute Schauspielerin. Ein wunderschönes Mädchen mit großen Kulleraugen, das die ganze Welt verzaubern kann.

Aber hinter ihrer Fassade, hinter dem süßen Lächeln und dem niedlichen Getue, ist sie ein Monster.

Es sieht nur niemand genau genug hin, um das zu erkennen.

* * *

Die halbe Schülerschaft ist im absoluten Ausnahmezustand, nur weil Charlotte hier aufgekreuzt ist. Ich verstehe es nicht. Gar nichts an dieser verfluchten Situation.

Weder, was sie hier macht, noch, warum alle sich auf sie stürzen, als wäre sie Anna Pawlowa. Aber sie ist nicht die berühmteste russische Balletttänzerin, sie ist einfach nur Charlotte. Sie ist gut, sehr gut sogar, allerdings auch nicht außergewöhnlich. Zumindest nicht, was das Tanzen angeht.

Charlotte ist es irgendwie gelungen, in jedem meiner Kurse zu landen. Wahrscheinlich hat ihre Mom nachgeholfen, damit ihre Tochter wie immer ihren Willen bekommt. Und wenn nicht sie, dann ihr Dad. Dem Bürgermeister kann man schließlich keinen Wunsch abschlagen.

Der einzige Lichtblick ist, dass sie zumindest nicht bei uns anderen im Wohnheim wohnt. Sie hat in der kurzen Pause zwischen zwei Kursen allen, die es hören wollen – oder auch nicht – auf die Nase gebunden, dass ihr die Zimmer hier viel zu klein sind und ihre Eltern ihr eine Wohnung ganz in der Nähe bezahlen.

Die anderen Mädchen hängen an ihren Lippen, als würde sie wer weiß was für Weisheiten erzählen. Ich will sie anschreien und ihnen sagen, dass das nicht die echte Charlotte ist. Dass sie nur mit ihnen spielt, ihnen so lange Honig ums Maul schmiert, bis sie sich von ihr einlullen lassen.

Das Problem mit Charlotte ist allerdings, dass sie jeden dazu bringen kann, ihr alles zu glauben. Sie ist einfach einer dieser Menschen. Charismatisch. Bezaubernd. Sie leuchtet strahlend hell, sie blendet alle.

Mae ist die Einzige aus unserem Jahrgang, die sich nicht an Charlotte hängt wie ein Fangirl, und ich weiß nicht, ob sie es nur deshalb nicht tut, weil sie merkt, dass ich ein Problem mit Charlotte habe, oder weil sie sie einfach nicht so interessant findet. Ich hoffe auf beides, aber ich kann sie nicht fragen, weil ich dann erklären muss, warum ich ein Problem mit Charlotte habe, und das geht nicht.

Aber meine Frage beantwortet sich von selbst, noch bevor die dritte Stunde angefangen hat.

»Gott, sie ist unerträglich! Wie hast du es bitte mit ihr ausgehalten?«, zischt Mae so leise, dass niemand außer mir sie hören kann.

Wir sitzen im Ballettsaal auf dem Boden, sie beugt sich über ihre ausgestreckten Beine, um sich zu dehnen, während ich die Knie bis an die Brust gezogen habe und mir alle Mühe gebe, nicht einfach auseinanderzubrechen.

Charlotte steht ein Stück abseits mit Kaya, Kelly und ein paar anderen zusammen und lässt ihren Charme spielen.

»Frag nicht«, murmle ich seufzend, will gerade noch etwas hinzufügen, als Charlotte begeistert quietscht. Ich blicke auf, gerade rechtzeitig, um zu sehen, wie sie Jase um den Hals fällt, der in diesem Augenblick mit Skye den Saal betritt.

Seine Augen weiten sich überrascht, dann wird sein Blick hart. Er packt Charlotte an den Oberarmen und schiebt sie von sich weg. Vielleicht macht mein Herz deshalb einen erleichterten Satz.

»Charlotte, was machst du hier?«

»Wonach sieht's denn aus?« Sie lacht, ein heller, vertrauter Laut, der mir in den Ohren wehtut. »Ich bin hier, um zu tanzen.«

»Dann viel Erfolg«, sagt er schroff und klingt kein bisschen so, als würde er seine Worte ernst meinen. Er will an ihr vorbeigehen, aber sie stellt sich ihm in den Weg und legt ihm eine Hand auf die Brust. Ich kann sehen, wie seine Kiefermuskeln mahlen. Ich sollte wegschauen, weil es mich nichts angeht, was Jase mit wem macht, aber es ist Charlotte. Es ist wie ein Unfall. Ich muss einfach hinsehen.

»Ich freue mich wirklich, dich wiederzusehen.« Ihre Stimme nimmt einen rauchigen Klang an, tief und verführerisch, und ich will einfach nur kotzen.

Jase setzt zu einer Antwort an, kommt jedoch nicht dazu, etwas zu erwidern, denn Francesca betritt den Saal, mit eiligen, anmutigen Schritten.

»Entschuldigt die Verspätung, ich hatte noch ein wichtiges Gespräch. Eure Pause ist vorbei. In Position. Wir haben viel zu tun.« Sie klatscht in die Hände, und ich stemme mich mit wackeligen Beinen vom Boden hoch, um zu Jase rüberzugehen. Ich habe ihn noch nicht erreicht, als Charlotte einen Schritt nach vorne macht.

»Entschuldigung, Miss, ich habe heute meinen ersten Tag

und deshalb noch keinen Partner.« Sie zieht eine Schnute, und ich rolle unwillkürlich mit den Augen.

Francesca runzelt die Stirn. »Ja, ich habe schon davon gehört, dass es noch eine Nachzüglerin gibt.« Sie mustert Charlotte prüfend. »Ich glaube …«

»Ich kann mit Jase tanzen«, unterbricht Charlotte sie.

»Jase tanzt bereits mit Zoe.« Francescas Tonfall ist merklich kühler geworden. Wahrscheinlich wurde sie noch nie von einer Schülerin unterbrochen.

»Ja, aber Jase und ich kennen uns. Wir sind ein gutes Team, und Zoe hat bestimmt kein Problem damit, mit mir zu tauschen, oder, Zoe?« Charlotte wendet sich mir zu und schenkt mir ein falsches Lächeln.

Einen Moment lang kann ich sie nur sprachlos anstarren. Alles in mir sträubt sich dagegen, Ja zu sagen, und ich will es wirklich. Ihr diesen absurden Vorschlag um die Ohren hauen, aber ich komme nicht dazu.

»Mir ist scheißegal, ob Zoe kein Problem damit hätte, mit dir zu tauschen, Charlotte. Ich hab ein Problem damit.«

Ich wirble zu Jase herum, zu überrascht, um den erleichterten Ausdruck auf meinem Gesicht zu verbergen. Er erwidert meinen Blick jedoch vollkommen ungerührt. Dann wird mir klar, dass es nicht um mich geht, sondern um Charlotte, und meine Erleichterung verfliegt.

»Devon hat noch keine Partnerin, du wirst mit ihm tanzen«, bestimmt Francesca, und Charlottes Gesicht verdüstert sich.

Sie verkneift sich ihren Protest, aber sie ist nicht glücklich. Und eine Charlotte, die nicht glücklich ist, ist unberechenbar.

15. KAPITEL
Jase

Was halten deine Eltern davon, dass du tanzt?

Absolut gar nichts.
-J

Herzlichen Glückwunsch, du Vollidiot, du hast gerade deine Chance auf das Stipendium verspielt.

Ich hätte verdammt noch mal Ja sagen müssen. Charlotte ist eine gute Tänzerin, und sie bekommt den Pas de deux unter Garantie besser hin als Zoe. Leider ist Charlotte ein absolutes Miststück, und meine Abneigung ihr gegenüber übertrifft meinen Widerwillen, mit Zoe tanzen zu müssen, bei Weitem.

Ich habe Charlotte noch nie gemocht. Alles an ihr ist irgendwie falsch, sie ist einfach ein schlechter Mensch. Sie kann es zwar gut verbergen, so gut, dass sie vielleicht lieber Schauspielerin als Tänzerin werden sollte, aber ich habe sie relativ schnell durchschaut, nachdem ich ihr damals nach dem Umzug begegnet bin. Charlotte ist egoistisch, manipulativ und gemein.

Trotzdem wäre es klüger gewesen, Ja zu sagen. Zoe hat ein Problem, ein ziemlich gravierendes sogar, und ich habe keine Ahnung, wie wir das in den Griff kriegen sollen. Und wir müssen es in den Griff bekommen, weil ich mein Stipendium sonst vergessen kann und das … na ja, das ist nichts, womit ich leben kann.

Der Zettel, den ich ihr gegeben habe, war ein Anfang, aber ich glaube nicht recht daran, dass das die Lösung ist. Ihre Antwort hat auf mich gewartet, als ich Freitagnacht in mein Zimmer zurückgekehrt bin. Wirklich aufschlussreich ist ihre Wahrheit allerdings nicht.

Was ist passiert?

Ich hatte ein echt beschissenes Jahr.
- Zoe

Ich will sie nach dem Warum fragen, aber das verstößt gegen die Spielregeln, die wir vor über einem Jahr wortlos festgehalten haben, und ich weiß, wenn ich ihr diese Frage stelle, werde ich keine Antwort darauf bekommen. Wenn sie mir die Wahrheit, die ganze Wahrheit, hätte verraten wollen, hätte sie es getan. Die Zoe von früher hat immer alles aufgeschrieben, was sie beschäftigt hat, jede noch so winzige Kleinigkeit. Ich war immer derjenige, dessen Antworten so knapp waren, dass sie eigentlich kaum zählten.

Die Zoe, die jetzt vor mir steht, wirkt so kommunikativ wie ein Stein. Sie sieht aus, als hätte sie das ganze Wochenende nicht richtig geschlafen. Ich will mir keinen Kopf darüber machen, komme jedoch nicht dagegen an. Weil wir nun mal Partner sind und ich dieses beschissene Stipendium brauche.

Ich muss etwas unternehmen, ob sie will oder nicht. Leider bin ich mir relativ sicher, was dabei helfen wird, Zoe aus der Reserve zu locken. Es passt mir nur nicht.

»Bevor wir anfangen: Ihr habt jetzt eure Partnerinnen und Partner gefunden.« Francesca reißt mich aus meinen Gedanken und holt mich ins Hier und Jetzt zurück. »Ihr seid jetzt ein

Paar, eine Einheit. Nutzt das. Gewöhnt euch aneinander, findet Vertrauen. Und jetzt: Position!« Sie deutet auf die Mitte des Saals, und wir folgen ihrer Aufforderung und stellen uns auf. Zoe sieht mich aus dem Spiegel heraus mit einer Mischung aus Misstrauen und Skepsis an.

Ihre Haare sind zu einem ordentlichen Knoten hochgesteckt, wie immer, und auf einmal juckt es mich in den Fingern, ihr jede Haarnadel einzeln aus den Strähnen zu ziehen, einfach nur um zu sehen, wie die roten Locken über ihre Schultern fallen. Ich balle die Hände zu Fäusten, bevor mein Körper sich selbstständig machen und mich in Schwierigkeiten bringen kann.

Zoe starrt mich immer noch an.

»Was ist? Warum guckst du so, Pixie?« Der Spitzname kommt mir über die Lippen, bevor ich mich aufhalten kann.

Sie wird rot, und ich weiß, dass wir gerade beide an das Gleiche denken: Sie hat die letzte Wahrheit mit ihrem Namen unterschrieben. Nicht P, nicht Pixie. Sondern Zoe. Und ich erinnere sie gerade daran, dass sie für mich immer Pixie war und immer noch ist, scheißegal, was sich geändert hat.

Fuck.

»Warum willst du nicht tauschen?«, will sie wissen und reckt trotzig das Kinn. »Mit Charlotte hättest du es bestimmt leichter als mit mir. Ich bin doch komplett scheiße.«

»Du bist nicht komplett scheiße«, widerspreche ich, spare es mir aber, sie darauf hinzuweisen, dass ich nie gesagt habe, dass *sie* scheiße ist. Nur ihre Drehung.

»Da fühle ich mich doch gleich viel besser.« Ihre Augen verengen sich zu schmalen Schlitzen. »Also? Warum nicht?«

»Weil Charlotte nun mal Charlotte ist«, antworte ich so entschieden, als würde das alles erklären. Und irgendwie tut es das auch.

Zoe beißt sich auf die Unterlippe und nickt, und ich Vollidiot kann nicht anders, als auf ihren Mund zu starren. Meine Miene verfinstert sich, ich umschließe ihre Taille mit beiden Händen, drehe sie bestimmt wieder Richtung Spiegel und ignoriere gekonnt, wie klein und leicht sie sich zwischen meinen Händen anfühlt. Was ich nicht ignorieren kann, ist das Zittern, das durch ihren Körper läuft. Sie wird blass, ihre Augen weiten sich, und auf einmal wird sie ganz starr.

»Ich würde es begrüßen, wenn ihr mehr Zeit ins Tanzen und weniger ins Quatschen investieren würdet.« Francesca taucht hinter mir auf, ihr vorwurfsvoller Blick geht von mir zu Zoe.

Wir nicken gleichzeitig, ich schlucke die Frage runter, die mir auf der Zunge liegt. Jetzt ist nicht der richtige Zeitpunkt für Fragen und Wahrheiten.

16. KAPITEL
Zoe

Es ist ultra kitschig und total klischeehaft, aber irgendwann will ich mit jemandem nachts auf einer dunklen Straße tanzen, wenn es regnet. Ich will einen Moment, in dem alles genau so ist, wie es sein soll. Ohne Zweifel, ohne Gedanken, ohne gestern und ohne morgen.
- P

Diese Stunde mit Jase läuft noch schlechter als die letzten, und es ist kein Kunststück zu wissen, warum. Charlotte ist da, und jede ihrer Bewegungen ist absolut perfekt. Fließend und anmutig. Magisch.

Sie beobachtet mich, ich kann es spüren. Wie ihr Blick über meinen Körper gleitet und jeden Schritt, jede Bewegung meiner Arme und Neigung meines Oberkörpers bewertet. Sie mustert mich, durchdringend und prüfend, und ihre Gedanken sind so laut, dass sie sie nicht einmal aussprechen muss, damit sie bei mir ankommen.

Du bist grauenhaft schlecht.

Du hast Jase als Partner nicht verdient.

Ich sollte seine Partnerin sein.

Du bist eine Lügnerin.

Ich kann mich nicht konzentrieren, noch weniger als letzte Woche. Sie soll aufhören, mich anzugucken, und Jase muss aufhören, mich anzufassen. Sie sollen mich alle beide einfach nur in Ruhe lassen.

Als Francesca die Stunde endlich beendet, habe ich das Gefühl, dass wir noch gar nicht richtig angefangen haben, und ich bin ganz kurz davor, die Nerven zu verlieren. Ich befreie mich aus Jase' Griff, noch bevor Francesca den Satz zu Ende gesprochen hat, weiche seinem Blick aus und gehe eilig rüber zu meinen Sachen. Hastig schlüpfe ich aus den Schläppchen, stopfe sie achtlos in meine Tasche und ziehe Jogginghose und Hoodie über. Mir ist eiskalt, aber ich schwitze, der weiche Stoff klebt an meiner feuchten Haut. Ich muss duschen. Ich hasse es, dass ich mich so fühle, aber ich kann nichts dagegen tun. Mit den Berührungen kommt die Scham, dieses Gefühl, schmutzig zu sein, und ich muss es loswerden, weil alles andere unerträglich ist.

Eigentlich warte ich nach jeder Stunde auf Mae, oder sie auf mich, aber heute kann ich nicht warten. Heute ist Charlotte hier, und ich muss weg sein, bevor sie mich erwischt. Ich brauche Abstand von allem und jedem. Nur ein paar Minuten, um mich zu sammeln, weil ich sonst wieder zusammenbreche, und das geht nicht. Nicht schon wieder. Doch ich bin nicht schnell genug. Ich habe noch nicht einmal die Tür erreicht, als Charlotte mich schon einholt.

»Zoe-Süße, warte auf mich. Wir müssen noch etwas besprechen.« Sie hakt sich bei mir unter, als wäre es das Selbstverständlichste auf der Welt. Ich zucke zusammen, alles in mir wehrt sich gegen ihre Berührung. Mein Herz setzt einen Schlag aus und schlägt dann viel zu hektisch weiter. Noch schneller als sowieso schon.

Ich will mich von ihr losreißen, aber sie umklammert meinen Arm wie ein Schraubstock. Es gibt kein Entkommen, und mein Nacken beginnt unangenehm zu jucken. »Eigentlich habe ich keine Zeit, ich muss noch –«

»Für mich wirst du doch wohl ein paar Minuten haben, oder?«, unterbricht sie mich. Ihr Tonfall ist zuckersüß, genau wie ihr Lächeln, aber in ihren hellblauen Augen liegt eine unausgesprochene Warnung, und ich begreife, dass hier alles anders wird als damals. Charlotte wird nicht mehr so tun, als wäre sie meine Freundin. Einerseits bin ich froh darüber, und andererseits macht es mir eine Scheißangst.

Ich will ihr sagen, dass ich für sie nicht mal ein paar Sekunden Zeit habe, aber jemand kommt mir zuvor.

»Hat sie nicht. Wir haben noch was zu klären.« Jase schlendert auf uns zu, die Hände in die Taschen seiner Jogginghose geschoben. Er hat einen Hoodie über sein T-Shirt gezogen, seine Haare stehen zerzaust in alle Richtungen ab, und seine Augen leuchten so verflucht hell, dass man das tiefe Grün wahrscheinlich auch von der anderen Seite des Raums aus erkennen kann.

Es ist unfair, dass er so gut aussieht. Und irgendwas stimmt mit mir nicht, dass mir das ausgerechnet in dem Moment schon wieder auffällt, während Charlotte mich festhält und mein Puls sich inzwischen einem Bereich nähert, der nicht mal mehr ansatzweise gesund ist. Ich kann ihn fühlen, in jeder Faser meines Körpers, bis in die Fingerspitzen. In meinem Kopf dreht sich alles, ich kann nicht mehr richtig denken, ich weiß nur, dass Charlotte mich loslassen und dass ich weg muss. Ich bin kurz davor auszuflippen, und sie merkt es. Ich kann es in ihren Augen sehen, und dafür hasse ich sie noch etwas mehr.

»Wir müssen reden«, sagt Jase, als ich nicht antworte, und nickt Richtung Flur. Er würdigt Charlotte keines Blickes, und das ist der einzige Grund, warum in meinem Bauch ein warmes Kribbeln aufsteigt. Peinliche Dankbarkeit, weil er mich vor Charlotte rettet.

»Dann rede«, mischt Charlotte sich ein, bevor ich auch nur den Mund öffnen kann.

Jase schenkte ihr ein rasiermesserscharfes Lächeln. »Dann verzieh dich.«

Empört schnappt sie nach Luft. In mir steigt ein hysterisches Kichern auf. Himmel, so kann es wirklich nicht weitergehen.

»Weißt du, Zoe und ich haben viel zu besprechen, wir haben uns lange nicht gesehen. Wenn du mit ihr alleine reden willst, mach das doch später.«

»Interessiert mich nicht, wie viel ihr zu bequatschen habt. Wenn ihr euch so lange nicht gesehen habt, kommt es auf ein paar Minuten mehr oder weniger auch nicht an. Jetzt zieh ab, Charlotte. Hast du nicht irgendwelche TikToks zu drehen?« Jase legt eine Hand um meinen Oberarm und zieht mich mit einem Ruck von Charlotte weg.

Er ist zu schnell, sie zu langsam. Sie kann nicht reagieren, und ich reagiere gar nicht. Ich fühle mich wie eine Puppe, um die sich zwei Kinder streiten, aber wenn ich ehrlich bin, ist mir das beinahe recht, weil Jase mich rettet, auch wenn er es nicht weiß und das garantiert nicht seine Absicht ist.

Charlotte ist kreidebleich vor Zorn, aber ihr Lächeln verrutscht keinen Millimeter. Vielleicht weil wir nicht alleine im Studio sind. Da sind immer noch alle anderen, und Charlotte kann die Maske des lieben netten Mädchens nicht einfach so fallen lassen. Sie öffnet den Mund, aber wieder ist Jase schneller. Er schiebt mich aus dem Saal, ohne auf ihre Erwiderung zu warten, und ich lasse es einfach zu.

Wir treten auf den Flur, und Jase zieht seine Hand sofort zurück. Sein Blick zuckt zu mir, nur ganz kurz, aber es reicht, und seine Kiefermuskeln spannen sich an. Er presst die Lippen aufeinander, als wollte er etwas sagen, tut es dann aber doch nicht. Er schweigt, und ich bin froh über die Stille, weil sie mir wenigstens ein paar Sekunden gibt, um mich wieder zu sammeln. Nur ein paar Minuten. Tiefe Atemzüge. Mein Herz, das langsam wieder in einen einigermaßen normalen Rhythmus zurückfindet. Die Panik verschwindet, und ich sollte mich darüber freuen, aber sie wird zurückkommen. Das gerade ist nur eine kurze Verschnaufpause, weil mein Körper alles andere nicht länger ertragen kann.

Wir verlassen das Trainingsgebäude, und der Himmel ist strahlend blau, die Sonne gleißend hell. Es ist stürmisch, der Wind zerrt an meinen noch immer fest gebundenen Haaren und zupft einzelne Strähnen hervor, die mir ins Gesicht fallen.

»Worüber willst du reden?«, frage ich, sobald ich mir sicher bin, dass meine Stimme einigermaßen ruhig ist und ich nicht mehr so klinge, als würde ich jeden Moment in Tränen ausbrechen.

»Wir sind scheiße. Wir sind so ziemlich das schlechteste Paar im ganzen Kurs.«

Seine Worte treffen mich da, wo es wehtut, obwohl er nur die Wahrheit sagt.

»Danke, das ist mir noch gar nicht aufgefallen«, gebe ich zurück, aber jetzt bricht meine Stimme doch, und ich fühle mich unfassbar schwach.

»Wir sollten versuchen, das zu ändern. Ich denke, es wäre eine gute Idee, wenn wir uns auch außerhalb des Trainings treffen und die Positionen üben, damit wir nicht total untergehen. Du hast ein Problem, und so wie's aussieht, brauchst du jede Hilfe, die du kriegen kannst.«

Mir entfährt ein fassungsloses Lächeln, aber er hat ja recht. Nur dass Jase der Letzte ist, der mir helfen kann. Und eigentlich auch der Letzte, der mir helfen will. Zumindest habe ich das bis gerade eben gedacht. Es ergibt keinen Sinn, dass er mir helfen will, nicht, nachdem ich ihn damals einfach weggestoßen habe. Und mich dafür noch nicht einmal entschuldigt habe.

»Du willst mir helfen?«

»Siehst du hier sonst noch jemanden?« Seine Stimme trieft vor Spott. Er verdreht die Augen und wirkt jetzt schon wieder so, als hätte er am liebsten den Mund gehalten.

»Warum? Warum solltest ausgerechnet du mir helfen wollen?« Ich finde, das ist eine berechtigte Frage, aber er scheint das etwas anders zu sehen.

»Vielleicht bin ich ein großzügiger Mensch«, gibt Jase mit einem herablassenden Schulterzucken zurück.

»Ja, vielleicht. Aber das ist nicht die Wahrheit, und das wissen wir beide.«

Jase bleibt stehen, seine Miene vollkommenen Desinteresses hat sich in Gereiztheit verwandelt. Zwischen seinen Augenbrauen hat sich eine tiefe Falte gebildet. »Sagen wir einfach, der Kurs ist wichtig für mich.«

»Wieso?« Ich kann nicht anders, ich muss es wissen.

Er stöhnt auf. »Kann dir doch scheißegal sein.«

»Ist es aber nicht«, antworte ich ehrlich.

»Du … Ach Fuck!« Fluchend rauft er sich die Haare. »Wenn du es unbedingt wissen willst: Ich versuche, ein Stipendium zu bekommen, und der Kurs spielt dabei eine nicht ganz unwesentliche Rolle. Zufrieden?«

Mir liegen sofort tausend Fragen auf der Zunge, allen voran die nach dem Warum. Jase ist der Letzte, der ein Stipendium nötig hätte, also wieso um alles in der Welt will er sich für eins bewerben?

»Warum hast du dann nicht getauscht?«, frage ich zum

zweiten Mal innerhalb weniger Stunden. Wenn er versucht, ein Stipendium zu bekommen, verstehe ich noch weniger, dass er Charlotte nicht lieber als Partnerin haben will.

»Hab ich schon gesagt. Weil Charlotte nun mal Charlotte ist«, knurrt er. »Also, was ist? Ja oder nein? Deine Entscheidung, Pixie.« Seine Stimme wird weich, als ihm mein Spitzname über die Lippen kommt. Er macht das nicht mit Absicht, wahrscheinlich merkt er es nicht mal, aber ich kann es hören, und ein warmes Gefühl breitet sich in meinem Inneren aus, weil er gerade wieder so klingt wie früher.

Ich zögere. Mehr Training bedeutet mehr Berührungen. Mehr Berührungen bedeuten mehr Panik. Aber vor allem bedeutet das alles mehr Jase. Und ich weiß nicht, ob ich das kann. Mehr Zeit mit ihm verbringen, ihn an mich ranlassen. Ihm wieder näherkommen. Aber ich habe wohl keine andere Wahl, oder?

Nicht, wenn ich meinen Platz hier nicht verlieren will, weil ich unfähig bin und meine Probleme nicht in den Griff bekomme.

Ich atme tief durch und sehe ihn an. Sein Blick ist unergründlich, brennt sich in meinen, und auf einmal fällt mir das Atmen schwer. Ich will in seinen Kopf gucken und wissen, was er denkt. Wieder beginnt meine Haut zu kribbeln, aber dieses Mal liegt das nicht an der Panik, sondern einfach nur daran, wie er mich ansieht.

Ja oder nein? Deine Entscheidung, Pixie.

Und ich treffe eine Entscheidung.

»Ja.«

DAVOR
Jase

Ein Jahr zuvor
25. Juni 6:32 PM

»Caleb, komm schon. Es wird Zeit. Heute Abend. Das ist deine Nacht. Du willst doch nicht ernsthaft als Jungfrau aufs College gehen, oder?« Nick bewirft Caleb mit einem der Sofakissen, aber Caleb war nicht umsonst die letzten Jahre der Quarterback der Westview High.

Er fängt das Kissen und pfeffert es hart zurück. »Schnauze, Nick.«

Aber Nick hält nicht die Schnauze. Tut er selten. »Ich hab's im Gefühl. Heute ist deine Nacht. Keine Widerrede. Adaline steht schon ewig auf dich. Und sie verbringt den Sommer in Europa und geht danach aufs College nach Rhode Island. Also, letzte Chance, leg sie flach.«

Caleb wirft mir einen hilfesuchenden Blick zu, seine Wangen sind knallrot angelaufen.

»Nick, lass ihn in Ruhe. Er kann selbst entscheiden, wann er mit wem ins Bett geht.« Mein eigenes Kissen trifft Nick mitten ins Gesicht, aber ich bin nicht richtig bei der Sache. In Gedanken bin ich gerade zum tausendsten Mal das Gespräch mit meinen Eltern durchgegangen, obwohl ich an nichts weniger denken will. Nicht heute. Das sollte ein guter Tag werden. Immerhin ist es mein Abschluss. Bisher ist er allerdings ziemlich beschissen.

Nick flucht, und Reed und Tristan richten zum ersten Mal ihre Aufmerksamkeit vom Fernseher auf uns, um ihn auszulachen, bevor sie sich wieder auf den Bildschirm konzentrieren. Sie zocken irgendwas, keine Ahnung, was genau. Ich habe mich noch nie für Videospiele interessiert.

»Jaaaaa, schon klar.« Nick rollt mit den Augen, ist aber nicht bereit, aufzugeben. »Willst du ernsthaft als achtzehnjährige Jungfrau aufs College gehen? Selbst unser kleiner Tänzer hier hat sich schon flachlegen lassen.« Er grinst mich an, und ich knirsche wütend mit den Zähnen.

Ja, der kleine Tänzer hat sich flachlegen lassen. Und wünscht sich, er hätte es nicht getan.

Eigentlich ist Nick ein guter Kerl, klug, aber leider so sensibel wie ein Stück Holz. Er überschreitet jedes Mal den Punkt, an dem er wirklich dringend sein Maul halten sollte.

»Nicki-Boy, es reicht.« Reed stößt Nick gegen die Schulter, ohne hinzusehen, und Nick, der auf der Lehne des Sofas hockt, fällt mit einem protestierenden Laut hintenüber.

»Fick dich, Reed.«

»Danke, nein, das übernimmt heute wahrscheinlich Tammy.« Reed grinst, und sein Grinsen wird noch breiter, als Tristan aufstöhnt und den Controller auf den niedrigen Couchtisch schmeißt.

»Tammy braucht dringend einen besseren Geschmack.« Die spöttische Stimme lässt uns alle gleichzeitig herumfahren. Zoe steht in der Tür zum Flur, ein weißer Kleidersack hängt über ihrem Arm. Sie hat die Füße überkreuzt, mein Blick heftet sich auf ihre Knöchel, wandert die langen Beine hoch, die in knappen Shorts stecken. Ihre Haut hat in den letzten Wochen einen leichten Goldschimmer angenommen. Ich will die Hand ausstrecken und sie berühren. Es ist nicht das erste Mal, dass ich mich frage, ob ihre Haut so weich ist, wie sie aussieht. Und wie sich ihre schlanken Muskeln unter meinen Fingern anfühlen. Mein Mund wird trocken, und meine Wangen heiß. Fuck. Nicht gut, gar nicht gut.

»Tammys Geschmack ist ausgezeichnet.« Reed steht auf und schiebt sich an Zoe vorbei, wahrscheinlich, um ins Bad zu gehen. Auf dem Weg dahin zerzaust er ihr die roten Haare, und in mir zieht sich etwas zusammen, weil es für ihn so leicht ist, sie zu berühren. Für sie alle. Ich bin der Einzige, der es nicht mal schafft, sie zur Begrüßung zu umarmen, weil mein Körper dann jedes Mal verrücktspielt.

Ich weiß, warum es mir so geht, warum ich es nicht kann. Wegen ihrer Wahrheiten. Ihres Blicks aus bernsteinfarbenen Augen. Und wegen ihres Lächelns. Dieses Lächeln, bei dem der Muskel in meiner Brust immer vergisst, dass sie die kleine Schwester meines besten Freundes ist, und dass das, was ich für sie empfinde, falsch ist, weil ich nicht mit Caleb darüber spreche.

»Manchmal vergesse ich wirklich, warum ich dich mag. Lass meine Haare in Ruhe«, gibt Zoe zurück und wirft Reed einen bösen Blick zu.

Ich unterdrücke den Drang zu ergänzen, dass er sie grundsätzlich in Ruhe lassen soll.

Reed lacht nur, dann ist er verschwunden.

»Ich wollte eigentlich nur Bescheid sagen, dass ich jetzt weg bin. Ich mach mich bei Charlotte fertig. Wir sehen uns später.« Zoe schaut Caleb an, doch dann zuckt ihr Blick für den Bruchteil einer Sekunde zu mir.

»Klar. Wir kommen wahrscheinlich so um neun. Schätze ich.« Caleb steht auf und nimmt Zoe in den Arm. »Fahr vorsichtig.«

Sie verdreht lachend die Augen. »Immer. Außerdem sind es

nur zehn Minuten. Bis später.« Sie winkt Nick und Tristan zu, dann landet ihr Blick wieder auf mir. Länger dieses Mal. Bis er zu dem großen Fenster zuckt, von dem aus man direkt in den Garten schauen kann. Zum Baumhaus. Ich weiß, was das bedeutet.

Eine neue Nachricht.

Mein Herz macht einen Satz und noch einen, als Zoe sich unsicher auf die Unterlippe beißt und eine zarte Röte ihre Wangen überzieht.

»Okay, bis dann.«

Warum klingt sie auf einmal so atemlos?

Sie macht auf dem Absatz kehrt, bevor ich etwas erwidern kann.

Ich warte eine Viertelstunde – die längsten fünfzehn Minuten aller Zeiten –, bevor ich mich aus dem Wohnzimmer stehle und durch die Hintertür in der angrenzenden Küche nach draußen husche.

Meine Freunde sind zu beschäftigt mit dem Spiel, um mitzubekommen, was ich mache. Mein Körper kribbelt vor Aufregung, als ich die Leiter hochklettere.

Seit jener Nacht, in der unser kleines Spiel begonnen hat, verstecken wir hier oben unsere Wahrheiten. An diesem Abend hat sie eine für mich.

Der Zettel liegt gut sichtbar auf ihren Decken, und meine Finger beben, als ich ihn auseinanderfalte.

Keine Ahnung, womit ich gerechnet habe. Auf keinen Fall mit den Worten, die heute in ihrer ordentlichen Schrift auf dem weißen Papier stehen. Das ist keine Wahrheit, sondern eine Herausforderung.

Küss mich. Heute Nacht.
- Z

17. KAPITEL
Jase

Was vermisst du an Los Angeles?

Alles.

-J

Dicke Regentropfen klatschen gegen das Fenster neben meinem Bett. Draußen ist es dunkel, obwohl die Sonne noch nicht untergegangen ist. Aber der Himmel ist von dichten grauschwarzen Wolken bedeckt, die auch den letzten Rest Tageslicht verschlucken.

IN THREES hallt aus meinen Kopfhörern. Ich habe keine Ahnung, wie lange ich schon auf meinem Bett sitze und aus dem Fenster starre, aber ich versuche seit gut vierundzwanzig Stunden – habe ich eigentlich nichts Besseres zu tun? – zu begreifen, wie zur Hölle es Zoe gelungen ist, mich aus der Reserve zu locken und ihre Frage ehrlich zu beantworten. Doch ich habe es getan, und vielleicht ist das gut, weil sie sonst möglicherweise nicht zugestimmt hätte, sich auch außerhalb des Unterrichts mit mir zu treffen. Andererseits ist es ziemlich beschissen, weil ich nicht will, dass sie es weiß.

Ein nachdrückliches Klopfen an der Tür, das so laut ist, dass ich es sogar über die Musik hinweg hören kann, dringt durch meine Kopfhörer und reißt mich aus meinen Gedanken. Ich mache mir nicht die Mühe, aufzustehen und nachzuschauen, wer was von mir will. Aber wer auch immer da vor der Tür steht, ist ziemlich hartnäckig, und irgendwann gebe ich entnervt auf, nehme die Kopfhörer ab und stehe auf.

Ich rechne mit Skye, doch es ist meine Mom, die vor der Tür steht und mich mit einer Mischung aus Unsicherheit und Ungeduld mustert.

»Ich dachte schon, du wärst nicht da«, sagt sie anstelle einer Begrüßung.

Ich schweige. Was soll ich dazu auch sagen?

Doch, bin ich. Ich hab dich zuerst nur nicht gehört und wünschte mir jetzt, ich hätte es wirklich nicht getan. Ja, das wäre vielleicht eine gute Idee, aber Mom kommt mit der Wahrheit selten klar.

»Was willst du hier?«, frage ich stattdessen.

»Kann ich reinkommen?«

»Nee, eher nicht.«

Dieses Zimmer ist mein Reich, das einzige Zuhause, das ich noch habe. Eher fliegt Mom zum Mond, als einen Fuß in mein Zimmer zu setzen.

Sie verdreht die Augen und streicht sich eine Strähne ihrer blonden Haare hinters Ohr. Trotz des anhaltenden Regens draußen ist es seltsamerweise trocken. Jetzt erst fällt mir der überdimensionale Regenschirm auf, den sie in der Hand hält. »Sei nicht albern, Jase. Lass mich bitte rein.«

Ich unterdrücke ein Schnauben. »Warum sollte ich?«

»Weil es so nicht weitergehen kann. Du kannst dich nicht so abkapseln. Wir sind eine Familie.« Sie macht eine ungeduldige Handbewegung und verlagert das Gewicht von einem Bein aufs andere.

Ich lache auf, ein überraschter, ungläubiger Laut. »Seit wann?«

»Jase, du benimmst dich wirklich unmöglich. Lass mich rein, dann können wir reden.« Sie macht einen Schritt nach vorn, aber ich weigere mich, auch nur einen Zentimeter zurückzuweichen.

»Du kannst mir auch einfach sagen, was du zu sagen hast, und dann wieder gehen«, schlage ich kühl vor.

Mom seufzt schwer. »Ich weiß, dass du wütend bist, und du hast jedes Recht dazu. Aber dein Vater und ich wollen nur das Beste für dich und – «

»Dad will seinen Willen durchsetzen, das hat nichts damit zu tun, was das Beste für mich ist«, unterbreche ich sie scharf.

»Dein Vater möchte eine sichere Zukunft für dich. Dass du ein Studium absolvierst, mit dem du dir ein Leben aufbauen kannst. Das heißt nicht, dass du Medizin studieren musst. Aber du musst doch selbst zugeben, dass das Tanzen dir nicht dieselbe Sicherheit bieten kann wie ein Abschluss in Harvard.«

»Und was ist mit Lia?« Die Frage platzt aus mir heraus, bevor ich mich aufhalten kann. Aber ich stelle sie mir selbst seit einer Ewigkeit, und vielleicht ist es an der Zeit, dass ich eine verdammte Antwort darauf bekomme. »Sie darf tanzen. Ihr bezahlt ihr das Studium hier sogar. Was ist an ihr so anders als an mir?«

Wieder seufzt Mom und fährt mit einer Hand über ihren beigen Trenchcoat, um eine Falte wegzustreichen, die überhaupt nicht existiert. »Jase, können wir das bitte in deinem Zimmer besprechen?«

»Nein. Können wir nicht.«

»Deine Schwester hat angefangen, Ballett zu tanzen, als sie vier Jahre alt war. Sie hatte schon damals unfassbares Talent, das weißt du.«

Ja, das weiß ich, ich war dabei. Es beantwortet meine Frage

allerdings nicht. »Das habe ich auch. Was du wissen könntest, wenn du mir jemals zugesehen hättest.«

»Außerdem weißt du auch, dass Lias Karriere nicht ewig dauern wird«, fährt Mom fort, als hätte ich überhaupt nichts gesagt. »Sie ist schon so lange mit Archie zusammen, dass es ohnehin nicht mehr lange dauert, bis sie heiraten. Dann bekommen sie Kinder, und Lia kann sich ganz auf ihre Mutterrolle konzentrieren. So wie sie es immer wollte.«

An diesen wenigen Sätzen ist so viel falsch, dass ich mich frage, ob da wirklich meine Mutter vor mir steht oder nur ein Abziehbild der Frau, die mich großgezogen hat.

»Lia will tanzen«, erwidere ich schließlich. »Und wenn uns irgendjemand gezeigt hat, dass man auch mit Kindern Karriere machen kann, dann bist du das, Mom.«

»Meine Situation war damals eine ganz andere. Und Lia wird dann eine Goodwin. Da hat sie andere Aufgaben.«

»Kinder produzieren und bei Charity-Events aufkreuzen, hübsch aussehen und nett lächeln, so was in der Art?«

»Sei bitte nicht so zynisch, Jase. Außerdem geht es heute nicht um deine Schwester und ihre Zukunft, sondern um dich. Wie gesagt, du musst nicht Medizin studieren, wenn du nicht willst, aber wir hatten gehofft, dass du eines Tages die Klinik übernehmen würdest.«

»Ich bin nicht Sam!«, presse ich zwischen zusammengebissenen Zähnen hervor. Ein stechender Schmerz bohrt sich in mein Herz. Er ist alt und vertraut, und er ist immer noch da, ist auch nach fünf Jahren nicht verschwunden. »Er wollte das. Ich habe das nie gewollt! Tut mir leid, dass ich so eine Enttäuschung für euch bin.«

»Das bist du nicht«, antwortet Mom, aber uns ist beiden klar, dass das nicht die Wahrheit ist. »Aber wenn wir gewusst hätten, dass du dich so auf das Tanzen fixierst, hätten wir dich nie in den Unterricht geschickt und …« Mom bricht ab, als ihr bewusst wird, dass sie jetzt zu weit gegangen ist.

Eine stoische Ruhe erfüllt mich. »Warum hast du mir dann die Schulgebühren für das erste Jahr bezahlt, obwohl Dad mich lieber auf der Straße gesehen hätte? Und warum hättest du sogar das zweite bezahlt, wenn Dad dich nicht erwischt hätte?«

Ich verrate ihr nicht, dass ich ohne East tatsächlich auf der Straße gelandet wäre, obwohl ein Teil von mir will, dass sie es weiß. Aber der andere kann die Schwäche nicht zulassen, die ich damit zeigen würde.

Mom zuckt kaum merklich zusammen, doch sie fängt sich schnell wieder. »Weil ich gehofft hatte, du würdest merken, dass dieser Ort nicht das Richtige für dich ist. Du gehörst hier nicht hin.«

Sie lügt mich an, das weiß ich, aber ich kann nachfragen so oft ich will, sie wird mir nie die Wahrheit sagen. Weil sie sich dann gegen Dad stellen müsste.

»Nein, ich gehöre nach Harvard«, spotte ich, meine Finger umklammern noch immer die Türklinke, inzwischen so fest, dass es wehtut. »Du solltest jetzt gehen.«

»Nein, das werde ich nicht. Ich möchte, dass wir wieder eine Familie werden.«

»Dann viel Glück dabei, den Scheiß wieder hinzukriegen, den ihr in den letzten Jahren verbockt habt.« Ich will ihr die Tür vor der Nase zuschlagen, aber Mom ist schneller. Sie schiebt ihren Fuß zwischen Tür und Türrahmen und hält mich auf.

»Jase, bitte.« In ihrer Stimme schwingt ein flehentlicher Unterton mit, den ich noch nie bei ihr gehört habe. Sie will noch etwas sagen, aber jemand kommt ihr zuvor.

»Mom? Was machst du denn hier?«

Mom und ich drehen uns gleichzeitig nach rechts. Lia steht

am anderen Ende des Flurs vor ihrer Zimmertür. Sie ist bis auf die Haut durchnässt, ihr Haar klebt an ihrem Kopf, an ihrem Hals.

»Lia-Liebling, was ist mit dir passiert?«, stößt Mom entsetzt hervor.

Ein zutiefst verletzter Ausdruck huscht über Lias Gesicht, verschwindet jedoch sofort wieder. Stattdessen verziehen sich ihre Lippen zu einem gezwungenen Lächeln. »Wir waren verabredet, um die Party für deinen Geburtstag zu planen, weißt du noch? Ich war im *Le chat noir* und habe auf dich gewartet, aber du warst offensichtlich beschäftigt. Der Regen hat mich auf dem Heimweg überrascht.«

»Oh Lia, das habe ich total vergessen. Tut mir leid.« Mom bewegt sich auf Lia zu, es ist die perfekte Gelegenheit, um sie endlich auszusperren, aber irgendwas hält mich davon ab. Wahrscheinlich der endgültige Zusammenbruch unserer Familie, der sich direkt vor meinen Augen abspielt. »Was hältst du davon, wenn du dich eben frisch machst und wir zusammen ins Restaurant fahren? Ich hole dich gleich ab, okay? Jase und ich müssen noch etwas klären.«

Lias Blick zuckt zu mir, und wenn ich es nicht besser wüsste, würde ich mir einbilden, Eifersucht in ihren Augen zu erkennen. Nur dass es für sie absolut keinen Grund gibt, eifersüchtig zu sein.

»Geh ruhig, Mom. Ich schätze, wir sind fertig.« Ich strecke mich und gähne betont gelangweilt.

»Sind wir nicht.« Sie reibt sich über die Stirn, wahrscheinlich bekommt sie wieder Kopfschmerzen, wie immer, wenn ich was mache, das sie aufregt. »Was muss ich tun, damit du wieder ein Teil unserer Familie wirst?«

»Vielleicht einfach mal akzeptieren, wer ich bin«, schlage ich übertrieben freundlich vor.

»Jase –«

Dieses Mal unterbricht sie eine andere Stimme. Eine, die mir gerade noch gefehlt hat. Aber hey, irgendwie muss das Ganze ja noch beschissener werden.

Ich drehe den Kopf und entdecke Zoe. Ich habe nicht gemerkt, wie die Tür zu ihrem Zimmer aufgegangen ist, und wenn ich Pech habe, hat sie jedes Wort mitbekommen. Die Wände unserer Zimmer sind so dünn, dass man fast alles hören kann.

»Tut mir leid, ich will euch nicht unterbrechen«, sagt sie, ohne Mom auch nur eines Blickes zu würdigen. »Wir wollten noch mal die Choreo durchgehen.« Vielsagend sieht sie mich an, und ich brauche einen Moment, bis ich begreife, was sie da macht. Sie versucht, mich zu retten. Wir waren nicht verabredet. Nicht heute.

Doch statt der Dankbarkeit, die jeder normale Mensch in so einer Situation empfinden würde, spüre ich, wie Wut in mir aufsteigt. Jeder, wirklich jeder, hätte dieses Scheißgespräch mitbekommen können und es hätte mich nicht gejuckt, aber nicht Zoe. Sie weiß ohnehin schon zu viel. Und wenn ich Pech habe und sie gelauscht hat, weiß sie jetzt noch mehr.

Trotzdem nehme ich ihr Angebot an. Alles ist besser, als mich noch länger mit Mom und Lia zu befassen. Ich wende mich an Mom. »Ich muss los.«

Entgeistert schaut sie von mir zu Zoe. »Aber wir sind noch nicht fertig.«

»Doch, sind wir. Mom, Lia wartet auf dich. Geht deine Party planen. Ich hab jetzt was vor.« Ich drehe mich um, schnappe mir meinen Schlüssel, der immer an der Garderobe hängt, und ziehe die Tür hinter mir zu.

Ich ignoriere Mom, die meinen Namen ruft und Lia, die immer noch klatschnass vor ihrem Zimmer steht und mich ungläubig anstarrt, während ich den Flur hinunterstapfe. Zoe folgt mir, auch dann, als ich das Wohnheim verlasse und mich Richtung Trainingsgebäude wende. Es regnet in Strömen, wir sind innerhalb von Sekunden bis auf die Haut durchnässt. Ich sage kein Wort, genauso wenig wie sie.

Schweigend betreten wir das Gebäude und schweigend gehen wir die Treppen hoch, durchqueren schließlich den Flur im vierten Stock, bis wir eine weitere Treppe erreichen. Die, die nur ein Stockwerk nach oben führt, zu dem kleinen Studio direkt unter dem Dach, das nicht mehr für den Unterricht genutzt wird. Hier oben gibt es noch keinen Boden aus grauem PVC, nur abgenutzte Holzdielen, die an einigen Stellen knarzen. Die runden Fenster kann man nicht öffnen – irgendeine Sicherheitsvorkehrung, damit sich niemand runterstürzt –, deshalb ist es im Sommer nicht nur stickig, sondern heiß wie in einem Backofen. Jetzt ist es nur stickig, der Geruch von tausend durchgeschwitzten Trikots hängt in der Luft.

»Jase? Ist all–«

»Frag nicht!«, falle ich ihr scharf ins Wort. In mir brodelt es, ich muss mich zusammenreißen, aber ich bin so wütend, dass ich jede Sekunde platze.

Sie will wissen, ob alles okay ist, ob es mir gut geht, und das würde nach der Szene vor meinem Zimmer gerade eben natürlich jeder fragen, aber es steht nun mal nicht jeder vor mir, sondern Zoe. Das Mädchen, das mehr über mich weiß als alle anderen. Nicht mal Caleb weiß so viel wie sie. Aber ihm habe ich auch keine Zettel geschrieben.

Schweigend sieht Zoe mich an, und etwas in ihrem Blick bringt mich beinahe dazu, vor ihr wegzulaufen. Es ist kein Mitleid, sondern was anderes. Ich kann nicht benennen, was es ist, aber sie sieht mich an und sie *sieht* mich, direkt in mich hinein. Das hat sie immer schon getan, und früher hat das alles ein bisschen erträglicher gemacht. Heute nicht.

Ihr Blick jagt einen kribbelnden Schauer über meine Wirbelsäule, und ich bekomme eine Gänsehaut. Nicht deswegen. Sondern weil mir in dem nassen Pullover echt kalt ist. Ohne darüber nachzudenken, ob das eine gute Idee ist, ziehe ich mir den Stoff über den Kopf. Als der Pulli mit einem Klatschen auf dem Boden landet, schaue ich auf und blicke in Zoes misstrauisch verzogenes Gesicht.

»Was genau soll das werden?«

Ich verdrehe die Augen. Als ob das nicht vollkommen klar ist. »Mir ist kalt.«

»Und ohne Pulli oder T-Shirt ist es wärmer?«, will sie skeptisch wissen.

»Ist es. Was du merken würdest, wenn du deinen Pullover auch ausziehst. Hier oben ist es immer ziemlich warm. Abgesehen davon können wir uns jedes Extratraining sparen, wenn du krank wirst. Also …« Auffordernd sehe ich sie an, aber sie verschränkt nur die Arme vor der Brust, mustert mich aus zusammengekniffenen Augen und atmet irgendwann zischend aus, als hätte sie eine Entscheidung getroffen. Fragt sich nur, welche.

Sie legt eine Hand auf ihre Schulter, und erst als der Riemen ihren Arm hinunterrutscht, bemerke ich den Rucksack, den sie dabeihat. Sie öffnet den Reißverschluss, zieht erst einen zweiten Pullover und dann zwei Handtücher heraus, von denen sie mir eins zuwirft.

Reflexartig fange ich es auf. Meine Augenbrauen wandern nach oben. »Du bist vorbereitet.«

»Eigentlich wollte ich gerade ins Fitnessstudio gehen«, erwidert sie schulterzuckend, löst das Haargummi aus ihren Locken und schlingt sich das Handtuch um den Kopf.

Ich folge ihrem Beispiel, rubble mir die Haare und trockne notdürftig meinen restlichen Körper ab. Aber meine Hose ist nass und kalt, und das wird sie auch bleiben. Als ich beobachte, wie Zoe nach dem Saum ihres Pullovers greift und ihn über den Kopf zieht, bin ich fast froh darüber.

Unter ihrem Pulli trägt sie ein schwarzes Trikot, das sich dunkel von ihrer hellen Haut abhebt, und obwohl ich Zoe schon tausendmal in ihren Trikots gesehen habe, damals, als ich noch mit Caleb befreundet war, ist jetzt etwas anders. Der dünne Stoff klebt dank des Regens an ihrem schmalen Körper, und ich will nicht hingucken, aber irgendwie will ich es doch, und dann erinnere ich mich daran, warum wir hier sind, warum Zoe dieses verfluchte Extratraining braucht, und ich wende mich hastig ab, weil ich mir plötzlich wie das größte Arschloch der Welt vorkomme.

Ich schaue sie erst wieder an, als Zoe sich nachdrücklich räuspert. Ihre nassen Klamotten liegen ein paar Schritte von ihr entfernt auf dem Boden. Sie trägt jetzt eine weiche Hose und dazu einen knappen Hoodie, der eigentlich über ihrem Bauchnabel enden würde, hätte sie das feuchte Trikot darunter nicht angelassen.

Irgendwas macht es mit mir, sie so zu sehen. Mit zerzausten Haaren und nicht mal ansatzweise so ordentlich zurechtgemacht wie sonst im Unterricht, wenn sie wie alle Mädchen weiße Strumpfhosen und ein schwarzes Trikot trägt und die Haare zu einem festen Knoten gebunden hat. Jetzt ist von ihrer Ordnung und Perfektion nichts mehr übrig.

Ich kann nichts dagegen tun, dass mir auf einmal gar nicht mehr kalt ist und mein Herz vielleicht ein kleines bisschen zu schnell schlägt.

»Und jetzt?«, fragt sie, und ihre Stimme klingt auch anders als normalerweise. »Wie hast du dir das mit dem Extratraining vorgestellt?«

Berechtigte Frage.

Ich habe keine fucking Ahnung.

18. KAPITEL

Zoe

Danke, dass du mir nach dem Ball gefolgt bist.
Das hat mir wirklich viel bedeutet, und es ist mir egal, dass
du jetzt wahrscheinlich die Augen verdrehst,
weil du das kitschig und bescheuert findest.
Es ist eine meiner Wahrheiten, also halt die Klappe
und beschwer dich nicht deswegen.
- P

Stumm starrt Jase mich an, und ich kann nur genauso stumm zurückstarren, weil mein Denkvermögen sich in Luft aufgelöst hat, sobald er seinen nassen Hoodie ausgezogen hat. Er hat nämlich kein T-Shirt an. Es ist ein Wunder, dass ich in den letzten Minuten überhaupt noch einen einigermaßen sinnvollen Satz von mir geben konnte. Irgendein Teil meines Hirns scheint also doch noch zu funktionieren. Bei dem Rest bin ich mir nicht so sicher.

Jase ist schlank und muskulös, wie alle Tänzer, mit ausgeprägten, langen Muskeln, Sixpack und diesen V-förmigen Muskeln an den Hüften, die geradezu danach betteln, dass man sie berührt. Er ist schön, aber das ist nichts Neues. Neu ist nur, ihn so zu sehen, und in mir wird alles warm und weich, und es gibt nichts, was ich zu meiner Verteidigung vorbringen kann. Das ist absurd. Das alles. Die ganze Situation.

Wir sollten nicht hier sein. Ich weiß nicht, was mich geritten hat, als ich mich in das Gespräch mit seiner Mutter eingemischt habe. Es war absolut unhöflich, und ich hätte es nicht tun dürfen. Eigentlich wollte ich gerade wirklich ins Fitnessstudio rübergehen, weil ich das Krafttraining diese Woche ziemlich vernachlässigt habe, als ich ihre Stimmen gehört habe. Gehört habe, worum es geht. Sie standen praktisch direkt vor meiner Tür. Ich konnte jedes Wort verstehen, und ich konnte nicht weghören, mich nicht abwenden und so tun, als hätte ich nichts mitbekommen.

Es war Jase' Stimme, die mich dazu gebracht hat, mich einzumischen. Die Wut darin und der Schmerz, den seine Mutter nicht gehört zu haben scheint, sonst hätte sie nie die Dinge gesagt, die sie gesagt hat. Es war seine Stimme, wegen der ich vergessen habe, meine Jacke mitzunehmen. Und einen Regenschirm. Ich war zu abgelenkt. Bin es immer noch. Weil wir jetzt in diesem kleinen Studio stehen und er kein verdammtes T-Shirt trägt.

»Da du diejenige bist, die ein Problem hat, dachte ich, du hättest einen Plan«, sagt er barsch und erinnert mich daran, dass ich ihn etwas gefragt habe.

Ich werde rot und ziehe mir die Ärmel meines Pullis über die Hände. »Ich … ähm … nein. Ich habe keinen Plan. Ich bin ziemlich planlos.« Gott, was rede ich da?

»War ja klar.« Er seufzt und fährt sich mit einer Hand durch die noch immer feuchten blonden Haare, und schon wieder kann ich nicht anders als zu starren, das Spiel seiner Muskeln zu beobachten.

In meinem Bauch beginnt es zu flattern, und ich weiß nicht, was es ist. Nervosität? Aufregung? Angst? Keine Ahnung. Das alles ist falsch, ich sollte ihn nicht so anschauen, ich sollte nicht mal mit ihm allein hier sein. Aber das bin ich, und gegen das Starren kann ich auch nichts tun.

»Okay«, meint er dann und kommt auf mich zu. »Ich würde ja vorschlagen, dass wir noch mal die Übungen von Francesca durchgehen, aber ich glaube, das bringt nichts.«

Ich nicke nur, weil er recht hat. Das bringt absolut gar nichts. Er runzelt die Stirn, und ich will eine Hand ausstrecken und die Falten glattstreichen. Was zum Teufel stimmt eigentlich nicht mit mir?

»Du hast Schwierigkeiten damit, angefasst zu werden, richtig?«, fragt er vorsichtig, und ich bin froh, dass er es ausspricht und ich es nicht tun muss.

»Ja«, flüstere ich und bete, dass er nicht nach dem Warum fragt. Bei unseren Nachrichten sind die Regeln eindeutig, aber das hier ist was anderes. Ganz offensichtlich.

»Nur beim Tanzen oder auch … so?« Er macht noch einen Schritt auf mich zu, und mein Magen verkrampft sich. Es passiert ganz von selbst. Ich will, dass es aufhört, aber natürlich tut es das nicht, weil mein Körper immer, immer, immer gegen mich ist.

»Die ganze Zeit.« Ich bringe die Worte nur gepresst über die Lippen, ich will es nicht zugeben, aber anders kommen wir nicht weiter. Obwohl ich bezweifle, dass wir überhaupt irgendwie weiterkommen.

Seine Augen weiten sich überrascht, flackern, und ich meine, Sorge in ihnen zu sehen, aber der Ausdruck verschwindet sofort wieder. Ich habe mich bestimmt geirrt. »Immer?«

Wieder nicke ich. Es spielt keine Rolle, dass vor zwei Wochen noch alles anders war. Dass ich mich da wenigstens ansatzweise normal gefühlt habe. Eigentlich sollte ich mich mit Caleb treffen oder meine Eltern sehen. Ich muss ausprobieren, ob es auch bei ihnen wieder passiert. Aber jedes Mal, wenn Mom mich in den letzten Tagen angerufen und versucht hat, mich dazu zu überreden, mit ihr essen zu gehen, habe ich das Studium vorgeschoben. Der Gedanke, dass mein Körper mich auch bei meiner Familie wieder im Stich lässt, macht mir Angst, und solange ich sie nicht sehe, solange niemand versucht, mich zu umarmen, kann ich mich zumindest der Illusion hingeben, dass mein Problem nicht so groß ist, wie ich befürchte.

»Dann ist es im Grunde doch ganz einfach: Wir müssen nicht das Tanzen trainieren, sondern das Berühren.«

Ich muss lachen, aber es ist kein fröhliches Lachen. Jase' Vorschlag mag einfach klingen, aber die Umsetzung … die wird alles, aber nicht einfach.

»Und wie genau willst du das anstellen?« Ich habe die Frage noch nicht beendet, als er mir schon seine Hand entgegenstreckt.

»Für den Anfang erst mal so.«

Ich will den Arm heben und ihm meine Hand reichen, doch auf einmal bin ich wie erstarrt, mein Körper gehorcht mir nicht mehr. Ich kann mich nicht bewegen.

Jase' Augen verengen sich zu schmalen Schlitzen. »Komm schon, Pixie.«

Wovor hast du Angst?

Ich kann die Worte beinahe hören. Ich weiß genau, was er denkt und dass er eine Antwort will. Aber er bekommt keine.

Genervt stöhnt er auf, dann weicht er zurück, ich höre ihn leise etwas vor sich hinmurmeln, verstehe aber nicht, was. Stattdessen starre ich ihn schon wieder an. Die breiten Schultern, den muskulösen Rücken und *was, was, was stimmt nicht mit mir?*

Er wirbelt so plötzlich zu mir herum, dass ich erschrocken

zusammenzucke. Super, ich bin ja noch nicht merkwürdig genug.

»Komm her«, fordert er mich auf und winkt mich zu sich.

Ich zögere. Was hat er vor? Das alles ist doch völlig zwecklos. Es wird nichts bringen. Ich öffne den Mund, um ihm genau das zu sagen, bringe allerdings keinen Ton heraus. Stattdessen gehe ich jetzt doch auf ihn zu. Meine Finger graben sich in die Innenseiten der Ärmel meines Pullovers. Direkt vor dem Spiegel bleibe ich neben ihm stehen.

»Warte kurz.« Er geht zu einer kleinen Musikanlage rüber, die in einer Ecke steht, zieht sein Handy aus der Tasche und schließt es an, bevor er wieder zu mir rüberkommt.

Ich erkenne das Lied schon, als die ersten Töne durch den Saal hallen. *Take my Hand* von 5 Seconds of Summer. Ich erstarre, mein Puls rast, und meine Augen beginnen zu brennen. Hektisch blinzle ich die Tränen weg, bevor er sie bemerkt. Er erinnert sich.

Er erinnert sich daran, welches Lied ich ihm damals als Antwort auf seine Frage nach meinem Lieblingssong gegeben habe. Die Erkenntnis trifft mich mitten ins Herz. Wieso erinnert er sich bloß daran?

Weil du dich auch an jede seiner Antworten erinnerst.

Dicht hinter mir bleibt Jase stehen, er berührt mich nicht, aber ich kann ihn spüren, fühle die Wärme, die von seinem Körper ausgeht, und am liebsten würde ich mich nach hinten lehnen, direkt an seine Brust und seine Haut.

»Schau in den Spiegel.« Seine Stimme jagt mir einen wohligen Schauer über den Rücken, und ich tue, was er sagt.

Mein Spiegelbild schaut zurück, und dann kann ich einen Moment lang nur daran denken, dass meine Haare ein nasses Chaos sind und dass ich vor Jase sehr klein aussehe.

Jase, der groß und schön und vollkommen ruhig hinter mir

steht und darauf wartet, dass mein Blick im Spiegel seinen trifft. Erst als ich ihn ansehe, streckt er seine Hand aus, und ich begreife, was es mit dem Spiegel auf sich hat. Ich kann zwar sehen, was er tut, aber ich muss ihn dabei nicht angucken. Nicht direkt jedenfalls, nicht wirklich. Ich schaue ihn im Spiegel an, und es sind unsere Spiegelbilder, die sich berühren, nicht wir. Obwohl wir es natürlich doch sind.

Ich atme tief durch, und dann schaffe ich es letztendlich doch, meine Hand in seine zu legen. Seine Haut ist warm und weich, und meine beginnt sofort zu kribbeln. Im Spiegel beobachte ich, wie er die Lippen zusammenpresst, ich bin so auf ihn konzentriert, dass ich im ersten Moment gar nicht merke, wie seine Finger sich zwischen meine schieben. Sie verschränken sich ganz von selbst, als wäre es das Selbstverständlichste auf der Welt, und mein Puls ist schon wieder irgendwo jenseits des Normalbereichs.

Ich weiß nicht, ob Jase fühlen kann, wie schnell mein Herz auf einmal schlägt, im Spiegel kann er es jedenfalls sehen, meine Halsschlagader pocht und pocht und pocht.

»Wie gefällt es dir an der Schule?«, fragt er beiläufig, und im ersten Moment bin ich irritiert. Will er wirklich Small-Talk betreiben? Aber dann spüre ich seine Fingerspitzen an meiner anderen Hand. Er versucht, mich abzulenken.

Seine Finger streifen meinen Handrücken, es ist nur eine federleichte Berührung. Mir stockt der Atem, aber diesmal ist da keine Panik, keine Angst, die mir die Kehle zuschnürt. Es ist einfach nur Jase.

Ich brauche ein paar Sekunden zu lange, bevor ich meine Stimme wiederfinde. »Gut«, krächze ich. »Und dir?«

Er kann das Lächeln nicht unterdrücken, das auf seinem Gesicht erscheint, auch wenn er sich bemüht. »Auch«, gibt er genauso einsilbig zurück, und sein Lächeln wird noch eine

Spur breiter. Feine Falten bilden sich um seine Augen, und ich erwidere sein Lächeln ganz von selbst.

»Und was gefällt dir hier?« Jetzt schieben sich auch die Finger seiner anderen Hand zwischen meine. Er drückt sie sanft, und Hitze schießt durch meinen Körper.

Ganz kurz weiß ich nicht mehr, wo oben und unten ist, und wo wir überhaupt sind, dann fällt es mir wieder ein.

»Ich ... Unsere Zimmer sind toll«, erwidere ich, weil mir auf die Schnelle nichts Besseres einfällt. Mein Kopf ist wie leergefegt, mein ganzes Denken und Sein konzentriert sich auf seine Hände auf meiner Haut.

Das alles hier ist seltsam. Ich bin seltsam. Und er auch. Wir *benehmen* uns seltsam. Aber wir wissen wohl auch nicht, wie das geht. Miteinander reden. Wenn Jase bei uns zu Hause war, war Caleb immer dabei, und ja, ich habe oft mit meinem Bruder und seinen Freunden rumgehangen, aber Jase und ich haben nie viel geredet, nicht so. Weil wir nie wirklich allein waren. Außer in der Nacht im Baumhaus. Und in der Nacht von Adalines Party.

In der Nacht, in der alles anfing, und dann wieder in der Nacht, in der es geendet hat.

Mir wird kalt, aber bevor die Erinnerungen mich einholen können, bevor die Panik erneut aufbrandet, lässt Jase meine Hände los. Die Bilder verblassen, als seine Finger meine Handrücken streifen und dann meine Arme hochwandern. Ganz leicht nur, durch den dicken Stoff des Pullis kaum spürbar. Trotzdem bekomme ich am ganzen Körper eine Gänsehaut, mein Atem geht schneller, mein Herz gerät ins Stolpern, und was auch immer das für ein Gefühl ist, das sich in mir ausbreitet, es ist keine Angst, und es vertreibt die Kälte.

Seine Hände kommen an meinen Schultern an, bleiben für einen Moment darauf liegen, schwer und ruhig, und ich lehne mich instinktiv gegen ihn. Seine Haut in meinem Rücken ist warm, ich kann seine Muskeln spüren und darunter sein Herz, und alles in mir wird still.

Ich will den Kopf drehen und ihn ansehen, richtig ansehen, nicht nur im Spiegel, aber sein Blick hält meinen gefangen.

»Wie fühlt sich das an?«, raunt Jase, seine Stimme ist tief und heiser. Es kommt mir vor, als wäre eine Ewigkeit vergangen, seit er das letzte Mal was gesagt hat, dabei waren es nur ein paar Minuten.

Ich antworte, ohne nachzudenken, ohne zu zögern. »Nach dir.«

19. KAPITEL
Zoe

Was würdest du tun, wenn du nicht tanzen würdest?

Die Frage ist gemein. Ich habe keine Ahnung.
Wirklich nicht. Ich habe immer nur getanzt.
Mein ganzes Leben lang. Ich kann mir mein Leben ohne das
Ballett überhaupt nicht vorstellen.
Ich weiß, dass ich einen Plan B haben sollte,
nur für den Fall der Fälle, aber ich hab keinen.
- P

Ich kann nicht aufhören, an Jase zu denken. Es ist verrückt. Ein Jahr lang habe ich nie an ihn gedacht, ich habe mich *geweigert*, über ihn nachzudenken. Doch seit ich ihn wiedergesehen habe, tue ich praktisch nichts anderes mehr.

Und seit wir vor zwei Tagen zum ersten Mal in diesem Studio unter dem Dach waren und seine Hände auf meinen Schultern lagen, kann ich auch nicht mehr aufhören, daran zu denken, wie es sich angefühlt hat, von ihm berührt zu werden. Es war anders als im Unterricht. Natürlich. Wir haben nicht getanzt, wir haben nur dagestanden, und seine Hände haben meine Arme berührt. Zentimeter für Zentimeter.

Bei der Erinnerung wird mir warm. Es hat sich gut angefühlt, und das ist mehr als nur ein bisschen verrückt. Wieso hat sich das so gut angefühlt? Die Antwort ist eigentlich ziemlich einfach. Weil es Jase war, der hinter mir gestanden hat, und weil es seine Hände waren, die über meine Arme gewandert sind.

Wie fühlt sich das an?

Nach dir.

Die Wahrheit. Ihm kann ich immer nur die Wahrheit sagen, und gleichzeitig verschweige ich ihm viel zu viel. Vielleicht sollte ich ihm doch alles erzählen, einfach alles rauslassen. Und irgendwie will ich das und gleichzeitig auch nicht. Warum ist alles nur so kompliziert?

Warum kann ich es ihm nicht einfach sagen?

Ich seufze leise. Weil zu viel passiert ist und Jase sich verändert hat, genau wie ich. Wir sind nicht mehr die, die wir mal waren.

Ich greife nach der kleinen Box, die auf meinem Nachttisch steht, seit Jase mir vor ein paar Tagen seinen ersten Zettel gegeben hat. Inzwischen hat er zwei Wahrheiten von mir und ich eine von ihm. Ich versuche, nicht an die Zettel zu denken, die ich im Laufe des letzten Jahres geschrieben habe, und die noch immer im Baumhaus bei meinen Eltern im Garten liegen und darauf warten, dass er sie irgendwann vielleicht liest.

Mein Herz zieht sich zusammen, als ich den zusammengeknüllten Papierball heraushole. Eine Sache, die sich nicht geändert hat. Ich streiche das Papier glatt und lese zum tausendsten Mal in den letzten sechsunddreißig Stunden seine Wahrheit.

Warum brauchst du ein Stipendium?
Meine Eltern haben mir das Geld gestrichen.
- Jase

Mit dem Finger fahre ich seine unordentliche Schrift nach. Ich hasse seine Eltern. Was sie tun, ist unfair. Seine Schwester darf tanzen, aber Jase nicht. Ich will ihm helfen, er würde meine Hilfe allerdings nie im Leben annehmen, das weiß ich. Ich will ihn mehr fragen, ich will ihn alles fragen. Ich will wissen, wer Sam ist, warum seine Eltern seinen Traum nicht unterstützen. Ich will wissen, wie es ihm geht, und vor allem will ich wissen, ob er mich hasst, oder ob ich ihm egal bin. Ich will wissen, ob nur ich etwas gefühlt habe, als wir vor diesem Spiegel standen.

Ein leises Klopfen an der Tür lässt mich hochfahren. Eilig falte ich den Zettel zusammen und lege ihn zurück in die Box.

Auf dem Weg zur Tür schiebe ich mit dem Fuß die Spitzenschuhe beiseite, die ich heute in der Mittagspause gekauft habe und die jetzt auf dem Boden meines Zimmers liegen und darauf warten, dass ich die Sohlen breche und die Satinbänder annähe. Das letzte Paar ist durchgetanzt, es wird Zeit, dass ich mich um ein neues kümmere.

Normalerweise hat das Präparieren meiner Spitzenschuhe etwas beinahe Meditatives an sich, eine jahrelange Routine, die mir dabei hilft, nicht zu viel nachzudenken. Aber heute nicht. Mein Kopf hat keine Ruhe gegeben, bis ich schließlich Jase' Zettel gelesen habe. Nur dass das auch nicht wirklich geholfen hat.

»Moment«, murmle ich, als es ein weiteres Mal klopft. Mae steht vor der Tür und mustert mich besorgt, eigentlich etwas zu besorgt dafür, dass wir uns erst seit ein paar Wochen kennen.

»Hey«, sagt sie leise. »Lässt du mich rein?«

Wortlos mache ich einen Schritt zur Seite, und sie tritt in mein Zimmer.

»Wenn ich dir zu aufdringlich bin, kannst du mich einfach wieder rausschmeißen, aber meine Neugierde bringt mich fast um, deshalb musste ich kommen. Und ich mache mir Sorgen um dich.« Sie macht eine halbe Drehung und bleibt mitten im Raum stehen, wartet darauf, ob ich sie tatsächlich direkt wieder rauswerfe.

Ich lasse mich wieder auf mein Bett fallen und bedeute ihr, sich zu setzen.

»Gott sei Dank«, seufzt sie erleichtert, klettert zu mir auf die Matratze und zieht die Beine an.

»Du musst dir keine Sorgen um mich machen«, sage ich.

»Ich weiß. Ich tu's trotzdem. Du benimmst dich seit Tagen total seltsam. Und ja, schon klar, wir kennen uns noch nicht lange, und ich weiß im Grunde gar nicht, ob und wann du dich seltsam verhältst, aber ich habe das Gefühl, dass dich irgendwas beschäftigt.«

Wenn du wüsstest.

Ich beginne meine Haare zu flechten, weil meine Hände eine Beschäftigung brauchen, bin hin- und hergerissen, was ich ihr sagen soll.

»Liegt es an Charlotte?«

Überrascht schaue ich sie an. An Charlotte habe ich seit der letzten Unterrichtsstunde keinen Gedanken mehr verschwendet. Das hat allerdings eher was mit Verdrängung zu tun als damit, dass es keinen Grund gibt, an sie zu denken. Seit dem Tag, an dem sie zum ersten Mal im Unterricht aufgetaucht ist, haben wir kaum miteinander geredet, und ich sollte mir Sorgen machen, weil sie garantiert etwas plant. Charlotte plant immer etwas, aber ich habe mehr als genug Probleme, und es ist wirklich erstaunlich, dass ausgerechnet Charlotte das kleinste davon ist.

»Oder an Jase?«, fährt Mae fort, als ich nicht antworte. »Von euch beiden gehen nämlich seltsame Schwingungen aus.«

Meine Mundwinkel heben sich kaum merklich. »Seltsame Schwingungen?«

»Ja, du weißt schon.« Sie macht eine Handbewegung, die

mir offensichtlich was sagen soll, und ja, eventuell habe ich eine ungefähre Ahnung davon, was sie meint.

»Wir kennen uns von früher«, erkläre ich schließlich mit einem Seufzen. »Er war der beste Freund meines Bruders.«

»Oh mein Gott.« Mae reißt die Augen auf, ein begeistertes Leuchten im Blick. »Hattet ihr was miteinander? Oh bitte, sag mir, dass ihr was miteinander hattet. Der beste Freund des Bruders, das ist immer wahnsinnig heiß.«

Mir entfährt ein freudloses Lachen, hinter meinen Augen baut sich ein vertrauter Druck auf. »Nein, so war das nicht. Also schon, aber nicht … richtig. Es ist ziemlich viel schiefgelaufen.«

»Oh Mann, tut mir leid, das war echt blöd von mir! Ich wollte nicht … Wir müssen nicht darüber reden«, rudert Mae zerknirscht zurück.

Ich sage nichts, weil ich nicht kann.

»Okay, was hältst du davon, wenn wir heute Abend irgendwas Schönes unternehmen? Wenn wir nicht mehr über Charlotte oder Jase reden oder über sie nachdenken, sondern … Keine Ahnung, willst du ausgehen? Also, wenn du überhaupt noch Zeit mit mir unsensibler Kuh verbringen willst.«

Ich muss lächeln. »Eigentlich bin ich heute noch mit meinem Bruder verabredet. Aber wenn du willst, kannst du mitkommen. Er würde dich bestimmt gerne kennenlernen.«

Maes Lippen verziehen sich zu einem schelmischen Grinsen. »Ist er süß?«

»Das kann ich nicht beantworten, schließlich ist er mein Bruder. Aber so oder so: Du bist nicht sein Typ.«

* * *

Mit angezogenen Beinen sitze ich in dem Sessel und beobachte Mae, die gerade mit Tristan, Nick und meinem Bruder darüber diskutiert, welche der Star Wars-Trilogien am besten ist. Ich kann wenig zu der Diskussion beitragen, ich habe die Filme nicht gesehen. Science-Fiction ist einfach nicht mein Ding. Es hat dennoch etwas sehr Beruhigendes an sich, ihnen dabei zuzuhören, Mae lachen zu sehen und zu beobachten, wie die Jungs mit ihr umgehen – als wäre sie schon zum tausendsten Mal dabei.

Aber jemand fehlt, und damit meine ich nicht Reed, der keine Ahnung wo ist. Er ist auf jeden Fall nicht hier. Seine Abwesenheit spüre ich jedoch nicht in jeder Faser meines Körpers. Jase fehlt. Das tut er immer, wenn wir alle zusammen sind, und ich frage mich, ob ich die Einzige bin, der das auffällt.

Ich erhebe mich und schleiche aus dem weitläufigen Wohnzimmer, ohne dass die anderen mich bemerken. Sie sind zu sehr in ihr Gespräch vertieft. Ich öffne die Tür zur Dachterrasse und trete nach draußen. Es ist kühl und windig, und ich überlege kurz, ob ich noch mal reingehen und mir meine Jacke holen soll, entscheide mich aber dagegen, weil dann bestimmt jemand merkt, dass ich rausgehe, und ich brauche gerade einen Moment nur für mich.

Mit den Unterarmen stütze ich mich auf dem gläsernen Geländer ab, das die Terrasse umschließt, während der Wind mir die langen Haare zerzaust. Bostons Skyline erstreckt sich vor mir, von hier oben kann man bis zum Charles River sehen, und an guten Tagen, an Tagen, an denen der Wind aus der richtigen Richtung weht, kann man das Meer riechen. Das Licht der untergehenden Sonne bricht sich in den gläsernen Fassaden der Hochhäuser. Das Bostoner Westend ist wunderschön. Anders als Back Bay und Beacon Hill, viel eleganter und moderner, aber nicht weniger schön.

»Was machst du hier draußen?« Calebs vertraute Stimme lässt mich den Kopf drehen. Er kommt zu mir, eine seiner Sweatshirtjacken in der Hand, die er mir jetzt um die Schultern legt. Ich werfe ihm einen dankbaren Blick zu.

»Nachdenken.«

»Alles okay?« Er stellt sich neben mich und stößt sachte mit seiner Schulter gegen meine.

Ich atme erleichtert auf, als mein Puls ruhig bleibt. Kein Kribbeln, kein Prickeln, keine Panik. *Gott sei Dank.*

»Charlotte ist zurück.«

»Was?« Caleb klingt so entsetzt, dass ich beinahe lachen muss.

»Sie ist hier. Wir haben ein paar Kurse zusammen.«

»Ich dachte, sie wäre in Paris.«

»Ja, das dachte ich auch.« Ich umklammere das Geländer so fest, dass meine Knöchel weiß hervortreten.

»Ist es schlimm?«

»Es ist Charlotte«, erwidere ich, und das beantwortet seine Frage besser als alles andere. »Aber sie lässt mich in Ruhe. Bisher jedenfalls. Wer weiß, ob und wann sich das wieder ändert.«

Er seufzt, aus dem Augenwinkel sehe ich, wie er sich über die Augen reibt. »Kann ich irgendwas für dich tun?«

Ich schüttle den Kopf und drehe mich in seine Richtung. »Das ist lieb von dir, aber du tust schon genug.«

»Eigentlich tue ich gar nichts.«

»Du bist da.«

»Es fühlt sich aber so an, als würde ich nichts tun.«

»Caleb –«

»Schon gut«, unterbricht er mich. »Ich weiß, was du jetzt sagen willst. Dass ich Quatsch erzähle und es lassen soll.« Er verdreht die Augen, und ich atme tief durch, weil ich mit Caleb eigentlich nicht über Charlotte sprechen will, sondern über jemand anderen.

»Da ist noch was …«, sage ich gedehnt, gebe mir einen Ruck und spreche es dann einfach aus. Es nützt nichts, er muss es wissen. »Jase ist mein Tanzpartner.«

Caleb wird neben mir ganz still. Viel zu still. Sein Gesicht ist leer, aber ich kann sehen, wie seine Augen flackern, er versucht, sich nicht anmerken zu lassen, dass es ihm nicht total egal ist, aber ich kenne meinen Bruder.

»Caleb?« Vorsichtig tippe ich ihn an.

Er schüttelt den Kopf, und dann ist er wieder er selbst. »Sorry, das kam unerwartet. Wie fühlst du dich damit?«

Ich zucke mit den Schultern, beiße mir auf die Unterlippe. Wenn ich jetzt schon dabei bin, kann ich es auch zu Ende bringen. »In der ersten Stunde ist alles schiefgelaufen. Ich bin in Panik geraten und seitdem …« Ich breche ab, zucke wieder mit den Schultern, aber dann sprudelt doch alles aus mir heraus. Von der ersten Pas de deux-Stunde über die zweite und dritte, bis zu dem Moment, in dem Jase mir vorgeschlagen hat, auch neben den Unterrichtsstunden zusätzlich zusammen zu trainieren. Und dass unser Training nicht aus Ballett, sondern aus Berührungen besteht.

Eine tiefe Sorgenfalte bildet sich zwischen seinen Augenbrauen. »Hast du schon mit Dr. Somers darüber gesprochen?«

»Nein. Wenn sie es weiß, sagt sie mir, dass ich aufhören soll, und das geht nicht. Ich kriege das in den Griff, versprochen.«

Caleb seufzt. »Mir musst du nichts versprechen. Um mich geht es hier nicht.«

»Na ja, irgendwie aber doch«, erinnere ich ihn, und ich verabscheue mich selbst dafür, aber ich kann das auch nicht einfach ignorieren. »Er war dein bester Freund.«

»Und dann nicht mehr. Für mich hat sich die Sache erledigt.«

»Sicher?«

Er nickt, doch ich glaube ihm kein Wort. Ich weiß, dass er Jase vermisst.

»Caleb …«

»Lass gut sein«, unterbricht er mich. »Jase ist also dein Tanzpartner. Ihr trainiert Berührungen. Was sagt dein Herz dazu?«

Mein Herz … mein Herz hüpft auf einmal in meiner Brust herum, als hätte es nur auf diese Frage gewartet. Unwillkürlich wandern meine Gedanken zurück zu Jase' Fingern zwischen meinen, seinem Blick, der meinen aus dem Spiegel heraus gefangen hält.

»Mein Herz hat damit nichts zu tun.«

»Zoe, komm schon.«

Ich ziehe eine Grimasse und seufze. »Ehrlich, so ist das nicht.«

»Aber es könnte wieder so werden.« Caleb mustert mich prüfend, und ich winde mich, weil ich weiß, was er meint. Doch ich habe den Gedanken weggeschoben, weil … ja, weil es sich viel zu real anfühlt, dass es wieder passieren kann. Viel zu schnell. Und dann frage ich mich, ob es je wirklich aufgehört hat, oder ob das ganze Chaos vom letzten Jahr nur alles überlagert hat.

Ich schüttle den Kopf. »Kann es nicht. Wir haben ihn weggestoßen, Caleb, beide. Und er hat keine Ahnung, warum.«

»Willst du mit ihm darüber reden?«

»Nein«, sage ich und denke gleichzeitig Ja.

»Lügnerin.«

»Was ist, wenn es alles ändert?«

Caleb legt mir einen Arm um die Schulter und zieht mich an sich. »Ja, was, wenn es alles ändert?«

Er meint es anders als ich, und ich will ihm sagen, dass das nicht möglich ist. Es kann nicht möglich sein. Das ist absurd. Aber ich schweige, weil ein Teil von mir genau das will.

Dass alles anders wird.

20. KAPITEL

Jase

Wie sind deine Eltern so?

Workaholics. Kontrollfreaks. Zu sehr darauf bedacht, was andere denken. Emotional unerreichbar. Abwesend.

-J

»Das ist doch wohl ein beschissener Scherz«, murmle ich und blättere die Unterlagen durch, die Camille mir gerade in die Hand gedrückt hat, als würde die Summe, die ich monatlich überweisen muss, dadurch kleiner werden.

Wird sie nicht.

Ich wusste, wie hoch die Studiengebühren sind, aber irgendwie scheine ich das ziemlich gründlich verdrängt zu haben. Fast dreizehntausend Dollar für ein Semester.

Fuck my life.

So viel Geld habe ich nicht. Nicht mal ansatzweise. Das, was ich mir mit dem Ferienjob in meiner alten Ballettschule angespart habe, ist nur ein Bruchteil dessen, was ich brauche. Nicht mal die Hälfte. Selbst wenn ich die Gebühren in Raten zahlen kann, ist mein Konto in spätestens drei Monaten leer.

»Alles in Ordnung, Jase? Hast du noch Fragen?« Camille sieht mich über den Rand ihrer Brille hinweg prüfend an, bevor sie den Blick wieder auf ihren Computerbildschirm heftet.

Ja. Woher zum Teufel soll ich das Geld nehmen?

Ich habe nämlich noch ein paar nicht ganz unwichtige Kleinigkeiten vergessen. Ich brauche zwischendurch neue Klamotten, Sachen fürs Training, und meine Handyrechnung muss auch bezahlt werden. Ich brauche nicht viel, aber selbst die grundlegendsten Dinge sind bald nicht mehr drin, wenn ich es nicht irgendwie schaffe, Geld aufzutreiben.

Die naheliegende Lösung wäre, mir einen Job zu suchen, aber das ist aus vielen Gründen nicht so wahnsinnig einfach.

1. Ich habe absolut keine Berufserfahrung, außer darin, Kindern die Grundschritte im Ballett beizubringen.
2. Ein Job in einer Ballettschule ist naheliegend, aber damit werde ich im Leben nicht genug verdienen.
3. Das Studium ist quasi mein Vollzeitjob. Ich trainiere sechs Stunden am Tag, habe anschließend noch zwei Theoriekurse und dank Zoe jetzt noch zusätzliches Training am Abend.
4. Für jeden Job, für den ich nach diesem Pensum am Tag eventuell noch Zeit habe, bin ich mit neunzehn zu jung. Wäre ich älter, könnte ich East fragen, ob er mir einen Job im Lighthouse besorgen kann. Bin ich aber nicht, und damit hat sich das auch erledigt.

Habe ich irgendwas vergessen? Ich glaube nicht.

»Jase? Brauchst du noch etwas?«, wiederholt Camille, ihr Tonfall ist noch etwas säuerlicher als gerade eben. Sie will mich loswerden, das ist ziemlich eindeutig. Und ich habe ausnahmsweise kein Problem damit, ihr den Gefallen zu tun.

»Nein, ich hab alles.«

»Keine Fragen?« Ihre Augenbrauen wandern nach oben, ihr Blick wird kritisch. Als wäre ich zu blöd, zu verstehen, was in den Unterlagen steht.

»Nope. Alles klar so weit.«

Mir ist vollkommen klar, dass ich am Arsch bin, danke der Nachfrage.

»Gut. Du kannst mir die Unterlagen dann bitte bis nächsten Mittwoch ausgefüllt zurückgeben.«

»Mach ich.« Ich stopfe die Zettel zurück in den Umschlag, den Camille mir ebenfalls gegeben hat, verlasse ihr winziges Büro und stoße mit einer zierlichen Gestalt zusammen.

Im ersten Moment rechne ich mit Zoe, weil – sind wir mal ehrlich – die Wahrscheinlichkeit dafür zwar nicht so wahnsinnig hoch, mein Karma aber beschissen genug ist, dass sie es eigentlich sein muss. Einfach nur, weil ich versuche, ihr nach der grandiosen ersten Trainingsstunde so weit wie möglich aus dem Weg zu gehen, wenn wir nicht gerade zusammen in einem Ballettsaal sind.

Doch das Mädchen vor mir ist blond, nicht rothaarig.

Lia, nicht Zoe.

Großartig.

Ich will ihr ausweichen und verschwinden, weil ich meiner Schwester nichts zu sagen habe – ehrlich, ich weiß nicht, wann wir das letzte Mal ein richtiges Gespräch miteinander geführt haben –, aber dann sehe ich den schuldbewussten Ausdruck auf ihrem Gesicht, die verlegene Röte.

Es ist nicht schwierig, eins und eins zusammenzuzählen.

Die Tür zu Camilles Büro stand die ganze Zeit über offen, und ich habe mir keine Gedanken darüber gemacht, ob jemand mitbekommt, worüber wir gesprochen haben. Es hat mich nicht interessiert, weil es keine Rolle spielt.

Nur, dass es Lia ist, die alles gehört hat.

»Und? Bist du jetzt zufrieden? Die Frage rutscht mir heraus, bevor ich mich aufhalten kann.

»Jase …« Sie verstummt, als ich mich an ihr vorbeidränge und den Flur hinunterlaufe. »Warum stellst du dich eigentlich so an?«, ruft sie mir hinterher, in ihrer Stimme schwingt ein so gebrochener Unterton mit, dass ich nicht anders kann, als stehen zu bleiben und mich wieder zu ihr umzudrehen.

»Was?« Ungläubig erwidere ich ihren Blick. Ihre grünen Augen glitzern verdächtig. Dabei ist Lia wirklich die Letzte, die gerade irgendeinen Grund zum Heulen hat.

»Du könntest alles haben. Es gibt Menschen, die für die Chance, nach Harvard zu gehen, töten würden. Mach doch einfach, was Mom und Dad wollen.«

Ich starre sie an, unfähig zu begreifen, was für einen Bullshit sie da von sich gibt.

»Du machst ein viel größeres Drama aus der ganzen Sache als nötig.«

Mir entfährt ein fassungsloses Lachen. »Du verarschst mich, oder? Würdest du es tun? Deinen Traum aufgeben, nur weil Mom und Dad das wollen?«

Sie zögert nur eine Sekunde. »Es geht hier nicht um mich, Jase.«

»Das ist keine Antwort. Würdest du?«

Sie zuckt mit ihren zarten Schultern, und ich will sie anschreien, aber ich lasse es, weil das zu nichts führt. »Meine Antwort interessiert dich doch sowieso nicht. Du interessierst dich für nichts und niemanden außer für dich selbst.«

»Und du bist so wahnsinnig selbstlos, oder was?«, spotte ich.

»Das habe ich nie behauptet.« Sie seufzt und streicht sich eine Haarsträhne hinters Ohr. »Aber im Gegensatz zu dir, ist mir unsere Familie nicht egal.«

»Gib dir noch ein paar Jahre Zeit. Mom und Dad schaffen es bestimmt, dich auch noch so weit zu bekommen.«

»Weißt du, was? Vergiss es. Mit dir kann man nicht reden.«

Sie wirbelt herum, bevor ich noch etwas erwidern kann, und stapft mit schnellen Schritten den Flur hinunter.

Ausdruckslos blicke ich ihr hinterher. Ich könnte ihr sagen, dass mir unsere Familie nicht egal ist, nicht so, wie sie denkt. Aber das würde ein kompliziertes Gespräch voller Fragen und Vorwürfe nach sich ziehen, und solche Gespräche führen wir nicht.

* * *

Zwei Tage später verlasse ich wütend und hilflos das gläserne Gebäude der dritten Bank.

Tut mir leid, Jase. Ich kann nichts für dich tun. Dein Vater … Blablabla. Bullshit und noch mehr Bullshit.

In mir brodelt es, ich bin kurz davor, auf irgendwas einzuschlagen, obwohl ich weiß, dass mir das nicht helfen wird.

Christopher Shaw, der mich gerade mit einem mitleidigen Ausdruck auf dem Gesicht, aber einem gewaltigen Arschtritt aus seinem Büro geworfen hat, ist mein Patenonkel. Er ist ein Finanzheini, arbeitet in einer Bank, und ich habe ihn vor ungefähr siebzehn Minuten mehr oder weniger angefleht, mir einen Studienkredit zu gewähren. Vielleicht wäre es das Klügste gewesen, direkt bei ihm anzufangen, und nicht erst bei zwei anderen Banken aufzulaufen und freundlich, aber bestimmt, abgewiesen zu werden. Nicht mal mein Name hat mich weitergebracht, obwohl die halbe Stadt meine Eltern kennt und weiß, wie vermögend sie sind.

Aber genau das ist der Punkt. Meine Eltern sind vermögend. Ich dagegen bin verdammt pleite.

Die Sache mit dem Studienkredit ist mir eingefallen, als ich noch einmal meine kaum vorhandenen Möglichkeiten durchgegangen bin. Nur dass das jetzt auch keine mehr ist.

Christopher war meine letzte Chance, und wahrscheinlich habe ich den Besuch bei ihm deshalb auch ganz nach hinten geschoben. Er war meine Notlösung, weil ich genau wusste, dass er meinem Dad wahrscheinlich noch in der Sekunde eine Mail schreiben würde, in der ich in seinem Büro auftauche.

Ich habe nur nicht bedacht, dass Dad mir ein paar Schritte voraus ist und längst mit Christopher geredet hat.

Kein Kredit, kein Stipendium für dieses Semester, kein Job. Das läuft ja wirklich bombastisch.

Ich ziehe mein Handy aus der Hosentasche und checke meine Nachrichten, in der kaum vorhandenen Hoffnung, dass Miss Plum, meine frühere Ballettlehrerin, mir geantwortet hat und einen Job für mich aus dem Hut zaubern konnte. Sie hat nicht geantwortet.

Natürlich nicht.

Ich zögere einen Moment, dann schreibe ich East.

Jase: Hast du Zeit?

Während ich auf eine Antwort warte, rufe ich mir ein Uber, weil ich von Downtown sicher nicht nach South Boston oder zurück nach Back Bay laufen werde, falls East keine Zeit hat.

Seine Antwort kommt nur ein paar Minuten später.

East: Bin zu Hause. Die Jungs sind hier, aber komm vorbei, wenn du willst.

Ich tippe eine kurze Antwort und lasse das Handy in dem Moment wieder in meine Hosentasche gleiten, als das Uber vor mir hält. Ich begrüße den Typen hinterm Steuer mit einem kurzen Nicken, als ich mich auf die Rückbank fallen lasse. Eine gute Viertelstunde später spuckt der Wagen mich in Southie vor dem winzig kleinen Haus, in dem East zusammen mit seiner Schwester Willow wohnt, wieder aus.

Dass Jax, Beck und Colin da sind, ist schon von Weitem zu hören. Die Musik, die aus dem Haus schallt, ist ohrenbetäubend laut. Ich mache mir nicht die Mühe, an die Haustür zu klopfen, weil es ohnehin niemand mitbekommen würde, sondern gehe einmal um das Haus herum und durch den Garten, der so verdammt klein ist, dass er die Bezeichnung überhaupt nicht verdient, bis zur Hintertür, die meistens offen steht, wenn die Band probt.

Genau wie heute.

Ich betrete die Küche, auch die hat die Bezeichnung kaum verdient, und entdecke Willow, die mit überdimensionalen Noise Cancelling Kopfhörern auf den Ohren vor dem Kühlschrank steht. Ich versuche, mich bemerkbar zu machen, ohne sie zu Tode zu erschrecken – erfolglos.

Sie stößt einen erschrockenen Schrei aus, als sie die Tür des Kühlschranks schließt und mich bemerkt.

»Himmel, Jase! Erschreck mich doch nicht so!«, ruft sie, reißt sich mit einer Hand die Kopfhörer von den Ohren und drückt die andere auf die Brust.

»Sorry«, erwidere ich und deute auf die Hintertür. »Ihr solltet die Tür vielleicht abschließen, wenn du mit den Kopfhörern hier rumläufst.«

Willow seufzt und reibt sich übers Gesicht. Sie wirkt müde. »Ich weiß. East und die anderen sind im Wohnzimmer. Wie man hört.«

Willow ist ein paar Jahre älter als ich und tanzt für das Boston City Ballet, auch wenn sie gerade eine unfreiwillige Pause zu machen scheint, dem dicken Verband um ihren Knöchel nach zu urteilen.

»Schlimm?«, frage ich über die Musik hinweg und verziehe das Gesicht. Verletzungen können für Tänzerinnen und Tänzer tödlich enden – zumindest was ihre Karrieren angeht.

Willow wird blass und weicht meinem Blick aus. Als hätte ihr Bruder gespürt, was in ihr vorgeht, verstummt die Musik. Eine drückende Stille breitet sich in der kleinen Küche aus.

»Wird schon wieder«, antwortet sie schließlich leise. Ihre Stimme zittert. »Ein paar Wochen Ruhe, dann bin ich wieder die Alte.«

Ich nicke nur, weil ich nichts sagen kann, was die Situation für sie irgendwie besser machen würde.

»Ich geh wieder hoch. Wenn du die Jungs dazu bringen kannst, für heute Schluss zu machen, wäre ich dir sehr dankbar.« Sie schenkt mir ein schwaches Lächeln, aber in ihren Augen glitzern ungeweinte Tränen.

»Ich gebe mein Bestes«, verspreche ich.

Sie nickt mir zu und verschwindet humpelnd in dem schmalen Flur, der die Bezeichnung genauso wenig verdient hat wie die vier Quadratmeter große Küche und der Garten.

Ich gehe rüber ins Wohnzimmer, der größte Raum im ganzen Haus, wo East und die anderen jetzt auf einem durchgesessenen Sofa hocken und sich über ein zerfleddertes Notizbuch beugen. East hebt den Kopf, als ich mich mit einem Räuspern bemerkbar mache.

»Jason Alexander Winslow, was kann ich für dich tun?«

Ich verdrehe die Augen. East ist, abgesehen von meinem Vater, der Einzige, der jemals meinen vollständigen Namen benutzt. Keine Ahnung, warum er das tut.

»Du kannst aufhören, mich so zu nennen«, gebe ich zurück

und begrüße die Jungs einen nach dem anderen mit Handschlag.

»Nope. Ich mag deinen Namen.«

»Wenn du ihn haben willst, ich schenke ihn dir.« Zusammen mit sämtlichen beschissenen Problemen, die ich gerade habe.

»Mmh, das überlege ich mir noch mal. Also, Jase, was machst du hier? Du kommst doch nicht, weil du einfach mit uns rumhängen willst, oder?« East mustert mich mit schief gelegtem Kopf, Jax, Colin und Beck steht die Neugier ins Gesicht geschrieben. East hat recht, ich würde nicht einfach so reinschneien, völlig egal, dass ich letztes Jahr fast drei Monate bei ihm und Willow gewohnt habe, weil ich nicht wusste, wo ich hinsollte und East Mitleid mit mir hatte. Ich hasse es immer noch, dass das überhaupt nötig war.

Mit verschränkten Armen lehne ich mich an die Wand hinter mir. »Ich brauche einen Job.«

Colins gepiercte Augenbrauen wandern nach oben. »*Du* brauchst einen Job?«

»Meine Eltern haben mir den Geldhahn zugedreht, also ja. Ich brauche einen Job und ein wenig Hilfe wäre da nicht schlecht.«

* * *

East hat mir versprochen, sich umzuhören, aber er klang dabei nicht sonderlich optimistisch, und nachdem ich die letzten zwei Stunden damit verbracht habe, online nach Nebenjobs zu suchen, bin ich es auch nicht mehr. Entweder bin ich nicht qualifiziert genug, die Arbeitszeiten überschneiden sich mit dem Unterricht oder der Job ist so mies bezahlt, dass ich für die Fahrtkosten beinahe mehr Geld ausgeben als dort verdienen würde.

Dementsprechend ist meine Laune auf dem Tiefpunkt, als ich ins Wohnheim zurückkehre. Dann entdecke ich Zoe, die vor meinem Zimmer steht, die Hand noch erhoben, um anzuklopfen, und das Wort *Tiefpunkt* bekommt eine völlig neue Bedeutung. Ich will mich umdrehen und verschwinden, bevor sie mich bemerkt, aber natürlich ist es zu spät.

Auf ihrem Gesicht erscheint ein unsicheres Lächeln, als sie mich sieht, und in mir zieht sich alles zusammen. *Fuck.*

Es hat seine Gründe, warum ich ihr in den letzten Tagen aus dem Weg gegangen bin. Und die haben sehr viel mit ihrem Lächeln zu tun. Und damit, wie ihre Hände sich in meinen angefühlt haben. Damit, wie sie sich gegen mich gelehnt hat. Wie schnell ihr Herz geschlagen hat, dieses Mal nicht, weil sie Angst hatte, sondern … Ja, keine Ahnung, warum, und ich will es auch wirklich nicht wissen.

Lügner.

»Was willst du?«, frage ich, bevor sie auch nur den Mund öffnen und etwas sagen kann, was ich nicht hören möchte.

»Können wir reden?«

»Eigentlich nicht. Ich hab keine Zeit.«

Sie zuckt zurück, und der Muskel in meiner Brust protestiert, aber darauf kann ich keine Rücksicht nehmen. Nicht wenn es um sie geht.

»Nur ganz kurz, ich will – «

»Ist mir scheißegal, was du willst, Zoe«, blaffe ich sie an. »Mich interessiert nicht, was du zu sagen hast, klar?«

Sie wird blass, und ich hasse mich dafür, aber ich will wirklich nicht hören, was auch immer sie mir zu sagen hat. Wenn sie fragt, ob wir reden können, vor allem in diesem Ton, unsicher und hoffnungsvoll zugleich, geht es nicht ums Ballett. Es geht um uns. Und dieses Uns existiert nicht mehr, und das soll verdammt noch mal auch so bleiben.

Wie fühlt sich das an?

Nach dir.

Ihre Worte haben mich die ganze Woche verfolgt, genau wie das Gefühl ihrer Haut unter meinen Fingern. Und wie mein Körper darauf reagiert hat, sie zu berühren. Nicht so, wie er sollte – nämlich gar nicht.

»Ist das dein Ernst?« Ihr Blick wird hart, ihre Hände ballen sich zu Fäusten, ein Beben durchläuft sie. Ich hasse alles daran, und gleichzeitig ist das genau das, was ich will.

»Sehe ich aus, als würde ich Witze machen?«

»Du siehst aus, als würdest du dich wie ein Arschloch benehmen.«

Ich lache auf. »Nicht mein Problem. Komm damit klar, oder lass es bleiben.«

Ungläubig schüttelt sie den Kopf, sie öffnet den Mund, schließt ihn dann allerdings gleich wieder.

Ich schiebe mich an ihr vorbei und schließe meine Tür auf.

»Was ist mit unserem Extratraining? Fällt das dann auch weg, oder interessiert das Stipendium dich auf einmal nicht mehr?«

Ich drehe mich zu ihr um, sie hat die Arme vor der Brust verschränkt, ihre Augen blitzen zornig. Wut ist gut, mit Wut komme ich klar. Besser als mit dieser verfickten Nähe, die sie versucht aufzubauen.

Leider kann ich das Extratraining nicht streichen, so gerne ich es auch tun würde. Aber wir müssen besser werden – *sie* muss besser werden –, und anders geht es nicht.

»Wir treffen uns morgen«, bestimme ich, weil ich dafür heute wirklich keine Nerven mehr habe. Ich warte ihre Antwort nicht ab, sondern knalle die Tür fest hinter mir zu.

Was für ein Scheißtag.

21. KAPITEL
Zoe

Kennst du dieses Gefühl, wenn du alles und nichts fühlst?
Ich bin im Moment ein einziges Chaos, und ich weiß nicht, warum, und was ich dagegen tun kann.
- P

Ich bin so eine Idiotin. Wie bin ich überhaupt auf die absolut hirnverbrannte Idee gekommen, Jase irgendwas sagen zu wollen? Weil es einmal einigermaßen gut zwischen uns gelaufen ist? Weil ich keine Panik bekommen habe, als er mich angefasst hat? Weil ich Schuldgefühle habe? Weil ich mich schlecht fühle, wie damals alles gelaufen ist? Das ist so dämlich.

Ich weiß, dass ich Scheiße gebaut habe, genau wie Caleb, und Jase hat jedes Recht, wütend zu sein, aber wenn er mir nicht mal die Chance geben kann, mit ihm darüber zu reden, dann ja … kann ich auch nichts dagegen tun.

Vielleicht war das ein Zeichen, dass ich ihm nichts sagen soll. Sowieso war der Gedanke, ihm die Wahrheit zu sagen, einfach bescheuert. Was habe ich mir davon versprochen? Warum sollte er es wissen? Das, was zwischen uns war, ist vorbei, und wir bekommen es nicht zurück, nur weil ich ihm sage, was in dieser beschissenen Nacht passiert ist.

Im schlimmsten Fall hat er danach Mitleid mit mir, und das ist das Letzte, was ich will.

»Warum bist du so wütend?« Maes Stimme reißt mich aus meinen Gedanken. Wir sind auf dem Weg zum Theater, so wie an unserem ersten Tag. Direktor Pearson hat alle Studierenden herbestellt, aber keiner von uns weiß, warum. Die Älteren wirken, als hätten sie eine Ahnung, sie verraten uns jedoch nicht, worum es geht.

»Ich bin nicht wütend«, lüge ich, aber Mae schnaubt nur.

»Klar. Bist du nicht. Du hast so eine Aura aus Zorn, die dich umhüllt, man kann es fast sehen. Sogar deine Schritte klingen wütend.«

Automatisch passe ich meinen Schritt an, weil sie recht hat. »Ach, es ist nur … Jase hat sich wie ein Arsch benommen.« Die Antwort klingt so kindisch, dass ich mich selbst verfluche. Himmel, ich muss mich wirklich langsam in den Griff bekommen.

»Also irgendwie überrascht mich das nicht.«

»Mich auch nicht«, sage ich, obwohl auch das eine glatte Lüge ist.

»Ich dachte, euer Extratraining wäre gut gelaufen.« Von der Seite her wirft sie mir einen fragenden Blick zu.

»Ist es auch, zumindest das eine Mal, das wir uns getroffen haben. Aber danach ist er mir aus dem Weg gegangen, und jetzt redet er nicht mehr mit mir, und das ist ziemlich frustrierend.« Ich verziehe das Gesicht. Es *ist* frustrierend, und ich *bin* eine Idiotin.

Ich habe Mae von dem Extratraining erzählt, allerdings habe ich ihr verschwiegen, dass unser Training darin bestand, dass Jase meine Hand gehalten hat und nicht darin, das aufzuholen, was uns die anderen Paare inzwischen meilenweit voraushaben.

Wir betreten das *New England Theatre* und folgen den anderen Studierenden in den Theatersaal.

»Vielleicht ist es zu gut gelaufen?«

Für einen Moment verliere ich den Faden, weil die Schönheit des Theaters mich beinahe erschlägt. Ein sehnsüchtiges Ziehen breitet sich in mir aus, als mein Blick auf die Bühne fällt. Dann erinnere ich mich wieder daran, dass Mae mich etwas gefragt hat.

»Was meinst du?«

»Na ja, vielleicht … keine Ahnung, vielleicht steht er ja noch auf dich, und die Nähe ist zu viel für ihn und …« Sie verstummt und schüttelt mit einem leisen Lächeln den Kopf. »Ach, hör nicht auf mich, ich bin eine hoffnungslose Romantikerin und lese zu viele Bücher.«

Trotz allem muss ich lachen. »Also ich bin mir sehr sicher, dass das nicht der Grund ist.«

»Wäre ja auch zu schön, um wahr zu sein.« Mae seufzt theatralisch, dann grinst sie mich an. »Aber hey, jetzt wirkst du gar nicht mehr wütend.«

Ich lächle matt. »Na immerhin etwas.«

Wir setzen uns auf zwei freie Plätze neben Katie und Susannah, und ich muss mich nur fast nicht davon abhalten, mich automatisch nach Jase umzuschauen. Eigentlich wären wir jetzt für unsere nächste Trainingssession verabredet, wenn Direktor Pearson uns nicht alle herbestellt hätte, allerdings bin ich gerade froh darüber, dass unser Training ausfällt. Erst muss ich dieses Chaos in meinem Kopf beseitigen.

Ich habe mich in den letzten Wochen viel zu sehr mit Jase beschäftigt. Ich sollte mich auf mich konzentrieren. Mich und meine Probleme. Ich habe schon genug davon, ich brauche nicht auch noch Jase, der sich wieder in meine Gedanken schleicht, obwohl er da nicht hingehört.

Das Tanzen läuft miserabel, zumindest mit ihm zusammen, ich kriege Panik, wenn er mich anfasst. Offensichtlich nicht immer, aber auf jeden Fall immer dann, wenn wir in Francescas Kurs versuchen, die gleichen Übungen zu machen wie alle anderen. Wenn ich das nicht in den Griff bekomme, kann ich meinen Traum von der Bühne begraben, und dann war alles umsonst.

Ich will endlich wieder normal sein. Ein normales Leben führen, und ob Jase nun die Wahrheit weiß oder nicht, spielt dabei absolut keine Rolle. Es geht schließlich nicht um ihn, sondern nur um mich.

Ich werde aus meinen Gedanken gerissen, als Direktor Pearson auf die Bühne tritt, das gleiche Lächeln auf den Lippen wie an unserem allerersten Tag vor fast drei Wochen. Drei Wochen. Es fühlt sich an, als wäre viel mehr Zeit vergangen, seit ich hier bin.

»Schön, dass ihr alle gekommen seid«, begrüßt er uns und lässt seinen Blick durch den Saal schweifen, als würde er einmal durchzählen, ob auch wirklich alle achtzig Tänzerinnen und Tänzer anwesend sind. »Die meisten von euch wissen bereits, dass die Schülerinnen und Schüler des Abschlussjahres jeden Winter die Gelegenheit bekommen, auf dieser Bühne zu glänzen.« Er macht eine ausschweifende Handbewegung, und ich bekomme eine Gänsehaut, als ich begreife, was das bedeutet.

Wenn alles gut läuft, stehe ich in drei Jahren auch auf dieser Bühne. Ich will das so sehr, dass es wehtut.

»Dem Abschlussjahrgang steht bei dieser Aufführung natürlich eine besondere Rolle zu, aber trotzdem ist es uns wichtig, euch alle an diesem Abend zu beteiligen. Ihr seid hier, um zu lernen und über euch selbst hinauszuwachsen. Um zu tanzen. Aber für uns gehört noch sehr viel mehr dazu. Ihr seid ein Team, eine Familie. Solange ihr an dieser Schule seid, gehört ihr alle zusammen. Deswegen wird jeder von euch eine Aufgabe bekommen. Einige von euch werden bei der Vorbereitung helfen. So ein Abend braucht nämlich nicht nur Tänzerinnen und Tänzer, sondern auch Kostüme und ein Bühnenbild. Ich weiß, ich weiß«, er unterbricht sich selbst, als sich ein leises Murmeln im Saal erhebt, »ihr seid nicht hier, um zu malen und zu nähen, aber ihr werdet ein Teil dieser Aufführung sein, und ich möchte, dass ihr euch trotzdem Mühe gebt. Dass ihr, wenn das Stück, das wir für dieses Jahr ausgesucht haben, aufgeführt wird, alle stolz darauf sein könnt, was ihr geleistet habt. Mr Conrad wird euch gleich eure Gruppen und Aufgaben zuteilen. Bevor es so weit ist, habt ihr Fragen?«

»Welches Stück wird denn dieses Jahr aufgeführt?«, ruft ein Mädchen ein paar Reihen vor mir.

Auf Direktor Pearsons Gesicht erscheint ein Lächeln. »Dornröschen.«

Mein Herz setzt einen Schlag aus. Ich liebe Dornröschen, habe es schon immer geliebt, aber es ist ewig her, seit das Stück das letzte Mal in Boston aufgeführt wurde. Abgesehen von der Aufführung meiner alten Ballettschule im letzten Jahr, als Charlotte mir die Aurora gestohlen hat.

Leises Murmeln breitet sich im Raum aus, man kann förmlich dabei zusehen, wie die Aufregung von einem zum nächsten überspringt.

»Wenn ihr sonst keine Fragen habt, übergebe ich jetzt an Mr Conrad«, sagt Pearson, und Mr Conrad kommt auf die Bühne, doch ich kriege kaum mit, wem er welche Aufgabe zuteilt.

Ich kann nur daran denken, dass Dornröschen aufgeführt werden wird. Es tut ein bisschen weh, zu wissen, dass ich nicht auf der Bühne stehen und tanzen werde, und gleichzeitig freue ich mich darauf, das Stück vorbereiten und es dann auch sehen zu können, ohne eifersüchtig zu sein, ohne die ganze Zeit gegen die Tränen anzukämpfen, weil alles unfair und ätzend ist.

Ich will, dass diese Aufführung von Dornröschen die letzte aus meinem Gedächtnis löscht.

Aber dann teilt Mr Conrad mich der Gruppe zu, die für das Bühnenbild verantwortlich ist. Zusammen mit Mae, Skye, einigen anderen, Jase und Charlotte.

Das darf doch wohl nicht wahr sein.

***

Francesca unterstützt uns bei dem Bühnenbild, und das ist, abgesehen davon, dass Mae und ich in derselben Gruppe sind, das einzig Positive an der ganzen Sache. Mir reicht es wirklich, Jase und Charlotte jeden Tag im Unterricht zu sehen. Jetzt auch noch an den Wochenenden Zeit mit ihnen zu verbringen, ist zu viel.

»Wir treffen uns samstags von elf bis zwei Uhr«, verkündet Francesca gerade, und ein gequältes Aufstöhnen geht durch die Runde. »Stellt euch nicht so an, ihr habt genug Zeit, um auszuschlafen. Wir fangen morgen direkt an, und ich erwarte, dass ihr pünktlich seid, verstanden?«

Alle nicken, dann entlässt sie uns, und wir machen uns auf den Weg zurück zum Wohnheim. Mae unterhält sich mit Katie und Susannah, aber ich bin mit den Gedanken schon wieder ganz woanders. Erst als wir vor unseren Zimmern stehen und ich den Schlüssel aus meiner Jackentasche fischen will, fällt mir auf, dass er nicht da ist.

»Mist.« Genervt stöhne ich auf. Das hat mir echt gerade noch gefehlt.

»Was ist los?« Mae bleibt in der Tür zu ihrem Zimmer stehen.

»Mir muss der Schlüssel aus der Tasche gefallen sein. Wahrscheinlich im Theater.«

»Das ist ja blöd.«

»Ich gehe noch mal zurück, wir treffen uns später beim Abendessen, okay?«

»Ach Quatsch, ich komm schnell mit«, bietet Mae mir an, doch ich winke ab.

»Danke, das ist echt lieb, brauchst du aber nicht.«

»Bist du sicher?« Mae hebt fragend die Augenbrauen.

»Ganz sicher. Bis später.«

Außer mir ist niemand mehr im Theater, als ich dort ankomme, alles wirkt wie ausgestorben, und ein aufgeregtes Kribbeln breitet sich in mir aus, weil es sich so anders anfühlt, allein hier zu sein. Die Tür zum Theatersaal steht zum Glück noch offen, sodass ich niemanden bitten muss, mich reinzulassen, um meinen Schlüssel zu suchen. Er liegt bestimmt unter meinem Platz von vorhin, und wenn ich ihn habe, kann ich mich vielleicht ja auf die Bühne schleichen und …

Ich bleibe abrupt stehen, als ich vertraute Stimmen höre. Ich erkenne sie sofort. Jase. Und Charlotte. Meine Füße setzen sich ganz von selbst wieder in Bewegung, ich husche in den Saal und bleibe direkt neben der Tür stehen, als ich sie entdecke. Sie stehen nur ein paar Meter von mir entfernt, sind so aufeinander konzentriert, dass sie mich gar nicht bemerken. Ich sollte gehen, wirklich, aber dann höre ich meinen Namen, und mein Herz schlägt plötzlich viel zu schnell.

»Wir wissen doch beide, dass Zoe eine absolute Katastrophe ist«, sagt Charlotte mit diesem ihr ganz eigenen zuckersüßen und gleichzeitig herablassenden Tonfall, der mir einen unangenehmen Schauer über den Rücken jagt.

»Und? Was hat das jetzt mit mir zu tun?«

»Du spielst in einer anderen Liga, auch das wissen wir beide.«

Ich schnappe empört nach Luft und verfluche mich im nächsten Moment selbst, aber sie haben nichts gehört, sondern reden unbeirrt weiter.

»Ich wiederhole mich nur ungerne, also komm zum Punkt. Was hat das mit mir zu tun?«, knurrt Jase.

»Ich will, dass du mit Francesca sprichst. Damit du mein Partner wirst. Du warst schon immer der Beste. Wir gehören zusammen.«

Jase' Mundwinkel zucken belustigt, er verschränkt die Arme vor der Brust. »Tun wir das? Du scheinst mit Devon doch ganz gut klarzukommen.«

»Ja und?« Charlotte hebt die Schultern, und ich spüre, wie Wut in mir aufsteigt. Sie versucht mir meinen Tanzpartner zu stehlen, und in diesem Moment ist es vollkommen egal, wie die Dinge zwischen Jase und mir stehen. Denn wenn sie damit durchkommt, muss ich mit Devon tanzen, und das geht nicht.

»Ich mag dich nicht, das weißt du. Und ich schätze, du bist auch nicht mein größter Fan. Also warum genau sollte ich mich darauf einlassen?«

Sie hebt eine Hand, streicht über seine Schulter, lächelt ihn an, und etwas in mir reagiert darauf mit einem zornigen Stechen. »Du musst mich nicht mögen. Wir können auf alle Arten großartig zusammen sein, ohne dass du mich magst.«

Wütend presse ich die Zähne aufeinander. Ich bin kurz davor zu platzen, aber ich zwinge mich, ruhig zu bleiben.

Jase macht einen demonstrativen Schritt zur Seite, und Charlottes Hand rutscht von seiner Schulter. »Ich wiederhole mich ein zweites Mal: Warum sollte ich mich darauf einlassen?« Er klingt gelangweilt, aber seine Schultern sind angespannt, er wirkt genervt.

Charlotte seufzt. »Okay, schön. Wenn du das Spiel so spielen willst, von mir aus. Ich weiß, dass deine Eltern dir das

Schulgeld gestrichen haben. Ich weiß auch, dass du deswegen ein Stipendium brauchst. Die werden aber nur zum Anfang eines neuen Semesters vergeben. Was uns zu der Frage bringt, wie du *dieses* Semester finanzierst. Und nein, ich erwarte keine Antwort, weil ich es weiß. Gar nicht. Du hast kein Geld, Jase. Du bist pleite. Und einen Kredit bekommst du auch nicht, weil Daddy dir den Geldhahn besonders gründlich zudrehen wollte.«

Ich warte darauf, dass er es abstreitet, weil es so schlimm nicht sein kann, oder? Seine Eltern haben ihm das Schulgeld gestrichen, aber es kann nicht sein, dass er keinen Kredit bekommt. Er ist Jase Winslow, beinahe jeder in der Stadt kennt seine Familie. Aber offensichtlich ist es doch so schlimm, weil Jase schweigt. Seine Kiefermuskeln mahlen, und der genervte Ausdruck auf seinem Gesicht verwandelt sich in mörderische Wut.

»Und das wiederum bringt uns zu dem Angebot, das ich dir unterbreiten kann«, fährt Charlotte fort und wirft sich schwungvoll die blauschwarzen Locken über die Schulter. »Meine Eltern bezahlen deine Gebühren für dieses Semester. Außerdem kann meine Mom dir helfen, das Stipendium zu bekommen. Sie kennt den ein oder anderen im Vorstand und wird ein gutes Wort für dich einlegen. Dafür musst du nur mein Partner werden. Mehr nicht. Das ist alles.«

Ich mache mich mit einem vernehmlichen Räuspern bemerkbar, bevor Jase etwas erwidern kann. Ich will seine Antwort nicht hören. Wenn er jetzt doch tauschen will, bin ich geliefert.

Charlotte und Jase drehen sich gleichzeitig in meine Richtung, in ihren Augen blitzt Ärger auf, Jase dagegen scheint fast amüsiert.

»Wo bleibst du?«, frage ich an ihn gewandt und ignoriere

Charlottes Anwesenheit, so gut ich kann. »Wir sind verabredet, schon vergessen?«

Er schüttelt den Kopf und schenkt Charlotte dann ein bedauerndes Lächeln, das ich ihm keine Sekunde lang abkaufe. »Sorry, ich muss los.«

Charlottes Lächeln ist genauso falsch. »Denk drüber nach. Mein Angebot steht.«

Jase erwidert nichts mehr. Ich finde meinen Schlüssel, und gemeinsam verlassen wir erst den Saal, dann das Theater.

»Lauschen ist unhöflich«, sagt er irgendwann, als wir das Trainingsgebäude fast erreicht haben.

Ich schlucke die Entschuldigung runter, die mir auf der Zunge liegt, weil er recht hat. Allerdings tut es mir nicht leid.

Also zucke ich nur mit den Schultern. Wir betreten das Trainingsgebäude und gehen schweigend hoch zu dem kleinen Studio unter dem Dach, ohne uns abzusprechen.

Dieses Mal bin ich diejenige, die das Schweigen zwischen uns bricht. »Ziehst du in Erwägung, Charlottes Angebot anzunehmen?«, frage ich. Ich muss es wissen.

Und ich hoffe, dass Jase' Antwort Nein lautet. Aber sicher bin ich mir nicht.

22. KAPITEL
Jase

Was ist dir am allerwichtigsten?

Das Ballett. Und deine Familie.
Dir diese Wahrheiten zu schreiben.
-J

Ein Teil von mir will Zoes Frage gerne mit Ja beantworten, weil alles, aber auch wirklich alles einfacher wäre, wenn ich Charlottes Angebot annehmen würde. Abgesehen davon, dass ich dann Charlotte am Hals hätte. Aber sonst … Meine Probleme würden sich mit einem Fingerschnippen in Luft auflösen. Nur kann ich das nicht machen, und ich glaube, Zoe weiß das genauso gut wie ich.

»Nein.«

Skeptisch schaut sie mich an. »Warum nicht?«

»Weil ich mich nicht gerne erpressen lasse«, sage ich, anstelle der Wahrheit, die ich nicht aussprechen, nicht mal mir selbst eingestehen will. Dabei ist das nicht mal gelogen. Charlotte ist das manipulativste Miststück, das ich je getroffen habe. Sie bekommt immer, was sie will, aber ich bin keine Handtasche, die sie sich mit dem Geld ihrer Eltern erkaufen kann.

»Dein Leben wäre deutlich leichter, wenn du es tätest.«

»Ich weiß.«

»Warum sagst du dann nicht Ja? Du brauchst Geld, sie bietet es dir an.« Zoe sieht mich an, als würde sie es wirklich nicht verstehen, und vielleicht stimmt das. Aber was will sie von mir hören?

»Willst du mich loswerden?«

Sie schüttelt den Kopf. »Ich will dich verstehen.«

Dieses Mal will ich sie nach dem Warum fragen, aber ich schlucke das Wort hinunter. Ich antworte nichts, öffne stattdessen nur die Tür zu dem kleinen Ballettsaal und trete mir die Schuhe von den Füßen. Ich gehe hinein, und Zoe folgt mir, wirft ihre Jacke in die Ecke und tritt vor den Spiegel, ohne dass ich ein Wort sagen muss. Ich stelle mich hinter sie.

»Keine Musik heute?«, fragt sie, und in ihrer Stimme schwingt ein leicht spöttischer Unterton mit, den ich gar nicht an ihr kenne.

Ich verdrehe die Augen, ziehe aber mein Handy aus der Hosentasche und gehe rüber zur Anlage, um es anzuschließen. »Irgendwelche Wünsche?«

»Such du dir ruhig was aus.«

Ich zögere kurz, dann gebe ich bei Spotify Harry Styles ein und klicke wahllos auf ein Lied, weil ich weiß, dass Zoe sie alle liebt. Aber nein, ich habe mich nicht deswegen dafür entschieden. Also schon, aber nur, weil sie sich entspannen soll, und Musik hilft dabei doch, oder?

Als ich mich zu Zoe umdrehe, starrt sie mich aus großen Augen überrascht an.

»Was?«, frage ich.

»Seit wann hörst du Harry Styles?« Sie klingt so irritiert, dass ich fast lachen muss. Aber auch nur fast.

»Seit einer Weile«, erwidere ich knapp, weil ich unmöglich

zugeben kann, dass ich den Song für sie ausgewählt habe. Das würde bedeuten, ich hätte mir Gedanken gemacht und das … Nein. Einfach nein.

Ich stelle mich hinter sie und beschließe auf das Problem zurückzukommen, wegen dem wir hier sind. Ich zupfe an dem Saum ihres Pullis. »Hast du was darunter an?«

Zoe versteift sich, und als ihre Augen dieses Mal größer werden, liegt es nicht daran, dass ich sie verwirrt habe. »Warum?«, will sie wissen, und ihre Stimme schießt bei dem einen Wort gleich zwei Oktaven in die Höhe.

»Weil du im Unterricht auch keinen dicken Pulli anhast. Fühlt sich das durch den Stoff nicht anders an?«

Sie zögert kurz, dann nickt sie und zieht sich den Pullover über den Kopf. Darunter trägt sie ein eng anliegendes schwarzes T-Shirt mit kurzen Ärmeln, das einem Balletttrikot ziemlich ähnlich ist.

»Bereit?«, frage ich sie und auch mich selbst, weil – fuck – das alles wirklich keine gute Idee ist. Das weiß ich seit Tagen, und daran hat sich nichts geändert.

Anstatt zu antworten, legt sie ihre Hände in meine. Es fühlt sich an, als würde ein Stromstoß von meiner Handfläche meinen Arm hinaufschießen, direkt in meine Brust und geradewegs in diesen verdammten Muskel hinein, der nichts fühlen soll und das in ihrer Nähe ständig zu vergessen scheint.

Ich atme tief durch, versuche mich daran zu erinnern, wie ich mich letztes Jahr gefühlt habe, als Zoe nicht mehr auf meine Nachrichten reagiert hat, als Caleb mich nicht zurückgerufen hat, als ich plötzlich kein zweites Zuhause mehr hatte, das sich mehr wie mein echtes Zuhause angefühlt hat als jeder andere Ort seit zu vielen Jahren. Ceara hat mich nicht mehr dazu genötigt, mehr zu essen, und Ethan nicht mehr nachgefragt, wie es mir geht und ob alles gut läuft.

Jeder Muskel in meinem Körper verkrampft sich, und Zoe versteift sich mit mir und entzieht mir ihre Hände.

»Entspann dich«, sage ich zu uns beiden.

»Entspann du dich«, gibt sie zurück, und meine Gedanken verstummen, als sie ihre Hände erneut in meine legt. Sie sind klein, viel kleiner als meine. Das fällt mir jetzt nicht zum ersten Mal auf, es ist mir früher schon mal aufgefallen, damals, als ich ihre Hand das erste Mal so richtig gehalten habe, und dass es mir jetzt wieder auffällt, ist ... ja, wahrscheinlich ziemlich bezeichnend.

Dieses Mal spare ich mir den Small-Talk, weil ich nicht weiß, was ich sie fragen soll. Jede Frage, die ich habe, bedeutet irgendwas. Mehr als irgendwas.

Also mache ich einfach weiter. So wie letztes Mal. Schiebe meine Finger zwischen ihre, obwohl das komplett unnötig ist, weil wir diese Berührung beim Tanzen garantiert nicht brauchen, aber meine Hände wollen offenbar wieder wissen, wie sich ihre Finger zwischen meinen anfühlen.

Vertraut. Neu. Ätzend. Wie vermissen.

Meine Hände verselbstständigen sich, fahren ihre Arme hoch und über ihre Schultern. Sie hält still, aber ich kann fühlen, dass die Berührung etwas mit ihr macht. Ich kann fühlen, wie ihr Herz schneller schlägt. Genau wie meins. Verdammter Verräter.

Mit den Fingerspitzen gleite ich über ihren Rücken, den muss ich beim Tanzen schließlich auch berühren. Ihre Hüften, ihre Taille. Alles ergibt Sinn. Fühlt sich so richtig an. Denke ich. Oder ich denke nicht. Ich bin mir gerade nicht mehr wirklich sicher, was in meinem Kopf vorgeht. Meine Hände kommen auf ihrem Bauch zu liegen, ich mache das nicht mit Absicht, es passiert einfach. Und es passiert einfach, dass Zoe sich wieder gegen mich lehnt. Genau wie letztes Mal. Einfach so.

Sie glüht. Ihre Haut strahlt eine unfassbare Hitze aus, sogar durch das T-Shirt hindurch.

Automatisch ziehe ich sie enger an mich, bis wir uns der Länge nach aneinanderdrücken, ganz leicht nur, aber es reicht, damit mir jetzt genauso heiß wird. Adrenalin jagt durch meine Adern und noch etwas anderes, als ich sehe, wie Zoes Atem sich beschleunigt.

Ihre Brust hebt und senkt sich, schneller als gerade eben noch, und das lenkt meinen Blick ganz von selbst auf ihre Brüste. Es ist falsch, aber ich kann nicht wegsehen, und dann schießt sämtliches Blut von meinem Kopf in meinen Schwanz, und ich weiß, dass ich ein Problem habe. Ein noch größeres, als ich bisher dachte.

»Wie fühlt sich das an?«, fragt Zoe, dabei sollte ich ihr diese Frage stellen. Aber ihre Stimme ist seltsam heiser, und das alles fühlt sich sehr sicher nach meinem Verderben an.

Ich antworte etwas anderes. Weil ich ein Idiot bin.

»Nach dir.«

DAVOR
Zoe

Ein Jahr zuvor
25. Juni 10:17 PM

Das Haus von Charlottes und Adalines Eltern platzt beinahe aus allen Nähten. Keine Ahnung, wie die beiden es geschafft haben, ihre Eltern zu überreden, so viele Leute einladen zu dürfen, aber hier tummelt sich nicht nur beinahe der komplette Abschlussjahrgang der Westview High, sondern auch ein Großteil meiner Stufe und noch einige Leute, die ich noch nie zuvor gesehen habe. Ein paar der Typen wirken älter, wahrscheinlich studieren sie längst.

Meine Freundinnen sind irgendwo in der Menge verschwunden und holen sich etwas zu trinken. Ich stehe allein in einer Ecke und versuche, nicht durchzudrehen.

Im Wohnzimmer wurden alle Möbel zur Seite gerückt, um Platz für eine Tanzfläche zu schaffen. Caleb steht mit Reed und Nick am Rand und unterhält sich. Tristan habe ich gerade gesehen, als er auf dem Weg in die Küche war, und Jase … Jase ist nirgendwo zu entdecken.

In meinem Bauch flattert es, mein Herz schlägt viel zu schnell, und da ist eine leise, unsichere Stimme in mir, die sich fragt, ob ich nicht doch einen Fehler gemacht habe, Jase diese Nachricht zu schreiben.

Was, wenn das eine absolut dumme Idee war? Wenn ich mir den falschen Zeitpunkt ausgesucht habe? Wenn ich besser mit ihm hätte reden sollen, anstatt ihm eine Nachricht zu schreiben? Warum habe ich nur diese Nachricht geschrieben? Warum tue ich es nicht einfach? Ihn küssen. Und was, wenn er mich gar nicht küssen will? Wenn er nicht das Gleiche für mich empfindet wie ich für ihn? Was, wenn ich mit dieser Nachricht alles kaputt gemacht habe? Wenn das, was zwischen uns war, jetzt vorbei ist? Nur weil ich diese vier Worte auf einen Zettel gekritzelt habe. Weil ich den Gedanken nicht ertrage, dass Charlotte diejenige sein könnte, die ihn küsst.

Ich will dieses Mädchen sein. Schon seit Wochen. Und jetzt … Ich entdecke einen vertrauten blonden Haarschopf, der sich durch die Menge bewegt. Einen Moment später findet Jase' Blick meinen.

Mein Herz setzt einen Schlag aus und schlägt dann noch schneller weiter, Hitze steigt mir in die Wangen. Er ist hier.

Er ist hier, und ich bin hier, und er lächelt mich an, und mein Herz will aus meiner Brust springen. Meine Haut beginnt zu kribbeln, als sein Lächeln breiter wird. Seine Augen leuchten, und auf einmal weiß ich nicht mehr, ob ich nervös bin oder aufgeregt oder ob alles gut ist. Ich weiß gar nichts mehr. Nur, dass ich nicht aufhören kann, ihn anzusehen.

Er hebt eine Hand, und im ersten Moment begreife ich nicht, was das soll, bis ich etwas Weißes aufblitzen sehe. Einen kleinen zusammengefalteten Zettel. Es ist mein Zettel, das weiß ich, ohne dass er es mir sagen oder ihn mir zeigen muss.

Das Flattern in meinem Bauch vertausendfacht sich, als ich auf Jase zugehe.

»Hi«, sagt er leise, als ich ihn erreiche. So leise, dass ich ihn wegen der lauten Musik kaum verstehen kann. Aber ich sehe, wie seine Lippen das Wort formen.

»Hi.« Meine Stimme ist genauso leise. Ich muss den Kopf in den Nacken legen, damit ich ihn richtig anschauen kann.

Seine Hand streift meine, eine hauchzarte Berührung, die mich mitten ins Herz trifft. Ich kann nicht mehr atmen, kann ihn nur ansehen. Seine Finger schieben sich zwischen meine, verflechten sich mit ihnen. Es fühlt sich so an, als hätte es schon immer so sein sollen.

»Kommst du mit?« Er zupft an meiner Hand, und ich setze mich ganz von selbst in Bewegung, lasse mich von ihm durch die Menge am Rand der Tanzfläche führen, bis wir durch die breite Schiebetür nach draußen treten.

Im Garten der Hammonds ist es stiller, die Musik kommt nur gedämpft hier draußen an. Es ist immer noch warm, obwohl es schon spät und die Sonne längst untergegangen ist. Es riecht nach frisch gemähtem Gras und Sommer.

Jase zieht mich weg von der Tür, unsere Schritte sind auf dem Holz der Terrasse viel zu laut, verklingen aber, als wir auf die Wiese treten und tiefer in den Garten hineingehen. Er hält die ganze Zeit meine Hand und lässt mich auch dann nicht los, als wir zwischen zwei hohen Bäumen stehen bleiben. Jemand hat Lichterketten um die Baumstämme gewickelt, die die Welt um uns herum in warmes Licht tauchen. Es ist superkitschig und absolut perfekt.

Jase dreht sich zu mir, in seinen Augen liegt ein Ausdruck, den ich noch nie bei ihm gesehen habe, und um seine Lippen spielt ein weiches, fast schüchternes Lächeln. Blonde Haarsträhnen fallen ihm in die Stirn, und ich will sie zurückstreichen, ihn berühren und küssen und alles. Er ist so schön, dass es beinahe wehtut.

»Ich hab deinen Zettel gefunden.«

Ich kann ihn nicht länger ansehen, weil alles in mir danach drängt, ihn anzufassen, aber ich kann auch nicht wegsehen, weil er zu sehr Jase ist und ich zu sehr Zoe. »Hast du das?«

Er grinst. »Ja, sieht ganz so aus.«

Mein Kopf ist plötzlich wie leergefegt. Ich will etwas erwidern, ich muss irgendwas sagen, aber mir ist jedes einzelne Wort abhandengekommen.

Jase macht einen Schritt auf mich zu. Er ist mir jetzt so nah, dass wir uns fast der Länge nach berühren. Seine Beine berühren beinahe meine, genauso wie seine Brust, seine Arme. Alles. Und er hält immer noch meine Hand.

»Warum willst du, dass ich dich küsse, Pixie?« Seine Stimme ist weich und warm, und ich will nie wieder was anderes hören.

Ich schlucke schwer. »Du weißt, warum.«

»Sag es trotzdem.« Sein Daumen streicht über meinen, sanft und vorsichtig, und ich schnappe nach Luft.

Und weil wir uns die letzten drei Monate jede Wahrheit anvertraut haben, tue ich es auch dieses Mal.

»Weil du du bist und ich ich bin, und ich glaube, dass wir zusammen alles sein können.«

Seine Hand löst sich von meiner, wandert meinen nackten Arm hinauf, über meine Schulter, und ich fühle die Berührung in jeder Faser meines Körpers. Meine Haut glüht, als hätte er sie in Flammen gesetzt.

»Können wir wirklich, oder?«, wispert er. »Alles sein, meine ich.« Seine Hand bleibt an meinem Gesicht liegen, fest und sicher, sein Blick wandert von meinen Augen zu meinen Lippen, verharrt.

»Ja. Können wir.« Meine Stimme klingt nicht nach mir, viel zu rau, viel zu erstickt, viel zu aufgeregt.

Ich halte die Luft an. *Küss mich, küss mich, küss mich*, flehe ich stumm.

Vielleicht habe ich es laut ausgesprochen, vielleicht auch

nicht, so oder so spielt es keine Rolle, denn Jase überbrückt die letzten fehlenden Zentimeter zwischen uns, und seine Lippen treffen auf meine.

Meine Lider schließen sich flatternd, mein Herz will aus meiner Brust springen, direkt zu ihm, weil ich es ihm nicht nur schenken will, sondern weil es ihm längst gehört.

Der Kuss ist sanft und vorsichtig und unsicher, er ist irgendwie alles. So wie wir.

3. TEIL

Variationen der Tänzerin

Dritte Phase des Pas de deux

23. KAPITEL
Zoe

Ich habe mich letztes Jahr selbst verloren, und jetzt versuche ich krampfhaft, mich wieder in den Griff zu kriegen, aber es fühlt sich ständig so an, als würde ich etwas hinterherrennen, das ich nie erreichen kann.
- Zoe

Die nächsten drei Wochen vergehen so schnell, dass ich kaum hinterherkomme. Die Schonfrist ist vorbei. Unsere Lehrerinnen und Lehrer ziehen das Tempo an, in allen Fächern. Mr Conrad und Miss Chelsea, die uns in Spitzentanz unterrichtet, sind beinahe genauso unerbittlich wie Francesca.

Ich weiß, dass sie nicht zufrieden ist mit der Leistung, die Jase und ich erbringen. Immer noch nicht, aber sie hat mich nicht noch mal vor den Konsequenzen gewarnt, wenn ich nicht besser werde. Ich betrachte das als gutes Zeichen – zumindest versuche ich mir das einzureden. Es muss einfach ein gutes Zeichen sein. Aber eigentlich weiß ich, dass es nur die Ruhe vor dem Sturm ist, weil ich zwar nicht mehr jedes Mal in Panik gerate, wenn ich mit Jase tanze, aber wirklich gut läuft es trotzdem nicht, und ich verstehe nicht, warum.

Wir haben in den letzten Wochen viel Zeit miteinander verbracht, so viel Zeit wie noch nie, und mit jeder Minute, die wir in dem kleinen Studio unter dem Dach zusammen sind, in das abgesehen von uns niemand zu gehen scheint, desto sicherer fühle ich mich mit ihm. Mit seinen Händen auf meinem Körper. Seinem Körper hinter meinem, seinem Atem auf meiner Haut, wenn er mir ein Stück näher kommt als das Mal zuvor.

Irgendwas zwischen uns hat sich geändert, aber ich kann nicht benennen, was es ist. Warum und wie es sich geändert hat. Obwohl das *Wie* ziemlich naheliegend ist.

Am Morgen nach unserem zweiten Berührungs-Training habe ich einen Zettel in meinem Zimmer gefunden. Unordentlich zusammengefaltet wie immer, unter der Tür hindurchgeschoben. Eine Wahrheit. Ohne eine Frage. Es hat sich anders angefühlt als beim letzten Mal vor ein paar Wochen, als er mich gefragt hat, was passiert ist und ich ihm zwar eine ehrliche Antwort gegeben, ihm aber keine Wahrheit anvertraut habe. Es hat sich anders angefühlt, weil es anders *ist*. Dieses Mal hat er mir etwas anvertraut, und ich habe ihm einen Teil von mir zurückgegeben.

Verrat mir deine Wahrheiten, dann erfährst du meine.

Unser Spiel hat sich verändert, genauso wie wir uns verändert haben. Und ich habe keine Ahnung, wohin das führt.

Als wir uns an diesem Samstag mit der Gruppe, die für das Bühnenbild von Dornröschen verantwortlich ist, im Theater treffen, bin ich das reinste Nervenbündel, obwohl es dafür absolut keinen Grund gibt. Aber ich habe schlecht geschlafen, hatte wirre Träume, die gar keinen Sinn ergeben und sich gleichzeitig viel zu real angefühlt haben. Ich habe von Jase geträumt, und das hat mich dermaßen aus dem Konzept gebracht, dass ich am Morgen keinen Bissen runterbekommen habe.

»Hier. Du siehst aus, als könntest du Koffein vertragen.« Beim Klang von Maes viel zu fröhlicher, wacher Stimme hebe ich den Kopf. Sie hält mir einen Pappbecher entgegen, aus dem der himmlische Geruch nach Kaffee und Kürbis aufsteigt.

»Du hast mir einen Pumpkin Spice Latte mitgebracht?«

Sie drückt mir den Becher in die Hand und lässt sich auf den Platz neben mich fallen. »Wenn ich nur mir einen geholt hätte, wärst du vor Neid geplatzt, und das konnte ich nicht verantworten.«

»Ich glaube, ich liebe dich«, sage ich, trinke einen Schluck und fühle mich sofort besser. Es ist schon spät, weil Francesca heute einen wichtigen privaten Termin hat und wir uns deshalb selbst überlassen sind, aber ich bin immer noch genauso müde wie heute Morgen, als ich aus meinen wirren Träumen aufgeschreckt bin und nicht mehr einschlafen konnte, egal wie sehr ich mich bemüht habe.

In einer theatralischen Geste wirft Mae sich die beerenroten Haare über die Schulter und seufzt. »Mich kann man nur lieben.«

Lachend verdrehe ich die Augen, aber sie hat recht. Man kann sie wirklich nur lieben. Ich glaube, Mae ist der netteste Mensch, den ich je kennengelernt habe. Wir haben seit Semesterbeginn so viel Zeit miteinander verbracht, dass es sich beinahe anfühlt, als würden wir uns schon seit Ewigkeiten kennen und nicht erst seit ein paar Wochen. Meine Schulzeit und die Freundschaft mit Charlotte, Amber und Scarlett erscheinen mir inzwischen wie ein schlechter Scherz. Sie haben mich nie so behandelt wie Mae, haben nie echtes Interesse gezeigt oder mir richtig zugehört. Sie haben mir nie den Raum gegeben, den Mae mir gibt, wenn sie merkt, dass es mir nicht gut geht, ich aber nicht darüber sprechen will.

Ich hatte zwar immer eine Vorstellung davon, was echte Freundschaft ist, aber vor Mae habe ich sie nie erlebt.

»Wo steckt denn der Rest? Die können unmöglich alle vergessen haben, dass wir uns heute später treffen.« Suchend blickt sie sich um. Wir sind fast die Einzigen, die sich bereits im Theatersaal eingefunden haben. Ein paar Reihen vor uns sitzen schon zwei Jungen aus dem dritten Jahr und schräg hinter uns eine kleine Gruppe Mädchen aus dem zweiten, aber der Großteil fehlt noch.

Ich werfe einen Blick auf mein Handy, um die Uhrzeit zu prüfen, und sehe, dass Caleb mir geschrieben hat.

Caleb: Wie läuft's bei euch?

Ich spüre, wie ich rot werde, weil ich ganz genau weiß, wen er mit *euch* meint, aber ich habe nichts zu erzählen. Jedenfalls nichts, was sich in den drei Tagen, seitdem er mich das letzte Mal gefragt hat, geändert hat.

»Du wirst rot«, stellt Mae wenig hilfreich fest, und meine Wangen werden noch heißer. »Warum wirst du rot?«

»Caleb gibt unqualifizierte Kommentare von sich«, erwidere ich und verstaue das Handy wieder in meinem Rucksack.

»Unqualifizierte Kommentare worüber?« Neugierig lehnt sie sich in meine Richtung.

»Wie läuft's eigentlich mit Tristan?«, wechsle ich das Thema. Seit Mae und Tristan sich an dem Abend bei Caleb kennengelernt haben, haben sie sich ein paar Mal getroffen, und ich hoffe sehr, dass aus den beiden mehr wird. Gerade hoffe ich allerdings vor allem darauf, dass sie nicht weiter auf Calebs Nachricht herumreitet, aber eigentlich hätte ich wissen müssen, dass das nichts nützt.

»Ziemlich gut. Wir treffen uns heute Abend. Was für unqualifizierte Kommentare gibt Caleb von sich?«, wiederholt sie, und ihr Mund verzieht sich zu einem breiten Grinsen.

Mir bleibt eine Antwort erspart, weil die Tür auffliegt und

der Rest der Gruppe endlich auftaucht. Mein Blick landet ganz von selbst auf Jase. Sein Blick trifft meinen, und auf seinem Gesicht erscheint ein winzig kleines Lächeln. Mein Herz macht einen Satz. Jedes Lächeln von Jase, und sei es noch so klein, ist ein Sieg für mich.

»Warum genau läuft nichts zwischen euch?«, flüstert Mae mir zu und lenkt meine Aufmerksamkeit von Jase zurück zu ihr. Ihre Augen funkeln, und ich werde schon wieder rot. Das muss dringend aufhören.

»Weil da nichts ist.«

»Mhm. Eure Blicke sagen was anderes.«

»Du musst dringend aufhören, etwas in Dinge hineinzuinterpretieren. Zwischen uns ist nichts.« Nur dass da doch etwas ist. Und allmählich kann ich das auch nicht mehr ignorieren. Oder verdrängen. Aber egal, was da ist oder was nicht, es ist ohnehin schon alles viel zu kompliziert.

»Weißt du, du kannst dich selbst so viel belügen, wie du willst, aber ich sehe, was ich sehe, und da ist definitiv was.« Mae nickt bekräftigend.

»Vielleicht solltest du mal zum Augenarzt gehen«, schlage ich ihr trocken vor.

Sie will etwas erwidern, als Charlotte sich vor uns aufbaut. Ich verkrampfe mich ganz von selbst, aber es überrascht mich nicht, dass sie versucht, das Kommando an sich zu reißen. Sie muss im Mittelpunkt stehen, und wenn das nicht die Bühne ist, findet sie einen anderen Weg. In den letzten Wochen hat sie mich weitestgehend wie Luft behandelt, aber das macht mich fast nervöser als alles andere. Ich habe das Gefühl, dass sie etwas plant, und ich habe nicht den blassesten Schimmer, was. Ob sie überhaupt etwas plant, oder ob ich einfach paranoid bin. Nachdem Jase ihr neulich in meinem Beisein eine Abfuhr erteilt hat, hat sie mich zwar in Ruhe gelassen, und vielleicht nehme ich mich gerade auch zu wichtig, aber das alles fühlt sich falsch an. Sie will Jase als ihren Tanzpartner, und Charlotte bekommt immer, was sie will. Aber sie unternimmt augenscheinlich nichts, und je länger ich darauf warte, dass das Gegenteil eintritt, desto unruhiger werde ich.

»Wir sollten …«, setzt sie an, doch sie kommt nicht weit. Wieder geht die Tür auf, Katie eilt die Stufen herunter. »Tut mir leid, ich bin spät dran, ich habe gerade noch mit Francesca gesprochen.« Ein Grinsen breitet sich auf ihrem Gesicht aus. »Ich darf euch heute quälen. Also los, lasst uns anfangen. Der Märchenwald erschafft sich nicht von alleine.«

* * *

Auch wenn es bei Direktor Pearson vor ein paar Wochen anders klang, so viel haben wir mit dem Bühnenbild gar nicht zu tun. Das Konzept wurde schon lange, bevor das Semester begonnen hat, von einem Bühnenbildner zusammen mit der Regisseurin von Dornröschen erarbeitet. Ein Großteil der Arbeiten wird von Handwerkern ausgeführt, weil, wie Pearson ganz richtig festgestellt hat, wir Tänzer sind und keine Künstler, von Handwerkern ganz zu schweigen. Wenn man uns die Umsetzung des kompletten Bühnenbildes überlassen würde, würde das wahrscheinlich ziemlich mäßig ausfallen.

Im Endeffekt sind wir also nur für Kleinigkeiten verantwortlich. Aber auch Kleinigkeiten wollen ordentlich bearbeitet werden, und nach einer Weile sind meine Finger völlig verkrampft vom Halten der Pinsel, und die Wirkung des Pumpkin Spice Latte hält nicht gerade lange an. Mein Körper lechzt nach mehr Koffein und nach Bewegung. Ich fühle mich steif und ungelenk, aber da ist gerade nichts zu machen.

»Zoe! Mae!« Katies leises Zischen lässt mich von der Arbeit

aufblicken. Sie steht ein paar Meter von mir entfernt und winkt uns mit einem aufgeregten Ausdruck auf dem Gesicht zu sich.

Ich wechsle einen fragenden Blick mit Mae, die jedoch nur die Schultern hebt, weil sie auch nicht weiß, was los ist, bevor ich den Pinsel vorsichtig in die Abtropfschale lege, damit keine Farbe auf den Boden tropft. Ich stemme mich vom Boden hoch.

Mae ist schon aufgesprungen und tänzelt mit anmutigen Schritten zu Katie. »Was gibt's?«, fragt sie neugierig.

»Kommt mit.« Katie sieht sich nach allen Seiten um und greift dann nach Maes Handgelenk, sobald sie sich vergewissert hat, dass uns niemand beobachtet. Wobei auch immer.

Aber von den anderen achtet keiner auf uns, alle sind in ihre Arbeit vertieft, außer Charlotte, die sich die Hände nicht schmutzig machen will und sich damit rausgeredet hat, unseren Arbeitsprozess auf Video festzuhalten. Katie hat versucht, sie davon zu überzeugen, dass niemand ein Video davon braucht, wie wir wenig professionell die Teile des Bühnenbildes erstellen, die man uns zutraut, aber Charlotte hat darauf bestanden, und irgendwann hat Katie aufgegeben. Wahrscheinlich hat sie erkannt, dass es keinen Sinn hat, mit Charlotte zu diskutieren. Sie beharrt so lange auf ihrem Standpunkt, bis ihr Gegenüber nachgibt.

Katie führt uns hinter die Bühne in den Backstagebereich, vorbei an den Umkleiden, vorbei an der Hintertür, um eine Ecke, bis wir schließlich vor dem Notausgang stehen bleiben.

»Tadaaa!« Sie lässt Mae los und breitet die Arme aus.

»Katie, ich will dich nicht enttäuschen, aber das ist eine Tür. Warum diese Begeisterung?«

Katie seufzt missbilligend. »Mae, du musst mehr Vertrauen haben, das ist nicht nur irgendeine Tür.«

»Nein, das ist der Notausgang«, werfe ich ein, und Katie rümpft gekränkt die Nase.

»Wenn ihr weiter blöde Kommentare von euch gebt, weihe ich euch doch nicht in das Geheimnis des Theaters ein.«

»Welches Geheimnis?«, will Mae wissen, und Katie schnalzt zufrieden mit der Zunge, weil wir endlich einigermaßen angemessen auf das reagieren, was auch immer das hier werden soll.

»Zuallererst: Wenn ihr irgendjemandem davon erzählt oder uns an einen Lehrer verpetzt oder an Pearson, werden die nächsten Monate die Hölle für euch. So weit klar?« Sie lächelt uns an, aber ihr ist anzusehen, dass sie die Warnung ernst meint. Ich bekomme eine Gänsehaut, gleichzeitig macht mein Herz jedoch einen aufgeregten Satz.

»Wir sagen niemandem was«, verspreche ich.

»Keiner Menschenseele«, fügt Mae mit einem bekräftigenden Nicken hinzu.

»Das wollte ich hören.« Katie greift nach der Türklinke und drückt sie herunter. Vollkommen lautlos schwingt die Tür ein Stück weit auf. »Das Schloss ist kaputt«, erklärt sie. »Schon seit Jahren. Bisher ist das noch niemandem aufgefallen, oder zumindest wurde es noch nicht repariert, und das bedeutet, dass die Tür auch von außen geöffnet werden kann.«

»Und was genau soll uns das jetzt sagen?« In Maes Stimme schwingt ein Anflug von Misstrauen mit, aber Katies Mund verzieht sich zu einem strahlenden Lächeln.

»Was schon? Wir alle wollen irgendwann mal auf dieser Bühne stehen und die wenigsten von uns wollen warten, bis sie im vierten Jahr endlich dran sind. Ihr wisst nicht, wie magisch das Tanzen sein kann, wenn ihr euch nicht wenigstens einmal nachts in dieses Theater geschlichen und auf der Bühne gestanden habt. Ganz allein.«

* * *

Katies Worte lassen mich den ganzen Tag nicht los. Nicht, als sie uns schließlich aus dem Theater scheucht, weil wir für heute genug geschafft haben. Nicht, als ich Mae dabei helfe, ein Outfit für ihr Date mit Tristan rauszusuchen. Und auch dann nicht, als ich später in meinem Bett liege und mich unruhig von einer Seite auf die andere wälze und nicht schlafen kann, obwohl ich den ganzen Tag todmüde war. Jetzt bin ich hellwach.

Ich verstoße nie gegen Regeln, und die wenigen Male, die ich das getan habe, lassen sich an einer Hand abzählen.

Meine Stifte sind nach Farben sortiert, genau wie meine Balletttrikots und sämtliche Bücher, die ich besitze. Alles muss seine Ordnung haben, und Regeln mit voller Absicht zu verletzen, verträgt sich nicht mit meinem Perfektionismus. Eine ziemlich verdrehte Logik, die vor allem Caleb nicht versteht, aber er lebt auch im Chaos, also was weiß er schon.

Trotzdem denke ich seit Stunden darüber nach, genau das jetzt zu tun. Die Regeln zu brechen, mich ins Theater zu schleichen und auf dieser Bühne zu tanzen.

Trau dich. Trau dich. Trau dich endlich.

Es ist keine bewusste Entscheidung, dass ich kurz nach Mitternacht doch die Beine aus dem Bett schwinge, mich hastig anziehe und aus meinem Zimmer husche. Ich kann einfach nicht anders. Aus dem Aufenthaltsraum dringen Stimmen, ich höre Gelächter. Es ist Samstagabend, wahrscheinlich bin ich die Einzige, die gerade schon im Bett gelegen hat.

Im Treppenhaus begegne ich keiner Menschenseele, aber aus ein paar Zimmern hallt Musik. Sonst ist alles still, und als ich die Tür aufstoße und nach draußen trete, ist da niemand außer mir. Es ist dunkel und unerwartet kalt, inzwischen ist Oktober, und der Winter kommt mit großen Schritten näher.

Mein Atem malt kleine Wolken in die Luft, und ich kuschle mich tiefer in meine Jacke.

Es fühlt sich verboten an, mitten in der Nacht zum Theater zu laufen, was wahrscheinlich daran liegt, dass es auch verboten ist. Adrenalin pumpt durch meine Adern, und mein Verstand will mich dazu bringen, umzukehren und zurück in mein Bett zu krabbeln, aber ich ignoriere die Stimme in meinem Kopf.

Ich kann nur an die Bühne denken, daran, dass ich ewig nicht einfach nur für mich getanzt habe. Ohne von meinen Lehrerinnen und Lehrern prüfend beobachtet zu werden. Ohne Mae und die anderen Mädchen, mit denen ich mich am Wochenende zum Training treffe, was zwar immer Spaß macht, aber nie dieses Gefühl der vollkommenen Ruhe in mir hervorruft, die ich nur dann empfinde, wenn ich ganz allein bin.

Es dauert ein paar Minuten, bis ich die Tür finde. Als ich die Hand auf die Klinke lege, zögere ich.

Das ist verrückt. Ich mache so etwas nicht. Ich breche keine Regeln. Aber in meinem Bauch kribbelt es, und die Bühne ruft mich. Ich schüttle die aufsteigenden Zweifel ab, drücke die Türklinke hinunter, und die Tür öffnet sich tatsächlich.

Ich werfe einen letzten Blick über die Schulter, aber der Campus liegt da wie ausgestorben. Das Verwaltungsgebäude erhebt sich dunkel und mahnend hinter mir. Wenn ich erwischt werde, kriege ich wahrscheinlich ziemlich Ärger, doch der Drang, diese eine verbotene Sache durchzuziehen, ist gerade übermächtig.

Also schlüpfe ich ins Theater, die Tür fällt mit einem leisen Klicken hinter mir ins Schloss. Tiefschwarze Finsternis umfängt mich. Ich fische mein Handy aus der Tasche, schalte die Taschenlampe ein, und dann bin ich auf einmal da, wo ich immer hinwollte. Achtlos lasse ich Schuhe und Jacke auf den Boden fallen und beginne mit meinen Aufwärmübungen, bevor ich schließlich meine Spitzenschuhe anziehe und mir die kleinen In-Ear-Kopfhörer in die Ohren stecke, weil es sich falsch anfühlt, ohne Musik auf dieser Bühne zu tanzen.

Ich habe eine Schwäche für Pop-Songs, die in klassische Musik verwandelt werden. Irgendwie klingt jedes Lied dadurch … nach mehr.

Meine Augen haben sich längst an die Dunkelheit gewöhnt, als ich mit wild klopfendem Herzen die Bühne betrete und das alles ist verrückt, weil außer mir niemand hier ist und mich niemand sehen kann, aber gleichzeitig ist es alles, weil ich immer hier sein wollte, und plötzlich spielt es keine Rolle mehr, ob ich hier sein darf oder nicht. Ich will hier sein, und genau hier gehöre ich hin.

Der Bühnenboden knarzt leise, als ich ein paar Schritte nach vorne mache, innehalte und auf einmal nicht mehr atmen kann, als sich das Theater vor mir erstreckt, die Sitzreihen, die sich zur Bühne abfallend vor mir erheben. Die Logenplätze. Es ist stockdunkel, aber das ist egal, ich kann genug sehen. Roter Samt und absolute Leere. Musik erklingt in meinen Ohren, und dann bewege ich mich ganz von selbst.

Ich improvisiere, folge keinen Regeln, ich fühle einfach nur die Musik, und ich fühle mich frei, und für einen Moment vergesse ich alles. Das Chaos, das mein Leben ist, Charlotte, die irgendwelche Pläne schmiedet, von denen ich keine Ahnung habe, meine Familie und Jase, der mir wieder seine Wahrheiten anvertraut, mehr als früher, und mein Herz, das damit nicht umgehen kann.

Meine Gedanken an all das verstummen. Ich fühle nur noch meinen Herzschlag, meinen Atem, der ein bisschen schwerer geht, und meine Muskeln, die arbeiten. Ich schaue in den Saal, und meine Schritte verwandeln sich in Auroras Schritte. Und dann tanze ich Dornröschen, weil ich diese Rolle gelernt habe, so lange, so oft, bis ich jeden Schritt im Schlaf beherrscht habe.

Ich tanze Aurora, weil es das erste Ballett war, das ich mit meinen Eltern angeschaut habe, nachdem ich mich unsterblich in den Disneyfilm verliebt habe. Ich kann mich nicht mehr daran erinnern, warum ich den Film so geliebt habe, warum ich das Ballett noch mehr geliebt habe, aber ich habe es getan. Ich habe mich in Aurora verliebt und noch mehr in die Musik. Ich habe mich in das Gefühl verliebt, das die Geschichte in mir ausgelöst hat. Sehnsucht und prickelnde Aufregung, Hoffnung. Alles an diesem Stück war voller Zauber, Träume, die sich in mein Herz geschlichen haben. Dornröschen ist ein Märchen, und irgendwie wurde es zu *meinem* Märchen. Ich habe mich in die Bewegungen der Tänzerin verliebt, die damals Aurora getanzt hat, in ihre Leichtigkeit und Anmut. In ihre Schönheit und diese Fähigkeit, mich das mit ihrem Tanz fühlen zu lassen, was Aurora fühlt.

Jetzt tanze ich diese Schritte, schwebe über die dunkle Bühne und habe meinen Körper dabei so vollkommen unter Kontrolle wie seit einer Ewigkeit nicht mehr. Adrenalin rauscht durch meine Adern, meine Haut kribbelt, und ich fühle mich so unendlich lebendig, während ich mich abstoße und in eine Pirouette gehe, mich wieder und wieder und wieder um mich selbst drehe, dabei aber kein einziges Mal das Gleichgewicht verliere.

Die Musik aus meinen Ohrstöpseln passt nicht zu dem Stück, nicht zu meinen Schritten, und eigentlich ist sehr viel falsch, aber es fühlt sich richtig an, und einen Moment lang bin ich schwerelos und einfach glücklich.

Ich habe vergessen, wie sich das anfühlt.

Glücklich zu sein.

Tränen schießen mir in die Augen, aber ich lasse sie zu, weil alles rausmuss. Und dann fühle ich nur noch, und ich fühle alles.

24. KAPITEL

Jase

Das letzte Jahr hat sich so angefühlt, als hätte jemand in meinem Leben auf die Pausetaste gedrückt. Irgendwie ist zwar alles weitergelaufen, aber es hat sich nicht wie mein Leben angefühlt. Nicht so, wie es nach dem Schulabschluss hätte sein sollen. Weil auf einmal alles anders war, aber auf eine absolut falsche Weise.

– Jase

Ich habe gehört, wie jemand ins Theater gekommen ist, und eigentlich hätte ich sofort verschwinden sollen. So sind die Regeln. Sobald jemand auf die Bühne will, hat niemand sonst hier etwas verloren. Wer kommt und feststellt, dass schon jemand da ist, geht wieder, und wer fertig ist, packt seine Sachen zusammen und verschwindet so schnell wie möglich.

Sich nachts ins Theater zu schleichen und zu tanzen, ist kein Gruppending. Jeder, der kommt, macht das für sich, um einmal im Leben die Hauptrolle zu tanzen. Es spielt keine Rolle, ob es ein Publikum gibt oder nicht. Es geht nur darum, auf dieser Bühne zu stehen, frei zu sein, das zu tun, wofür wir alle geboren wurden.

Meine Zeit ist schon seit einer ganzen Weile abgelaufen, seit ich von der Bühne gesprungen und mir in einer der hinteren Reihen einen Platz gesucht habe, um nicht zurück ins Wohnheim gehen zu müssen. Zurück in mein Zimmer, das direkt neben Zoes liegt. Ich bin hiergeblieben, um mich davon abzuhalten, etwas absolut Dummes zu tun.

Aber es stellt sich heraus, dass es genauso dumm war, zu bleiben. Weil nicht irgendjemand sich heute ins Theater schleicht, sondern Zoe.

Natürlich ist sie es. Es kann gar nicht anders sein. Sie ist überall, und ich kann ihr nicht entkommen. Wie auch, wenn wir uns dreimal die Woche beim Pas de deux sehen und uns an den anderen Tagen unter der Woche treffen, um ihre Panik in den Griff zu bekommen.

Es ist besser geworden. Viel besser, auch wenn der Pas de deux immer noch nicht so funktioniert, wie er sollte. Wir hinken immer noch gnadenlos hinterher, aber wir machen trotzdem Fortschritte. Vor allem, wenn wir nicht tanzen, und das ist ein Problem, weil mein beschissener Verstand jedes Mal, wenn sie ihre Hände in meine legt oder sie sich an mich lehnt, komplett aussetzt. Ich kann dann nicht mehr denken. Ich kann nur noch fühlen, und da ist zu viel weiche, warme Haut, zu viel Hitze, zu viel Zoe. Und mein verdammter Körper bringt mich in Schwierigkeiten, weil ich jedes Mal, wenn sie das tut, vergesse, was damals gelaufen ist, und dass es das Letzte, was ich will, ist, Zoe wieder an mich ranzulassen.

Aber irgendwo, tief in mir drin, weiß ich, dass es dafür ohnehin zu spät ist, weil ich ihr wieder Zettel schreibe. Zettel, die ich ihr nun auch tatsächlich gebe und nicht verstecke, so wie während des ganzen letzten Jahres. Ich schreibe ihr meine Wahrheiten, obwohl ich das eigentlich nicht will, aber ich kann nicht damit aufhören. Ich habe angefangen, und jetzt bin ich verloren. Komplett und unwiderruflich verloren. Wenn ich dieses Mal falle, ist da nur noch der Abgrund. Kein Sicherheitsnetz. Nur bodenlose Tiefe.

Ich stehe an der Kante, schon seit einer ganzen Weile, aber in dieser Nacht fehlen nur noch wenige Zentimeter, während Zoe die Bühne betritt und anfängt zu tanzen, zu Musik, die ich nicht hören kann.

Es ist stockfinster im Theater, aber ich sitze hier schon lange genug, dass meine Augen sich an die Dunkelheit gewöhnt haben und ich jede ihrer Bewegungen erkennen kann. Ich erkenne *sie*.

Zoe hatte schon immer eine ganz eigene Art, zu tanzen. Jede Bewegung ist absolut perfekt, gespannte Muskeln, Geschmeidigkeit und Anmut, bei Zoe sieht man, wie sehr sie das Ballett liebt, weil sie es fühlt. Alles. Die Musik, den Schmerz, das Ziehen in jedem Muskel. Bei ihr sieht alles leicht aus, das tut es zwar bei uns allen, doch sie umgibt dabei eine ganz besondere Aura. Vielleicht auch nur für mich, wer weiß das schon.

So oder so weiß ich, dass ich am Arsch bin, während ich ihr beim Tanzen zusehe, obwohl ich gehen sollte. Aber ich bleibe sitzen, bis sie schließlich in eine tiefe Révérence sinkt. Ich kann ihr Lächeln nicht sehen, doch ich kann es spüren, und der verdammte Muskel in meiner Brust macht sich selbstständig, genau wie meine Beine. Ich stehe auf und gehe zur Bühne, ohne darüber nachzudenken, was für eine absolut beschissene Idee das ist.

Ich tue es einfach.

25. KAPITEL
Zoe

Manchmal wünsche ich mir,
dass ich nie aufgehört hätte, dir zu schreiben.
- Zoe

Mein Herz rast, und meine Brust hebt und senkt sich heftig, weil ich zu schnell atme. Auf meinen Lippen liegt ein Lächeln, als ich mich aufrichte – und mich fast zu Tode erschrecke, weil ich nur ein paar Schritte entfernt jemanden entdecke.

Jase.

»Himmel, erschreck mich doch nicht so!«, fahre ich ihn an und nehme mir die Stöpsel aus den Ohren, während mein Herz viel zu heftig gegen meine Rippen hämmert.

Sein Blick ist ernst, und irgendwas in seinen Augen löst ein hektisches Flattern in meinem Bauch aus. »Tut mir leid, ich dachte, du hättest mich gehört.«

Ich schüttle den Kopf. Ich habe gar nichts gehört. Nur die Musik. »Was machst du hier?«

»Das Gleiche wie du, schätze ich.« Er bewegt sich auf mich zu, einen Schritt, zwei, dann bleibt er dicht vor mir stehen und sieht mich einfach nur an.

»Du hast mich beobachtet«, sage ich, weil es gar nicht anders sein kann. Weil er es immer noch tut. Vielleicht, wahrscheinlich, ganz sicher sollte mich der Gedanke beunruhigen, aber es ist Jase, der vor mir steht.

Er hebt die Schultern, doch in seinen Augen liegt alles, nur keine Entschuldigung. »Ich konnte nicht wegsehen.«

Seine Worte treffen mich genau da, wo es wehtut. Mitten ins Herz. »Warum?«

Ihm entfährt ein Laut, eine Mischung aus ungläubigem Lachen und frustriertem Seufzen. »Weil du du bist, Zoe.«

»Und das heißt was genau?«, frage ich, und meine Stimme ist leise und heiser und klingt überhaupt nicht nach mir. Aber er ist mir so verflucht nah und sagt Dinge, die er nicht sagen sollte, und gleichzeitig will ich genau das alles hören. Geflüsterte Wahrheiten, die fast genauso schwer wiegen wie geschriebene Wahrheiten auf zerknitterten Zetteln. Vielleicht sogar noch ein bisschen schwerer.

»Wenn ich das wüsste, hätte ich ein Problem weniger.« Etwas Verzweifeltes schwingt in seiner Stimme mit, und mein Herz zieht sich zusammen.

»Ich bin also ein Problem für dich?« Die Frage ist überflüssig, ich weiß, dass ich eins für ihn bin. Ich bin eine miserable Tanzpartnerin, aber darum geht es gerade wohl nicht, und wenn es das nicht ist, was ist es dann?

Jase schüttelt den Kopf, so heftig, dass ihm blonde Strähnen in die Stirn fallen. Ich will sie wegstreichen, wissen, wie sie sich zwischen meinen Fingern anfühlen. Ich beiße mir auf die Unterlippe, weil das falsch ist. Ich kann so was nicht empfinden. Nicht für Jase und überhaupt gar nicht. Ich sollte nicht. Darf ich überhaupt?

Aber dann heftet sich sein Blick auf meine Lippen, und obwohl der ganze Saal nur in schummriges Licht getaucht ist, bilde ich mir ein, dass seine Pupillen sich weiten, seine Augen dunkler werden, und das Flattern in meinem Bauch verwandelt sich in etwas anderes, Wärmeres, Drängenderes.

»Du verursachst Probleme, Pixie, aber du bist keins, weil du nur du selbst bist.« Er kommt mir noch ein Stück näher, und ich kann auf einmal nicht mehr atmen. Meine Kehle wird eng, und mein Herz schlägt viel, viel, viel zu schnell.

Seine Fingerspitzen streifen meine Hand, und ein elektrisierendes Kribbeln jagt über meinen Arm nach oben, nistet sich in meiner Brust ein, ein warmes Flackern, das viel zu schnell viel zu stark wird.

Warum willst du, dass ich dich küsse, Pixie?

Weil du du bist und ich ich bin, und ich glaube, dass wir zusammen alles sein können.

Auf einmal kann ich sie wieder hören, seine Stimme und meine, vor über einem Jahr. Fragen und Wahrheiten und ein Kribbeln im ganzen Körper. Und dann ein Kuss. Ein einziger, kurzer Kuss, der alles und nichts zugleich war. Zu viel und zu wenig.

»Ich kann nicht aufhören, an den Kuss zu denken.«

Im ersten Moment denke ich, ich bin diejenige, die das gesagt hat, weil die Erinnerung an Jase' Lippen auf meinen sich gerade ziemlich real anfühlt. Doch es ist seine Stimme, noch rauer, noch heiserer als vorhin, und mir wird heiß, als seine Finger sich mit meinen verflechten, schon wieder ganz von selbst. Er zieht an meiner Hand, sanft, beinahe vorsichtig, und ich lasse es zu. Ich könnte mich ihm selbst dann nicht entziehen, wenn ich es wollen würde. Und ich will nicht. Auf keinen Fall.

»Warum nicht?«, frage ich, und er soll meine Worte von damals wiederholen, auch wenn alles anders ist und nie wieder so werden wird, aber ich muss es einfach hören.

»Weil ich es wieder tun will«, sagt er stattdessen leise, und die Antwort ist fast besser, weil ich auch will, dass er es wieder tut.

Seit dem Moment, in dem wir zum ersten Mal vor dem Spiegel standen und seine Hände über meine Arme und Schultern gewandert sind. Seit er mich das erste Mal gefragt hat, wie es sich anfühlt, von ihm berührt zu werden, und meine Antwort viel zu einfach war.

»Dann tu es.« Die Worte platzen aus mir heraus, bevor ich mich aufhalten kann, bevor ich auch nur darüber nachdenken kann, dass das eine absolut beschissene Idee ist, weil ich nicht weiß, ob mein Körper mitspielt oder ob ich in Panik gerate. Jase ist der erste und letzte Junge, den ich geküsst habe, aber vielleicht ist es genau das. Das Richtige. Und vielleicht muss ich jetzt einfach mutig sein.

Sein Griff um meine Hand wird etwas fester, er will den Kopf schütteln, sein Blick ist so zerrissen, wie ich mich fühle. Er sieht mir in die Augen, auf meinen Mund, und dann bin ich diejenige, die ihm die Entscheidung abnimmt, indem ich den Abstand zwischen uns überbrücke und meine Lippen auf seine drücke.

Im ersten Moment reagiert er nicht, und ich kriege Panik, andere Panik, weniger schlimme Panik, aber sie ist trotzdem da, weil ich das vielleicht doch nicht hätte tun sollen. Weil er zwar gesagt hat, dass er es will, aber vielleicht will er es doch nicht und … Meine Gedanken verstummen, als er meine Hand loslässt und mein Gesicht umfasst. Seine Haut ist weich und warm, so wie seine Lippen, und er küsst mich, sanft und vorsichtig. Aber das ist nicht das, was ich will. Ich will alles und ihn.

Glühende Hitze breitet sich in mir aus, ich öffne die Lippen, und Jase folgt der Einladung, ohne zu zögern. Er stößt einen kehligen Laut aus, als unsere Zungen sich berühren, ein Beben durchläuft seinen Körper, und dann ist auf einmal nichts mehr sanft und vorsichtig.

Da sind nur noch wir, und seine Lippen auf meinen, seine Zunge in meinem Mund, Hände an meinem Gesicht, meinem Nacken, meine Finger in seinen Haaren. Weiche Strähnen und heiseres Stöhnen. Jase zieht mich an sich, enger und enger, und ich presse mich an ihn, sauge ihn in mir auf, diesen Kuss und ihn. Atme ihn ein und fühle viel zu viel. Seine Erektion drückt gegen meinen Bauch, und, oh Gott, das alles ist zu viel und noch lange nicht genug.

Mein Puls rast, ich kann ihn in jeder Faser meines Körpers spüren, in meinen Fingerspitzen, meinem Bauch, sogar in den Zehen und zwischen den Beinen. Es pocht und pocht und pocht. Da ist nur noch pures Verlangen, und ich möchte weinen, weil ich nicht wusste, dass ich so etwas noch fühlen kann.

Aber ich tue es, und ich will mehr.

Ich stolpere nach vorn, als Jase sich abrupt von mir löst und zurückweicht. Sein Gesicht ist auf einmal nur noch eine ausdruckslose Maske, und mir wird schlagartig eiskalt.

»Jase …«, setze ich an, aber er dreht sich ohne ein Wort um und lässt mich einfach stehen.

* * *

Ich bin verwirrt, als ich schließlich in mein Bett krabbele. Verwirrt und müde und verletzt, auch wenn es mir nicht passt, auch wenn ich es niemals zugeben würde. Aber ich bin verletzt, weil er einfach gegangen ist. Weil er mich Dinge hat fühlen lassen, die ich so schon viel zu lange nicht mehr gefühlt habe. Und dann hat er einfach aufgehört.

Es ist, als hätte er mir etwas weggenommen.

Und wieder kann ich nicht einschlafen, auch wenn es mittlerweile schon fast vier Uhr morgens ist. Ich muss schlafen, aber ich kann nicht. Weil ich trotz Jase' Zurückweisung nicht aufhören kann, an den Kuss zu denken, und wenn ich an den Kuss denke, fängt mein ganzer Körper an zu prickeln. Ich kann seine Lippen wieder auf meinen fühlen, sein Stöhnen in meinem Mund.

Meine Lider schließen sich flatternd.

Sein Becken an meinem, seine Erektion, die sich gegen meinen Bauch presst. Seine Hände auf meiner Haut. Mir wird warm, mein Herz beginnt zu rasen und meine Finger machen sich selbstständig, wandern unter meine kurzen Pyjamashorts und in meinen Slip. Ich denke nicht darüber nach, was ich tue, ich tue es einfach, lasse es geschehen, weil ich wissen will, ob ich das kann. Ob es funktioniert. Ich will meinen Körper wieder fühlen können, ich will die Kontrolle zurück.

Ich stelle mir vor, dass es seine Hände sind, trotz allem, weil es nur seine Finger sein können, die mich berühren. Mir entschlüpft ein leises Seufzen, als ich spüre, wie feucht ich bin.

Seine Finger, meine Finger, mein Herz pocht, alles pocht, drängt, will mehr und dann … dann verkrampft sich alles in mir. Mir wird kalt, und mein Körper wehrt sich. Ich habe keine Kontrolle, und das Gefühl von seinen Lippen verschwindet.

Tränen schießen mir in die Augen, weil ich kaputt bin und nichts, aber auch gar nichts so funktioniert, wie es soll. Weil Jase mich zwar küssen will, aber nicht mich will, und ich weiß nicht mal, ob ich *ihn* überhaupt will, aber natürlich belüge ich mich mal wieder gnadenlos selbst.

Ich ziehe mir die Decke über den Kopf und weine, bis ich irgendwann doch einschlafe.

DAVOR
Zoe

Ein Jahr zuvor
25. Juni 10:32 PM

Jase' Lippen sind unendlich weich. Er stöhnt auf, ein leises, kaum hörbares Geräusch, und mein Herz gerät stolpernd aus dem Takt. Instinktiv schmiege ich mich enger an ihn, sein Körper presst sich an meinen, und es passt perfekt. Es ist ein langsamer, sanfter Kuss, neu und irgendwie doch vertraut.

Ich will, dass wir nie wieder damit aufhören.

Der Gedanke taucht so unvermittelt in meinem Kopf auf, dass ich für eine Sekunde das Gleichgewicht verliere. Jase fängt mich auf, löst sich von mir, und in seinen Augen liegt eine Mischung aus Hoffnung und einem tiefen Schmerz. Ich will ihn fragen, was los ist, aber in dem Moment, in dem ich den Mund öffne, drückt er seine Lippen wieder auf meine, und jeder Gedanke verstummt.

»Fuck, was zur …« Die vertraute Stimme lässt uns auseinanderfahren. Caleb steht nur ein paar Schritte von uns entfernt und starrt uns fassungslos an. Es dauert einige Sekunden, bis ich die Wut in seinen Augen erkenne, und mein Magen verkrampft sich.

Mist, Mist, Mist. Verdammter Mist!

Ich hätte ihm von Jase erzählen sollen, von den Zetteln und allem anderen.

»Caleb …«, setzt Jase an, aber mein Bruder schneidet ihm mit einer Handbewegung das Wort ab.

»Meine kleine Schwester? Ist das dein Ernst?« Seine Stimme vibriert vor Zorn, und ich will etwas sagen, aber da sind keine Worte mehr, nichts, was ich sagen kann.

Caleb wendet sich ab und stapft Richtung Haus, und ich kann nicht anders, ich muss ihm folgen.

Jase' Finger schließen sich um mein Handgelenk, er hält mich auf, und als ich ihm dieses Mal in die Augen schaue, ist die Hoffnung verschwunden, und da ist nur noch Angst.

»Ich muss mit ihm reden!«, sage ich und versuche, mich von ihm zu lösen, aber sein Griff wird kaum merklich fester, bevor er mich schließlich doch loslässt und nickt.

»Ich kann …« Seine Stimme bricht, er räuspert sich, und mir blutet das Herz. »Lass mich mit ihm reden.«

Ich schüttle den Kopf. »Nein, er würde nicht auf dich hören. Vertrau mir.«

Jase zögert sichtlich, dann gibt er nach. »Treffen wir uns später im Baumhaus?«

Ich nicke hastig und laufe meinem Bruder hinterher, um ihm alles zu erklären, damit er versteht, was das zwischen Jase und mir ist.

Die Musik dröhnt in meinen Ohren, als ich das Haus betrete und mich auf die Suche nach Caleb mache, aber unten ist er nirgendwo. Dafür finde ich Reed und Tristan, die im Esszimmer an dem langen Tisch stehen, an dem gerade Beer-Pong gespielt wird.

»Habt ihr Caleb gesehen?«, frage ich.

Tristan schüttelt den Kopf, aber Reed grinst mich an. »Er ist gerade nach oben gelaufen. Wollte zum Klo, glaub ich.«

»Danke!« Ich werfe ihm eine Kusshand zu und dränge mich durch die Menschenmenge vor der Treppe und an einem knutschenden Paar auf der zweiten Stufe vorbei nach oben.

Die meisten Türen sind verschlossen, doch ich weiß genau, in welchem Badezimmer Caleb ist, und ich bin mir sehr sicher, dass er nicht da ist, weil er zur Toilette muss. Es ist das letzte Zimmer auf der linken Seite. Das Gästezimmer, in dem ich immer schlafe, wenn ich bei Charlotte übernachte.

Und tatsächlich, als ich die Tür öffne, sitzt Caleb auf meinem Bett, die Ellbogen auf die Knie gestützt, die Hände in den dunklen Haaren vergraben.

Er hebt den Kopf, als er mich hört, und ich schnappe erschrocken nach Luft, als ich sehe, dass mein Bruder weint.

»Caleb? Was …« Der Rest der Frage bleibt mir im Hals stecken.

»Ich bin so ein Idiot«, gibt er gepresst zurück und wischt sich zornig die Tränen vom Gesicht.

»Warum? Was ist los?« Ich schließe die Tür hinter mir und bewege mich auf ihn zu, ein mulmiges Gefühl breitet sich in meinem Bauch aus.

»Was läuft da zwischen Jase und dir?« Seine Stimme bricht, als er Jase' Namen sagt, und das mulmige Gefühl verwandelt sich in eine dunkle Ahnung.

Nein, nein, nein. Bitte nicht.

»Ich … Wir …« Ich verstumme, als er auflacht. Es klingt unendlich traurig.

»Bist du in ihn verliebt?«

Es hat keinen Zweck, es zu leugnen. Ich kann Caleb nicht anlügen. »Ja. Aber du musst dir keine Sorgen machen, ehrlich, das mit uns ist … anders. Du –«

»Ich mache mir keine Sorgen«, unterbricht er mich, und jetzt laufen ihm wieder wütende Tränen über die Wangen, und ich begreife, was er mir sagen will, aber nicht sagen kann.

»Du auch«, flüstere ich. Das muss ein schlechter Scherz sein, weil es nicht sein kann, dass Caleb und ich uns in denselben Jungen verliebt haben. In seinen besten Freund.

Caleb nickt, und mir bricht das Herz.

Er hat mir schon vor Wochen erzählt, dass er schwul ist, und ich weiß, dass er es erst vor ein paar Tagen Mom und Dad erzählt hat. Ich weiß auch, dass Jase und die Jungs bisher nichts davon wissen, Caleb hat sich noch nicht getraut, möchte lieber warten, weil die Highschool scheiße und Teenager Arschlöcher sein können.

Er hat mir aber verschwiegen, dass er verliebt ist, und ich habe nicht richtig nachgefragt, weil ich mir sicher war, dass er es mir sagen würde, wenn es so wäre. Ich wollte ihn nicht drängen, denn obwohl sich für mich nichts geändert hat, für ihn ja vielleicht doch.

Mir ist total egal, in wen er sich verliebt, solange es jemand ist, der ihn gut behandelt und ihn glücklich macht.

Jetzt wünschte ich, ich hätte ihn gefragt.

»Scheiße, Zoe, es tut mir leid, ich hätte einfach die Klappe halten sollen. Vergiss einfach, was ich gesagt habe, ich bin betrunken!«, platzt es aus Caleb heraus, als ich nicht antworte. Mein Kopf ist vollkommen leer. Vor zehn Minuten war alles gut. Vor zehn Minuten war ich die Einzige, die in Jase verliebt war. Ich habe ihn geküsst. Er hat mich geküsst. Es war perfekt.

Und jetzt … Wie konnte so schnell so schrecklich viel schiefgehen?

Wieder schlägt Caleb sich die Hände vors Gesicht. »Wie konnte ich so dumm sein? Ich wusste, dass er nicht auf mich steht. Ich *wusste* es. Warum konnte ich nicht einfach die Klappe halten? Warum musste ich mich überhaupt in ihn verlieben?« Seine Schultern zucken, er beginnt zu weinen, und mein Herz bricht zusammen mit seinem noch ein Stück weiter.

»Ich …« Ich breche ab, Worte formen sich in meinem Mund, aber ich kann sie nicht aussprechen.

Weil es einfach ist, sich in Jase zu verlieben. Ich will mit ihm zusammen sein. Ich will alles mit ihm.

Aber *alles* ist gerade viel komplizierter geworden, als ich jemals gedacht hätte. Caleb ist in Jase verliebt, und es ist anscheinend nicht einfach nur eine Schwärmerei. Das hier ist die Sorte Liebe, die richtig wehtut, wenn sie nicht erwidert wird.

Ich finde immer noch keine Worte, weil es keine gibt, die irgendwas besser machen würden. Stattdessen nehme ich Caleb in den Arm und lasse ihn weinen. Ich weine mit ihm, weil alles ätzend ist und ich es hasse.

Ich hasse es, dass er verletzt ist, dass er traurig ist, und ich hasse es, dass ich ihn noch mehr verletzen, ihn noch trauriger machen würde, wenn ich Jase noch einmal küsse. Wenn ich wirklich mit ihm zusammen wäre.

Ich hätte nie gedacht, dass Caleb und ich uns mal gegenseitig das Herz brechen würden. Aber hier stehen wir und weinen wegen eines Jungen, der uns beiden das Herz gestohlen hatte.

Irgendwann, nachdem wir uns wieder so weit beruhigt haben, dass zumindest das Atmen nicht mehr wehtut, verlassen wir mit rotgeweinten Augen das Gästezimmer und gehen zurück auf die Party.

Meine Freundinnen und die Jungs warten mit besorgten Mienen in der Küche auf uns. Sie müssen nur in unsere verheulten Gesichter schauen, um zu wissen, dass irgendwas gründlich schiefgelaufen ist.

Tristan reicht Caleb einen Becher, Amber mir. Wir sehen uns an, stoßen unsere Becher gegeneinander und trinken. Ich verdränge, dass Jase im Baumhaus auf mich wartet und sich fragen wird, ob alles in Ordnung ist, wenn ich nicht auftauche. Ich verdränge, dass ich ihm irgendwas sagen muss, aber ich weiß einfach nicht, was. Ich kann nicht mit ihm zusammen sein, nicht so, nicht wenn ich Caleb damit verletze.

Er ist mein Bruder, mein bester Freund. So egoistisch kann ich nicht sein.

Es ist die letzte klare Erinnerung, die ich an diese Nacht habe. Danach … Danach bricht alles auseinander.

Mein Leben. Mein Körper. Das, was von meinem Herzen noch übrig ist.

Alles, was mich ausmacht.

Ich.

26. KAPITEL

Jase

Dir nicht zu schreiben, hat sich angefühlt,
als würde ein Teil von mir fehlen. Du warst das Ventil für
das Chaos in meinem Kopf, und es war absolut beschissen,
als du es nicht mehr warst.
- Jase

Vor fünf Jahren war ich glücklich. Vor fünf Jahren hatte ich eine funktionierende Familie, einen stabilen Freundeskreis, einen Traum und alle Chancen, die man auf dieser Welt haben kann. Ich hatte alles.

Und dann ist die Blase aus Unschuld, kindischer Ahnungslosigkeit und allem anderen einfach so zerplatzt. Seitdem hat sich mein Leben in eine verfickte Abwärtsspirale verwandelt.

Kaputte Familie, keine Freunde, eine Zukunft, die sich jeden Tag in Luft auflösen kann.

Und dann ist da noch Zoe.

Das Mädchen, das mich küsst und dann wegstößt.

Das Mädchen, das nicht mehr auf meine Nachrichten reagiert.

Das Mädchen, das mich ganz offensichtlich nicht will.

Nur dass sich dieser verfluchte Kuss letzte Nacht nicht so

angefühlt hat. Er hat sich nach was vollkommen anderem angefühlt, und ich verstehe es nicht. Ich verstehe *sie* nicht.

Dabei habe ich verdammt noch mal mehr als genug Probleme, mit denen ich mich rumschlagen muss. Das Stipendium, für das ich mir den Arsch aufreiße und das ich vielleicht trotzdem nicht bekomme. Die Gebühren für das laufende Semester, die ich nicht bezahlen kann, obwohl East mir vor zwei Wochen einen Job in einem Kino besorgt hat. Aber die Kohle wird nicht reichen, kein bisschen. Ich komme vielleicht noch zwei Monate hin, aber das war's. Dann ist es vorbei, und ich sitze auf der Straße. Aber für noch einen Job habe ich keine Zeit. Die Woche hat nur eine begrenzte Anzahl an Stunden, und meine sind aufgebraucht.

Ich bin absolut am Arsch, meine Probleme türmen sich meterhoch vor mir auf, und trotzdem kann ich nicht aufhören, an diesen Kuss zu denken.

An Zoes Lippen auf meinen, ihre Finger in meinen Haaren, ihr leises Seufzen, bei dem ich am ganzen Körper eine Gänsehaut bekommen habe. Ihre Zunge in meinem Mund, und sie schmeckt immer noch nach Pfirsich.

Ich will nicht daran denken. Weder an diesen Kuss noch an den anderen. Ich will überhaupt nicht an sie denken.

Aber. Ich. Kann. Verdammt. Noch mal. Nicht. Damit. Aufhören.

Und das ist gerade das größte Problem von allen. Weil ich nicht an sie denken, sie nicht an mich ranlassen, mich nicht von ihr küssen lassen darf.

Aber es ist zu spät, und ich stehe nicht mehr nur am Abgrund, ich falle.

Falle, falle, falle.

Ich will mit ihr reden, ich will meine Hände in ihren Haaren vergraben, ich will ihre Haut auf meiner spüren, ihr Herz an meinem, und das alles ist so abgrundtief falsch, dass ich schreien will, weil es sich gleichzeitig auch wie das einzig Richtige anfühlt.

Zoe hat mich einmal gefragt, warum ich ihr meine Wahrheiten anvertraue. Ich habe ihr geantwortet, dass ich es tue, weil sie echt ist. Und weil sie mich etwas fühlen lässt.

Daran hat sich nichts geändert, auch wenn es fast eineinhalb Jahre her ist, dass ich ihr diese Nachricht geschrieben habe. Dabei will ich diese verfickten Gefühle nicht. Sie führen zu nichts. Absolut nicht. Aber ich kann sie auch nicht abstellen.

Die Mauer, hinter der ich meine Gefühle verschlossen habe, hat nicht nur zu bröckeln begonnen, Zoe hat sie komplett niedergerissen mit nur einem einzigen Kuss.

Und jetzt ist alles wieder da. Der Schmerz, die Wut, das Vermissen und die fucking Hoffnung, die nicht sein darf. Das Gefühl, vollkommen allein auf dieser Welt zu sein, obwohl ich es nicht bin.

Mein Körper kommt nicht mit ihnen klar, diesen Gefühlen. Er wehrt sich. Mein Herz pocht dennoch die ganze Zeit viel zu schnell, weil ich nicht aufhören kann, an Zoe zu denken, ich bin unruhig, rastlos. Und ich bin wütend, auf Zoe und Caleb, meine Eltern und Lia und auf die ganze verfickte Welt. Und am allermeisten auf mich selbst, weil ich mich nicht einfach von ihr fernhalten kann.

Ein Klopfen an der Tür reißt mich aus meinen Gedanken, und ich denke, hoffe – hasse, dass ich es hoffe –, es ist Zoe. Aber meine Schwester steht vor der Tür, als ich sie hektisch öffne. Die blonden Haare hat sie zu einem ordentlichen Zopf geflochten, ein ernster Ausdruck liegt in den vertrauten grünen Augen.

»Wir müssen reden, Jase.«

* * *

Meine Schwester schafft es nicht oft, mich zu überraschen, ehrlich gesagt, kann ich mich nicht daran erinnern, dass sie es jemals getan hat. Abgesehen vielleicht von ihrer Abwesenheit auf meiner Abschlussfeier, aber das war eigentlich keine wirkliche Überraschung, sondern eher eine Bestätigung.

Heute allerdings schafft Lia es, mich aus der Fassung zu bringen.

»Willst du mich verarschen?« Ich stelle die Frage zum dritten Mal, weil es mir schwerfällt, ihr zu glauben.

Lia wirft mir einen giftigen Blick zu. »Kannst du auch einen Satz sagen, ohne zu fluchen?«

»Kann ich, aber in diesem Fall: Nö.«

»Du benimmst dich kindisch«, gibt sie mit einem genervten Stöhnen zurück.

»Gut, dass ich dein kleiner Bruder bin, das ist quasi mein Job.« Ich reize sie bis aufs Blut, und angesichts des Angebots, das sie mir gerade unterbreitet hat, sollte ich mir das besser verkneifen, aber ich kann nicht. Ich habe verlernt, normal mit Lia umzugehen. Und allen anderen.

»Such dir einen neuen.« Wütend funkelt sie mich an und fragt gereizt: »Also, was ist jetzt. Willst du das Geld nun haben oder nicht?«

Ihre perfekt manikürten Fingernägel treffen mit einem ungeduldigen Klackern auf die Tischplatte. Wir sitzen seit einer Viertelstunde in diesem kleinen Hipster-Café, nur ein paar Querstraßen vom Campus entfernt. Lia hat mein Zimmer gemieden wie die Pest, und ich habe mich geweigert, sie in ihres zu begleiten.

Dieses Gespräch auf dem Flur oder in der Cafeteria zu führen, war allerdings auch keine Option, weder sie noch ich waren scharf auf Publikum. Deswegen sind wir hier gelandet, und Lia hat mir bei einer Tasse des ekelhaftesten Kaffees, den ich je getrunken habe, eröffnet, dass sie mir das Geld für die Schulgebühren dieses Semesters geben kann.

Der Gedanke ist dermaßen absurd, dass die Frage, ob sie mich verarschen will, ziemlich gerechtfertigt ist.

»Woher hast du das Geld überhaupt?« Ich lehne mich in meinem Stuhl zurück und verschränke die Arme vor der Brust.

Lia weicht meinem Blick aus, ihre Hände, die sie fest um die Tasse vor sich geschlossen hat, verkrampfen sich.

»Lia!«, knurre ich. »Wieso hast du so viel Geld, dass du mir mal eben so dreizehntausend Dollar geben kannst.«

Sie hebt den Kopf, ihr Gesicht ist eine ausdruckslose Maske, die mir schmerzhaft vertraut ist. Einen Moment lang fühlt es sich an, als würde ich in den Spiegel schauen.

»Grandma und Grandpa haben einen Collegefonds für jeden von uns eingerichtet. Nicht für die Studiengebühren, sondern … einfach so. Um uns die Studienzeit etwas … angenehmer zu machen.« Ihr Widerwillen, mir das zu erzählen, ist nicht zu überhören, und sobald in meinem Hirn angekommen ist, was sie da gerade gesagt hat, wünschte ich, sie hätte mich einfach angelogen.

Entgeistert starre ich sie an. »Grandma und Grandpa haben einen Collegefonds eingerichtet? Für *jeden* von uns?«

Sie nickt.

»Warum weiß ich nichts davon?«

Die Antwort ist so einfach, so verdammt offensichtlich, dass ich mir die Frage eigentlich sparen kann. Meine Eltern sind nicht die Einzigen, die mir das Geld gestrichen haben. Einen Moment lang frage ich mich, warum ich eigentlich nicht auf die Idee gekommen bin, meine Großeltern um Hilfe zu bitten. Aber offensichtlich wäre das sowieso egal gewesen. Es hätte nichts geändert.

Lia stößt ein tiefes Seufzen aus. »Du weißt, warum. Zwing

mich nicht, es auszusprechen. Jetzt nimm das Geld einfach. Es gehört mir, es ist mein Konto. Dad wird davon nichts mitkriegen.«

Es wäre so einfach, Ja zu sagen. Und es wäre so verdammt dämlich, es nicht zu tun. Mein Stolz sieht das allerdings etwas anders.

»Warum willst du mir helfen?«

»Du bist mein Bruder«, erwidert sie, als würde das alles erklären. In unserem Fall tut es das definitiv nicht.

»Und? Das hat dich die letzten Jahre auch nicht interessiert«, spotte ich. »Du hast mir noch nie bei irgendwas geholfen.«

Sie zuckt kaum merklich zusammen, ein schmerzlicher Ausdruck huscht über ihr Gesicht, verschwindet aber schnell wieder. »Du hast mich gefragt, ob ich meinen Traum aufgeben würde, nur weil Mom und Dad es wollen. Ich … Sagen wir einfach, ich will nicht, dass du deinen Traum aufgeben musst.«

Es ist drei Wochen her, dass ich das zu ihr gesagt habe. Drei verdammte Wochen. Warum kommt sie jetzt erst damit an? Meine Augen verengen sich zu schmalen Schlitzen. Ein Teil von mir will ihr glauben, der andere weiß es besser. »Du willst mir also dreizehntausend Dollar geben. Einfach so. Ohne, dass ich etwas dafür tun muss?«

Lia wird rot, und meine Schultern verspannen sich. »Ja, also … Kannst du nicht einfach versuchen, dich mit Mom und Dad zu versöhnen?«

Ich schnaube. Das war so klar. »Das heißt, du gibst mir das Geld nur, wenn ich mich mit Mom und Dad vertrage? Willst du mich verarschen?!«

»Ich will lediglich, dass du versuchst, dich nicht wie ein komplettes Arschloch zu benehmen. Sie würden alles für dich tun, und du bist komplett undankbar!«

»Ich bin *undankbar*?«, fahre ich sie an und springe auf. Dabei stoße ich gegen den Tisch, und meine Tasse fällt klirrend um. Wenigstens muss ich den beschissenen Kaffee jetzt nicht mehr trinken.

Ich spüre die irritierten Blicke der anderen Gäste, aber mir ist scheißegal, ob jemand mitbekommt, worum es geht.

»Ja!« Lia ist ebenfalls aufgestanden, ihre Augen glänzen verdächtig. »Mom und Dad würden echt alles für dich tun, und du merkst es nicht mal!«

»Sie akzeptieren weder das, was ich will, noch respektieren sie, wer ich bin, aber klar, sie würden alles für mich tun.«

»Himmel, Jase, sie machen sich Sorgen um dich! Du hörst nur einfach nicht zu!«

»Das ist doch Bullshit! Dad will seinen Willen durchsetzen, aber ich bin nicht Sam!«, schreie ich. Ich verliere die Kontrolle, der Schmerz, den ich verdrängt zu haben glaubte, bahnt sich seinen Weg zurück an die Oberfläche, und mein Herz krampft sich zusammen. Auf einmal tut mir alles weh.

»Nein, das bist du nicht«, sagt Lia ruhig. Ihr ist anzusehen, was sie denkt.

Es wäre alles etwas einfacher, wenn du es wärst.

»Du kannst mich mal«, sage ich tonlos.

Sie verschränkt die Arme vor der Brust, ihre Schultern beben. »Mir macht das alles auch keinen Spaß, ist dir das klar? Ich will einfach nur, dass wir wieder eine Familie werden, also reiß dich zusammen und nimm das Geld.« Sie greift nach ihrer Tasche und verlässt das Café, bevor ich etwas erwidern kann.

Ich hätte auch nicht gewusst, was.

27. KAPITEL
Jase

Ich habe dich immer um deine Beziehung zu Caleb beneidet. Lia und ich haben uns nie verstanden. Ich glaube, sie hasst mich und ich glaube, ich hasse sie auch. Manchmal. Oder immer. Ich bin mir nicht sicher. Und das hasse ich fast noch mehr.

- Jase

Ich hasse es, dass Lia mich in so eine Lage bringt. Ich will ihr Scheißgeld nicht, aber ich brauche es. Das lässt sich nicht schönreden. Wenn ich es nicht nehme, bin ich am Arsch. Und wenn ich es nehme, bin ich es auf eine andere Weise auch. Ich kann nicht zu meinen Eltern gehen und einen auf glückliche Familie machen. Nicht für alles Geld der Welt.

Als ich ins Wohnheim zurückkehre, fühle ich mich wie betäubt. Leer. Erschöpft. Aber ich kann den Zorn fühlen, die Enttäuschung und die Frustration. Sie warten, lauern auf den richtigen Moment, darauf, dass ich wieder die Kontrolle verliere.

Der Moment kommt zu schnell. Genau da, als ich gerade die Tür zu meinem Zimmer aufschließe und höre, wie nebenan eine andere Tür aufgeht.

Zoe tritt auf den Flur, das weiß ich, ohne hinzusehen. Meine Rückenmuskulatur spannt sich an, noch bevor sie ein Wort gesagt hat.

»Jase? Können wir reden?«

Nein, können wir nicht. Wenn ich noch mehr rede, sage ich Dinge, die sich nie wieder zurücknehmen lassen. Also ignoriere ich sie, stoße die Tür auf und will sie hinter mir wieder zuknallen, aber Zoe ist schneller.

Sie stemmt sich gegen das Holz und ist in meinem Zimmer, bevor ich sie aufhalten kann. Und jetzt kann ich auch nichts mehr dagegen tun, dass ich sie doch ansehen muss. Als Erstes fallen mir die dunklen Schatten unter ihren Augen auf. Sie hat schlecht geschlafen, genau wie ich. Dann sehe ich die zornigen Flammen in ihrem Blick.

»Ist das dein Ernst? Du ignorierst mich einfach? Nach dem Kuss? Nach allem, was du gesagt hast?« Sie kommt auf mich zu, und da ist er wieder, ihr verfluchter Lavendelduft. Ich will ihn nicht einatmen, will *sie* nicht einatmen, aber ich tue es trotzdem. Ich kann nicht anders, und ich hasse es so sehr, dass ich fast platze.

»Du hast mich ein Jahr lang ignoriert, nachdem wir uns geküsst haben. Nachdem du mir Dinge gesagt hast, die man nicht sagen sollte, wenn man es nicht ernst meint! Also komm damit klar.«

Sie zuckt getroffen zusammen und wird blass. Mein beschissenes Herz reagiert darauf mit einem vorwurfsvollen Hämmern gegen meine Rippen, aber das ist mir jetzt scheißegal.

Die Mauer ist zerstört, der Abgrund ist da, und ich habe mich geirrt: Ich bin nicht gefallen, ich habe mich mit voller Absicht hinuntergestürzt. Ich bin so wütend, dass es sich anfühlt, als würde es mich von innen heraus zerreißen. Das Blut rauscht in meinen Ohren, meine Hände zittern so heftig, dass ich sie zu Fäusten ballen muss, damit sie es nicht sieht.

Aber das ist unnötig, ihr Blick zuckt zu meinen Fingern, und natürlich sieht sie es. Weil sie immer alles sieht.

»Jase …«, setzt sie an, und ich weiß, was sie sagen will. Dass es ihr leidtut. Aber ihre Entschuldigung interessiert mich nicht. Weil sie mir nicht das wiedergeben kann, was ich verloren habe.

»Was hast du erwartet, Zoe?«, fahre ich sie an.

Sie streckt eine Hand nach mir aus, und ich will sie nehmen, ihre Haut auf meiner spüren, und das macht mich noch wütender.

»Ich hab gar nichts erwartet. Ich will mit dir reden«, sagt sie. Ihre Stimme ist sanft und weich, und ich will nie wieder etwas anderes hören. Gleichzeitig sträubt sich jede Faser meines Körpers dagegen, zu erfahren, was sie zu sagen hat. »Über den Kuss. Was das bedeutet. Du bist gestern einfach gegangen und –«

»Du bist auch einfach gegangen!«, unterbreche ich sie scharf. »Nach unserem letzten Kuss! Du bist abgehauen und wolltest später zum Baumhaus kommen, aber du bist nie aufgetaucht. Erinnerst du dich?« Ich kann mich nicht bremsen, obwohl ich nicht darüber reden will. Aber mein Verstand hat sich offensichtlich verabschiedet, denn ich spreche weiter, kann die Worte nicht zurückhalten. »Ich frage mich immer noch, wie ich so dumm sein konnte. Wie konnte ich auch nur eine Sekunde lang glauben, dass der beschissenste Tag meines Lebens vielleicht doch nicht ganz so beschissen ist, weil du mich küssen willst.«

»Was meinst du damit?«, fragt Zoe leise, besorgt, alarmiert. Sie ist nicht wütend, und damit kann ich nicht umgehen. Ich will, dass sie wütend ist, und ich will sie verletzen. Ich will ihr wehtun, weil sie mir wehgetan hat. Aber der Blick aus ihren braungrünen Augen ist so besorgt, dass ich es nicht kann.

Ich lache auf, weiche mit ausgebreiteten Armen zurück, bis ich mit dem Rücken gegen die Fensterbank stoße, und dann sage ich ihr die Wahrheit, weil ich das immer schon getan habe, und weil es jetzt ohnehin zu spät ist. Es ist zu spät für ein Zurück, zu spät für alles.

»Meine Eltern haben mich an dem Tag rausgeworfen. Erst kommen sie nicht zur Abschlussfeier, und dann setzen sie mich vor die Tür, weil ich nicht nach Harvard gehen will und Dad sich weigert, mir meine *lächerliche* Tanzausbildung zu finanzieren.« Ich ersticke fast an den Worten, meine Brust fühlt sich eng an, und mein Leben ist einfach nur zum Kotzen.

»Nein«, haucht sie, schüttelt den Kopf, als könnte sie es nicht glauben. Aber doch, mein Leben ist wirklich so beschissen.

»Als du mir diesen verfickten Zettel im Baumhaus hinterlassen hast, hatte ich einen beschissenen Moment lang Hoffnung. Und dann verschwindest du nach dem Kuss und redest nicht mehr mit mir, und Caleb ignoriert mich, weil ich offensichtlich nicht gut genug für seine kleine Schwester bin. Und ich habe kein fucking Zuhause mehr! Ich habe gar nichts mehr!«, schreie ich, meine Stimme überschlägt sich vor Zorn. »Ich habe gar nichts mehr! Niemanden, mit dem ich reden und den ich um Hilfe bitten kann. Weißt du eigentlich, wie oft ich versucht habe, euch zu erreichen? Ich brauchte Hilfe, weil mein Dad mich rausgeschmissen hat und es niemanden in meinem beschissenen Leben gab, der mich hätte retten können. Ich war allein, und ich habe an einem Tag *alles* verloren. Meinen besten Freund, mein Zuhause und … dich.« Schwer atmend verstumme ich, meine Augen brennen.

Fuck, nein, ich fange jetzt nicht an zu heulen. Keine Chance. Aber die Tränen sind da, und der Schmerz ist unerträglich. Alles tut weh, und es soll aufhören, weil ich das verdammt noch mal nicht zulassen kann, nichts davon. Aber ich bin nicht stark genug, ich habe keine Kraft mehr. Ich erreiche den Boden des Abgrunds und zerspringe in tausend Scherben.

28. KAPITEL
Zoe

Ich glaube, ohne Caleb hätte ich letztes Jahr den Verstand verloren, und es tut mir leid, dass du ihn verloren hast.
- Zoe

Mein Herz bricht. Und bricht und bricht und bricht. Fassungslos starre ich Jase an.

Jase, der die letzten Wochen so kühl und distanziert war und sich hinter einer Maske versteckt hat, die jetzt in unendlich vielen Scherben zwischen uns auf dem Boden liegt. Seine Augen sind glasig, und mein Herz bricht noch ein bisschen mehr, weil er sich mit aller Macht dagegen wehrt, die Tränen zuzulassen. Er zittert am ganzen Körper, und ich ertrage nicht, ihn so zu sehen. Ich hasse mich und Caleb und überhaupt alles, weil wir dafür verantwortlich sind.

Seine Eltern haben ihn rausgeworfen, und wir haben ihn weggestoßen.

Wir … *Ich* habe ihn verletzt. So sehr verletzt. So viel mehr, als ich je gedacht hätte. Ich habe gar nicht darüber nachgedacht. Ich war zu sehr mit mir selbst beschäftigt, mit meinen Problemen. Ich wusste nicht, dass er auch welche hatte. Nicht solche.

Ich öffne den Mund, will etwas sagen, aber eine Entschuldigung ist bedeutungslos, und ich kann ihm keine Erklärung geben, nicht die Wahrheit sagen, weil ich es einfach nicht *kann* und weil es gerade auch nicht um mich geht.

Ich gehe auf ihn zu, bevor ich mich aufhalten oder nur einen Gedanken daran verschwenden kann, ob das eine gute oder eher eine absolut beschissene Idee ist.

»Jase.« Sein Name kommt mir als leises Wispern über die Lippen, er ist Entschuldigung und Erklärung und Bitte in einem. Ich hebe eine Hand an sein Gesicht, und er lässt es zu.

Er lässt es tatsächlich zu.

Sein Atem geht stoßweise. Er weicht meinem Blick aus, starrt jetzt zu Boden, beißt sich auf die Unterlippe, und mein Herz bricht jetzt nicht mehr nur, es blutet. Mein Daumen streicht über seine feuchte Wange. Er dreht den Kopf weg. Er will nicht, dass ich es sehe, aber er kann mir jetzt nicht ausweichen, nicht so. Mit beiden Händen umfasse ich sein Gesicht.

»Jase«, flüstere ich wieder, wandere mit einer Hand zu seinem Nacken, streichle über die empfindliche Haut, und er seufzt, ein gequälter, gebrochener Laut, der so wehtut, dass mir jetzt auch Tränen in die Augen schießen.

Ich schlinge beide Arme um seinen Hals, ziehe ihn an mich und halte ihn einfach fest. Was anderes kann ich jetzt nicht tun. Nur da sein.

Sein Herz schlägt direkt an meiner Brust, schnell und hektisch, und meins passt sich seinem Rhythmus an. Er ist warm, so warm, und völlig verkrampft. Meine Lippen streifen die empfindliche Haut unter seinem Ohr, es passiert einfach. Wieder seufzt er, und dann entspannt er sich plötzlich. Seine Arme umschließen meine Taille, und er drückt mich so fest an sich, dass ich für einen Augenblick keine Luft bekomme.

Ich weiß nicht, wer sich zuerst bewegt, wer sich zuerst löst, nicht richtig, nur halb, gerade so weit, dass unsere Lippen sich berühren. Ich weiß nicht, wer anfängt, aber auf einmal küssen wir uns. Es ist unser dritter Kuss, aber er fühlt sich anders an.

Wie ein erster Kuss. Der dritte erste Kuss.

Ich schmecke Kaffee und Minze. Mein Herz stolpert in meiner Brust herum. Jase' Arme lösen sich von meiner Taille, seine Hände wandern über meinen Oberkörper hinauf in meinen Nacken, graben sich in meine Haare, biegen meinen Kopf nach hinten, sanft und fordernd zugleich, um den Kuss zu vertiefen. Meine Lippen öffnen sich ganz von selbst, unsere Zungen berühren sich, und Jase stößt ein Stöhnen aus, das gleißend helle Blitze durch meinen Unterleib zucken lässt.

Meine Haut kribbelt, meine Finger, mein ganzer Körper, einfach alles, und ich will mehr. Mehr von seinen Lippen, mehr von seinem Geschmack in meinem Mund, seiner Haut unter meinen Händen.

Jeder klare Gedanke verabschiedet sich, als er mich loslässt, nur um mich im nächsten Moment hochzuheben. Meine Beine schlingen sich instinktiv um seine Hüften, ziehen ihn enger an mich, und mein Becken presst gegen seins. Ich kann seine Erektion fühlen, und zwischen meinen Beinen beginnt es zu pochen.

Sehnsucht durchströmt mich, und ich beiße ihm in die Unterlippe, ganz sachte, und er gibt einen kehligen Laut von sich, der mir unter die Haut geht, tiefer, immer tiefer, bis ich es überall spüren kann.

Seine Lippen lösen sich von meinen, nur ein paar Millimeter, gerade genug, dass er »Pixie« in meinen Mund flüstern kann, und diesen Spitznamen zu hören, der so vertraut ist und den er in letzter Zeit viel zu selten benutzt hat, macht mich absurd glücklich.

Ich zupfe an seiner Jacke, eine stumme Aufforderung, dass er sie loswerden muss, weil das so alles nicht reicht. Ich brauche mehr als die weiche Haut seines Nackens, ich brauche so viel mehr. Behutsam lässt er mich wieder auf den Boden runter, löst sich kurz von mir, und sofort vermisse ich das Gefühl von seinen Händen auf meinem Körper. Und das ist wirklich verrückt, weil es noch nicht lange her ist, dass ich keine Berührung von ihm ertragen konnte. Aber gerade fühlt es sich fast an, als wäre seitdem ein ganzes Leben vergangen. Eine andere Zoe, ein anderer Jase.

Und doch sind wir irgendwie immer noch dieselben.

Zoe und Jase.

Jase und Zoe.

Er streift sich die Jacke von den Schultern, sie landet mit einem leisen Rascheln auf dem Boden hinter ihm. Ein kurzes Zögern, sein Blick ist dunkel und verhangen, und in meinem Bauch breitet sich ein warmes Flattern aus.

Ich strecke beide Hände nach ihm aus, ziehe ihn wieder an mich. Meine Finger wandern unter sein Shirt, machen sich selbstständig, fahren über die harten, definierten Muskeln, und ich spüre seine Gänsehaut, als ich mit den Fingernägeln sachte über seinen Bauch kratze.

»Jase.« Wieder sein Name auf meiner Zunge, ich kann nichts anderes mehr sagen, aber es ist auch kein anderes Wort nötig, weil er mich versteht. Er versteht mich, weil er mich kennt, und er kennt mich, weil ich ihm beinahe all meine Wahrheiten verraten habe.

Er streift sich das Shirt über den Kopf, und ich vergesse zu atmen, während mein Blick über seine Brust wandert, den Bauch, runter zu den V-förmigen Muskeln. Ich sehe zu ihm auf, und mein Herz setzt einen Schlag aus. Seine Augen sind so unendlich grün. Die Haare zerzaust, von meinen Fingern, und er ist so sehr Jase, dass es wehtut. Es raubt mir nicht nur den Atem, es tut wirklich, wirklich weh.

Ich will – ich *muss* – meine Klamotten loswerden. Aber als ich meine Finger um den Saum meines Pullis schließe, hält er mich auf, seine Hände liegen plötzlich auf meinen.

Ich hebe verunsichert den Kopf. Wenn er mich jetzt wegstößt, muss ich leider sterben, weil mein Körper das alles nicht verkraften kann. Das Herzrasen, das Prickeln, das Verlangen und die Sehnsucht. Gott, ich will ihn so sehr berühren. Richtig, richtig berühren.

Doch Jase hat nicht vor, mich aufzuhalten, seine Finger schließen sich anstelle meiner um den weichen Stoff, und dann rollt er ihn hoch, und ich strecke die Arme nach oben, lasse zu, dass er mir den Pulli auszieht. Und jetzt bin ich genauso nackt wie er. Ich habe kein Shirt unter dem Pulli, trage keinen BH.

Hitze schießt mir in die Wangen, als sein Blick über meinen Körper wandert, und mit diesem Blick allein setzt er jede Faser meines Selbst in Flammen.

»Fuck«, raunt er, und es ist ein atemloser, bewundernder Fluch. Das Kribbeln in meinem Bauch wird stärker, das Pochen zwischen meinen Beinen drängender. Ich will ihn. Jetzt. Sofort. *Bitte.*

Irgendwo tief in mir weiß ich, dass es etwas gibt, worüber ich nachdenken sollte, aber ich will nicht denken, nur noch fühlen.

Ich taste nach dem Bund seiner Hose, schiebe meine Finger zwischen den Stoff und seine Haut, ziehe daran, eine stumme Aufforderung. Er stößt zischend den Atem aus, und ich muss lächeln, weil er ihn angehalten hat. Meinetwegen.

Sein Blick brennt sich in meinen, und wir wissen beide, worauf das hier hinausläuft.

»Wenn wir aufhören sollen, musst du nur ein Wort sagen.« Seine Stimme ist kratzig und jagt einen wohligen Schauer über meine Wirbelsäule. Ich will nicht, dass wir aufhören. Er soll endlich richtig anfangen.

»Hör nicht auf«, erwidere ich.

Und damit zieht er mich wieder an sich, küsst mich, tief und hart, und ich sehe Sterne. Mein Kopf fällt in den Nacken, als seine Lippen von meinem Mund über meinen Hals wandern, mein Schlüsselbein runter zu meinen Brüsten. Ich kann nicht mehr atmen, als er seinen Mund um den Nippel schließt, daran saugt. Seine Zunge spielt mit mir, und ich *kann* nicht mehr. Ich habe mich noch nie so gefühlt.

So vollständig und zerbrechlich zugleich.

Ich stöhne auf, kann den Laut nicht unterdrücken, und ich spüre Jase unter meinen Händen erschauern. Ich habe gar nicht gemerkt, dass ich meine Finger wieder in seinen Haaren vergraben habe.

Gemurmelte Worte an meiner Haut, ich verstehe nicht, was er da vor sich hin flüstert, aber das ist auch nicht nötig. Er schiebt mich Richtung Bett. Mit den Kniekehlen stoße ich gegen die Matratze, falle nach hinten, und dann ist er über mir.

Ein kurzer Kuss, bevor er sich wieder von mir löst. Dann sind seine Hände am Bund meiner Hose, und wieder zögert er.

»Mach weiter«, wispere ich heiser, weil er es offensichtlich hören muss und weil er jetzt nicht aufhören darf. Oh Gott, er darf auf keinen Fall aufhören.

Er öffnet meine Hose, zieht sie zusammen mit meinem Slip in einer fließenden Bewegung meine Beine hinunter. Und dann liege ich nackt vor ihm. Nackt und verletzlich, und eine leise Stimme in mir flüstert, dass ich mich entblößt fühlen müsste, nicht nur verletzlich, sondern verletzt.

Jase atmet tief durch, er schluckt schwer. Mein Mund wird trocken. »Warum bist du nur so verdammt schön?«

Es ist eine rhetorische Frage, ich habe keine Antwort darauf.

Ich sehe mich nicht, wie er mich sieht, aber genau so, auf seinem Bett, direkt vor ihm, fühle ich mich schön. Sicher. Selbstbewusst.

Wieder schluckt er, und das Verlangen in seinem Blick lässt Hitze direkt in meine Mitte schießen.

Ich richte mich auf und greife nach dem Bund seiner Hose, schiebe meine Finger in seine Boxershorts. Er stöhnt auf, als ich seinen Hintern drücke, meine Finger dann nach vorne wandern lasse und ihn umfasse. Die Haut ist seidig weich, und er zuckt in meiner Hand, als ich sie leicht bewege. Ich wundere mich selbst darüber, wie mutig ich bin.

»Willst du mich umbringen?«, stöhnt Jase, aber sein Becken drängt nach vorne, der Berührung entgegen.

Ich muss lächeln, weil es sich viel zu gut anfühlt, dass ich für seine Erregung verantwortlich bin. »Heute nicht.«

Meine Lippen streifen seine, dann löse ich mich von ihm und ziehe mit einem Ruck Hose und Boxershorts runter. Bewundernd starre ich ihn an, taste jeden Muskel erst mit den Augen, mit den Fingern und dann mit den Lippen ab.

Ich habe das noch nie gemacht, nichts von dem, was wir hier tun, und vielleicht sollte ich ihm das sagen, aber ich will nicht. Ich will nicht reden, und ich weiß, dass Jase alles, aber sicher keine Jungfrau ist, und er soll mich nicht wie eine behandeln.

Als ich den Kopf hebe, ist sein Blick düster und verheißungsvoll zugleich, und mein Unterleib zieht sich zusammen. Er geht zu seinem Nachttisch, öffnet die Schublade, und ich höre das leise Knistern von Plastik, als er die Packung eines Kondoms aufreißt und es sich überstreift.

Ich beobachte ihn, jede noch so kleine Bewegung. Mein Herz schlägt viel zu schnell, mein Atem geht flach, alles in mir fühlt sich heiß und empfindlich an, und er muss mich berühren, jetzt, weil alles andere nur noch pure Qual ist.

Dann streckt er mir eine Hand entgegen, abwartend. Er lässt mich die Entscheidung treffen, schon wieder. Er lässt mir die Kontrolle, und ich atme zittrig durch, weil er das alles tut, obwohl er keine Ahnung hat.

Ich lege meine Hand in seine, treffe meine Entscheidung und lasse mich von ihm zurück auf sein Bett ziehen, auf die Matratze drücken. Mein Verstand schaltet sich ab, ich fühle mich so verflucht sicher, es ist seltsam, aber viel zu richtig.

Die Matratze unter meinem Rücken ist weich, die Bettwäsche riecht nach ihm, und ich atme ihn ein und seufze leise, als er eine Spur heißer Küsse von meinem Schlüsselbein über meine Brüste und meinen Bauch hinunter verteilt.

Ich spreize meine Beine ganz von selbst, und dann ist seine Zunge an meiner Mitte, und ich schnappe nach Luft, als sich meine Muskeln anspannen. Auf eine viel zu gute Weise. Instinktiv hebe ich mein Becken, und er verstärkt den Druck. Er leckt mich, und ich wusste nicht, dass sich irgendwas so anfühlen kann.

Ich stöhne laut auf, als er zwei Finger in mich gleiten lässt und zustößt, zuerst sanft, dann, als ich mich unter ihm zu winden beginne, schneller, und ich will sterben.

Es ist zu viel und gleichzeitig nicht genug. Wenn er so weitermacht, komme ich in zwei Sekunden, und auch wenn das ein verdammtes Wunder ist, will ich das nicht. Ich will nicht, dass es vorbei ist. Noch nicht. Nicht so.

»Warte«, keuche ich, und er hört sofort auf. Er hebt den Kopf, in seinen Augen liegt eine unausgesprochene Frage, seine Lippen glänzen. Meinetwegen. Irgendwas stellt diese Erkenntnis mit mir an.

»Komm her.«

Ich setze mich auf, ziehe ihn zu mir, und er tut bereitwillig, was ich von ihm verlange, lässt sich von mir auf die Matratze drücken. Ich sinke mit gespreizten Beinen auf ihn, fühle seine Erektion pochend an meiner Hitze, und wenn noch irgendein letzter Rest meines gesunden Menschenverstandes übrig ist, dann verabschiedet er sich jetzt endgültig. Ich beuge mich zu ihm runter, schmecke mich selbst in seinem Mund. Und ihn. Uns. Zusammen.

Sein Blick ist verhangen, als ich mich so weit von ihm löse, dass wir uns anschauen können. Und wir schauen uns immer noch an, als ich zwischen uns greife und ihn dann quälend langsam in mich aufnehme. Wir stöhnen gleichzeitig auf, er flucht leise, und ich muss lächeln. Ich glaube, ich habe mich noch nie so stark gefühlt.

»Bist du sicher, dass du mich nicht umbringen willst?«, bringt er gepresst hervor, die Sehnen an seinem Hals treten hervor, er kämpft um seine Beherrschung, und das macht mich so absurd glücklich, weil er das für mich tut. Er überlässt mir die Kontrolle.

»Ziemlich.« Ich kippe mein Becken, und er gibt einen Laut von sich, den ich noch nie gehört habe. »Wir sind schließlich noch nicht fertig.«

Ich weiß nicht, was ich tue, als ich mich zu bewegen beginne, aber mein Körper weiß es, und ich lasse mich fallen, bewege die Hüften. Seine Hände wandern über meine Beine, meine Hüften, aber er hält mich nicht fest.

Schweißperlen bedecken seine Haut, ich lehne mich nach vorne, küsse sie von seinem Gesicht, schmecke das Salz auf der Zunge. Ein kurzer, neckender Biss in seine Unterlippe, und er verliert die Kontrolle, und ich liebe es, als er sich jetzt auch zu bewegen beginnt, nicht länger zögernd und sanft, sondern hart und tief. Ich stöhne auf, und wieder ist da einfach nur dieser Wunsch nach mehr.

Wir bewegen uns im Einklang, unsere Hüften treffen hart

aufeinander, meine Muskeln brennen, jede Faser meines Körpers steht unter Strom.

Er küsst mich, und Himmel, ich wusste nicht, dass man so geküsst werden kann. Meine Hüften schnellen nach vorne, und er lässt eine Hand zwischen uns gleiten, findet genau den Punkt, der vor Verlangen pocht. Ich schnappe nach Luft, dränge mich ihm entgegen, seinen Fingern, ihm, und ich weiß nicht, ob ich mich noch bewege oder nicht. Aber ja, tue ich, es ist wie ein Rausch. Das alles. Er und ich.

Die Muskeln in meinem Unterleib ziehen sich zusammen, nein, mein ganzer Körper. Alles verkrampft sich, auf die beste Weise. Wie kann man sich so fühlen? Wie kann es sein, dass *ich* mich so fühle?

Hitze explodiert in mir, ich komme mit einem erstickten Schrei, und dann verstehe ich, warum ein Orgasmus im Französischen der kleine Tod genannt wird. Es fühlt sich wirklich ein bisschen so an. Meine Muskeln ziehen sich um ihn herum zusammen, und dann kommt auch er, und ich spüre nur noch sein Pulsieren und meins. Muskeln, die sich zusammenziehen und wieder entspannen.

Ich sinke auf seine Brust, kann seinen rasenden Herzschlag unter meinen Fingern spüren. Dann ist da nur noch tiefe Zufriedenheit und Ruhe.

Jase' Lippen streifen meine Schläfe, ich hebe den Kopf. Seine Lippen sind geschwollen, seine Wangen rot und seine Haare zerzaust. Ich war das, und es darf nie wieder anders sein.

Er sieht mich an, und er sieht *mich*, und in diesem Moment sind wir wirklich alles.

29. KAPITEL
Jase

Als meine Eltern mich vor die Tür gesetzt haben,
wusste ich nicht, wo ich hinsoll. Ich habe mich
noch nie so verloren gefühlt wie an dem Tag,
als ich nicht mehr nach Hause konnte.
Zu eurem Zuhause.
- Jase

Ich bin am Arsch. So richtig.

Ich hatte Sex mit Zoe, und das hätte wirklich, wirklich nicht passieren dürfen. Leider hat es sich viel zu gut angefühlt. Nicht nur der Sex. Das alles. Den Kopf ausschalten. Die Realität ausblenden. Für einen langen Moment, der nicht lang genug war.

Die Realität lässt sich nicht ausblenden, auch wenn ein Teil von mir nichts lieber täte. Es geht nicht. Sie weiß Bescheid. Sie weiß alles. Fast alles. Ich dagegen habe noch immer keine verfickte Ahnung, was genau eigentlich damals passiert ist. Warum alles so gekommen ist, wie es nun mal gekommen ist.

Gerade bin ich mir nicht mal sicher, ob ich es wissen will.

Als ich aus dem Bad komme, nachdem ich das Kondom entsorgt habe, sitzt Zoe mit angezogenen Beinen auf meinem Bett, die Arme um die Knie geschlungen. Die roten Haare fallen ihr zerzaust über die Brüste. Sie trägt wieder ihren Slip und den Pulli. Am liebsten würde ich ihr beides sofort wieder ausziehen. Aber auch das geht nicht.

Ich will, dass sie bleibt, aber noch dringender will ich, dass sie geht. Mein Kopf ist so voll, und ich habe keine Ahnung, was ich tun soll.

Ich bin müde. Nicht körperlich. Einfach nur erschöpft. Ich fühle mich leer. Bin ich irgendwie auch. Ich habe alles rausgelassen, und wir hatten Sex. Haben die Kontrolle verloren. Und jetzt? Ändert das irgendwas? Schätze nicht. Oder doch?

»Jase«, sagt sie leise, nur meinen Namen, den sie heute schon viel zu oft gesagt, geseufzt und gestöhnt hat, und jedes Mal war da ein ganz bestimmter Unterton in ihrer Stimme, der nur da ist, wenn sie meinen verdammten Namen sagt.

Ich verkrampfe mich, weiche ihrem Blick aus. Ich weiß nicht, was ich sagen und wie ich mich verhalten soll.

Gerade war alles richtig. Ich unter, in ihr, sie auf mir, Haut an Haut und ihr Mund auf meinem. Das war richtig. Keine Gedanken, keine Worte. Nichts. Und trotzdem alles.

Aber jetzt fühlt sich alles an, als wäre es … nicht falsch, aber auch nicht richtig. So ein beschissenes Mittelding, mit dem ich absolut nicht umgehen kann.

»Rede mit mir«, bittet sie.

Ich greife nach meinen Boxershorts. »Ich habe geredet. Was willst du noch hören?«, frage ich schärfer als beabsichtigt, aber, fuck, was zum Teufel soll ich sagen? Was soll ich tun? Ich habe keine Ahnung, wie das alles geht.

Ich weiß nur, dass sie damals von jetzt auf gleich beendet hat, was auch immer wir da hatten. Aber ich weiß nicht, warum. Was letztes Jahr passiert ist, und etwas ist passiert.

Ich bin nicht dumm. Irgendwas muss passiert sein. Man hat nicht ohne Grund ein Problem damit, angefasst zu werden.

Man gerät deswegen nicht in Panik, wenn es keinen Auslöser gibt. Und entweder bin ich der Auslöser, weil ja, wir haben nun mal getanzt, als sie Panik bekommen hat, oder es gibt einen anderen Grund. Aber so oder so, ich verstehe es nicht, und ich verstehe sie nicht. Sie schweigt, und dann bin ich doch derjenige, der anfängt zu reden, und, fuck, ich hasse das alles.

»Du hast mich weggestoßen. Auf die beschissenste Weise. Ich kann nicht so tun, als wäre das nie passiert. Ich kann nicht so tun, als wäre alles in Ordnung, nur weil wir jetzt … gevögelt haben. Gar nichts ist in Ordnung, und ich kann nicht …« Ich ringe nach Atem und nach Worten und sage ihr dann einfach die Wahrheit. Was würde es nützen zu lügen? Gar nichts. »Ich kann das nicht noch mal. Das alles war ein Fehler. Die Nachrichten, der Sex. Du und ich. Du wirst mich wieder wegstoßen. Früher oder später. Und ich werde nicht verstehen, warum, und das kann ich einfach nicht noch mal. Das geht nicht.«

Zoe wird blass, und mein Herz krampft sich zusammen, weil es anscheinend anderer Meinung ist als mein Verstand. Aber mein verdammtes Herz hat keine Ahnung und anscheinend ein miserables Erinnerungsvermögen.

Ich öffne die Tür, und mir tut alles weh, aber wenn ich es nicht tue, wird es nur noch schlimmer. »Du bringst mich dazu, etwas zu fühlen, und ich will das nicht. Weil dann immer alles so verfickt wehtut. Du tust mir weh, und ich will endlich, dass das aufhört. Jetzt. Und deswegen solltest du gehen.«

Aber Zoe rührt sich nicht und scheiße, sie muss jetzt gehen, weil ich sonst den Verstand verliere.

»Bitte«, setze ich gepresst hinterher, und endlich steht sie auf, greift nach ihrer Hose, und dann geht sie.

Als die Tür hinter ihr ins Schloss fällt, fühle ich mich wie das egoistischste Arschloch der Welt. Und so, als hätte ich einen großen Fehler gemacht.

30. KAPITEL
Zoe

Ich glaube, man merkt erst, wie selbstverständlich etwas ist, wenn man es verliert. Als ich plötzlich keine Berührungen mehr ertragen habe, keine Umarmungen, war es, als wüsste ich nicht mehr, wer ich bin.
Ich habe Umarmungen immer gebraucht.
Und dann ging es auf einmal nicht mehr. Gar nichts. Und ich glaube, das war fast beschissener als alles andere.
- Zoe

Es ist seltsam, wie zerrissen man sich fühlen kann. Wie viel man auf einmal fühlen kann. Wie geht das? Ich meine, wie kann man gleichzeitig erleichtert, ein bisschen glücklich, ziemlich enttäuscht und sehr traurig sein?

Keine Ahnung, aber wenn jemand eine Erklärung dafür hat, würde ich sie gerne hören. Ich möchte es nämlich verstehen.

Wie ich erleichtert und glücklich sein kann, weil ich Sex mit Jase hatte und es *gut* war, so richtig, richtig gut. Weil mein Körper sich nicht gegen ihn gewehrt hat. Weil ich mich sicher und stark gefühlt habe. Weil ich mich gefühlt habe, als hätte ich die Kontrolle.

Und ich habe mich nicht nur so gefühlt, ich hatte sie. Ich

hatte die Kontrolle über ihn und mich und das, was wir getan haben. Und das macht mich glücklich. Wirklich, so richtig glücklich. Weil ich mich dadurch endlich wieder wie ich selbst fühle. Zumindest ein bisschen.

Trotzdem tut mir alles weh. Weil Jase recht hat. Ich habe ihn weggestoßen, und ich kann nicht verlangen, dass er so tut, als wäre nichts gewesen, ohne ihm eine Erklärung zu geben. Er hat eine Erklärung verdient, nach allem, was er durchgemacht hat.

Scheiße, seine Eltern haben ihn rausgeworfen. An seinem letzten Schultag. Nur weil er nicht nach Harvard gehen wollte.

Ich wusste, dass seine Eltern nichts davon halten, dass er tanzt. Aber ich hätte nie gedacht, dass es so schlimm ist. Wie konnten sie das tun? Wie konnten sie ihren eigenen Sohn vor die Tür setzen, nur weil er einen Traum hat und dafür kämpfen will? Ich verstehe es nicht.

Ich verstehe gar nichts mehr. Meine Gedanken rasen. Wo war er letzten Sommer? Wer hat ihm geholfen? Jemand muss es getan haben, denn der Gedanke, dass er wirklich nirgendwohin konnte, bis er ins Wohnheim gezogen ist, tut anders weh. Das ist kein stechender Schmerz, sondern ein ziemlich ätzendes Brennen. Weil ich weiß, dass wir ihm hätten helfen können. Mom und Dad, Caleb und ich.

Gott, wir haben ihn im Stich gelassen. Ich habe das getan. Er hat mir vertraut, und ich habe ihn weggestoßen. Und gerade ist es egal, dass ich nicht anders konnte, weil ich selbst absolut am Ende war. Gebrochen und am Boden zerstört.

Und irgendwie bin ich das immer noch, aber er auch, und ich verstehe, warum er wollte, dass ich gehe. Er vertraut mir nicht mehr. Er schützt sich selbst, so wie ich mich letztes Jahr geschützt habe. Die Geschichte wiederholt sich auf eine völlig verdrehte Weise.

Gerade kommt es mir so vor, als läge es in meiner Hand, wie sie weitergeht, denn ich will auf keinen Fall, dass unsere Geschichte schon zu Ende ist. Nicht so. Wir können nicht vom Anfang direkt zum Ende springen. Dazwischen fehlt zu viel. Viel zu viel. Ich will das nicht.

Ich will alles, und ich will es mit ihm.

* * *

Ich war die halbe Nacht wach, trotzdem bin ich nicht müde, als mein Wecker am nächsten Morgen klingelt. Ich bin zu aufgekratzt. Es ist Montag, und das bedeutet, dass Jase mir nicht aus dem Weg gehen kann. Wir müssen tanzen, und danach müssen wir reden. Ich weiß noch nicht, was genau ich ihm sage, aber irgendwas muss ich tun.

Gedankenverloren mache ich mich fertig, und weil ich gestern eine miserable Freundin war, klopfe ich anschließend an Maes Zimmertür, um sie zum Frühstück abzuholen und nach ihrem Date mit Tristan zu fragen.

Ein strahlendes Lächeln breitet sich auf ihrem Gesicht aus, als sie mich entdeckt. »Einen wunderschönen guten Morgen wünsche ich dir, Zoe.« Sie greift nach meinem Handgelenk und zieht mich in ihr Zimmer. Ihre Finger an meiner Haut sind warm, aber die kurze Berührung ist nicht unangenehm. »Komm rein, ich bin super spät dran.«

»Und du bist ziemlich gut drauf«, stelle ich schmunzelnd fest.

»Bin ich.« Grinsend dreht sie eine Pirouette, die beerenroten Haare fliegen um ihr Gesicht. Vor der Kommode gegenüber von ihrem Bett hält sie inne und wirft einen Blick in den darüber hängenden Spiegel. »Himmel, ich sehe furchtbar aus.«

Ich schnaube. »In welchem Universum?«

»Diesem.« Sie greift nach ihrer Bürste und beginnt sich die Haare zurückzukämmen. Aus dem Spiegel heraus schaut sie mich fragend an. »Wieso ist deine Frisur immer so ordentlich?«

»Perfektionismus«, erinnere ich sie und sehe mich vielsagend in ihrem Zimmer um. Neben ihrem Bett türmt sich ein Knäuel aus Trikots und Strumpfhosen, auf der Kommode liegen unzählige Haarspangen und so ziemlich alles an Make-up, was man sich vorstellen kann. Von ihrem Schreibtisch will ich gar nicht erst anfangen.

Mae seufzt schwer. »Ja, da werde ich wohl nie hinkommen.«

Ich lasse mich auf ihren Schreibtischstuhl fallen. »Musst du doch auch nicht. Wie war dein Date?«

Dieses Mal ist ihr Seufzen verträumt. »Superschön. Wir waren im Planetarium. Es ist ein bisschen kitschig, aber Tristan ist echt toll. Sonst wäre ich auch nicht erst heute Morgen zurückgekommen.«

»Was?« Meine Stimme schießt zwei Oktaven in die Höhe. »Du hast zwei Nächte mit ihm verbracht?«

Sie wirbelt zu mir herum, ein breites Grinsen auf den Lippen. »Habe ich, und Himmel, Footballspieler sind wirklich gut im Bett. Weißt du, er hat da diese eine Sache gemacht, und ich –«

»Mae, eigentlich interessiert mich wirklich alles, aber ich kenne Tristan seit zwölf Jahren. Das ist, als würde ich mir Sexgeschichten über meinen Bruder anhören, und das geht nicht. Erzähl mir alles, aber lass das bitte aus«, unterbreche ich sie mit gequälter Miene, und sie zuckt lachend mit den Schultern.

»Okay, schön. Aber ich darf erzählen, dass er ein ziiiiiiiemlich krasses Durchhaltevermögen hat, oder?«

Ich nicke ergeben und kann mir ein Lächeln nicht verkneifen. »Darfst du.«

»Vielen Dank.« Sie grinst und seufzt sehnsüchtig. »Es war echt toll mit ihm. Nicht nur der Sex, sondern einfach alles.«

»Dann seid ihr zwei jetzt zusammen?«

»Wir haben noch nicht darüber gesprochen, was das zwischen uns ist, aber ich glaube … Ach, Zoe, er ist so süß und lieb, und ich glaube, ich bin ziemlich verknallt.« Sie wird rot, und mir entfährt ein begeistertes Quietschen. Ich springe auf und umarme sie.

»Das freut mich so. Ehrlich, Mae, ich find's schön, ihr beiden passt so gut zusammen.«

Sie löst sich ein Stück von mir, gerade so weit, dass ich das leicht verunsicherte Funkeln in ihren Augen sehen kann. »Wirklich? Du fändest es nicht seltsam, wenn ich mit einem Freund deines Bruders zusammen bin?«

Entschieden schüttle ich den Kopf und umarme sie noch etwas fester, bevor ich sie wieder loslasse. »Nein, gar nicht. Ich finde das wirklich sehr, sehr schön. Tristan ist einer von den Guten, und du bist meine Freundin. Das ist … ja, einfach schön.«

Sie atmet erleichtert auf. »Okay. Gut. Das beruhigt mich gerade sehr.«

»Macht er dich glücklich?«

»Ja.«

»Dann bin ich zufrieden.«

Ein breites Lächeln erscheint auf ihrem Gesicht. »Ich auch. Und wie war dein Wochenende?« Sie wendet sich wieder dem Spiegel zu und widmet sich nun ihrem Make-up. Leider sieht sie trotzdem, wie ich rot werde. Aus zusammengekniffenen Augen mustert sie mich und trägt gleichzeitig den Primer auf. »Zoe? Wie war dein Wochenende?«, wiederholt sie ihre Frage, dieses Mal nachdrücklicher und mit einem süffisanten Unterton in der Stimme.

Ich würde gerne lügen, aber ich glaube nicht, dass das etwas bringt. Nicht, wenn sie mich so mustert. Verlegen beginne ich an meinen Fingernägeln zu knibbeln. »Das ist eine wirklich gute Frage«, weiche ich aus.

»Ich weiß. Und ich will eine Antwort.« Mit dem Augenbrauenstift in der Hand dreht sie sich erneut zu mir um.

»Und du bekommst eine. Nur nicht heute.«

Sie zieht eine enttäuschte Schnute. »Warum nicht?«

»Weil … das alles ziemlich kompliziert ist.«

»Es wäre wohl auch zu einfach, wenn es nicht kompliziert wäre, oder?«

»Wahrscheinlich.« Frustriert reibe ich mir über die Stirn und starre auf meine Hände.

»Hey, Zoe.« Maes Stimme ist sanfter geworden, und ich blicke auf. »Es wird alles gut, okay? Was auch immer da zwischen dir und Jase läuft, ihr kriegt das hin.«

Unsicher ziehe ich die Unterlippe zwischen meine Zähne, und dann begreife ich, warum ich wirklich an diesem Montagmorgen zu Mae gegangen bin, sosehr ich mich auch dafür schäme. Nämlich nicht, weil ich eine gute Freundin sein wollte, sondern weil *ich* eine Freundin brauchte.

»Hoffentlich«, sage ich leise.

»Ganz sicher.« Mae legt ihre Schminke beiseite und greift nach meiner Hand. »Und jetzt komm, wir müssen los, sonst kommen wir zu spät.«

* * *

Irgendwie schaffe ich es, die ersten Kurse hinter mich zu bringen, ohne durchzudrehen. Hauptsächlich habe ich das Mae zu verdanken, die mich in jeder Minute, die wir uns nicht auf das Ballett konzentrieren, mit Details über ihr Wochenende mit

Tristan ablenkt. Auch wenn ein Teil von mir sich das wirklich gerne erspart hätte, ist der andere dann doch froh darüber, dass Mae meinen Einwurf von heute Morgen ignoriert.

Aber letztendlich nützt keine Ablenkung der Welt etwas. Der Kurs im Pas de deux fällt schließlich nicht aus, nur weil Jase und ich ein Problem miteinander haben.

Maes Stimme wird zu einem undeutlichen Hintergrundrauschen, als wir das Studio betreten und mein Blick ganz von selbst durch den Raum huscht, auf der Suche nach Jase. Er ist nicht da, und mein Magen krampft sich zusammen. Er würde doch nicht schwänzen, nur um mir aus dem Weg zu gehen, oder?

Aber offensichtlich tut er genau das. Der Raum füllt sich, Francesca scheucht uns auf unsere Plätze, und Jase ist immer noch nicht da.

Ziemlich verloren stehe ich etwas abseits von den anderen und weiß nicht, wohin mit mir.

»Zoe? Wo ist Jase?« Fragend zieht Francesca die Augenbrauen hoch. Ja, wo ist er? Ich würde ihr gerne eine Antwort geben, aber ich habe keine verdammte Ahnung. Ihr zu sagen, dass er mir aller Wahrscheinlichkeit nach aus dem Weg geht, ist wohl nicht die richtige.

»Ich bin hier. Tut mir leid. Direktor Pearson hat mich zu sich gerufen.«

Erleichterung durchflutet mich, als ich Jase' vertraute, leicht atemlose Stimme höre. Ich drehe mich um, gerade rechtzeitig, um zu sehen, wie er sich den Pulli über den Kopf zieht. Dabei rutscht sein T-Shirt nach oben und gibt den Blick auf seine definierten Bauchmuskeln frei. Mein Herz setzt einen Schlag aus, und mir schießt Hitze in die Wangen. Toll. Ganz toll.

»In Ordnung.« Francesca nickt nur, ohne Jase' Aussage zu

hinterfragen. »Dann geh bitte zu deiner Partnerin. Wir haben viel zu tun.«

Jase nickt, aber seine Kiefermuskeln verhärten sich. Er hat mich noch nicht angesehen, während ich nichts anderes getan habe, seit er den Saal betreten hat. Und ich kann auch nicht damit aufhören, als er endlich zu mir rüberkommt. Nicht, dass das jetzt überraschend wäre, aber trotzdem.

Sieh mich an, flehe ich stumm, und endlich dreht er den Kopf in meine Richtung, und seine grünen Augen richten sich auf mich. Waren sie schon immer so grün? Wahrscheinlich. Sein Blick ist dunkler, verschlossener, und gleichzeitig kann ich viel besser in ihm lesen als vor ein paar Tagen. Er hat mir schließlich sehr viele Wahrheiten verraten, während ich meine immer noch für mich behalte.

»Hey«, begrüße ich ihn leise und verfluche mich noch in derselben Sekunde dafür, dass mir nichts Besseres eingefallen ist. Und dafür, dass meine Stimme so klingt, wie sie nun mal klingt. Genauso atemlos wie seine gerade, obwohl ich nicht zweimal über den halben Campus gehetzt bin, weil Direktor Pearson mich sprechen wollte.

Ich erstarre. *Pearson.* Was wollte er von Jase? Geht es um die Schulgebühren? Sein Stipendium? Ich will ihm all die Fragen stellen, die mir durch den Kopf schießen, aber Jase weicht meinem Blick jetzt wieder aus, und ich bringe keinen Ton heraus. Er geht in Position, und seine Nähe stellt seltsame Dinge mit meinem Körper an. Von meinen Gefühlen ganz zu schweigen.

Als er nach meiner Hand greift, wird mir warm, und mein Herz stolpert schon wieder in meiner Brust herum.

Reiß dich zusammen, Zoe.

Ich atme tief durch. Francesca gibt das erste Kommando. Wir setzen uns in Bewegung, und dieses Mal bin nicht ich diejenige, die sich verspannt, die das Tempo nicht halten kann, deren Bewegungen nicht flüssig sind. Er ist es.

»Jase, was ist heute los mit dir?«, fragt Francesca irgendwann missbilligend und tritt zu uns.

Jase strafft sich, sein Gesicht ist plötzlich ganz ausdruckslos. »Gar nichts.«

Sie seufzt und kneift sich in die Nasenwurzel. Sie glaubt ihm kein Wort, das ist ihr anzusehen, aber sie hakt nicht nach. »Noch mal von vorne«, sagt sie dann und macht eine auffordernde Handbewegung.

»Jase.« Sanft zupfe ich an seiner Hand. Er blickt auf, und ich schenke ihm ein aufmunterndes Lächeln, das sofort wieder erlischt, als sich sein Gesicht verdüstert.

»Lass das«, gibt er gepresst zurück, und ich beiße mir auf die Zunge, um ihn nicht zu fragen, was er meint. Dass ich ihn anlächle, oder dass ich seinen Namen sage. Wahrscheinlich beides.

Der Rest der Stunde ist eine einzige Qual, und als Jase mich schließlich bei einer Hebefigur fast fallen lässt, hat Francesca genug. Sie beendet die Stunde und scheucht uns aus dem Studio. Jase ist schneller weg, als ich mir auch nur meine Schläppchen ausziehen kann.

Hastig packe ich meine Sachen zusammen, mache mir nicht mal die Mühe, mir eine Hose über die Strumpfhose zu ziehen, sondern schlüpfe lediglich in meine Strickjacke, bevor ich ihm folge.

Wir müssen reden.

Leider sind Jase' Beine deutlich länger als meine, ich sehe ihn schon im Wohnheim verschwinden, während ich das Trainingsgebäude gerade erst verlasse. Es ist kalt, und es regnet. Nicht doll, aber genug, dass meine Strickjacke feucht an meiner Haut klebt, als ich das Wohnheim schließlich ebenfalls erreiche.

Ich laufe direkt nach oben in den vierten Stock – Jase wird wohl kaum in die Cafeteria gegangen sein, um etwas zu essen. Der Flur ist vollkommen still, was kein Wunder ist, alle anderen kommen gerade erst aus dem Unterricht und sind auf dem Weg in die Pause.

Ich bete, dass ich mich nicht geirrt habe, als ich an seine Tür klopfe.

Aber sie geht auf, er ist da, und mein Kopf ist plötzlich vollkommen leer. Da ist nichts mehr. Gar nichts.

»Was genau hast du an dem, was ich gestern gesagt habe, nicht verstanden?«, fragt er scharf.

»Ich habe alles verstanden, und ich verstehe dich ja auch, *wirklich*. Aber, bitte … können wir reden?«

»Ich wüsste echt nicht, worüber. Ich meine, worüber willst du mit mir reden, Zoe, hm? Was passiert ist? Warum ich plötzlich der Staatsfeind Nummer eins war? Es ist mir egal, kapiert? Ich habe genug andere Probleme, ich kann mich nicht auch noch mit dir auseinandersetzen.« Jase will mir die Tür vor der Nase zuknallen, aber ich gehe dazwischen.

Ich denke nicht mehr nach. Nicht darüber, ob es richtig ist, was ich tue. Nicht darüber, ob es sich richtig anfühlt. Ich weiß nur, dass ich vorher schon darüber nachgedacht habe, ihm alles zu sagen, und der Zeitpunkt jetzt ist absolut beschissen, schon klar. Aber ich glaube, es gibt einfach keinen richtigen Zeitpunkt für die Wahrheit.

Man stellt sich das immer so vor. Dass es den richtigen Moment, am richtigen Ort mit der richtigen Person gibt, um die Dinge zu sagen, die gesagt werden müssen. Abgesehen von Jase stimmt hier gerade jedoch rein gar nichts, und vielleicht ist es ein Fehler, aber ich habe schon genug Fehler gemacht und es gibt Wahrheiten, die ausgesprochen werden müssen. Zumindest für mich.

»Ich bin in der Nacht nicht zum Baumhaus gekommen, weil mir jemand K.-o.-Tropfen in mein Bier getan hat.« Meine Stimme ist tonlos. Ich habe das geübt. Die Worte auszusprechen. Die Wahrheit. In der Hoffnung, dass sie dadurch irgendwas von ihrem Schrecken verliert. Bisher ist das nur nicht passiert.

DANACH
Zoe

Ein Jahr zuvor
26. Juni 6:07 AM

Alles fühlt sich falsch an, als ich zu mir komme. Mein Kopf dröhnt, meine Haut klebt vor kaltem Schweiß. Mir tut alles weh, mein Magen krampft sich zusammen. Ich muss mich übergeben. Ich falle mehr aus dem Bett, als dass ich aufstehe, und nachdem ich es doch schaffe, knicken mir die Beine gleich wieder weg.

Schwindelig. Mir ist so entsetzlich schwindelig.

Mein Puls rast, viel zu schnell, viel zu hektisch.

Alles ist falsch.

So falsch.

Ich fühle mich wie betäubt, versuche erneut, mich aufzurichten, und scheitere.

Mein Körper gehört nicht mehr mir, er gehorcht mir nicht. Mir ist so schlecht.

Irgendwo in meinem Kopf fleht mich eine Stimme an, Hilfe zu holen.

Hilfe.

Ich brauche wirklich dringend Hilfe, aber aus meinem Mund kommt kein Ton, meine Stimme gehorcht mir genauso wenig wie der Rest von mir.

Langsam, viel zu langsam, gelingt es mir, mein Gesicht zu drehen. Ich erkenne, wo ich bin. In dem Gästezimmer bei Charlotte, in dem ich schon so oft übernachtet habe. Auf dem Hocker liegen die Klamotten, in denen ich gestern hergekommen bin. Daneben meine Tasche.

Mein Handy. Ich habe es in der Tasche gelassen, oder?

Ich weiß es nicht mehr.

Ich weiß gar nichts mehr.

Da ist nichts. Mein Kopf ist vollkommen leer.

Mir ist so schwindelig.

Mir entfährt ein Wimmern, als ich zu dem Hocker krieche und nach meiner Tasche greife. Meine Hände zittern so sehr, dass es eine Weile dauert, bis ich endlich mein Handy in der Hand halte. Die Buchstaben und Zahlen auf dem Display verschwimmen vor meinen Augen, aber ich finde den richtigen Namen, die richtige Nummer.

»Zoe, hast du mal auf die Uhr geguckt? Weißt du, wie spät es ist?«, brummt Caleb verschlafen, und ich stoße ein Schluchzen aus, in dem eine Spur Erleichterung und sehr viel Verzweiflung mitschwingt.

»Caleb«, bringe ich heraus.

»Was ist los? Zoe? Geht's dir gut?« Auf einmal klingt mein Bruder hellwach, und ich will weinen und mich zusammenrollen und schlafen.

»Irgendwas stimmt nicht. Ich fühle mich nicht … gut.«

»Bist du noch bei Charlotte?«

Ich nicke, bevor ich mich daran erinnere, dass er es nicht sehen kann. »Ja.«

»Okay, ich bin gleich da.« Er legt nicht auf, ich höre, wie er sich anzieht und etwas zu jemandem sagt, aber ich verstehe kein Wort. Dann redet er wieder mit mir, aber mein Hirn fühlt sich an wie in Watte gepackt. So schwindelig.

Ich weiß später nur, dass Caleb sieben Minuten und dreiundvierzig Sekunden braucht, weil er das Gespräch erst beendet, als er ins Zimmer platzt. Die Hintertür war bestimmt nicht abgeschlossen, es war einfach, ins Haus zu kommen.

Dafür erinnere ich mich sehr genau an seinen entsetzten Gesichtsausdruck, als er mich auf dem Boden kauern sieht. Ich habe mich zu einer winzig kleinen Kugel zusammengerollt.

Er beginnt zu fluchen, greift nach meinen Klamotten und hilft mir, mich anzuziehen. Ich hatte nicht mal mehr meine Unterwäsche an und es gar nicht gemerkt.

Ich fange an zu weinen, weil ich erst jetzt begreife, was passiert ist. Und gleichzeitig verstehe ich gar nichts.

Weil so was anderen passiert, aber doch nicht mir. Ich war auf einer Party mit meinen Freundinnen. Ich habe fast alle auf dieser Party gekannt.

»Wir müssen dich ins Krankenhaus bringen«, sagt Caleb, er ist kreidebleich. Er wirkt vollkommen überfordert, und ich bekomme ein schlechtes Gewissen, weil ich ihn angerufen habe. »Ich muss die Polizei rufen.«

Ich schüttle den Kopf. »Keine Polizei. Bitte.«

Caleb sieht mich an, als hätte ich den Verstand verloren, und vielleicht habe ich das auch.

»Ich will nicht … Bitte … Ich …« Ich kann ihm nicht sagen, warum ich es nicht will, ich weiß es selbst nicht, aber alles in mir sträubt sich dagegen, irgendjemanden anzurufen. »Bring mich einfach nach Hause.«

Ich will nur noch in mein Bett. Mir die Decke über den Kopf ziehen und alles vergessen. Mir wünschen, dass ich an diesem Morgen nicht aufgewacht wäre und alles, alles falsch ist.

Caleb hilft mir auf die Beine, dann trägt er mich nach unten. Vor dem Haus parkt ein Wagen, den ich nicht kenne, aber auf dem Fahrersitz hockt Tristan. Caleb sagt etwas, das ich nicht verstehe, das Auto setzt sich in Bewegung, und ich kotze mir die Seele aus dem Leib.

Danach ist alles nur noch verschwommen. Sie bringen mich ins Krankenhaus. Mir wird Blut abgenommen, ich bekomme eine Transfusion. Eine Ärztin untersucht mich, und dann wird das bestätigt, was ich erst gar nicht und dann zu spät begriffen habe.

Ich kann mich nicht erinnern, an gar nichts.

Da sind nur schwarze Flecken, und ich will sterben.

Meine Eltern kommen, sie wollen die Polizei rufen, und ich weiß, dass es das Richtige wäre. Das, was man in meiner Situation machen sollte. Rational betrachtet.

Aber ich bin nicht mehr rational. Ich bin zerbrochen, und ich weiß gar nichts mehr.

Es fühlt sich an wie ertrinken, ich bekomme keine Luft mehr.

Es soll nur aufhören. Alles soll einfach nur aufhören.

Bitte.

31. KAPITEL
Jase

Mom hat fünf Wochen gebraucht, bis sie sich nach dem Rauswurf bei mir gemeldet hat. Fünf verfickte Wochen. Und selbst dann hat sie mich nicht gebeten, nach Hause zu kommen. Sie hat nur gesagt, dass sie mir das Schulgeld zahlt. Und dass Dad nie was davon erfahren darf. Sie hat nicht gefragt, wo ich wohne. Wie es mir geht. Gar nichts.

– Jase

Ich stehe unter Schock. Es muss so sein. Anders kann ich mir nicht erklären, warum ich so ruhig bin.

Zoe sitzt auf meinem Bett. Sie trägt einen meiner Pullis, weil ihre Strickjacke vom Regen ganz nass war. Er ist ihr viel zu groß. Sie hat die Beine angezogen, die Arme um die Knie geschlungen, so wie gestern, bevor ich sie rausgeworfen habe. Das alles kommt mir vor wie ein beschissener Traum.

Gestern lagen wir in diesem Bett, sie hat sich auf mir bewegt, in meinen Mund gestöhnt, und heute erzählt sie mir, dass sie vergewaltigt wurde.

Auf dieser Party. Nachdem wir uns geküsst haben. Nachdem ich gegangen bin und im Baumhaus auf sie gewartet habe, bis die Sonne irgendwann aufgegangen ist. Sie ist nicht aufgetaucht, und ich habe meine Schlüsse daraus gezogen. Genauso wie aus ihrem Schweigen. Aus Calebs Schweigen.

Nur dass ich keine verfickte Ahnung hatte, was wirklich passiert ist.

Mir ist so schlecht, dass ich wirklich gerne kotzen würde, aber ich kann mich nicht bewegen. Ich lehne an meinem Schreibtisch, die Arme vor der Brust verschränkt und versuche zu verstehen, wie das alles nur geschehen konnte.

Das Problem ist nur, dass es da nichts zu verstehen gibt. Es gibt keine guten Gründe für so etwas. Es gibt nur einen Wichser, der eine Entscheidung getroffen hat. Das war's. Das ist der einzige Grund. Mehr gibt es einfach nicht.

»Es tut mir leid«, bringe ich angestrengt hervor. Die Worte schmecken bitter und fühlen sich völlig falsch an. Sie drücken nicht mal ansatzweise das aus, was ich fühle. Ich hasse das, was ihr passiert ist, mit jeder Faser meines Körpers. Ich bin so wütend, dass ich die ganze Welt niederbrennen will. Gleichzeitig will ich Zoe an mich ziehen und sie nie wieder loslassen.

Aber das geht nicht, nicht jetzt. Also stehe ich nur da und beobachte, wie ein schwaches, sehr trauriges Lächeln über ihr Gesicht huscht.

»Weißt du, was ich nicht verstehe? Warum benutzt man für eine Entschuldigung die gleichen Worte, die man verwendet, wenn man jemandem sein Mitgefühl ausdrücken will? Jedes Mal, wenn jemand *Es tut mir leid* sagt, obwohl diese Person absolut nichts falsch gemacht hat, habe ich den Drang nachzufragen, was genau ihr leidtut. Und warum. Und dann fällt mir auf, wie schwierig es ist, die Frage zu beantworten, und darum lasse ich es.« Sie schüttelt den Kopf. Was sie da redet, wirkt ziemlich wirr. Sie ist völlig durch den Wind. Kein Wunder.

Ich kann sie jetzt nicht fragen, was danach passiert ist. Wie es ihr ging. »Ich weiß nicht, was ich sagen soll«, gebe ich schließlich hilflos zu.

»Das ist okay. Was soll man dazu auch sagen.« Sie beißt sich auf die Unterlippe. Ihre Brust hebt sich, als sie tief durchatmet. »Meine Eltern wollten, dass ich zur Polizei gehe«, fährt sie fort. Ihre Stimme ist fest, hart, genau wie der Ausdruck auf ihrem Gesicht, doch ihre Augen flackern. Sie blinzelt, zwingt sich dazu, nicht zu weinen. »Aber für mich war allein der Gedanke, mit jemandem reden zu müssen, den ich nicht kenne, unerträglich. Ich konnte … Ich *kann* mich nicht erinnern, was passiert ist. Ab einem bestimmten Punkt des Abends ist da gar nichts mehr. Mein Kopf ist vollkommen leer. Als wäre ich einfach nur eingeschlafen und ohne einen Traum wieder aufgewacht. Nur dass danach alles anders war. Ich … Das Gefühl, aufzuwachen und …« Sie bricht ab, und meine Hände ballen sich ganz von selbst zu Fäusten.

»Du musst nicht mit mir darüber reden«, sage ich, weil sie es wirklich nicht muss, auch wenn ich will, dass sie mit mir darüber redet.

Zoe seufzt und beginnt, die Haarnadeln aus dem Knoten an ihrem Hinterkopf zu lösen. »Ich weiß. Ich muss gar nichts machen. Nur das, womit ich mich wohlfühle. Das hat meine Therapeutin mir monatelang eingebläut. Aber ich will mit dir darüber reden.«

Ich nicke nur. Mein Herz macht einen Satz.

»Weißt du … Manchmal denke ich, wenn Caleb mich nicht ins Krankenhaus gebracht und man mich nicht untersucht hätte, vielleicht wüsste ich dann gar nicht, was passiert ist. Vielleicht wäre es mir nur vorgekommen wie ein Albtraum. Das

Aufwachen. Weil ich mich an die Nacht selbst nicht erinnere.« Eine Haarnadel nach der anderen landet auf meiner Matratze, bis Zoes Haare offen über ihre Schultern fallen. Dann fängt sie an, einzelne Strähnen zu schmalen Zöpfen zu flechten. Offensichtlich muss sie ihre Hände beschäftigen.

Meine Kehle fühlt sich an wie zugeschnürt, ich räuspere mich, weil ich sonst keinen Ton herausbringen würde. Trotzdem ist meine Stimme rau, als ich frage: »Dann gab es … Spuren?« Die Frage hört sich genauso falsch an wie mein *Es tut mir leid* vorhin. Aber, fuck, alles ist gerade falsch.

»Nichts Verwertbares. Sie konnten K.-o.-Tropfen nachweisen und feststellen, dass ich … dass ich … dass mir Gewalt angetan wurde. Aber es gab keine Spuren davon, wer … das getan hat.« Ihre Hände zittern, und alles in mir drängt danach, sie in den Arm zu nehmen und festzuhalten. Doch ich bin mir nicht sicher, ob sie das will, und ich kann sie jetzt nicht fragen.

»Später haben meine Eltern mit Charlottes Eltern gesprochen. Sie wollten wissen, wie so etwas auf einer Party in ihrem Haus passieren konnte, wer auf dieser Party war. Ich hab mitbekommen, wie sie sich gestritten haben. Caleb saß mit mir zusammen auf der Treppe, unsere Eltern waren unten. Es war … furchtbar. Charlottes Eltern … Sie haben gesagt, ich würde lügen. Dass ich mir das alles nur ausgedacht habe, um ihrer Familie zu schaden und mich an Charlotte zu rächen, weil sie meine Rolle in Dornröschen bekommen hat. Obwohl die Untersuchung bewiesen hat, was vorgefallen ist.«

»Was?!«, platzt es aus mir heraus, zusammen mit einem ungläubigen Lächeln. Das kann echt nicht wahr sein. Aber Zoe muss nicht mal antworten, damit ich weiß, dass es genau so war.

»Witzig, oder?« Zoe hebt den Kopf, ihre Augen glänzen verdächtig, aber an der ganzen Sache ist absolut gar nichts witzig.

»Mom und Dad wollten, dass ich zur Polizei gehe und dass alle befragt werden. Damit man herausfindet, wer mir das … angetan hat. Aber dann hätten … Alle hätten Bescheid gewusst. Und Charlotte … Sie war wie ihre Eltern. Sie hat gemeint, dass ich lüge, weil ich Aufmerksamkeit brauche. Und ich … ich konnte nicht. Es waren so viele Leute da. Eure ganze Stufe. Fast alle aus meiner. Die Collegetypen.« Sie spricht schneller, als wollte sie es auf einmal nur noch hinter sich bringen. »Ich konnte es nicht ertragen. Den Gedanken, dass ich in meinem letzten Schuljahr das Mädchen sein würde, das behauptet, vergewaltigt worden zu sein. Und Charlottes Dad ist Bürgermeister. Er kennt so viele Leute. *Alle* hätten nur auf mich geschaut. Ich weiß, dass es falsch war, und ich …« Tränen rollen über ihr Gesicht, und jetzt kann ich mich nicht mehr zurückhalten. Mit drei schnellen Schritten bin ich bei ihr und setze mich neben sie aufs Bett, nah, aber nicht nah genug, dass wir uns berühren.

»Du hast nichts falsch gemacht.«

»Wir wissen beide, dass das nicht stimmt.« Sie schnieft, wischt die Tränen allerdings nicht weg. »Ich habe dich weggestoßen und deine Nachrichten ignoriert. Deine Anrufe. Alles. Obwohl *du* rein gar nichts falsch gemacht hast. Du hattest das nicht verdient. Aber ich konnte nicht … Ich habe mich so geschämt. Ich habe mich schmutzig gefühlt, und ich hatte Angst. Ich hatte so eine Scheißangst vor allem, und ich wollte nicht, dass du es weißt. Dass du mich so siehst. Als das Mädchen, dem so etwas passiert. Weil es ja irgendeinen Grund dafür geben muss, dass mir das passiert ist, oder?«

Ich will ihr sagen, dass es keinen Grund gibt. Weder ihr Verhalten noch ihr Outfit noch sonst irgendwas. Doch sie kommt mir zuvor.

»Ein paar Tage später haben die Panikattacken angefangen. Jedes Mal, wenn mich jemand angefasst hat. Mom, Dad, Caleb.

Völlig egal. Es war furchtbar. Ich habe eine Therapie angefangen, weil es nicht mehr anders ging, obwohl ich mich zunächst geweigert habe. Ich habe es gehasst, dass ich die Kontrolle verliere. Dass ich meinen Körper nicht mehr beherrschen kann. Scheiße, ich bin Tänzerin, genau das sollte ich eigentlich können.« Ihr entfährt ein erstickter Laut, und meine Finger streichen ganz von selbst über ihren Handrücken. Sie zuckt nicht zurück. Sie sieht mich aber auch nicht an. »Jedenfalls war das letzte Jahr ziemlich beschissen. Aber ich hab's in den Griff bekommen. Frag mich nicht, wie. Mir ging es gut. Zumindest so gut, dass ich wieder tanzen konnte. Sogar mit Partner. Das ging alles. Bis …« Sie bricht ab, aber sie muss auch nicht weitersprechen. Ich verstehe sie auch so.

Bis sie mit mir tanzen musste.

»Warum …«, setze ich an, doch sie bringt mich mit einer Handbewegung zum Schweigen.

»Keine Ahnung. Aber es lag nicht an dir«, sagt sie, und ich will ihr wirklich gerne glauben, aber ein Teil von mir weigert sich einfach.

Schweigen breitet sich zwischen uns aus.

Zoe wurde vergewaltigt.

Sie weiß nicht, von wem, und das bedeutet, dieser Wichser läuft noch frei rum, anstatt im Gefängnis zu verrotten.

Irgendwann seufzt sie leise und sammelt die Haarnadeln ein. Ich verspanne mich, als sie aufsteht. »Ich habe dir das nicht erzählt, damit du mir verzeihst. Das, was mir passiert ist, macht nicht wieder gut, dass ich dich so verletzt habe. Das, was du durchgemacht hast …« Ihre Mundwinkel zucken verräterisch. »Es tut mir leid, dass ich nicht für dich da war und dass ich es noch schlimmer gemacht habe.«

Ich will den Kopf schütteln und ihr widersprechen, aber sie hat recht. Sie hat mir eine Erklärung gegeben, und ich verstehe es. Ich verstehe alles, und ich wünschte, das würde ausreichen, aber es macht nicht ungeschehen, wie beschissen ich mich das ganze letzte Jahr über gefühlt habe. Wie allein. Verloren. Wie sehr ich die ganze Welt gehasst habe. Wie sehr ich einen großen Teil davon immer noch hasse.

In Filmen funktioniert das immer, oder? Die beiden Hauptfiguren reden miteinander, sie verzeihen sich und bekommen ihr beschissenes Happy End. So ein Bullshit.

Die Realität funktioniert so nicht.

In meiner Realität bin ich überfordert und habe absolut keine Ahnung, was ich jetzt tun soll.

* * *

»Jase! Himmel, Jase! Bist du taub?« Skyes erboste Stimme dringt wie durch Watte zu mir durch. Was eventuell an den Kopfhörern liegen könnte, aus denen so laut Musik dröhnt, dass mir die Ohren klingeln. Sie soll meine Gedanken übertönen, aber das klappt leider nicht. Sie sind viel zu laut.

Meine Muskeln brennen, als ich die Gewichte zur Seite lege. Mir tut alles weh, ich atme schwer, aber das reicht nicht. Dieser Schmerz ist nichts im Vergleich zu dem, der in meinem Inneren brennt.

Ich hebe den Kopf. Skye steht mit wütend funkelnden Augen vor mir, die Hände in die Seite gestemmt.

»Was?«, frage ich schroff, noch bevor ich mir die Kopfhörer von den Ohren gezogen habe.

»Du musst aufhören.« Vielsagend deutet sie erst auf die Gewichte und dann auf meine zitternden Beine.

»Ich muss gar nichts.«

»Doch. Das Krafttraining ist dazu da, Verletzungen vorzubeugen, nicht, sie zu verursachen. Du übertreibst!«

Ich schüttle den Kopf, obwohl sie recht hat. Ich übertreibe maßlos und versuche es damit zu rechtfertigen, dass die zwei Stunden Krafttraining nicht umsonst dienstags und donnerstags auf dem Stundenplan stehen. Das Krafttraining soll unser Verletzungsrisiko minimieren, Hüfte, Knie und Fußgelenke schützen, Hebungen leichter machen und uns stärker. Schwere Gewichte, wenige Wiederholungen. Jeder von uns hat einen eigenen Trainingsplan. Nicht nur die Tänzer, auch die Tänzerinnen.

Aber heute ist Montag, ich habe den Theorieunterricht am Nachmittag geschwänzt, und ich bin schon viel zu lange hier.

»Lass mich in Ruhe.«

Skye stößt ein ungläubiges Lachen aus. »Vergiss es. Was ist los mit dir? Du hast noch nie geschwänzt, kein einziges Mal, und heute –«

»Es ist nichts, okay?«, blaffe ich sie an, aber Skye zuckt nicht mal mit der Wimper.

»Verarschen kann ich mich alleine. Was wollte Pearson von dir?«

Irritiert runzle ich die Stirn. Es dauert einen Moment, bis mir einfällt, was sie meint. Meine Verspätung zum Pas de deux-Kurs, weil ich noch beim Direktor antanzen musste. Fuck. Das ist erst ein paar Stunden her, und ich habe es komplett vergessen. Oder eher verdrängt.

Weil sich mit meinem Besuch in seinem Büro zumindest ein Problem erledigt hat. Lia hat die Gebühren für dieses Semester bezahlt, ohne meine Entscheidung abzuwarten. Vermutlich sollte ich ihr dafür dankbar sein. Tatsächlich bin ich einfach nur wütend.

Auf sie. Auf Mom und Dad. Caleb, Zoe. Mich selbst. Und den ganzen Rest dieser verfickten Welt.

»Fliegst du jetzt raus?«, will sie wissen, als ich nicht antworte. In ihrer Stimme schwingt ein besorgter Unterton mit.

Ich schüttle den Kopf. »Noch nicht.«

Sie atmet erleichtert auf. »Was ist dann los?«

Wieder schüttle ich den Kopf. Ich kann ihr nicht sagen, was sie wissen will.

»Ist was mit dir und Zoe?«, bohrt sie nach, und mir entfährt ein gepresstes Lachen. Ich öffne den Mund, schließe ihn wieder, weil ich es verdammt noch mal nicht aussprechen kann. Nichts von dem, was Zoe mir gesagt hat. Es wäre falsch und unfair, und es ist schließlich nicht meine Geschichte, obwohl ich irgendwie ein Teil davon bin. Das alles ist einfach nur eine abgefuckte Scheiße! Was zur Hölle soll ich nur tun?

Ich antworte nicht, sondern greife wieder nach den Hanteln, Skye kommt mir allerdings zuvor, umfasst meine Handgelenke und schiebt mich entschieden zurück. Dass ihr das so einfach gelingt, sollte mir vermutlich zu denken geben, aber ich will nicht mehr denken.

»Okay, schön. Du musst nicht mit mir reden. Aber du hörst jetzt auf, sonst gehe ich zu Francesca, oder direkt zu Pearson, und sage ihnen, dass du dich unverantwortlich benimmst.«

Wütend kneife ich die Augen zusammen. »Du würdest echt petzen?«

»Um zu verhindern, dass du dich selbst kaputtmachst? Auf jeden Fall.« Sie schenkt mir ein schmallippiges Lächeln.

»Du bist nicht meine Schwester, du musst nicht auf mich aufpassen«, ätze ich. Ich benehme mich wie das allerletzte Arschloch, und ich hasse es, aber ich kann nichts dagegen tun. Ich mache dicht und schlage um mich, weil ich mit dem Chaos in meinem Kopf und in meinem verfickten Herzen nicht umgehen kann. Irgendjemand muss mir sagen, was ich tun soll, weil ich es wirklich nicht weiß.

Du weißt, was du zu tun hast.

Ich zucke zusammen. Sams Stimme in meinem Kopf. Es ist Wochen her, seit er sich das letzte Mal eingemischt hat.

Du weißt, wo du hinwillst. Und zu wem.

»Stimmt, aber irgendjemand muss es tun«, gibt Skye ungerührt zurück, und ich brauche eine Sekunde, um zu begreifen, worauf sie gerade geantwortet hat. Nicht die Stimme in meinem Kopf. »Und du machst den Eindruck, als wärst du auf direktem Weg in eine sehr selbstzerstörerische Phase, also entschuldige bitte, dass ich mir Sorgen mache.«

»Du musst dir keine Sorgen machen.«

»Einer sollte es tun.«

Ich greife nach meinem Handtuch und wische mir den Schweiß vom Gesicht. »Mach, was du willst. Du lässt dich eh nicht aufhalten.«

»Niemals.« Sie stößt mit ihrer Faust gegen meine Schulter und schenkt mir ein aufmunterndes Lächeln. »Falls du doch mal reden möchtest … Ich bin da, okay?«

Ich nicke, obwohl uns beiden klar ist, dass das nicht passieren wird. Es gibt nur zwei Menschen, mit denen ich reden will, und die sind beide keine Option.

Zoe nicht und Caleb auch nicht.

Warum nicht?

Weil ich verdammt noch mal nicht weiß, was ich sagen soll.

32. KAPITEL

Zoe

Keine Wahrheit der Welt bedeutet etwas,
wenn es nicht eine Person gibt, die sie glaubt.
Danke, dass du mir immer geglaubt hast.
- Zoe

Heißes Wasser prasselt auf meine Schultern, während ich mich mit geschlossenen Augen gegen die kalten Fliesen lehne. Tränen laufen mir über das Gesicht, brennen in meinen Augen.

Jase weiß Bescheid.

Er weiß Bescheid.

Und er hat mir geglaubt.

Er hat mir geglaubt, ohne auch nur eine Sekunde zu zögern oder zu zweifeln oder nachzufragen.

Ich schluchze auf. Mir tut alles weh, mein Körper, mein Herz, mein ganzes Sein.

Doch es ist die Art Schmerz, die bedeutet, dass eine Wunde langsam heilt.

Mir war nicht klar, dass ich tief in meinem Inneren Angst davor hatte, er würde mir nicht glauben.

So wie Charlotte und ihre Eltern mir nicht geglaubt haben.

In unserem Haus kann so etwas nicht passieren.

Sie hat getrunken. Ihr Kleid war kurz. Sie hat geflirtet.

Sie braucht Aufmerksamkeit.

Ist das die Rache dafür, dass Charlotte die Aurora tanzen durfte und Zoe nicht?

Sie versucht, unsere Familie in schlechtes Licht zu rücken, weil sie so viel getrunken hat, dass sie sich nicht mehr richtig daran erinnern kann, was passiert ist.

Es ist *nichts passiert.*

Es spielt keine Rolle, wie viel Zeit vergangen ist, seitdem ich das Gespräch zwischen Charlottes und meinen Eltern belauscht habe, ich kann sie immer noch hören. Die kalten Stimmen. Die Vorwürfe. Sie haben sich in mein Gedächtnis eingebrannt, und sie werden wahrscheinlich nie wieder vollständig verschwinden.

Aber heute sind sie zum ersten Mal etwas leiser. Etwas weniger bedrohlich. Haben etwas weniger Macht über mich.

Etwas in mir kommt zur Ruhe.

Der Schmerz ist immer noch da, genau wie die Wut und das Gefühl, verloren zu sein. Doch der Sturm in mir hat sich etwas gelegt, ist sanfter geworden.

Ich bleibe unter der Dusche stehen, bis die Tränen versiegen und ich die Hitze des Wassers kaum noch spüre.

Es dämmert bereits, als ich mein kleines Bad endlich verlasse, ungeschminkt und mit noch feuchten Haaren. Jase' Hoodie liegt auf meinem Bett. Er hat ihn nicht zurückgefordert, und ich habe ihm den Pulli nicht gegeben, als ich gegangen bin.

Ich habe ihm die Wahrheit gesagt. Die fast vollständige Wahrheit.

Oh Himmel.

Ich habe ihm gesagt, was passiert ist. Ein Zittern durchläuft meinen Körper, mein Puls beginnt zu rasen, und einen Augenblick lang bekomme ich keine Luft.

Mit bebenden Händen greife ich nach meinem Handy und schreibe Caleb.

Zoe: Kann ich vorbeikommen?

Ich werfe das Handy auf mein Bett, es landet auf Jase' Pulli, während ich mich mit fahrigen Bewegungen anziehe. Irgendwas fühlt sich seltsam an. Ich *fühle* mich seltsam.

Ich habe mich gerade angezogen, als mein Handy vibriert.

Caleb: Ist alles okay?
Zoe: Glaube schon … Bin mir nicht ganz sicher. Können wir reden?
Caleb: Gib mir zehn Minuten, dann bin ich zu Hause.
Zoe: Danke!!

Erleichterung durchströmt mich. Eilig bestelle ich mir ein Uber, mache mir keine Mühe, meine Haare zu föhnen, sondern flechte sie nur zu einem dicken Zopf, der weit meinen Rücken hinunterfällt, bevor ich mich auf den Weg mache.

Die Fahrt ist ein verschwommenes Flackern von Lichtern in der Dunkelheit. Mir ist warm und viel zu kalt zugleich, obwohl ich über dem Pulli noch einen Mantel trage und es in dem Wagen definitiv nicht kalt ist. Es kommt mir wie eine Ewigkeit vor, bis der Aufzug mich schließlich vor dem Penthouse von Caleb und seinen Freunden ausspuckt.

Ich habe kaum an die Tür geklopft, als er schon öffnet, einen so besorgten Ausdruck auf dem Gesicht, dass ich sofort ein schlechtes Gewissen bekomme.

»Geht's dir gut?«

Ich nicke und schiebe mich an ihm vorbei in die Wohnung. »Ja. Ich … Alles okay. Glaube ich. Sind die Jungs da?«

»Nein, die sind alle unterwegs. Was ist los, Zoe?«

»Wir müssen über Jase reden.« Es nützt nichts, um den heißen Brei herumzureden.

Caleb erstarrt, sein Blick wird so durchdringend, als würde er direkt in mich hineinschauen wollen. Dann atmet er zischend aus. »Okay. Ich … Puh, ich glaube, für dieses Gespräch brauche ich was zu trinken«, erwidert er, und vielleicht hat er wirklich in mich hineingesehen. Denn irgendwas an dem Ausdruck auf seinem Gesicht sagt mir, dass er ahnt, warum ich hier bin.

Er legt eine Hand auf meine Schulter, wartet eine Sekunde darauf, wie ich reagiere, und schiebt mich dann, als ich nicht zurückzucke, sanft Richtung Wohnzimmer. Ich lasse mich auf das Sofa fallen, während Caleb eine Flasche Whiskey aus der Vitrine nimmt, die neben der Tür zur Dachterrasse steht.

»Willst du auch?«, fragt er und hält die Flasche hoch.

Im ersten Moment will ich ablehnen, aber dann nicke ich doch. »Aber nur ein bisschen.« Um meine flatternden Nerven zu beruhigen.

Caleb scheint es ähnlich zu gehen. Er holt zwei Gläser aus der Küche und reicht mir schließlich eins. Ich trinke einen winzigen Schluck und verziehe das Gesicht. Der Alkohol brennt in meiner Kehle, eigentlich mag ich Whiskey gar nicht oder Alkohol generell, doch dann breitet sich eine angenehme Wärme in meinem Bauch aus.

Caleb kippt seinen Whiskey auf ex runter und sieht mich dann mit einem Blick an, der gleichzeitig gequält, besorgt und neugierig ist. »Okay, ich bin so weit. Glaube ich.«

Ich zögere, ziehe die Unterlippe zwischen die Zähne und ja, ich weiß nicht, wo ich anfangen soll.

»Worüber machst du dir Sorgen?«, fragt Caleb, weil er mein Bruder ist und mich besser kennt als jeder andere auf der Welt.

»Ich will dir nicht wehtun.« Ich bin ehrlich, ich muss es sein, weil ich Caleb schon einmal wehgetan habe und ihn nie, nie, niemals wieder so sehen will wie in dieser Nacht.

Caleb schluckt, dann zuckt er mit den Schultern und schenkt mir ein schiefes Grinsen. »Wenn du dir Sorgen darüber machst, dass ich noch was für Jase empfinde, kann ich dich beruhigen. Tue ich nicht. Und das weißt du auch.«

»Ja, ich weiß.«

Caleb hat Parker, und er ist ziemlich verknallt. Aber das ist es nicht, nicht nur.

»Dann sag's doch einfach.« Er stupst mich aufmunternd an, und dann spreche ich es einfach aus.

»Wir haben uns gestritten. Obwohl das nicht ganz richtig ist. Jase hat … Er hat mir ziemlich viele Dinge an den Kopf geworfen, Dinge, die ich nicht wusste, und du auch nicht. Und irgendwie ist alles außer Kontrolle geraten.«

Caleb versteift sich, aber ich spreche weiter, bevor er auf einen falschen Gedanken kommen kann.

»Wir hatten Sex und –«

»Moment – was?!« Fassungslos starrt Caleb mich an, aber ich bin noch nicht fertig.

»Wir haben miteinander geschlafen«, wiederhole ich, und sein Blick wird noch ungläubiger. Ich verstehe es, gerade kann ich es auch kaum glauben. »Und dann hat Jase mich rausgeworfen, und ich habe ihm vorhin alles erzählt.«

»Du hast ihm alles erzählt?« Entsetzen schwingt in seiner Stimme mit, und ich brauche einen Moment, bis ich begreife, warum er so reagiert.

Heftig schüttle ich den Kopf. »Nein. Nicht alles. Ich habe ihm nichts über dich gesagt. Nur über mich.«

Caleb schweigt, greift nach der Flasche und füllt sein Glas erneut.

»Caleb, ich … Es tut mir leid, du willst das nicht hören. Entschuldige, ich hätte dir das nicht erzählen sollen.« Ich mache Anstalten aufzustehen, doch mein Bruder drückt mich bestimmt zurück aufs Sofa.

»Hör auf, dich zu entschuldigen. Dir muss nichts leidtun. Und ich will alles hören. Ich habe nur das Gefühl, dass du einen wesentlichen Teil der Geschichte weggelassen hast. Also noch mal von vorne. Was hat Jase dir an den Kopf geworfen? Und warum?«

»Es ging um seine Eltern. Wusstest du, dass sie ihn rausgeworfen haben?«

Caleb wird blass, seine Augen weiten sich entsetzt. »Was?«

»Sie haben ihn vor die Tür gesetzt. Weil er nicht nach Harvard wollte.«

Caleb beginnt zu fluchen. »Ich wusste, dass sein Dad ein Arschloch ist, aber … Was zur Hölle? Wie konnte er? Und wir … Fuck!«

»Ich weiß. Es ist schlimm.«

»Was hat er noch gesagt?« Calebs Hände umklammern das Glas so fest, dass seine Knöchel weiß hervortreten.

Ich zögere kurz, doch dann erzähle ich ihm, was Jase gesagt hat. Wie er es gesagt hat. Wie furchtbar es war, zu hören, was er durchgemacht hat. Caleb wird mit jedem Wort bleicher. Er flucht. Viel. Sehr viel. Und dann wird er ganz still.

»Er muss mich hassen«, sagt er tonlos. »Ich hab ihn im Stich gelassen.«

»Du wusstest es ja nicht. Woher hättest du es wissen sollen?«

»Eben! Ich habe ihn ignoriert. Seine Nachrichten und Anrufe. Weil er mir das Herz gebrochen hat, obwohl er nicht mal was dafürkonnte. Ich wusste, dass er nichts für mich empfindet. Fuck, er muss mich wirklich hassen.«

Ich tue es. Er muss es nicht aussprechen, damit ich weiß, was er denkt.

»Caleb, lass das.«

Er verzieht das Gesicht. Schweigen legt sich über uns. Schließlich ist Caleb derjenige, der es bricht. Er schüttelt den Kopf, als wollte er einen Gedanken loswerden, dann schenkt er mir ein gequältes Lächeln. »Erzähl weiter«, bittet er.

»Sicher?«

»Sehr sicher. Wie seid ihr von seinem Rauswurf damals dazu übergegangen, zu vögeln?« Ein scherzhafter Unterton schwingt in seiner Stimme mit, er versucht, die Situation zu retten, aber ich schätze, es gibt nichts mehr zu retten.

Es gibt nur noch die Dinge, die ich aussprechen und er wissen muss. Mein Gesicht glüht vor Verlegenheit, und ich bin froh, dass ich mich an meinem Glas festhalten kann, weil ich sonst wahrscheinlich anfange, an meiner Nagelhaut rumzuknibbeln, etwas, das ich letztes Jahr viel zu oft gemacht habe, wenn ich nervös war.

Doch je länger ich rede, desto entspannter werde ich. Caleb leert währenddessen sein zweites Glas.

»Und?«, fragt er gedehnt, als ich schließlich verstumme. »Wie geht's dir damit?« Hilflos hebt er die Schultern. »Tut mir leid. Ich weiß nicht so richtig, was ich sagen soll. Wie ich reagieren soll. Ich …« Er bricht ab, und ich greife nach seiner Hand.

»Ich weiß. Ich auch nicht. Das alles ist so verrückt. Es ist … es kann sein, dass … keine Ahnung. Es kann sein, dass gar nichts weiter zwischen uns passiert. Aber wenn doch, dann … ich wollte das einfach nicht vor dir geheim halten. Weil vielleicht, wer weiß …«

»Vielleicht will dein Herz ihn doch noch, und wenn seins das genauso sieht, dann willst du nicht, dass ich mich komisch fühle, weil meine Schwester eventuell mit meinem ehemaligen besten Freund zusammenkommt, in den ich auch verliebt war?«, hilft Caleb mir auf die Sprünge und sieht dabei ungefähr so überfordert aus, wie ich mich fühle.

Ich atme auf. »Ja. Genau das.«

Caleb schluckt schwer. »Also. Es wäre gelogen, wenn ich sage, dass mich das überglücklich macht. Aber es ist okay. Ehrlich. Solange es dir gut geht, ist das für mich alles okay.«

»Wirklich?«

»Versprochen. Dann geht's dir gut? Mit … allem?«

»Ja. Mir geht's gut. Mir geht's echt gut. Ich fühle mich …« Ich stocke, mein Herz schlägt plötzlich viel zu schnell. »Wirklich gut.« Mir entfährt ein erstickter Laut, der irgendwas zwischen einem Lachen und einem Schluchzen ist. »Es hat sich so … *gut* angefühlt.«

Unvermittelt schießen mir Tränen in die Augen. Jase hat mir etwas geschenkt, von dem ich nie geglaubt hätte, dass ich es jemals so bekommen könnte.

Ein erstes Mal, an das ich mich erinnern kann. Und an das ich mich erinnern *will.*

»Hey, Zoe.« Caleb stellt sein Glas auf dem niedrigen Couchtisch ab und rutscht zu mir rüber. »Nicht weinen.«

Er zieht mich in eine Umarmung, so fest, dass ich für einen Moment keine Luft bekomme. Ich vergrabe das Gesicht an seiner Schulter, und dann weine ich. Ich kann nicht aufhören. Es geht nicht, egal wie sehr ich versuche, mich zusammenzureißen. Mein Bruder murmelt mir beruhigende Worte zu, aber ich verstehe kein einziges.

* * *

Es ist spät, als ich ins Wohnheim zurückkehre, und ich bin unendlich müde. Der Tag hat mich auf eine Weise fertiggemacht, die ein heißes Bad, eine Kanne Tee und zwölf Stunden Schlaf fordert.

Aber mein Wecker klingelt in weniger als sieben Stunden, meine Augen sind verquollen vom Weinen, und meine Nase sitzt zu.

Ich habe unzählige ungelesene Nachrichten von Mae. Wahrscheinlich macht sie sich Sorgen, weil ich den Theorieunterricht geschwänzt habe und mich nicht mehr habe blicken lassen, nachdem ich Jase nach dem Pas de deux-Kurs gefolgt bin. Aber ich habe keine Kraft mehr dafür, ihr heute noch zu antworten oder zu ihr rüberzugehen.

Ich trete mir die Schuhe von den Füßen, sobald ich in meinem Zimmer bin, und schlüpfe in mein Schlafshirt.

Ich bin schon halb im Bett, als es an meiner Tür klopft. Leise. Zögernd. Mein Herz hüpft, ich husche zur Tür, denke nicht nach. Ich öffne sie, und da steht er vor mir. Mir werden vor Erleichterung die Beine weich. Seine Haare sind zerzaust, er wirkt müde, aber sein Blick ist hellwach.

»Hi«, flüstere ich.

»Hi.« Er reibt sich über die Nase, seine Mundwinkel zucken. »Lässt du mich rein?«

Nickend trete ich zur Seite, und dann ist er in meinem Zimmer, und es fühlt sich seltsam an. Alles fühlt sich seltsam an. Die Luft zwischen uns ist dick und voll ungesagter Worte.

Ich schließe die Tür, gehe zurück zu meinem Bett, weil ich mich auf einmal daran erinnere, dass ich keine Hose trage. Dabei kann mir das total egal sein, immerhin hat er mich nackt gesehen, aber gerade fühle ich mich verletzlicher.

»Warum bist du hier?«, bringe ich schließlich krächzend hervor.

Jase steht vor meinem Schreibtisch und mustert die Fotos, die ich darüber aufgehangen habe. Fotos von Mom und Dad, Caleb und mir.

Er dreht sich zu mir um, vergräbt die Hände in den Hosentaschen und wippt auf den Fersen nach vorne und wieder zurück. »Ich weiß nicht«, erwidert er. Seine Augen flackern verräterisch.

»Du weißt es nicht?«

Gott, ich muss atmen. *Atme, Zoe.*

Er schüttelt den Kopf, fährt sich mit einer Hand durch die Haare und stößt ein frustriertes Stöhnen aus. »Nein, weiß ich nicht. Es ergibt keinen Sinn. Ich sollte nicht hier sein. Ich weiß nicht, was … Es ergibt wirklich keinen Sinn. Aber vielleicht auch doch. Keine Ahnung.«

Ich setze mich auf mein Bett, ziehe ein Bein an. »Willst du reden?«, frage ich vorsichtig.

Wieder schüttelt er den Kopf. »Ich will nicht mehr reden. Wir haben genug geredet. Mein Kopf ist so voll, dass ich nicht weiß, wohin mit diesen verfickten Gedanken. Ich will … eigentlich will ich einfach nur schlafen. Tut mir leid. Ich hätte nicht rüberkommen sollen, ich …« Er bricht ab und wendet sich Richtung Tür. Seine Hand legt sich gerade auf die Türklinke, als ich ihn aufhalte.

»Willst du hierbleiben?« Die Frage platzt aus mir heraus, bevor ich mich aufhalten kann.

Langsam dreht Jase sich zu mir um. »Ist das dein Ernst?«

»Du musst nicht. Wenn du nicht willst«, rudere ich hastig zurück. »Ich dachte nur …«

»Ja«, sagt er, und die Erleichterung in seiner Stimme versetzt mir einen Stich mitten ins Herz.

Ich rutsche auf der Matratze nach hinten, mache ihm Platz, und er kommt rüber zum Bett. Erst jetzt fällt mir auf, dass er keine Schuhe trägt, er ist nur in Socken zu mir rüber. Keine Ahnung, warum, aber irgendwas macht das mit mir. Und das ergibt *wirklich* keinen Sinn. Muss es vielleicht aber auch nicht.

Ich schlüpfe unter die Decke, und Jase legt sich neben mich. Wir berühren uns nicht, aber ich kann die Wärme spüren, die von ihm ausgeht.

»Geht's dir gut?«, frage ich, und er lacht leise.

»Sollte ich dich das nicht fragen?«

»Kannst du ja machen. Wenn du mir gesagt hast, ob es dir gut geht.«

Er kneift die Augen zu. »Nein. Nicht wirklich. Und dir?«

»Besser«, antworte ich ehrlich und taste unter der Decke nach seiner Hand. Meine Finger streifen über seine Haut, eine stumme Frage, weil ich weiß, dass zwischen uns noch lange nicht wieder alles in Ordnung ist. Aber er ist hier, und vielleicht ist das ein Anfang. »Ich bin froh, dass du Bescheid weißt.«

»Und ich bin froh, dass du es mir erzählt hast.« Seine Finger schieben sich zwischen meine, wir bewegen uns instinktiv aufeinander zu, bis ich seinen Atem auf meinem Gesicht spüre und er meinen.

»Verrat mir deine Wahrheiten, dann erfährst du meine«, flüstere ich.

Seine Augen leuchten auf. Ich lösche das Licht, und Dunkelheit flutet mein Zimmer. Warme Dunkelheit, die sich wie eine Umarmung anfühlt. Jase' Lippen streifen meine Stirn, und ich schließe die Augen.

33. KAPITEL
Zoe

Ich verstehe nicht, warum ich Panik bekommen habe, als wir das erste Mal getanzt haben.
Ich verstehe es wirklich nicht. Und ich verstehe noch weniger, warum ich jetzt keine mehr habe.
- Zoe

Ein erbarmungsloses Piepen reißt mich aus dem Schlaf. Murrend taste ich nach meinem Handy und fahre erschrocken zusammen, als meine Finger nicht das Holz meines Nachttischs ertasten, sondern einen sehr festen, sehr warmen Körper neben mir.

Jase.

Er brummt leise, ein tiefer Laut, der sich seinen Weg geradewegs aus seiner Brust bahnt. Blinzelnd schlägt er die Augen auf. Sein Blick ist verhangen, die Wimpern noch ein bisschen verklebt.

Der Wecker klingelt unbeirrt weiter, aber ich bin mitten in der Bewegung erstarrt. Jase sieht jünger aus, so verschlafen, mit noch zerzausteren Haaren als sonst. Seine Mundwinkel heben sich zu einem trägen Lächeln, er ist noch nicht ganz wach, obwohl mein Handy direkt neben ihm liegt und wirklich, das Geräusch ist unerträglich. Aber vielleicht hört er es nicht richtig, weil es bei mir auch nur noch halb ankommt. Als würde seine Anwesenheit den Lärm abmildern.

Oh Mann, das ist nicht gut. Nur dass es das eben doch ist. Irgendwie.

»Hey, Pixie«, murmelt Jase, sein Blick klart auf, im gleichen Moment, in dem mein Handy verstummt. Wir haben drei Minuten, bevor es von Neuem Alarm schlägt.

»Guten Morgen.« Meine Stimme hört sich genauso rau wie seine an. »Wie hast du geschlafen?«

Gähnend reibt er sich die Augen. »Wie ein Stein.«

Ich lächle. »Klingt gut.«

»War es.« Unter der Decke wandert seine Hand über meine Taille und kommt auf meinem Rücken zu liegen.

Sanfter Druck. Frage und Aufforderung zugleich. Ich rutsche näher zu ihm rüber, seine Hand wandert meine Wirbelsäule hinauf, und ich schmiege mich an ihn. Meine Augen schließen sich ganz von selbst.

Drei Minuten, bevor der Wecker erneut klingelt. Das sind hundertachtzig Sekunden, die wir noch nebeneinander in diesem Bett haben. Mein Körper wird schwer, während Jase mich streichelt, mein Atem tiefer. Wenn er so weitermacht, schlafe ich auf jeden Fall wieder ein. Wir liegen nah beieinander, so nah, dass meine Nase die Kuhle zwischen seinen Schlüsselbeinen berührt. Ich atme ihn ein und seufze leise.

Das Geräusch lässt ihn erzittern, ich kann es spüren.

Können wir bitte einfach für immer so liegen bleiben?

»Du schläfst gleich wieder ein«, raunt Jase an meinem Ohr, seine weiche Stimme jagt ein Kribbeln durch meinen Körper.

Ich löse mich ein Stück von ihm, gerade so weit, dass ich ihn ansehen kann. Mir stockt der Atem, seine Augen werden dunkel, und die Berührung verändert sich kaum merklich.

Fingerspitzen tanzen auf meiner Haut. In meinem Bauch breitet sich Wärme aus. Das ist nicht mal eine richtige Berührung, aber ich spüre sie trotzdem *überall*.

Wieder seufze ich, kuschle mich enger an ihn – Geht das überhaupt? Wahrscheinlich nicht. –, meine Hand macht sich selbstständig, schiebt sich jetzt unter seinen Pulli. Er hält die Luft an, als ich mit den Fingernägeln leicht über seine Hüfte kratze. Sein Becken wandert nach vorn, genau wie meins. Dann presst sich seine Erektion gegen meinen Bauch, und zwischen meinen Beinen pocht es plötzlich. Unsere Beine wickeln sich umeinander, und mir wird heiß.

Unsere Bewegungen sind träge und langsam, aber mein Puls beschleunigt sich, genau wie sein Atem. Wir reiben uns aneinander, und ihm entfährt ein tiefes Stöhnen. Ich habe noch nie etwas Besseres gehört.

Sein Verlangen macht mich mutig, ich fühle mich frei und stark, und ich will mehr und …

Das Klingeln meines Weckers lässt uns erschrocken auseinanderfahren.

»Fuck, nicht im Ernst!«, flucht Jase, und ich muss lachen. Grummelnd schaltet er den Wecker aus.

»Ich fürchte, wir müssen aufstehen.« Gähnend strecke ich meine Arme durch.

»Wir könnten auch einfach im Bett bleiben.« Sein Blick verspricht mir Dinge, die Hitze durch jede Faser meines Körpers treibt, und beinahe sage ich Ja.

Aber auch nur beinahe.

»Wir können nicht schon wieder schwänzen.« Ich will ihn nicht daran erinnern, aber ich sollte es tun. »Du darfst das Stipendium nicht gefährden.«

Er seufzt, ein Ausdruck tiefer Enttäuschung, den ich teile. »Ich weiß.«

Ich ziehe meine Beine zurück, und Jase steht auf, hält mir eine Hand hin und zieht mich aus dem Bett. Ich folge ihm in mein winzig kleines Bad. Die Schublade des Waschbeckenunterschranks klemmt leicht, als ich sie öffne und eine Zahnbürste für Jase raushole, damit er noch nicht in sein eigenes Zimmer rübergehen muss. Er soll hierbleiben, bei mir.

»Du bist vorbereitet«, stellt er amüsiert fest.

Ich drücke ihm die Zahnbürste in die Hand und greife nach meiner eigenen. »Ich bin eine Ordnungsfanatikerin, ich habe eine halbe Drogerie in dieser Schublade«, erwidere ich trocken, und nein, das ist kein bisschen gelogen. Ich kaufe alles auf Vorrat, man weiß schließlich nie, wie stressig die Zukunft werden kann.

Jase schüttelt grinsend den Kopf. »Wieso überrascht mich das jetzt so gar nicht?«

»Weil du mich kennst.«

* * *

»Sehr gut, Zoe!« Miss Chelsea schenkt mir ein anerkennendes Lächeln. »Bitte noch mal von vorn.«

Miss Chelsea ist unsere Lehrerin im Spitzentanz, eine hochgewachsene, sehr zierliche Frau mit einem herzförmigen Gesicht und einer sanften Ausstrahlung. Sie ist das komplette Gegenteil von Francesca.

Ich schüttle Arme und Beine kurz aus, bevor ich wieder in Position gehe und mich auf die Spitze erhebe, Standbein und Spielbein gleichmäßig ausgedreht.

Konzentrier dich auf den Rücken, die Hüfte. Vergiss deine Arme nicht.

Ich strecke das Spielbein weit nach hinten, meine Arme allongé gestreckt, die Handflächen nach unten.

Wir arbeiten gerade an der Arabesque, eine Position, die ich schon immer geliebt habe. Mein Körper fühlt sich leicht an, frei, schwerelos. Meine Muskeln arbeiten, die Bewegungen sind weich und flüssig.

Genauso, wie sie sein sollten. Irgendwie fühlt sich heute alles so an, wie es sein sollte. Bei der Erinnerung daran, wie ich heute Morgen aufgewacht bin, verzieht sich mein Mund ganz von selbst zu einem Lächeln.

Ich gehe in die Drehung, achte darauf, dass mein Oberkörper sich nicht nach vorne neigt, die Schultern auf einer Linie bleiben. Endorphin strömt durch meine Adern, mein Lächeln wird breiter. Ich spüre nicht einmal mehr den ständig präsenten Schmerz in meinen Füßen. Die Spitzenschuhe sind jetzt ein Teil meines Körpers, sie gehören zu mir, und ihretwegen kann ich mein gesamtes Gewicht auf meine Zehenspitzen verlagern.

»Sehr gut«, lobt Miss Chelsea, als ich mich wieder auf die Fersen sinken lasse. Die inneren Beinmuskeln sind trotzdem weiterhin angespannt, etwas, was mir in meiner Kindheit so lange eingebläut wurde, bis sich sämtliche Muskeln ganz von selbst anspannen. Ich muss mich nicht einmal mehr darauf konzentrieren.

»Das war wirklich sehr gut.« Mae, die den Platz neben mir bekommen hat, lächelt mich an. Ein sehr breites, sehr vielsagendes Lächeln. »Weißt du … Du strahlst richtig. Du schwebst förmlich«, fährt sie betont beiläufig fort. »Und nachdem du gestern den Nachmittagsunterricht geschwänzt und auf keine meiner siebenundzwanzig Nachrichten geantwortet hast, bin ich wirklich, wirklich neugierig, warum.«

Im Stillen verfluche ich Mom für ihre Gene und dass ich nur ihretwegen jetzt knallrot werde. Ich habe keine Kontrolle darüber.

Ganz von selbst wandert mein Blick zu Charlotte, die einige Meter von uns entfernt steht, die Hände in die Hüften gestemmt, und Jessica korrigiert. Als hätte sie gespürt, dass ich sie ansehe, dreht sie sich zu mir um und schenkt mir dieses ihr ganz eigene zuckersüße Lächeln, das mir einen unangenehmen Schauer über den Rücken jagt.

Hastig wende ich mich ab und konzentriere mich wieder auf Mae. Ich will ihr alles erzählen, aber ich kann nicht. Nicht hier. Nicht mit Charlotte in der Nähe.

»Können wir später darüber reden?«

»Mhm.« Abwägend neigt Mae den Kopf. Sie verengt die Augen zu schmalen Schlitzen, schaut zwischen Charlotte und mir hin und her und versteht. »Können wir«, beschließt sie. »Aber verrate mir wenigstens, ob die Dinge jetzt weniger kompliziert sind.«

Ich nicke. Es ist noch nicht einfach, vieles muss geklärt werden, vieles muss sich entwickeln, aber fürs Erste ist alles etwas unkomplizierter als gestern.

»Das freut mich sehr für dich.« Maes Blick ist weich geworden.

Ich will noch etwas sagen, als Miss Chelsea ihre Aufmerksamkeit wieder auf uns richtet. »Nicht trödeln. Weitermachen«, fordert sie uns auf. »Wir haben noch viel zu tun heute.«

Wir nicken gleichzeitig und gehen wieder in Position. Aber da ist noch etwas, das raus muss. Dringend.

»Hey, Mae?«

»Hm?« Sie dreht den Kopf in meine Richtung und zieht fragend die Augenbrauen hoch.

»Ich bin froh, dass dein Koffer am ersten Tag kaputtgegangen ist.«

Sie lächelt, und ich weiß, dass sie versteht, was ich ihr eigentlich sagen will.

Danke, dass du meine Freundin geworden bist.

Danke, dass du mich nie gedrängt hast, dir zu erzählen, warum ich in den ersten Wochen so in Panik geraten bin.

Danke, dass du einfach da bist.

»Ich auch.«

* * *

Mae und ich verbringen die Mittagspause auf ihrem Zimmer, nachdem wir uns in der Cafeteria etwas zu essen geholt haben. Dann erzähle ich ihr alles. Na ja, nicht alles. So weit bin ich noch nicht. Aber ich erzähle ihr genug, weil ich darüber reden muss. Und weil Mae diejenige ist, mit der ich darüber reden will. Weil sie nun mal Mae ist.

Ich erzähle ihr von Jase und dem, was damals war, lasse die Gründe für den Bruch aber außen vor, und sie hakt nicht nach, weil sie das nie tut, wenn sie merkt, dass das etwas ist, worüber ich nicht sprechen kann. Ich erzähle ihr, dass wir Sex hatten, dass er bei mir übernachtet hat. Ich erzähle ihr, wie seltsam es sich anfühlt, weil sich mein ganzes Leben bisher fast ausschließlich ums Ballett gedreht hat. Und auf einmal ist es anders.

Als ich Mae das sage, lächelt sie. »Das liegt daran, dass uns unser Leben lang eingebläut wird, dass Ballett das Wichtigste ist. Und für uns ist es das auch. Es ist unser gesamter Lebensinhalt. Es bestimmt, wer wir sind. Wie unsere Zukunft aussieht. Wo wir herkommen und wo wir hingehen. Aber es ist okay, wenn du dich jetzt ein bisschen ablenken lässt.«

Ich seufze. »Ist es das?«

»Ja. Und weißt du auch, warum?«

»Ich bin sicher, du wirst es mir gleich verraten.«

»Natürlich. Ich kann dir meine Weisheiten ja nicht vorenthalten.« Sie grinst, wird aber schnell wieder ernst. »Das mit Jase und dir, das ist nicht nur Ablenkung. Du wirst besser durch ihn. Überleg doch mal, wie deine erste Woche war und wie es jetzt ist. Okay, wir klammern die Stunde gestern mal aus, weil da offensichtlich was nicht gestimmt hat zwischen euch. Aber in den letzten Wochen seid ihr so viel besser geworden, je näher ihr euch gekommen seid. Und ich bin nicht die Einzige, der das aufgefallen ist. Francesca sieht das auch. Ich glaube zwar nicht, dass sie gemeint hat, wir sollen uns in unsere Tanzpartner verlieben, als sie gesagt hat, dass wir Vertrauen aufbauen sollen, aber hey, man kann schließlich nicht alles haben.« Kichernd zuckt sie mit den Schultern, und ich will ihr sagen, dass sie sich irrt. Dass ich nicht in Jase verliebt bin.

Aber mir bleibt der Widerspruch im Hals stecken.

Scheiße.

34. KAPITEL

Zoe

Ich fühle mich sicher bei dir.
So war es immer schon.
- Zoe

»Was machst du gerade?« Jase steht vor meiner Tür. In letzter Zeit steht er ziemlich oft vor meiner Tür. Nicht, dass ich mich darüber beschweren würde. Seine Augen funkeln schelmisch, und mein Herz macht einen Satz.

Automatisch muss ich an Maes Worte denken, aber nein, ich bin nicht verliebt. Das sind nur die Hormone. Nur die verdammten Hormone. Weil sein Blick meine Haut zum Prickeln bringt, und ich mir wünsche, dass er mich berührt, dass er mit seinem Mund meinen Körper erkundet und ich das Gleiche mit seinem mache.

Siehst du, Zoe? Nur die Hormone. Und ein bisschen Neugierde.

»Maes Notizen von gestern abschreiben.« Ich lasse ihn rein und deute auf meinen Schreibtisch, auf dem Maes Notizblock vor meinem liegt, daneben ein halbes Dutzend Textmarker, damit ich mir das Wichtigste direkt markieren kann.

Jase verzieht das Gesicht, ihm ist anzusehen, dass er an das

Stipendium denken muss. »Das muss ich auch noch machen. Ich muss Skye fragen, ob sie mitgeschrieben hat. Wahrscheinlich nicht.«

»Ihr versteht euch gut, oder?« Die Frage platzt aus mir heraus, bevor ich mich aufhalten kann.

Ganz toll, Zoe. Das ist jetzt genau der richtige Moment dafür. Aber vielleicht ist er das wirklich. Ich habe ihn nie nach Skye gefragt. Ich habe mich geweigert, über sie nachzudenken. Aber auf einmal muss ich wieder an den allerersten Tag denken. Jase und Skye, die zu spät zu Pearsons Rede gekommen sind. Wie er einen Arm um ihre Schultern gelegt hat. Das Bild nagt an mir, und verdammt, warum mache ich mir darüber überhaupt Gedanken?

Es ist einfach.

Weil Mae vielleicht doch recht hat.

Jase zieht erstaunt die Augenbrauen hoch, als hätte er als Allerletztes mit dieser Frage gerechnet, und ich würde sie am liebsten gleich wieder zurücknehmen.

»Ja«, erwidert er ehrlich, und wirkt dabei noch ein bisschen überraschter, als würde ihm das selbst gerade erst klarwerden. Dann spricht er weiter und beantwortet mir die Frage, die ich mich nicht zu stellen traue. »Skye tut gerne so, als wäre sie meine große Schwester und ich der kleine Bruder, auf den sie aufpassen muss. Manchmal ist sie unerträglich.« Ein verschmitztes Grinsen huscht über sein Gesicht.

»Wie Geschwister manchmal so sind.« Sein Lächeln verrutscht, und ich wechsle hastig das Thema, weil ich nicht über Caleb sprechen will, und ich bin mir sehr sicher, er genauso wenig über Lia. Er hat mit mir noch nie über sie geredet, irgendwann werden wir das vielleicht tun, aber nicht heute. »Du bist aber nicht zu mir gekommen, um über die Notizen unserer verpassten Kurse zu sprechen, oder?«

Er schüttelt den Kopf, und das Funkeln in seinen Augen ist wieder da. »Willst du was Verbotenes tun?«

»Wie verboten?«

»Nur ein bisschen.« Er streckt mir eine Hand entgegen, und ich reiche ihm meine, ohne eine Sekunde zu zögern.

In diesem Moment wird mir etwas klar. Jase hatte bis gestern keine Ahnung, was mir zugestoßen ist. Aber er war von Anfang an, seit meinem ersten Tag an dieser Schule, derjenige, der mir seine Hand hingehalten hat. Gewartet hat. Auf mich. Meine Entscheidung, auf ihn zuzugehen. Er hat immer auf mich gewartet. Im Ballettsaal. Außerhalb davon. Einfach überall.

Seine Hand war immer eine Frage und meine die Antwort darauf.

Unsere Finger verschränken sich, als hätten sie nie etwas anderes getan, und wir verlassen mein Zimmer, gehen über den Campus, der in dämmriges Licht getaucht und von gelben und roten Blättern übersät ist.

Jase führt mich um das Theater herum zum Notausgang und öffnet, nach einem prüfenden Blick über die Schulter, die Tür. Wir schlüpfen hinein. Ich habe keine Ahnung, welchen, aber er scheint einen Plan zu haben, also lasse ich ihn machen. Stimmen hallen durch das Theater, dann setzt die Musik ein. Ich erkenne das Stück schon bei den ersten Takten und bleibe stehen.

»Jase«, zische ich leise. »Das sind die Proben für Dornröschen.«

Er grinst mich an. »Was du nicht sagst.«

»Wir dürfen wirklich nicht hier sein.«

Die Proben von Dornröschen sind tabu. Denn obwohl Pearson will, dass jeder Einzelne von uns ein Teil des Stücks wird, dürfen bei den Proben nur die Tänzerinnen und Tänzer des vierten Jahres anwesend sein und einige wenige aus dem dritten Jahr, weil mehr Tänzerinnen benötigt werden. Wir anderen haben hier während der Proben nichts zu suchen.

»Ich weiß. Aber wenn du jetzt nicht mitkommst, werden wir noch erwischt, und dann war alles umsonst«, erwidert Jase, klingt aber kein bisschen besorgt.

Ich zögere, bin einen Moment lang hin- und hergerissen und folge ihm dann doch, weil ich nicht anders kann. Bühnenproben haben immer etwas Magisches an sich.

Wir schleichen aus dem Backstagebereich in die Eingangshalle und von da aus in die oberen Ränge. Dort kann man uns von unten nicht sehen, wenn wir vorsichtig sind.

Mein Herz schlägt wie verrückt, während Jase mich in gebückter Haltung in die vorderste Reihe zieht. Ein atemloses Kichern steigt in mir auf. Er wirft mir einen warnenden Blick zu, muss aber grinsen. Wir lassen uns in die weichen Polster sinken. Es ist dunkel hier oben, aber wir können trotzdem alles erkennen.

Die beleuchtete Bühne. Emily, die mit Mr Conrad in der Mitte steht. Er erklärt ihr etwas, zu leise, um ihn hier oben zu verstehen. Am Rand der Bühne stehen und sitzen andere Tänzerinnen, beobachten die beiden und unterhalten sich flüsternd.

Ich lehne mich nach vorne, stütze mich mit den Unterarmen auf dem Geländer ab und sehe einfach nur zu.

Wie gesagt, Bühnenproben haben etwas Magisches an sich. Nicht nur, wenn man tanzt, auch wenn man zuschaut.

Sie sind nicht mit Auftritten zu vergleichen, natürlich nicht. Bei der Premiere ist alles absolut perfekt. Kostüme, Make-up, Frisuren. Jeder Schritt, jede Armbewegung. Jedes Lächeln. Aber man ist auch nervös. Man hat Angst zu versagen. Noch mehr als sonst. Weil auch wirklich alles perfekt sein muss. Für das Publikum. Für alle, die so viel Arbeit in das Stück gesteckt haben.

Aber wenn man das erste Mal vom Studio auf die Bühne wechselt, die Schritte, die man in wochenlanger, schweißtreibender Arbeit gelernt und verinnerlicht hat, ist der Rausch ein anderer. Alles ist ein bisschen leichter, mit etwas weniger Druck. Der Schmerz, der uns jeden Tag begleitet, weil wir unsere Körper zu Höchstleistungen antreiben, tritt in den Hintergrund. Es ist pures Adrenalin und Euphorie. Es ist der Moment, bevor alle zusehen. Der Moment, in dem man ein bisschen nur für sich tanzt.

Alles fühlt sich echter an. Und gleichzeitig wie ein Traum. Der Raum ist größer, es riecht anders als in den Studios, der Klang ist anders, besser, tiefer. Die Beschaffenheit des Bühnenbodens ist anders. Einfach alles. Sogar die Atmosphäre.

Weil auf der Bühne, hinter der Bühne alles etwas besonderer ist. Es fühlt sich an, als würde man dem großen Traum näher kommen. Alle sind aufgeregter und gleichzeitig viel stiller. Es ist der Respekt vor der Bühne, vor dem Publikum, vor dem eigenen Traum.

Emily nickt, und Mr Conrad tritt zur Seite, überlässt ihr die Bühne. Er gibt jemandem ein Zeichen, und dann hallt Musik durch das Theater.

Meine Füße zucken, ich kenne die Schritte, und ich will da unten stehen, an Emilys Stelle. Ich will die Aurora tanzen, weil das immer schon meine Rolle war.

Ich merke erst, dass ich aufgestanden bin, als Jase hinter mich tritt und die Arme um meine Taille schlingt. Sein Atem streift die empfindliche Haut unter meinem Ohr, und ich bekomme eine Gänsehaut.

»In drei Jahren stehst du da unten und tanzt die Aurora, Pixie«, flüstert er. Bei ihm klingt es wie eine unumstößliche Tatsache.

Ich drehe den Kopf, nur ein Stück, gerade so weit, dass seine Lippen auf meine Haut treffen. »Das kannst du nicht wissen.«

»Doch. Und weißt du, warum? Weil ich dich Samstagnacht gesehen habe, als du getanzt hast. Und weil ich dich letztes Jahr gesehen habe, bevor Charlotte dir die Rolle gestohlen hat. Emily ist gut, sogar Charlotte ist irgendwie gut, auch wenn sie ein Miststück ist. Aber keine der beiden ist wie du. Und keine tanzt Aurora so wie du. Du bist stärker als sie, weil du kämpfen musstest.«

In seinen Armen drehe ich mich zu ihm um, lehne mich mit dem Rücken gegen das Geländer und sehe ihn an. Und er sieht direkt in mich hinein. Er sieht die Scherben meines gebrochenen Ichs und setzt sie Stück für Stück wieder zusammen.

»Du bist stärker als sie, und deswegen wirst du in drei Jahren da unten stehen.«

»Okay«, flüstere ich, weil ich ihm glauben will, und dann küsse ich ihn, weil er mir so nah ist, dass ich ihn einfach küssen muss.

Dieser Kuss ist anders. Langsamer, sanfter, vorsichtiger. Jase umfasst mein Gesicht mit seinen Händen, ich lege meine auf seine Brust. Ich kann sein Herz schlagen fühlen. Es stolpert und schlägt viel zu schnell. Ich muss lächeln, weil meins das Gleiche macht.

Meine Lippen öffnen sich. Seine Zunge in meinem Mund und alles ist anders, aber ich weiß nicht, wie anders. Wir küssen uns, während nur ein paar Meter von uns entfernt Dornröschen geprobt wird. Stimmen und Musik verschwimmen zu einem undeutlichen Rauschen. Ich höre nur noch Jase' Atem, der sich beschleunigt, als ich mit den Fingern durch seine Haare fahre und sanft an seiner Unterlippe knabbere. Sein Körper spannt sich an, direkt an meinem.

Und der Kuss verändert sich. Wird tiefer, gieriger, verlangender. Hitze schießt durch mich hindurch, sammelt sich in meinem Bauch. Wir küssen und küssen und küssen uns, ich weiß nicht, wie lange, ich verliere jedes Gefühl für Raum und Zeit. Ich fühle nur noch. Ihn und mich und dieses Verlangen nach mehr, ein heftiger Druck, der sich in mir aufbaut. Der beinahe unerträglich ist. Auf eine bittersüße Weise.

Ich dränge mich ihm entgegen, und da ist zu viel Stoff zwischen uns. Mir ist so heiß. Ich will seine Haut auf meiner spüren und sonst nichts. Seine Zunge spielt mit meiner. Das Pochen zwischen meinen Beinen wird stärker, und vielleicht will ich doch noch was anderes spüren.

Jase löst sich von mir, gerade so weit, dass er mich ansehen kann. Seine Lippen sind geschwollen von unseren Küssen, sein Blick ist verhangen. Ich bin mir sicher, dass ich genauso aussehe. Seine Augen tasten mein Gesicht ab, bleiben an meinem Mund hängen. Er schluckt schwer, dann legt er eine Hand auf meinen unteren Rücken, dreht uns um und drückt mich in einen der Sitze hinter mir. Die Polster sind weich. Mir stockt der Atem, als Jase sich in einer fließenden Bewegung auf die Knie sinken lässt. Seine Lippen formen sich zu einem Lächeln, in seinen Augen liegt der gleiche Hunger, den auch ich empfinde.

Verlangen pulsiert durch meine Adern, so heftig, dass mir schwindelig wird. Ich glaube, ich verliere ein bisschen den Verstand, weil ich zulasse, dass Jase' Hände sich um meine Knie schließen und meine Beine spreizen. Und ich lasse es nicht nur zu, ich will es. Seine Finger wandern meine Oberschenkel hinauf, Zentimeter um Zentimeter. Quälend langsam.

Ich muss mir auf die Unterlippe beißen, um mir ein Stöhnen zu verkneifen, mein Kopf fällt nach hinten. Als seine Finger den Bund meiner Strumpfhose umfassen (ich danke meinem Ich von heute Morgen, das sich für ein Kleid entschieden hat), schließe ich die Augen. Er zupft an dem dünnen Stoff, und ich hebe die Hüften an, damit er mir die Strumpfhose zusammen mit dem Slip ausziehen kann. Sie bauscht sich um meine Knöchel und ich trete mir erst die Schuhe und dann den Stoff von den Füßen.

Da ist eine leise Stimme in meinem Kopf, die mir zuflüstert, dass ich das nicht machen kann, nichts von alldem, und erst recht nicht hier, wenn unter uns die Probe stattfindet. Ich schaue Jase an. Er erwidert meinen Blick, und Gott, mir ist so heiß, meine Mitte pulsiert, drängt nach mehr.

Ich ignoriere die Stimme. Ich kann, und ich will.

Und dann versenkt Jase seinen Kopf zwischen meinen Beinen.

35. KAPITEL
Jase

Was ich dir die ganze Zeit schon sagen wollte:
Ich hab dich vermisst.
- Jase

Es ist der falsche Ort und vermutlich auch der falsche Zeitpunkt für das hier. Wir sind im Theater, und wir sind nicht allein. Es ist definitiv der falsche Ort *und* der falsche Zeitpunkt.

Aber fuck, nichts hat sich jemals richtiger angefühlt, als vor Zoe zu knien, zwischen ihren Beinen zu sein, den Duft ihrer Haut einzuatmen und zu hören, wie ihr Atem sich beschleunigt, weil sie das hier nicht nur zulässt, sondern weil sie es *will.*

Meine Hose ist inzwischen so eng, dass es wehtut, aber hier geht es nicht um mich, sondern um sie. Fuck, es ging immer schon um sie.

Ich streife mit den Lippen über die Innenseite ihres Oberschenkels und muss lächeln, als ihre Finger sich in meinen Haaren vergraben und fordernd an den Strähnen ziehen. Ich schaue zu ihr hoch, ohne meinen Mund von ihr zu lösen. Sie hat den Kopf in den Nacken gelegt, entblößt ihren langen, schlanken Hals. Ihre roten Haare heben sich dunkel von ihrer hellen Haut ab.

Sie ist so unfassbar schön.

Kuss um Kuss taste ich mich an ihrem Bein entlang, weiter, immer weiter.

Ihr Griff in meinem Haar wird fester, sie will mich näher ziehen, aber ich lasse mich nicht hetzen.

Nicht jetzt. Nicht hier. Nicht so.

Unruhig rutscht sie auf dem Sitz hin und her, ihr Becken will nach vorne schnellen, aber ich lege ihr die Hände auf die Hüften, halte sie still genau da, wo ich sie haben will.

Mein Schwanz zuckt, aber ich ignoriere den Druck, der sich in mir aufbaut.

»Jase.« Ihr Flüstern ist ein leises, atemloses Flehen nach mehr, nach mir, und sämtliches Blut, das sich gerade noch oberhalb der Gürtellinie befunden hat, macht sich rasant auf den Weg nach unten.

Fuck, ich glaube, ich sterbe.

Ich schiebe ihr Kleid nach oben, bis es sich um ihre Hüften bauscht. Dann senke ich den Mund auf ihre Mitte, und als ich sie schmecke, sterbe ich wirklich ein bisschen. Sie wimmert, und dieses Mal kann ich sie nicht festhalten, als sie sich mir entgegendrängt.

Meine Lider schließen sich flatternd, ich fühle nur noch, konzentriere mich voll und ganz auf sie. Auf jedes Zucken ihrer Hüften, jedes Ziehen in meinen Haaren. Ich konzentriere mich auf ihren sich immer weiter beschleunigenden Atem, das heftige Keuchen, das sie ausstößt und das dafür sorgt, dass ich beinahe in meiner Hose komme, während ich meine Zunge kreisen lasse.

Sie hebt ihr Becken an, schlingt beide Beine um meinen Nacken und zieht mich so noch enger an sich. Fuck, warum ist das alles hier so verflucht heiß?

Als ich zwei Finger in sie gleiten lasse, stöhnt Zoe erstickt auf, ihre Muskeln ziehen sich um mich herum zusammen. Sie ist so feucht und ja, jetzt sterbe ich wirklich. Langsam bewege ich die Finger, aber das ist nicht, was sie will, was sie braucht. Ihre Hüften schnellen nach vorne, so ruckartig, dass ich aufpassen muss, damit sie nicht vom Sitz rutscht.

»Fester … *bitte* … Jase.« Als sie meinen Namen haucht, leise und zitternd, verliere ich die Kontrolle. Ich stoße tiefer in sie, lecke sie und ihr Geschmack auf meiner Zunge ist irgendwann sehr sicher mein Ende.

Ihr Orgasmus baut sich auf wie eine Welle, ich kann es spüren, bis er sich in heftigen Zuckungen entlädt. Ihre Muskeln ziehen sich pulsierend zusammen, alles pocht. Sie drückt den Rücken durch, ihre Hüften drängen noch etwas weiter nach oben. Sie stöhnt auf, erstickt einen Schrei, indem sie sich in die Lippe beißt. Fuck, sie ist wirklich mein Ende. Ich will sie hören, jeden einzelnen Laut, den sie ausstößt, unbeherrscht und unkontrolliert. Ich will alles von ihr, und ich will ihr alles geben, was sie von mir will.

* * *

Ich schlafe auch in dieser Nacht bei Zoe, als wäre es die selbstverständlichste Sache der Welt. Und in allen anderen Nächten dieser Woche. Wahrscheinlich sollte ich mir Sorgen darüber machen, wie einfach auf einmal alles ist. Wie normal es sich anfühlt.

Und wie sicher ich mich fühle.

Aber ich mache mir keine Sorgen. Ich mache mir auch keine Gedanken darüber, dass es so einfach nicht sein kann. Nicht nach all der Scheiße, die wir schon durchgemacht haben.

Dabei hätte ich es ahnen müssen. Es ist zu gut. Das alles. Mit ihr und mir.

Meine Sorglosigkeit rächt sich schon am Freitag, während des Pas de deux-Kurses.

»Wir werden uns heute noch mal mit den Hebungen befassen. Das hat mir beim letzten Mal noch nicht gefallen.« Francesca gibt dem Pianisten ein Zeichen und bedeutet uns mit einer Handbewegung, in Position zu gehen.

Ich warte darauf, dass Zoe mir ihre Hand reicht, bevor ich sie an mich ziehe. Mein Körper reagiert auf die Nähe mit einem verräterischen Kribbeln, als ich unwillkürlich daran denken muss, wie sie sich im Theater unter meinen Händen bewegt hat. Ihr Stöhnen in meinem Ohr, ihr Geschmack in meinem Mund.

»Du hast schmutzige Gedanken«, flüstert Zoe so leise, dass niemand außer mir sie hören kann. Im Spiegel sehe ich das breite Grinsen, das auf ihrem Gesicht erschienen ist.

Ich lehne mich ein Stück nach vorne, bis meine Wange ihre berührt. »Willst du wissen, was ich denke?«

Ihre Lippen öffnen sich, ich will sie küssen, jetzt sofort, aber wir kommen weder zu einer Antwort noch zu einem Kuss. Francesca bleibt vor uns stehen und zieht missbilligend die Augenbrauen hoch.

»Konzentriert euch«, befiehlt sie.

Zoe und ich nicken gleichzeitig, aber sie lächelt immer noch.

»Später«, raune ich ihr zu, sobald Francesca sich zurückgezogen hat.

Wir gehen eine Hebefigur nach der anderen durch, und es ist so leicht, mit Zoe zu tanzen. Auf einmal. So verflucht leicht. Wir reagieren aufeinander, verstehen uns blind.

Bis ich bei einer Drehung – Zoe sitzt auf meiner Schulter – draußen auf dem Flur eine hochgewachsene, viel zu vertraute Gestalt entdecke. Ich verliere das Gleichgewicht, Zoe stößt einen erschrockenen Schrei aus, als sie von meiner Schulter rutscht. Irgendwie schaffe ich es, sie aufzufangen, es ist reiner Instinkt. Ich darf sie nicht fallen lassen.

Francesca ruft etwas, aber ihre Worte kommen nicht bei mir an. Ich höre nur das Rauschen des Bluts in meinen Ohren. Mein Herz rast, meine Muskeln sind zum Zerreißen gespannt. Ich starre in Zoes weit aufgerissene Augen, und trotzdem konzentriert sich meine gesamte Aufmerksamkeit auf den Mann, der mich mit ausdrucksloser Miene beobachtet.

Dad.

Was zur Hölle hat er hier verloren?

»Jase? Alles okay?« Zoe löst sich aus meinem Griff und mustert mich besorgt, dabei müsste ich derjenige sein, der ihr diese Frage stellt. Immerhin habe ich sie beinahe fallen gelassen.

»Ja«, lüge ich. »Geht's dir gut? Bist du verletzt?«

Sie schüttelt den Kopf und lächelt mich beruhigend an. »Alles gut, ich hab mich nur erschrocken.«

»Tut mir leid, ich –«

»Schon gut«, unterbricht sie mich, ihr Blick zuckt zu der gläsernen Wand. Sie hat ihn schon bemerkt. Natürlich hat sie das. Ihr Lächeln erlischt, sie runzelt die Stirn, als würde sie sich die gleiche Frage stellen wie ich.

Francesca kommt zu uns, vergewissert sich, dass wir beide unverletzt sind, und lässt uns dann wieder von vorne anfangen. Aber ich bin nicht mehr bei der Sache, egal, wie sehr ich es versuche.

Ich kann Dad nicht ausblenden, scheißegal, wie viel Mühe ich mir gebe. Er ist da, er beobachtet mich, urteilt über mich, bewertet mich. Wahrscheinlich fühlt er sich bestätigt darin, dass ich nicht hierhergehöre. Und ich bin gerade noch nicht mal in der Lage, ihm das verfickte Gegenteil zu beweisen.

Als Francesca die Stunde schließlich beendet, bin ich einerseits erleichtert, weil das Elend ein Ende hat, andererseits wünsche ich mir nichts sehnlicher als das Gegenteil. Dad wartet auf mich, und ich glaube keine Sekunde daran, dass ich ihm einfach aus dem Weg gehen kann.

Ich lasse mir absichtlich Zeit damit, meine Sachen zusammenzupacken und den Hoodie überzuziehen, aber das Unvermeidliche lässt sich nicht hinauszögern.

Zoe und Skye sind die Einzigen, die noch hier sind, als ich wieder aufblicke. Alle anderen sind schon in die Mittagspause verschwunden. Beide mustern mich besorgt. Es ist das erste Mal, dass ich eine Gemeinsamkeit bei ihnen entdecke.

Ich verlasse den Saal, auch wenn alles in mir danach drängt, zu Zoe rüberzugehen und Dad einfach zu ignorieren. Aber das wird nicht funktionieren, das weiß ich aus Erfahrung.

»Was willst du hier?«, frage ich Dad ohne Begrüßung, weil er keine verdient hat. Er hat sich seit Wochen nicht bei mir gemeldet, nicht seit dem Gespräch in Moms Büro, und jetzt taucht er einfach hier auf, als wäre das irgendwie normal. Ist es nicht.

»Wir müssen reden.«

»Müssen wir nicht.« Ich schiebe mich an ihm vorbei und laufe den Flur runter. Ich muss hier raus. Er folgt mir nach draußen, und die kalte Luft trifft mich wie ein Schlag.

»Jase! Du wirst mir jetzt zuhören.« Dad hält mühelos mit meinen langen Schritten mit.

Mitten auf dem Campus bleibe ich stehen, weil ich ihn nicht im Wohnheim und erst recht nicht in meinem Zimmer haben will.

»Warum sollte ich? Willst du mir wieder irgendwas wegnehmen? Ich hab nichts mehr, Dad.«

»Ich bin nicht hier, um dir was wegzunehmen.« Er klingt genervt, als würde ich mich wie ein trotziges Kind verhalten.

»Was willst du dann?«, knurre ich. Wut lodert in mir hoch, frisst sich glühend heiß durch meinen Körper.

»Es geht um deine Mutter«, erwidert er gedehnt, widerstrebend. »Sie feiert morgen ihren Geburtstag, und es wäre ihr wirklich wichtig, dass du kommst.«

Seine Worte verschlagen mir für einen Moment die Sprache. Dann stoße ich ein ungläubiges Lachen aus. »Ach, du meinst die Party, zu der ich nicht eingeladen wurde?«

»Du bist unser Sohn, selbstverständlich bist du eingeladen.«

Ich schüttle fassungslos den Kopf. Moms Geburtstag war vor zwei Wochen. Ich bin zu meinen Eltern gefahren, keine Ahnung, warum. Es war dumm. Aber Mom hatte Geburtstag, und irgendein dämlicher Teil von mir konnte das nicht einfach ignorieren.

Ich saß noch im Uber, als sie aus dem Haus gekommen sind. Mom und Dad und Lia und ihr Freund. Sie haben mich nicht bemerkt, sind ins Auto gestiegen und weggefahren. Ohne mich.

»Fällt mir echt schwer, das zu glauben.«

Dad reibt sich die Stirn, seine Schultern sind verkrampft. Er ist ganz kurz davor, die Geduld zu verlieren. »Wenn dir unsere Familie noch irgendwas bedeutet, kommst du morgen zu dieser Party.«

Ich recke herausfordernd das Kinn. »Und wenn nicht? Was machst du dann?«

»Herrgott, Jase, ich will dir nichts Böses, wann begreifst du das endlich?«

Nie. Weil du mich und meine Entscheidungen nicht akzeptierst.

»Tu es deiner Mutter zuliebe. Sie hat viel für dich getan. Enttäusch sie nicht«, sagt er. Und dann geht er. Einfach so. Ohne ein weiteres Wort.

Ich starre ihm hinterher. In mir brodelt es. *Enttäusch sie nicht.* Als würde ich das nicht ohnehin jeden einzelnen Tag tun.

Ich hasse mich dafür, aber ich weiß, dass ich morgen zu dieser beschissenen Party gehen werde. Weil ich schwach bin und mir meine Familie eben doch nicht so egal ist, wie ich es gerne hätte. Es ist Moms Geburtstag. Ihr fünfzigster. Morgen …

Morgen.

Mein Herz setzt einen Schlag aus.

Morgen.

Mir dreht sich der Magen um, für einen Moment bekomme ich keine Luft. Ich kann nicht atmen. Mir wird schwindelig. Ich taumle.

Der Schmerz ist so plötzlich wieder da, als wäre er nie schwächer geworden. Als hätte ich nicht gelernt, mit ihm umzugehen. Er trifft mich mit aller Macht, zwingt mich in die Knie und mischt sich mit Wut und Hass zu einem unkontrollierbaren Sturm in meinem Inneren.

Meine Augen brennen, ich will schreien, aber der Laut bleibt mir in der Kehle stecken.

Moms Geburtstag war vor knapp zwei Wochen.

Siebzehn Tage nach ihrem Geburtstag ist Sam gestorben.

Morgen.

Morgen ist er seit fünf Jahren tot.

Und sie feiert ihren verfickten Geburtstag.

36. KAPITEL
Zoe

Letztes Jahr hatte ich Angst. Jeden Tag. Nicht nur wegen dem, was passiert ist. Sondern vor allem vor den Konsequenzen. Ich hatte Angst, dass ich nicht mehr tanzen kann, und ich glaube, das hätte ich nicht überlebt.
- Zoe

Irgendwas stimmt nicht. Ich würde gerne behaupten, dass ich übertreibe. Ehrlich gesagt, versuche ich seit Stunden, mir selbst einzureden, dass ich genau das tue. Übertreiben. Leider kann ich mir selbst nicht glauben.

Nicht, nachdem ich unfreiwillig Zeuge des Gesprächs zwischen Jase und seinem Dad geworden bin.

Skye und ich haben uns nicht abgesprochen, länger zu bleiben, nachdem Francesca die Stunde beendet hat. Wir haben es trotzdem beide getan. Genauso, wie wir beide gleichzeitig den Raum verlassen haben, sobald Jase und sein Dad verschwunden sind.

Es konnte ja niemand ahnen, dass sie mitten auf dem Campus stehen bleiben würden, um sich zu streiten. Und dass der Wind ihre Worte bis zu uns trägt.

Wir sind weitergegangen. Ich schätze, uns war beiden

klar, dass Jase nicht wollen würde, dass wir etwas mitbekommen.

Jetzt wünschte ich, ich wäre stehen geblieben, hätte auf ihn gewartet. Angeboten, zu reden. Aber das habe ich nicht getan, und jetzt ist er weg.

Er ist nicht in seinem Zimmer, hat weder auf meine Nachrichten noch auf meine Anrufe reagiert. Kein Ton.

Mein Handy piept, und ich stürze zu meinem Bett. Aber die Nachricht, die auf meinem Display aufleuchtet, ist nicht von Jase. Sondern von meinem Bruder.

Caleb: Ich sterbe vor Aufregung. Wenn du Parker nicht magst, haben wir leider ein Problem!

Ich verkneife mir ein Aufstöhnen. Verdammter Mist. Das habe ich komplett vergessen. Caleb hat schon vor zwei Tagen gefragt, ob ich heute mit Parker, ihm und unseren Eltern essen gehen möchte. Damit wir alle Parker kennenlernen können. Ich habe zugesagt, weil es keinen Grund gab, abzusagen oder nach einem anderen Termin zu suchen.

Hoffentlich gibt es auch jetzt keinen Grund, weil es Jase halbwegs gut geht. Ganz sicher.

Nur dass ich mir eben nicht sicher bin. So gar nicht. Ich mache mir Sorgen, und den Abend mit meinem Bruder und seinem neuen Freund zu verbringen, fühlt sich gerade sehr falsch an, und das finde ich sehr ätzend.

Ein Teil von mir will hierbleiben, darauf warten, dass Jase sich meldet, zu mir kommt. Keine Ahnung. Der andere Teil weiß sehr genau, dass er sich heute nicht blicken lassen wird. Dass er nicht neben mir in meinem Bett schlafen und morgen neben mir aufwachen wird.

Mein Herz zieht sich zusammen. Er war die ganze Woche

bei mir. Es ist verrückt, wie schnell ich mich daran gewöhnt habe, dass er bei mir übernachtet. Wie seltsam es sich anfühlt, dass er jetzt nicht auf meinem Bett liegt, mit Kopfhörern auf den Ohren und mit meinen Haaren spielt, während ich lese.

Wieder zeigt mein Handy eine neue Nachricht an. Wieder ist es Caleb.

Caleb: Zoe? Ich kann sehen, dass du meine Nachricht gelesen hast! Beruhig mich. Bitte!!!

Ich seufze und tippe eine Antwort. Hierzubleiben, wird nichts nützen. Generell ist es vermutlich keine gute Idee, den Abend allein zu verbringen. Meine Gedanken werden dann nur viel zu laut.

Zoe: Hör auf, dir den Kopf zu zerbrechen. Ich werde Parker mögen. Mom auch und Dad plant wahrscheinlich schon eure Hochzeit.
Caleb: Das ist jetzt irgendwie nicht ganz so beruhigend, wie du wahrscheinlich gehofft hast …
Zoe: Es wird alles gut, versprochen!

Ich schicke ihm noch ein paar Herzen, werfe mein Handy zurück aufs Bett und mache mich fertig. Als ich mein Zimmer schließlich verlasse, hat Jase sich immer noch nicht gemeldet.

* * *

Ich treffe vor meinem Bruder und meinen Eltern bei dem kleinen Italiener ein, bei dem wir zum Abendessen verabredet sind. Es ist Calebs Lieblingsrestaurant, wir haben jeden seiner Geburtstage hier verbracht, abgesehen von dem einen Jahr, in dem er mit einer Magen-Darm-Grippe flachgelegen hat. Ich habe seine Geburtstagstorte fast alleine aufgegessen. Als kleine Schwester war das praktisch meine Aufgabe.

Er hat das anders gesehen und sich bei meinem nächsten Geburtstag revanchiert. Da war ich aber ohnehin schon zu sehr Tänzerin, um auch nur einen Gedanken daran zu verschwenden, mehr als die zwei Stücke zu essen, die ich mir ausnahmsweise gönnen wollte. Für ein Stück klebrig-süßen Schokokuchen mit flüssigem Kern würde ich allerdings auch heute noch töten, völlig egal, wie wenig der in meinen Ernährungsplan passt.

»Zoe!« Ich drehe den Kopf, als ich Calebs aufgeregte Stimme höre.

Ich sitze schon an unserem üblichen Tisch, hinten links in der Ecke. Keine Ahnung, wie, aber sowohl Caleb als auch meine Eltern schaffen es immer, denselben Tisch zu bekommen.

Alessandros' ist klein und gemütlich mit dunklem Holzboden, offenen Backsteinwänden, rustikalen Möbeln und dunkelgrün und weiß karierten Tischdecken. Die tief hängenden Lampen tauchen alles in weiches, warmes Licht.

Caleb kommt mit einem breiten Lächeln auf mich zu, einen dunkelhaarigen, absolut umwerfenden Typen im Schlepptau. Parker.

Ich stehe auf, als die beiden an den Tisch treten, und umarme meinen Bruder zur Begrüßung, bevor Parker mich in seine Arme zieht. Etwas überrumpelt erwidere ich seine Umarmung.

»Mom und Dad kommen etwas später, Mom wurde im Büro aufgehalten. Vielleicht ist das auch ganz gut so, dann könnt ihr beiden euch schon mal kennenlernen und wir haben eine Verbündete, wenn Mom und Dad wieder Fragen stellen, die sie wirklich nicht stellen sollten«, plappert Caleb, und ich muss lächeln. Er ist echt total verknallt.

»Mach dir keine Sorgen, ich bin immer auf deiner Seite. Und ich freue mich sehr, dass wir uns endlich kennenlernen«, sage ich an Parker gewandt, nachdem wir uns gesetzt haben.

Er sieht wirklich umwerfend aus, mit seinen kohlrabenschwarzen Haaren und der hellen Haut. Seine Augen sind fast unnatürlich blau, umrandet von langen, dichten Wimpern, um die ich ihn sofort beneide. Alles an ihm wirkt britisch, von seinen klaren Gesichtszügen, über die Form seiner Lippen bis hin zu dem weinroten, grob gestrickten Pullover, den er trägt.

»Ich freue mich auch«, erwidert er – tatsächlich mit einem leicht britischen Akzent – und sein Lächeln ist so liebenswert, dass ich sofort verstehe, warum Caleb so verliebt ist. »Caleb hat erzählt, dass du Tänzerin bist?«

Ich seufze und werfe Caleb einen übertrieben vorwurfsvollen Blick zu. »Ist das eigentlich das Einzige, was du über mich erzählen kannst?«, ziehe ich ihn auf.

»Nein, aber ich bin stolz auf dich, also lass mich.« Er schnippt mir mit Daumen und Zeigefinger gegen die Nase.

Ich muss lachen, aber es fühlt sich nicht ganz echt an. »Das ist nicht fair, so kann ich nicht böse auf dich sein.«

»Sollst du ja auch gar nicht«, grinst Caleb und greift nach Parkers Hand. Ihre Finger verschränkten sich, und mir zieht sich das Herz zusammen, weil ich automatisch an Jase denken muss. Er hat sich immer noch nicht gemeldet, und langsam fange ich wirklich an, deswegen durchzudrehen.

»Er hat mir auch Videos von dir gezeigt, falls das irgendwie dabei hilft, böse auf ihn zu sein.« Parker schenkt mir ein verschwörerisches Lächeln, und ich schiebe jeden Gedanken an Jase beiseite. Er wird sich bald melden. Ganz sicher.

»Leider nein.« Ich seufze und winke ab. »Aber danke für deinen Einsatz.« Ich bin mir ziemlich sicher, welche Videos Caleb ihm gezeigt hat. Mom und Dad haben zwar jeden meiner Auftritte gefilmt, aber mein Bruder weiß genau, welche Videos jemand sehen darf und welche nicht.

»Einen Versuch war's wert.« Parker zuckt mit den Schultern, während Caleb ziemlich erleichtert von ihm zu mir schaut.

Danke formt er mit den Lippen, und ich lächle ihn an, weil Parker wirklich toll ist.

* * *

»Es war so schön, euch alle kennenzulernen«, sagt Parker mit einem herzlichen Lächeln, als wir uns Stunden später vor dem Restaurant voneinander verabschieden.

»Wir haben uns auch sehr gefreut.« Mom zieht ihn in eine Umarmung. Sie strahlt. Das tut sie schon den ganzen Abend. Genau wie Dad und Caleb. Alle.

Nur ich war zwischendurch nicht ganz bei der Sache, und ich habe deswegen ein mörderisch schlechtes Gewissen.

»Alles in Ordnung?«, fragt Caleb so leise, dass niemand außer mir ihn hören kann. »Du wirkst so abwesend. Magst du Parker nicht?« Ein besorgter Ausdruck huscht über sein Gesicht, und mir fährt ein Stich mitten ins Herz.

»Quatsch! Er ist toll, ganz ehrlich! Ihr seid perfekt zusammen.«

»Was ist dann los?«

»Gar nichts«, lüge ich, weil ich ihm nichts von Jase sagen kann. Nicht heute.

»Zoe.« Er seufzt und zieht abwartend eine Augenbraue hoch.

»Wirklich, alles in Ordnung. Ich bin einfach nur müde. Das Training diese Woche war hart.«

Caleb sieht nicht überzeugt aus, aber er gibt nach. »Okay.«

Erleichtert atme ich auf.

»Zoe, sollen wir dich zurückbringen?« Mom legt mir eine Hand auf die Schulter.

»Das wäre superlieb, danke.«

»Natürlich, wir fahren ja in dieselbe Richtung.« Lächelnd zwinkert sie mir zu.

Ich umarme erst Parker, dann Caleb und folge meinen Eltern zu ihrem Wagen. Die ganze Fahrt über unterhalten sie sich über Caleb und Parker und ja, Dad plant zwar noch nicht die Hochzeit, aber definitiv das nächste Familienfest und vielleicht auch einen gemeinsamen Urlaub. Ich höre nur mit halbem Ohr zu, gebe zwischendurch ein zustimmendes Murmeln von mir, damit die beiden zumindest denken, dass ich mich an dem Gespräch beteilige und checke alle paar Sekunden mein Handy.

Aber – Überraschung – Jase hat sich immer noch nicht gemeldet.

»Zoe? Liebling?«

Ich blicke auf. Mom hat sich zu mir nach hinten gedreht und sieht mich fragend an. »Was? Tut mir leid, ich war in Gedanken.«

»Wir sind da. Ist alles in Ordnung?«

»Ja«, lüge ich ein weiteres Mal. Ich ringe mir ein Lächeln ab. »Ich bin nur müde.«

»Dann ab ins Bett.«

»Gute Idee.« Ich lehne mich nach vorne, drücke erst ihr, dann Dad einen Kuss auf die Wange und steige aus dem Wagen.

Ich will gerade zum Wohnheim gehen, als mir auffällt, dass im Trainingsgebäude noch Licht brennt. Oben in dem kleinen Studio, in dem Jase und ich uns für unser Extratraining treffen. Mein Herz macht einen Satz. Ich kann ihn zwar von hier unten aus nicht sehen, aber ich bin mir ziemlich sicher, er ist da oben. Er muss da oben sein.

Ich setze mich in Bewegung, ohne einen Gedanken daran zu verschwenden, ob er mich überhaupt sehen will. Ich möchte mich nur vergewissern, dass es ihm gut geht. Mehr nicht.

Abgesehen von mir ist niemand unterwegs, und ich war selbst noch nie so spät im Trainingsgebäude. Wir alle haben am ersten Tag einen Chip bekommen, damit wir zu jeder Tages- und Nachtzeit trainieren können, aber es ist das erste Mal, dass ich ihn benutze.

Das Gebäude ist dunkel, und irgendwas in mir sträubt sich dagegen, das Licht anzuschalten. Stattdessen ziehe ich mein Handy aus der Tasche und schalte die Taschenlampe an. Mit schnellen Schritten eile ich nach oben. Es ist ein bisschen unheimlich, so spät hier zu sein. Vor allem allein. Aber ich bin ja nicht allein. Jase ist da oben. Wenn nicht, dann … tja, keine Ahnung.

Die Stufen zum Studio knarzen leise unter meinen Füßen, als ich hochsteige. Ich kann die Musik hören, die durch den kleinen Saal hallt. Wütend und mit wummernden Bässen. An der Tür zögere ich. Mein Puls hat sich der Musik längst angepasst, meine Handflächen sind feucht. Vorsichtig öffne ich die Tür, spähe in den Saal, und da ist er.

Er tanzt. Und ich kann nicht anders, als ihm dabei zuzusehen. Seinen Bewegungen mit den Augen zu folgen.

Er trägt kein T-Shirt, nur eine eng anliegende Hose. Schweiß glitzert auf seiner Haut, seine Haare hängen ihm feucht in die Stirn. Auf seinem Gesicht liegt ein Ausdruck unbändiger Wut. Und grenzenlosen Schmerzes.

Seine Bewegungen spiegeln seine Gefühle, kraftvoll und stark. Er ist so verdammt schön. Und so, so zornig.

Ich sollte gehen. Sollte ihn in Ruhe lassen, doch ich kann den Blick nicht abwenden. Bin völlig regungslos.

Und dann bemerkt er mich. Im Spiegel fällt sein Blick auf

mich, und er hält schwer atmend inne. Seine Augen weiten sich.

»Pixie.« Seine Stimme ist hart und genauso zornig wie sein Blick.

»Jase.« Ich mache einen Schritt nach vorne, in den Raum hinein. Die Tür fällt hinter mir ins Schloss.

»Was machst du hier?«

»Ich hab dich gesucht. Ich hab mir Sorgen um dich gemacht.«

»Warum?« Sein Tonfall ist abweisend, und in mir krampft sich alles zusammen. Er ist verletzt, und ich weiß, es liegt nicht an mir, aber ich kann trotzdem nichts dagegen tun, dass es mir einen Stich versetzt.

»Du weißt, warum. Du hast auf keinen meiner Anrufe reagiert. Oder auf meine Nachrichten.«

Er fährt sich mit einer Hand durch die Haare und stößt einen leisen Fluch aus. »Ich … Tut mir leid, ich …«

»Ist schon gut.« Ich mache einen Schritt in seine Richtung, hebe eine Hand und lasse sie wieder sinken. Ich will ihn fragen, ob alles in Ordnung ist, aber das ist komplett überflüssig, weil es das ganz offensichtlich nicht ist. »Willst du darüber reden? Was los ist?«, frage ich behutsam, aber Jase schüttelt den Kopf.

»Nein, ich … Ach, Fuck!« Er wirbelt herum, seine Faust trifft auf die Wand zwischen den runden Fenstern, so fest, dass es ihm die Haut aufreißen muss. Ich zucke zusammen, und dann bin ich schon bei ihm, umfasse sein Gesicht mit beiden Händen und zwinge ihn dazu, mich anzusehen.

»Dad will, dass ich zu Moms beschissener Party komme«, presst er zwischen zusammengebissenen Zähnen hervor. »Ich wurde nicht mal richtig eingeladen, und jetzt soll ich da auftauchen und so tun, als wäre alles in Ordnung.«

»Du musst nicht gehen.«

Zischend atmet er aus. »Ich weiß. Aber doch, ich muss.«

Ich will fragen, warum, aber da ist etwas in seinen Augen, das mich davon abhält. »Soll ich mitkommen?«, sage ich stattdessen.

Wieder schüttelt er den Kopf, ihm entgleitet ein trockenes Lachen. »Du musst dir den Scheiß echt nicht geben.«

»Aber *willst du*, dass ich mitkomme?« Meine Daumen streichen über seine Wangen und bleiben schließlich auf seinen Lippen liegen.

Er wirbelt uns herum, bis mein Rücken auf die Wand hinter mir trifft, stützt die Hände neben meinem Kopf ab, und sein Blick ist dunkel und wütend. Und voller Verlangen. Mein Herz gerät ins Stolpern, Hitze schießt durch meinen Körper, als er auf meinen Mund starrt. Eine leise Stimme erinnert mich daran, dass ich Angst haben sollte, weil ich gerade alles, aber nicht die Kontrolle habe. Trotzdem fühle ich mich sicher. Erschreckend sicher.

Alles, was ich will, ist, dass er mir antwortet. Meine Haut kribbelt, jede Faser meines Selbst pocht, und eine Sekunde lang kann ich nur daran denken, dass ich gerade wirklich jeden Zentimeter seines Körpers mit meinem Mund erkunden will.

»Jase, willst du, dass ich mitkomme?«, frage ich noch einmal, ein bisschen heiser, ein bisschen erstickt, ein bisschen außer Atem.

Er lehnt seine Stirn gegen meine, und meine Hände wandern ganz von selbst über seine Schultern, seine Brust hinunter und halten über seinem Herzen inne. Es rast.

»Ja«, wispert er.

»Okay. Dann komme ich mit.«

Anstatt zu antworten, küsst er mich. Hungrig. Wild. Verzweifelt. Ich erwidere seinen Kuss, ohne zu zögern, auch wenn ich tausend Fragen habe. Denn obwohl ich so viel über Jase weiß, obwohl er mir so viele Wahrheiten verraten hat, werde ich das Gefühl nicht los, dass hinter seiner Wut wegen dieser Party mehr steckt. Ich halte inne.

»Jase«, flüstere ich gegen seine Lippen. »Warum bist du so wütend?«

Er hebt den Kopf, gerade so weit, dass er mich ansehen kann. In seinen Augen flackert noch immer Wut. Aber darunter … darunter sehe ich seine Qual. »Bitte …« Er schluckt schwer. »Bitte, Pixie. Ich kann nicht … Ich kann jetzt nicht darüber reden.«

»Okay.« Ich nicke und wieder küsst er mich, hart und tief, ich schmecke seinen salzigen Schweiß auf der Zunge, und ich begreife, dass jetzt nicht der Augenblick für Fragen und Wahrheiten ist. Jase will nicht reden, und wenn ich ehrlich bin, will ich das gerade auch nicht mehr.

Seine Hände wandern unter meine Jacke, schieben sie von meinen Schultern. Zielsicher findet er den Reißverschluss meines Kleides, und einen Moment später fällt der Stoff auseinander und rutscht mir über die Brust nach unten bis zur Taille. Ich trage nur ein dünnes Spitzenbustier, und Jase zögert eine Sekunde, wartet auf Widerstand, der nicht kommt, weil ich ihn will, hier und jetzt. Mein Körper bettelt um mehr, und ich will, dass er es tut. Er befreit meine Arme von den schmalen Trägern. Meine Lider schließen sich flatternd, als erst sein Mund über meine Nippel streicht, dann seine Zunge. Mir entfährt ein Wimmern, ich dränge ihm die Hüfte entgegen und Jase' Hände wandern über meinen Körper zu meinem Hintern. Er hebt mich hoch, und ich schlinge reflexartig die Beine um seine Hüften. Ich kann es spüren, das Pochen seines eigenen Verlangens, fühle es an meiner Mitte, und ich wünsche, der dünne Stoff meiner Strumpfhose und meiner Unterwäsche würde sich einfach in Luft auflösen.

Jase löst sich von mir, nur ein Stück, sein Atem streift meine Wangen, und ich bekomme eine Gänsehaut.

»Ich hasse sie. Ich hasse sie alle. Mom und Dad. Lia. Sam. Alle. Nur dich nicht.« Seine raue Stimme jagt einen Schauer meine Wirbelsäule hinunter.

»Du kannst mich hassen. Es ist okay, wenn du mich ein kleines bisschen hasst.«

Seine Mundwinkel verziehen sich zu einem grimmigen Lächeln. »Nein, ist es nicht.«

»Doch. Heute schon. Du kannst mich hassen. Für einen Moment. Wirklich. Ich bin stark, das hast du selbst gesagt. Lass mich dich auffangen. Lass es raus. *Bitte.*« Ich umfasse sein Gesicht mit beiden Händen, ziehe ihn zu mir, und unsere Lippen kollidieren. Er stöhnt auf, presst sich wieder enger an mich, reibt sich an mir. Ich winde mich unter der Berührung, bis er sich plötzlich wieder von mir löst, dieses Mal allerdings, um seine Hose auszuziehen und mir aus meinen Klamotten zu helfen.

Dann ist er wieder bei mir, hebt mich hoch und drückt mich erneut gegen die Wand zwischen den Fenstern, die Steine fühlen sich kalt an auf meiner nackten Haut, aber die Kälte verstärkt die Hitze in meinem Inneren nur noch. Mein Körper summt, meine Haut glüht. Mit den Fingernägeln kratze ich über Jase' Rücken, und er stöhnt verzweifelt in meinen Mund.

»Hass mich«, hauche ich. Ich schätze, ich verliere den Verstand. Aber gerade will ich genau das: den Verstand verlieren.

Und Jase verliert bei meinen Worten die Kontrolle. Ich kann es spüren, kann spüren, wie ein Schauer seinen Körper durchläuft, wie die Muskeln in seinem Rücken sich anspannen. Seine Hand gleitet zwischen uns und dann dringt er mit einem tiefen, heftigen Stoß in mich ein.

Mir entfährt ein kehliges Wimmern, mein Rücken reibt über den kalten, rauen Stein, jedes Mal, wenn Jase in mich stößt. Es ist unangenehm und erregend zugleich, dieser kurze Schmerz auf meiner Haut, in meinem ganzen Körper. Es fühlt sich absurderweise unfassbar gut an. Er ist wütend, und ich nehme seine Wut in mich auf, wieder und wieder und wieder, mit jedem wütenden Stoß, mit seinen Fingern, die sich in meine Haut graben.

Und dann … hört er einfach auf. Er hört auf, und mein ganzer Körper pocht protestierend, weil ich mehr brauche. Mehr von ihm. Mehr von alldem.

»Was …«, bringe ich hervor und verstumme, als Jase sich schwer atmend von mir löst, sich zurückzieht und meine Beine von seinen Hüften löst. Ich fühle den Holzboden unter meinen nackten Füßen, kalt und glatt, und ich verstehe die Welt nicht mehr, als Jase seine Stirn an meine legt.

»Fuck! Ich … kann nicht. Ich kann dich nicht hassen«, raunt er, seine Lippen streifen meine, wandern über meine Kieferlinie, und ich vergesse, dass ich etwas erwidern will. »Du bist die Einzige, die ich wirklich nicht hassen kann.« Er weicht ein Stück zurück, dreht mich Richtung Spiegel, bis ich unsere Spiegelbilder sehen kann, mit roten Wangen und glitzernden Augen. »Du bist gerade das Einzige, was in meinem beschissenen Leben irgendeinen Sinn ergibt.« Er schiebt sich hinter mich, groß und warm, bis seine Brust meinen Rücken berührt. Einen Arm hat er noch immer um meine Taille geschlungen, die andere Hand kommt auf meinem Bauch zu liegen, malt träge Kreise auf die nackte Haut. Mein Körper reagiert auf die Berührung mit einem heißen Prickeln, und mein Herz reagiert auf seinen Blick, seine Worte.

Sehnsüchtig. Heftig. Verliebt.

»Warum ergibst du so viel Sinn?« Er drückt mir einen Kuss auf den Hals, beißt zu, ganz leicht nur, aber doch so fest, dass mir schon wieder ein leises Wimmern entfährt. Mein Kopf fällt nach hinten, ich schließe die Augen, presse mich gegen seinen Körper, so nah, dass ich seine Erektion an meinem Hintern spüren kann, und gleichzeitig schiebe ich die Hüften nach vorne, damit er seine Hand endlich, endlich tiefer wandern lässt.

»Weil du es auch tust«, erwidere ich heiser. Ein Stöhnen steigt in mir auf, sobald er seinen Daumen über diesen Knoten kreisen lässt, der vor Verlangen beinahe schmerzt, und ich sehe Sterne.

»Mach die Augen auf«, befiehlt er, und ich tue es, weil ich nicht anders kann. »Sieh dich an.«

Ich blinzle, bis mein Blick aufklart. Bis ich uns sehen kann. Aber ich kann nicht mich ansehen. Ich sehe nur ihn. Jase, der hinter mir steht, groß und stark und schön. Er nimmt den ganzen Raum ein, mit dieser Dunkelheit im Blick, der flirrenden Wut, die ihn umgibt.

»Sieh dich an«, wiederholt er, drängender dieses Mal und wieder kann ich nicht anders, während er den Druck auf meine Mitte verstärkt. Ich seufze sehnsüchtig, reibe mich an seiner Hand, folge seinen Augen zu mir. Das Mädchen, das mir aus dem Spiegel entgegenblickt, ist zwar ganz offensichtlich ich, aber trotzdem kommt sie mir seltsam fremd vor. Und gleichzeitig viel zu vertraut.

Gerötete Wangen und geschwollene Lippen. Glänzende, vor Lust verhangene Augen.

»Hast du eine Ahnung, was du mit mir machst?«

Ich schüttle den Kopf, und endlich lässt er einen Finger in mich gleiten. Meine Muskeln ziehen sich ganz von selbst um ihn zusammen, meine Lider flattern, wollen sich wieder schließen, aber Jase' Griff um meine Taille wird fester.

Ich verstehe die wortlose Aufforderung.

»Wenn ich bei dir bin, kann ich für ein paar Minuten die ganze Scheiße vergessen. Wenn ich bei dir bin, fühle ich mich so verflucht lebendig, dass es mir manchmal Angst macht.« Sein Mund wandert über meinen Hals, und meine Lippen prickeln vor Verlangen, ich will ihn küssen, ihn schmecken, doch ich bekomme keine Chance, mich zu ihm umzudrehen. Sein Griff ist zu fest. Er will, dass ich dabei zusehe, was er mit mir macht. Und ich will es auch. Die Erkenntnis trifft mich wie ein Schlag. Ich will es viel zu sehr.

Ich winde mich, bewege meine Hüften, keuche auf, als er seine Finger zurückzieht und dann hart in mich stößt. Das Mädchen im Spiegel biegt den Rücken durch, seiner Hand entgegen. Ich hebe die Arme, kralle meine Finger in seine Haare, ziehe an den blonden Strähnen. Jase lächelt. Wieder trifft sein Daumen den Punkt, an dem ich ihn haben will, haben muss. Mein ganzer Körper summt vor Verlangen. Er stößt noch einmal in mich. Schneller, härter, drängender. Er presst mich jetzt so eng an seinen Körper, dass es kein Entkommen mehr gibt.

Und ich befinde mich im freien Fall. Nur seinetwegen. Ich komme mit einem erstickten Schrei, sehe mir selbst dabei zu, sehe, wie etwas in meinem Blick zerbricht.

Jase hält mich fest, während die Muskeln in meinem Inneren sich wieder und wieder zusammenziehen. Mein Herz rast, mein Körper fühlt sich zu eng an, zu klein für all das, was ich gerade empfinde. Für das, was er mit mir gemacht hat.

Er lässt mich auch dann nicht los, als ich langsam zur Ruhe komme, behält mich ganz nah bei sich und legt seine Lippen auf meine Schläfe.

Ich drehe mich zu ihm um, weil wir noch nicht fertig sind. Ich bin berauscht von ihm, und ich will, dass er sich so fühlt wie ich gerade. Deswegen lasse ich mich vor ihm auf die Knie sinken.

»Pixie, du musst nicht …«

Jase verstummt abrupt, als ich ihn mit meinen Lippen umschließe, meine Zunge über die Spitze gleiten lasse. Zischend atmet er aus, und wenn ich könnte, würde ich lächeln.

»Fuck, du musst nicht …« Wieder bricht er ab, ich sauge an ihm, und ich habe mir das immer völlig anders vorgestellt. Nicht so, als hätte ich die Kontrolle, aber ich habe sie. Voll und ganz. Und ich will das. Ich will, dass er sich gut fühlt, ich will ihm ein Ventil geben für seine Wut und seinen Schmerz, weil er das Gleiche mit meiner Angst gemacht hat.

Seine Finger vergraben sich in meinen Haaren, und dann verliert er auch den Rest seiner Selbstbeherrschung, stößt in meinen Mund. Es ist fast zu viel und gleichzeitig nicht genug. Jetzt sieht er sich und mich im Spiegel, während ich ihn spüre. Ihn und sein Verlangen. Nach mir.

»Pixie, ich komme gleich, du musst …« Er will sich zurückziehen, und ich weiß, warum, aber ich lasse es nicht zu. Er kommt mit einem tiefen Stöhnen, und es ist reiner Instinkt, dass ich schlucke, während sein Griff in meinen Haaren fester wird.

Ich hebe den Kopf, als es vorbei ist, und sein Daumen streicht über meinen Mundwinkel. Sein Blick ist weich, entschuldigend.

»Tut mir leid.«

»Dir muss nichts leidtun. Ich wollte es. Das alles«, gebe ich zurück, weil ich glaube, dass er es hören muss, und stehe auf. Er zieht mich an sich, küsst mich, und ich schmecke ihn und mich und uns.

Und dann nimmt er mich in den Arm, hält mich fest, und ich halte ihn fest, und wir reden nicht darüber, über seine Wut und seinen Schmerz, über gar nichts. Wir halten uns einfach nur fest, in diesem kleinen Studio, mitten in der Nacht, vor diesem Spiegel. Und ich hoffe. Ich bin mir nicht sicher, auf was.

Vielleicht, dass morgen alles gut wird.

Aber irgendwie glaube ich nicht daran.

4. TEIL

Variationen des Tänzers

Vierte Phase des Pas de deux

37. KAPITEL
Jase

Ich frage mich manchmal, ob Dads und meine Beziehung besser wäre, wenn ich wirklich nach Harvard gegangen wäre. Dann fällt mir wieder ein, dass es auch vorher schon schwierig war. Weil er einfach nicht damit klarkommt, wer ich bin.
– Jase

Ich hasse dich. Mom. *Ich hasse dich.* Dad. *Ich hasse dich.* Lia. *Ich hasse dich.* Sam.

Aber vor allem hasse ich diese beschissene Party. Alles an dieser Party ist falsch. Die weiße Dekoration, die Gäste, das verfickte Datum.

Vor allem das Datum.

Sam ist seit fünf Jahren tot. Heute tut es so weh, als wären seitdem erst ein paar Tage vergangen. Ich kann nicht atmen. Es zerreißt mich von innen heraus.

Er ist seit fünf Jahren tot, und ich hasse jede einzelne Sekunde davon.

Als einer der Kellner mit einem Tablett in der Hand an mir vorbeiläuft, greife ich nach einem Glas Whiskey. Es interessiert mich nicht, ob der Drink eigentlich für jemand anderen bestimmt ist. Anders überstehe ich diesen Abend nicht. Ich bin mir nicht mal sicher, ob ich es überhaupt schaffe, ihn zu überstehen.

Zoe ist noch nicht hier, sie kommt zusammen mit ihren Eltern, weil sämtliche Kleider, die für eine von Victoria Winslows Veranstaltungen geeignet wären, in ihrem Kleiderschrank zu Hause hängen.

Ich wünschte, ich wäre auch noch nicht hier. Oder überhaupt. Ich hätte einfach wegbleiben sollen.

Ich fühle mich dermaßen fehl am Platz, dass es beinahe komisch wäre, wäre es nicht gleichzeitig so verdammt traurig. Ich gehöre hier nicht hin. In diesen protzigen Ballsaal in einem der teuersten Hotels Bostons. Meine Eltern sind hier irgendwo, genau wie Lia und ihr Freund, aber ich gehe meiner Familie, so weit wie möglich, aus dem Weg.

Dad wollte, dass ich herkomme, und hier bin ich. Doch das bedeutet noch lange nicht, dass ich auch mit jemandem reden muss.

Die Einzige, mit der ich reden will, ist Zoe.

Ich kann noch immer ihren Körper unter meinen Händen spüren, ihre Lippen um meinen Schwanz, und ich will zurück zu diesem Moment gestern, zurück zu ihr. Einfach nur weg von dieser fucking Party.

Der Alkohol brennt in meiner Kehle, als ich einen Schluck trinke. Ich hasse Whiskey, aber gerade ist nichts anderes greifbar, und bei den Partys meiner Familie gibt es nie Bier. Ist wohl nicht elitär genug. Ich streife durch den Saal, ohne Ziel und ohne Sinn und Verstand. Eigentlich versuche ich nur, allen aus dem Weg zu gehen, und bete, dass Zoe gleich hier auftaucht.

Ich entdecke Lia, die neben Archie steht, ihrem Fast-Verlobten. Sie dreht sich zu mir um, als hätte sie meinen Blick gespürt. Auf ihrem Gesicht liegt ein seltsamer Ausdruck. Als wäre sie am liebsten ganz woanders. Aber das kann nicht stimmen, weil sie Lia ist, und Lia ist perfekt. Sie trägt ein langes, rosafarbenes Kleid, das bis auf den Boden fällt, ihre goldenen Haare sind ordentlich hochgesteckt. Sie sieht aus wie eine verdammte Puppe.

Ich will mich abwenden, aber ich bin zu langsam. Lia löst sich aus der Gruppe und ist bei mir, bevor ich verschwinden kann.

»Ist das dein Ernst?«, faucht sie, sobald sie mich erreicht hat, und deutet auf mein Glas.

»Wonach sieht's denn aus?« Demonstrativ trinke ich einen weiteren Schluck, und dieses Mal brennt es etwas weniger.

»Kannst du dich nicht wenigstens heute Abend benehmen?« Sie greift nach meinem Glas, doch ich bin schneller und strecke den Arm, bis es außerhalb ihrer Reichweite ist. Ich bin größer als Lia, trotz ihrer gefühlt meterhohen Schuhe.

»Ich benehme mich immer«, erwidere ich spöttisch.

Sie verdreht die Augen. »In welchem Leben?«

»Was willst du eigentlich von mir? Geh zurück zu deinem Disney-Prinzen.«

Sie stößt ein fassungsloses Lachen aus. »Himmel, was hat dich nur zu so einem Arschloch gemacht?«

Sams Tod. Mom. Dad. Du.

Ich zucke in einer unverbindlichen Geste mit den Schultern. Ich hasse es, dass ich so bin. Es fühlt sich nicht nach mir an. Nicht nach demjenigen, der ich sein kann. Nur eben nicht bei meiner verfickten Familie.

»Vielleicht hätte ich dir das Geld doch nicht geben sollen.«

Gequält verziehe ich das Gesicht. Den Gedanken daran, dass Lia tatsächlich meine Schulgebühren für dieses Semester bezahlt hat, obwohl ich ihren Bedingungen nie zugestimmt habe, hatte ich, so gut es geht, verdrängt. Weil ich sonst mit ihr hätte reden müssen. Mich vor ihr auf die Knie werfen und ihr dafür danken müssen, dass sie meinen Traum gerettet hat. Fürs Erste jedenfalls. Aber ich habe es nicht über mich gebracht. Ich konnte mich nicht bedanken. Auch wenn mich das zu einem noch größeren Arschloch macht.

»Zieh es doch zurück, wie Mom und Dad. Du machst ihnen doch sonst auch alles nach. Also, bitte. Tu dir keinen Zwang an.«

Halt die Schnauze, du Vollidiot!

»Gott, Jase, warum bist du so?«, will Lia mit einer Spur Verzweiflung in der Stimme wissen.

»Habt ihr auch nur einen Gedanken daran verschwendet, dass heute Sams Todestag ist?«

Lia wird kreidebleich. Also haben sie wirklich nicht daran gedacht. Oder es war ihnen egal. Ich bin mir nicht sicher, was ich schlimmer finde. Beide Möglichkeiten sind beschissen.

»Jase …«, setzt Lia an, aber ich dränge mich an ihr vorbei.

»Lass gut sein, Ophelia.« Sie zuckt zusammen, sie hasst den Namen. »Ihr seid hier, um zu feiern, also feiert. Aber haltet mich aus der Scheiße raus.«

»Warum bist du dann hier?«, ruft sie mir hinterher, doch ich antworte nicht.

Ja, warum zum Teufel bin ich hier?

Ich leere das Glas und ziehe mich an einen Stehtisch in einer Ecke des gigantischen Ballsaals zurück, den Mom und Dad für die Feier gemietet haben, nachdem ich mir den nächsten Drink geholt habe. Ich kann mich nicht daran erinnern, wann ich mich das letzte Mal betrunken habe, aber ich schätze, heute ist der richtige Tag dafür.

Ich starre in die goldbraune Flüssigkeit in meinem Glas und muss unwillkürlich an Zoes Augen denken. Sie haben die gleiche Farbe. Wo zur Hölle bleibt sie? Es macht mir ein bisschen

Angst, wie sehr ich sie hier haben will. Wie sehr ich sie hier *brauche*.

Ich ziehe mein Handy aus der Tasche und will ihr gerade schreiben, als jemand an meinen Tisch tritt.

»Jase.« Die nervtötend hohe Stimme lässt mich aufblicken, und ich wünschte sofort, ich hätte es nicht getan.

»Charlotte«, erwidere ich tonlos.

»Ich wollte dir meine Eltern vorstellen«, zwitschert sie und deutet auf das Paar, das hinter ihr wartet und mich mit einem distanzierten Lächeln bedenkt.

Ich kenne Charlottes Eltern. Nicht persönlich, aber ich weiß, wer Bostons Bürgermeister ist. Und dass seine Frau seinen liebreizenden Töchtern alles in den Arsch bläst, was sie haben wollen.

»Sie wollten mit dir über das Stipendium sprechen«, fährt Charlotte mit einem vielsagenden Blick fort, als ich nichts erwidere.

Dieses Scheißstipendium. Charlottes Angebot. Sie ist seit Wochen nicht darauf zu sprechen gekommen, und ein Teil von mir fragt sich, warum sie es ausgerechnet jetzt tut. Den anderen interessiert es nicht.

»Kein Bedarf«, gebe ich zurück und stoße mich vom Tisch ab. Zeit, zu verschwinden.

Zielstrebig gehe ich zur Bar, ignoriere Mom, die in einem weißen, eng anliegenden Kleid an Dads Arm hängt, ein strahlendes Lächeln auf dem Gesicht, das heute so falsch ist, dass ich kotzen könnte.

Ich gebe dem Barkeeper ein Zeichen, und er schiebt mir einen Moment später ein volles Glas zu. Doch bevor ich danach greifen kann, fasst jemand nach meiner Hand.

Ich muss nicht mal aufsehen, um zu wissen, wer es ist. Die Berührung ist unendlich vertraut. Trotzdem hebe ich den

Kopf. Zoe steht neben mir, einen besorgten Ausdruck auf dem Gesicht. Erleichterung durchströmt mich, und ich kann mich nicht davon abhalten, ich muss sie an mich ziehen, muss ihren Lavendelduft einatmen, ihre Haut unter meinen Fingern fühlen.

Ihr entfährt ein überraschter Laut, dann erwidert sie meine Umarmung. Ihre Lippen streifen meine Wange. Es ist verrückt, wie viel besser ich mich fühle, nur weil sie hier ist.

»Hey«, sagt sie leise und löst sich von mir. Sie ist wunderschön, in dem wadenlangen rostroten Seidenkleid, das sich an ihren Oberkörper schmiegt wie eine zweite Haut. Der Rock fällt weich und fließend um ihre langen Beine, und ich frage mich unwillkürlich, ob und was sie unter dem Kleid trägt.

»Du bist hier.«

»Natürlich bin ich hier.« Sie lächelt, und mein Herz macht einen verräterischen Satz. Fuck. Unsere Finger verschränken sich ganz von selbst miteinander. »Wie ätzend ist es?« Ihr Blick ist prüfend, und ich kann sie nicht ansehen, weil ich sonst Dinge sage, die ich nicht aussprechen sollte. Denn wenn ich die Mauer, die ich um mein Herz herum gebaut habe, für sie fallen lasse, breche ich zusammen.

Also zucke ich mit den Schultern, meine Augen wandern automatisch zu meinen Eltern, die mit irgendwelchen Menschen sprechen, die ich nicht kenne, die aber bestimmt wahnsinnig wichtig sind, und dann zu der leeren Tanzfläche. Mom und Dad eröffnen den Tanz, später am Abend, und ja, es ist kindisch und rachsüchtig, doch ich will ihnen den Moment kaputt machen.

»Tanz mit mir«, bitte ich, obwohl das eine absolut bescheuerte Idee ist, aber ich bin nicht nüchtern, und ich bin auch nicht hier, um sinnvolle Entscheidungen zu treffen.

»Okay«, antwortet sie, ohne zu zögern, dabei tanzt absolut

niemand, und die Musik spielt bisher auch nur leise und unaufdringlich im Hintergrund. Sie zieht mich Richtung Tanzfläche, und ich habe ein verdammtes Problem, weil das, was ich in diesem Moment für sie empfinde, mehr ist, als ich je für irgendjemanden sonst empfunden habe.

Ich will, dass sie mir gehört. Nicht nur in dem Theatersaal. Nicht nur im Studio. Immer. Und überall.

38. KAPITEL
Zoe

Ich habe das ganze letzte Jahr versucht,
nicht an dich zu denken, aber ehrlich gesagt,
habe ich vollkommen versagt.
- Zoe

Jase ist betrunken. Im ersten Moment war ich mir nicht sicher, weil er sich gut unter Kontrolle hat, aber er ist es. Ich kann es an dem Glanz in seinen Augen erkennen.

Er ist immer noch wütend, immer noch verletzt, immer noch voller Schmerz. Solche Gefühle verschwinden nicht von einem Tag auf den nächsten. Auch nicht durch Sex.

Dass wir jetzt auf dieser Tanzfläche stehen, vollkommen allein, liegt genau daran. An seinen Gefühlen. Daran, dass er sie nicht unter Kontrolle hat. Gestern nicht. Heute nicht.

»Bereit?«, raunt er, sein Blick brennt sich in meinen, und obwohl er nicht hier sein will, schleicht sich ein kleines Lächeln auf mein Gesicht.

»Immer.«

Er erwidert mein Lächeln, den Bruchteil einer Sekunde lang, dann setzt er sich mit mir in den Armen in Bewegung.

Jase' Schritte sind trotz des Alkohols sicher und geschmeidig. Er kann tanzen. Natürlich kann er tanzen, aber das hier ist etwas anderes. Die meisten Balletttänzer bekommen gerade noch einen Walzer hin, alle anderen klassischen und vor allem die lateinamerikanischen Tänze funktionieren eher weniger gut.

Es ist eine völlig andere Art zu tanzen als Ballett. Anderes Tempo, andere Kontrolle und andere Schritte. Keine Ahnung, was genau wir hier tanzen, aber letztendlich spielt es auch keine Rolle. Jase führt, und ich lasse mich führen. In jeden Schritt, jede Drehung, jede Rückbeuge.

»Wo hast du das gelernt?«, frage ich leise und drehe den Kopf so weit in seine Richtung, dass ich ihn ansehen kann, als er mich wieder hochzieht, so nah, dass seine Brust für einen Moment meine berührt.

»Mein Dad hat uns das gezeigt«, erwidert er knapp.

Ich hake nicht nach. Er macht nicht den Eindruck, als würde er auch nur eine der Fragen beantworten, die mir auf der Zunge liegen. »Wahrscheinlich wünscht er sich jetzt, er hätte es lieber nicht getan.«

Ich habe seinen Vater direkt im Blick, und glücklich wirkt er nicht. Seine Miene gleicht einer ausdruckslosen Maske. Er starrt uns an, so wie uns alle anstarren. Ich versuche, nicht darüber nachzudenken. Jase wirbelt mich herum, mein Kleid bauscht sich um meine Beine, und ich verliere Rufus Winslow aus den Augen.

»Ich schätze, er wünscht sich noch mehr, dass er nicht von mir verlangt hätte, hier aufzukreuzen.«

»Warum bist du gekommen, wenn du eigentlich nicht wolltest?« Ich lege den Kopf in den Nacken, um Jase ansehen zu können.

Er senkt den Blick, und für einen Moment sind wir vollkommen allein. Der Schmerz in seinen Augen trifft mich mitten ins Herz. Aber da ist noch etwas anderes. Brennender Zorn und alles verschlingender Hass. »Mein Bruder ist gestorben. Heute vor fünf Jahren. Und meine Eltern feiern eine beschissene Party.«

Die Welt bleibt stehen und wird still, als endlich alles Sinn ergibt. Jede einzelne Nachricht, die er mir je geschrieben hat.

Sammy war sein Bruder. Und er ist gestorben.

Ich will von der Tanzfläche verschwinden, mit ihm reden, etwas sagen, das das, was passiert ist, besser macht. Aber es gibt nichts. Es gibt keine Worte, die helfen. Und ich kann die Tanzfläche nicht verlassen, weil Jase keine Sekunde innehält. Er tanzt weiter und ich folge ihm, weil es das Einzige ist, was ich gerade für ihn tun kann.

»Jase …«

»Nicht«, unterbricht er mich. »Sag nichts. Bitte.« Flehentlich sieht er mich an. »Ich kann jetzt nicht darüber reden. Wenn ich anfange darüber zu reden, dann …« Er schüttelt den Kopf, und ich verstehe.

»Okay«, flüstere ich, lasse mich von Jase in die nächste Drehung führen und entdecke meine Eltern, bevor er mich schwungvoll zu sich zieht.

»Danke, dass du hier bist.« Seine Stimme ist weich und ein bisschen erstickt. Mein Herz zieht sich zusammen.

»Ich wäre nirgendwo lieber.«

Seine Augen flackern, er öffnet den Mund, schließt ihn wieder, und ich würde zu gern wissen, was er mir sagen möchte, aber was auch immer es ist, er spricht es nicht aus. Schweigen breitet sich zwischen uns aus, auf einmal sind die leisen Gespräche um uns herum sehr laut, und mir ist sehr bewusst, wie uns alle anstarren.

Die Gäste. Jase' Eltern. Die nicht wollen, dass ihr Sohn tanzt. Sie haben ihm das Schulgeld gestrichen. Und hier ist er und tut es trotzdem. Er tanzt. Er versteckt es nicht. Er versteckt sich nicht, und sein Bruder ist tot, und alles an diesem Abend ist einfach nur furchtbar.

Es bricht mir ein bisschen sehr das Herz.

»Vertraust du mir?«, raunt er, sein Gesicht ist meinem plötzlich so nahe, dass ich mich nur ein bisschen strecken müsste, um ihn küssen zu können.

Ich schlucke schwer, jede Faser meines Körpers reagiert auf den rauen Klang seiner Stimme. »Ja.«

Seine Finger gleiten federleicht über meinen nackten Rücken. Er wirbelt mich herum, umfasst mit beiden Händen meine Taille und hebt mich hoch. Ich reagiere ganz instinktiv, spanne jeden Muskel an, strecke die Arme weit nach oben. In diesem Moment kann ich fliegen, und Jase' Hände sind meine Flügel.

Der Moment ist zu schnell vorbei, behutsam lässt Jase mich wieder auf den Boden herunter, dreht mich zu sich und streicht mir eine Haarsträhne aus der Stirn, die sich aus meiner Hochsteckfrisur gelöst hat.

»Danke für den Tanz.« Seine Lippen streifen meine, er greift nach meiner Hand und zieht mich, bevor ich etwas erwidern kann, von der Tanzfläche durch den Saal, nach draußen auf die weitläufige Terrasse, von der aus man einen atemberaubenden Blick auf Boston hat. Außer uns ist niemand hier, alle anderen sind im Festsaal.

Es ist dunkel und ziemlich kalt.

»Lass mich kurz meinen Mantel holen.« Ich will ihm meine Hand entziehen, um die Arme um mich zu schlingen, aber Jase hält mich fest, zieht mich weiter, bis uns die Dunkelheit verschluckt.

Dann lässt er mich los und zieht seine Anzugjacke aus. Schweigend legt er mir seine Jacke um die Schultern, und ein

Kribbeln durchläuft meinen Körper, als ich seine Wärme spüre und mir sein viel zu vertrauter Duft in die Nase steigt.

»Ist dir nicht kalt?«

»Nein«, murmelt er, umfasst mein Gesicht mit beiden Händen und zögert. Wir sind uns jetzt so nah, dass seine Nase meine berührt, sein Atem streift warm meine Haut. Sein Blick klebt an meinen Lippen, er wirkt gequält. »Ich hasse das alles.«

»Ich weiß.«

»Ich will nicht hier sein.«

»Wir können gehen.«

Er schüttelt den Kopf. »Ich kann nicht. Sam … Sam …« Er verstummt, ein trauriges Lächeln huscht über sein Gesicht, und dann küsst er mich.

Ich erwidere seinen Kuss, obwohl eine leise Stimme in meinem Kopf versucht, mich aufzuhalten, weil es falsch ist. Wir sind in der Öffentlichkeit, uns kann jeden Moment jemand überraschen. Es ist die Geburtstagsfeier seiner Mutter. Der Todestag seines Bruders.

Aber vielleicht ist es gar nicht falsch. Vielleicht ist es vollkommen richtig. Weil es heute nicht um mich geht, sondern um ihn.

Ich öffne den Mund, lasse seine Zunge rein. Ich schmecke den Alkohol, den er getrunken hat, scharf und rauchig zugleich. Und ich schmecke Jase. Alles von ihm. Seine Hände wandern zu meinem Hinterkopf, zupfen eine Haarnadel nach der anderen aus meinen Locken, bevor er unter seiner Jacke meine Taille umfasst, seine Hände gleiten über die nackte Haut meines Rückens, und auf einmal ist mir gar nicht mehr kalt. Ich strecke mich, meine Finger finden ihren Weg in Jase' Haare, und als ich seine Frisur in ein strubbeliges Chaos verwandle, lächelt er an meinen Lippen.

Ich löse mich von ihm, weil ich nicht anders kann. Ich muss sein Lächeln sehen. Dieses Lächeln, mit dem letztes Jahr alles angefangen hat, und das so schön ist, dass es wehtut.

»Warum machst du eigentlich alles ein bisschen erträglicher?«, flüstert er, so leise, dass ich ihn kaum verstehe. Ich bin mir nicht sicher, ob es überhaupt seine Absicht ist, dass ich ihn höre, sein Blick ist nach innen gerichtet.

Ich habe trotzdem eine Antwort für ihn. »Weil du auch alles ein bisschen erträglicher machst.«

Seine Augen weiten sich, aber er antwortet nicht, weil es nichts zu sagen gibt oder zu viel davon. Stattdessen zieht er mich wieder an sich, ich spüre seinen Atem heiß auf meiner Haut, bevor sein Mund erneut auf meinen trifft.

»Jase!« Die tiefe Stimme lässt uns erschrocken auseinanderfahren.

Scheiße.

Jase wirbelt herum und schirmt mich ab, während ich seine Jacke eng um meinen Körper schlinge.

»Hast du schon mal was von Privatsphäre gehört, Dad?«, fragt Jase so unbeeindruckt, dass ich einen erstickten Laut ausstoße.

Ich spähe an ihm vorbei, entdecke Rufus Winslow, nur ein paar Schritte von uns entfernt. Mühsam unterdrückte Wut lodert in seinen Augen.

Er baut sich vor seinem Sohn auf. »Was glaubst du, was du hier tust?«

Jase zuckt nur mit den Schultern und bewegt sich ein Stück zur Seite, weiter vor mich. Es ist, als hätte jemand einen Schalter in seinem Inneren umgelegt. Er redet anders als gerade eben noch. Er bewegt sich anders. Er *ist* anders. Härter. Kälter. Nicht er selbst. »Ich glaube, es ist ziemlich offensichtlich, was ich hier tue.«

»Warum kannst du dich nicht ein einziges Mal benehmen?«

Ich kann den Ausdruck auf dem Gesicht seines Vaters nicht mehr erkennen, aber ich sehe, wie Jase' Schultern sich verspannen.

»Ich habe dich gebeten, herzukommen, um deiner Mutter die Enttäuschung zu ersparen, aber –«

»Komm schon, Dad, sag's doch endlich«, unterbricht Jase ihn scharf. »Sag doch endlich, dass ich sowieso eine einzige Enttäuschung bin. Sprich es einfach aus. Dir wäre es lieber gewesen, wenn ich an Sams Stelle gestorben wäre. Dann wäre dein Goldjunge heute noch am Leben, und du müsstest dich nicht mit mir rumschlagen.« Er bewegt sich fort von mir, auf seinen Vater zu. Die beiden sind sich jetzt so nah, dass sie sich beinahe berühren. »Sag es endlich«, verlangt er. »Sag es, Dad. Dann geht es uns beiden wahrscheinlich besser.«

»Ich werde das jetzt nicht mit dir diskutieren, Jase«, erwidert sein Dad kühl, beherrscht.

Ich zucke zusammen, mein Herz setzt einen Schlag aus. Das hat er jetzt nicht wirklich gesagt.

»Fick dich, Dad!« In Jase' Stimme schwingt ein kaum zu überhörender Schmerz mit. Und brennender Hass.

Sein Vater hat ihm nicht widersprochen. Er hat es einfach nicht getan. In mir zerspringt etwas. Ich bin mir nicht sicher, ob es schon wieder mein Herz ist.

»Du solltest jetzt gehen. Und wenn du noch mal so mit mir redest …«

Jase rauft sich die Haare und stößt ein Lachen aus, das so gebrochen klingt, dass mir Tränen in die Augen schießen. »Dann was? Bin ich dann für dich gestorben?«

Er wartet die Antwort seines Vaters nicht ab, sondern stürmt an ihm vorbei zurück in den Festsaal. Ich kann mich nicht bewegen, obwohl alles in mir danach drängt, ihm zu folgen. Stattdessen schlinge ich seine Jacke noch etwas enger um mich und sehe seinem Vater unverwandt ins Gesicht.

»Vielleicht sollten Sie sich mal Gedanken darüber machen, wer hier wen enttäuscht«, sage ich, bevor ich seinem Sohn folge. Dem Jungen, dem er gerade ohne viel Mühe das Herz aus der Brust gerissen hat.

39. KAPITEL

Zoe

Als du mich gefragt hast, ob ich schon mal verliebt war, wollte ich dir die gleiche Frage stellen, aber ich hatte Angst vor deiner Antwort.
- Zoe

Ich sehe gerade noch, wie Jase hinter der Bar verschwindet, während der Barkeeper damit beschäftigt ist, mit einer jungen Frau in einem eng anliegenden, goldfarbenen Kleid zu flirten. Er bemerkt nicht, wie Jase sich eine Flasche schnappt, bevor er mit schnellen Schritten den Saal verlässt, ohne auch nur einen Blick zurückzuwerfen.

Scheißescheißescheiße.

Meine Absätze klackern viel zu laut auf dem Parkett, als ich ihm hastig hinterherlaufe. Ich trage noch immer seine Jacke, und ich kann die missbilligenden Blicke der Gäste auf mir spüren. Ich höre ihr leises Tuscheln, aber irgendwie gelingt es mir, die Leute auszublenden. Sie sind nicht wichtig. Keiner von ihnen.

Ich rausche aus dem Saal und haste die Treppe hinunter in die Eingangshalle des Hotels.

Er ist weg.

Angst flutet meinen Körper, mir wird schlecht vor Sorge.

Es spielt keine Rolle, dass er erwachsen ist und auf sich selbst aufpassen kann. Er hat diese verfluchte Flasche dabei, und sein Vater hat ihm gerade mehr oder weniger direkt ins Gesicht gesagt, dass Jase recht mit seiner Annahme hat.

Es wäre ihm lieber gewesen, wenn er an Sams Stelle gestorben wäre. So etwas sollte niemand hören. Erst recht nicht vom eigenen Vater.

Und das macht die ganze Situation so verdammt unberechenbar. Denn selbst wenn er auf sich aufpassen kann, will er es in diesem Moment vielleicht gar nicht.

Ich frage die beiden Rezeptionistinnen, ob sie einen blonden Jungen gesehen haben, der gerade das Hotel verlassen hat, doch die beiden schütteln nur stumm den Kopf. Ich bedanke mich kurz, bevor ich weiter Richtung Ausgang haste. Ich habe die Tür fast erreicht, als eine vertraute Stimme mich aufhält.

»Zoe, wo willst du hin?« Erschrocken wirble ich herum und entdecke meinen Dad, der mir mit einem besorgten Ausdruck auf dem Gesicht folgt. »Ist alles okay?«

Ich kann die Sorge in seiner Stimme hören und nicke beruhigend. »Mir geht's gut. Es ist Jase. Ich .... Sein Dad hat ...« Ich breche ab, ich kann ihm nicht sagen, was passiert ist. Ich habe kein Recht dazu. »Es geht ihm nicht gut«, setze ich hinzu, und das ist nicht mal gelogen. »Ich muss ihn finden, und dann ... Keine Ahnung.«

»Okay. Komm, ich begleite dich.« Er legt mir eine Hand auf den Rücken, fragt nicht weiter nach, worum es geht, fragt nicht einmal, warum ich über meinem Kleid Jase' Jacke trage. Stattdessen verlässt er mit mir zusammen das Hotel.

Kalter Wind schlägt uns entgegen, und ich fange sofort an zu zittern. Suchend blicke ich mich um, versuche, den Jungen in dem weißen Hemd und mit den blonden Haaren auszumachen, die ich vor wenigen Minuten noch zerzaust habe.

»Da ist er.« Dad deutet auf die andere Straßenseite, und mir sackt vor Erleichterung das Herz bis in die Kniekehlen.

Mit gesenktem Kopf läuft Jase die Straße entlang, seine Schritte sind langsam und unsicher, er schwankt ein wenig. Noch immer hält er die Flasche in der Hand.

Dad führt mich über die Straße, macht ein entschuldigendes Handzeichen in Richtung der Autofahrer, die unseretwegen abbremsen müssen und wütend hupen.

»Jase!« Beim Klang meiner Stimme hält er inne, nur einen Moment lang, dann geht er einfach weiter. Ich mache mich von Dad los, ignoriere, dass ich High Heels trage, und renne los. »Bleib stehen«, fahre ich ihn an, sobald ich ihn erreiche, und packe ihn an der Schulter. Er ist ganz kalt.

»Lass mich.« Er reißt sich von mir los, aber ich trete vor ihn und verhindere so, dass er weitergehen kann.

»Ich lasse dich so bestimmt nicht gehen!«

Er schüttelt den Kopf, dreht sich um und will in die andere Richtung verschwinden, aber ich trete ihm erneut in den Weg.

»Lass mich einfach.« Seine Stimme bricht, in seinen Augen liegt ein unübersehbares Flehen, und ein Teil von mir will ihm seinen Wunsch erfüllen, aber ich kann nicht.

Er bricht zusammen, und ich kann ihn so nicht allein lassen.

»Nein«, sage ich ruhig, greife nach der Flasche und entwinde sie seinen Fingern. Vorsichtig stelle ich die Flasche ab – außerhalb seiner Reichweite – und fasse nach seinen Händen. Sie sind eiskalt.

»*Bitte.*«

»Würdest du mich so alleine lassen?«

Seine Schultern verkrampfen sich. Ich weiß, dass er Ja sagen möchte, damit ich endlich gehe, aber er schafft es nicht. »Nein«, seufzt er.

»Dann versuch nicht, mich wegzuschicken. Lass mich für dich da sein«, erwidere ich schlicht, schlüpfe aus seiner Jacke und lege sie umständlich um seine Schultern. Ich halte ihn fest, obwohl er sich gegen den Griff sträubt, aber ich kann ihn so nicht sich selbst überlassen, selbst wenn ich wollte.

Nicht ihn, diesen zerbrochenen, kaputten Jungen, der nicht gerettet werden will und mir mein Herz gestohlen hat.

Ich kann ihn nicht retten, aber vielleicht kann ich ihm dabei helfen, sich selbst zu retten.

So wie er mir geholfen hat.

40. KAPITEL

Jase

Ich hab oft von dir geträumt, letztes Jahr.
Obwohl ich dich eigentlich nur vergessen wollte.
Aber in meinen Träumen war alles einfach.
Es war alles gut.
- Jase

Zoe verfrachtet mich zusammen mit ihrem Dad in ein Auto. Keine Ahnung, welches. Danach zu schließen, dass Ethan sich hinters Steuer setzt, ist es vermutlich das ihrer Eltern.

Sie rutscht auf den Platz neben mir, und kurz darauf fahren wir durch die dunkle Nacht.

Ich sollte was sagen, was tun, irgendwas. Aber mein Kopf ist vollkommen leer, mein Körper fühlt sich taub an. Und das liegt nicht daran, dass mir kalt ist. Ich spüre die Kälte kaum.

Ich spüre gar nichts mehr.

Da ist nur noch Leere.

Zoe sagt etwas zu ihrem Vater, das ich nicht verstehe. Die Welt um mich herum dreht sich. Ich bin betrunken. Und trotzdem noch immer viel zu nüchtern.

Ich werde das jetzt nicht mit dir diskutieren.

Ich werde das jetzt nicht mit dir diskutieren.

Ich werde das jetzt nicht mit dir diskutieren.

Dads Worte spulen sich wie eine verfickte Endlosschleife in meinem Kopf ab. Ich höre sie wieder und wieder, kann sie einfach nicht abstellen, egal, wie sehr ich mich bemühe.

Es dauert nicht lange, bis der Wagen stoppt und Zoe aussteigt. Ich weiß, wo sie mich hingebracht haben, noch bevor ich aus dem Fenster sehe. Wir sind bei ihren Eltern zu Hause.

Ihr Dad steigt auch aus, ich dagegen bleibe einfach sitzen. Ich will mich nicht bewegen. Vielleicht vergessen sie einfach, dass ich da bin.

Aber schon einen Moment später geht die Tür auf. Ich verziehe unwillig das Gesicht, als ein Schwall eiskalter Luft mich trifft.

Ethan streckt mir eine Hand entgegen. »Komm schon, Jase. Es wird Zeit fürs Bett.« Er macht eine auffordernde Handbewegung, und keine Ahnung, warum, aber ich tue, was er verlangt. Vielleicht weil Ethan die Rolle eines Vaters in den letzten fünf Jahren öfter übernommen hat als mein richtiger Dad.

Ächzend stemme ich mich von der Rückbank hoch und stoße mir beim Aussteigen den Kopf am Wagendach, spüre den Schmerz aber kaum. Ich wende mich Richtung Haus, sehe mich suchend nach Zoe um und will mich schon in Bewegung setzen, als Ethan mich aufhält.

»Jase.«

Ich drehe mich langsam zu ihm um, mein Blick ist verschwommen, ich muss blinzeln, bis ich ihn nicht mehr doppelt vor mir sehe.

Seine Augen sind hart und kalt. Er hat mich noch nie so angesehen. »Sie mag dich, das weißt du, oder? Also, wenn du irgendwas tust, was sie nicht will, drehe ich dir den Hals um. Ist das klar?« Seine Stimme ist fest, entschlossen, aber vollkommen ruhig. Er baut sich nicht vor mir auf, kommt nicht näher.

Trotzdem kommt die Warnung an.

Ich nicke. Ich würde niemals etwas tun, was sie nicht will.

»Dann geh jetzt rein und schlaf deinen Rausch aus. Wir sehen uns morgen früh.« Entschieden schiebt er mich Richtung Haus, und ich stolpere die Treppenstufen hoch.

Oben an der Tür bleibe ich stehen, drehe mich noch einmal um und stelle fest, dass Ethan immer noch neben dem Wagen steht und darauf wartet, dass ich endlich reingehe.

Ich nicke ihm ein letztes Mal zu und verschwinde im Flur. Erst als die Tür mit einem leisen Klicken hinter mir ins Schloss fällt und die Wärme des Hauses mich umfängt, merke ich, wie kalt mir tatsächlich ist.

Zoe erscheint oben auf dem Treppenabsatz, sie trägt immer noch das rostrote Kleid, ist aber wenigstens die hohen Schuhe schon losgeworden.

»Komm hoch«, befiehlt sie, und ich tue, was sie von mir verlangt.

Ich steige die Treppe hoch, langsam und vorsichtig, nachdem ich beinahe über eine Stufe stolpere und nur mit viel Glück nicht rücklings wieder runterfalle.

Das Haus der Youngs ist vertraut. Im letzten Jahr hat sich absolut nichts geändert. An der Wand hängen immer noch unzählige Familienbilder, Fotos von Zoe und Caleb in jedem Alter. Das erste Zimmer auf der rechten Seite gehört Caleb, das zweite Zoe. Auf der linken Seite kommt erst Cearas Büro, dann das große Badezimmer.

Ich höre das Rauschen der Dusche und bleibe unschlüssig stehen, bis Zoe den Kopf aus dem Bad herausstreckt. Ihr Blick ist warm, ihre Mundwinkel haben sich zu einem winzigen Lächeln verzogen.

»Wo bleibst du denn? Komm, mir ist kalt.« Sie streckt mir eine Hand entgegen, und ich ergreife sie. Ihre Haut ist eiskalt, und das schlechte Gewissen trifft mich wie ein Schlag. Sie hat mir meine Jacke zurückgegeben.

Dampfschwaden ziehen durch das Badezimmer, in dem Raum es ist so warm, dass mir ein Schauer über den Rücken läuft.

Zoe streift in einer fließenden Bewegung das Kleid von ihrem Körper. Es fällt in einer Kaskade zu Boden, sie kickt es zur Seite, zieht den Slip aus und steht dann vollkommen nackt vor mir. Sie ist wunderschön, und meine Kehle ist plötzlich ganz eng. Mein Herz stolpert in meiner Brust herum, und ich will es auf den Alkohol schieben, darauf, dass ich betrunken bin, aber eigentlich weiß ich es besser.

Es liegt an ihr.

Es hat immer schon an ihr gelegen.

Zoe streift mir die Jacke von den Schultern, bevor sie meine Krawatte lockert und dann langsam mein Hemd aufknöpft.

»Ich kann das alleine«, sage ich mit einer Stimme, die so rau klingt, dass sie unmöglich mir gehören kann.

»Ich weiß.«

Sie hebt den Kopf, der Blick aus ihren braunen Augen ist weich und warm, und etwas in mir zieht sich schmerzhaft zusammen. Sie stellt sich auf die Zehenspitzen und drückt mir einen federleichten Kuss auf die Wange. Ihre Brüste streifen meinen Oberkörper, und ich bekomme eine Gänsehaut.

Sie öffnet den Verschluss meines Gürtels, dann die Hose und schiebt den Stoff mitsamt meiner Unterhose meine Beine hinunter. »Die Socken musst du selbst ausziehen.« Lächelnd deutet sie auf meine Füße.

Ich erwidere ihr Lächeln eine Sekunde lang, dann fällt mir wieder ein, dass der Abend eine absolute Katastrophe war, und mein Lächeln erlischt.

Trotzdem streife ich meine Socken ab und lasse zu, dass Zoe

mich anschließend in die Dusche schiebt. Das Wasser ist so heiß, als würde es direkt aus der Hölle strömen.

Ich schließe die Augen und lasse den Strahl auf meinen Körper prasseln, bis sich schmale Arme um meine Taille schlingen und Zoe ihren Kopf auf meiner Brust ablegt.

Blinzelnd öffne ich die Augen wieder, sehe zuerst nur rote Haare, die lang und nass über ihren Rücken fallen, und dann in Zoes Gesicht, als sie leicht den Kopf hebt, um mich anschauen zu können.

»Lass dich einfach festhalten, okay? Nur ein paar Minuten.«

Ich will widersprechen, aber ich bin schwach, und deswegen sage ich keinen Ton, lasse mich von ihr festhalten und schließe wieder die Augen. Versuche, Dads Stimme und seine Worte aus meinem Kopf zu verbannen. Versuche, nicht an Sam zu denken. Weil an Sam zu denken, sich heute so anfühlt, als würde ich Scherben einatmen.

Irgendwann stellt Zoe das Wasser ab, zieht mich aus dem Bad, nachdem wir uns abgetrocknet haben, und bringt mich in ihr Zimmer. Sie verschwindet kurz, kommt jedoch schnell wieder, mit einer Jogginghose und einem Hoodie in der Hand, die offensichtlich beide Caleb gehören.

Schweigend ziehen wir uns an, und schweigend klettert sie in ihr Bett und streckt mir abwartend eine Hand entgegen.

Ich bin müde und unendlich erschöpft, wütend und fühle mich gleichzeitig viel zu leer. Ich folge ihrer Aufforderung, rutsche zu ihr unter die Bettdecke und schlafe ein, sobald mein Kopf das Kissen berührt.

41. KAPITEL
Zoe

Ich hatte letztes Jahr Dates, einige sogar, als Teil meiner Therapie. Aber ich habe bei jeder Verabredung nur daran gedacht, dass das nicht richtig ist.
- Zoe

Ich weiß nicht, was mich aufweckt. Ob es ein Geräusch ist, das mich aus dem Schlaf reißt, oder das Gefühl, dass etwas fehlt.

Es dauert einen Moment, bis ich meine Orientierung wiederfinde und mich daran erinnere, dass ich in meinem Zimmer im Haus meiner Eltern liege und nicht in meinem Bett im Wohnheim. Und es dauert noch einen Moment, bis mir die Leere in meinem Rücken auffällt.

Jase, der warm und erschöpft neben mir eingeschlafen ist, ist nicht da.

Ich fahre ruckartig hoch, augenblicklich hellwach. Mein Herz rast, ich bekomme Panik.

Er ist weg. Wo zum Teufel ist er hin?

Meine Hände zittern, als ich auf meinem Nachttisch nach meinem Smartphone taste, nur um festzustellen, dass es nicht da ist. Ich habe keine Handtasche mitgenommen, als wir zur Party gegangen sind, und mein Handy meiner Mom gegeben.

Sie hat es in ihre Tasche gesteckt, und da ist es vermutlich immer noch.

Verdammter Mist.

Es ist noch dunkel, lange kann er nicht weg sein. Hoffentlich. Vielleicht ist er zurück zur Schule gegangen, oder … Mein Magen krampft sich zusammen. So hätte das nicht laufen sollen. Warum ist er nicht geblieben?

Ich springe aus dem Bett, will gerade nachschauen gehen, ob meine Eltern schon zu Hause sind, als ich das Licht bemerke, das durch das Fenster in mein Zimmer fällt. Ich habe den Vorhang nicht richtig zugezogen, was normalerweise kein Problem ist, bis die Sonne irgendwann aufgeht. Mein Fenster geht zum Garten raus, der für gewöhnlich nachts in tiefer Dunkelheit liegt.

Heute nicht. Ich schaue aus dem Fenster, und mein Herz macht einen Satz, als ich sehe, dass in meinem Baumhaus Licht brennt. Jemand hat die Lichterketten angeschaltet.

Und es gibt eigentlich nur einen Menschen, der heute Nacht dort sein kann.

Ich denke nicht lange nach, schnappe mir die Wolldecke, die am Fußende meines Bettes liegt, und haste nach unten. An der Hintertür steht ein Paar von Moms Stiefeln, ich schlüpfe hinein und verlasse das Haus.

Fröstelnd laufe ich durch den Garten. Raureif überzieht das Gras. Die Sprossen der Leiter fühlen sich kalt und klamm an unter meinen Fingern, als ich nach oben klettere.

An der Tür zögere ich kurz. Er ist gegangen. Vielleicht will er allein sein. Aber dann wäre er nicht bei uns geblieben. Und hätte sich nicht in mein Baumhaus zurückgezogen. Oder?

Ich schüttle die aufsteigenden Zweifel ab und öffne die Tür. Wenn er allein sein will, kann er mich wieder wegschicken.

Jase sitzt auf dem Boden, an genau der gleichen Stelle, an

der er letztes Jahr saß, in der Nacht, in der er das erste Mal zu mir nach oben kam. Er trägt noch immer Calebs Klamotten, seine Haare fallen ihm wirr in die Stirn, verdecken sein Gesicht, weil er nach unten starrt.

Meine Decken liegen neben ihm, er hat sich nicht mal die Mühe gemacht, eine davon über seine Beine zu ziehen, und egal, wie gut isoliert das Baumhaus sein mag, warm ist es hier nicht.

»Jase«, mache ich mich leise bemerkbar, und als er den Kopf hebt, setzt mein Herz einen Schlag aus. Sein Blick ist stumpf und leer. Dann sehe ich die Tränen, die ihm über die Wangen laufen.

42. KAPITEL

Jase

Ich habe dich angelogen. Bei zwei Fragen, die du mir gestellt hast.
Die allererste Antwort war eine Lüge. Ich bin dir nach dem Ball nicht gefolgt, weil mir langweilig war.
Ich bin dir gefolgt, weil ich mir Sorgen um dich gemacht habe. Als du mich gefragt hast, was ich sehe, wenn ich dich anschaue, habe ich auch gelogen.
Wenn ich dich ansehe, sehe ich alles, was wir sein könnten, und das macht mir eine Scheißangst.
- Jase

Beim Klang von Zoes Stimme blicke ich auf und wünsche mir sofort, ich hätte es nicht getan. In ihren Augen liegt Mitgefühl. Und ein Schmerz, der meiner sein könnte, wenn sie irgendwas wüsste. Ich mache mir keine Mühe, die Tränen wegzuwischen, die mir übers Gesicht laufen. Es würden ohnehin sofort neue nachkommen.

Ich habe von Sam geträumt. Das passiert nicht oft. Nicht mehr. Eigentlich nur in der Nacht unseres Geburtstags oder heute. In der Nacht des Tages, an dem er gestorben ist.

Mir hat alles wehgetan, als ich aufgewacht bin, weil er in meinen Träumen noch gelebt hat. Er war glücklich, hat gelacht. Sein Herz hat noch geschlagen. Er hat *gelebt*, verdammte Scheiße.

Dann bin ich aufgewacht, und die Realität ist über mich hereingebrochen, als würde ich nicht seit fünf Jahren damit leben, dass er nicht mehr da ist. Dass er in einem Grab auf einem Friedhof in Los Angeles liegt.

Wir haben ihn zurückgelassen. *Ich* habe ihn zurückgelassen. Mein anderes Ich. Und das verzeihe ich mir selbst noch weniger als Mom und Dad.

»Jase.« Wieder flüstert Zoe meinen Namen, ihre Stimme klingt erstickt.

Ich sage nichts.

Ein Teil von mir will sie wegschicken, weil sie mich nicht so sehen soll. Sie soll nicht sehen, wie schwach ich bin. Wie verletzlich. Ich kann sie nicht ertragen, diese beschissene Schwäche. Den Schmerz, der mich von innen nach außen auffrisst. Er ist immer da. Deshalb versuche ich, ihn auszusperren. Ihn und all die anderen Gefühle, die ich nicht fühlen will.

Aber manchmal, so wie heute, komme ich nicht dagegen an. Dann ist alles zu viel. Und deswegen will der andere Teil, der, der einsam und traurig und wütend und hoffnungslos verloren ist, dass sie bleibt.

Zoe kommt näher und legt mir die Decke um die Schultern, die sie mitgebracht hat. Dann zieht sie die anderen Decken und Kissen zu uns heran, stopft die Kissen hinter unsere Rücken und setzt sich neben mich, bevor sie zwei Decken über unseren Beinen ausbreitet und sich an mich kuschelt. Sie lehnt ihren Kopf gegen meine Brust, ihr Ohr liegt direkt über meinem Herzen.

»Du kannst mit mir reden, wenn du willst«, wispert Zoe,

und ich verkrampfe mich sofort. »Wenn nicht, ist das auch okay. Ich bin hier. Rede mit mir oder lass es. Aber ich bin hier, und ich gehe nicht weg, es sei denn, ich soll gehen.« Ihre Finger tasten nach meinen, verschränken sich mit ihnen, und ich bin nicht imstande, mich ihr zu entziehen.

Es ist nur eine winzig kleine Geste, ich habe in den letzten Wochen Hunderte Male ihre Hand gehalten, aber das hier fühlt sich irgendwie anders an. Vertrauter. Intimer. Echter.

In mir zerspringt etwas mit einem schmerzhaften Klirren.

Ich schließe die Augen und lasse den Kopf in den Nacken fallen, bis er die Wand hinter mir berührt. Stille breitet sich zwischen uns aus, schwer und drückend.

Ich bekomme keine Luft mehr. Zoe drückt meine Hand, und wieder spüre ich die Tränen, die mir heiß und salzig über die Wangen laufen. Ich hasse sie. Hasse es, zu weinen. Hasse diese Schwäche und den Schmerz. Ich will nichts davon fühlen. Es soll aufhören. Es soll einfach nur endlich aufhören.

»Sam war mein Zwillingsbruder«, durchbreche ich nach einer Weile die Stille zwischen uns. Ich weiß nicht, warum. Ich will nicht reden. Nicht über Sam. Ich tue es trotzdem. Weil Wollen und Müssen manchmal zwei unterschiedliche Dinge sind.

Ich kann spüren, wie Zoe sich anspannt.

»Er war vierzehn, als er gestorben ist, ein paar Monate, bevor wir nach Boston gezogen sind. Sein Herz hat einfach aufgehört zu schlagen. Wir waren bei einem seiner Footballspiele, ich weiß nicht mehr, gegen wen. Er ist mittendrin auf dem Feld umgefallen und nicht mehr aufgestanden. Nie wieder. Er war einfach tot.«

Jedes Wort schneidet mir in die Kehle wie eine Rasierklinge. Ich habe sie noch nie laut ausgesprochen. Diese Worte. Dass Sam gestorben ist. Wie er gestorben ist.

In fünf Jahren kein einziges Mal.

Zoe schweigt, sie rückt noch etwas näher zu mir, ihr Ohr ist immer noch über meinem Herzen, das viel zu schnell schlägt und so scheiße wehtut, dass ich es mir aus der Brust reißen will, nur damit es aufhört.

»Sam war … Er war der Goldjunge. Dads Liebling. Er hat Football gespielt, immer gute Noten geschrieben. Er war offen und fröhlich, und er wollte Arzt werden. Er war alles, was ich nicht bin, und er war mein bester Freund. Sam war …« Ich verstumme, bringe die Worte nicht heraus.

Er war mein anderes Ich.

»Wir sind umgezogen, weil alles in Los Angeles er war. Er war überall. Wir konnten nirgendwo hingehen, ohne dass er präsent war. Das ganze Viertel wusste Bescheid. Mom konnte nicht mal im Supermarkt einkaufen, ohne darauf angesprochen zu werden. Sie ist … Sie hat das nicht verkraftet. Genau wie Dad. Deshalb sind wir nach Boston gezogen. Um neu anzufangen.« Ich stoße ein bitteres Lachen aus und ziehe schniefend die Nase hoch. »Als ob das funktioniert hätte. Aber sie haben es versucht. Sie haben aufgehört, über Sam zu reden. Es hat sich angefühlt, als würden sie ihn einfach aus unserem Leben streichen, nur weil er nicht mehr da war.« Ein raues Schluchzen bricht aus mir heraus, ich kann nichts dagegen tun. Mir tut alles weh. Mein Körper schmerzt, mein Herz. Alles.

Zoe hebt den Kopf und setzt sich auf. In ihren Augen schwimmen Tränen, als sie mir meine vom Gesicht wischt. Aber noch immer sagt sie kein Wort.

»Dad hatte nie ein Problem damit, dass ich getanzt habe. Nicht, als Sam noch lebte. Weil er ja noch da war. Er war der Sohn, den Dad sich immer gewünscht hat. Aber nach seinem Tod … Ich war nicht genug. Nicht so, wie ich war … bin. Wie ich *bin*. Und ich bin immer noch nicht genug. Nie.«

»Das ist nicht wahr«, flüstert Zoe, lehnt ihre Stirn an meine, und ich lasse es zu. Weil ihre Nähe gerade das Einzige ist, das mich davon abhält, komplett auseinanderzubrechen.

»Mom hat sich in die Arbeit gestürzt.« Ich fahre fort, als hätte ich ihre Worte gar nicht gehört. »Sie hat alles, was Sam betrifft, ganz weit weggeschoben. Es war ihr egal, wenn Dad sich wieder darüber beschwert hat, dass ich tanze. Es hat sie nicht interessiert, dass er mich zwingen wollte, nach Harvard zu gehen. Sie hat einfach … aufgehört, sich um mich zu kümmern. Letztes Jahr hat sie mein Schulgeld gezahlt. Nicht, weil sie mich unterstützen wollte, sondern weil sie gehofft hat, ich würde selbst erkennen, dass Tanzen nichts für mich ist. Aber das, was ich will, hat sie genauso wenig interessiert wie Dad.«

»Jase, ich …« Zoe stockt, sie schüttelt den Kopf, atmet zischend aus.

»Ich glaube, es wäre alles anders, wenn ich nicht aussehen würde wie er«, murmle ich und kneife die Augen zu.

Ich sehe Sam jeden Tag, jedes Mal, wenn ich in einem Ballettsaal in den Spiegel blicke. Vielleicht ist das meine Strafe dafür, dass ich nicht diesen Herzfehler habe, der nicht erkannt wurde und meinen Bruder das Leben gekostet hat. Ich sehe ihn jeden Tag, aber er ist nicht da. Er wird nie zurückkommen. Und ich werde nie sein wie er.

»Es ist egal, wie du aussiehst. Du bist du.« Sie bewegt sich, drückt mir einen Kuss auf die Schläfe, ihre Lippen sind warm und weich.

»Ich bin allein.« Noch eine Wahrheit, die ich nie ausgesprochen habe.

»Nein, bist du nicht.« Noch ein Kuss. »Ich bin bei dir.«

Ich will ihr glauben, so sehr. Doch sie hat mich schon einmal weggestoßen, und es gibt keine Garantie, dass sie es nicht wieder tut. Es ist unfair, schon klar. Die Umstände sind anders. Alles ist anders dieses Mal. Aber das heißt noch lange nicht, dass sie auch wirklich bleibt.

»Meinen Eltern wäre es lieber gewesen, wenn ich an Sams Stelle gestorben wäre.« Die nächste Wahrheit, aber eine, die sie schon kennt.

Sie sagt nichts, widerspricht nicht, weil sie weiß, dass ich ihr nicht glauben würde. Dad war da ziemlich deutlich.

Stattdessen zieht sie mich an sich, so fest, dass ich kaum noch Luft bekomme. Sie hält mich, und ich lasse mich gegen sie sinken, gestehe mir diesen Moment der Schwäche zu, weil es jetzt sowieso zu spät ist. Es spielt keine Rolle mehr. Sie weiß Bescheid. Jetzt weiß sie alles, und ich fühle mich nackt und entblößt.

Zoe löst sich von mir, gerade weit genug, dass sie mir ins Gesicht schauen kann. Ihre Augen sind rot, aber ihr Blick ist klar, und sie sieht mich an.

Sie sieht mich an, und sie *sieht* mich.

Alles, was zerbrochen und irreparabel ist.

43. KAPITEL
Jase

Ich wünschte, ich hätte dir von Sam erzählt.
Und ich wünschte, du hättest ihn kennenlernen können.
- Jase

Ich wache davon auf, dass jemand behutsam über meine Schläfen streichelt. Blinzelnd schlage ich die Augen auf. Zoe liegt dicht neben mir und mustert mich mit einer Mischung aus Sorge und Wärme. Gedämpftes Licht fällt durch die Vorhänge, es ist hell genug, dass ich sehen kann, wie ein schuldbewusster Ausdruck über ihr Gesicht huscht, als sie merkt, dass ich wach bin.

»Tut mir leid, ich wollte dich nicht wecken.«

Ich greife nach ihrer Hand, als sie sie zurückziehen will, und führe sie erst an meine Lippen, dann zurück zu meiner Schläfe. »Schon gut. Das ist eine schöne Art aufzuwachen.« Mein Mund verzieht sich zu einem schwachen Lächeln, während Zoes Finger sich wieder über meine Haut bewegen. Ich bin so erschöpft.

»Wie fühlst du dich?« Ihre Stimme ist leise und sanft, meine Augen schließen sich ganz von selbst wieder. Sie soll mir keine Fragen stellen, sie soll weiterreden und mir irgendwas erzählen, damit ich ihr zuhören kann und nicht denken muss.

»Verkatert«, erwidere ich, als ich das Pochen hinter meiner Stirn spüre. Mein Bauch fühlt sich auch ziemlich flau an. »Müde. Leer.«

Allein.

Aber das ist Bullshit, oder? Ich bin nicht allein. Sie ist hier. Sie ist hier, und ihre Hände gleiten über meine Haut und in meine Haare.

»Jase? Sieh mich an.«

Widerstrebend öffne ich die Augen. Dieses Mal ist da etwas in ihrem Blick, das ich nicht deuten kann. Etwas Tiefes, Durchdringendes.

»Ich bin da, okay?«, sagt sie, als wären mir meine Gedanken anzusehen, und ich erinnere mich daran, dass sie das letzte Nacht auch gesagt hat. Und dass ich nicht darauf reagiert habe.

»Okay«, erwidere ich, weil ich will, dass sie da ist. Und sie soll bitte nie wieder weggehen. Das mit uns ist das Einzige, was in den letzten Wochen, fuck, nein, Monaten und Jahren, Sinn ergeben hat. Das Einzige, was sich irgendwie richtig anfühlt. »Stoß mich nicht wieder weg.« Die Worte kommen als leises Flüstern über meine Lippen, und ich will sie direkt wieder zurücknehmen, weil sie schwach sind, jämmerlich, aber ich bin nicht stark genug, um so zu tun, als wäre ich es nicht. Ich bin schwach.

Ihre Augen weiten sich, ein vertrauter Schmerz blitzt in ihnen auf. »Versprochen.« Sie rutscht näher an mich heran, schiebt ein Bein zwischen meine und vergräbt ihr Gesicht an meiner Brust. »Es tut mir leid, dass ich dich im Stich gelassen habe, letztes Jahr«, murmelt sie in mein T-Shirt.

»Es tut mir leid, dass dir jemand wehgetan hat«, murmle ich in ihre Haare.

»Es tut mir leid, dass deine Eltern Arschlöcher sind.«

Sie hebt den Kopf, schaut mich aus roten Augen an, und mir schnürt sich die Kehle zu. Ich schlucke schwer. Wenn sie anfängt zu weinen, muss ich vermutlich auch heulen.

Aber sie fängt nicht an zu weinen, ihre Lippen streifen meine, und das fühlt sich sehr nach Geborgenheit an.

Ich weiche ein Stück zurück, nur so weit, dass ich sie ansehen kann. In ihren Augen liegt eine unausgesprochene Frage. Ich habe auch eine, und ich kann sie nicht für mich behalten. Jetzt nicht mehr. »Was ist das zwischen uns?«

Eigentlich kenne ich die Antwort. Weil das zwischen uns schon vor einer Ewigkeit angefangen hat. Weil alles kompliziert und scheiße war, aber auch echt und richtig.

Zoe lächelt, und mein Herz gerät ins Stolpern.

»Alles.«

44. KAPITEL
Zoe

Ich wusste von Anfang an, dass du und ich mehr sind. Mehr als Calebs kleine Schwester und Calebs bester Freund. Ich wusste nicht, was wir waren,
nur dass wir einfach mehr waren. Von Anfang an.
- Zoe

»Warum nennst du mich eigentlich Pixie?«, frage ich. Ich habe ihm die Frage nie gestellt, weil es sich nie richtig angefühlt hat. Aber jetzt … ist alles anders.

Inzwischen ist später Vormittag, und wir haben uns, abgesehen von einem kurzen Aufenthalt im Bad, noch kein einziges Mal aus dem Bett bewegt.

Jase zupft an meiner Hand, lässt sich nach hinten fallen und zieht mich mit sich, bis ich auf ihm liege. Zärtlich streicht er mir eine Haarsträhne hinters Ohr. »Erinnerst du dich noch an unsere erste Begegnung?«

Ich nicke. Als könnte ich die vergessen.

»Es war der erste Freitag nach den Sommerferien.« Seine Stimme ist samtweich, und in meinem Bauch beginnt es zu kribbeln. »Wir waren gerade erst aus Los Angeles hergezogen, und ich kannte niemanden, als ich auf die neue Westview High gekommen bin. Aber Caleb saß in Mathe neben mir, und wir haben uns sofort verstanden. An diesem Freitag hat er mich nach dem Footballtraining mit zu euch genommen. Wir saßen im Wohnzimmer, als du vom Ballett nach Hause gekommen bist.«

»Ich weiß. Ihr habt Mario Kart gespielt. Er hat dich gnadenlos abgezogen.«

Jase seufzt schwer und verzieht bei der Erinnerung gequält das Gesicht. »Ich war wirklich schlecht. Jedenfalls ... Du bist vom Training gekommen, und du hattest so ein grünes Kleid an. Mit schmalen Trägern und einem Rock, der um deine Beine geschwungen ist. Deine Haare waren offen, und du warst ...« Er atmet tief durch und zuckt unbeholfen mit den Schultern. »Na ja, du hast ausgesehen wie eine kleine Elfe.«

»Deswegen nennst du mich Pixie? Weil ich dich an eine Elfe erinnert habe?« Ich muss lächeln.

Er wird tatsächlich rot, und das ist ziemlich niedlich. »Mein vierzehnjähriges Ich war offensichtlich nicht so wahnsinnig kreativ.«

»Dafür war dein vierzehnjähriges Ich extrem süß. Ich mochte es immer schon, dass du mich Pixie nennst«, gebe ich zu, weil ich will, dass er das weiß. Ich will, dass er alles weiß. »Das war immer irgendwie ...« Ich beiße mir auf die Unterlippe, und Jase' Blick heftet sich auf meinen Mund. »Calebs andere Freunde mochten mich immer. Sie waren auch meine Freunde. Caleb hat mich nie ausgeschlossen. Trotzdem war ich für die anderen vor allem Calebs kleine Schwester. Bei dir war das anders. Du hast mich gesehen.«

Er wirbelt uns herum, drückt mich jetzt in die Matratze und küsst mich, sanft und zärtlich. »Du warst auch nie zu übersehen.«

»Du auch nicht«, bringe ich hervor. Es ist die Wahrheit.

Ich habe ihn immer und überall gesehen. Schon lange bevor wir angefangen haben, uns unsere Wahrheiten anzuvertrauen.

Jase schweigt, betrachtet mich nur, und sein Blick fühlt sich an wie eine zarte Berührung. Er wartet darauf, dass ich fortfahre.

»Du warst der einzige Tänzer bei uns an der Schule.«

»Ja, daran wurde ich jeden Tag erinnert.« Jase' Stirn legt sich in Falten. »War manchmal ziemlich scheiße.«

»Teenager sind im Allgemeinen ziemlich scheiße«, erwidere ich, und ein schwaches Grinsen huscht über sein Gesicht.

»Wahre Worte.«

»Immer.« Ich bewege mich unter ihm, und plötzlich liegt sein Becken direkt auf meinem. Meine Beine schlingen sich ganz von selbst um seine Hüften.

»Also, warum war ich nicht zu übersehen? Nur weil ich der einzige Tänzer war?«, will Jase wissen, kippt seine Hüfte, nur ein Stück, aber es reicht, damit mein Atem stockt und Hitze durch meine Adern jagt.

»Du warst einfach anders. Stiller als die anderen Jungs, die ich kannte. Caleb und seine Freunde waren alle laut und sehr … *da*. Du hast nie viel geredet, keine dummen Sprüche gemacht und noch weniger gelächelt. Ich wollte immer, dass du mich anlächelst. Du hast ein schönes Lächeln.« Meine Fingerspitzen tippen an seine Mundwinkel. Er lächelt, und mein Herz stellt seltsame Dinge in meiner Brust an.

»Ich glaube, du warst die Einzige, die mich zum Lächeln gebracht hat.« Jase schiebt sich von mir runter, zieht uns beide ans Kopfende des Bettes und dann die Decke über unsere Körper. Alles riecht nach ihm und warum – warum? – riecht er so verflucht gut?

»Es hat sich immer angefühlt wie ein Sieg, wenn du gelächelt hast.« Ich drehe mich auf die Seite, damit ich ihn ansehen kann, und rutsche noch etwas näher zu ihm.

»Dann habe ich also jedes Mal, wenn ich dich angelächelt habe, verloren?«, fragt er schmunzelnd.

»Nein. Du hast ja nicht … Ich weiß nicht, wie ich das erklären soll.«

»Schon gut. Ich glaube, ich weiß, was du meinst.« Er wickelt sich eine meiner Haarsträhnen um den Finger, sein Blick ist plötzlich nachdenklich.

»Was ist los?« Behutsam streichle ich über seine Wange. »Woran denkst du?«

Ich erwarte, dass es um seine Eltern geht, seine Schwester. Sam. Aber ich irre mich.

»Glaubst du, Caleb hat immer noch ein Problem mit uns?«

Ich erstarre. *Mist.* Ich hätte damit rechnen müssen, dass er mich irgendwann darauf ansprechen würde. Habe ich wahrscheinlich auch. Ich habe den Gedanken nur ziemlich gründlich verdrängt.

»Nein«, antworte ich ehrlich. »Ich habe mit Caleb gesprochen, schon vor ein paar Tagen. Nachdem wir …« Ich kann nichts dagegen tun, ich werde rot. »Sex hatten«, fahre ich hastig fort. »Ich musste mit ihm reden. Caleb war letztes Jahr der Einzige, mit dem ich überhaupt reden konnte, und ich war … keine Ahnung, ich konnte nicht anders. Und nein, er hat kein Problem damit.«

»Aber letztes Jahr hatte er eins.« Keine Frage, sondern eine Feststellung.

Lügen bringt nichts, es war ziemlich offensichtlich, dass es Caleb nicht gepasst hat, als Jase und ich uns auf der Party geküsst haben. »Ja. Aber mehr kann ich dazu nicht sagen.«

Einen Augenblick lang wirkt Jase, als wollte er widersprechen, dann nickt er nur, und ein trauriges Lächeln huscht über sein Gesicht. »Er fehlt mir.«

»Ich glaube, du fehlst ihm auch.«

»Er hat mich immer an Sam erinnert.«

Ich streiche ihm ein paar blonde Haarsträhnen aus der Stirn, die jedoch sofort wieder zurückfallen, als ich sie loslasse. »Inwiefern?«, hake ich behutsam nach, weil ich das Gefühl habe, es könnte Jase guttun, über Sam zu reden.

»Es war seine Art. Sam war Footballspieler, genau wie Caleb. Und er hatte das gleiche Selbstbewusstsein. Die gleiche Offenheit. Den gleichen Humor.« Etwas Wehmütiges schwingt in seiner Stimme mit, und ich habe plötzlich einen dicken Kloß im Hals. »Klingt vielleicht seltsam, aber es kam mir manchmal so vor, als hätte das Schicksal Caleb und mich in Mathe nebeneinandergesetzt. Als hätte es gewusst, dass ich einen Freund wie ihn brauche.«

Ich umfasse sein Gesicht mit beiden Händen und ziehe ihn zu einem kurzen Kuss zu mir herunter. »So war es vielleicht auch.«

»Ja, vielleicht.« Dieses Mal ist sein Lächeln etwas weniger traurig. »Ziemlich sicher sogar.«

Er küsst mich wieder, und dann hören wir für eine ganze Weile auf zu reden.

* * *

Ich liege auf Jase' nackter Brust, die sich sanft hebt und senkt. Er atmet ruhig, aber sein Herz schlägt jedes Mal ein bisschen schneller, wenn ich mit den Fingern über seine Haut fahre. Ich liebe es, dass ich der Grund dafür bin.

Alles fühlt sich gerade erschreckend einfach an. Das mit uns. Mit seiner Vergangenheit und meiner. Es gibt keine Geheimnisse mehr. Nur noch geteilte Wahrheiten.

Als Jase' Magen knurrt, hebe ich grinsend den Kopf. »Ich glaube, es wird Zeit fürs Frühstück.«

»Wie spät ist es überhaupt?«

»Keine Ahnung. Mein Handy ist in Moms Handtasche. Aber ich glaube, wir sollten langsam mal aufstehen.« Ich richte mich auf, aber Jase hat andere Pläne. Seine Hand wandert in meinen Nacken, und ich verstehe wirklich, wirklich nicht, wie eine so simple Berührung meinen ganzen Körper kribbeln lassen kann.

Lachend entziehe ich mich ihm, bevor er mich küssen kann. »Komm schon, du hast Hunger. Lass uns frühstücken gehen. Wenn wir Glück haben, hat Mom Pancakes gemacht.«

»Na gut«, gibt er seufzend nach. »Aber nur, weil Ceara die besten Pancakes macht.«

Ich stehe auf und ziehe ihn aus dem Bett. Hoffentlich hat Mom wirklich Pancakes gemacht.

Wir ziehen uns an – ich hole ihm wieder Klamotten aus Calebs Zimmer –, bevor wir nach unten gehen. Aus der Küche schallt ein Song von ABBA, ich höre Dad leise mitsingen und muss unwillkürlich lächeln. In der Tür bleibe ich stehen und beobachte amüsiert, wie Dad durch die Wohnküche tanzt. Die Spülmaschine steht offen, und der Geruch von Kaffee hängt in der Luft.

Dads Gesang verstummt, als er uns bemerkt. »Guten Morgen«, begrüßt er uns und fährt fort, die Spülmaschine auszuräumen. »Ceara hat Pancakes gemacht.« Er deutet auf den Teller, der abgedeckt auf der Kücheninsel steht.

»Jackpot«, murmelt Jase neben mir, ein Grinsen umspielt seinen Mund.

»Mit Blaubeeren oder Chocolate Chips?« Ich greife nach Jase' Hand und ziehe ihn zur Kücheninsel.

»Ich bitte dich, Chocolate Chips natürlich.« Moms amüsierte Stimme lässt mich den Kopf Richtung Wohnzimmer drehen. Sie sitzt auf dem Sofa, die Beine angezogen, ein Buch in der Hand.

»Das hatte ich gehofft.« Ich hebe die Abdeckung von dem Teller mit den Pancakes, hole zwei weitere Teller aus dem Schrank und verteile die Pancakes darauf.

»Ich weiß doch, welche Sorte du am liebsten magst.« Mom steht auf, nimmt die Tasse, die vor ihr auf dem Tisch steht, und kommt zu uns rüber. »Ist noch Kaffee da?«

»Wann gibt es jemals keinen Kaffee?«, fragt Dad und stößt ein theatralisches Seufzen aus.

Mom küsst ihn auf die Wange. »Niemals.«

Ich sehe zu Jase, der das ganze Schauspiel mit einer Mischung aus Belustigung und Sehnsucht beobachtet. Mein Herz wird schwer, als ich daran denken muss, wie er zu mir gesagt hat, dass er letztes Jahr sein Zuhause verloren hat. Er hat damit nicht das Haus seiner Eltern gemeint.

Sanft stupse ich ihn an und gehe mit unseren Tellern in der Hand zum Esstisch rüber, während Mom und Dad eine Diskussion über den Kaffeekonsum in diesem Haushalt anfangen.

»Zoe, kannst du deiner Mutter bitte sagen, dass zu viel Kaffee ungesund ist?« Dad wirft mir einen hilfesuchenden Blick zu, aber ich schüttle entschuldigend den Kopf.

»Kann ich nicht, weil ich auch gerne einen hätte. Bringst du mir eine Tasse mit, Mom?«

Mom zwinkert mir mit einem verschwörerischen Grinsen zu. »Na klar. Du auch, Jase?«

Er erstarrt, nur ganz kurz, bevor er sich wieder entspannt, aber ich bemerke es trotzdem. Er räuspert sich, seine Stimme ist rau, als er antwortet. »Ja, danke.«

»Immer noch ohne Zucker und mit Milch?«

Er nickt.

»Zoe?«

»Ich auch.«

Summend holt Mom zwei Tassen aus dem Schrank und schenkt uns Kaffee ein, während Dad sie kopfschüttelnd beobachtet. Mom kommt zu uns rüber und stellt die Tassen vor uns auf dem Tisch ab.

»Schön, dass du wieder hier bist.« Lächelnd zerzaust sie Jase das Haar, als wäre kein Jahr vergangen, seit sie das das letzte Mal gemacht hat.

Jase' Blick heftet sich auf mich. Er lächelt, und mein Herz setzt einen Schlag aus. »Finde ich auch.«

45. KAPITEL

Jase

In den letzten Jahren ist so viel Scheiße passiert. Mein Leben ist eine Katastrophe, aber manchmal bin ich fast froh darüber, weil wir sonst nie nach Boston gezogen wären und wir uns nie kennengelernt hätten.
- Jase

Mein Herz fühlt sich seltsam leicht an, als ich am Abend wieder in meinem eigenen Bett liege. Zoe hat sich in meinen Arm gekuschelt. Wir haben praktisch den ganzen Tag im Bett verbracht, sind von ihrem Zimmer im Haus ihrer Eltern nur ins Wohnheim zurück. Von ihrem Bett in meins.

Jetzt liegt sie neben mir, streicht mir in großen Kreisen über die Brust, und irgendwie ist alles gut. In diesem Moment.

Was ist das zwischen uns?

Alles.

Und das ist es wirklich.

Es ist merkwürdig, wie weit weg mir Moms Party gerade vorkommt, der Streit mit meinem Dad. Mein Zusammenbruch in Zoes Baumhaus. Dabei sind noch keine vierundzwanzig Stunden vergangen. Trotzdem ist alles anders.

Ihretwegen.

Und das ist fast genauso merkwürdig.

Aber sehr richtig.

»Warum habe ich die Serie bisher noch nicht gesehen?«, fragt Zoe, reißt mich aus meinen Gedanken und erinnert mich daran, dass *Peaky Blinders* über den Bildschirm meines Laptops flimmert.

»Weil du eine Schwäche für *Gilmore Girls* und sämtliche Ärzteserien dieser Welt hast.«

Sie legt den Kopf in den Nacken, um mich ansehen zu können und grinst. »Stimmt. Ich glaube …« Sie verstummt, als es leise an der Tür klopft.

»Das ist bestimmt Skye. Ich habe ihr noch nicht auf ihre tausend Nachrichten geantwortet.«

Stöhnend schwinge ich die Beine aus dem Bett und gehe zur Tür. Ich öffne und wünsche mir in derselben Sekunde, ich hätte es nicht getan. Mom steht auf dem Flur, die Haare zu einem unordentlichen Knoten auf ihrem Hinterkopf gebunden, den ich noch nie bei ihr gesehen habe. Sie trägt Jeans und einen übergroßen Hoodie. Ich wusste nicht mal, dass sie sich in so einem Aufzug aus dem Haus wagen würde. Sie ist blass, die Augen rot, als hätte sie geweint.

»Mom«, sage ich tonlos. »Was machst du hier?«

»Können wir reden?«

Fuck, nein.

»Ganz sicher nicht.«

Das Letzte, was ich will, ist jetzt mit meiner Mutter zu sprechen. Nicht, wenn ich mich zum ersten Mal seit einer Ewigkeit besser fühle. Ich will nicht hören, was sie zu sagen hat. Echt nicht.

»Jase, bitte.«

»Nein, lass das«, fahre ich sie an. »Ich will nicht mit dir reden, Mom. Nicht mit dir, nicht mit Dad. Mit keinem von euch.

Du hast deinen Geburtstag einfach an Sams Todestag gefeiert, und es hat dich nicht interessiert. Genauso wenig, wie es dich interessiert hat, wie es mir damit geht, oder Lia. Du hast schlichtweg ignoriert, dass es Sams Tag ist und nicht deiner.«

Mom zuckt zusammen, Schuldgefühle blitzen in ihren Augen auf, und mein Herz verkrampft sich. Aber Schuldgefühle reichen nicht.

»Ich habe es nicht ignoriert«, setzt sie an, aber ich bringe sie mit einer Handbewegung zum Verstummen, noch bevor sie weitersprechen kann.

»Doch, hast du. Und weißt du was: Mir ist scheißegal, was du dazu noch zu sagen hast. Ehrlich. Es juckt mich nicht. Feier deine Partys. Lass dich von Dad kleinreden. Leb dein Leben. Aber halt mich aus der ganzen Scheiße raus.«

»Jase, nein. Lass uns bitte reden.« Mom ringt die Hände, sie sieht aus, als würde sie jeden Moment in Tränen ausbrechen, und trotz allem zieht sich mein Magen schmerzhaft zusammen. Ich weiß nicht, wann ich Mom das letzte Mal habe weinen sehen. Es ist Jahre her. Aber auch das reicht nicht.

»Ich will aber nicht reden, Mom! Wieso kannst du nicht einmal respektieren, was ich will? Du hast mich die letzten zwei Jahre ignoriert. Du hast zugelassen, dass Dad mich rauswirft. Du hast mir das Schulgeld gestrichen, weil ich nicht das tue, was ihr von mir verlangt. Tu ein einziges Mal das, was ich will, und verschwinde!«

Wieder zuckt sie zusammen. Bei jedem einzelnen Wort. Ich hasse das. Das alles. Sie soll einfach gehen.

»Jase, bitte«, fleht Mom, aber ich bin fertig mit ihr. Mit dieser Familie, die keine ist, und dem permanenten Drang, sie dazu bringen zu wollen, zu akzeptieren, wer ich bin. Und wer ich nicht bin.

Ohne ein weiteres Wort knalle ich ihr die Tür vor der Nase

zu und lehne mich schwer atmend gegen das Holz. Ich schließe die Augen. Warum musste sie herkommen? Warum konnte sie mich nicht einfach in Ruhe lassen?

Fuckfuckfuck.

»Jase?« Zoes leise, verunsicherte Stimme erinnert mich daran, dass ich nicht alleine bin.

Ich öffne die Augen. Zoe sitzt immer noch auf meinem Bett und mustert mich besorgt. Sie hat alles mitbekommen, und ich bin froh darüber.

»Alles okay?«

Ich schüttle den Kopf, und sie streckt beide Hände nach mir aus. Erschöpft klettere ich zurück zu ihr ins Bett und lasse mich von ihr in den Arm nehmen.

Wir reden nicht mehr. Aber sie ist da, und irgendwann schlafe ich ein.

46. KAPITEL

Zoe

Ich frage mich, ob ich jemals wieder glücklich sein kann. Wie soll das nach allem, was geschehen ist, überhaupt möglich sein?
- Zoe

Die Körper von Tänzerinnen und Tänzern sind die reinsten Wunderwerke. Das muss mir niemand sagen.

Zart, zierlich, zerbrechlich. So werden wir wahrgenommen, aber die wenigsten wissen, welche Kraft in unseren schlanken Muskeln steckt. Wie sehr wir unsere Körper an ihre Grenzen bringen können. Welche Kräfte auf unsere Knie und Fußgelenke wirken, wenn wir nach einem Sprung auf dem harten Boden landen. Wie wir unsere Körper dazu bringen, die unnatürlichsten Bewegungen zu machen, sich bis zur Unmöglichkeit zu verbiegen.

Tanzen ist nicht einfach nur Schönheit, Ästhetik, Kunst.

Tanzen ist Schmerz, geschundene Füße, entzündete Muskeln. Es tut weh.

Für die Zuschauer ist all das nicht sichtbar. Die sehen Anmut und Grazie, Bewegungen, die unmöglich sein sollten, Menschen, die den Schmerz weglächeln, weil es das ist, was sie lieben. Das, was sie ausmacht. Und das, was sie am besten können.

Tanzen ist all das. Schönheit, Schmerz und brennende Leidenschaft.

Und manchmal ist es bittere Enttäuschung und Frustration.

Aber es gibt auch diese Tage, wenn alles stimmt, wenn man den richtigen Partner hat und sich selbst vertraut, dann sieht es nicht nur einfach aus, es *ist* einfach.

Heute ist einer dieser Tage.

Heute fühlt sich alles richtig an.

Ich tanze. Ich tanze mit Jase, und es ist ziemlich perfekt. Jede Bewegung, jede Drehung, jede Hebefigur. Seine Hände auf meinem Körper, an meiner Taille, meinen Händen, meinen Beinen. Er hält mich, und ich fühle mich sicher. Sicher und frei zugleich. Mein Herz hämmert gegen meine Rippen, jeder Muskel ist zum Zerreißen gespannt. Das hier ist auf die beste Weise anstrengend. Ich komme an meine Grenzen, aber dieses Mal sind es andere. Es sind Grenzen, die ich überschreiten kann. Ich gehe tiefer in die Rückbeugen, strecke die Beine höher. Ignoriere das Ziehen in meinen Muskeln und das schmerzhafte Pochen in meinen Füßen. Wenn ich im Spiegel einen Blick auf mich selbst erhasche, erkenne ich mich kaum wieder. Ich strahle, und ich fühle mich schön.

Zum ersten Mal seit Monaten arbeitet mein Körper nicht gegen mich. Wir harmonieren wieder. Ich habe die Kontrolle.

Und alles ist gut.

»Sehr gut, Zoe«, lobt Francesca und nickt anerkennend, als Jase und ich schließlich schwer atmend innehalten. Sie lächelt mich an, ein Anflug von Stolz glitzert in ihren Augen. Ich glaube, ich habe sie vorher noch nie lächeln gesehen. »Mach weiter so.«

Mein Gesicht glüht vor Anstrengung und Verlegenheit,

meine Haut ist von einem leichten Schweißfilm bedeckt. Ich nicke und bringe ein raues »Danke« heraus.

»Jessica, Theo – ihr seid als Nächste dran.« Francesca bedeutet den beiden, in die Mitte zu treten, während Jase und ich uns an den Rand zurückziehen. Hand in Hand.

Es ist ein bisschen verrückt, wie schnell ich mich daran gewöhnt habe. Seine Hand zu halten. Mit ihm zu reden. Einfach zusammen zu sein. An manchen Tagen fühlt es sich an, als wäre es nie anders gewesen.

Fast zwei Wochen sind vergangen, seit Victoria Winslow vor seiner Tür stand. Zwei Wochen, in denen seine Eltern sich nicht mehr bei ihm gemeldet haben. Mir tut noch immer alles weh, wenn ich nur daran denke, wie seine Eltern sich ihm gegenüber verhalten. Es ist nicht richtig.

Absolut gar nichts daran ist richtig.

Aber es waren auch zwei Wochen, in denen Jase und ich jede Nacht miteinander verbracht haben. Er hat bei mir übernachtet und ich bei ihm. Wir sind jeden Morgen zusammen aufgewacht. Manchmal frage ich mich, wie es sein kann, dass ich auf einmal so glücklich bin.

Das ist doch absurd, oder?

Vor zwei Monaten war alles anders. Jase und ich. Das Tanzen. Einfach alles.

Wie konnte sich so schnell so viel zum Guten wenden?

»Hör auf zu grübeln«, raunt Jase mir zu und schiebt mich sanft rüber zu Skye und Mae.

»Ich grüble nicht.«

»Doch, tust du. Man kann es sehen. Wenn du zu viel nachdenkst, ziehst du die Augenbraue immer ein ganz kleines Stück nach oben.«

»Ist das so?« Dieses Mal ziehe ich meine Augenbrauen absichtlich nach oben, und Jase lächelt. Ich liebe sein Lächeln, aber seit der Party schwingt immer auch etwas Trauriges darin mit, das auch vorher schon da war. Ich habe es nur nie gesehen. Weil er es mir nie gezeigt hat. Das ist jetzt auch anders. Ich möchte diese Traurigkeit vertreiben. Ich glaube nur nicht, dass ich das kann.

»Ja.« Seine Lippen streifen meine Schläfe, und Skye macht ein würgendes Geräusch.

»Ihr seid widerlich«, sagt sie, aber in ihrer Stimme schwingt ein Unterton mit, der wehmütig ist. Und ein bisschen verbittert.

»Nein, die zwei sind verlieeeeeebt«, flötet Mae und stößt mir grinsend den Ellbogen in die Seite.

»Irgendwie sind im Moment alle verliebt.« Skye verzieht das Gesicht, und wieder habe ich das Gefühl, als wäre da mehr. Wir haben in den letzten zwei Wochen mehr Zeit miteinander verbracht. Ich mag sie, und ich kann verstehen, warum Jase ausgerechnet ihre Nähe im letzten Jahr zugelassen hat.

»Du wirst dich auch noch verlieben«, versucht Mae sie aufzumuntern, doch Skye schüttelt schaudernd den Kopf.

»Kein Bedarf, danke!«

»Ab– «

»Ruhe!«, fällt Francesca Mae ins Wort und sieht uns missbilligend an.

Ein schuldbewusster Ausdruck huscht über Maes Gesicht, mit den Lippen formt sie eine lautlose Entschuldigung.

Schweigend sehen wir Jessica und Theo zu, danach sind Mae und Ches an der Reihe. Ein Paar nach dem anderen tanzt die Abfolge, die Francesca uns am Anfang der Stunde vorgegeben hat.

Irgendwann beginnt mein Nacken unangenehm zu kribbeln. Jemand starrt mich an. Ich muss nicht mal den Kopf drehen, um zu wissen, wer es ist. Charlotte steht neben Devon auf der anderen Seite des Raums. Sie wirkt wütend, wahrscheinlich weil Francesca mich eben ausnahmsweise mal gelobt hat.

Ich erwidere ihren Blick mit mehr Trotz, als ich tatsächlich empfinde. Aber ich bin es leid, mich ständig von ihr verunsichern zu lassen. Ich bin es leid, dass es ihr nur durch einen Blick gelingt, mich zu verunsichern. So kann es nicht weitergehen. Nicht, wenn wir die nächsten vier Jahre unseres Studiums gemeinsam hier verbringen müssen.

Ein Teil von mir will mit ihr reden, so richtig reden. Eine Art Abschluss finden.

Aber ich glaube, so mutig bin ich dann doch nicht.

* * *

»Warum starrst du eigentlich immer da hoch, wenn wir im Theater sind?«, fragt Mae neugierig.

Ich zucke ertappt zusammen und werde rot. »Was meinst du?« Ich werfe ihr einen unschuldigen Blick zu, aber eigentlich weiß ich, dass ich mir das sparen kann. Mein glühendes Gesicht verrät mich sowieso.

Es ist Samstag, und wir helfen gerade den Bühnenbildnern dabei, einen Teil des Bühnenbildes aufzubauen, damit geprüft werden kann, ob soweit alles passt, oder ob noch Änderungen vorgenommen werden müssen.

Vielsagend deutet Mae auf die oberen Ränge. »So spannend sind ein paar leere Plätze wirklich nicht.«

Sie hat recht. Aber immer, wenn ich im Theater bin, muss ich daran denken, wie Jase mich auf der Bühne geküsst hat, und daran, was wir da auf den oberen Rängen gemacht haben. Und dann verliere ich mich in Tagträumen und …

»Siehst du, du machst es schon wieder!« Sie lacht. »Also, was habt ihr da oben getrieben, hm?«

»Das willst du gar nicht wissen.« Jase' Stimme lässt uns beide herumfahren. Er steht hinter uns, ein spöttisches Grinsen auf den Lippen, aber seine Augen funkeln. »Sonst wirst du noch neidisch.«

Mae stöhnt theatralisch auf und greift nach meinem Handgelenk. »Bitte, mach mich neidisch!«

»Ich glaube nicht, dass …« Ich breche ab, als jemand auf uns zukommt. Ein blondes Mädchen mit vertrauten Gesichtszügen und grünen Augen.

Lia.

Direkt vor uns bleibt sie stehen. Ihr Blick zuckt kurz zu Mae und mir, bevor sich ihre Augen auf ihren Bruder heften.

»Können wir reden?«

Unwillkürlich halte ich den Atem an, ich sehe, wie Jase sich verkrampft. Er wird sie wegschicken, wie seine Mom, da bin ich mir fast sicher. Aber dann sieht er mich kurz an, unsicher und mit einer unausgesprochenen Frage in den Augen. Ich nicke kaum merklich. Er würde es nicht zugeben, vielleicht weiß er es nicht mal, aber ich glaube, er braucht seine Schwester.

Vielleicht rede ich mir das auch nur selbst ein, weil ich es absolut furchtbar finde, dass die beiden sich so fremd sind. Wir haben in den letzten Wochen über seine Eltern geredet, über Sam. Aber nie über Lia.

Irgendwas ist zwischen den beiden, etwas, das ich nicht verstehe, aber ich will Jase auch nicht drängen, darüber zu reden. Er soll es tun, wenn er dafür bereit ist. Und es lassen, wenn er es nicht ist.

Seine Schultern straffen sich, seine Miene ist plötzlich ganz ausdruckslos, als er sich wieder Lia zuwendet. »Okay. Lass uns rausgehen.«

Lias Augen weiten sich überrascht. Offenbar hat sie auch nicht damit gerechnet, dass Jase sich darauf einlässt. Aber sie fängt sich schnell wieder, und ihr Gesicht wird genauso ausdruckslos wie seins. Es ist verrückt, wie ähnlich sie sich sehen. Sie spiegeln einander, und ich frage mich unwillkürlich, ob das der Grund dafür ist, dass es so schwierig für sie ist, miteinander umzugehen.

Jase hat gesagt, er hat Probleme damit, in den Spiegel zu schauen, weil er dann immer Sam sieht. Vielleicht hat Lia das gleiche Problem.

Meine Finger streifen ganz von selbst Jase' Handrücken, als er an mir vorbeigeht. Er schluckt, und dann folgt er seiner Schwester.

Mit einem flauen Gefühl im Bauch schaue ich den beiden hinterher.

»Guck nicht so besorgt, Zoe.« Mae stupst mich an. »Was immer die beiden zu besprechen haben, sie werden sich schon nicht gegenseitig die Köpfe abreißen.«

»Ich weiß.«

Aber ich mache mir trotzdem Sorgen. Weil ich mir da eigentlich echt nicht so sicher bin.

47. KAPITEL
Jase

Ich sehe Lia jeden Tag, und sie hat mich kein einziges Mal gefragt, wo ich den Sommer über gewesen bin. Gut, wir reden auch nicht miteinander, und es ist auch gar nicht so, dass ich mit ihr reden will. aber irgendwie will ich, dass sie wenigstens nachfragt.
– Jase

Schweigend folge ich Lia. Sie verlässt nicht nur den Saal, sondern direkt das Theater. Draußen ist es kalt, aber die Sonne scheint, und Lias Haare leuchten golden auf, als das Licht auf sie fällt. Ich beobachte, wie sie fröstelnd ihren Mantel enger um sich zieht. Meine Jacke liegt noch im Theater, aber ich friere nicht. Dafür schlägt mein Herz zu schnell. Adrenalin strömt durch meine Adern.

Lia ist in einer anderen Gruppe. Dass sie extra ins Theater gekommen ist, um mit mir zu reden, ist beunruhigend. Wir haben seit Moms Party kein Wort miteinander gewechselt.

»Was willst du?«, frage ich, als die Stille zwischen uns unangenehm wird.

»Das zwischen dir und Zoe ist eine ziemlich ernste Sache, oder?«

»Du willst mit mir über Zoe reden?« Ich bleibe stehen. Das kann sie so was von vergessen. Sie hat sich jahrelang nicht für mich interessiert, da braucht sie jetzt nicht damit anzufangen.

Sie zuckt mit den Schultern. »Ihr passt gut zusammen.«

»Und woher genau willst du das wissen? Du kennst mich überhaupt nicht.«

»Natürlich kenne ich dich.«

»Bullshit!«, knurre ich, in meinen Ohren rauscht es. »Wenn du mich kennen würdest, hättest du Mom davon abgehalten, ihre verfickte Party ausgerechnet an Sams Todestag zu feiern. Wenn du mich kennen würdest, hättest du mir Bescheid gesagt, dass ihr an ihrem Geburtstag essen geht, oder was auch immer ihr sonst gemacht habt.«

Sie zuckt zusammen, als hätte ich sie geschlagen, aber ich bin noch nicht fertig.

»Du müsstest mit mir reden, um mich zu kennen, Ophelia. Aber du redest nicht mit mir. Du bist wie Mom und Dad. Du kommst nur dann an, wenn du etwas willst. Du hast mir das Geld schließlich auch nur angeboten, damit ich mich Mom und Dad gegenüber benehme. Du kennst mich nicht, und ich glaube, du willst mich auch gar nicht richtig kennen. Also, was zur Hölle willst du von mir?«

»Ich habe dein Schulgeld überwiesen!«, fährt sie mich an. Zornige rote Flecken kriechen ihren Hals hoch. Sie verliert die Kontrolle. So richtig. Keine Ahnung, wann das das letzte Mal passiert ist. Ob überhaupt jemals.

»Und? Willst du dafür jetzt einen Orden haben?«

»Ein Danke würde fürs Erste ausreichen!«, faucht sie.

»Danke.« Der Spott in meiner Stimme ist nicht zu überhören. Ich bin so ein Arschloch. Ich sollte mich wirklich bei ihr bedanken. Aber ich kann nicht. Weil Lia alles von unseren Eltern bekommt und ich gar nichts. Ich bin so scheiße eifersüchtig, dass es wehtut. »Danke, dass du mir das Geld für dieses Semester gegeben hast, nachdem nicht nur unsere Eltern, sondern auch unsere Großeltern mir ihre Unterstützung verweigert haben. Danke, dass du mir das Geld gegeben hast, nachdem Dad dafür gesorgt hat, dass ich nicht mal einen verfickten Studienkredit bekomme, nur damit er seinen Willen durchsetzen kann.«

Lia wird blass, als wäre ihr diese Info völlig neu, aber das kann nicht sein. Sie weiß alles, da bin ich mir ziemlich sicher.

»Gott, Jase! Sie wollen dich nur beschützen. Sie wollen das Beste für dich, mehr nicht. Und ja, vielleicht sind ihre Methoden nicht die allerbesten, aber sie machen sich Sorgen um dich.«

Mir entfährt ein ungläubiges Lachen. Ja, klar. Genau.

»Hast du eine Ahnung, wie oft Mom und Dad darüber streiten, dass du dich so abkapselst? Sie geben sich gegenseitig die Schuld dafür, dass du so bist, wie du nun mal bist. Es ist zum Kotzen! Seit du hier bist, geht es nur darum, wie sie es schaffen, dich doch noch nach Harvard zu kriegen. Wie sie es schaffen, dass du wieder mit ihnen redest. Ein Teil der Familie sein willst. Es geht immer nur um dich.«

Fassungslos starre ich sie an. »Das ist doch jetzt wohl nicht dein beschissener Ernst, oder? Es geht nie um mich! Seit Sam tot ist, geht es immer nur darum, was sie wollen.«

Ich fühle mich, als würde ich immer und immer wieder das Gleiche sagen, aber niemand hört mir zu. Mom und Dad nicht. Lia nicht.

Meine Schwester zuckt zusammen, als ich Sams Namen ausspreche. »Sie wollen das Beste für dich«, sagt sie und klingt wie eine hängengebliebene Schallplatte.

»Sie haben keine Ahnung, was das Beste für mich ist. Und du offensichtlich auch nicht, sonst wärst du nicht hier und würdest dermaßen viel Bullshit von dir geben. Also, was willst du von mir, Lia? Warum wolltest du mit mir reden?«

»Mom ist fix und fertig, seit du sie weggeschickt hast.«

Mein Magen krampft sich zusammen, aber ich dränge das aufsteigende schlechte Gewissen zurück. »Und? Ich war auch fix und fertig, als sie mich letztes Jahr rausgeworfen haben. Ich wusste nicht, wo ich hinsoll. Du hast dich kein einziges Mal bei mir gemeldet, falls du dich daran erinnerst. Sie auch nicht. Also komm mir nicht damit, dass es Mom nicht gut geht. Mir ging es auch nicht gut.«

»Ich bitte dich. Du warst den ganzen Sommer bei Caleb und deiner ach so tollen Ersatzfamilie. So schlimm kann es nicht gewesen sein.« Lias Wut ist in Trotz umgeschlagen, aber sie hat keine fucking Ahnung. Gar keine.

»Ich war nicht bei Caleb«, erwidere ich tonlos. Alles in mir ist erschreckend still und kalt geworden.

Lia reckt das Kinn und verschränkt die Arme vor der Brust, sie will nicht nachgeben, aber in ihren Augen flackert es verdächtig. »Wo warst du dann?«

»Ist doch scheißegal.« Ich seufze, auf einmal bin ich müde. Ich hab das alles so satt. Diese verfickten Diskussionen, die sich immer nur im Kreis drehen. Ich will einfach nur meine Ruhe. »Warum wolltest du mit mir reden, Lia? Hast du dich umentschieden? Willst du das Geld zurückhaben, weil ich mich nicht bei dir bedankt habe?«

»Nein.« Sie schüttelt den Kopf, blonde Strähnen fallen ihr ins Gesicht. »Ich wollte …« Sie beißt sich auf die Unterlippe, schüttelt wieder den Kopf und lacht freudlos auf. »Vergiss es. Das war ein Fehler.«

Sie dreht sich um und geht, ohne auf eine Antwort zu warten. Wenn ich ehrlich bin, ich habe auch keine. Ich fühle mich leer, als ich ihr hinterherschaue und mich frage, wie es so weit kommen konnte. Und was Sam sagen würde, würde er uns so sehen. Wahrscheinlich wäre er ziemlich enttäuscht.

Hinter meiner Stirn pocht es. Lia verschwindet im Wohnheim, und ich wende mich ab.

Als ich ins Theater zurückkehre, ist Zoe weg.

48. KAPITEL
Zoe

Kann man je wirklich über die Vergangenheit hinwegkommen? Oder holt sie einen immer irgendwann ein?
- Zoe

Ich kann mich später nicht mehr richtig daran erinnern, warum ich hinter die Bühne gehe. Ich glaube, Katie wollte, dass ich etwas für das Bühnenbild aus einem der Requisitenräume hole. Letztendlich ist es aber auch völlig egal, warum ich dorthin gehe.

Ich tue es.

Und dann sehe ich Reed, der mit zorniger Miene den Gang hinunterläuft. Seine Hand umklammert Charlottes Oberarm. Er zieht sie mit sich um die Ecke, sie versucht, sich loszureißen, aber sein Griff ist zu fest.

Ich folge ihnen, ohne nachzudenken. Weil ich auf einmal ein mulmiges Gefühl im Bauch habe. Weil Charlotte zwar versucht, sich loszureißen, aber nicht so wirkt, als hätte sie Angst.

Meine Schritte sind kaum zu hören. Vielleicht sollte ich Hilfe holen. Was auch immer zwischen den beiden abgeht, was Gutes scheint es nicht zu sein. Aber ich hole keine Hilfe, ich laufe ihnen einfach nur hinterher und sehe dabei zu, wie Reed Charlotte in eine der Umkleiden zieht. Er knallt die Tür hinter ihnen zu.

Trotzdem kann ich Charlottes Stimme hören, als ich vor dem Raum stehen bleibe. Im ersten Moment denke ich, die Tür ist nicht ins Schloss gefallen. Aber nein, sie passt von der Höhe nur nicht ganz in den Rahmen. Unten fehlen ein paar Zentimeter. Und deswegen kann ich jedes Wort verstehen.

»Du machst ein viel größeres Drama aus der ganzen Sache als nötig.«

»Ich mache ein größeres Drama aus der Sache als nötig?«, wiederholt Reed ihre Worte scharf. »Ist das dein Scheißernst?«

Ich lege die Hand auf die Türklinke, will sie gerade runterdrücken und fragen, ob alles in Ordnung ist, als ich meinen Namen höre und innehalte.

»Ich kann nicht dafür sorgen, dass Zoe rausgeworfen wird!«

Ich erstarre, mir wird auf einen Schlag eiskalt. Mein Magen sackt nach unten.

Was zur Hölle?!

»Natürlich kannst du das. Rede einfach mit deinem Onkel«, keift Charlotte, und ich wundere mich über mich selbst, wie ich ernsthaft auch nur eine Sekunde lang glauben konnte, dass sie vielleicht Hilfe braucht.

»Ich kann nicht! Was soll ich ihm denn sagen? Dass du ein eifersüchtiges Miststück bist, weil Zoe im Gegensatz zu dir von ihren Eltern wirklich geliebt wird? Weil sie tatsächlich gemocht wird? Soll ich ihm sagen, dass du sie loswerden willst, weil sie besser ist als du? Ich habe keine beschissene Ahnung vom Ballett. Nur weil ich geschafft habe, ihn dazu zu überreden, dich aufzunehmen, heißt das noch lange nicht –«

»Ich habe den Platz bekommen, weil ich gut bin!«

Er lacht auf. »Du hast den Platz bekommen, weil du mich

erpresst hast, Charlotte. Und ich musste mir dann irgendeinen Bullshit aus den Fingern saugen, dass deine Reichweite bei Social Media vielleicht gut für die Schule ist und dass dir der Platz hier sooooo viel bedeutet.«

Sein Tonfall jagt mir einen unangenehmen Schauer die Wirbelsäule hinunter. Ich sollte gehen, wirklich. Aber ich bin wie erstarrt. Charlotte hat Reed erpresst. Das ist verrückt.

»Muss ich dich daran erinnern, warum ich dich überhaupt erpressen konnte?« Charlottes Stimme ist bedrohlich leise geworden.

»Fick dich, Charlotte!«

»Nein, danke. Rede mit deinem Onkel, Reed, oder ich schwöre dir, ich sage aller Welt, dass Zoe damals nicht gelogen hat. Dass du derjenige warst, der sie vergewaltigt hat.«

Mein Herz bleibt stehen. Es bleibt einfach stehen. Ein Schlag, zwei. Dann schlägt es weiter. Zu schnell. Viel zu schnell. Schwindelig. Warum ist mir auf einmal so schwindelig?

Was hat sie gesagt? Sie hat das nicht wirklich gesagt, oder?

Nein, hat sie nicht. Mein Kopf spielt mir einen Streich. Das passiert nicht wirklich, kann es nicht. Kann es nicht.

»Vergiss es! Wenn ich untergehe, gehst du mit unter, Charlotte! Du bist genauso schuld wie ich! Du hast ihr die K.-o.-Tropfen verpasst, und du hast mich auf ihr Zimmer geschickt! Du hast gesagt, dass sie es will.«

Ich.

Kann.

Nicht.

Atmen.

»Und du bist ein leichtgläubiges Arschloch! Sorg dafür, dass sie rausfliegt, dann muss niemand was erfahren! Und jetzt verschwinde. Du hättest überhaupt nicht hier auftauchen dürfen! Wenn dich jemand gesehen hat, wirft das Fragen auf.«

Die Tür geht auf, und ich stehe immer noch regungslos da.

Charlotte. Reed. Ich.

Eine Nacht.

Und alles war anders.

Meine Brust fühlt sich eng an. Mein Körper. Alles. Eng und so, so, so falsch.

Charlotte hat mir die K.-o.-Tropfen verpasst.

Meine beste Freundin.

Reed hat mich vergewaltigt.

Der älteste Freund meines Bruders.

Ich muss weglaufen, weg, weg, weg, und zwar weit, und ich muss etwas tun, schreien, toben, und nach Hilfe rufen.

Aber ich kann mich nicht bewegen.

Ich bin wie gelähmt.

Mein Herz schlägt zu schnell.

Ich muss atmen.

Atme, Zoe.

Reed hat mir das angetan.

Zusammen mit Charlotte.

Reed.

Und.

Charlotte.

»Fuck!« Reeds Fluch reißt mich aus meiner Erstarrung, ich wirble herum und renne los. Aber seine Beine sind länger. Er ist schneller als ich.

Ich will schreien, als er mich am Handgelenk packt und in den nächsten Raum reißt. Mir kommt kein Laut über die Lippen. Meine Stimme funktioniert nicht.

Es ist dunkel in der Umkleide. So, so dunkel.

Dann fällt die Tür mit einem sehr endgültigen Klicken hinter uns ins Schloss.

5. TEIL

Coda

Fünfte Phase des
Pas de deux

49. KAPITEL
Zoe

Für mich ist die Angst vor der Panik manchmal schlimmer als die Panik selbst.
- Zoe

»Zoe, es ist alles ganz anders, als du jetzt denkst«, sagt Reed beschwörend, sucht nach dem Lichtschalter, und einen Moment später flutet Helligkeit den kleinen Raum.

Ich fühle mich dadurch nicht besser. Nicht sicherer.

Es kann nicht echt sein.

Das alles hier.

Es ist so falsch.

Es *kann* nicht echt sein.

Ich muss träumen, und ich wache gleich auf, weil das wirklich nur ein Albtraum sein kann.

Es geht gar nicht anders.

Das ist nicht die Realität.

Ist sie nicht.

Aber sie ist es eben doch.

Mein Rücken drückt gegen die geschlossene Tür, das Holz ist hart und kalt in meinem Rücken, und Reed steht vor mir, viel zu nah, sperrt mich zwischen seinem Körper und der Tür ein.

Ich bin gefangen, und er ist hier.

Er hat mir das angetan.

Reed.

Alles an ihm ist vertraut. Die hellbraunen Haare, die er immer ordentlich nach hinten stylt und die im Laufe des Tages trotzdem jedes Mal in seine Stirn fallen. Die graugrünen Augen mit den langen schwarzen Wimpern, um die ich ihn immer beneidet habe. Die kleine Narbe an der Stirn, die er hat, weil er mit zwölf von der Leiter unseres Baumhauses gefallen ist. Die Grübchen in den Wangen, die auch dann zu sehen sind, wenn er nicht lächelt.

Ich kenne ihn fast mein ganzes Leben lang, und er ist derjenige, der dafür gesorgt hat, dass ich zerbrochen bin.

Scham überspült mich.

Ich fühle mich so schmutzig.

Verloren.

Gebrochen.

Allein.

»Wirklich, es ist anders, als du denkst!«, wiederholt er, als hätte ich ihn beim ersten Mal nicht verstanden. Ich wünschte, es wäre so. Ich wünschte, ich hätte überhaupt nichts gehört.

Gar nichts.

Ich will die Unwissenheit zurück.

Jetzt sofort.

»Was denke ich denn?« Meine Stimme klingt dünn und erstickt. Es ist ein Wunder, dass ich überhaupt einen Satz herausbringe.

Mein Körper fühlt sich taub an, abgesehen von der Stelle, an der Reeds Hand noch immer meinen Arm berührt. Die Stelle brennt wie Säure.

Er ist mir viel zu nah. So nah, dass mir sein Geruch in die Nase steigt, herb und maskulin.

Ich werde ihn nie wieder vergessen.

Ich will mich losreißen. Ich muss. Aber ich kann mich nicht bewegen. Ich habe die Kontrolle über meinen Körper verloren. Schon wieder.

Und schon wieder liegt es an ihm.

Du stehst unter Schock.

Ja, das tue ich wohl.

Irgendwo tief in mir weiß ich, dass ich schreien muss. Nach Hilfe rufen. Dass ich *irgendwas* tun muss.

»Du –«

»Lass mich los!« Ich zerre an meinen Armen, aber sein Griff wird noch etwas fester. Panik durchflutet mich.

Neinneinnein. Nicht noch mal. Bitte nicht. *Bittebittebitte.*

»Du musst mir zuhören, Zoe!«

»Ich hab euch gehört. Ich hab gehört, was ihr gesagt habt.« Ich schluchze auf, zittere am ganzen Körper. Mir dreht sich der Magen um. Ich glaube, ich muss mich übergeben. »Du warst das. Du hast mir das angetan.« Ich will schreien, aber ich kann nicht. Meine Stimme gehorcht mir nicht.

Reed schüttelt den Kopf, das Gesicht verzerrt vor Verzweiflung. »So war das nicht. Ich … Charlotte hat gesagt, dass du auf mich wartest. Dass du es willst. Ich war betrunken. Ich wusste nicht … Ich habe nicht …«, stammelt er, und etwas in mir zerbricht. Es tut weh. Es tut so verflucht weh.

»Charlotte hat gesagt, ich will, dass du mich vergewaltigst?«, wispere ich. Heiß und salzig laufen mir die Tränen übers Gesicht.

Sein Blick folgt den Tränen, bleibt zu lange an meinem Mund hängen, und ich will kotzen und sterben und ihn umbringen, alles gleichzeitig.

»Sie hat gesagt, du magst mich und dass du als Einzige von euch dein erstes Mal noch nicht hattest. Sie wusste, dass ich auf dich stehe, und ich dachte … ich dachte …« Gequält bricht er ab.

Ich will sie ihm aus dem Gesicht schlagen. Er hat kein Recht auf diese Qual. Kein Recht auf den Schmerz. Beides gehört mir. Er hat mir alles genommen. Und keine beschissene Ausrede dieser Welt kann das wiedergutmachen.

In meinen Ohren rauscht es. Mein Puls rast, mir ist schwindelig. Ich muss hier raus.

»Lass mich los. Lass mich endlich los!« Meine Stimme überschlägt sich, laut und schrill.

Und er tut es. Lässt mich tatsächlich los. Er hebt die Hände, weicht aber nicht zurück. Er ist mir immer noch viel zu nah. Wie kann das sein? Das alles. Es ist so absurd. So falsch.

»Zoe, bitte, es tut mir leid! Ich … Sag es nicht Caleb, bitte! Das war nicht meine Schuld. Charlotte hat –«

Meine Hand trifft auf sein Gesicht, meine Fingernägel bohren sich in seine Haut, reißen sie auf. Er stöhnt und stolpert zwei, drei Schritte zurück.

Der Schock in seinen Augen reißt mich aus meiner Starre, genau wie das Blut, das viel zu rot über sein Gesicht läuft. Ich wirble herum, reiße die Tür auf, stürze aus dem Raum und haste auf wackeligen Beinen den Flur hinunter. Weg von Reed und allem, was er getan hat. Weg von seiner Stimme, die meinen Namen ruft.

Der Flur ist viel zu lang. Warum ist der Flur auf einmal so lang? Ich verliere das Gleichgewicht und die Orientierung, alles ist falsch und *warumwarumwarum*?

Ich stoße eine Tür auf und dahinter ist Dunkelheit. Warme, sichere Dunkelheit. Blind stolpere ich durch den Raum, stoße gegen etwas, keine Ahnung, was, und es ist mir auch egal. Meine Finger streifen Stoffe, viele unterschiedliche Stoffe, und ich begreife, dass ich im Kostümfundus gelandet bin.

Tiefer, immer tiefer taste ich mich im Raum vor. Vielleicht wäre es besser, das Licht anzuschalten. Aber dann könnte Reed das Licht sehen, und dann würde er mich finden. Und das kann ich nicht zulassen.

Irgendwann stoße ich auf Widerstand. Eine Wand vielleicht. Keine Ahnung. Meine Beine tragen mich nicht mehr. Sie knicken einfach weg. Ich lande unsanft auf den Knien, rolle mich auf der Seite zu einer kleinen Kugel zusammen.

Ich weine. Ich weiß nicht, wann ich jemals so geweint habe. Lautlose Schluchzer schütteln meinen Körper. Ich muss leise sein, mich darf niemand hören.

Niemand. Niemand. Niemand.

Vor allem Reed nicht.

Ich beiße mir auf die Lippen, bis ich Blut schmecke.

Das Rauschen in meinen Ohren wird lauter. Es tut weh. Einfach alles tut weh.

Er hat mich angefasst. Schon wieder. Ich muss duschen. Die Berührung wegwaschen. Auslöschen. Ich fühle mich so schmutzig.

Ich bekomme keine Luft. Meine Brust ist eng, wie mit Stacheldraht umwickelt.

Atmen. Atmen. Atme, verdammt noch mal.

Ich muss atmen, aber ich kann nicht.

Charlotte und Reed haben mir das angetan.

Keuchend rolle ich mich auf den Rücken. Ich muss atmen. Tief durchatmen. Heiße Tränen laufen über mein Gesicht.

Es geht nicht. Wieso kann ich nicht atmen?

Mir wird schwindelig, die Dunkelheit um mich herum beginnt sich zu drehen.

Es soll aufhören. Es soll alles einfach nur aufhören.

Bitte.

Ich weiß später nicht, wie lange es dauert, bis es tatsächlich aufhört. Vielleicht tut es das auch gar nicht. Nicht wirklich. Aber ich spüre ein leichtes Vibrieren an meiner Rückseite. Mein Handy.

Mein Handy.

Ich habe mein Handy dabei. Wie konnte ich das vergessen? Wie konnte ich nicht merken, dass es da ist?

Spielt das überhaupt eine Rolle? Nein, jetzt nicht.

Zitternd richte ich mich auf und ziehe es aus meiner Hosentasche. Das Display leuchtet. Calebs Name.

Erleichterung durchflutet mich. In einer fahrigen Bewegung wische ich über das Glas und halte mir das Handy ans Ohr.

»Hey, Zoe, ich wollte …« Er bricht ab, als ich aufschluchze.

Die Geschichte wiederholt sich. Die verfickte Geschichte wiederholt sich einfach.

»Zoe?« Ich kann die Panik in seiner Stimme hören. Ich habe ihn schon mal so gehört.

»Caleb«, würge ich hervor. »Du musst herkommen. Bitte.«

»Was ist passiert?«

»Ich … bitte. Komm einfach her.«

»Wo bist du?«

»Im Theater. Ich … ich weiß nicht, wo.«

»Ich bin gleich da.«

Es dauert zweiundzwanzig Minuten und siebenunddreißig Sekunden, bis Caleb mich findet und das Telefonat beendet. Er fragt mich, was passiert ist, und ich sage es ihm. Dann kotze ich mir die Seele aus dem Leib. Als er mich in seine Arme zieht, breche ich zusammen.

Und alles wird dunkel.

* * *

Ich komme wieder zu mir, aber nicht in der Realität an. Caleb hilft mir auf die Beine und trägt mich zu seinem Auto. Die Geschichte wiederholt sich wirklich. Es ist zum Kotzen. Er bringt mich ins Krankenhaus, obwohl ich sage, dass ich nicht will. Aber er macht sich Sorgen, und deshalb ist es okay. Unterwegs telefoniert er mit unseren Eltern, er sagt ihnen, was passiert ist.

Dann sind wir im Krankenhaus, und meine Eltern sind da. Caleb drückt mir einen Kuss auf die Schläfe, dann verschwindet er, und ich weiß, wohin er geht. Ins Penthouse. Reed suchen, ihn zur Rede stellen.

Ich fühle mich leer. Da ist nichts mehr. Nur Leere.

Eine Ärztin redet mit meinen Eltern, ich verstehe nicht, worum es geht. Ich höre nicht zu. Es ist mir egal.

Reed hat mich vergewaltigt.

Er hat mir das angetan.

Er hat mir mich selbst weggenommen.

Er ist dafür verantwortlich, dass mein Leben in Millionen winzig kleine Scherben zersprungen ist, die sich nicht mehr zusammensetzen lassen. Nicht vollständig.

Mom und Dad bringen mich nach Hause, obwohl die Ärztin dagegen ist – zumindest das bekomme ich mit.

Ich bin froh, dass sie mich nicht im Krankenhaus lassen.

Ich hasse Krankenhäuser.

Sie sind trostlos. Menschen sterben. Andere werden gerettet.

Ich nicht.

Ich will nur noch nach Hause.

Als Mom mir aus dem Auto hilft, knicken mir die Beine weg. Dad hebt mich hoch und trägt mich ins Haus, nach oben in mein Zimmer. Er legt mich in mein Bett und setzt sich neben mich, streicht mir die Haare aus dem Gesicht und sagt etwas, das nur als dumpfes Rauschen bei mir ankommt. Ich ziehe mir die Decke über den Kopf und verstecke mich vor der Welt.

Es frisst mich auf. Das Wissen.

Die Unwissenheit war ein Segen, das begreife ich jetzt. Sie hat mich vor diesem Abgrund bewahrt, hat verhindert, dass ich falle. Tiefer und tiefer und tiefer.

Es gibt keinen Boden. Nur das Fallen.

Dad geht, und Mom bleibt bei mir. Sie weint, ich kann es hören, obwohl sie sich alle Mühe gibt, keinen Laut von sich zu geben. Aber sie atmet anders, wenn sie weint.

Ich schiebe meine Hand unter der Decke hervor, taste nach ihr. Unsere Finger verschränken sich, wir klammern uns aneinander, während Mom weint.

Ich weine nicht. Ich kann nicht. Ich habe keine Tränen mehr übrig.

Nach einer Weile lässt Mom mich los, sie steht auf, aber die Matratze senkt sich sofort wieder. Eine andere Hand wandert unter meine Decke, groß, schwielig und sehr vertraut.

Caleb.

»Hey.« Seine Stimme zittert.

Ich schlage die Decke zurück und sehe zu ihm hoch. Seine Augen glitzern. Seine Haare sind zerzaust, er ist blass.

»Geht's dir gut?«, frage ich so leise, dass ich mich kaum selbst verstehe. Aber mehr bringe ich gerade nicht fertig.

Caleb stößt ein ersticktes Lachen aus. »Sollte ich das nicht dich fragen?«

»Wir wissen beide, dass es mir nicht gut geht.«

Sanft streicht er mir übers Haar. »Was kann ich tun? Damit es dir besser geht?«

Ich öffne den Mund, will gerade sagen, dass es nichts gibt, als mir klar wird, dass das nicht stimmt. »Sag Jase Bescheid.«

»Zoe …« Er bricht ab, beißt sich auf die Unterlippe, und

dann laufen ihm Tränen übers Gesicht, und wenn ich nicht längst voll und ganz zerbrochen wäre, würde jetzt noch ein Teil dazukommen. Caleb räuspert sich und steht auf. »Okay. Ich sag Jase Bescheid.«

»Danke«, flüstere ich, dann ziehe ich mir wieder die Decke über den Kopf und schließe die Augen.

50. KAPITEL
Jase

Ich habe letztes Jahr ein paar Mal bei euch vor dem Haus gestanden und mich doch nie getraut anzuklopfen, weil ich Angst hatte, dass ihr mich wegschickt.
- Jase

Wo ist sie?

Wo zum Teufel ist sie?

Adrenalin pumpt durch meine Adern. Mae weiß nicht, wo Zoe ist. Eigentlich weiß niemand, wo sie ist. Katie meint, sie hätte Zoe das letzte Mal gesehen, als sie sie losgeschickt hat, um etwas aus einem der Requisitenräume zu holen. Aber da war sie nicht. Auch nicht in ihrem Zimmer. Im Trainingsgebäude.

Fuck, Zoe ist seit Stunden weg. Sie geht auch nicht an ihr Handy. Reagiert weder auf meine Anrufe noch auf meine Nachrichten. Irgendwas muss passiert sein. Sonst wäre sie nicht ohne ein Wort verschwunden. Sie hätte Bescheid gesagt.

Mein Herz rast, als ich auf dem Weg zu meinem Zimmer mein Handy aus der Hosentasche ziehe, um Zoe noch einmal anzurufen, in der Hoffnung, dass sie dieses Mal rangeht.

»Jase.«

Die vertraute Stimme lässt mich aufblicken. Fuck, warum zur Hölle steht Caleb vor meinem Zimmer? Und warum sieht er so aus, als würde er am liebsten die ganze Welt niederbrennen?

Ich verspanne mich. Eine dunkle Vorahnung steigt in mir auf. Es gibt nur einen Grund, warum Caleb vor meinem Zimmer steht.

»Wo ist sie?« Meine Stimme ist hart. Kalt. Beherrscht.

»Zu Hause.«

»Geht's ihr gut?« Die Frage ist überflüssig. Es geht ihr nicht gut. Sonst wäre Caleb nicht hier. Sonst hätte sie sich gemeldet.

»Nein.« Seine Hände ballen sich zu Fäusten, sein Blick ist so zornig, dass alles in mir danach drängt zurückzuweichen.

»Was ist passiert?«

»Es war Reed.«

Ich erstarre. Begreife gar nichts. Und gleichzeitig zu viel.

»Was?«

»Es war Reed«, presst er angestrengt hervor, seine Stimme bebt, die Worte kommen bei mir an, und ich verstehe sie zwar, aber – *Fuck!*

»Reed war *was*?« Wut kocht in mir hoch, brennt sich in jede Faser meines Körpers, verschlingt mich voll und ganz. Er muss es aussprechen. Ganz deutlich. Ich muss es hören. Auch wenn ich es nicht will. Ich will es wirklich nicht hören.

»Reed hat …« Caleb ringt nach Atem. »Reed hat sie vergewaltigt, und deswegen kommst du jetzt mit und …« Er bricht ab, als ich auf dem Absatz kehrtmache und losrenne.

Reed hat sie vergewaltigt.

Ich bringe diesen Dreckskerl um.

* * *

Caleb holt mich ein, als ich über den Campus renne. Er ist schneller als ich, was angesichts der Tatsache, dass er immer noch Football spielt, wohl auch kein Wunder ist. Seine Hand schließt sich um meine Schulter und reißt mich so heftig herum, dass ich stolpere.

»Du wirst ihn nicht finden«, teilt er mir mit. »Er ist abgehauen. Keine Ahnung, wohin.«

Mit einem Ruck mache ich mich von ihm los. Mein Herz hämmert so heftig gegen meine Rippen, dass es wehtut. »Ist mir gerade echt scheißegal. Ich will nicht zu Reed.«

Calebs Schultern sinken ein Stück nach unten. »Du willst zu Zoe.«

Ich spare mir eine Antwort, weil es nur eine einzige richtige gibt und er das weiß.

»Komm mit.« Caleb legt mir eine Hand auf den Rücken und schiebt mich Richtung Parkplatz.

Das Auto seiner Eltern steht direkt am Eingang, diagonal über zwei Parkplätzen. Aber Caleb würde das wohl auch dann am Arsch vorbeigehen, wenn jemand hier wäre, der sich darüber beschweren könnte.

Schweigend steigen wir ein, und schweigend lenkt Caleb den Wagen vom Parkplatz und fädelt sich in den Bostoner Samstagabendverkehr ein.

»Woher … woher wisst ihr, dass es Reed war?«, durchbreche ich die Stille zwischen uns.

Caleb zuckt mit den Schultern, den Blick stur nach vorne auf die Straße gerichtet. »Es war ein dummer Zufall. Zoe hat Reed und Charlotte bei euch im Theater belauscht. Sie haben sich deswegen gestritten. Mehr weiß ich noch nicht. Sie hat … sie hat noch nicht viel geredet und …« Er stockt, seine Hände krallen sich so fest um das Lenkrad, dass seine Knöchel weiß hervortreten.

»Und was?«, hake ich nach, weil das nicht alles sein kann. Da fehlt noch was.

»Sie hat sich versteckt. Im Theater. Keine Ahnung, wie lange. Ich hab sie angerufen, weil ich eigentlich was ganz anderes von ihr wollte und sie … hatte Panik. Hat sie wahrscheinlich immer noch.«

Das alles ist so unfassbar falsch. Zum Kotzen. Sie hat sich im Theater versteckt. Ich war da. Scheiße, ich war da, und ich habe sie nicht gefunden. Ich habe nicht richtig gesucht. Offensichtlich.

Wieso habe ich nicht richtig gesucht? Wieso habe ich sie nicht gefunden?

In meinem Kopf dreht sich alles.

Fuck, fuck, fuck.

»Fuck!«, platzt es aus mir heraus.

Caleb schweigt und lässt mich toben.

Das kann nicht sein. Es darf nicht sein. Aber es ist so. Es ist die fucking Realität. Reed hat Zoe vergewaltigt. Reed, der sie seit Jahren kennt. Mit dem sie aufgewachsen ist. Reed, dieser elende Wichser.

»Ich bringe ihn um«, zische ich, meine Hände zittern.

Ein grimmiges Lächeln umspielt Calebs Lippen. »Stell dich hinten an.«

Ich schüttle den Kopf. »Wir können es zusammen machen.«

Caleb wirft mir einen schnellen, undurchdringlichen Blick zu. »Das zwischen euch ist wirklich was Ernstes.«

Ich schweige, weil es nicht nur was Ernstes ist. Es ist alles.

* * *

Ceara und Ethan sitzen im Esszimmer, vor beiden steht ein Glas mit Whiskey auf dem Tisch. Ich glaube, ich hätte auch gerne eins.

Sie blicken auf, als sie uns hören, und auf Ethans Gesicht erscheint ein mattes Lächeln, das jedoch nicht bei seinen Augen ankommt. Ceara weint stumme Tränen. Ich bringe kein Wort heraus, nicke ihnen nur schweigend zu.

»Sie ist oben.« Caleb deutet zur Treppe.

Ich zögere kurz, in der Erwartung, dass Zoes Eltern mich aufhalten. Ich könnte es ihnen nicht mal verdenken. Aber sie tun nichts dergleichen, und schließlich setze ich mich in Bewegung. Jeder Schritt fühlt sich zäh und viel zu schwer an.

Ich will sie sehen. Fuck, ich will Zoe so sehr sehen, dass mir alles wehtut.

Und gleichzeitig habe ich eine Scheißangst davor.

Die Tür zu ihrem Zimmer ist nur angelehnt, ich klopfe trotzdem, bevor ich eintrete und dann unbeholfen stehen bleibe, weil ich nicht weiß, was sie will. Was ich tun soll.

Zoe sitzt mit angezogenen Beinen auf dem Bett, die Arme um die Knie geschlungen und starrt ins Leere. Sie ist kreidebleich, ihre Haare fallen zerzaust um ihre schmalen Schultern. Sie wirkt zerbrechlicher, als ich sie je gesehen habe.

»Hey, Pixie«, mache ich mich leise bemerkbar.

Ich will sie an mich ziehen, festhalten und nie wieder loslassen. Aber dann muss ich daran denken, wie sie sich verkrampft hat, als ich sie in der ersten Pas de deux-Stunde berührt habe. Vor allem, was zwischen uns geschehen ist. Ich habe keine Ahnung, wie es jetzt ist.

Sie hebt den Kopf, presst die Lippen aufeinander. Ihre Augen glitzern verdächtig, sie weint jedoch nicht. Sie flüstert meinen Namen, es klingt wie ein Gebet.

»Was kann ich tun?«, frage ich, stehe noch immer viel zu

weit von ihr entfernt, obwohl alles in mir danach drängt, zu ihr ins Bett zu klettern.

Aber ich kann nicht einfach zu ihr gehen. Nicht jetzt. Nicht so. Das hier ist anders. Anders als jedes andere Mal, dass ich sie berührt und an mich gezogen habe.

Sie reibt sich übers Gesicht, wischt Tränen fort, die überhaupt nicht da sind. »Kannst du … Kannst du mich einfach festhalten?« Ihre Stimme ist leise. Dünn und gebrochen, und mein Herz setzt einen zornigen Schlag aus.

Ich zwinge es zur Ruhe, zwinge meine Gedanken im Hier und Jetzt zu bleiben, bei Zoe.

Mein Mund verzieht sich zu einem kleinen Lächeln. »Alles, was du willst, Pixie.«

Ich trete mir die Schuhe von den Füßen und schlüpfe zu ihr ins Bett, ziehe die Decke nach oben und sie endlich in meine Arme.

Zoe zittert am ganzen Körper, ihre Haut ist kalt. Ihr Kopf liegt auf meiner Brust, sie kann meinen Herzschlag spüren, so wie ich ihren an meiner Seite spüren kann.

Ich halte sie fest, halte sie, als sie zu weinen beginnt, und mein Herz bricht in tausend Teile.

51. KAPITEL
Zoe

Ich dachte immer, mir würde nie was Schlimmes passieren. Das passiert anderen, aber doch nicht mir. Warum ist mir das passiert? Warum?
- Zoe

Ich habe wirre Träume. Von Reed und Charlotte. Von der Party. Jase. Caleb. Mae und Katie. Tristan und Nick. Sie sind alle da, und es ist seltsam, weil das nicht sein kann. Es ergibt keinen Sinn. Nichts davon, das weiß ich sogar im Traum.

Flirrende Bilder. Dunkelheit und Licht. Panik und brennender Schmerz. Der absolute Kontrollverlust. Mein Herz hämmert gegen meine Rippen. Eine Stimme schreit mich an, dass ich weglaufen muss. Meine eigene Stimme. Ich will auf sie hören und kann mich nicht bewegen. Und schon wieder kann ich nicht schreien.

Ich verliere mich.

Ich falle.

»Zoe!«

Hände an meiner Haut. Finger auf meinen Wangen. Ich kenne die Stimme. Dieses Mal ist es nicht meine.

»Hey, Pixie, wach auf.«

Sie klingt besorgt und ängstlich. Ein bisschen so, wie ich mich fühle.

»Du musst aufwachen!«

Das ist Jase' Stimme. Sie zerrt mich aus meinen Träumen. Blinzelnd schlage ich die Augen auf. Ich weine. Mein Mund ist wie ausgetrocknet, mein Hals zugeschnürt. Ich kann atmen, aber es fühlt sich falsch an. Abgehackt. Zu rau.

Aber ich kann atmen.

Ich. Kann. Atmen.

»Hey.« Seine Stimme wird sanfter, er zieht die Hände zurück, zieht sich selbst zurück und lässt mir meinen Freiraum.

Mein Blick klart auf.

Jase sitzt vor mir, noch ganz verschlafen, mit dunklen Ringen unter den Augen und zerzausten Haaren. Er ist blass.

»Das war nur ein Traum«, sagt er fest.

Ich nicke. Nur ein Traum. Zitternd richte ich mich auf. Mir ist schlecht. Wann habe ich das letzte Mal was gegessen? Keine Ahnung. Mir egal. Aber ich merke, dass ich entsetzlichen Durst habe.

»Kannst du mir ein Glas Wasser holen?«, bitte ich ihn, weil ich bezweifle, dass meine Beine mich irgendwohin tragen. Ich komme mit Sicherheit nicht mal aus dem Bett, so schwach fühle ich mich.

Gott, ich bin schwach.

Ich hasse es.

Das alles.

Ich bekomme nur so halb mit, dass Jase aufsteht und verschwindet. Einen Moment später kommt er zurück und reicht mir ein Glas. Ich trinke, und mein Magen rebelliert. Ich sollte wirklich was essen. Aber ich habe absolut keinen Appetit.

Jase bleibt vor meinem Bett stehen, und ich weiß, warum, aber ich will das nicht. Er soll bei mir sein und mich festhalten.

Also strecke ich eine Hand nach ihm aus, und er klettert, ohne zu zögern, zurück zu mir auf die Matratze.

Ich seufze, als ich mich an seinen warmen Körper schmiege. Mein Puls beruhigt sich. Alles wird ruhiger. Behutsam legt er beide Arme um mich. Ich kann sein Herz in meinem Rücken schlagen spüren.

»Wie fühlst du dich?«, fragt er nach einer Weile leise. Ich weiß nicht, wie viel Zeit vergangen ist.

»Müde.« Ich schließe die Augen. »Und leer. Ich weiß nicht, was ich tun soll.«

»Das musst du jetzt auch noch nicht wissen.«

Aber uns ist beiden klar, dass das nicht stimmt.

»Ich muss mit der Polizei reden.«

»Du musst nichts tun, was du nicht willst«, entgegnet Jase entschieden. »Wenn du nicht zur Polizei gehen willst, ist das deine Sache. Es ist dein Leben. Und deine Entscheidung.«

Unvermittelt schießen mir Tränen in die Augen, und erst jetzt, als er es ausspricht, begreife ich, wie sehr ich das hören musste. Es ist meine Entscheidung, und ich liebe ihn ein bisschen sehr dafür, dass er das sagt. Aber ich weiß es besser.

Reed hat mich vergewaltigt. Ich habe es gehört. Ich habe gehört, was er getan hat. Was Charlotte getan hat. Ich kann das nicht ignorieren. Ich muss etwas tun. Und er soll dafür bezahlen.

Ich will, dass er dafür bezahlt.

Dass sie beide dafür bezahlen.

* * *

Ich stehe so lange unter der Dusche, bis meine Haut krebsrot ist. Das Wasser ist viel zu heiß, aber das ist mir egal. Als ich es abstelle und aus der Dusche trete, fühle ich mich etwas besser. Etwas mehr wie ich selbst. Und vor allem sauber.

Langsam trockne ich mich ab und schlüpfe dann in eine Jogginghose und Dads alten Harvard-Hoodie, der mir viel zu groß ist. Meine Finger zittern immer noch, als ich meine feuchten Haare zu zwei dicken Zöpfen flechte.

Das Mädchen, das mir aus dem Spiegel entgegenblickt, sieht jung aus. Viel jünger, als ich bin. Mit weit aufgerissenen Augen und so blass, dass sich die Sommersprossen deutlich von der hellen Haut abzeichnen. Aber ihr Blick ist entschlossen.

Ich wende mich ab und verlasse das Badezimmer. Jase ist unten bei meinen Eltern und Caleb. Ich kann ihre leisen Stimmen hören, aber ich verstehe nicht, worüber sie reden. Muss ich auch nicht. Es geht ziemlich sicher um mich.

Die Treppenstufen knarzen leise, als ich nach unten gehe, dem Duft von Kaffee und Chocolate-Chip-Pancakes entgegen. Mein Magen grummelt. Ich sollte wirklich was essen.

Meine Familie sitzt im Wohnzimmer, Mom und Dad auf dem Sofa, Caleb auf dem Sessel, und Jase sitzt im Schneidersitz auf dem Boden. Der Anblick ist so vertraut, dass mir schon wieder die Tränen kommen. Ich beiße mir auf die Unterlippe, um nicht aufzuschluchzen.

Dad entdeckt mich als Erster. Ein weiches Lächeln erscheint auf seinem Gesicht, aber es kann die Sorge nicht überlagern. Er sieht genauso müde aus wie Jase. Wie Caleb. Wie Mom.

»Hey, Kleines«, begrüßt er mich leise. »Wie geht's dir?«

Ich zucke nur mit den Schultern, weil ich keine richtige Antwort habe. Ich weiß nicht, wie es mir geht. Nicht gut. Ich fühle mich sehr leer.

Mom dreht sich zu mir um, ihre Augen sind rot, als hätte sie die ganze Nacht geweint. Und auch jetzt glitzert es in ihnen wieder verdächtig, aber sie ringt sich ein Lächeln ab. »Möchtest du etwas essen?«

Ich nicke, und Mom steht auf, bedeutet mir, mich auf ihren

Platz zu setzen und stellt einen Moment später einen Teller vor mir auf den Couchtisch.

Caleb und Jase beobachten stumm, wie ich ein paar Bissen herunterwürge. Ich schmecke nichts, und nach drei Gabeln schnürt sich alles in mir zu, und ich kriege nichts mehr herunter. Ich schiebe den Teller weg und ziehe die Beine an, beiße mir auf die Unterlippe, schmecke Blut, weil die Wunde von gestern wieder aufplatzt. Ich zögere.

Ich weiß, was ich will. Was ich tun muss. Für mich.

Ich hebe den Kopf, mein Blick fällt auf Jase. Natürlich. Es ist immer er. Seine Lippen verziehen sich zu einem kleinen, ermutigenden Lächeln. Er weiß, was ich sagen will.

Ich atme tief durch und spreche es dann einfach aus.

»Mom? Dad? Geht ihr mit mir zur Polizei?«

* * *

Wir kommen nicht dazu, uns überhaupt auf den Weg zu machen. Dad ist gerade oben, um sich umzuziehen. Mom telefoniert mit ihren Anwälten, und Caleb, Jase und ich sitzen immer noch im Wohnzimmer, als es an der Haustür klopft.

Caleb und Jase wechseln einen alarmierten Blick, während sich mein Magen zusammenkrampft.

Mom und Dad haben alle Verabredungen und Termine abgesagt. Es ist Sonntag. Das kann nicht die Post sein. Und das bedeutet … keine Ahnung. Ich bin mir gerade nicht sicher, ob ich das überhaupt wissen will.

Caleb stemmt sich aus dem Sessel. »Ich gehe«, sagt er, was absolut überflüssig ist. Ich wäre im Leben nicht zur Tür gegangen, Mom telefoniert noch und hat gar nicht mitbekommen, dass es geklopft hat. Ich nicke nur und sehe ihm hinterher, als er im Flur verschwindet.

»Hey.« Jase' leise Stimme lässt mich den Kopf in seine Richtung drehen. Er sitzt jetzt neben mir auf dem Sofa, ich habe gar nicht gemerkt, dass er aufgestanden ist.

»Hey.« Ich ringe mir ein gequältes Lächeln ab und greife nach seiner Hand, weil ich das brauche. Die Berührung. Das Gefühl von Haut auf Haut. Unsere Finger verschränken sich, und Erleichterung blitzt in seinen Augen auf.

Ich weiß, was er denkt, weil ich auch schon daran gedacht habe. Dass ich es vielleicht nicht mehr ertrage, von ihm angefasst zu werden. Dass die Panik zurückkommt. Das Zittern. Dass alles wieder von vorne anfängt, weil das schon mal passiert ist.

Aber zumindest in diesem Moment passiert es nicht. In diesem Moment kann ich besser atmen, nur weil er mich berührt. In diesem Moment hält er mich davon ab, auseinanderzubrechen.

»Zoe?« Calebs Stimme. Er klingt anders. Ich kann es nicht richtig einordnen.

Fassungslos? Ungläubig? Vielleicht beides.

Jase und ich drehen uns gleichzeitig zu ihm um. Mein Bruder steht im Türrahmen, blass und mit aufgerissenen Augen. Und hinter ihm stehen zwei uniformierte Polizisten mit ernsten Mienen.

Mir wird kalt. Meine Finger krallen sich in Jase', so fest, dass ich ihm bestimmt wehtue, aber er gibt keinen Laut von sich, zieht sich nicht zurück. Stattdessen verstärkt sich auch der Druck seiner Hand. Ich kann seine Anspannung spüren. Sie spiegelt meine eigene.

Ich will fragen, was los ist, warum sie hier sind. Aber ich bringe keinen Ton heraus.

Calebs Brust hebt sich sichtlich, als er durchatmet. »Zoe, die Polizisten möchten gerne mit dir sprechen. Reed hat sich gestellt.«

52. KAPITEL
Jase

Caleb zu verlieren, hat sich auf eine andere Art fast genauso beschissen angefühlt, wie Sam zu verlieren, auch wenn man das überhaupt nicht vergleichen kann. Aber er war immer da, und von einem auf den anderen Tag war er es nicht mehr.
- Jase

Zoe hat die Polizisten aufs Revier begleitet, zusammen mit ihren Eltern. Caleb und ich sind hiergeblieben, obwohl ich am liebsten mitgegangen wäre. Sie allein zu lassen, hat sich fast angefühlt, als würde ich mich selbst auseinanderreißen. Aber es ist richtig, dass ihre Eltern bei ihr sind.

Das heißt allerdings nicht, dass ich mich dadurch irgendwie besser fühle.

Reed, dieser Wichser, hat sich gestellt.

Er ist zur Polizei gegangen und hat zugegeben, was er getan hat. Einfach so. Deswegen konnte Caleb ihn nicht finden.

»Hier.« Ich blicke auf, als Caleb mir eine Tasse entgegenhält.

Ich nehme sie entgegen, trinke einen Schluck, ohne darauf zu achten, was er mir da eingeschenkt hat, und verschlucke mich fast, als sich der scharfe Geschmack von Whiskey in meinem Mund ausbreitet, zusammen mit Zucker und Kaffee.

»Was zur Hölle ist das, Mann?« Vorwurfsvoll ziehe ich die Augenbrauen hoch, aber Caleb zuckt nur mit den Schultern. Ein kaum sichtbares Grinsen umspielt seinen Mund.

»Irish Coffee«, erklärt er schließlich. »Moms Rezept.«

»Es ist noch nicht mal Mittag«, gebe ich zurück und frage mich noch in derselben Sekunde, was ich da eigentlich mache.

»Schon klar. Aber du sahst aus, als hättest du es nötig.« Er lässt sich mir gegenüber in einen Sessel fallen und hebt seine eigene Tasse. »Ich glaube, wir haben es beide nötig«, murmelt er.

Stille breitet sich zwischen uns aus. Nicht unangenehm, dafür kennen wir uns zu gut. Aber es ist seltsam. Weil es sich auf einmal nicht mehr anfühlt, als hätten wir ein Jahr lang nicht miteinander gesprochen.

Irgendwann räuspere ich mich. »Wie geht's dir?«

Überrascht blickt Caleb auf, in der nächsten Sekunde ist sein Gesicht völlig ausdruckslos. »Mir geht's gut. Alles okay«, gibt er zurück. Er lügt. Ich weiß es. Ich kenne diese Maske, hinter der er sich versteckt.

»Komm schon, Caleb. Wie geht's dir?«

Ich trinke noch einen Schluck, und dieses Mal ist der Geschmack auf meiner Zunge nicht mehr ganz so widerlich.

Seine Kiefermuskeln mahlen. Er umklammert die Tasse so fest, dass seine Knöchel weiß hervortreten.

Ich warte.

»Ich will ihn wirklich gerne umbringen«, bringt er schließlich gepresst hervor.

»Ich auch.« Mehr als das. Ich will Reed in die Hölle schicken ohne Chance auf eine Rückkehr. Dieser Wichser hat nichts anderes verdient.

»Ich verstehe einfach nicht, wie er das tun konnte. Er war mein Freund. Zoe ist meine kleine Schwester … Er …« Kopfschüttelnd bricht Caleb ab, in seinen Augen lodert unbändiger Zorn. »Ich bin so wütend, dass ich ihn in Stücke reißen will. Er war mein verfickter Freund. Und er hat Zoe vergewaltigt. Wie soll … Wie kann man darüber hinwegkommen? Wie soll das gehen? Das alles ist so eine abgefuckte Scheiße, ich weiß nicht mal mehr, was ich sagen soll. Geschweige denn, was ich tun soll.«

»Ja«, erwidere ich, weil es mir genauso geht.

Wie macht man weiter? Funktioniert das überhaupt? Keine Ahnung. Ich weiß nicht, ob ich mich jemals so hilflos gefühlt habe wie in den letzten vierundzwanzig Stunden. Außer an dem Tag, an dem Sam gestorben ist. Die Wochen danach. Aber das war anders. Eine andere Hilflosigkeit, weil ich wirklich gar nichts tun konnte. Jetzt kann ich etwas tun, ich weiß nur einfach nicht, was.

Was ihm hilft. Was ihr hilft. Was mir selbst hilft.

Das alles ist einfach nur zum Kotzen.

Dieses Mal bricht Caleb das Schweigen zwischen uns.

»Es tut mir leid«, sagt er, und ich verspanne mich.

»Was?«

»Dass ich mich letztes Jahr wie ein Arschloch verhalten habe.«

Ich zucke mit den Schultern, weil ja, was soll ich dazu sagen? Er hat sich wie ein Arschloch verhalten. »Wir müssen nicht darüber reden«, erwidere ich, obwohl wir das sehr wohl müssen. Wir können nicht hier sitzen und so tun, als wäre nichts. Es war etwas. Es ist etwas. Wir sind keine Freunde mehr, und das war nicht meine Entscheidung, sondern seine. Und ich verstehe sie immer noch nicht.

»Es lag nicht an dir. Du hast nichts falsch gemacht.«

»Ich habe mich in deine Schwester verliebt.«

Was nicht falsch war. Sondern verdammt richtig. Für mich. Aber das muss er ja nicht so sehen.

Ihm entfährt ein freudloses Lachen. »Ja, es wäre gut gewesen, das zu wissen. Warum hast du nichts gesagt?«

»Weil ich nicht wusste … Ich wusste nicht, ob sie mich will. Und ich hatte Angst davor, dass das unsere Freundschaft kaputt macht.« Ich bin schonungslos ehrlich, und es fühlt sich gut an. Es ist zu viel passiert, um es nicht auszusprechen.

»Hat es nicht.«

Wortlos ziehe ich eine Braue hoch. Klar. Hat es nicht.

Caleb verdreht die Augen und seufzt. »Okay, schön. Es hat unsere Freundschaft kaputt gemacht. Aber nicht, weil du in Zoe verliebt warst und sie in dich und ich ein Problem damit hatte, wenn ihr zusammenkommt. Obwohl das nicht stimmt. Ich hatte ein Problem damit. Aber nicht euretwegen.« Die Worte stolpern aus seinem Mund, schnell und abgehackt, aber irgendwas fehlt da noch, etwas ziemlich Entscheidendes.

»Sondern?«, frage ich, und ein Teil von mir hätte uns beiden die Antwort gerne erspart.

Er atmet tief durch, sein Blick ist gequält. »Ich hatte ein Problem damit, weil es mir ging wie … Zoe. Deinetwegen. Ich hatte … Gefühle für dich.«

Ich blinzle. Kann mich nicht bewegen. Ich starre ihn an. Und ich verstehe.

Ich muss etwas antworten, irgendwas, aber das Einzige, was mir schließlich über die Lippen kommt, ist ein leises, fassungsloses »Fuck.«

»Du sagst es«, gibt Caleb sarkastisch zurück. »War ziemlich scheiße, euch beim Knutschen zu sehen.«

»Caleb, es tut mir –«

»Nicht«, unterbricht er mich und reibt sich in einer erschöpften Geste über die Stirn. »Du musst dich nicht entschuldigen, du hast nichts falsch gemacht. Im Grunde wusste ich, dass du meine Gefühle nicht erwiderst. Ich war nur wahnsinnig gut darin, mich selbst zu belügen. Okay, und ich hab echt nicht damit gerechnet, dass du ausgerechnet auf meine kleine Schwester stehst.«

Ich weiß nicht, was ich sagen soll. Mein Kopf ist auf einmal vollkommen leer. Mein bester Freund hatte Gefühle für mich, und ich war – bin – in seine Schwester verliebt. *Fuck my life.* Wie kann so was passieren? Aber eigentlich ist die Antwort ziemlich simpel. Es passiert einfach. Punkt.

»Damals … In der Nacht, als ich euch gesehen habe, bin ich weggelaufen, weil ihr mir das Herz gebrochen habt. Nicht, dass ihr was dafürkonntet. Es war einfach nur ziemlich scheiße. Zoe ist mir gefolgt, und wir haben geheult. Ziemlich lange. Und dann haben wir getrunken. Und dann … War alles noch viel beschissener.«

»Was passiert ist, war nicht deine Schuld«, sage ich und hoffe, dass er das weiß. Aber manchmal muss man es einfach noch mal hören.

»Ja. Ich weiß.« Er seufzt.

»Aber?«

»Ich frage mich seit einem Jahr, ob alles anders hätte laufen können. Ob ich mehr auf sie hätte aufpassen müssen. Sie mit nach Hause nehmen, anstatt sie bei Charlotte zu lassen.«

»Sie hat vorher schon tausend Mal bei Charlotte übernachtet. Sie ist nach jeder Party bei ihr geblieben. Du konntest es nicht wissen. Und du hättest es nicht ändern können.«

Caleb wirkt nicht überzeugt. Aber nach einer Weile nickt er trotzdem. »Danach … Ich konnte nicht mit dir reden. Nicht nur, weil ich keine Ahnung hatte, was ich dir sagen sollte. Ich konnte dir nicht sagen, dass ich in dich verliebt war. Ich konnte dir gar nichts sagen. Zoe wollte nicht, dass jemand erfährt, was passiert ist. Sie wollte niemanden sehen und mit niemandem reden. Und ich hätte dich nicht anlügen können. Bei den anderen war es einfacher. Die haben den ganzen Sommer in Europa verbracht und nichts mitbekommen. Außer Tristan. Er hat Zoe mit ins Krankenhaus gebracht. Aber er hat nie nachgefragt. Bei dir wäre das anders gewesen. Du …«

»Ich hätte nachgefragt.«

Caleb nickt. »Hast du ja auch. Es war mies, dass ich nicht auf deine Anrufe reagiert habe. Oder die Nachrichten. Dass keiner aufgemacht hat, als du vor der Tür standest. Es war nur … einfacher. So beschissen sich das auch anhört. Und so beschissen es war. Aber es war ein klarer Cut. Für uns alle.«

Ich starre auf meine Tasse, trinke noch einen Schluck, aber dieses Mal brennt es in meinen Augen, nicht in meinem Mund. Ja, es war einfacher. Für sie. Und verfickte tausendmal beschissener für mich. Daran ändert auch die Tatsache nichts, dass ich es verstehe. Es tut dadurch nicht weniger weh.

»Ich hätte dich gebraucht«, sage ich.

»Ich weiß. Es tut mir leid, dass ich nicht für dich da war.«

Zoe hat ihm alles erzählt, das weiß ich. Er muss es nicht aussprechen. Die beiden haben keine Geheimnisse voreinander. Und ich bin auch ganz froh darüber, dass ich es nicht tun muss. Ihm die ganze Scheiße erzählen.

Ich blicke auf und in Calebs Augen. Seine haben eine andere Farbe als Zoes, aber ich erkenne gerade trotzdem viel von ihr in ihm wieder.

»Wie geht es jetzt weiter?«

»Keine Ahnung. Wir warten.«

»Das meinte ich nicht. Ich meinte dich und mich und Zoe.«

Caleb lächelt, ein echtes Lächeln. »Na, ich hoffe doch, dass du sie glücklich machst. Und dass du für sie da bist. Wenn nicht, muss ich dir leider den Arsch aufreißen.«

Ich grinse. »Ist vermerkt.«

»Und was mich angeht …« Caleb wird rot. »Vielleicht … Ich weiß, dass es nicht wieder so wird wie früher. Aber vielleicht können wir irgendwann irgendwie wieder Freunde werden. Dann könntest du auch Parker kennenlernen. Meinen Freund.«

Ich nicke nur. Meine Kehle fühlt sich an wie zugeschnürt, und hinter meinen Augen baut sich ein vertrauter Druck auf.

»Ich hab dich vermisst, Mann«, bringe ich krächzend hervor, weil es nun mal die Wahrheit ist. Und weil ich es leid bin, alle wegzustoßen. Die Leute zu verlieren, die mir wichtig sind. Ich will meinen besten Freund zurückhaben.

Ein hoffnungsvolles Leuchten erscheint in seinen Augen. »Ich dich auch.«

53. KAPITEL
Zoe

Caleb vermisst dich.
- Zoe

Als wir nach Hause kommen, sitzen Caleb und Jase auf dem Sofa. Über den Fernseher flimmert irgendeine Serie, aber die beiden haben die Köpfe zusammengesteckt und reden über etwas, das ich nicht hören kann.

Der Anblick versetzt mir einen sehnsüchtigen Stich. Es ist so normal, die beiden so zu sehen. Ein bisschen wie früher.

Auch wenn gar nichts so ist wie früher.

Jase und Caleb drehen sich gleichzeitig um, als sie unsere Schritte hören, hören, wie Dad die Tür hinter uns schließt.

Ich bin anders müde, als ich mich aufs Sofa zubewege, mich seufzend zwischen die beiden fallen lasse und ignoriere, dass ich immer noch meine Jacke und meine Stiefel trage.

Mein Körper fühlt sich schwer an, genau wie mein Kopf. Wie in Watte gepackt.

Jase tastet nach meiner Hand, ich verschränke meine Finger mit seinen.

Stille breitet sich im Wohnzimmer aus. Abgesehen von den

Stimmen, die aus den Lautsprechern des Fernsehers dringen, ist kein Laut zu hören.

Sie warten. Ich kann die Fragen förmlich hören, die ihnen durch den Kopf gehen. Aber sie warten. Geduldig. Fragen nicht, wie es gelaufen ist. Wie es mir geht. Sie fragen gar nichts, und das fühlt sich gut an.

Ich atme tief durch. »Es ist vorbei«, sage ich schließlich.

Und fürs Erste ist es das wirklich.

Reed hat gestanden.

Und ich habe der Polizei erzählt, was ich gehört habe, als er und Charlotte sich gestritten haben. Ich habe alles erzählt. Von Charlotte und mir, von der Party, davon, dass sie so getan hat, als würde sie mir nicht glauben, obwohl sie wusste, was passiert ist. Was sie getan hat.

Sie hat mich als Lügnerin abgestempelt und war selbst die allergrößte.

Es wird keinen Prozess geben. Zumindest für Reed. Weil er sich selbst angezeigt hat, kommt er wahrscheinlich mit einer geringeren Strafe davon. Was ziemlich beschissen ist. Aber das kann ich nicht ändern. Und einerseits bin ich auch ganz froh darüber, dass ich nicht noch mal alles vor einem Richter erzählen muss, der Staatsanwaltschaft, Geschworenen. Zuschauern.

Er wird bestraft, und ich weiß, dass Mom sich darum kümmern wird, dass er nicht so leicht davonkommt, wie er es gerne hätte. Sie hat verdammt gute Anwälte.

»Was ist mit Charlotte?«, fragt Caleb, nachdem ich ihnen alles berichtet habe.

Erschöpft hebe ich die Schultern. »Keine Ahnung. Wir werden sehen. Reed hat der Polizei gesagt, dass Charlotte mir die K.-o.-Tropfen gegeben hat, aber es wird schwer sein, das zu beweisen. Und sie wird es nicht zugeben. Dann steht sein Wort gegen ihres.«

»Aber du hast sie doch gehört«, mischt Jase sich ein. Ich sehe ihn an, sehe den Zorn in seinen Augen. Er beißt die Zähne so fest aufeinander, dass sein Kiefer deutlich hervortritt.

»Und sie wird sagen, dass ich lüge.« Ich hasse es, das auszusprechen, ich will es nicht. Es ist falsch. So verdammt falsch. Leider ist es wahr.

»Aber das ist Bullshit!«

Ich lasse meinen Kopf an Jase' Brust sinken und atme tief seinen Duft ein. Minze und Honig. Vertraut.

Ich antworte nicht, weil es nichts zu sagen gibt. Das alles ist Bullshit und absolut ätzend, aber ich habe getan, was ich tun konnte. Alles andere liegt nicht mehr in meiner Hand.

54. KAPITEL

Jase

Ich will wieder ein Zuhause haben.
- Jase

»Ich kann auch hierbleiben«, versuche ich es zum vierten Mal, aber Zoe verdreht nur die Augen. Es ist Mittwochmorgen. Sie liegt noch im Bett, und ich würde wirklich gerne wieder zu ihr unter die Decke kriechen und die Welt noch eine Weile ausschließen, so wie die letzten beiden Tage. Wir haben unsere Handys ausgeschaltet und die Tage mit Zoes Familie im Wohnzimmer verbracht. Haben Spiele gespielt. Kitschige Filme geguckt. Geredet. Viel geredet. Und viel geweint.

»Nein. Ich will, dass du gehst. Denk an dein Stipendium.« In ihrer Stimme schwingt ein vorwurfsvoller Ton mit, und ich weiß ja, dass sie recht hat. Vermutlich sollte ich mir mehr Gedanken wegen des Stipendiums machen. Aber ich kann nicht. Mein Kopf ist voll von ihr, und das Stipendium ist mir gerade fast egal.

»Das Stipendium –«

»Wenn du jetzt sagst, dass das gerade nicht wichtig ist, schmeiße ich dich raus. Du hast schon zwei Tage verpasst, und ich will dich auch nächstes Semester noch als Tanzpartner haben. Also geh!«

Ich will ihr sagen, dass ich nicht ohne sie zurückgehen will. Dass ich nur mit ihr zusammen dorthin will. Dass ich sie brauche. Aber ich verkneife mir die Worte, weil wir darüber noch nicht gesprochen haben. Wann sie zurückkommt. Ob sie zurückkommt. Noch ist sie nicht so weit.

»Okay, ich komme dann nach dem Unterricht zurück.«

»Das will ich hoffen«, erwidert sie lächelnd.

Dann schmeißt sie mich wirklich raus, und ich mache mich auf den Weg.

Es ist noch früh, als ich das Wohnheim betrete, um mich für den Unterricht umzuziehen. Trotzdem scheinen sämtliche Schülerinnen und Schüler aller Jahrgänge schon auf den Beinen zu sein.

Aufgeregte Stimmen hallen durch die Gänge, ich spüre Blicke auf mir, sobald ich das Gebäude betrete. Sie wissen Bescheid. Ich muss gar nicht nachfragen.

Reeds Verhaftung hat schneller die Runde gemacht als erwartet. Die halbe Stadt weiß Bescheid, und die Neuigkeiten haben auch vor unseren Mitschülerinnen und Mitschülern nicht haltgemacht. Was wenig überraschend ist, wenn man bedenkt, dass Reed der Neffe des Direktors ist. Mir wäre es trotzdem lieber, sie würden alle die Klappe halten und sich mit ihrem eigenen Leben beschäftigen.

»Jase!«

Ich halte inne, als ich Skyes wütende Stimme höre. Sie kommt auf mich zu, die dunklen Haare fliegen wie ein Umhang hinter ihr her. Ihre Augen glühen vor Zorn.

Ich weiche instinktiv zurück, aber ich bin zu langsam. Sie stößt mir beide Hände vor die Brust, so fest, dass ich stolpere.

»Du bist so ein Arsch!«, faucht sie und ich will gerade fragen, warum, als sie schon weiterzetert. »Es wäre wirklich nett gewesen, wenn du dich ein einziges Mal gemeldet hättest! Eine

Mini-Nachricht hätte gereicht. Dass du noch lebst, zum Beispiel. Du bist seit Tagen wie vom Erdboden verschluckt! Ich hab wer weiß was gedacht!«

»Es tut mir leid.«

»Du brauchst dich gar nicht rauszureden, du … Moment, hast du dich gerade entschuldigt?« Ihre Augen weiten sich, und ich muss grinsen.

»Ja. Es tut mir leid, dass ich mich nicht gemeldet habe. Ich war bei Zoe und …« Ich mache eine unbestimmte Handbewegung, die irgendwie alles ausdrückt, was ich nicht aussprechen kann.

Ihr Blick wird weicher, Sorge huscht über ihre Züge. »Wie geht's ihr?«

Ich fische meinen Zimmerschlüssel aus der Hosentasche und öffne die Tür. »Ganz gut. Sie ist stark.«

Sie ist stärker als jeder andere Mensch, den ich kenne.

Skye folgt mir, als ich reingehe. Ich werfe den Schlüssel auf den Schreibtisch und hole meine Tanzsachen aus dem Schrank.

»Das ist alles ziemlich beschissen, hm?«

»Das trifft es ziemlich gut.«

»Willst du darüber reden?«, fragt sie vorsichtig, und ich drehe mich zu ihr um. Sie lehnt an der Kommode, die Hände um die Kante geklammert, den Kopf zur Seite geneigt.

»Nein.« Ich kann nicht darüber reden. Nicht jetzt. »Aber danke.«

»Na klar. Wenn du es dir anders überlegst, sag Bescheid. Das ist für dich bestimmt auch nicht leicht.«

Ich beiße die Zähne aufeinander und schüttle den Kopf. Nein, ist es nicht.

Skye stößt sich von der Kommode ab und kommt auf mich zu. Bevor ich reagieren kann, zieht sie mich in eine feste Umarmung. »Es ist okay, Jase.«

Ich will wieder den Kopf schütteln, aber sie hat recht. Meine Schultern entspannen sich, und dann erwidere ich ihre Umarmung. Lange. Bis Skye sich nach einer Weile von mir löst.

Ein feines Lächeln huscht über ihr Gesicht. »Ihr kriegt das hin. Es wird alles gut.«

Ich nicke, weil ich es glauben muss. Dass alles gut wird.

* * *

Der Tag vergeht, ohne dass ich viel mitbekomme. Niemand spricht mich auf Zoe an. Ich merke zwar, dass ich weiter beobachtet werde, aber niemand fragt nach. Vielleicht liegt es an Skye, die keine Sekunde von meiner Seite weicht und allen, die sich geflüsterte Fragen stellen, böse Blicke zuwirft.

Beim Pas de deux-Kurs fällt schließlich auf, dass nicht nur Zoe fehlt, sondern auch Charlotte.

Ich frage Skye nach ihr, aber sie zuckt nur ratlos mit den Schultern. Charlotte hat sich die ganze Woche noch nicht blicken lassen, aber niemand weiß mehr darüber.

Ich bin einfach nur froh, dass ich ihr nicht über den Weg laufen muss. Sonst hätte ich ihr mit ziemlich großer Wahrscheinlichkeit einfach den verdammten Hals umgedreht.

Am späten Nachmittag laufe ich gedankenverloren den Flur zu meinem Zimmer runter, um duschen zu gehen und mich umzuziehen, bevor ich wieder zu Zoe fahren will, und bemerke zu spät, dass meine Eltern vor meinem Zimmer stehen und offensichtlich auf mich warten.

Fuck.

Dad lehnt an der Wand, die Arme vor der Brust verschränkt. Er trägt einen schwarzen Mantel über einem anthrazitfarbenen Anzug und wirkt in dem Aufzug hier völlig fehl am Platz. Mom steht ein Stück von ihm entfernt und knetet nervös ihre

Hände. Mir fällt auf, dass sie abgenommen hat. Sie ist noch dünner als sonst, ihr Gesicht ist schmaler geworden, die Wangenknochen treten stärker hervor, unter ihren Augen liegen dunkle Schatten.

Alles in mir drängt danach, mich einfach umzudrehen und zu verschwinden, aber so wie es ist, kann es nicht weitergehen. Das muss aufhören. Das alles.

Die beiden blicken auf, als sie mich entdecken. Moms Augen werden feucht, sie seufzt erleichtert. »Da bist du ja«, sagt sie und macht einen Schritt auf mich zu. »Wir haben uns Sorgen gemacht. Du warst die letzten Tage nicht auf deinem Zimmer.«

»Ihr wart hier?«, frage ich überrascht und öffne meine Tür.

Sie nickt. »Wir möchten mit dir reden.«

»Es kann so nicht weitergehen«, sagt Dad, aber seine Stimme ist hart und kalt, wie gewöhnlich. Genau wie sein Blick. Alles an ihm ist unterkühlt.

»Wird es auch nicht«, gebe ich zurück, bin mir aber sehr sicher, dass ich es vollkommen anders meine als er.

Er schweigt, seine Augen verengen sich zu schmalen Schlitzen. Sein Blick bohrt sich in meinen. Seine Augen erinnern mich an Sam.

»Können wir reingehen?«, mischt Mom sich ein, bevor einer von uns etwas sagen kann. Sie wollen dieses Gespräch nicht auf dem Flur führen, schon klar, und ehrlich gesagt bin ich auch nicht allzu versessen darauf, aber ich will sie nicht in meinem Zimmer haben.

»Wir möchten mit dir reden, uns entschuldigen«, fährt Mom fort. Irgendwas an ihrem Tonfall tut verdammt weh.

Ich lache auf und kann sehen, wie Dads Hände sich zu Fäusten ballen. Er hat sich das alles anders vorgestellt, aber ich habe die Spielchen satt. Ich will einfach nur noch meine Ruhe. »Ihr wollt euch entschuldigen? Wofür?«

»Das ist doch albern. Wir werden dieses Gespräch nicht auf dem Flur führen«, fährt Dad dazwischen, bevor Mom meine Frage beantworten kann, drängt sich an mir vorbei und betritt mein Zimmer.

Ich sehe rot, verliere die Kontrolle, viel zu plötzlich. »Albern? Das bin ich für dich, oder? Albern. Lächerlich. Ein Witz«, zische ich, folge ihm in mein Zimmer und reiße ihn an der Schulter herum. Ich will ihn auf den Flur zurückschieben, aber Mom steht in der Tür und versperrt den Weg.

In ihren Augen glitzern Tränen. Ihr ist anzusehen, dass es anders hätte laufen sollen, ganz anders.

Dad antwortet nicht, sieht mich einfach nur stumm an. Sein Kiefer mahlt, er kämpft um seine Beherrschung.

»Wir können dieses Gespräch ganz einfach abkürzen. Ich werde hierbleiben. Ich werde nicht nach Harvard gehen, und wenn es nach mir geht, reden wir nie wieder ein Wort miteinander.«

»Jase, bitte«, fleht Mom. »Wir sind doch eine Familie.«

»Nein. Wir sind keine Familie mehr, seit Sam gestorben ist. Euch wäre es lieber gewesen, ich wäre an seiner Stelle gewesen, und weißt du was? Manchmal habe ich mir das Gleiche gewünscht!«

Ich höre Mom entsetzt nach Luft schnappen, konzentriere mich aber voll und ganz auf Dad. In seinen Augen blitzt ein Schmerz auf, der mir viel zu vertraut ist.

»Das ist nicht wahr, Jase!« Mom drängt sich in mein Zimmer, die Tür fällt hinter ihr ins Schloss und der kleine Raum ist plötzlich viel zu eng.

Ich bekomme keine Luft mehr. Mein Herz zieht sich schmerzhaft zusammen. Das alles ist zu viel. Ich will nicht mehr reden. Sie sollen einfach verschwinden. Aber aus Gründen, die mir selbst nicht ganz klar sind, spreche ich weiter.

»Frag ihn, was er geantwortet hat, als ich ihm dasselbe auf deiner Party gesagt habe«, fordere ich sie auf. Meine Stimme klingt hohl und nicht nach mir.

Dad wird blass. Er wird tatsächlich blass. »Jase, das war nicht –«

»Ist mir scheißegal«, falle ich ihm ins Wort. »Ich bin nicht Sam. Ich werde niemals Sam sein, und ihr könnt das nicht akzeptieren. Ihr könnt nie irgendwas akzeptieren, wenn es um mich geht. Nicht meine Wünsche, nicht meine Träume oder wer ich bin!« Dad öffnet den Mund, aber ich bin noch nicht fertig. »Es war nicht Sams Tod, der unsere Familie kaputt gemacht hat. Ihr wart es! Und keine Entschuldigung der Welt kann das wieder ungeschehen machen! Ich will nichts hören, kapiert? Ich –«

»Sam ist bei einem Footballspiel gestorben!«, unterbricht Dad mich, seine Stimme überschlägt sich vor Zorn und Schmerz, sein Gesicht hat sich zu einer Grimasse verzogen. »Er war Sportler, und er ist gestorben!«

»Und?«, presse ich zwischen zusammengebissenen Zähnen hervor.

»Und dir könnte jeden Tag das Gleiche passieren!«

Es dauert ein paar Sekunden, bis seine Worte bei mir ankommen, bis ich verstehe, was er damit sagen will. Fassungslos lache ich auf, raufe mir mit beiden Händen die Haare. »Ist das dein Scheißernst? Das soll deine Entschuldigung sein? Du willst nicht, dass ich tanze, weil ich dabei sterben könnte wie Sam? Das ergibt nicht mal Sinn!«

Wütend funkelt Dad mich an. »Es muss nicht immer alles einen Sinn haben!«

»Bei dir schon! Immer. Und das ist der größte Bullshit, den ich je gehört habe!«

»Es ist trotzdem die Wahrheit.«

»Und warum sagst du mir das jetzt erst, Dad? Du hast mich die letzten fünf Jahre wie eine einzige, große Enttäuschung behandelt. Ich konnte dir nie was recht machen.«

»Ich habe Fehler gemacht«, gibt Dad zu, aber das reicht mir nicht.

»Ist ja schön, dass du das einsiehst. Es ändert nur nichts!«

»Was müssen wir tun, damit sich etwas ändert?« Mom streckt eine Hand nach mir aus, doch ich weiche zurück.

»Scheiße, Mom! Ist dir aufgefallen, dass ihr hergekommen seid, um euch zu entschuldigen, und keiner von euch bisher *Tut mir leid* gesagt hat? Ihr wollt unsere Familie wieder in Ordnung bringen, weil … keine Ahnung, warum. Ehrlich.«

Meine Eltern tauschen einen betroffenen Blick.

»Wir haben alles falsch gemacht, oder?« Moms Schultern sinken nach unten. »Wir hätten dir niemals das Gefühl geben dürfen, dass …« Sie bricht ab, bringt die Worte nicht über die Lippen.

»Habt ihr aber.«

»Es tut mir leid.« Wieder streckt sie eine Hand nach mir aus, und wieder weiche ich ihr aus.

Wahrscheinlich sollten ihre Worte etwas in mir auslösen, aber da ist nur Leere. Eine einzige Entschuldigung kann die letzten fünf Jahre nicht ungeschehen machen.

Schweigen breitet sich zwischen uns aus. Sie warten auf eine Erwiderung, und ich warte auf … irgendwas. Eine beschissene Erkenntnis, was ich jetzt tun soll.

Dad räuspert sich und wechselt das Thema. »Das Mädchen, mit dem du auf der Party warst … Das war Zoe Young, oder?«

Ich erstarre. Ist das sein verfickter Ernst? Will er jetzt tatsächlich über Zoe reden? Meine Eltern sind die Letzten, von denen ich erwartet hätte, dass sie sich an dem Klatsch um Zoe und Reed beteiligen würden.

»Das geht dich einen Scheiß an.«

Dad runzelt verwirrt die Stirn, dann glätten sich seine Züge, als er versteht. »Es geht nicht um das, was ihr passiert ist«, erwidert er. »Es geht um das, was sie an diesem Abend gesagt hat. Dass ich derjenige bin, der dich enttäuscht.«

Meine Schultern verkrampfen sich, und mein Herz setzt einen verräterischen Schlag aus. »Und?«, frage ich, weil mein Kopf plötzlich viel zu leer ist.

»Sie hatte recht.«

»Hat sie meistens.«

»Ich möchte … Wie können wir … Was können wir tun?« Auf einmal wirkt Dad erschreckend hilflos. Ich habe ihn noch nie so gesehen.

Ein Teil von mir will sie wegschicken und nie wieder ein Wort mit ihnen reden. Sie sind meine Eltern, aber sie haben sich in den letzten Jahren nicht so benommen. Ich bin nicht verpflichtet, unsere beschissene Beziehung zu retten, nur weil wir dieselben Gene haben. Der andere Teil zögert jedoch noch.

»Ihr solltet jetzt gehen«, sage ich schließlich.

Moms Augen weiten sich, sie will protestieren, aber ich komme ihr zuvor.

»Ich brauche Zeit. Um nachzudenken.«

Viel Zeit.

»Ich melde mich bei euch, wenn ich so weit bin.«

Die beiden wechseln einen Blick. Mom ist anzusehen, dass sie alles lieber täte, als jetzt zu gehen, und auch Dad wirkt nicht unbedingt begeistert.

Aber zum ersten Mal seit Jahren respektieren meine Eltern das, was ich will. Sie gehen.

55. KAPITEL
Zoe

Ich hasse die Therapie. Obwohl das nicht stimmt.
Ich hasse es, dass es einen Grund gibt,
warum ich hingehen muss.
Obwohl auch das nicht stimmt. Es geht um
diesen Grund. Ich hasse es, dass ich ausgerechnet
deswegen die Therapie brauche.
Und ich brauche sie wirklich.
- Zoe

Es fühlt sich seltsam an, zu Hause zu bleiben. Vor allem ohne Jase. Die letzten beiden Tage haben sich angefühlt wie eine Auszeit. Eine sehr unfreiwillige Auszeit, aber es war eine. Die Schule hat keine Rolle gespielt, das Ballett nicht. Gar nichts.

Da waren nur er und ich.

Tage im Bett und auf dem Sofa. Geflüsterte Wahrheiten, Tränen.

Heute ist es anders. Er ist zurück im Unterricht, und ich kann nicht aufhören daran zu denken, wie sehr ich auch zurückwill. Caleb ist nicht da, Dad musste zur Arbeit. Ich bin mit Mom alleine. Und je mehr Zeit vergeht, desto unruhiger werde ich. Ich habe nichts zu tun.

Meine Beine kribbeln, alles kribbelt. Ich brauche Bewegung. Ich muss tanzen. Ich will tanzen.

Aber ich kann nicht einfach zurück zur Schule gehen. Charlotte ist da.

Charlotte ist da, und allein bei dem Gedanken, sie wiederzusehen, dreht sich mir der Magen um. Ich weiß nicht, was mit ihr passiert. Ob irgendwas passiert.

»Liebling? Zoe?« Moms besorgte Stimme reißt mich aus meinen Gedanken und lässt mich aufblicken. Sie steht vor mir, mit einer so besorgten Miene, dass sich mein Herz verkrampft, und hält mir eine dampfende Tasse entgegen.

»Tut mir leid, ich war in Gedanken.« Ich nehme ihr die Tasse ab, und Mom setzt sich neben mich aufs Sofa. Sie sieht müde aus.

Es ist ungewohnt, sie so zu sehen. In Leggins und Sweatshirtjacke mit geflochtenen Haaren und ohne Make-up. Unter ihren Augen zeichnen sich dunkle Ringe ab, und ich weiß, dass sie nicht viel geschlafen hat die letzten Tage. Weil ich auch nicht viel geschlafen habe. Und jedes Mal, wenn ich nachts aufgewacht und ins Bad gegangen bin, oder mir etwas zu trinken geholt habe, brannte in ihrem Arbeitszimmer noch Licht, und ich habe ihre Stimme gehört. Ich glaube, sie hat mit ihren Anwälten telefoniert. Meinetwegen. Es erinnert mich an letztes Jahr, und ich hasse es. Alles dreht sich um mich und das, was passiert ist. Es soll aufhören. Ich will die Zeit zurückdrehen und alles ungeschehen machen. Warum geht das nicht?

»Wie fühlst du dich?«, fragt sie sanft und streicht mir eine Haarsträhne aus der Stirn.

Ich zucke mit den Schultern und trinke einen Schluck Tee. Lavendel und Honig. Beruhigend. Ich weiß nicht mehr, wie ich die Frage beantworten soll. Ich fühle zu viel.

»Willst du mit Dr. Somers reden?«

»Was soll das bringen?«, entgegne ich und lasse mich tiefer in die weichen Polster des Sofas sinken. »Sie kann auch nichts daran ändern, was passiert ist.«

»Ich weiß. Aber sie kann dir helfen, damit umzugehen. Das hat sie letztes Jahr auch.«

Ich schweige, weil sie recht hat. Dr. Somers hat mir geholfen, mit der ganzen Scheiße umzugehen. Sie war diejenige, die mir geholfen hat, meine Eltern davon zu überzeugen, dass ich mich für das Tanzstudium bewerben darf, wenn wir die Panikattacken so weit in den Griff bekommen, dass ich mich wieder anfassen lassen kann. Sie hat mit mir gearbeitet, monatelang. Sie war geduldig, obwohl ich mich manchmal unerträglich verhalten habe. Tief in mir weiß ich, dass sie mir auch jetzt helfen kann.

Aber ich will nicht über das alles reden. Ich will es einfach nur hinter mir lassen. Nur dass das nicht so einfach ist. Gar nichts an der ganzen Sache ist einfach.

»Ich habe Angst, dass es wieder anfängt ... Das mit den Berührungen«, sage ich nach ein paar Minuten leise. Eigentlich will ich das gar nicht aussprechen. Ich will nicht mal daran denken. Ich habe mich die letzten Tage geweigert, mich damit auseinanderzusetzen. Weil es dann wahr werden könnte. Und das wäre unerträglich.

»Warum denkst du, es könnte wieder anfangen?« Moms Stimme ist ganz sanft, und mir schießen unwillkürlich Tränen in die Augen.

»Ich weiß nicht ...« Ich stocke, zögere. Meine Hände umklammern die Tasse etwas fester. »Es hat wieder angefangen, als ich das erste Mal mit Jase tanzen musste. Ich weiß nicht, warum. Die Panik war einfach wieder da. Es gab keinen Grund. Gar keinen. Nicht wirklich. Aber es ist trotzdem passiert. Und jetzt ... jetzt gibt es einen Grund. Wie kann es sein, dass es ausgerechnet jetzt nicht wieder anfängt?« Zittrig atme ich ein und wische mir die Tränen von den Wangen. »Jase liegt neben mir im Bett, und es fühlt sich gut an. Wirklich. Aber ich frage mich die ganze Zeit … ob das so bleibt. Und was passiert, wenn es nicht so ist.«

Mom seufzt leise. Als ich sie wieder ansehe, schwimmen ihre Augen in Tränen. Sie blinzelt sie weg und schenkt mir ein liebevolles Lächeln. »Ich glaube, das alles muss gar keinen Sinn ergeben. Solange es sich für dich gut und richtig anfühlt, ist es das auch.«

»Wir haben nicht mehr … Du weißt schon.« Ich werde rot, aber jetzt, wo ich einmal angefangen habe zu reden, kann ich nicht mehr aufhören. Vielleicht ist es seltsam, dass ich ausgerechnet mit meiner Mom darüber rede. Wer will schon mit seiner Mutter über Sex reden? Aber ich muss das loswerden.

»Willst du denn?«

»Ja.« Das Wort kommt mir als leises Seufzen über die Lippen. »Aber ich weiß nicht … Keine Ahnung. Irgendwie denke ich immer, dass das doch nicht geht. Nach … allem. Aber ich will.«

Gott, ich will es so sehr. Von ihm berührt werden, mich mit ihm verlieren. Ich will wieder seine Hände auf meiner Haut spüren, sein Gewicht auf mir. Ich will ihn.

»Hast du mit ihm darüber geredet?«

»Nicht wirklich.«

Eher gar nicht. Ich weiß, dass ich mit ihm darüber reden kann. Dass ich ihm alles sagen kann, was ich denke. Aber bisher ging es nicht. Ich weiß nicht, warum.

»Willst du mit ihm darüber reden?«

»Ja. Aber ich weiß nicht, wie. Das ist alles so … Keine Ahnung. Ich bin verwirrt.«

»Ich bin mir sicher, dass es ihm genauso geht«, sagt Mom.

»Wahrscheinlich.« Ich seufze. »Das ist alles so verdammt schwierig.«

»Ich weiß, Liebling. Und ich wünschte, es wäre anders.«

»Ich auch.« Ich lehne mich an sie, und Mom legt mir einen Arm um die Schultern und drückt mir einen Kuss aufs Haar. »Es wird bestimmt alles gut. Ganz sicher.«

Hoffentlich.

* * *

Es ist später Nachmittag, als es an der Haustür klopft. Ich rechne mit Jase, obwohl er eigentlich noch Unterricht hat. Aber es würde mich nicht wundern, wenn er den Theorieunterricht schwänzen würde, um früher herzukommen.

Aber es ist nicht Jase, der auf dem Treppenabsatz vor der Tür steht. Sondern Direktor Pearson.

»Hallo, Zoe.« Sein Mund verzieht sich zu einem freundlichen Lächeln, aber auch er wirkt erschöpft. Dann fällt mir ein, dass er Reeds Onkel ist, und ich verkrampfe mich.

»Direktor Pearson«, bringe ich krächzend hervor und weiß dann nicht weiter. Mein Herz hämmert gegen meine Rippen. Was macht er hier?

»Es tut mir leid, dass ich hier so unangekündigt auftauche. Ich hätte anrufen sollen«, entschuldigt er sich. »Ich würde gerne mit dir reden. Wenn das für dich in Ordnung ist.«

Ich stehe da wie erstarrt und bringe keinen Ton heraus. Ich weiß nicht, ob das für mich okay ist. Ich weiß gar nichts mehr. Was will er von mir?

»Zoe? Wer ist da?« Moms Stimme wird mit jedem Wort lauter. Sie kommt zu mir an die Tür, und ich fühle mich sofort etwas besser, als ich ihre Wärme in meinem Rücken spüre. »Direktor Pearson. Was können wir für Sie tun?«

»Ich würde gerne mit Zoe reden«, sagt er erneut. Er spricht zwar mit meiner Mom, aber er sieht mich dabei an. Sein Blick ist ernst, aber unerwartet warm. »Aber wenn der Zeitpunkt ungünstig ist …«

»Nein«, sage ich hastig. »Ist schon okay. Kommen Sie rein.« Wenn er jetzt wieder geht, kann ich über nichts anderes mehr nachdenken als darüber, dass er hergekommen ist und ich keine Ahnung habe, was er von mir will. Ich muss es wissen.

Mom und ich treten zur Seite, um ihn reinzulassen. Sie wirft mir einen prüfenden Blick zu, fragt stumm, ob es für mich wirklich in Ordnung ist, dass mein Direktor plötzlich bei uns im Wohnzimmer steht.

»Möchten Sie etwas trinken?«, erkundigt Mom sich höflich, nachdem sie Pearson bedeutet hat, sich an unseren Esstisch zu setzen, aber er schüttelt den Kopf.

»Nein, danke. Es dauert auch nicht lange.«

»Worum geht es denn?«, fragt Mom an meiner Stelle, weil meine Stimme noch immer nicht gehorchen will.

Jeder Muskel ist zum Zerreißen gespannt, ich bin so verkrampft, dass meine Schultern wehtun.

Pearson strafft sich. »Zuallererst möchte ich mich dafür entschuldigen, was Reed dir angetan hat. Das ist unverzeihlich, und ich weiß, dass keine Entschuldigung der Welt das wiedergutmachen kann. Trotzdem tut es mir leid, dass du das durchmachen musst.«

»Danke«, murmle ich erstickt. Meine Schultern entspannen sich ein wenig. Ich weiß nicht, was ich erwartet habe, aber das nicht.

»Ich möchte, dass du weißt, dass du dir alle Zeit der Welt nehmen kannst. Dein Platz bei uns wartet auf dich. Falls du dir darüber Gedanken machen solltest.« Sein Mund verzieht sich zu einem winzigen, aufmunternden Lächeln.

»Ich … ich weiß nicht, ob … Ich weiß nicht, ob ich das kann. Charlotte …« Ich breche ab, meine Kehle ist plötzlich ganz eng.

Pearson nickt, als hätte er mit dieser Antwort gerechnet. »Was Charlotte betrifft – uns ist natürlich auch zu Ohren gekommen, was sie getan hat. Sie wurde der Schule verwiesen. Solches Verhalten dulden wir nicht. Die Schule ist euer zweites Zuhause, und wir möchten, dass sich all unsere Schülerinnen und Schüler bei uns sicher fühlen.«

»Charlotte musste gehen?« Ungläubig starre ich ihn an. Ich bin mir sicher, dass ich mich verhört habe.

Aber Pearson nickt. »Ich weiß nicht, welche Konsequenzen ihr Verhalten sonst nach sich ziehen werden, aber sie ist nicht länger ein Teil unserer Schülerschaft.«

Ich will etwas sagen, mich bedanken. Irgendwas. Aber ich bringe kein Wort heraus. Charlotte ist nicht länger an derselben Schule wie ich. Ich muss sie nicht im Unterricht sehen. Ich kann zurückgehen, und sie ist weg.

Und dann breche ich wieder in Tränen aus. Dieses Mal vor Erleichterung.

56. KAPITEL
Zoe

Du wirst diesen Zettel vermutlich niemals lesen, aber ich muss es trotzdem aufschreiben: Als du mich gefragt hast, ob ich schon mal verliebt war und ich Ja geschrieben habe, habe ich dich gemeint.
- Zoe

Ich habe mich in meinem Bett verkrochen und tue so, als würde ich lesen, als Jase reinkommt und eine große Sporttasche in die Ecke meines Zimmers wirft. Es ist spät. Und er sieht richtig erledigt aus.

»Alles okay?« Besorgt richte ich mich auf und lege das Buch zur Seite.

Stöhnend lässt er sich auf mein Bett fallen und legt den Kopf auf meiner Brust ab. Sein Arm liegt schwer auf meinem Bauch. »Meine Eltern waren heute da. Um zu reden.«

»Ernsthaft?«

»Ernsthaft.«

»Beide?«, frage ich fassungslos, weil ich kaum glauben kann, dass Jase' Vater tatsächlich auf ihn zugegangen ist.

»Ja.« Er seufzt schwer.

»Wie ist es gelaufen?«

Er zuckt umständlich mit den Schultern. »Hätte schlimmer sein können.«

Also war es ziemlich ätzend. Ich streiche ihm ein paar Strähnen zurück, die ihm in die Stirn gefallen sind. Dieses Mal ist sein Seufzen leise, und er schmiegt sich enger an mich. Eine ganze Weile ist es still. Ich warte. Und irgendwann fängt er an zu reden.

»Sie haben sich entschuldigt. Oder zumindest so getan als ob. Aber es war … nicht genug.« Seine Stimme bricht, als er von dem Gespräch mit seinen Eltern erzählt, und mein Herz zieht sich zusammen. Ich hasse es, dass ihm das alles so wehtut.

»Das ist doch alles scheiße«, sage ich, als er schließlich verstummt.

»Ja.«

»Was willst du jetzt tun? Willst du überhaupt irgendwas machen?«

»Ich weiß nicht. Keine Ahnung. Ich brauche Zeit zum Nachdenken. Und dann mal sehen.«

»Dann nimm dir die Zeit.«

Er hebt den Kopf, und seine Augen sind so grün. »Du hast zu Dad gesagt, dass er derjenige ist, der mich enttäuscht.«

»Hab ich.« Ich werde rot.

Er lächelt. »Danke.«

Ich erwidere sein Lächeln. »Immer.«

Er nimmt meine Hand und drückt mir einen Kuss auf die Innenfläche. Meine Haut beginnt zu kribbeln. »Wie war dein Tag?«, fragt er, und ich weiß, er will mich eigentlich fragen, wie es mir geht und wie ich mich fühle, aber er tut es nicht, weil er auch weiß, dass ich keine richtige Antwort auf die Frage habe.

»Pearson war hier.« Ich lasse die Bombe platzen, einfach so.

Jase setzt sich abrupt auf. »Was?«

»Er war hier. Charlotte ist von der Schule geflogen.«

»Was?!« Seine Augen weiten sich, und ich muss lächeln. Auf einmal fühle ich mich sehr viel leichter.

»Frag mich nicht, woher er weiß, was sie getan hat. Aber er weiß es. Und er hat Konsequenzen gezogen.«

Jase öffnet den Mund. Klappt ihn wieder zu. »Fuck.« Es klingt nicht wie ein Fluch. Eher nach purer Erleichterung.

»Ja.«

»Sie ist weg.«

»Ja.«

»Gott sei Dank.«

»Ja.« Ich lächle.

»Wie geht's dir?« Er legt eine Hand an meine Wange. Sein Daumen streift meine Lippe, und ein warmes Kribbeln breitet sich in mir aus.

»Besser«, sage ich, und es ist die Wahrheit. Es geht mir wirklich besser.

Er will seine Hand zurückziehen, aber ich halte ihn fest. Sehnsucht pulsiert durch meinen Körper. Seit er mich das letzte Mal geküsst hat, richtig geküsst hat, sind Tage vergangen. Es fühlt sich an wie eine Ewigkeit. Ich muss an das Gespräch mit Mom denken, darüber, dass ich mit Jase reden kann. Und ich weiß, dass ich das kann. Aber vielleicht … vielleicht müssen wir gar nicht reden. Oder nur ein bisschen.

»Nicht aufhören«, flüstere ich.

Seine Augen weiten sich, er schluckt. Und lässt seine Hand an meiner Wange. Mein Herz setzt einen stolpernden Schlag aus. Wir bewegen uns gleichzeitig aufeinander zu. Langsam. Ein bisschen zögernd. Ein bisschen unsicher. Seine Hand wandert in meinen Nacken, sein Griff ist sanft, locker. Ich vergesse, wie man atmet, als seine Nase meine streift. Wir sehen uns immer noch an. Er schließt die Augen nicht und ich auch nicht.

Ich spüre seinen Atem auf meinem Gesicht. Seine Lippen sind so nah. So, so nah.

Der erste Kuss zählt kaum. Es ist nur eine hauchzarte Berührung, so leicht, dass ich für eine Sekunde glaube, sie mir nur eingebildet zu haben.

Alles in mir wird warm und weich, und ich will ihn küssen. Ich muss ihn küssen. Es geht gar nicht anders.

Meine Lippen treffen auf seine. So vertraut. Er seufzt, und ich seufze. Und dann sind da wieder Tränen, weil er mich küsst und ich ihn küsse und sich alles so richtig anfühlt.

Die Gedanken in meinem Kopf verstummen, die Stimmen, die Zweifel werden ganz leise. Und ich weiß, dass die Panik dieses Mal nicht zurückkommen wird. Dass zwischen uns tatsächlich alles gut ist.

Weil er Jase ist.

Und ich Zoe.

Weil wir wir sind.

Und weil er meine Wahrheiten kennt und ich seine.

Jase wischt mir die Tränen vom Gesicht. Aber er küsst mich dabei weiter, und meine Lippen öffnen sich. Unsere Zungen treffen aufeinander, und Hitze schießt durch meine Adern, sammelt sich in meinem Bauch. Mit beiden Händen umfasse ich sein Gesicht, ziehe ihn an mich, näher und näher, aber es ist nicht nah genug. Nichts ist nah genug.

Seine Erektion presst sich an meinen Bauch, hart und fest, und zwischen meinen Beinen beginnt es zu pochen.

Ich zupfe an seinem T-Shirt, ich will seine Haut spüren. Jase löst sich von mir und zieht sich in einer fließenden Bewegung das Shirt über den Kopf. Sein Körper ist mir in den letzten Wochen so vertraut geworden, trotzdem kann ich nicht anders, als ihn anzustarren. Die definierten Brustmuskeln, den flachen Bauch, die V-Muskeln direkt über dem Bund seiner Hose. Ich strecke die Hände nach ihm aus, fahre mit den Fingern die Muskeln entlang und muss lächeln, als er eine Gänsehaut bekommt. Ich greife nach seiner Hand, verschränke unsere Finger miteinander, bevor ich sie zu meinem eigenen Oberteil führe. Ich will, dass er mich auszieht.

Und er tut es. Quälend langsam. Erst den Pulli, dann die Hose. Bei meinem Slip zögert er kurz, aber dann hebe ich auffordernd die Hüften, und der dünne Stoff landet einen Moment später neben den anderen Klamotten auf dem Boden.

Seine Lippen treffen wieder auf meine, sanft und behutsam. Es ist anders als sonst. Weniger gierig. Weniger hungrig. Irgendwie tiefer. Irgendwie alles.

Langsam, ganz langsam wandert sein Mund meinen Kiefer entlang, meinen Hals hinunter. Er saugt an der empfindlichen Stelle hinter meinem Ohr, und ich stöhne leise auf. Weiter und weiter nach unten, über mein Schlüsselbein, meine Brüste. Ich glühe, und ich vergesse alles, als seine Zunge mit meinen Nippeln spielt. Er saugt an mir, und ich wölbe den Rücken, dränge mich ihm entgegen, weil das so alles nicht reicht.

Aber Jase lässt sich Zeit, bahnt sich küssend seinen Weg weiter nach unten und spreizt schließlich meine Beine. Mir entfährt ein sehnsüchtiger Laut, als seine Zunge über meine Mitte schnellt, und dann ist da nur noch Hitze und Verlangen und der Wunsch nach mehr.

»Jase«, flehe ich, und ich weiß gar nicht, worum ich ihn bitte, aber er versteht mich trotzdem, lässt einen Finger in mich gleiten, und ich atme zittrig aus.

Aber auch das reicht nicht. Ich will ihn in mir. Ich taste nach ihm, ziehe an seinen Schultern, und er gibt nach, kommt zu mir hoch. Seine Lippen sind feucht und ein bisschen geschwollen. Er lächelt, und mein Herz will platzen, weil er nur meinetwegen so lächelt.

»Hey«, raunt er und küsst mich zärtlich.

»Hey«, flüstere ich an seinen Lippen und erwidere seinen Kuss.

Einen Moment lang halten wir beide still. Seine Erektion pocht zwischen meinen Beinen, sein Herz hämmert gegen meine Brust. Meins auch.

Wir sind Hitze und Kribbeln und Pochen.

Ich bewege mich als Erste, hebe die Hüften an, nur ein Stück, und er atmet scharf aus. Mein Lächeln wird breiter. Er greift zwischen uns, und dann halten wir beide die Luft an, als er in mich eindringt.

Auch das fühlt sich anders an als sonst. Besser. Nach mehr.

Langsam beginnt er, sich zu bewegen, und ich passe mich seinem Tempo an, dränge mich ihm entgegen, und ich möchte weinen, weil es sich so gut anfühlt. So echt. So sehr nach uns.

»Pixie«, flüstert er in mein Ohr, und ich weiß, was er sagen will. Aber er tut es nicht, und ich auch nicht, und das ist auch nicht nötig. Ich weiß, was er empfindet, ich weiß, was das zwischen uns ist. Er muss es nicht sagen. Nicht jetzt. Nicht heute.

»Ich weiß«, flüstere ich zurück. Meine Hände wandern über seinen Rücken weiter nach unten, umfassen seinen Hintern, und ich ziehe ihn enger an mich.

Er stöhnt auf, und der Laut geht mir durch und durch. Ich verliere die Kontrolle, dränge mich ihm entgegen und ihn dazu, tiefer, tiefer, tiefer in mich zu stoßen. Er verändert den Winkel, und um mich herum beginnt sich alles zu drehen. Die Welt kippt, und ich wusste nicht, dass sich etwas so gut anfühlen kann.

»Fuck, Zoe, ich …« Jase bricht ab, sein Körper verspannt sich, und dann stöhnt er auf, weil er sich nicht mehr zurückhalten kann, und das ist okay, weil nichts besser ist als zu wissen, dass ich das mit ihm mache.

Aber er hört nicht auf, sich zu bewegen, und die Muskeln in meinem Inneren ziehen sich zusammen. Mein ganzer Körper steht in Flammen, und dann greift er zwischen uns, trifft die richtige Stelle, die vor Verlangen pulsiert, und ich muss mir auf die Lippe beißen, um nicht aufzuschreien, weil ich nicht mehr kann. Oh Gott, ich kann nicht mehr.

Ich bäume mich auf, als ich komme, wimmere und stöhne seinen Namen, und nichts zählt mehr außer ihm und mir und uns.

Jase richtet sich auf, gerade so weit, dass er mich ansehen kann. Seine Augen leuchten, und ich liebes es. Ihn. Alles.

Er lächelt, und ich weiß, was er sagen wird.

»Wie fühlt sich das an?«

Ich lächle, und er weiß, was ich antworten werde.

»Nach uns.«

57. KAPITEL

Zoe

Ich wünsche mir, dass du irgendwann
all diese Zettel liest, die ich dir geschrieben habe,
auch wenn es verdammt unwahrscheinlich ist,
dass du je wieder ein Wort mit mir redest.
- Zoe

Ich kehre zwei Wochen später zurück. Auch wenn Pearson gesagt hat, dass ich mir Zeit lassen kann. Aber ich kann nicht länger warten.

Ich will tanzen.

Meine Eltern und Caleb bringen mich zum Campus. Es fühlt sich ein bisschen so an, als befänden wir uns in einer Zeitmaschine. Denn es ist ein bisschen wie an meinem ersten Tag, und gleichzeitig ist alles ganz anders. Vielleicht auch ein bisschen besser. Trotz allem.

Mein Puls geht schnell, als Caleb, Mom und Dad mich zu meinem Zimmer begleiten. Es ist unnötig, aber ich bin froh, dass sie bei mir sind, und ich glaube, sie brauchen diesen Abschluss auch irgendwie für sich.

Es ist Montagmorgen, kurz vor Unterrichtsbeginn. Ich muss mich beeilen, wenn ich pünktlich zur ersten Stunde kommen will. Und ich will. Definitiv. Die Flure sind voll, wie immer. Schülerinnen und Schüler tummeln sich auf den Gängen. Ich merke, wie sie mich anstarren, als ich das Wohnheim betrete, die Treppe hochsteige und schließlich durch den Flur im vierten Stock zu meinem Zimmer gehe.

Sie haben gehört, was passiert ist. Natürlich haben sie das. Wie hätten sie es auch nicht mitbekommen können?

Ein Teil von mir will die Schultern hochziehen und sich vor den Blicken verstecken. Aber es gibt keinen Grund dafür.

»Und du bist dir wirklich sicher, dass du schon so weit bist?«, erkundigt Mom sich, als wir mein Zimmer erreichen. In ihrer Stimme schwingt unüberhörbare Sorge mit.

Ich lächle, und es ist ein echtes Lächeln. »Bin ich. Und Dr. Somers hat auch gesagt, dass sie dafür ist, dass ich zurückgehe.«

»Ich weiß. Es ist nur …« Seufzend bricht sie ab und schüttelt den Kopf. »Schon gut. Vergiss es, ich mache mir nur Sorgen, das ist alles. Wie immer.« Sie lacht, aber es klingt nervös.

»Mir geht's gut, Mom«, versichere ich, ziehe meinen Schlüssel aus der Jackentasche und schließe mein Zimmer auf.

»Das ist gut. Das ist wirklich gut.«

»Ist es, Mom«, mischt Caleb sich ein und legt Mom einen Arm um die Schultern. »Zoe kommt klar, ganz sicher. Sie ist ja nicht alleine hier.«

»Ist sie wirklich nicht.« Ich drehe mich um, als ich Jase' vertraute Stimme höre. In meinem Bauch beginnt es zu kribbeln, als ich ihn sehe, und mein Mund verzieht sich ganz von selbst zu einem strahlenden Lächeln.

Er ist gestern schon zurückgefahren. Die Nacht ohne ihn zu verbringen, war seltsam.

»Hey«, sage ich.

»Hey.« Er lächelt. Ich kriege nicht genug davon. Von seinem Lächeln. Von ihm.

»Ich schätze, das ist dann unser Stichwort zu verschwinden.« Caleb gibt ein theatralisches Seufzen von sich, grinst aber und umarmt Jase kurz.

Keine Ahnung, ob es zwischen den beiden je so wird wie früher, aber sie reden wieder miteinander. Und vielleicht muss es auch gar nicht werden wie früher. Vielleicht brauchen die beiden auch einen Neuanfang. Ohne Geheimnisse. Jase hat Caleb von Sam erzählt. Ich glaube, es tut ihm gut, über seinen Bruder zu reden. Jedes Mal, wenn er Sam erwähnt, liegt in seinen Augen etwas weniger Schmerz. Er wird nie verschwinden, er wird bleiben, aber es ist eine andere Art Schmerz. Weil er Sam jetzt nicht mehr verschweigt. Er erinnert sich an ihn. An das, was war. Und jedes Mal, wenn wir über ihn reden, fällt ihm etwas Neues ein. Etwas, das er mir noch nicht erzählt hat. Allmählich verstehe ich, was Jase damit meinte, als er gesagt hat, Caleb würde ihn an Sam erinnern.

»Du musst sowieso zur Uni und ich muss zur Arbeit«, sagt Dad und greift nach Moms Hand.

»Ich könnte den ersten Kurs auch schwänzen.« Caleb zieht eine Grimasse. »Statistik ist eh nicht so meins.«

»Kannst du machen, aber ich muss gleich auch in den Unterricht, und im Gegensatz zu dir komme ich wirklich ungerne zu spät«, sage ich.

»Jajaja, wir gehen ja schon.« Caleb zerzaust mir die Haare, und ich rümpfe die Nase, verkneife mir aber nur mit Mühe ein Lächeln.

»Sehen wir uns am Wochenende?«, frage ich und umarme ihn.

Er drückt mich so fest an sich, dass ich für einen Augenblick keine Luft bekomme. »Klar. Filmabend. Ich hab Parker schon Bescheid gesagt.«

»Das wollte ich hören.«

Ich lasse ihn los und umarme danach Mom und Dad.

»Melde dich, wenn irgendwas ist«, sagt Mom, weil sie nicht anders kann.

»Mach ich«, verspreche ich.

Sie umarmen Jase, einer nach dem anderen, und dann gehen sie und wir sind allein.

Er macht einen Schritt auf mich zu und küsst mich. »Bereit?«

Ich atme tief durch. »Ich denke schon.«

Ich brauche noch ein paar Minuten, um mich umzuziehen und meine Haare zu einem festen Knoten zu binden, bevor ich meine Tasche nehme und wir mein Zimmer verlassen.

Wir sind spät dran, und Jase hätte eigentlich längst bei seinem ersten Kurs sein müssen, aber ich bin froh, dass er bei mir bleibt. Gemeinsam gehen wir rüber zum Trainingsgebäude. Wir trennen uns im zweiten Stock, weil Jase weiter nach oben muss.

»Wir sehen uns später.« Wieder küsst er mich, und ich will nicht, dass er geht, aber er muss zu seinem Kurs, und ich muss das jetzt alleine machen.

Meine Beine fühlen sich wackelig an, als ich den Flur zu dem Studio entlanggehe, in dem mein erster Kurs stattfindet. Ich weiß nicht, was mich erwartet. Ich weiß nicht, wie die anderen reagieren. Ich weiß überhaupt nichts.

Es wird alles gut.

Die anderen haben schon mit den ersten Übungen angefangen, als ich den Saal betrete.

Alle halten gleichzeitig inne. Sehen mich an. Ich erstarre und werde erst rot, dann kreidebleich. Sie sollen nicht so starren.

Hilfesuchend zuckt mein Blick zu Mr Conrad, doch auch er sieht mich an, Mitgefühl liegt in den Augen.

»Zoe!« Maes aufgeregtes Quietschen lässt mich den Kopf drehen. Einen Moment später fällt sie mir stürmisch um den Hals. »Ich bin so froh, dass du wieder da bist!«

Ich umarme sie, und es fühlt sich richtig an. »Bin ich auch.«

Mr Conrad erwacht aus seiner Erstarrung, klatscht in die Hände und wirft einen strengen Blick in die Runde. »Leute, es gibt hier nichts zu sehen. Zurück an die Stange, wir haben viel zu tun.«

Die anderen gehorchen, und ich werfe ihm einen dankbaren Blick zu. Er lächelt mich aufmunternd an.

Mae greift nach meiner Hand und zieht mich zu der Stange, an der sie gerade noch gestanden hat. Jessica rutscht etwas zur Seite, um mir Platz zu machen.

Ich lege meine Hand auf die Stange, atme tief durch, gehe in die erste Position und beuge die Beine zum Plié. Ich tue das, was ich schon mein ganzes Leben lang tue.

Tanzen.

* * *

Als ich mit Mae zum Pas de deux-Kurs gehe, bin ich ruhig. Es ist alles wie immer, obwohl alle Bescheid wissen. Aber niemand fragt mich irgendwas. Niemand kommentiert, was geschehen ist. Ich kann ihre Blicke manchmal auf mir spüren, doch es wird nicht getuschelt. Zumindest nicht so, dass ich es mitbekomme.

Jase sitzt mit Skye und Ches auf dem Boden, als wir reinkommen. Sein Blick fällt sofort auf mich.

»Gott, ihr seid echt so unfassbar verknallt.« Mae tut so, als würde sie flüstern, aber ich glaube, jeder im Raum kann sie verstehen.

»Stimmt«, erwidere ich, weil es nun mal wirklich stimmt.

»Ich hab gehört, wir machen am Wochenende einen Pärchenfilmabend?«

»Dann hat Tristan dich schon gefragt? Ich wollte mich eigentlich auch bei dir melden, aber …«

»Schon gut«, unterbricht Mae mich sanft und drückt kurz meine Hand. »Ich versteh das. Aber ja, Tristan hat mich gefragt.«

»Ich freue mich, dass du mitkommst.«

»Ich mich auch. Und jetzt geh rüber zu deinem Prinzen, er guckt die ganze Zeit schon so sehnsüchtig.« Mae versetzt mir einen sanften Schubs in Jase' Richtung.

Ich unterdrücke den Drang, ihr die Zunge rauszustrecken, und ziehe sie mit zu Jase und Skye.

»Mae gibt dumme Kommentare von sich«, sage ich.

»Ganz was Neues.« Skye schnaubt spöttisch, aber ihre Augen funkeln fröhlich.

»Hey, das ist nicht fair! Du bist auch nicht besser, Skye.«

»Hab ich auch nie behauptet.«

»Guten Morgen zusammen!« Francescas Stimme lässt uns alle herumfahren. Mit forschen Schritten kommt sie in den Saal. Ihr Blick landet auf mir, und ein Lächeln erscheint auf ihrem Gesicht. »Schön, dass wir wieder vollzählig sind.«

Ich schlucke, weil ich plötzlich einen ziemlich dicken Kloß im Hals habe. Anstatt zu antworten, nicke ich bloß. Francesca geht mit uns die Abfolge für die heutige Stunde durch und schickt dann ein Paar nach dem anderen in die Mitte.

»Zoe, Jase, ihr seid die Nächsten«, verkündet sie irgendwann.

Jase streckt mir seine Hand entgegen. Ich lege meine in seine, und mein Herz macht einen Satz. Wie immer.

»Bereit?«, fragt er, als wir in Position gehen.

Ich nicke, und er lässt mich los, legt seine Hände an meine

Taille. Sein Griff ist fest und sicher, als wir uns in Bewegung setzen. Vertraut. Genau wie seine Schritte. Und meine.

Unsere Bewegungen sind weich, fließend, harmonisch. Wir gehen die Choreografie durch, die Francesca uns erklärt hat, und jede Drehung, jeder Sprung und jeder Schritt sitzt perfekt. Zum allerersten Mal.

Ich lächle, als Jase mich hochhebt, und fühle mich unendlich leicht. Frei. Ich tanze, und es ist so, wie es sein soll, so wie es immer war. Es tut weh, und es heilt. Ich treibe meinen Körper an und mein Herz, und mir tut alles weh, aber auf die beste Weise, weil ich das tue, was ich liebe. Und Jase ist bei mir, hinter, neben mir, er hebt mich und hält mich. Hilft mir, mein Gleichgewicht nicht zu verlieren. Wir sind eine Einheit, vollkommen synchron, und mein Herz pocht vor Freude, während mein Körper arbeitet. Es ist anstrengend, die Schritte sind schwierig. Schwieriger als sonst, aber wir schaffen es. Ich weiß, was er tut, noch bevor er es tut, weiß, wann er eine Hand nach mir ausstreckt, wann er nach mir greift, wann er mich dreht und wann er mich wieder loslässt.

Ich zögere nicht, als er schließlich einen Arm um meinen Bauch schlingt, meinen Oberschenkel mit der anderen Hand umfasst. Ich greife nach seiner Schulter, winkle das eine Bein an, während ich das andere weit hinter ihm nach oben strecke. Er beugt das Standbein, lehnt sich über meinen gebogenen Oberkörper, und so verharren wir einen Moment, schwer atmend, mit rasenden Herzen.

Schweiß bedeckt meine Haut, lässt das langärmelige Trikot an mir kleben, mein ganzer Körper glüht, vor Adrenalin und purer Freude.

Jase drückt mir einen Kuss auf die empfindliche Haut direkt unter meinem Nacken, bevor er uns beide wieder aufrichtet und meine Füße nach dem Boden tasten. Einen Moment lang lehne ich mich gegen ihn und erwidere im Spiegel seinen Blick, ignoriere, dass wir nicht allein sind, weil dieser Augenblick uns gehört.

Wieder lächelt er und ich auch, und in diesem Moment ist alles verdammt perfekt.

EPILOG
Jase

»Hey.« Zoe zupft sanft an meiner Hand, und ich drehe den Kopf in ihre Richtung. Wir liegen auf meinem Bett, den Laptop zwischen uns, über den Bildschirm flimmert so ein kitschiger Weihnachtsfilm, den Zoe unbedingt sehen wollte, weil morgen Heiligabend ist. Heute ist der letzte Schultag vor den Feiertagen. »Du musst dir keine Sorgen machen, da bin ich mir ganz sicher.«

Ich zucke nur mit den Schultern, weil ich ihren Optimismus nicht so richtig teile, obwohl sie seit Wochen versucht, mich vom Gegenteil zu überzeugen. Weil es gut läuft. Wirklich gut. Seit Zoe zurückgekehrt ist, ist alles etwas leichter und vieles sehr viel besser geworden. Nicht zuletzt der Pas de deux. Wir sind ein verdammt gutes Paar, aber ich weiß nicht, ob das reicht. Ob alles reicht, was ich in den letzten Monaten getan habe. Vielleicht hätte ich mehr tun können.

»Musst du wirklich nicht.« Sie nickt nachdrücklich, wirkt so sicher.

Und ich will es auch glauben. Wirklich. Aber es besteht auch die nicht ganz unwahrscheinliche Möglichkeit, dass ich das Stipendium nicht bekomme.

»Wir werden sehen. Pearson wollte mir vor der Aufführung noch Bescheid sagen.«

»Dann sollte er sich beeilen, es geht in zwei Stunden los.«

Zoe schnauft und schwingt die Beine aus dem Bett. Ich will protestieren, will sie zurück zu mir ziehen, weil mir sofort die Wärme ihres Körpers fehlt. Die Nähe. Ich will sie bei mir haben, so oft und so nah wie möglich. Aber bevor ich sie wieder an mich ziehen kann, spricht sie weiter. »Und deswegen sollten wir uns langsam auch mal fertig machen, meinst du nicht?«

Sie streckt mir eine Hand entgegen, und ich lasse mich von ihr aus dem Bett ziehen. »Du brauchst keine zwei Stunden, um dich fertig zu machen, und ich erst recht nicht.«

»Ich weiß. Aber wenn Pearson vorher mit dir reden will, solltest du bereit sein. Also los.« Sie drückt mir einen zarten Kuss auf die Lippen, legt dann beide Hände auf meinen unteren Rücken und schiebt mich Richtung Badezimmer.

An meinem Kleiderschrank hängt der Anzug, den ich vor zwei Tagen bei meinen Eltern abgeholt habe. Es war das erste Mal seit Wochen, dass wir uns gesehen und miteinander gesprochen haben. Es war … okay. Zoe ist mitgekommen, und wir sind schnell wieder gegangen. Ich bin noch nicht so weit, richtig mit ihnen zu reden. Es passt ihnen nicht, aber sie akzeptieren es, und mehr kann ich nicht verlangen.

»Glaubst du, sie kommen?«, fragt Zoe. Natürlich hat sie gemerkt, dass mein Blick länger als nötig an dem dunklen Stoff hängen geblieben ist.

»Keine Ahnung. Vielleicht. Aber ich glaube, eher nicht. Was sollen sie hier? Lia tanzt heute nicht. Ich auch nicht. Es gibt keinen Grund für sie zu kommen.«

»Vielleicht wollen sie dich sehen? Und Lia auch?«

»Vielleicht«, sage ich vage, aber eigentlich glaube ich nicht daran. Und ich weiß auch nicht, ob ich will, dass sie kommen. Dad zu sehen, stresst mich. Auf eine sehr unangenehme Art und Weise.

Einen Moment lang sieht Zoe mich prüfend an, der Blick aus ihren braunen Augen ist unergründlich. Dann nickt sie und lässt das Thema fallen.

Eine Stunde später bin ich schon lange fertig und Zoe schlüpft gerade in ihr Kleid, als es an meiner Zimmertür klopft.

Überrascht hebt Zoe den Kopf. »Kommt er ernsthaft zu deinem Zimmer, um mit dir über das Stipendium zu reden?«

»Unwahrscheinlich«, gebe ich zurück, ziehe den Reißverschluss von Zoes Kleid zu und öffne die Tür.

Auf dem Flur steht nicht Pearson, sondern Camille. Ihr Gesichtsausdruck ist genauso verkniffen wie an dem Tag, an dem sie mich zu Pearson gebracht hat, damit er mir sagen konnte, dass die Zahlungen für das Schuljahr zurückgezogen wurden.

Mein Herz zuckt beunruhigt.

Fuck.

Das ist kein gutes Zeichen. Ganz sicher nicht.

»Jase, kannst du kurz mitkommen? Direktor Pearson möchte dich sprechen.«

Ich nicke nur, weil ich keinen Ton herausbringe. Mein Hals fühlt sich plötzlich an wie zugeschnürt, in meinem Bauch breitet sich ein flaues Gefühl aus, und einen Moment lang muss ich dem Drang widerstehen, Camille die Tür vor der Nase zuzuknallen und so zu tun, als wäre sie nicht da. Als würde es heute nicht um mein Stipendium gehen. Wenn ich es nicht bekomme, weiß ich nicht, was zur Hölle ich tun soll.

Mom hat gestern angeboten, dass sie die Gebühren wieder übernehmen, und mir ist klar, dass es absolut dämlich ist, Nein zu sagen, aber ich will ihr Geld nicht. Ich will nicht das Gefühl haben, dass sie das nur tun, weil sie ein schlechtes Gewissen haben. Und ich will mir nicht jeden Tag den Kopf darüber zerbrechen, ob sie ihre Meinung nicht doch wieder ändert. Alles schon vorgekommen.

Wenn ich das Stipendium nicht bekomme, dann ja … keine Ahnung. Brauche ich einen anderen Plan. Ich bin mir ziemlich sicher, dass Zoe und ihre Eltern mir helfen würden, aber auch das will ich nicht. Nicht, wenn es nicht unbedingt nötig ist. Aber vielleicht wird es nötig, und lieber lasse ich mir von ihnen helfen als von meinen eigenen Eltern.

»Ja, kann er«, antwortet Zoe an meiner Stelle und versetzt mir einen Schubs.

Über die Schulter hinweg werfe ich ihr einen Blick zu, der alles und nichts sagt.

Sie stellt sich auf die Zehenspitzen und küsst mich. Ihre Finger streifen meine Wange. »Es wird alles gut«, flüstert sie. »Versprochen.«

Ich will ihr sagen, dass sie mir nichts versprechen kann, was sie nicht beeinflussen kann, aber ich lasse es sein, weil ich ihr wirklich glauben will.

»Wir sehen uns gleich.« Ich küsse sie noch einmal, weil ich nicht anders kann, atme ihren Lavendelduft ein und folge Camille dann, die im Flur ungeduldig mit dem Fuß auf den Boden tippt, weil ich zu lange brauche.

Am Ende des Flurs halte ich kurz inne, drehe mich um und sehe Zoe vor meinem Zimmer stehen. Sie lächelt, und sie ist so verdammt schön. Die roten Haare sind in einer komplizierten Frisur um ihren Kopf geflochten, einzelne Strähnen fallen ihr ins Gesicht. Sie trägt ein dunkelblaues Kleid, das ich ihr später definitiv wieder ausziehen muss.

Jetzt geh schon.

Sams Stimme hallt in meinem Kopf, und mein Herz zieht sich zusammen, aber es tut nicht mehr so weh wie früher. Nicht ganz so sehr.

Er ist nicht hier, aber irgendwie ist er es doch. Er ist immer da. Weil er immer ein Teil von mir sein wird.

Ich atme tief durch, wende mich ab und verlasse schließlich das Wohnheim. Es ist kalt und dunkel draußen. Dichte Wolken bedecken den Himmel. Vielleicht schneit es heute noch.

Camille sagt kein Wort, genauso wenig wie ich, während sie mich in das Verwaltungsgebäude führt, die Treppe hoch zu Pearsons Büro. Mein Magen verknotet sich, mit jedem Schritt werde ich nervöser.

Aber es wird klappen. Ich werde das Stipendium bekommen. Ich muss.

Vor Pearsons Büro bleibt Camille stehen, klopft einmal kurz an und bedeutet mir dann, reinzugehen.

Ich lege meine Hand auf die Türklinke, öffne sie und betrete Pearsons Büro, genauso nervös wie zu Beginn des Semesters. Dieses Mal muss er gute Nachrichten haben.

Bitte.

Zoe

Ich glaube, so nervös wie heute war ich zum letzten Mal beim Vortanzen. Als sich meine Zukunft entschieden hat. Heute geht es um Jase'.

Er ist noch nicht zurückgekommen, und ich versuche, mir einzureden, dass das ein gutes Zeichen ist, weil es ein gutes Zeichen sein muss, dass sie so lange reden. Camille hat ihn vor einer Dreiviertelstunde abgeholt. Die Aufführung beginnt gleich.

»Vergiss nicht zu atmen«, raunt Caleb mir zu und schenkt mir ein aufmunterndes Lächeln. Er ist zusammen mit Parker, Mom und Dad hier, obwohl ich heute gar nicht auf der Bühne stehe. Aber sie wollten trotzdem kommen, und Mom hat darauf bestanden, dass wir danach alle mit zu ihnen nach Hause kommen. Weil die Tradition es verlangt, den Abend vor den Weihnachtsfeiertagen zusammen zu verbringen, Filme zu gucken und so viel Kakao mit Marshmallows zu trinken, bis uns schlecht wird. Dieses Jahr sind wir zu sechst, nicht zu viert, und ich glaube, das wird der tollste Abend. Jase bleibt über Weihnachten auch bei uns. Er legt keinen Wert darauf, mit seiner Familie zu feiern, und ich bin froh, dass er bei mir sein wird, weil ich mir dann nicht den Kopf darüber zerbrechen muss, ob es ihm gut geht.

So wie jetzt.

Ich atme tief durch, aber es hilft nicht. Mein Herz schlägt viel zu schnell, ich bin so unruhig, dass ich nicht stillstehen kann. Er muss das Stipendium bekommen. Er darf seinen Platz nicht verlieren. Er gehört hierher. Er muss tanzen.

»Da ist er.« Parkers aufgeregte Stimme reißt mich aus meinen Gedanken.

Ich wirble herum, und ja, da ist er. Endlich. Ich habe mich schon in Bewegung gesetzt, bevor ich auch nur darüber nachgedacht habe. Ich gehe auf ihn zu, und warum zum Teufel guckt er so ernst? Warum lächelt er nicht?

»Wie ist es gelaufen?«, frage ich, als ich ihn erreiche, greife nach seinen Händen. Unsere Finger verschränken sich ganz automatisch, und ich werde augenblicklich ein wenig ruhiger.

Und dann lächelt er, und er lächelt dieses Lächeln, in das ich mich verliebt habe. »So wie's aussieht, darf ich bleiben.«

Ich will etwas sagen, aber meine Stimme gehorcht mir auf einmal nicht mehr. Tränen verschleiern mir die Sicht, laufen über, und Jase wischt sie mir sanft von den Wangen.

»Ich hoffe, das sind Freudentränen, und du weinst nicht, weil jetzt vielleicht die Möglichkeit besteht, dass Francesca mich auch nächstes Semester als deinen Tanzpartner einteilt.«

Ich stelle mich auf die Zehenspitzen und küsse ihn, weil das

Antwort genug sein sollte. Ich bin so erleichtert, dass mir die Beine zittern.

»Herzlichen Glückwunsch, Mann.« Caleb taucht neben uns auf und klopft Jase breit grinsend auf die Schulter, genau wie Parker und Dad. Mom zieht ihn in eine feste Umarmung, sagt ihm, wie stolz sie auf ihn ist, und ich sehe, wie er rot wird. Mein Herz will platzen, weil ausnahmsweise tatsächlich alles gut geworden ist. Weil alles so ist, wie es sein soll.

Schließlich greift Jase nach meiner Hand, und wir gehen zusammen in den Theatersaal, weil die Aufführung gleich losgeht.

Dornröschen.

Und Emily ist das perfekte Dornröschen. Sie ist wunderschön und anmutig. Ich sehe ihr zu, und bei dem Gedanken daran, dass ich in drei Jahren auf dieser Bühne stehe, muss ich lächeln. Weil ich weiß, dass es passieren wird. Irgendwie werde ich den Weg auf diese Bühne finden. Und auf die nächste. Ich werde tanzen. Und Jase auch.

Der Gedanke macht mich absurd glücklich.

Und ich bin es immer noch, als wir uns Stunden später auf den Weg zu meinen Eltern machen. Caleb, Parker, Mom und Dad bereiten den Kakao zu und suchen nach dem perfekten Weihnachtsfilm, während ich Jase in den Garten und zum Baumhaus ziehe, nachdem ich meine High Heels gegen Stiefel getauscht habe.

»Was soll das werden?«, fragt er neugierig, aber ich schüttle nur lächelnd den Kopf und klettere vor ihm die Leiter zum Baumhaus hoch.

Es ist eiskalt, lange werden wir nicht hier oben bleiben können, aber das ist auch gar nicht der Plan. Vielleicht ist es sowieso ein dämlicher Plan, ihm sein Weihnachtsgeschenk früher zu geben, aber es fühlt sich richtig an.

Einen Moment später schalte ich die Lichterkette an, und warmes Licht flutet den kleinen Raum. Meine Kissen und Decken liegen ordentlich gefaltet in einer Ecke. Direkt daneben steht die kleine Holzkiste, in der ich Jase' Wahrheiten aufbewahrt habe.

Die Kiste, die er gleich von mir bekommt, damit er die Zettel, die ich ihm geschrieben habe, auch reinlegen kann. Seine Wahrheiten und meine. Unsere Geschichte. Mit all den Zetteln, die ich im letzten Jahr geschrieben, ihm aber nie gegeben habe. Ich weiß, dass er das Gleiche gemacht hat.

Mein Herz klopft wie verrückt, als ich ihm die Kiste reiche. Er hebt den Deckel, und sein Blick wird weich.

»Verrat mir deine Wahrheiten, dann erfährst du meine«, raunt er, seine Stimme ist tief und rau und so, so weich. Er stellt die Kiste zur Seite und zieht mich an sich. Alles in mir beginnt zu kribbeln, als er beide Hände an mein Gesicht hebt. Sein Daumen streift meine Lippen.

Ich muss lächeln und tue, worum er mich gebeten hat. Ich verrate ihm meine letzte Wahrheit. Das letzte Geheimnis, das eigentlich keins ist und im Grunde auch nie eins war. Aber ich muss es ihm trotzdem sagen.

»Ich liebe dich.« Die Worte kommen mir sehr leicht über die Lippen. Vielleicht weil Jase es ohnehin weiß. Aber es ist das erste Mal, dass ich es ausspreche. Hier in dem Baumhaus, in dem alles angefangen hat.

Dann verrät er mir seine letzte Wahrheit. Und es ist das erste Mal, dass es die gleiche ist wie meine.

NACHWORT

Die *New England School of Ballet* zusammen mit Zoe und Jase zu besuchen und tiefer in die Welt des Balletts einzutauchen, hat mir unfassbar viel Spaß gemacht und ich freue mich jetzt schon, mit den anderen Protagonist:innen zurückkehren zu dürfen.

Ich habe im Vorfeld wahnsinnig viel zum Thema Ballett recherchiert, nichtsdestotrotz entsprechen natürlich nicht alle Szenen in diesem Roman der Realität, auch wenn ich den Anspruch hatte und auch immer noch habe, alles so authentisch wie möglich darzustellen.

Ich habe in HOLD ME ein sehr romantisches Bild des Balletts gezeichnet, denn – seien wir ehrlich – Zoe und Jase hatten schon genug Probleme und sollten sich nicht noch mit ständig präsenten Schmerzen und dem Druck, immer der oder die Beste sein zu müssen, auseinandersetzen.

Aber es wird noch drei weitere Geschichten an der *New England School of Ballet* geben und Rayne & East, Lia & Phoenix und Skye & Gabriel haben ihre ganz eigenen Träume und Probleme, was das Ballett betrifft.

Jedes Buch wird einen anderen Fokus bekommen, und ich hoffe, am Ende gelingt es mir, der Realität, auch wenn ich ihr nicht gerecht werden kann, so doch zumindest nahe zu kommen.

Für den Moment hoffe ich allerdings, dass ihr euch verlieben und träumen konntet und dass wir uns zum nächsten Semester wiederlesen.

DANKSAGUNG

Diese Danksagung zu schreiben, fällt mir gerade entsetzlich schwer, weil es bedeutet, dass Zoes und Jase' Geschichte erzählt ist und ich die beiden loslassen muss. Sie haben mich so lange begleitet, in so unterschiedlichen Versionen ihrer selbst, dass der Abschied dieses Mal anders wehtut als bei allen Büchern zuvor.

Zoe und Jase haben mich jetzt mit ein paar kleineren Pausen fast zwei Jahre begleitet und mich an meine Grenzen gebracht. Ich glaube, ich habe noch nie so sehr geweint wie beim Schreiben dieses Buches. Die beiden haben mir auf mehr als eine Weise das Herz gebrochen und mich an mir selbst zweifeln lassen. Aber letzten Endes haben sie mir auch gezeigt, was ich kann, und vor allem haben sie mir gezeigt, wie ihre Geschichte erzählt werden soll.

Allerdings waren die beiden da nicht die Einzigen. Es gibt so viele Menschen, die mich bei diesem Buch begleitet haben, und ich bin ganz ehrlich, ohne euch wäre es nie so geworden, wie es ist.

Katharina, danke für alles. Ich weiß nicht, wie ich jemals in Worte fassen soll, wie sehr du mir bei diesem Buch (und allen anderen) geholfen hast. Danke, für die langen und (meinerseits) sehr tränenreichen Telefonate, für deine aufmunternden Worte und dafür, dass du mir immer wieder gesagt hast, was ich kann. Danke, dass du immer an mich geglaubt hast, dass du immer da bist, wenn ich dich brauche, und dafür, dass du mein zweifelndes Krebs-Selbst so gut verstehst.

Steffi, wir wissen beide, dass ich das Lektorat ohne dich nicht überstanden hätte. Danke, dass du wieder einmal das Allerbeste aus meinem Text herausgeholt hast und ich dich gefühlt jeden Tag mit Anrufen und Nachrichten bombardieren durfte. Danke, dass du mir meine Zweifel ausgeredet hast.

Stephanie Bubley und dem gesamten LYX-Verlag möchte ich für euer Vertrauen danken, für eure Liebe und Hingabe, die in jedem Buch wieder spürbar sind. Danke, dass ich ein Teil von TEAM LYX sein darf und dass ihr mir und meinen Geschichten das allerbeste Zuhause gegeben habt. Danke dem weltbesten Marketing-Team und dem Team von LYX-audio, weil ihr meine Geschichten mit den besten Sprecher:innen zum Leben erweckt.

Kathrin, danke für deine Unterstützung, dafür, dass ich mich immer bei dir melden kann und einfach dafür, dass du da bist.

Vivi, danke, danke, danke für alles. Dafür, dass du Zoe und Jase von Anfang an und in jeder Version begleitet hast und mich bei meinen ständigen Nervenzusammenbrüchen. Danke, dass du mich immer wieder aufgebaut hast, wenn ich geglaubt habe, es geht nicht mehr. Danke, dass ich mit dir über wirklich alles reden kann und dafür, dass du eine so unfassbar tolle Freundin bist. Wir ertragen einfach gegenseitig unser Geheule, okay?

Becca, Elena, Kara, Maike, ich danke euch für eure Freundschaft, dafür, dass ihr Zoes und Jase' Geschichte gelesen und geliebt habt, dass ihr meine unendlich vielen Nachrichten geduldig beantwortet und mir meine Zweifel ausgeredet habt.

Meinen Testleserinnen Marie, Kalin, Franka und Katharina möchte ich für eure Begeisterung und eure Liebe danken. Dafür, dass ihr die Geschichte gelesen und mit so wertvollen Anmerkungen versehen habt. Vor allem danke an Katharina, dass du als ehemalige Balletttänzerin noch mal ein ganz besonderes Auge auf meinen Text hattest.

Sarah, ich weiß nicht, was ich in den vergangenen Monaten ohne dich getan hätte. Danke, dass du immer für mich da warst, mich unterstützt und so wundervolle Worte für HOLD ME gefunden hast. Ich könnte nicht glücklicher sein. Danke, dass du so eine tolle Freundin bist.

Mama, Christina und Jan, danke, dass ihr immer für mich da seid, für eure Liebe und immerwährende Unterstützung.

Benedikt, danke dafür, dass du das letzte Jahr mit mir durchgestanden hast. Du sagst zwar ständig, du hast keine Ahnung vom Schreiben, aber du unterstützt mich trotzdem immer, und ohne dich wäre ich nicht da, wo ich heute bin. Ich liebe dich und freue mich auf alles, was uns beide noch erwartet.

Danke allen Buchhändler:innen, Blogger:innen, Leser:innen und überhaupt allen Buchmenschen. Eure Unterstützung und Liebe für meine Geschichten bedeuten mir die Welt. Ich hoffe, ich darf für immer weiter Geschichten für euch schreiben.

Triggerwarnung

Dieses Buch enthält Elemente,
die potenziell triggern können.

Diese sind:
Vergewaltigung, Panikattacken,
Tod, Trauer.